OBSESSÃO ATORMENTADA

O PERSEGUIDOR: LIVROS 1 E 2

ANNA ZAIRES

♠ MOZAIKA PUBLICATIONS ♠

O PERSEGUIDOR

O PERSEGUIDOR: VOLUME 1

PARTE I

1

5 ANOS ANTES, MONTANHAS AO NORTE
DE CÁUCASO

eter

— PAPA! — O TOM ALTO DO RUÍDO É SEGUIDO PELAS BATIDAS
dos pezinhos quando meu filho corre pela entrada da porta, os
cabelos escuros batendo no rosto alegre.

Rindo, eu pego seu corpinho robusto quando ele se joga em
mim. — Sentiu saudades de mim, *pupsik*?

— Sim! — Seus bracinhos em volta do meu pescoço, e eu
inspiro profundamente, respirando seu doce odor infantil.
Apesar de Pasha estar com quase três anos, ele ainda tem cheiro
de leite – como a inocência de um bebê saudável.

Eu o seguro apertado e sinto a frieza dentro de mim se
derreter enquanto um calor brando e radiante inunda meu
peito. É doloroso, como sendo submerso em água quente após

congelar, mas é um bom tipo de dor. Me faz sentir vivo, preenche as rachaduras vazias dentro de mim até que eu possa quase acreditar que mereço totalmente o amor do meu filho.

— Ele realmente sentiu sua falta — Diz Tamila, entrando no corredor. Como sempre, ela se move brandamente, quase sem som, seus olhar baixo. Ela não olha para mim diretamente. Desde criança, ela foi treinada a evitar o contato visual com homens, então, tudo que vejo são seus cílios longos e negros enquanto ela olha para o chão. Ela está usando um véu tradicional que esconde seu longo cabelo negro e seu vestido cinza é longo e não justo. Contudo, ela ainda parece bonita – tão bonita quanto parecia três anos e meio atrás, quando entrou na minha cama para fugir de se casar com um idoso da vila.

— E eu senti falta de vocês dois — Digo enquanto meu filho me empurra nos ombros, exigindo que o deixe descer. Sorrindo abertamente, eu o abaixo ao chão, e ele imediatamente pega minha mão e puxa.

— Papa, você quer ver meu caminhão? Quer, Papa?

— Quero — Digo, meu sorriso se abrindo enquanto ele me puxa para a sala. —, que tipo de caminhão é?

— Um grande!

— Certo, vamos ver.

Tamila vem atrás de nós, e eu vejo que ainda nem mesmo falei com ela. Parando, me viro e olho para a minha esposa. — Como está?

Ela me olha através daqueles cílios. — Estou bem. Feliz de te ver.

— E estou feliz de te ver. — Eu quero beijá-la, mas ela ficará envergonhada se fizer na frente de Pasha, então, eu me abstenho. Em vez disso, eu toco sua bochecha gentilmente, e deixo meu filho me rebocar para o seu caminhão, ao qual reconheço como o que o enviei de Moscou três semanas atrás.

Ele orgulhosamente demonstra todos os mecanismos do brinquedo enquanto me agacho perto dele, vendo suas feições animadas. Ele tem a beleza exótica e sombria de Tamila, até os cílios, mas tem algo de mim nele, apesar de não conseguir definir bem.

— Ele tem sua bravura — Diz Tamila calmamente, se ajoelhando perto de mim. —, e acho que ele será tão alto quanto você, apesar de ser provavelmente muito cedo para dizer.

Olhei para ela. Ela sempre faz isso, me observando tão de perto que é quase como se estivesse lendo minha mente. Então, novamente, não é difícil imaginar o que estou pensando. Eu fiz o teste de paternidade em Pasha antes que ele nascesse.

— Papa. Papa. — Meu filho me puxa pela mão novamente. — Brinca comigo.

Eu rio e volto a atenção para ele. Pela próxima hora, nós brincamos com o caminhão e uma dúzia de outros brinquedos, todos assemelhando-se a algum tipo de carro. Pasha é obcecado com carrinhos de brinquedo, tudo desde ambulância até carros de corrida. Não importa quantos brinquedos traga para ele, ele apenas brinca com os que têm rodas.

Após a brincadeira, jantamos, e Tamila dá banho em Pasha antes de levá-lo para a cama. Eu noto que a banheira tem uma rachadura e faço uma anotação mental de encomendar uma nova. A pequena vila de Daryevo é bem alta nas Montanhas do Cáucaso e difícil de se chegar, então, não pode ser uma entrega regular de uma loja, mas eu tenho modos de fazer as coisas chegaram aqui.

Quando falo da ideia com Tamila, seus cílios sobem e ela me dá um olhar raro, seguido de um sorriso largo. — Seria excelente, obrigada. Tenho que secar o piso quase que todas as noites.

Devolvo o sorriso, e ela termina de dar banho em Pasha. Após secá-lo e vesti-lo com seu pijama, eu o levo para a cama e leio uma história para ele do seu livro favorito. Ele dorme quase que imediatamente, e eu beijo sua testa, meu coração apertado com uma emoção poderosa.

É amor. Eu reconheço, apesar de nunca ter sentido aquilo antes – apesar de um homem como eu não ter direito a esse sentimento. Nenhuma das coisas que faço importa aqui, nesta pequena vila em Dagestan.

Quando estou com meu filho, o sangue em minhas mãos não queima minha alma.

Com cuidado para não acordar Pasha, me levanto e quietamente saio do pequeno cômodo que serve como seu quarto. Tamila já está me esperando no nosso quarto, tiro minha roupa e me junto a ela na cama, fazendo amor com ela com tanta ternura quanto posso.

Amanhã, tenho que encarar o lado feio do meu mundo, mas hoje, estou feliz.

Hoje, posso amar e ser amado.

— Não vá, Papa. — O queixo de Pasha treme enquanto ele luta para não chorar. Tamila disse-lhe há algumas semanas que meninos não choram, e ele tem tentado seu máximo para ser um menino crescido. — Por favor, Papa. Você não pode ficar um pouco mais?

— Volto em duas semanas — Prometo, me abaixando à altura dos seus olhos. — Tenho que trabalhar, entende.

— Você sempre tem que ir trabalhar. — Seu queixo treme ainda mais, e seus grandes olhos castanhos se enchem de lágrimas. — Por que eu não posso ir com você para o trabalho?

As imagens dos terroristas que torturei na semana passada invadem minha mente, e é tudo que posso fazer para manter minha voz normal quando falo: — Me desculpa, Pashen'ka. Meu trabalho não é lugar para criança. — Ou para adultos, naquele assunto, mas eu não digo aquilo. Tamila sabe parte do que faço como uma unidade especial da Spetsnaz, as Forças Especiais Russas, mas mesmo ela não sabe do lado sombrio das realidades do meu mundo.

— Mas eu seria bonzinho. — Ele está chorando bastante agora. — Eu prometo, Papa. Eu me comportaria.

— Sei que se comportaria. — Eu o puxo e abraço com força, sentindo seu corpinho pular com os soluços. — Você é meu bom menino, e tem que ser bom para Mama enquanto estou fora, ok? Tem que tomar conta dela, como o menino crescido que é.

Aquelas parecem ser as palavras mágicas, porque ele funga e se afasta. — Serei. — Seu nariz está escorrendo e sua bochechas molhadas, mas seu pequeno queixo está firme quando olha para mim. — Vou tomar conta da Mama, prometo.

— Ele é tão esperto — Diz Tamila, se ajoelhando perto de mim e puxando Pasha num abraço. —, parece que tem cinco, não quase três.

— Eu sei. — Meu peito se enche de orgulho. — Ele é maravilhoso.

Ela sorri e olha para mim novamente, seus grandes olhos castanhos bem parecidos com os de Pasha. — Se cuida, e volte para nós logo, ok?

— Voltarei. — Me abaixo e beijo sua testa, e acaricio o cabelo sedoso de Pasha. —Voltarei antes que você perceba.

ESTOU EM GROZNY, CHECHÊNIA, SEGUINDO UMA PISTA DE UM grupo insurgente, quando recebo a notícia. É Ivan Polonsky, meu superior em Moscou, que me liga.

— Peter. — Sua voz incomumente grave quando pego o telefone. — Houve um incidente em Daryevo.

Minhas entranhas se congelam. — Que tipo de incidente?

— Houve uma operação que não fomos notificados. A OTAN estava envolvida. Houve... vítimas.

O frio dentro de mim se expande, me cortando com suas pontas afiadas, e é tudo que posso fazer para forçar as palavras na minha garganta que se fecha. — Tamila e Pasha?

— Sinto muito, Peter. Alguns locais foram mortos na troca de tiros, e — ele engoliu alto — os relatórios preliminares são que Tamila está entre eles.

Meus dedos quase esmagaram o telefone. — E Pasha?

— Não sabemos ainda. Houve várias explosões, e...

— Estou a caminho.

— Peter, espera...

Eu desliguei e corri para a porta.

POR FAVOR, POR FAVOR, POR FAVOR, FAÇA COM QUE ELE ESTEJA VIVO. Por favor, deixo-o viver. Por favor, farei qualquer coisa, apenas deixe-o viver.

Nunca fui religioso, mas conforme o helicóptero militar se

encaminha pelas montanhas, me vejo rezando, rogando e barganhando com quem quer que esteja lá em cima por um pequeno milagre, só uma pequena graça. A vida de uma criança não vale nada no grande sistema de coisas, mas significa tudo para mim.

Meu filho é minha vida, minha razão de existir.

O barulho das hélices do helicóptero é ensurdecedor, mas não é nada comparado com o clamor dentro da minha cabeça. Não posso respirar, não posso pensar através do ódio e medo me sufocando por dentro. Não sei como Tamila morreu, mas já vi corpos o bastante para visualizar seu corpo na minha mente, para imaginar com precisão espantosa como seus belos olhos parecem vazios e sem visão, sua boca frouxa e cheia de sangue. E Pasha ...

Não. Não posso pensar nisso agora. Não até saber com certeza.

Aquilo não deveria acontecer. Daryevo não está nem perto das áreas de conflitos em Dagestan. É um assentamento pequeno e pacífico sem vínculos com quaisquer grupos insurgentes. Eles deveriam estar seguros lá, longe do meu mundo violento.

Por favor, faça com que ele esteja vivo. Por favor, faça com que ele esteja vivo.

A viagem parece levar uma eternidade, mas, finalmente, saímos do tapete das nuvens e eu vejo a vila. Minha garganta se fecha, cortando minha respiração.

A fumaça sai de vários prédios e no centro, e soldados armados estão verificando os arredores.

Pulo do helicóptero no momento em que ele toca o chão.

— Peter, espere. Você precisa de identificação. — Grita o piloto, mas já estou correndo, empurrando as pessoas para o lado. Um soldado jovem tenta bloquear meu caminho, mas eu retiro a M16 de sua mão e aponto para ele.

— Me leve até os corpos. Agora.

Não sei se é a arma ou o som letal da minha voz, mas o soldado obedece, correndo para um abrigo no final da rua. Eu o sigo, a adrenalina com um resíduo tóxico nas minhas veias.

Por favor, faça com que ele esteja vivo. Por favor, faça com que ele esteja vivo.

Vejo os corpos atrás do abrigo, alguns colocados com cuidado, outros empilhados juntos na grama misturada com neve. Não tem ninguém em volta deles; alguns soldados devem estar mantendo os habitantes afastados agora. Eu reconheço alguns dos mortos rapidamente – o senhor da vila com quem Tamila era noiva, a esposa do padeiro, o homem que certa vez comprei leite de cabra – mas os outros não posso identificar, tanto por causa da extensão dos seus ferimentos como porque não passava muito tempo na vila.

Quase não passei *nenhum* tempo aqui, e minha esposa está morta.

Juntando forças, eu me ajoelho perto de uma mulher esbelta, coloco a M16 na grama, e retiro o véu do seu rosto. Um pedaço da sua cabeça foi explodido por uma bala, mas consigo ver o bastante das sua feições para saber que não é Tamila.

Passo para o próximo corpo de mulher, este com vários ferimentos à bala pelo peito. É a tia de Tamila, uma mulher tímida com cerca de cinquenta anos que falou menos de cinco palavras comigo nos últimos três anos. Para ela e o resto da família de Tamila, sempre fui um forasteiro, um estranho assustador de um mundo diferente. Eles não entendiam a decisão de Tamila de se casar comigo, até condenavam o ato, mas Tamila não se importava.

Ela sempre foi independente assim.

Outro corpo de mulher me chama a atenção. A mulher está deitada de lado, mas a curva suave do seu ombro é dolorosamente familiar. Minha mão treme quando a reviro, e uma dor profunda me atinge ao ver seu rosto.

A boca de Tamila está tão frouxa como imaginei, mas seus olhos não estão vazios. Eles estão fechados, seus cílios queimados e suas pálpebras coladas com sangue. Mais sangue cobre seu peito e braços, fazendo seu vestido cinza quase preto.

Minha esposa, a bela jovem que teve coragem de escolher seu próprio destino, está morta. Ela morreu sem nem mesmo sair da vila, sem ver Moscou como sonhava. Sua vida apagada antes que tivesse a chance de viver, e é tudo minha culpa. Eu deveria ter estado aqui, deveria proteger a ela e Pasha. Inferno, eu deveria saber sobre essa porra de operação; ninguém deveria estar aqui sem informar minha equipe.

O ódio cresceu dentro de mim, misturado com dor e culpa agonizantes, mas eu o retirei de mim e continuei procurando. Só tem corpos de adultos colocados nas fileiras, mas ainda tem aquela pilha.

Por favor, faça com que ele esteja vivo. Farei qualquer coisa contanto que ele esteja vivo.

Minhas pernas pareciam fósforos queimando quando me aproximei da pilha. Existem membros soltos lá, e corpos danificados além de reconhecimento. Essas devem ter sido as vítimas das explosões. Removo cada parte de corpo para o lado, procurando. O cheiro de sangue pisado e carne carbonizada pesando o ar. Um homem normal vomitaria agora, mas nunca fui normal.

Por favor, faça com que ele esteja vivo.

— Peter, espere. Tem uma força especial a caminho, e eles

não querem que toquem nos corpos. — É o piloto, Anton Rezov, se aproximando por detrás do abrigo. Trabalhamos juntos por anos e ele é um amigo íntimo, mas se ele tentar me parar, vou matá-lo.

Sem responder, continuo meu trabalho macabro, metodicamente olhando cada membro e torso antes de colocar de lado. A maioria das partes dos corpos parece pertencer a adultos, apesar de me deparar com alguns com tamanho de criança também. Mas eles são muito grandes para serem de Pasha, e sou egoísta o bastante para ficar aliviado com aquilo.

Então, eu vejo.

— Peter, você me ouviu? Você ainda não pode fazer isso. — Anton segura meu braço, eu me viro, minha mão fechando automaticamente. Meu punho bate no queixo dele, e ele cai para trás pela pancada, seus olhos rolando para trás da cabeça. Não o vejo cair; já estou me movendo, removendo a pilha remanescente de corpos para chegar à mãozinha que havia visto antes.

A mãozinha que está agarrada a um carrinho quebrado.

Por favor, por favor, por favor. Por favor, faça com que haja um erro. Por favor, faça com que ele esteja vivo. Por favor, faça com que ele esteja vivo.

Trabalho como um homem possuído, todo meu ser focado num objetivo: pegar aquela mão. Alguns dos corpos por cima da pilha estão quase que completos, mas não sinto seus pesos enquanto jogo-os para o lado. Não sinto o queimar da força que meus músculos fazem ou o cheiro do fedor de morte violenta. Apenas me abaixo, levanto e jogo até que as partes dos corpos estejam todos em volta de mim, e estou ensopado de sangue.

Não paro até que o pequeno corpo é descoberto na sua inteireza, e não há mais dúvida.

Tremendo, caio de joelhos, minhas pernas incapazes de me sustentar.

Por algum milagre, a parte direita do rosto de Pasha não está ferida, sua pele de bebê sedosa imaculada por nem sequer um arranhão. Um dos seus olhos está fechado, sua boquinha aberta, e se ele estivesse deitado de lado como Tamila estava, ele poderia ter passado por uma criança dormindo. Mas ele não estava deitado de lado, e vejo o buraco onde a explosão rasgou metade do seu crânio. Seu braço esquerdo faltando também, assim como sua perna esquerda abaixo do joelho. Seu braço direito, contudo, está ileso, os dedos curvados convulsivamente no carrinho.

Distante, eu ouço um uivo, um som louco intermitente de ira humana. Apenas quando me vejo apertando o copinho no meu peito que concluo que o som está vindo de mim. Fico em silêncio então, mas não consigo parar de me mover para frente e para trás.

Não posso parar de abraçá-lo.

Não sei por quanto tempo fiquei daquele jeito, segurando os restos do meu filho, mas já é noite quando a força tarefa chega. Eu não luto com eles. Não adianta. Meu filho se foi, sua luz brilhante se extinguiu antes que tivesse a chance de brilhar.

— Sinto muito — Sussurro quando eles me levam. Com cada metro de distância entre nós, o frio dentro de mim cresce, os restos da minha humanidade sangrando abandonando a minha alma. Não tem mais como implorar, nem barganhar com ninguém ou algo. Estou desprovido de esperança, vazio de calor ou amor. Não posso voltar o relógio e segurar meu filho por mais tempo, não posso ficar em casa como ele me pediu. Não posso levar Tamila para Moscou no ano que vem, como a tinha prometido que levaria.

Há apenas uma coisa que posso fazer pela minha esposa e filho, e essa é a razão de eu continuar vivo.

Farei seus assassinos pagarem.

Cada um deles.

Responderão por esse massacre com suas vidas.

2

ESTADOS UNIDOS, DIAS ATUAIS

ara

— VOCÊ TEM CERTEZA QUE NÃO QUER SAIR PARA BEBER COMIGO E as meninas? — Pergunta Marsha se aproximando do meu armário. Ela já tirou sua roupa de enfermeira e colocou um vestido sexy. Com seu batom vermelho vivo e cachos extravagantes, ela parece uma versão mais velha de Marilyn Monroe e gosta igualmente de ir a festas.

— Não, obrigada. Não posso. — Eu suavizo minha recusa com um sorriso. — Foi um longo dia, e estou exausta.

Ela rola os olhos. — Claro que está. Você sempre tem estado exausta nesses dias.

— O trabalho faz isso contigo.

— Sim, se você trabalhar noventa horas por semana. Se eu

não soubesse, diria que está trabalhando para se matar. Você não é mais um residente, sabe? Não tem que aturar essa merda.

Eu suspiro e pego minha bolsa. — Alguém tem que ficar à disposição.

— Sim, mas não tem que ser você toda vez. É noite de sexta-feira, e você trabalhou cada final de semana no mês passado, além dos turnos noturnos. Sei que você é a doutora mais nova na sua área e tudo mais, mas...

— Não me importo com os turnos noturnos — Interrompo, indo para o espelho. A máscara que pus essa manhã deixou manchas escuras sob meus olhos, e uso um papel toalha umedecido para removê-las. Não melhora muito minha aparência de cansada, mas suponho que não importa, visto estar indo direto para casa.

— Certo, porque você não dorme — Diz Marsha, vindo para ficar em pé atrás de mim, e eu me preparo, sabendo que ela está para falar sobre seu assunto preferido. Apesar de ela ter quinze anos a mais do que eu, Marsha é minha melhor amiga no hospital, e ela tem cada vez mais falado sobre suas preocupações.

— Marsha, por favor, estou muito cansada para isso — Digo, puxando meus cachos teimosos num rabo de cavalo. Eu não preciso de discurso para saber que estou me tornando um farrapo. Meus olhos avelã parecem vermelhos e cansados no espelho, me sinto como se tivesse sessenta anos em vez de vinte e oito.

— Sim, porque você está sobrecarregada de trabalho e sem dormir. — Ela cruza os braços no peito. — Sei que você precisa de distração depois de George e o resto, mas...

— Mas nada. — Virando-me, olho para ela. — Não quero falar sobre George.

— Sara... — Sua testa se franze. — Você tem que parar de se punir por isso. O erro foi dele. Ele *escolheu* dirigir; a decisão foi *dele.*

Minha garganta se fecha, meus olhos pinicam. Para meu horror, vejo que estou quase chorando, e me viro num esforço de me controlar. Só que não tem nenhum lugar para me virar; o espelho está na minha frente, e reflete tudo o que estou sentindo.

— Me desculpa, querida. Sou uma porra insensível. Não deveria ter falado isso. — Marsha parece genuinamente arrependida quando se chega e aperta meu braço levemente.

Respiro fundo e me viro para encará-la. Eu *estou* exausta, o que não ajuda com as emoções ameaçando me esmagar.

— Tudo bem. — Forço um sorriso nos lábios. — Não é nada. Você deveria ir; as meninas provavelmente estão te esperando. — E eu tenho que ir para casa antes de ter um troço e ficar chorando em público, o que seria o ápice da humilhação.

— Tá bom, querida. — Marsha me devolve o sorriso, mas noto a pena latente no seu olhar. — Só durma um pouco neste final de semana, ok? Me promete que vai dormir.

— Sim, vou dormir... *Mamãe.*

Ela rola os olhos. — Tá, tá, entendi. Te vejo na segunda. — Ela sai do vestiário, e eu espero um minuto antes de segui-la para evitar me encontrar com o grupo de amigas nos elevadores.

Já tive minha cota de pena mais do que posso aguentar.

AO ENTRAR NO ESTACIONAMENTO DO HOSPITAL, CHECO MEU

telefone por força do hábito, e meu coração dá um salto quando vejo um texto de um número bloqueado.

Paro, passo o dedo trêmulo na tela.

Está tudo bem, mas tive que adiar a visita desta semana, diz a mensagem. *Conflito de horários.*

Suspiro aliviada, e na mesma hora, a culpa familiar me atinge. Eu não deveria me sentir aliviada. Essas visitas deveriam ser algo que desejo fazer, em vez de uma obrigação desagradável. Só que não consigo evitar o jeito que sinto. Toda vez que visito George, vem à minha mente memórias daquela noite, e não durmo por dias depois.

Se Marsha acha que estou privada de sono, ela deveria me ver depois das visitas.

Retornando o telefone à minha bolsa, eu me aproximo do carro. É um Toyota Camry, o mesmo dos últimos cinco anos. Agora que acabei de pagar meus empréstimos da faculdade de medicina e juntei uma poupança, posso comprar um melhor, mas não vejo motivo.

George era o cara dos carros, não eu.

A dor me bate, familiar e aguda, e sei que é por causa da mensagem. Bem, isso e a conversa com Marsha. Ultimamente tem dias que nem penso sobre o acidente, entrando na rotina sem a pressão esmagadora da culpa, mas hoje não é um desses dias.

Ele era um adulto, eu lembro a mim mesma, repetindo o que todos sempre dizem. *Foi dele a decisão de dirigir naquele dia.*

Racionalidade, sei a verdade dessas palavras, mas não importa quão frequente as ouço, não as aceito. Minha mente está presa num nó, relembrando aquela noite vez após vez, e não importa o quanto eu tente, não consigo parar o carretel sombrio de girar.

Já basta, Sara. Concentre-se na estrada.

Respirando com força, saio do estacionamento e dirijo à minha casa. É uma viagem de mais ou menos quarenta minutos do hospital, que são mais ou menos quarenta minutos longe demais neste momento. Minha barriga está começando a doer e vejo que em parte estou tão emotiva hoje porque estou perto de menstruar. Como obstetra e ginecologista, sei melhor do que qualquer um o quão potente o efeito dos hormônios pode ser, e quando a síndrome pré-menstrual se combina com longas horas de trabalho e lembretes de George... Bem, é um milagre que eu já não esteja chorando e esperneando.

Sim, é isso. Meu problema é apenas hormônios e cansaço. Preciso chegar em casa, e tudo ficará bem.

Determinada a me controlar, eu ligo o rádio, sintonizo na estação pop do final dos anos noventa, e começo a cantar junto com Britney Spears. Pode não ser a música mais séria, mas é otimista, e é exatamente isso que preciso.

Não me entregarei. Hoje à noite, eu *irei* dormir, mesmo se tiver que tomar um Ambien para que isso aconteça.

Minha casa é num beco sem saída ladeado por árvores, logo na saída de uma via de duas pistas que contorna uma área fértil. Como muitas outras na área luxuosa de Homer Glen, Illinois, é grande – cinco quartos e quatro banheiros, mais um porão completamente mobiliado. Tem um quintal nos fundos enorme, e com tantos carvalhos em volta da casa que é como estar no meio de uma floresta.

É perfeita para aquela família grande que George queria e horrivelmente solitária para mim.

Depois do acidente, eu considerei vender a casa e me mudar para mais perto do hospital, mas não consegui fazer isso. E ainda não consigo. George e eu renovamos a casa juntos, modernizamos a cozinha e banheiros, dolorosamente decorando cada cômodo para dar um tom aconchegante e acolhedor. Um *tom* da família. Sei que as chances da gente ter tal família é inexistente agora, mas parte de mim se prende ao velho sonho, a vida perfeita que deveríamos ter.

— Três filhos, pelo menos — Disse-me George no nosso quinto encontro. —, dois meninos e uma menina.

— Por que não duas meninas e um menino? — Perguntei, com sorriso aberto. — O que aconteceu à igualdade dos gêneros e tudo o mais?

— Como é dois contra um igual? Todos sabem que as garotas te fazem de gato e sapato, e quando se tem duas delas... — Ele deu de ombros sombriamente. — Não, precisamos de dois meninos, dessa forma, haverá equilíbrio na família. De outra forma, Papai está ferrado.

Eu ri e bati nele no ombro, mas secretamente, gostei da ideia de dois meninos em volta de um pandemônio e protegendo a irmãzinha. Sou filha única, mas sempre quis um irmão mais velho, e foi fácil adotar o sonho de George como meu próprio.

Não. Não vá lá. Com esforço, retiro as memórias, porque para o bem ou para o mal, elas levam àquela noite, e eu não posso lidar com isso agora. As dores pioram, e é tudo que posso fazer para manter minhas mãos no volante enquanto guio para dentro da garagem para três carros. Preciso de Advil, uma almofada térmica e minha cama, nessa ordem, e se tiver sorte, desmaio logo depois, sem necessidade de Ambien.

Segurando um gemido, fecho a porta da garagem, digito o código do alarme, e me arrasto para dentro. As dores são tão fortes que não consigo andar sem me curvar, então, vou direto para o remédio no armário da cozinha. Nem mesmo me importo de ligar as luzes; o interruptor é inconvenientemente longe da entrada da garagem, além de eu conhecer a cozinha bem o bastante para andar nela no escuro.

Abrindo o armário, acho o vidro de Advil pelo tato, tiro duas pílulas e jogo na minha boca. Então, vou para a pia, encho minha mão com água, e engulo as pílulas. Ofegante, me seguro no balcão da cozinha e espero o remédio começar a fazer efeito antes de tentar fazer algo tão ambicioso como ir para o quarto principal no segundo andar.

Sinto-o apenas um segundo antes de acontecer. É sutil, apenas um deslocamento no ar atrás de mim, um cheiro de algo estranho... um sentimento de perigo repentino.

Os pelos atrás do meu pescoço se levantam, mas é tarde demais. Um momento estou em pé na pia, no próximo, um mão grande está cobrindo minha boca enquanto um corpo grande e duro me segura contra o balcão pelas minhas costas.

— Não grite — Uma voz profunda masculina sussurra no meu ouvido, e algo frio e afiado pressiona minha garganta. —, você não quer que minha lâmina escorregue.

3

Sara

Eu não grito. Não porque é a coisa sábia a se fazer, mas porque não posso fazer um som. Estou congelada de terror, completa e totalmente paralisada. Todos os meus músculos travaram, incluindo minhas cordas vocais, e meus pulmões pararam de funcionar.

— Vou retirar minha mão de sua boca — Murmura ele no meu ouvido, sua respiração quente na minha pele pegajosa. — E você vai ficar em silêncio. Entendeu?

Não posso fazer muito mais do que lamuriar, mas de alguma forma consigo um assentimento fraco.

Ele abaixa a mão, e seu braço rodeia meu tórax, e meus pulmões escolhem esse momento para recomeçar seu trabalho. Sem querer, dou uma respirada. Imediatamente, a lâmina pressiona mais na minha pele, e congelo novamente quando sinto o sangue quente gotejando no meu pescoço.

Vou morrer. Oh Deus, vou morrer aqui, na minha própria cozinha. O terror é uma coisa monstruosa dentro de mim, me furando com agulhas congeladas. Nunca estive tão perto da morte antes. Apenas dois centímetros para a direita e...

— Você precisa me ouvir, Sara. — A voz do intruso é calma, não combinando com a faca enterrada na minha garganta. — Se você cooperar, vai sair daqui viva. Se não, vai sair num saco de defunto. É sua escolha.

Viva? Uma ponta de esperança passa pela nuvem de pânico no meu cérebro, e vejo que ele tem um pequeno sotaque. É algo exótico. Do Oriente Médio, talvez, ou Europa Oriental.

Estranhamente, aquele detalhe me chama um pouco a atenção, me dá algo concreto para minha mente começar a trabalhar. — O-o que você quer? — As palavras saem num sussurro trêmulo, mas é um milagre que eu possa falar. Sinto-me como um veado na frente de faróis, chocada e impressionada, meus pensamentos são processados estranhamente lentos.

— Apenas algumas poucas perguntas — Diz ele, e a faca se afasta um pouco. Sem o aço frio cortando minha pele, parte do meu pânico diminui, e registro outros detalhes, como o fato de que meu agressor é pelo menos uma cabeça mais alto do que eu e coberto de músculos. O braço em volta do meu tórax é como uma barra de aço, e o corpo grande me pressionando contra minhas costas não deixa espaço, nada macio em lugar algum. Tenho altura média para uma mulher, mas sou magra e com pequena estatura óssea, e se ele é tão musculoso como suspeito, ele deve ter pelo menos o dobro do meu peso.

Mesmo se não tivesse a faca, eu não conseguiria escapar.

— Que tipo de respostas? — Minha voz é um pouco mais firme desta vez. Talvez ele apenas esteja aqui para me roubar e tudo que precisa é a combinação do cofre. Ele tem cheiro de limpeza, como sabão de lavanderia e pele masculina saudável, então, não se trata de um viciado em metaanfetamina ou vagabundo das ruas. Um arrombador profissional, talvez? Se for o caso, estarei feliz em dar minhas joias e o dinheiro de emergência que George escondeu na casa.

— Quero que você me fale sobre seu marido. Especificamente sua localização.

— George? — Minha mente apaga quando um novo temor me pega. — O-o que... por quê?

A lâmina pressiona. — Sou eu que faço as perguntas.

— P-por favor — Eu engasgo. Não posso pensar, não posso focar em nada além da faca. Lágrimas quentes descem no meu rosto, e estou com o corpo todo tremendo. — Por favor, eu não...

— Apenas responda minha pergunta. Onde está seu marido?

— Eu... — Oh Deus, o que falo para ele? Ele deve ser um *deles,* a razão para todo o cuidado. Meu coração está batendo tão rápido que estou hiperventilando. — Por favor, eu não... eu não tenho...

— Não minta para mim, Sara. Preciso da localização dele. Agora.

— Não sei isso, juro. Por favor, nós estamos... — Minha voz instável. — Estamos separados.

O braço em volta do meu tórax aperta, e a faca crava uma fração mais fundo. — Você quer morrer?

— Não, não, eu não. Por favor... — Estou tremendo mais, as lágrimas descem no meu rosto incontrolavelmente. Depois do acidente, houve dias em que pensava que queria morrer, quando a culpa e a dor dos arrependimentos eram avassaladores, mas agora que a lâmina está na minha garganta, eu quero viver. Quero muito.

— Então, me diga onde ele está.

— Eu não sei! — Meus joelhos estão ameaçando dobrar, mas não posso trair George assim. Não posso expô-lo a este monstro.

— Você está mentindo. — A voz do meu agressor é gelo puro. — Li suas mensagens. Você sabe exatamente onde ele está.

— Não, eu... — Eu tento pensar numa mentira plausível, mas não consigo formar nenhuma. O pânico é amargo na minha língua enquanto perguntas desesperadas aparecem na minha mente. Como ele pode ler minhas mensagens? Quando? Há quanto tempo ele está de tocaia. Ele é um *deles?* — Eu... eu não sei do que você está falando.

A faca pressiona mais fundo, e aperto meus olhos fechados, minha respiração vinda em soluços ofegantes. A morte está tão perto que posso sentir seu gosto, cheirá-la... senti-la em cada fibra do meu ser. É o gosto forte metálico do meu sangue e o suor frio descendo pelas minhas costas, o barulho do meu pulsar nas minhas têmporas e a tensão dos meus músculos tremendo. Mais um segundo, ele cortará minha jugular, e sangrarei, aqui no piso da minha cozinha.

É isso que mereço? É assim que aplaco meus pecados?

Aperto meus dentes para que não façam barulho. *Por favor, me perdoe, George. Se é isso que você precisa...*

Ouço meu agressor suspirar, e no próximo instante, a faca desaparece e sou virada sobre o balcão. Minhas costas batem forte o granito, e minha cabeça cai para trás na pia, os músculos do meu pescoço gritando de dor. Ofegando, eu chuto e tento socá-lo, mas ele é muito forte e rápido. Num piscar de olhos, ele pula no balcão e trepa em mim, me prendendo com seu peso. Ele segura meus punhos com algo duro e inquebrável antes de prendê-los com uma mão, e não importa o quanto luto, não posso fazer nada para me livrar. Meus calcanhares deslizam inutilmente no balcão liso, e os músculos do meu pescoço queimam por segurarem minha cabeça. Sou impotente, presa e um novo tipo de pânico me atinge.

Por favor, Deus. Qualquer coisa, menos estupro.

— Vamos tentar algo diferente — Diz ele, e um pedaço de pano cai no meu rosto. —, veja se está disposta a morrer por aquele bastardo.

Ofegando, eu balanço minha cabeça de um lado para o outro, tentando retirar o pano, mas é muito longo e eu quase não consigo respirar sob ele. Está ele tentando me sufocar? É esse o plano?

Então, a bica faz barulho, e tudo fica claro.

— Não! — Luto com mais força, mas ele segura meu cabelo com a mão livre, me segurando sob a torneira com minha cabeça para trás.

O primeiro choque úmido é ruim, mas em segundos, a água desce pelo meu nariz. Minha garganta se aperta, meus pulmões se estendem, e todo meu corpo se agita enquanto fico com ânsia e sufoco. O pânico é instintivo, incontrolável. O pano é como uma mão molhada presa em meus nariz e boca, apertando e mantendo-os fechados. A água está no meu nariz, minha garganta. Estou sufocando, me afogando. Não consigo respirar, não consigo...

A torneira para, e o pano é puxado do meu rosto. Tossindo, eu inspiro com força, soluçando e respirando rápido. Todo meu corpo chacoalhando, tremendo descontroladamente, e pontos brancos dançam na minha visão. Antes que possa me recuperar, o pano é jogado no meu rosto, e a água é ligada novamente.

Desta vez é até pior. Minha passagem nasal está queimando com a água, e meus pulmões gritam por ar. Estou tremendo e ofegando, sufocando e chorando. Não consigo respirar. *Oh, Deus, estou morrendo; não consigo respirar...*

No próximo instante, o pano some, e estou convulsivamente puxando o ar.

— Me diga onde ele está, e paro. — Sua voz é um sussurro sombrio sobre mim.

— Não sei! Por favor! — Sinto o gosto de vômito na minha garganta, e saber que ele irá fazer aquilo novamente transforma meu sangue em ácido. Foi fácil ser corajosa com a faca, mas isso não. Não consigo me deixar morrer assim.

— Última chance — Meu algoz diz calmamente, e o pano molhado cai no meu rosto.

A torneira começa a fazer barulho.

— Para! Por favor! — O grito sai de mim. — Vou falar! Vou falar.

A água para e o pano é puxado do meu rosto. — Fale.

Estou soluçando e tossindo tão forte para formar frases coerentes, então, ele me puxa do balcão para o piso e se agacha para me circular com seus braços. Para alguém que estivesse olhando, pareceria como um abraço consolador ou um enlace de um amante. Juntando-se à ilusão, a voz do meu torturador é calma e gentil como doce cantiga nos meus ouvidos. — Me fale, Sara. Me diz o que quero saber, e partirei.

— Ele está... — Eu paro um segundo de falar a verdade. O animal em pânico dentro de mim exige que eu sobreviva a todo custo, mas não posso fazer isso. Não posso mandar esse monstro para George. — Ele está no Hospital Advocate Christ

— Digo ofegando. —, na unidade de tratamento de longo prazo.

É uma mentira, e aparentemente não é boa, porque os braços à minha volta se apertam, quase que quebrando meus ossos. — Não fale essa porra de merda para mim. — A doce cantiga nos meus ouvidos desaparecem, trocadas por ódio mortífero. — Ele saiu de lá, saiu há meses. Onde ele está escondido?

Estou soluçando mais forte. — Eu não... eu não...

Meu agressor fica em pé, puxando-me com ele, e eu grito e luto enquanto ele me leva para a pia. — Não! Por favor, não! — Fico histérica quando ele me levanta no balcão, minhas mãos presas se mexendo enquanto tento segurar seu rosto. Meus calcanhares batem no granito quando ele sobe em mim, me prendendo no lugar, e bile chega à minha garganta quando ele pega meu cabelo, puxando minha cabeça para trás na pia. — Pare!

— Me fala a verdade, e paro.

— Eu... eu não posso. Por favor, eu não posso! — Eu não posso fazer isso com George, não depois de tudo. — Pare, por favor!

O pano molhado bate no meu rosto, e minha garganta se fecha em pânico. A água ainda está desligada, mas já estou me afogando; não consigo respirar, não consigo respirar...

— Porra!

Sou abruptamente retirada do balcão e colocada no chão, onde eu colapso soluçando, tremendo fortemente. Apenas desta vez não há braços para me restringir, e noto levemente que ele se afasta.

Eu deveria me levantar e correr, mas não posso fazer minhas pernas funcionarem. Tudo o que posso fazer é um rolamento patético para o lado, seguido de uma tentativa de engatinhar. O medo cega, é desorientador e não consigo ver nada na escuridão.

Não consigo vê-*lo*.

Corra. Desejo para meus músculos mancos e trêmulos. *Se levanta e corre.*

Sugando o ar, eu me seguro em algo – uma quina da parte de cima do balcão – e me forço para cima para ficar de pé. Só que é tarde demais; ele já está em mim, a parte dura do seu braço se enrolando no meu tórax quando ele me segura por trás.

— Vamos ver se isso funciona melhor — Sussurra ele, e algo frio e pontudo entra no meu pescoço.

Uma agulha, concluo com um pulo de terror, e minha consciência se apaga.

UM ROSTO APARECE EM FRENTE AOS MEUS OLHOS. É UM BELO rosto, até muito bonito, apesar da cicatriz que divide a sobrancelha esquerda. Alto, maçãs do rosto inclinadas, olhos cinza aço moldurados por cílios negros, uma mandíbula forte com uma barba por fazer – um rosto de homem, minha mente tenta esquadrinhar. Seu cabelo é grosso e escuro, maior em cima do que nos lados. Não é um homem velho, mas também não é um adolescente. Um homem na sua plenitude.

O rosto está franzido, suas feições com linhas severas e sombrias. — George Cobakis — Diz a boca severa e esculpida. É uma boca sexy, bem acabada, mas ouço as palavras como que vindo de um megafone distante. —, você sabe onde ele está?

Eu assinto, ou pelo menos tento. Minha cabeça está pesada,

meu pescoço estranhamente dolorido. — Sim, eu sei onde ele está. Eu também achei que o conhecesse, mas não o conhecia, realmente não. Você realmente conhece alguém? Eu não acho, ou, pelo menos, não conhecia *ele.* Achei que conhecia, mas não conhecia. Todos aqueles anos juntos, e todos achavam que éramos tão perfeitos. O casal perfeito. Éramos a nata da nata, a jovem doutora e o jornalista que ascendia na carreira. Eles falavam que ele um dia ganharia o prêmio Pulitzer. — Estou vagamente consciente que estou tagarelando, mas não consigo parar. As palavras jorram de mim, toda a dor e amargura presas. — Meus pais ficaram tão orgulhosos, tão felizes no dia do nosso casamento. Eles não tinham ideia, não tinham ideia de tudo que iria acontecer, o que aconteceria...

— Sara. Foque em mim — Diz a voz de megafone, e eu sinto um sotaque estrangeiro. Gosto disso, aquele sotaque me faz chegar mais perto e pressionar minha mão naqueles lábios esculpidos, então, passo os dedos naquela mandíbula forte para ver se tem barba por fazer. Eu gosto de barba por fazer. George sempre vinha para casa das suas viagens ao exterior, e estava cheio de barba por fazer e eu gostava daquilo. Eu gostava, apesar de falar com ele para se barbear. Ele ficava melhor bem barbeado, mas às vezes eu gostava de sentir a barba mal feita, gostava de sentir aquela aspereza nas minhas coxas quando ele ...

— Sara, pare — corta a voz, e o cenho franzido no rosto exótico e bonito se aprofunda.

Eu estava falando alto, concluo, mas não me sinto envergonhada, não mesmo. As palavras não parecem minhas; elas apenas vêm por conta própria. Minhas mãos também agem por conta própria, tentando pegar aquele rosto, mas algo as para, e quando abaixo minha cabeça pesada para olhar para baixo, vejo um lacre de bagagem prendendo meus pulsos, com uma grande mão de homem sobre minhas palmas. É quente, aquela mão, e está segurando minhas mãos presas ao meu colo. Por que está fazendo isso? De onde veio a mão? Quando olho para cima confusa, o rosto está mais perto, os olhos cinza verificando meus olhos.

— Preciso que me fale onde está seu marido — Diz a boca, o megafone se move para mais perto. Parece que está bem perto do meu ouvido. Me afasto, mas ao mesmo tempo, aquela boca me intriga. Aqueles lábios me fazem querer tocá-los, lambê-los, senti-los no meu... espera. Eles estão perguntando algo.

— Onde está meu marido? — Minha voz soa como se estivesse ecoando nas paredes.

— Sim, George Cobakis, seu marido. — Os lábios parecem tentadores ao formarem as palavras, e o sotaque acaricia minhas partes internas apesar do efeito persistente de megafone. — Diga-me onde ele está.

— Ele está seguro. Ele está num esconderijo — Digo — Eles poderiam vir pegá-lo. Eles não queriam que ele publicasse aquela história, mas ele publicou. Ele foi bem corajoso, ou estúpido... provavelmente estúpido, certo? ... e, então, o acidente aconteceu, mas eles ainda o perseguem, porque eles fazem isso. A máfia não se importa se ele é um vegetal agora, um pepino, um tomate, uma abobrinha. Bom, tomate é fruta, mas ele é um vegetal. Um brócolis, talvez? Eu não sei. De qualquer forma, não importa. É só que eles querem fazer dele um exemplo, ameaçar os outros jornalistas que os afrontam. É isso que fazem; é como agem. Trata-se apenas de molhar a mão e dar propina, e quando você começa a esclarecer as coisas...

— Onde é o esconderijo? — Tem uma luz sombria naqueles olhos de aço. — Diga-me o endereço do esconderijo.

— Não sei o endereço, mas é na esquina da lavanderia Ricky's, em Evanston — Digo para aqueles olhos. —, eles sempre me levam num carro, então, eu não sei o endereço exato, mas vejo aquele prédio da janela. Tem pelo menos dois homens naquele carro, e eles ficam dando voltas para sempre, às vezes trocam de carro também. É por causa da máfia, porque eles podem estar observando. Eles sempre mandam um carro para mim, e eles não puderam neste final de semana. Conflito de horários, disseram. Isso acontece às vezes; o turno dos guardas não casa e...

— Quantos guardas tem?

— Três, às vezes quatro. Eles são esses militares grandes. Ou ex-militares, eu não sei. Eles só parecem assim. Não sei por quê, mas todos eles têm essa aparência. É como proteção à testemunha, mas não, porque ele precisa de cuidados especiais e eu não quero deixar meu emprego. Eles disseram que poderiam me transferir, fazer com que eu desaparecesse, mas eu não quero desaparecer. Meus pacientes precisam de mim, assim como meus pais. O que eu faria com meus pais? Nunca vê-los ou ligar para eles novamente? Não, é loucura. Então, eles desapareceram com o vegetal, o pepino, o brócolis ...

— Sara, cale-se. — Dedos pressionam minha boca, parando a onda de palavras, e o rosto fica até mais perto. — Você pode parar agora. Já terminou — A boca sexy murmura, e eu abro meus lábios, chupando os dedos. Eu sinto gosto de sal e pele, e quero mais, então, eu rolo minha língua em volta dos dedos, sentindo a aspereza dos calos e as pontas grossas das unhas curtas. Já faz tanto tempo desde que toquei alguém, e meu corpo esquenta do gostinho, do olhar naqueles olhos prata.

— Sara... — A voz com sotaque é mais baixa agora, mais profunda e calma. É menos do que um megafone e mais um eco sensual, como música feita em um sintetizador. — Você não quer isso, *ptichka.*

Oh, mas eu quero. Eu quero muito isso. Eu continuo rodando minha língua nos dedos, e vejo os olhos cinza ficarem sombrios, as pupilas estão aumentando visivelmente. É sinal de ereção, eu sei, e me faz querer fazer mais. Fazem-me querer beijar aqueles lábios esculturais, esfregar minhas bochechas naquelas mandíbulas mal barbeadas. E o cabelo, aquele cabelo escuro grosso. Teriam a sensação de maciez ou seriam como cachos espessos? Quero saber, mas não consigo mover minhas mãos, então, apenas chupo os dedos com mais força, fazendo amor com eles com meus lábios e língua, sugando-os como se fossem doces.

— Sara. — A voz é grossa e rouca, o rosto apertado com uma necessidade mal contida. — Você tem que parar, ptichka. Você vai se arrepender disso amanhã.

Me arrepender? Sim, provavelmente me arrependerei. Eu me arrependo de tudo, tantas coisas, e eu solto os dedos para dizer isso. Mas antes que eu possa falar uma palavra, os dedos saem dos meus lábios e o rosto vai para longe.

— Não me deixe. — O grito é triste, como de uma criança grudenta. Eu quero mais daquele toque humano, aquela conexão. Minha cabeça parece um saco de pedras, e sinto dor por todo o corpo, especialmente no meu pescoço e ombros. Minha barriga também dói. Quero alguém para escovar meus cabelos e massagear meu pescoço, me segurar e me balançar como um bebê. — Por favor, não vá embora.

Algo parecendo com dor passa pelas feições do homem, e sinto a picada fria da agulha no meu pescoço novamente.

— Adeus, Sara — Murmura a voz, e apago, minha mente flutuando para longe como uma folha caindo.

4

Sara

A DOR DE CABEÇA. PRIMEIRAMENTE TOMO CONSCIÊNCIA DA DOR DE cabeça. Parece que meu crânio vai se despedaçar, as ondas de dor batendo como tambor no meu cérebro.

— Dra. Cobakis… Sara, pode me ouvir? — A voz feminina é calma e suave, mas me enche de medo. Tem apreensão naquela voz, misturada com uma contida urgência. Ouço esse tom no hospital o tempo todo, e nunca é bom.

Tentando não mover meu crânio latejante, abro minhas pálpebras e pisco dolorosamente ante a luz forte. — O que... onde... — Minha língua está grossa e descontrolada, minha boca dolorosamente seca.

— Aqui, tome isso. — Um canudo é colocado na minha boca, e pego com a boca, gananciosamente sugando a água. Meus olhos estão começando a se ajustar à luz e consigo distinguir o quarto. É um hospital, mas não meu hospital, julgando dela decoração desconhecida. Também não estou onde comumente fico. Não estou em pé na cama de hospital de alguém; eu estou deitada numa.

— O que aconteceu? — Pergunto roucamente. Conforme minha mente clareia, fico consciente da náusea e uma variedade de dores e desconfortos. Minhas costas parecem um hematoma gigante, e meu pescoço está duro e machucado. Minha garganta também está machucada, como se eu tivesse gritado ou vomitado, e quando levanto minha mão para tocá-la, encontro um curativo grosso do lado esquerdo do meu pescoço.

— Você foi atacada, Dra. Cobakis — Uma mulher negra de meia-idade diz calmamente, e reconheço sua voz como a que falou mais cedo. Ela está vestindo roupa de enfermeira, mas de alguma forma não parece enfermeira. Quando olho para ela vagamente, ela explica: —, em casa. Havia um homem. Você se lembra de alguma coisa sobre aquilo?

Eu pisco, me ajeitando para tentar entender aquela afirmação confusa. Sinto como se uma bola de algodão gigante tivesse sido introduzida no meu cérebro, junto com um tambor de música. — Minha casa? Atacada?

— Sim, Dra. Cobakis — Responde uma voz masculina, e tremo instintivamente, minhas batidas do coração aumentam antes de reconhecer a voz. — Mas você está segura agora. Acabou. Esta é uma instalação secreta, onde tratamos dos nossos agentes; você está segura aqui.

Virando cuidadosamente minha cabeça dolorida, eu vejo o Agente Ryson, e meu estômago pula ante as suas feições pálidas e secas. Fragmentos do meu sofrimento estão aparecendo, e com as memórias, vem o sentimento de terror.

— George, ele está...

— Sinto muito. — As dobras na testa de Ryson se aprofundam. — Houve um ataque no esconderijo ontem à noite também. George... Ele não conseguiu. Nem os três guardas.

— O quê? — É como se um bisturi perfurasse meus pulmões. Não consigo digerir as palavras, não consigo processar a enormidade delas. — Ele se... foi? — Então, compreendo o resto da sua fala. — E os três guardas? O que... como...

— Dra. Cobakis... Sara. — Ryson chega mais perto. — Preciso saber exatamente o que aconteceu ontem à noite, para que, então, possamos prendê-lo.

— Ele? Quem é *ele?* — Sempre foi *eles,* a máfia, e estou muito tonta para essa mudança repentina de pronome. George se foi. George e três guardas. Não consigo encaixar minha mente naquilo, então nem tento. Ainda não, pelo menos. Antes de deixar a dor e pesar se instalarem, preciso recuperar mais daquelas memórias, juntar o quebra-cabeça horrendo.

— Ela pode não se lembrar. O coquetel no seu sangue foi muito potente — Diz a enfermeira, vejo que ela deve estar com o Agente Ryson. Isso explicaria porque ele está falando tão confortavelmente na frente dela quando ele é geralmente discreto ao ponto da paranoia.

Quando processo aquilo, a mulher chega mais perto. Estou ligada a um monitor de sinais vitais, e ela checa a abraçadeira da pressão sanguínea no meu braço, então, dá uma apertada no meu antebraço. Olho para meu braço, e um pulso frio apertaa meu peito quando vejo uma linha vermelha fina no meu pulso. O outro pulso também tem aquilo.

Lacre. A lembrança me chega com repentina clareza. Havia um lacre nos meus pulsos.

— Ele simulou afogamento em mim. Quando eu não falei a ele sobre onde George estava, ele enfiou uma agulha no meu pescoço.

Eu não percebi que tinha falado alto até que vi o horror nas feições da enfermeira. A expressão do Agente Ryson é mais contida, mas posso afirmar que ele também está chocado.

— Sinto muito por isso. — Sua voz é contida. — Deveríamos ter premeditado isso, mas ele não foi atrás das famílias dos outros, e você não quis se mudar... Mesmo assim, deveríamos ter sabido que ele não pararia por nada...

— Que outros? Quem é ele? — Minha voz aumenta quando mais memórias assaltam minha mente. *Faca na minha garganta, pano molhado sobre meu rosto, agulha no meu pescoço, não consigo respirar, não consigo respirar...*

— Karen, ela está tendo um ataque de pânico! Faça alguma coisa. — A voz de Ryson é frenética quando os monitores começam a soar. Estou hiperventilando e tremendo, mesmo assim, de alguma forma consigo forças para olhar para aqueles monitores. Minha pressão sanguínea está no pico, e meu pulso está perigosamente rápido, mas ver aqueles números me estabiliza. Sou uma médica. Esse é meu ambiente, minha zona de conforto.

Consigo fazer isso. *Inspirar. Expirar.* Não sou fraca. *Inspira. expira.*

— Muito bem, Sara. Só respira. — A voz de Karen é calma e acalentadora quando ela acaricia o meu braço. — Você está pegando o jeito. Apenas dê outra respirada forte. Assim mesmo. Agora outra. E mais uma...

Sigo as instruções gentis dela enquanto vejo os números nos monitores, e vagarosamente, a sensação sufocante diminui e meus sinais vitais se normalizam. Mais memórias sombrias estão chegando, mas não estou pronta para encará-las ainda, então, eu as expulso, fecho uma porta mental nelas tão apertada quanto posso.

— Quem é ele? — Pergunto quando posso falar novamente.

— O que você quer dizer por 'os outros'? George escreveu um artigo sozinho. Por que a máfia está atrás de mais alguém?

O Agente Ryson troca olhares com Karen, então, olha para mim. — Dra. Cobakis, infelizmente não fomos totalmente honestos contigo. Não falamos da situação real para protegê-la, mas claramente falhamos nisso. — Ele respira fundo. — Não era a máfia local que estava atrás do seu marido. Era um fugitivo internacional, um criminoso perigoso que seu marido encontrou numa missão no exterior.

— O quê? — Minha cabeça lateja dolorosamente, as revelações quase demasiadas para digerir. George começou como correspondente estrangeiro, mas nos últimos cinco anos, ele estava pegando mais e mais histórias domésticas. Eu ficava pensando naquilo, dada sua paixão por assuntos estrangeiros, mas quando eu perguntei, ele me disse que queria passar mais tempo em casa comigo, e esqueci o assunto.

— Esse homem, ele tem uma lista de pessoas que cruzaram o caminho dele, ou que ele acha que cruzaram seu caminho — Diz Ryson. — George estava na lista. As circunstâncias exatas acerca daquilo e da identidade do fugitivo são confidenciais, mas dado ao que aconteceu, você merece saber a verdade, pelo menos o tanto que sou autorizado a revelar.

Eu olho para ele. — É um homem? Um fugitivo? — Um rosto aparece na minha cabeça, um rosto muito bonito. É sob nuvens, como uma imagem de um sonho, mas de alguma forma eu sei que é ele, o homem que invadiu minha casa e fez aquelas coisas terríveis comigo.

Ryson assente. — Sim. Ele é altamente treinado e tem vastos recursos, por isso que ele foi capaz de ficar à nossa frente por tanto tempo. Ele tem ligações em todos os lugares, da Europa Oriental, a América do Sul e o Oriente Médio. Quando soubemos que seu marido estava na lista, levamos George para o esconderijo, e deveríamos ter feito o mesmo com você. Apenas pensamos que... — Ele para e balança a cabeça. — Acho que não importa o que achamos. Nós o subestimamos, e agora quatro homens estão mortos.

Mortos. Quatro homens estão mortos. Aquilo me atinge, saber que George se foi. Não havia registrado aquilo antes, realmente não. Meus olhos começam a queimar, e meu peito parece que está sendo espremido por um torno. Num estouro de clareza, as peças do quebra-cabeça caem no lugar.

— Fui eu, não foi? — Eu me sento, ignorando a onda de tontura e dor. — Eu fiz isso. Eu, de alguma forma, dei a localização do esconderijo.

Ryson troca outro olhar com a enfermeira, e meu coração entristece. Eles não estão respondendo minha pergunta, mas a linguagem corporal deles fala tudo.

Eu sou responsável pela morte de George. Pelas quatro mortes.

— Não é culpa sua, Dra. Cobakis. — Karen toca meu braço novamente, seus olhos castanhos cheios de simpatia. — A droga que ele te deu teria feito efeito de qualquer forma. Você conhece tiopental sódico?

— O barbitúrico anestésico? — Eu pisco para ela. — Claro. Era amplamente usado para induzir anestesia até que o propofol se tornou padrão. O que... oh.

— Sim — O Agente Ryson diz. — Vejo que conhece o outro uso. É realmente usado desse modo, pelo menos fora da comunidade das inteligências do nosso país, mas tem um efeito forte como soro da verdade. Diminui as funções do córtex cerebral superior e faz com que os sob seu efeito fiquem tagarelas e cooperantes. E essa é a versão inicial, tiopental misturado com compostos que nunca vimos antes.

— Ele me drogou para me fazer falar? — Meu estômago produz bile. Isso explica a dor de cabeça e o cérebro confuso, e saber que aquilo foi feito comigo – que fui violada desse modo – me faz desejar esfregar meu cérebro com alvejante. Aquele homem não apenas invadiu minha casa; ele invadiu minha mente, entrou nela como um ladrão.

— Essa é nossa melhor aposta, sim. — Diz Ryson. — Você tinha muita quantidade dessa droga no seu sistema quando nossos agentes te acharam amarrada na sala de estar. Também havia sangue no seu pescoço e coxas, e eles pensaram inicialmente que ...

— Sangue nas minhas coxas? — Me preparo para uma nova sessão de horror. — Ele...

— Não, não se preocupe, ele não te feriu desse modo — Diz Karen, olhando sombriamente para Ryson —, fizemos um exame completo do seu corpo quando você chegou, e era seu sangue de menstruação, mas nada mais. Não havia sinal de trauma sexual. Além de alguns arranhões e cortes superficiais no seu pescoço, você está bem, ou ficará, quando a droga se desfizer.

Bem. Risadas histéricas borbulham na minha garganta, e preciso de toda minha força para não deixá-las escapar. Meu marido e outros três homens estão mortos por minha causa. Minha casa foi invadida; minha *mente* foi invadida. E ela acha que ficarei bem?

— Por que vocês inventaram aquela mentira sobre a máfia?

— Pergunto, lutando para controlar a onda de dor no meu peito. — Como isso me protegeria?

— Porque no passado, esse fugitivo não tinha ido atrás de inocentes, as mulheres e crianças das pessoas na lista que não estavam envolvidos em nada — Diz Ryson. — Mas ele matou a irmã de um homem porque este confiou nela e a envolveu na ocultação. Quanto menos você soubesse, o mais segura você ficaria, especialmente pelo fato de que você não queria se mudar e desaparecer junto com seu marido.

— Ryson, por favor — Diz Karen de forma firme, mas é muito tarde. Já estou digerindo esse novo golpe. Mesmo se pudesse ser perdoada por causa da minha tagarelice induzida pela droga, minha recusa em partir é somente minha culpa. Fui egoísta, pensando nos meus pais e minha carreira em vez do perigo que poderia trazer para meu marido. Eu achava que *minha* segurança que estava em jogo, não a dele, mas isso não é desculpa.

A morte de George está na minha consciência, assim como o acidente que feriu seu cérebro.

— Ele... — Eu engulo seco. — Ele sofreu? Quero dizer... como aconteceu?

— Uma bala na cabeça — Ryson responde num tom suave. — O mesmo que os três que o vigiavam. Eu acho que aconteceu muito rápido para quaisquer deles sofrerem.

— Oh Deus. — Meu estômago pula com violência repentina, e vômito sobe minha garganta.

Karen deve ter visto minhas feições descoloridas, pois ela age rápido, pegando uma bandeja de metal de uma mesa perto e colocando nas minhas mãos. Bem a tempo, visto eu já estar expelindo o conteúdo do meu estômago, o ácido queima meu esôfago enquanto seguro a bandeja com mãos trêmulas.

— Tudo bem. Tudo bem. Aqui, vamos te limpar. — Karen é pura eficiência, como uma enfermeira de verdade. Qualquer que seja seu papel no FBI, ela sabe o que fazer num ambiente médico. — Venha, deixe-me te ajudar a ir ao banheiro. Vai se sentir melhor num segundo.

Colocando a bandeja na mesa ao lado, ela põe um braço em volta das minhas costas e me conduz ao banheiro. Minhas pernas estão tremendo tanto que mal posso andar; se não fosse pela sua ajuda, não teria conseguido.

Mesmo assim, eu preciso de um momento de privacidade, então, digo a Karen: — Você pode, por favor, sair por um momento? Estou bem agora.

Devo ter soado bem convincente, pois Karen diz: — Estarei bem aqui fora se precisar de mim — E fecha a porta.

Estou suando e tremendo, mas consigo molhar minha boca e escovar os dentes. Então, cuido de outros assuntos mais urgentes, lavo minhas mãos, e jogo água fria no meu rosto. Na hora que Karen bate na porta, estou me sentindo um pouco mais humana.

Também estou mantendo minha mente vazia. Se eu pensar sobre o modo que George e os outros morreram, vou vomitar novamente. Vi vários ferimentos à bala durante minha residência na emergência, e sei o dano devastador que as balas causam.

Não pense nisso. Não ainda.

— Meus pais foram informados? — Pergunto depois que Karen me ajuda a voltar para a cama. Ela já retirou a bandeja, e o Agente Ryson está sentado numa cadeira perto da cama, suas feições calejadas com sinas visíveis de tensão.

— Não — Diz Karen com calma. —, ainda não. Na verdade, queremos discutir isso contigo.

Olho para ela, então, para Ryson. — Discutir o quê?

— Dra. Cobakis, Sara, achamos que o melhor seria se as circunstâncias da morte do seu marido, assim como o ataque que você sofreu, fossem mantidos confidenciais — Diz Ryson. — Te resguardaria de bastante atenção da mídia, além de...

— Você quer dizer, que resguardaria *você* de bastante atenção da mídia. — Um surto de ira retira parte da tontura da minha mente. — É por isso que estou aqui, em vez de num hospital normal. Você quer encobrir isso, fingir que isso nunca aconteceu.

— Queremos te manter segura e te ajudar a suplantar isso. — Diz Karen, seu olhar castanho sincero no meu rosto. — Nada de bom pode sair se essa história aparecer em todos os jornais. O que aconteceu foi uma tragédia horrível, mas seu marido já estava nos aparelhos. Você sabe melhor que qualquer um que era apenas uma questão de tempo até...

— E os outros homens? — Interrompo bruscamente. — Eles também estavam nos aparelhos?

— Eles morreram cumprindo seu dever — Diz Ryson. —, suas famílias já foram informadas, então, você não tem que se importar com isso. No caso de George, você era sua única família, então...

— Agora já fui informada também. — Minha boca se vira. — Sua consciência está tranquila, e agora é hora da limpeza. Ou deveria dizer hora de salvar seus traseiros?

As feições dele endurecem. — Isso ainda é totalmente confidencial, Dr. Cobakis. Se você for para a mídia, vai cutucar uma casa de marimbondos, e acredite em mim, você não quer isso. Nem iria querer seu marido, se estivesse vivo. Ele não queria que ninguém soubesse sobre esse assunto, nem mesmo você.

— O quê? — Olho para o agente. — George sabia? Mas...

— Ele não sabia que estava na lista, nem nós — Diz Karen, colocando a mão no encosto da cadeira de Ryson. — Soubemos disso depois do acidente, e naquela hora fizemos o que pudemos para protegê-lo.

Minha cabeça está latejando, mas espanto a dor e tento me concentrar no que eles estão me falando. — Eu não entendo. O que aconteceu naquela missão no exterior? Como George ficou envolvido com um fugitivo? E quando?

— Essa é a parte confidencial — Diz Ryson. —, desculpe-me, mas é realmente melhor se você deixar isso quieto. Estamos atrás do assassino do seu marido agora e estamos tentando proteger as outras pessoas da lista. Dado suas fontes, essa não é uma tarefa fácil. Se a mídia ficar nos nossos calcanhares, não conseguiremos fazer nosso trabalho com eficiência, e mais pessoas poderão morrer. Você entende o que estou falando, Dra. Cobakis? Para a sua segurança, e das outras pessoas, você tem que deixar isso para lá.

Fico tensa, lembrando-me do que o agente falou sobre os outros. — Quantos já foram assassinados?

— Muitos, infelizmente — Diz Karen sombriamente. — Não descobrimos sobre a lista até que ele já havia pego várias pessoas na Europa, e quando conseguimos montar as garantias necessárias, havia apenas alguns indivíduos sobrando.

Eu inspiro instavelmente, minha cabeça rodando. Eu sabia o que George fazia como correspondente estrangeiro, claro, e havia lido muitos dos seus artigos e denúncias, mas essas histórias não pareciam totalmente reais para mim. Mesmo quando o Agente Ryson veio falar comigo nove meses atrás sobre a suposta ameaça da máfia contra a vida de George, o medo que senti foi mais acadêmico do que visceral. Tirando o acidente de George e os anos dolorosos que levaram a isso, eu levava uma vida encantada, cheia das preocupações típicas de subúrbio como escola, trabalho e família. Fugitivos internacionais que torturam e matam pessoas numa lista misteriosa são tão fora da minha esfera de experiência que sinto como se tivesse sido jogada na vida de outra pessoa.

— Sabemos que é muita coisa para digerir — Diz gentilmente Karen, e vejo que parte do que eu sinto deve estar escrito nas minhas feições. — Você ainda está em choque pelo ataque, e ainda por cima saber de tudo isso... — Ela inspira. — Se você precisar de alguém para conversar, eu conheço um bom terapeuta que trabalhou com soldados com TEPT e outros.

— Não, eu... — Eu quero recusar, dizer a ela que eu não preciso de ninguém, mas eu não consigo fazer minha boca formar uma mentira. A bola de dor dentro do meu peito está me sufocando, e apesar da minha barreira mental, mais memórias horríveis estão chegando, flashes de escuridão e impotência e terror.

— Apenas te deixarei este cartão — Diz Karen, se aproximando da cama, e a vejo olhar preocupante para os monitores bipando. Eu não preciso olhar para eles para saber que meu coração está inconstante novamente, meu corpo está entrando no modo desnecessário de luta ou fuga.

A parte primitiva do meu cérebro não sabe que as memórias não podem me machucar, que o pior já passou. A não ser que...

— Terei que desaparecer? — Ofego através de uma garganta fechada. — Você acha que ele vai...

— Não — Diz Ryson, entendendo meu medo imediatamente. — Ele não irá atrás de você novamente. Ele conseguiu o que queria; não há razão de ele retornar. Se você quiser, ainda podemos te realocar, mas...

— Pare, Ryson. Você não vê que ela está hiperventilando? — Diz Karen com firmeza, pegando meu braço. — Respire, Sara — Ela me fala num tom calmante. —, vamos, querida, apenas dê aquela respirada funda. E mais uma. Assim...

Obedeço à sua voz até que o ritmo do meu coração se normaliza novamente, e as piores memórias ficam presas atrás do muro mental. Ainda tremo, contudo, então Karen enrola um cobertor em volta de mim e se senta perto, na cama, me abraçando com força.

— Tudo vai ficar bem, Sara — Murmura ela enquanto a dor me suplanta e começo a chorar, as lágrimas como ondas de lava nas minhas bochechas. — Acabou. Você ficará bem. Ele se foi, e nunca te machucará novamente.

5

 eter

— *Cinzas às cinzas, pó ao pó...*

A voz arrastada do padre chega aos meus ouvidos, e desvio minha atenção dele enquanto verifico o público de lamentadores. Tem mais de duzentas pessoas aqui, todas usando roupas escuras e com expressões sombrias. Sob o mar de guarda-chuvas escuros, muitos olhos estão vermelhos e inchados, e algumas mulheres estão chorando alto.

George Cobakis foi popular durante a sua vida.

O pensamento deveria me deixar com raiva, mas não deixa. Não sinto nada quando penso nele, nem mesmo a satisfação de que ele esteja morto. A ódio que me tem consumido por anos se acalmou neste momento, me deixando estranhamente vazio.

Estou em pé na parte de trás do público, meu casaco e

49

guarda-chuva pretos são iguais aos dos outros lamentadores. Uma peruca castanho-claro e um bigode fino disfarçam minha aparência, assim como minha postura relaxada e um travesseiro fino preso à minha barriga.

Não sei por que estou aqui. Nunca fui a nenhum funeral antes. Uma vez que um nome é riscado da minha lista, minha equipe e eu nos mudamos para o próximo, fria e metodicamente. Sou um homem procurado; não faz sentido ficar parado aqui, nesta pequena cidade suburbana, mesmo assim não consigo sair.

Não sem vê-la novamente.

Meu olhar vai de pessoa a pessoa, procurando uma figura esbelta, e finalmente a vejo, bem na frente como se esperava da esposa do falecido. Ela está em pé perto de um casal idoso, segurando um guarda-chuva grande sobre os três, e mesmo no meio de tantas pessoas, ela parece estar longe, de alguma forma distante de todos.

É como se ela existisse num plano diferente, como eu.

Reconheço-a pelas ondas castanhas sob o pequeno chapéu preto. Ela deixou o cabelo solto hoje, e apesar do cinza do céu chuvoso, vejo os brilhos vermelhos na massa castanho-escuro que desce alguns centímetros pelos seus ombros. Não consigo ver muito mais – tem muitas pessoas e guarda-chuvas entre nós – mas fico a olhando de qualquer forma, como tenho observado no último mês. Apenas meu interesse nela é diferente agora, infinitamente mais pessoal.

Dano colateral. Assim que pensei nela inicialmente. Ela não era uma pessoa para mim, mas uma extensão do marido. Uma extensão inteligente e bonita, certamente, mas aquilo não importava para mim. Eu particularmente não queria matá-la, mas teria feito o que fosse necessário para alcançar meu objetivo.

Eu *sempre* fazia o que era necessário.

Ela congelou de terror quando peguei no seu braço, sua reação era a resposta de alguém não treinado, o instinto primitivo da presa incapacitada. Deveria ser fácil naquele ponto – alguns cortes rasos e pronto. O fato de ela não ceder instantaneamente sob minha lâmina foi impressionante e irritante. Já me deparei com assassinos que se mijam e começam a cantar com menos incentivo.

Eu poderia ter feito mais com ela naquela hora, usado minha faca de verdade, mas em vez disso, usei uma técnica de interrogatório menos danosa.

Coloquei-a sob a torneira.

Funcionou como um feitiço – e foi aí que cometi um erro. Ela estava tremendo e soluçando tanto depois da primeira vez que a coloquei no chão e envolvi meus braços em volta dela, restringindo-a e acalmando-a ao mesmo tempo. Fiz aquilo para que ela pudesse falar, mas não contava com minha resposta a ela.

Ela parecia pequena e quebrável, totalmente desamparada enquanto tossia e soluçava no meu abraço, e, por alguma razão, me lembrei quando segurava o meu filho daquele jeito, confortando-o enquanto chorava. Só que Sara não é uma criança, e meu corpo reagiu às curvas esbeltas dela com fome impressionante, com um desejo tão primitivo quanto irracional.

Eu desejava a mulher que fui interrogar, aquela cujo marido eu pretendia matar.

Tentei ignorar minha reação inconveniente, continuar como antes, mas quando a coloquei no balcão novamente, me vi incapaz de ligar a água. Estava muito consciente dela, ela se tornara uma pessoa para mim, uma mulher viva e que respira em vez de uma ferramenta a ser usada.

Aquilo tornou a droga como única opção. Não havia planejado usá-la nela, por causa do tempo que levava para funcionar propriamente e por ser nosso último lote. O químico que tinha feito foi assassinado recentemente, e Anton me alertou que levaria tempo para conseguir outro suprimento. Estava guardando aquele lote para uma emergência, mas não tive escolha.

Eu, que já tinha torturado e matado centenas, não conseguia juntar forças para ferir mais aquela mulher.

— *Ele era um homem bom e generoso, um jornalista talentoso. Sua morte é uma perda incomensurável, tanto para a sua família como para a sua profissão...*

Tiro meus olhos de Sara para focar no palestrante. É uma mulher de meia-idade, seu rosto fino cheio de lágrimas. Eu a reconheço como uma das colegas de Cobakis do jornal. Eu investiguei todos eles para determinar sua cumplicidade, mas para sorte deles, Cobakis era o único envolvido.

Ela continuou discorrendo sobre todas as qualidades notáveis de Cobakis, mas retiro minha atenção dela novamente, meu olhar volta à figura esguia sob o guarda-chuva gigante. Tudo o que posso ver dela são suas costas, mas posso discernir facilmente seu rosto pálido e em forma de coração. Suas feições estão presas em minha mente, tudo desde seus grandes olhos cor de avelã e nariz pequeno e fino, aos seus lábios macios e aveludados. Tem algo sobre Sara Cobakis que me faz pensar em Audrey Hepburn, um tipo de beleza fora da moda reminiscente das estrelas dos filmes dos anos quarenta e cinquenta. Acrescenta-se a isso o fato de que ela não pertence a este local, que ela é de alguma forma diferente das pessoas que a cercam.

Que ela está de alguma forma acima deles.

Imagino se ela está chorando, se está lamentando o homem que ela admitiu que realmente não conhecera. Quando Sara disse-me pela primeira vez que ela e seu marido estavam separados, eu não acreditei, mas algumas das coisas que ela disse sob a influência da droga me fizeram repensar aquela conclusão. Algo havia ido muito errado no seu casamento supostamente perfeito, algo que deixou um traço indelével nela.

Ela conheceu a dor; ela viveu com ela. Pude ver aquilo nos seus olhos, na curva macia e trêmula da sua boca. Aquilo me intrigou, aquela olhada dentro da sua mente me fez querer mergulhar mais fundo nos seus segredos, e quando ela fechou seus lábios nos meus dedos e começou a chupá-los, a fome que eu estivera tentando conter retornou, meu pau ficando incontrolavelmente duro.

Eu poderia tê-la possuído, e ela teria deixado. Caralho, ela teria me acolhido de braços abertos. A droga tinha abaixado suas inibições, despido-a de todas as defesas. Ela havia estado aberta e vulnerável, carente de uma forma que chamou pelas minhas partes mais profundas.

Não me deixe. Por favor, não me deixe.

Mesmo agora posso ouvir seus rogos, muito parecido com os de Pasha na última vez que o vi. Ela não sabia o que estava pedindo, não sabia quem eu era ou o que estava quase para fazer, mas suas palavras me estremeceram até meu âmago, fazendo-me desejar algo totalmente impossível. Exigiu toda a minha força de vontade ir embora e deixá-la amarrada na cadeira para o FBI achá-la.

Exigiu tudo o que eu tinha para sair e continuar minha missão.

Minha atenção retorna ao presente quando a colega de

Cobakis para de falar e Sara se aproxima do palanque. Sua figura magra, com roupas pretas, se move com graça inconsciente, e um pressentimento revira minhas entranhas quando ela se vira e encara o público.

Um scarf escuro está enrolado em volta do seu pescoço, protegendo-a do vento frio de outubro e escondendo o curativo que deve estar lá. Acima do lenço, seu rosto com formato de coração está pálido como fantasma, mas seus olhos estão secos – pelo menos até onde posso ver à distância. Eu adoraria ficar mais perto, mas é muito arriscado. Já estou me arriscando por estar aqui. Tem pelo menos dois agentes do FBI entre a assistência, e mais alguns estão sentados discretamente em carros do governo na rua. Eles não esperam que eu esteja aqui – a segurança seria muito maior se esperassem – mas isso não significa que eu possa baixar a guarda. Desse jeito, Anton e os outros acham que sou doido por aparecer aqui.

Geralmente saímos da cidade poucas horas após uma etapa bem sucedida.

— Como todos sabem, George e eu nos conhecemos na faculdade — Diz Sara no microfone, e minha espinha dá uma pontada ao som da sua voz suave e melodiosa. Já observei-a o bastante para saber que ela pode cantar. Ela frequentemente canta junto com música popular quando está só no carro ou quando está fazendo tarefas em casa.

Na maioria das vezes ela soa melhor do que o próprio cantor.

— Nos encontramos num laboratório de química — Continua ela —, porque, acreditem ou não, George pensava em ir para a escola de medicina naquele tempo. — Ouço algumas risadinhas no público, e os lábios de Sara se curvam num sorriso fraco quando diz: — Sim, George, que não conseguia ver sangue, na verdade considerou se tornar um médico. Felizmente, ele descobriu rapidamente sua paixão verdadeira – jornalismo – e o resto é história.

Ela continua a falar dos vários hábitos e manias, incluindo seu amor por sanduíche de queijo coberto de mel, então, passa para suas consecuções e boas ações, detalhando seu apoio incondicional aos veteranos e sem teto. Enquanto fala, noto que tudo que fala tem a ver com *ele*, em vez de eles dois. Além da menção inicial de como se encontraram pela primeira vez, o discurso de Sara poderia ter sido escrito por um colega de quarto ou um amigo – realmente qualquer um que conhecesse os Cobakis. Até sua voz é constante e calma, sem sinal da dor que vi nos seus olhos aquela noite.

Apenas quando ela chega ao acidente que vejo alguma emoção real nas suas feições. — George foi muitas coisas maravilhosas — Diz ela, olhando para o público —, mas tudo terminou dezoito meses atrás, quando seu carro atingiu uma mureta e capotou. Tudo que ele era morreu naquele dia. O que sobrou não era George. Era uma casca dele, um corpo sem mente. Quando a morte alcançou-o cedo no sábado de manhã, não pegou meu marido. Pegou apenas uma casca. O próprio George havia ido há muito, e nada podia fazê-lo sofrer.

Seu queixo levanta quando ela diz esta última parte, e eu olho para ela atentamente. Ela não sabe que estou aqui – o FBI estaria em cima de mim se soubesse – mas sinto como se ela estivesse falando direto para mim, me dizendo que falhei. Será que ela me sente em algum nível? Sente que estou observando-a?

Ela sabe que quando fiquei ao lado da cama do seu marido duas noites atrás, por um breve momento considerei *não* puxar o gatilho?

Ela termina seu discurso com as palavras tradicionais sobre quanta saudade vai sentir de George. E, então, sai do palco, deixando o padre ter a última palavra. Vejo-a voltar para o lado do casal idoso, e quando o público começa a se dispersar, eu quietamente sigo os outros lamentadores para fora do cemitério.

O funeral acabou, e minha fascinação por Sara também deve acabar.

Existem mais pessoas na minha lista e, felizmente para ela, Sara não é uma delas.

PARTE II

6

ara

— Querida, você não vai comer novamente? — Pergunta minha mãe com uma expressão preocupada. Apesar de estar passando o aspirador quando cheguei, sua maquiagem está perfeita como sempre, seus cabelos baixos e brancos estão belamente ondulados, e seus brincos combinam com o colar de estilo. — Você tem estado tão magra ultimamente.

— A maioria das pessoas considera isso como uma coisa boa — Digo em tom seco, mas para satisfazê-la, pego outro pedaço de torta de maçã caseira.

— Não quando você parece como se um chihuahua pudesse arrastá-la — Diz mamãe e empurra mais torta para mim. —, você tem que se cuidar; senão não poderá cuidar dos seus pacientes.

— Eu sei disso, Mãe — Digo entre mordidas na torta. — Não se preocupe, tá? Foi um inverno ocupado, mas as coisas devem se acalmar em breve.

— Sara, querida... — As linhas de preocupação se aprofundam nas suas feições. —Já se passaram seis meses desde que George... — Ela para e respira. — Olha, o que estou dizendo é que você não pode continuar trabalhando feito uma condenada. É muito para você, sua carga regular de trabalho, além de todo esse voluntariado. Você está conseguindo dormir?

— Claro, Mãe. Durmo como morto. — Não é mentira; desmaio na hora que minha cabeça bate no travesseiro e não acordo até que o alarme soe. Ou pelo menos é o que acontece se eu estiver completamente esgotada. Nos dias que tenho algo que se assemelha a uma rotina normal, acordo tremendo e suando com os pesadelos, então, faço o melhor para ficar exausta todos os dias.

— Como está indo a venda da casa? Já tem alguma oferta? — Pergunta papai, entrando na sala de jantar. Ele está usando um andador novamente, então, sua artrite deve estar atacada, mas estou satisfeita em ver que sua postura está um pouco ereta. Ele está mesmo seguindo as ordens do seu fisioterapeuta desta vez e nadando no ginásio todos os dias.

— O corretor fará uma demonstração de casa aberta na próxima semana — Respondo, segurando o desejo de elogiar meu pai por fazer a coisa certa. Ele não gosta de ser lembrado da sua idade, então, quaisquer coisas que tenham a ver com a saúde dele ou de mamãe não deve ser mencionada pelo menos durante as conversas do jantar. Fico passada, mas, ao mesmo tempo, não posso deixar de admirar sua determinação.

Com quase oitenta e sete anos, meu pai continua durão como sempre esteve.

— Oh, bom — Diz Mamãe. —, espero que consiga algumas ofertas na demonstração. Certifique-se de assar biscoitos pela manhã; eles fazem a casa cheirar bem.

— Devo pedir ao corretor para comprar alguns e fazê-los no micro-ondas antes que os visitantes cheguem. — Digo, sorrindo para ela. — Não acho que terei tempo de assá-los.

— Claro que não vai ter, Lorna. — Papai senta-se perto de mamãe e pega um pedaço de torta. Olhando para mim, diz rispidamente: — Você provavelmente não estará em casa, certo?

Assinto. — Devo ir para a clínica direto do hospital naquele dia.

Ele franze. — Você ainda faz isso?

— Aquelas mulheres precisam de mim, pai. — Tento manter o desespero fora do meu tom de voz. — Você não tem ideia de como são as coisas naquela vizinhança.

— Mas, querida, é exatamente por causa daquela vizinhança que não te queremos lá — Exclama mamãe. — Você não pode ser voluntária em outro lugar? E fazer isso à noite após ter terminado um dos seus turnos...

— Mãe, eu nunca levo dinheiro ou coisas valiosas comigo, e só fico lá por duas horas durante as noites. — Digo, mantendo minha paciência por um fio. Já tivemos essa discussão pelo menos cinco vezes nos últimos três meses, e em cada vez, meus pais fingem como se nunca tivéssemos discutido isso antes. — Estaciono bem em frente ao prédio, e vou direto para dentro. É tão seguro quanto pode ser.

Mamãe suspira e balança a cabeça, mas não discute mais. Papai, contudo, continua franzindo para mim sobre sua fatia da torta. Para distraí-lo, levanto e digo: — Alguém gostaria de café ou chá?

— Café descafeinado para seu pai — Diz mamãe. — E chá de camomila para mim, por favor.

— Um café descafeinado e um chá de camomila saindo — Digo, indo para a máquina de café chique que dei para eles no último natal. Após fazer as bebidas solicitadas, levo para a mesa, volto e faço uma xícara de café java para mim.

Após este jantar, estou de plantão e posso precisar da cafeína.

— Então, adivinha, querida? — Diz mamãe quando me junto a eles novamente na mesa. — Vamos receber os Levinsons para o jantar no sábado.

Dou um gole no meu café. É quente e forte, exatamente como gosto dele. — Legal.

— Eles têm perguntado por você — Diz papai, mexendo o açúcar no café.

— Uh-huh. — Mantenho minha expressão neutra. — Por favor, diz olá a eles por mim.

— Por que você não vem também, querida? — Diz mamãe, como se a ideia acabasse de lhe ocorrer. — Sei que eles adorariam vê-la, e farei seu favorito...

— Mãe, não estou interessada em namorar Joe – ou qualquer um – agora. — Digo, abrandando minha recusa com um sorriso. — Me desculpe, mas ainda não cheguei lá. Sei que você adora os pais de Joe, e ele é um advogado maravilhoso e um homem muito educado, mas simplesmente ainda não estou pronta.

— Você não saberá se está pronta se não sair e tentar. — Diz papai enquanto mamãe suspira e olha para a sua xícara de chá. — Você não pode se deixar morrer junto com George, Sara. Você é mais forte do que isso.

Engulo meu café em vez de responder. Ele está errado. Não

sou forte. E tudo que posso fazer é sentar aqui e fingir que estou bem, que ainda estou inteira e funcional e sã. Meus pais, como todos os demais, não sabem o que aconteceu naquela sexta-feira à noite. Eles acham que George morreu enquanto dormia, sua morte como o resultado atrasado do acidente de carro que o colocou em coma dezoito meses antes. Expliquei o fato do funeral ser com caixão fechado como um modo de eu lidar com meu pesar, e ninguém questionou o fato. Se meus pais soubessem a verdade, eles ficariam devastados, e eu nunca faria isso com eles.

Ninguém exceto o FBI e meu terapeuta sabem sobre o fugitivo e meu papel na morte de George.

— Só pense sobre o assunto — Diz mamãe quando eu fico calada. — Você não tem que se comprometer com nada ou fazer nada que não queira. Apenas, por favor, considere vir neste sábado.

Eu olho para ela, e pela primeira vez, percebo o pesar escondido sob sua maquiagem perfeita e acessórios finos. Minha mãe é nove anos mais jovem que papai, e ela é tão em forma e energética que às vezes esqueço que a idade está pesando nela também, que toda essa preocupação comigo não pode ser boa para a sua saúde.

— Vou pensar no assunto, mãe — Prometo e me levanto para retirar os pratos da mesa. —, se não tiver que trabalhar no sábado, vou tentar vir.

 ara

MEU TURNO EXTRA É EMERGÊNCIA PURA, TUDO, DE MULHER grávida de cinco meses com sangramento grave a uma das minhas pacientes entrando em trabalho de parto sete semanas mais cedo. E acabo fazendo uma cesariana nela, mas por sorte o bebê – um menino minúsculo, mas perfeitamente formado – é capaz de respirar e sugar por conta própria. A mulher e seu marido soluçam de felicidade e me agradecem profusamente, e quando me dirijo ao vestiário para retirar meu uniforme, estou física e emocionalmente esgotada. Contudo, estou também profundamente satisfeita.

Cada criança que trago ao mundo, cada mulher cujo corpo ajudo a curar, me faz sentir um pouquinho melhor, aliviando a culpa que me sufoca como um pano molhado.

Não, não pense nisso. Pare. Só que é tarde demais, e as memórias inundam, sombrias e tóxicas. Ofegando, sento-me no banco perto do meu armário, minhas mãos agarradas à tábua dura.

Uma mão na minha boca. Uma faca na minha garganta. Um pano molhado no meu rosto. Água no meu nariz, nos meus pulmões...

— Ei, Sara. — Uma mão macia pega meu braço. — Sara, o que está acontecendo? Você está bem?

Estou chiando, minha garganta impossivelmente apertada, mas consigo assentir discretamente. Fechando os olhos, concentro em diminuir o ritmo da respiração como meu terapeuta me ensinou, e após alguns momentos, a pior parte da sensação sufocante passa.

Abrindo os olhos, olho para Marsha, que está olhando para mim com preocupação.

— Estou bem — Digo tremendo, e me levanto para abrir meu armário. Minha pele está fria e grudenta, e meus joelhos parecem que vão ceder a qualquer momento, mas não quero que ninguém no hospital saiba dos meus ataques de pânico. — Me esqueci de comer novamente, então, provavelmente estou apenas com falta de açúcar no sangue.

Os olhos azuis de Marsha se arregalam. — Você não está grávida, está?

— O quê? — Apesar da minha respiração ainda instável, dou uma gargalhada. — Não, claro que não.

— Oh, bem. — Ela dá um sorriso largo para mim. — E eu achei que você estivesse finalmente vivendo a vida.

Dei um olhar para ela do tipo: cai na real. — Mesmo se estivesse, você acha que não sei como prevenir gravidez?

— Ei, nunca se sabe. Acidentes acontecem. — Ela abre o armário e começa mudar o uniforme. — Sério mesmo, você deveria se juntar a mim e às garotas. Estamos indo no Patty's agora.

Levanto minhas sobrancelhas. — Um bar às cinco da manhã?

— Sim, e daí? Não vamos encher a cara. Eles têm café da manhã todos os dias, e é melhor do que a lanchonete. Você deveria provar.

Estou quase recusando, mas então me lembro que não tenho quase nada na minha geladeira. Não menti sobre não ter comido hoje; o jantar na casa dos meus pais foi há mais de dez horas e estou faminta.

— Tá bem. — Digo, surpreendendo Marsha tanto quanto a mim mesma. —, irei.

E ignorando os pulinhos de excitação da minha amiga, coloco minhas roupas normais e vou para a pia para me refrescar.

QUANDO CHEGAMOS AO PATTY'S, NÃO ME SURPREENDO DE VER muitos rostos familiares lá. Muitos dos funcionários do hospital vêm a este bar para se descontrair e socializar depois do trabalho. Não esperava que o lugar estivesse tão cheio a esta hora da noite – ou manhã, dependendo da perspectiva de cada um – mas se eles servem café da manhã assim como bebida alcoólica, faz sentido.

Marsha, eu e duas enfermeiras da emergência vamos para uma mesa no canto, onde uma garçonete rabugenta anota nossos pedido. Quando ela vai embora, Marsha começa uma história sobre um final de semana louco no centro de Chicago, e as duas enfermeiras, Andy e Tonya, riem e mexem com ela sobre o cara que ela quase ficou. Depois, Andy fala a todos sobre a insistência do seu namorado em usar camisinha roxa, e na hora que nossa comida chega, as três estão rindo tanto que a garçonete nos dá um olhar de repreensão.

Eu estou rindo também, porque a história *é* engraçada, mas não sinto a alegria que vem geralmente com uma risada. Não sinto isso faz tempo. É como se algo dentro de mim estivesse congelado, entorpecendo todas as emoções e sensações. Meu terapeuta diz que essa é outra forma do meu TEPT se manifestar, mas não sei se ele está certo. Muito antes do estranho invadir minha casa – até antes do acidente – vinha sentindo como que havendo uma barreira entre mim e o resto do mundo, uma parede de aparências falsas de mentiras.

Por anos, estou usando uma máscara, e agora sinto como se eu me tornasse a máscara, como se não existisse nada real sob ela.

— E você, Sara? — Pergunta Tonya, e vejo que minha mente se distanciou, comendo meus ovos no piloto automático. — Como foi seu final de semana?

— Foi bem, obrigada. — Largando o garfo, tento sorrir. — Nada excitante. Estou vendendo minha casa, então, tive que limpar minha garagem e fazer outras coisas chatas. — Também tive turno de dezoito horas e trabalhei como voluntária da clínica por mais cinco, mas não digo isso a Tonya. Marsha já acha que sou *workaholic*; se ela soubesse que estou substituindo alguns dos outros médicos do meu consultório e ajudando uma clínica além da minha carga normal de trabalho, vou ter que escutar até o final da minha vida.

— Você deveria vir conosco na próxima sexta — Diz Tonya,

esticando um braço fino e moreno para pegar o saleiro. Com vinte e quatro anos, ela é uma das enfermeiras mais jovens no quadro, e pelo que Marsha me disse, é ainda mais um garota de festas do que minha amiga, conquistando caras de todas as idades com seu sorriso com covinha e corpo durinho. — Vamos comprar bebidas no Patty's, depois, iremos para a cidade. Conheço um promotor naquele novo clube legal no centro, não vamos nem precisar entrar na fila.

Eu pisco ante a oferta inesperada. — Oh, não sei... não tenho certeza se...

— Você não vai trabalhar sexta à noite — Diz Marsha. — Eu sei, verifiquei sua tabela.

— Sim, mas você sabe como é. — Enfio meu garfo nos ovos. — Os bebês nem sempre chegam cumprindo o horário da tabela.

— Vamos lá, Marsha, deixe-a em paz. — Diz Andy, tocando um cacho vermelho atrás da orelha. —, você não vê que a pobre garota está cansada agora? Se ela quiser ir, ela vai. Não precisa arrastá-la a lugar nenhum.

Ela pisca para mim, e sorrio agradecida para ela. Esta é minha primeira vez interagindo com Andy fora dos corredores do hospital, e estou descobrindo que realmente gosto dela. Como eu, ela tem vinte e tantos, e segundo Marsha, ela tem um namorado fixo nos últimos cinco anos. O namorado – o das camisinhas roxas – é metido e chato, mas Andy o ama mesmo assim.

— Você se mudou para cá de Michigan, certo? — Perguntei, e Andy assente, então, me fala como Larry, seu namorado, conseguiu um emprego na área, forçando os dois a se mudar. Ouvindo-a falar, decido que Marsha não está muito errada nas observações do namorado de Andy.

Larry realmente parece um imbecil egoísta.

O resto da refeição continua com conversas casuais e amigáveis e quando pagamos a conta e saímos do bar, me sinto mais leve do que me sentia em meses. Talvez meu pai esteja certo; sair e me socializar poderia ser bom para mim.

Talvez eu *vá* naquele jantar com os Levinsons, e até ao clube com Tonya.

Meu humor melhorado continua quando digo até logo às três mulheres e ando dois quarteirões para o estacionamento do hospital para pegar meu carro. Lady Gaga está cantando no meu fone de ouvido, e o céu está começando a clarear. Parece que o amanhecer está falando comigo, prometendo-me que em algum momento num futuro não tão distante, a escuridão poderá desaparecer para mim também.

Me sinto bem, esse pequenino raio de esperança. Parece como um passo à frente.

Já estou no estacionamento quando acontece novamente.

Começa como pontadas pela minha pele... um repicar quieto nos meus nervos. A explosão de adrenalina se segue, acompanhada por um terror debilitante. O ritmo do meu coração dispara e meu corpo se prepara para um ataque. Ofegando, me viro, puxando meus fones de ouvido e vasculho minha bolsa tentando achar uma lata de spray de pimenta, mas não tem ninguém lá.

Existe apenas o sentimento de perigo, um sentimento de estar sendo observada. Ofegando, viro-me num círculo, segurando a lata de spray, mas não vejo ninguém.

Nunca vejo ninguém quando meu cérebro me engana desse modo.

Tremendo, vou para o carro e entro. Leva vários minutos de exercício de respiração antes de me acalmar para poder dirigir e sei que apesar do cansaço, não conseguirei dormir hoje.

Saindo do estacionamento, viro à esquerda em vez da direita.

Eu também poderia ir para a clínica. Eles não devem estar me esperando até amanhã, mas são sempre gratos pela ajuda.

8

Sara

— FALE-ME DESSE SEU ÚLTIMO EPISÓDIO, SARA — DIZ O DR. Evans, cruzando suas longas pernas. — O que te fez pensar que alguém estava te olhando?

— Eu não sei. Era só... — Eu inspiro, tentando achar as palavras certas, então, balanço a cabeça. — Não era nada de concreto. Honestamente não sei.

— Ok, vamos retomar por um segundo. — Seu tom é tanto caloroso quanto profissional. É essa parte que o faz um bom terapeuta, a habilidade de mostrar que se importa enquanto se mantém separado ao mesmo tempo. — Você disse que saiu para tomar café da manhã com algumas colegas do trabalho; então, você estava voltando para o carro, certo?

— Certo.

— Você ouviu alguma coisa? Ou viu alguma coisa? Qualquer coisa que possa ter desencadeado o surto em você? Uma batida de porta, folhas voando... um pássaro, talvez?

— Não, nada específico que possa me lembrar. Eu estava apenas andando, ouvindo música, foi quando senti aquilo. Não sei como explicar. Era como... — Eu engulo, o ritmo do meu coração aumentando por causa das memórias. — Era como aquela hora na cozinha, quando eu o senti um segundo antes de ele me segurar. Aquele mesmo tipo de sentimento.

As feições finas e inteligentes do terapeuta tomam uma expressão de preocupação. — Com que frequência isso está acontecendo?

— Foi a terceira vez esta semana — Admito, minhas bochechas transparecendo o embaraço quando ele anota algo no seu notepad. Odeio esse sentimento de não estar no controle, saber que meu cérebro está me pregando peças. — A primeira vez foi num mercado, então, quando estava entrando na clínica, e agora, no estacionamento. Eu não sei por que isso está acontecendo. Achei que estivesse melhorando, realmente achei. Eu só tive um ataque de pânico nas últimas duas semanas, e me senti genuinamente esperançosa após o café da manhã ontem. Isso simplesmente não faz sentido.

— Nossas mentes demoram a se curar, Sara, igual nossos corpos. Às vezes você tem uma recaída, e às vezes a doença toma um rumo diferente. Você sabe disso tanto quanto eu. — Ele faz outra anotação no seu notepad, então, olha para mim. — Já considerou falar com o FBI novamente?

— Não, eles vão achar que fiquei louca.

Conversei com o Agente Ryson depois do primeiro episódio de paranoia um mês atrás, e ele me disse que naquele exato momento, a Interpol estava seguindo a pista do assassino do meu marido na África do Sul. Mas apenas como prevenção, ele colocou uma proteção em mim. Depois de me seguir vários dias, eles determinaram que não havia nenhum tipo de ameaça, e o Agente Ryson os retirou com desculpas e resmungos de limitação de fundos e pessoal. Ele não me acusou de ser paranoica, mas eu sei que ele secretamente pensou assim.

— Porque o homem que você teme está muito longe — Diz o Dr. Evans, e eu assinto.

— Sim. Ele se foi, e não tem razão para voltar.

— Bom. Racionalmente, você sabe disso. Vamos trabalhar para convencer seu subconsciente disso, também. Primeiro, você precisa entender o que aciona sua paranoia; daí, você poderá aprender a localizar os gatilhos e aprender a lidar com eles. Na próxima vez que acontecer, preste atenção ao que você estava fazendo e como estava se sentindo quando teve a sensação pela primeira vez. Você está num lugar público ou sozinha? É barulhento ou calmo? Está dentro de algum lugar ou ao ar livre?

— Tá bom, vou me certificar de me lembrar de tudo isso enquanto estou dando um ataque de nervos e segurando o spray de pimenta.

Dr. Evans sorri. — Tenho fé em você, Sara. Você já fez um grande progresso. Você já fica perto da pia da sua cozinha novamente, certo?

— Sim, mas ainda não consigo tocar a torneira — Digo, minhas mãos se fechando no meu colo. —, é mais ou menos inútil sem isso.

A pia da minha cozinha é uma das muitas razões por que estou vendendo a casa. No início, eu não conseguia nem entrar na cozinha, mas depois de meses de terapia intensiva, estou no estágio de poder me aproximar da pia sem um ataque de pânico – apesar de ainda não ligar a água.

— Passinhos de bebê — Diz o Dr. Evans. — Você ligará a água um dia também. A não ser que venda a casa primeiro, claro. Você ainda planeja vender?

— Sim, meu agente irá fazer uma demonstração de casa aberta em alguns dias, na verdade.

— Ok, bom. — Ele sorri novamente e guarda o notepad. — Nossa sessão está terminada por hoje, e estarei fora de férias na próxima semana e meia, mas te vejo no final do mês. Enquanto isso, por favor, continue fazendo o que tem feito e faça anotações detalhadas se tiver mais episódios de paranoia. Discutiremos isso e seus sentimentos sobre a venda da casa na próxima sessão, ok?

— Parece bom. — Levanto-me e aperto a mão do doutor. — Te vejo então. Aproveite as férias.

E saindo do seu escritório, vou em direção ao meu carro, forçando minha mão para que esteja do meu lado e não dentro da minha bolsa, segurando o spray de pimenta.

Durmo bem naquela noite, e na noite seguinte. É porque trabalho tanto que literalmente desmaio. Quando estou tão cansada assim, posso dormir em qualquer lugar, até na minha grande casa no meio dos pinheiros. Os federais não conseguiram entender como o fugitivo entrou sem acionar o alarme ou sequer quebrar nenhuma fechadura, então, apesar de ter melhorado meu sistema de segurança, me sinto tão segura na minha casa quanto se estivesse dormindo na rua.

É na terceira noite que os pesadelos me acham. Não sei se é

porque tive outro ataque de paranoia mais cedo naquele dia – desta vez, numa rua movimentada perto de uma lanchonete – ou porque só trabalhei doze horas, mas naquela noite sonho com *ele*.

Como sempre, seu rosto é vago na minha mente; só consigo distinguir seus olhos cinza e a cicatriz separando sua sobrancelha esquerda. Aqueles olhos me prendem no lugar enquanto ele segura um faca na minha garganta, seu olhar tão agudo e cruel quanto sua lâmina. Então, George está lá também, seus olhos castanhos vagos enquanto ele se dirige a mim.

— Não — Eu sussurro, mas George continua vindo, e vejo o sangue saindo da sua testa. É um ferimento pequeno e limpo, nada comparado ao buraco que uma bala real deixou na sua cabeça, e algumas partes de mim sabem que estou sonhando, mas ainda soluço e tremo quando o homem de olhos cinza me levanta e me leva para a pia.

— Não, por favor — Imploro ao homem, mas ele é implacável, segurando minha cabeça na pia enquanto George continua vindo na minha direção, suas feições mortas tortas com ódio.

— Pelo que você fez comigo — Diz meu marido, ligando a água. — Por tudo que fez.

Acordo gritando e chiando, meus lençóis ensopados de suor. Quando me acalmo um pouco, desço as escadas e preparo uma xícara de café descafeinado, usando a água do filtro do refrigerador. Enquanto bebo meu café, o relógio do micro-ondas olha para mim, os números verdes piscando me dizendo que não são nem três da manhã – muito cedo para eu me levantar se for ter alguma esperança de conseguir passar pelo longo turno do próximo dia. Tenho uma cirurgia à tarde, e preciso ficar em forma; qualquer coisa menos do que isso colocaria minha paciente em perigo.

Depois de alguns minutos de debate interno, levanto-me e pego Ambien no armário de remédios. Cortando uma pílula pela metade, engulo com o resto da minha bebida e volto para cima.

O tanto quanto odeio me drogar, não tem outra escolha hoje. Só espero que não sonhe com o fugitivo novamente. Não porque esteja com medo do pesadelo da água – ele nunca vem duas vezes na mesma noite – mas porque nos meus sonhos, ele não está sempre me torturando.

Às vezes, ele está me fodendo, e estou fodendo-o de volta.

9

Estou em pé ao lado da sua cama, vendo-a dormir. Me
arrisco por estar aqui em pessoa em vez de olhá-la pelas
câmeras que meus homens instalaram pela casa, mas o Ambien
deve preveni-la de acordar. Ainda assim, tomo cuidado para
não fazer barulho. Sara é sensível à minha presença, ligada a
mim de uma forma estranha. É por isso que ela leva aquele
spray de pimenta, e parece uma gazela perseguida toda vez que
chego perto.

Subconscientemente, ela sabe que voltei. Ela sente que
venho para ela.

Ainda não sei por que estou fazendo isso, mas já desisti de
tentar analisar minha loucura. Tentei ficar longe, ficar focado
na minha missão, mas mesmo ao perseguir e eliminar todos,

com exceção de um nome da minha lista, continuo pensando em Sara, lembrando como ela aparentava naquele dia no funeral e relembrando a dor nos seus ternos olhos cor de avelã.

Lembrando-me de como ela circulou seus lábios nos meus dedos e implorou-me para ficar.

Não há nada normal no meu fascínio por ela. Sou são o bastante para admitir isso. Ela é a esposa de um homem que assassinei, uma mulher que torturei como tinha torturado terroristas suspeitos. Eu não deveria sentir nada por ela, assim como não senti nada pelas minhas outras vítimas, mas não consigo tirá-la da minha mente.

Eu a quero. É completamente irracional, e errado em tantos aspectos, mas a quero. Quero provar aqueles lábios macios e sentir a maciez da sua pele pálida, afundar meus dedos nos seus cabelos castanhos e inspirar seu aroma. Quero ouvi-la implorando para fodê-la e, então, quero segurá-la e fazer exatamente isso, vez após vez.

Quero curar os ferimentos que provoquei nela e fazê-la desejar-me do jeito que a desejo.

Ela continua a dormir enquanto a olho, e meus dedos coçam para tocá-la, para sentir sua pele, apenas por um momento. Mas se fizer isso, ela poderá acordar e não estou pronto para isso.

Quando Sara me vir novamente, quero que seja diferente.

Quero que ela me conheça como outra coisa além de seu agressor.

S*ara*

AO LONGO DOS ÚLTIMOS DIAS, MINHA PARANOIA SÓ AUMENTA. EU sinto constantemente que estou sendo observada. Até quando estou sozinha em casa, com todas as persianas fechadas e as portas trancadas, sinto olhos invisíveis em mim. Estou dormindo com o spray de pimenta debaixo do meu travesseiro, e até o levo comigo para o banheiro, mas não é o bastante.

Não me sinto segura em lugar nenhum.

Na terça-feira, eu finalmente desisto e ligo para o Agente Ryson.

— Dra. Cobakis. — Ele parece tanto cauteloso quanto surpreso. — Como posso ajudá-la?

— Gostaria de conversar com você — Digo. —, pessoalmente, se possível.

— Oh? Sobre o quê?

— Gostaria de não discutir isso pelo telefone.

— Entendo. — Passa um tempo em silêncio. — Tudo bem. Suponho que posso te encontrar para um café rápido hoje de tarde. Estaria bem para você?

Olho para minha agenda no meu laptop. — Sim. Você poderia me encontrar no Snacktime Café perto do hospital? Por volta das três?

— Estarei lá.

EU ACABO DEMORANDO MAIS COM UM PACIENTE E JÁ PASSA DEZ minutos das três quando me apresso para dentro do café.

— Eu já estava quase saindo — Diz Ryson, ficando de pé numa mesa pequena no canto.

— Desculpe-me por isso. — Sem ar, escorrego para a cadeira à sua frente. — Prometo ser rápida.

Ryson senta-se novamente. O atendente vem, e fazemos os pedidos: um espresso para ele e uma xícara de café descafeinado para mim. Meus ataques não precisam da dose extra de café hoje.

— Tudo bem — Diz ele quando o atendente se vai. —, continue.

— Preciso saber mais sobre esse fugitivo — Digo sem dar voltas. — Quem é ele? Por que ele estava atrás de George?

As sobrancelhas grossas de Ryson se juntam. — Você sabe que isso é confidencial.

— Eu sei, mas também sei que esse homem me torturou com água, me drogou e matou meu marido — Digo calmamente. —, e que você sabia que ele estava vindo e nunca se importou em me informar. Essas são as coisas que sei – as únicas coisas que sei, na verdade. Se soubesse de mais – como seu nome e motivação – isso poderia me ajudar a entender e superar o que aconteceu. De outro modo, é como uma ferida aberta, ou talvez uma bolha que não foi furada. Só piora, entende, e está constantemente na minha mente. Pode chegar o dia que eu não consiga me segurar e a bolha se estoure sozinha. Você entende meu dilema?

As mandíbulas de Ryson se apertaram. — Não nos ameace, Sara. Você não gostará das consequências.

— É Dra. Cobakis para você, Agente Ryson. — Contraponho seu olhar forte. — E eu já não gosto dos resultados. Os colegas de George no jornal também não gostariam – se eles os pressentissem. É por isso que você me falou sobre o fugitivo, certo? Daí, eu manteria minha boca fechada e continuaria com essa merda de "ele morreu pacificamente enquanto dormia"? Você sabe que os colegas de George investigariam até o inferno esse suposto ataque da máfia, e você não precisa disso. Você ainda não precisa, estou certa?

Ele olha para mim, e vejo seu debate interno. Compartilhar informação confidencial e potencialmente se meter em apuros, ou não compartilhar e definitivamente entrar em apuros? Autopreservação deve ter vencido, porque ele diz sombriamente: — Tudo bem. O que você quer saber?

— Vamos começar pelo seu nome e nacionalidade.

Ryson olha em volta, então, chega mais perto. — Ele tem vários codinomes, mas acreditamos que seu nome real seja Peter Sokolov. — Ele fala baixo ainda que as mesas em volta estejam vazias. — Segundo nossas fontes, ele é originalmente de Moscou, Rússia.

Isso explica o sotaque. — Qual sua história? Por que ele é um fugitivo?

Ryson se recosta novamente. — Não sei a resposta para essa última pergunta. Não tenho nível de segurança suficiente. — Ele fica quieto quando o atendente se aproxima com nossas bebidas. Depois que o atendente sai, ele diz: — O que posso te falar é que antes de ele se tornar um fugitivo, era Spetsnaz, parte da Força Especial Russa. Seu trabalho era seguir e interrogar qualquer um que fosse considerado uma ameaça à segurança da Rússia – terroristas, insurgentes das antigas repúblicas da União Soviética, espiões e assim por diante. Diz-se que ele era muito bom nisso. Então, cerca de cinco anos atrás, ele mudou de lado e começou a trabalhar para os piores do submundo do crime – ditadores sentenciados por crimes de guerra, cartéis Mexicanos, vendedores ilegais de armas... No processo, ele apareceu com uma lista de nomes – pessoas que ele acredita que o prejudicaram de alguma forma – e ele tem os eliminado sistematicamente desde então.

Minha mão está fraca quando pego meu café. — E George estava na lista?

Ryson assente e dá um gole grande no seu espresso. Colocando a xícara na mesa ele diz: — Desculpe-me, Dra. Cobakis. Isso é tudo o que posso te falar, porque isso é tudo que sei. Não tenho ideia do que seu marido ou os outros fizeram para estar nessa lista. Eu entendo que você gostaria de ter mais respostas, e acredite em mim, nós também, mas muita coisa do arquivo de Sokolov foi apagada. — Ele para deixando o atendente passar novamente, depois, diz calmamente: — Você precisa esquecer esse homem, Dra. Cobakis, tanto para sua segurança quanto para a nossa. Você não quer atrair sua atenção novamente, acredite.

Eu assinto, meu estômago apertando. Eu não sei por que achei que saber alguns detalhes sobre o homem que assombra meus sonhos seria melhor do que ficar na escuridão. Se para alguma coisa, estou mais ansiosa agora, minhas mãos e pés gelados de ansiedade.

— Vocês têm certeza de que ele se foi? — Pergunto quando o agente fica de pé. — Vocês têm certeza de que ele não está em nenhum lugar por aqui por perto?

— Ninguém pode estar certo de nada quando se trata desse psicopata, mas até onde se sabe, há pouco mais de seis semanas, ele matou outra pessoa na lista – essa na África do Sul — Diz Ryson sombriamente. —, e antes disso, ele matou mais dois no Canadá apesar das melhores tentativas de protegê-los. Então, sim, até onde sabemos, ele está longe do solo Americano.

Olho para ele, muda de horror. Três outras vítimas no últimos seis meses. Mais três vidas perdidas enquanto fico batalhando pesadelos e paranoias.

— Boa sorte, Dra. Cobakis — Diz Ryson, não de forma rude, e coloca algumas notas na mesa. — O tempo realmente cura, e um dia, você também vai vencer isso. Tenho certeza.

— Obrigada — Digo com voz carregada, mas ele já está saindo, sua figura robusta desaparecendo pela porta de vidro do café.

Naquela noite, sonho com o ataque de Peter Sokolov novamente, e o pesadelo toma a direção que mais temo. Em vez de me segurar sob a torneira, ele me tem segura sob ele na cama, seus dedos fortes prendendo meus pulsos. Eu o sinto se movendo dentro de mim, seu pau longo e grosso, enquanto invade meu corpo, e o calor aumenta sob minha pele, meus mamilos duros e pulsando quando esfregam nos músculos do seu peito.

— Por favor — Imploro, enrolando minhas pernas em volta do seu quadril quando seus olhos metálicos olham dentro dos meus. —, mais forte, por favor. Eu preciso de você.

Estou cheia daquela necessidade; ela explode dentro de mim, quente e sombria, e ele sabe disso. Ele sente isso. Posso ver na frieza do seu olhar de prata, na forma cruel da sua boca sensual. Seus dedos apertados nos meus pulsos, cortando minha pele como um lacre, e seu pau se transforma numa lâmina, me abrindo, fazendo-me sangrar.

— Mais forte — Imploro, meu quadril se levantando para encontrar suas estocadas. — Não me deixe. Me possui mais forte.

Ele faz exatamente isso, cada estocada me abrindo, e eu grito de dor e me viro de prazer, com alívio e doce agonia.

Eu grito ao morrer nos seus braços, e essa é a melhor morte que posso imaginar.

ACORDO COM MEU SEXO PEGAJOSO E LATEJANDO E MEU ESTÔMAGO doendo com náuseas. De todas as peças que meu cérebro tem me pregado, esses sonhos pervertidos são as piores. Posso entender os ataques de pânico e a paranoia – eles são o resultado natural do que passei – mas não tem nada de natural nesses pesadelos com inclinação sexual. Apenas pensar neles me faz ficar envergonhada.

Levantando-me, visto um roupão sobre o pijama e desço à cozinha. Minha respiração está inconstante e meu coração acelerado, mas desta vez, não é de medo. Me sinto agitada, meu corpo pulsando com excitação frustrada.

Eu quase gozei durante aquele sonho. Mais alguns segundos, e eu teria um orgasmo – como já tive duas vezes durante esses sonhos antes.

O nojo de mim mesma é um tijolo pesado no meu estômago quando faço meu chá descafeinado. Que tipo de pessoa tem sonhos eróticos com o assassino do seu marido? Quão confuso alguém tem que estar para gostar de morrer nos braços desse tal assassino?

Considerei discutir isso com o Dr. Evans, mas sempre que tento falar sobre o assunto nas nossas sessões, eu travo. Eu simplesmente não consigo me fazer dizer as palavras. Verbalizar os sonhos os daria substância, transformando-os de um produto nebuloso do meu subconsciente em algo que penso e falo quando estou acordada, e não posso suportar isso.

Nesse caso, sei o que o terapeuta me diria. Ele falaria que sou uma mulher jovem saudável que não faz sexo há muito tempo, e que é normal sentir esses tipos de necessidades. Que são minha culpa e autopunição que estão transformando minhas fantasias sexuais em algo sombrio e deturpado, e os sonhos não significam que eu realmente esteja me sentindo atraída pelo homem que me torturou e matou George.

Dr. Evans tentaria aliviar minha culpa e vergonha, e isso não é algo que eu mereça.

Quando o chá está pronto, levo para a mesa da cozinha e me sento. Estou quase tomando o primeiro gole quando sinto que estou sendo observada novamente. Racionalmente, sei que estou só, mas meu coração acelera, minhas palmas ficam molhadas com suor.

Minha lata do spray de pimenta está lá em cima, então, me

levanto, tão calma quanto posso, vou para o faqueiro no balcão. Separo a faca maior e mais afiada e levo para a mesa comigo. Sei que seria inútil contra alguém como Peter Sokolov, mas é melhor do que nada. Depois de algumas respiradas profundas, eu me acalmo o bastante para tomar meu chá, mas a sensação desconcertante de olhos invisíveis persiste.

Se não vender a casa em breve, simplesmente vou me mudar, decido quando volto para a cama.

Tenho condições de pagar outra casa, e até um estúdio caidinho seria melhor do que isto.

ara

— ENTÃO, COMO FOI A DEMONSTRAÇÃO DA SUA CASA ONTEM? —
Grita Marsha no meio do barulho da música enquanto
esperamos nossa quarta rodada de bebidas no bar.

— O corretor disse que foi boa — Grito de volta, tentando
soar natural. Há séculos que não faço isso e o álcool está me
pegando forte. — Vamos ver se aparece alguma oferta.

— Não consigo acreditar que você tem uma casa e está
tentando vendê-la. — Diz Tonya quando a próxima música
começa e o volume diminui de ensurdecedor a meramente alto.
— Eu adoraria comprar uma casa algum dia, mas vai levar a
vida toda para eu economizar.

— Sim, se você gasta metade do seu pagamento com roupas
e sapatos — Diz Andy com um sorriso aberto, seus cachos

vermelhos dançando enquanto ela balança seu quadril curvilíneo ao som da música. — Além do mais, Sara é uma doutora. Ela ganha bem, mesmo não sendo metida como os outros.

Tonya dá risadinhas, seus longos brincos sacudindo. — Oh, sim, tá certo. Você parece bem jovem, Sara, sempre esqueço que é uma médica de verdade.

— Ela *é* jovem — Diz Marsha antes que eu possa responder. — Ela é nossa própria pequena Doogie Howser.

— Oh, cala a boca. — Dou uma cotovelada em Marsha, minhas bochechas vermelhas de embaraço quando vejo o barman tatuado rindo para mim. Ele está fazendo nosso Lemon Drops com movimentos habilidosos, seu olhar castanho preso em mim com interesse inegável.

— Aqui está, senhoras — Diz ele, passando nossas bebidas, e Andy pisca para mim quando me dá um dos copos.

— Virando os copos — Diz ela e damos a última golada antes de voltarmos para a pista de dança, onde a próxima música já está começando a berrar nas caixas.

Eu não iria sair nesta sexta depois da semana de turnos que tive, mas no último minuto, decidi que sair e ficar bêbada seria preferível a dormir mais cedo e arriscar outro sonho de sexo conturbado. Por sorte, guardo um par de sapatos prata bonito no meu armário no trabalho, e Tonya me emprestou um vestido curto escuro que coube surpreendentemente bem.

— H&M, meu bem — Disse ela orgulhosamente quando perguntei onde tinha comprado, e fiz uma nota mental de passar na loja e pegar algo similar para mim - em caso de ficar tentada a repetir essa insanidade.

Começamos com umas bebidas no Patty's, daí, pegamos um carro para nos levar ao clube que Tonya havia falado. Como ela disse, o promotor conseguiu nos colocar para dentro sem termos que entrar na fila, e já estamos dançando sem parar por duas horas. Estou suando, meus pés doem e provavelmente terei a mãe de todas as ressacas amanhã, mas faz... anos que não me divirto tanto.

Talvez mais de cinco anos.

O público no clube varia de crianças de faculdade aos assanhados com quarenta e alguma coisa como Marsha, mas a maioria parece estar com vinte e tantos, como eu. O DJ é excepcional, misturando os últimos sucessos com clássicos do hip-hop e eu canto junto enquanto dançamos, cantando bem alto e me entregando de corpo e alma ao ritmo. Sempre amei a música e a dança – fiz balé no Ensino Fundamental e tive aulas de salsa durante a faculdade – e com o efeito do álcool nas minhas veias, me sinto sexy e livre pela primeira vez como qualquer outra mulher jovem no clube. Nesta noite, não sou a aluna séria, a doutora que trabalhou demais, a filha obediente, ou a perfeita esposa. Não sou nem mesmo a viúva com paranoia e sonhos estranhos.

Nesta noite, sou apenas eu.

Nós quatro dançamos só por um tempo; então, dois caras se juntam a nós, dançando com Tonya e Marsha. Andy me leva para o banheiro com ela, e quando retornamos, Tonya e Marsha estão num flerte só com os caras.

— Quer outra bebida? — Andy grita mais alto que a música, e eu assinto, seguindo-a para o bar. O salão está rodando em minha volta, eu concluo que só vou beber uma água.

O clube ficou mais cheio na última hora, a pista de dança extravasando para o bar e a área do saguão, e quando um grupo de mulheres rindo passa na minha frente, eu perco Andy de vista. Não estou particularmente preocupada – consigo alcançá-la no bar – eu passo em volta do grupo para evitar a parte mais densa de pessoas.

Estou a alguns metros do bar quando dedos fortes seguram meu braço, e uma voz forte e masculina murmura nos meus ouvidos — Dance comigo, Sara.

Eu congelo, meu sangue petrifica nas minhas veias.

Conheço aquela voz, o sutil sotaque russo.

Vagarosamente, eu viro a cabeça e vejo o olhar metálico que persegue meus sonhos.

Peter Sokolov está na minha frente, sua boca esculpida curvada num sorriso leve.

1 2

eter

ELA SE VIRA, SEU ROSTO PÁLIDO, EU SEGURO O OUTRO BRAÇO DELA para mantê-la parada. Ela claramente sabe quem sou; ela me reconhece.

— Não grite — Digo —, não estou aqui para machucá-la.

Seus olhos avelã parecem selvagens, e eu sei que ela não está processando o que estou dizendo. Tudo que vê é uma ameaça mortal, e ela está reagindo de acordo. Em alguns segundos ela ou irá desmaiar ou ter um ataque de histeria, e nenhum dos dois seria bom.

— Sara. — Reforço minha voz. — Não estou aqui para machucar ninguém, mas irei se for preciso. Você entende? Se você fizer qualquer coisa para atrair a atenção para nós, pessoas irão morrer.

O pânico irracional no seu olhar diminui um pouco, trocado por um medo que é mais racional, se não um pouco menos intenso. Eu me fiz entender.

Ajuda o fato de eu não estar blefando.

— O-o que você quer? — Mesmo com as camadas de gloss, seus lábios trêmulos estão pálidos. — Por que você está aqui?

— Eu quis te ver — Eu digo, puxando-a comigo pela multidão enquanto direciono para longe das câmeras colocadas no bar. Os braços nus de Sara estão tensos na minha pegada, sua pele fria ao toque, mas como esperado, ela não grita.

De tudo que sei sobre ela, a pequena doutora morreria a por em risco um grupo de estranhos.

— Dance comigo — Digo novamente quando a tenho no local que quero – perto de uma parede numa parte da pista com pouca iluminação, onde as pessoas formam uma barreira humana em volta de nós. Para facilitar que ela aceite meu pedido, eu solto seus braços e seguro sua cintura, tendo o cuidado de manter uma pegada leve.

Seu corpo está duro como um bloco de gelo quando a seguro mais perto, para todos à nossa volta, parecemos como qualquer outro casal dançando com a música. A ilusão é apenas reforçada quando suas mãos sobem e suas palmas se abrem nos meus peitos. Ela está tentando me empurrar, mas está muito chocada para impor muita força. Não que ajudaria se ela pusesse *toda* sua força.

Consigo sobrepor a maioria dos homens com um mínimo esforço, quanto mais uma mulher tão pequena quanto ela.

— Não tenha medo — Murmuro, fixando no seu olhar. Mesmo numa pista de dança cheia, posso sentir seu aroma, algo delicado e com flores, e meu corpo reage à sua aproximação, meu pau ficando duro ao sentir sua cintura fina entre minhas palmas. Quero puxá-la para mais perto, sentir seu corpo contra o meu, mas me forço a ficar numa distância próxima. Não quero amedrontá-la com a intensidade da minha necessidade. Do jeito que vejo, o olhar dentro dos olhos de Sara é o de um animal pequeno pego numa armadilha, apenas medo cego e desespero. Isso me faz querer pegá-la no colo e aconchegá-la no meu peito, mas apenas a aterrorizaria mais. Nada que eu faça não a deixaria aterrorizada, eu poderia convidá-la para um karaokê, e ela teria um ataque de pânico.

— O que você quer de mim? — Sua respiração é rápida e rasa ao olhar para mim. — Eu não sei de nada...

— Eu sei. — Mantenho minha voz calma. — Não se preocupe, Sara. Essa parte já acabou.

Confusão se mistura com o terror nos seus olhos. — Mas, então, por que...

— Por que estou aqui?

Ela assente desconfiada.

— Eu realmente não estou certo — Digo, e essa é a mais absoluta verdade.

Nos últimos cinco anos, a vingança norteou minha vida. Tudo que fiz foi para alcançar aquele objetivo, mas agora que já quase terminei com a lista, o futuro parece monótono e vazio à minha frente, a vereda à frente encoberta por uma neblina sombria. Quando matar a última pessoa responsável pela morte da minha família, não terei um propósito. A razão da minha existência terá terminado.

Ou era o que eu pensava quando a encontrei e vi a dor nos seus olhos inocentes. Agora *ela* consome meus sonhos e assombra meus momentos acordados. Quando penso em Sara, não vejo o corpo dilacerado do meu filho ou o rosto cheio de sangue de'l'amila.

Eu só a vejo.

— Você vai me matar?

Ela está tentando – e falhando – manter a voz firme. Mesmo assim, admiro sua tentativa de ter compostura. Eu me aproximei dela em público para fazê-la sentir-se segura, mas ela é muito esperta para achar isso. Se eles falaram a ela qualquer coisa sobre meu passado, ela deve saber que posso quebrar seu pescoço antes que ela consiga gritar por ajuda.

— Não — Respondo, recostando-me mais perto quando uma música mais alta começa. — Não vou te matar.

— Então, o que você quer comigo?

Ela está tremendo na minha mão, e algo sobre isso tanto me intriga como me perturba. Eu não quero que ela tenha medo de mim, mas, ao mesmo tempo, gosto de tê-la sob meu controle. Seu medo acende o predador dentro de mim, fazendo meu desejo por ela algo mais sombrio.

Ela é uma presa capturada, macia, doce e minha para ser devorada.

Abaixando a cabeça, enterro meu nariz no seu cabelo cheiroso e murmuro no seu ouvido: — Encontre-me no Starbucks perto da sua casa amanhã ao meio-dia, e vou te dizer tudo o que quer saber.

Afasto-me e ela olha para mim, seus olhos grandes nas suas feições com formato de coração. Sei o que ela está pensando, então, me curvo outra vez, abaixando a cabeça para que minha boca fique perto do seu ouvido.

— Se você contatar o FBI, eles tentarão te esconder de mim. Do mesmo jeito que tentaram esconder seu marido e os outros na minha lista. Eles vão te remover, te levar para longe dos seus pais e da sua carreira, e será tudo em vão. Te acharei não importa aonde você vá, Sara... não importa o que eles façam para te manter separada de mim. — Meus lábios esfregam na curva de sua orelha, e a sinto ofegar. — Alternativamente, eles podem querer te usar como isca. Se esse for o caso – se eles armarem uma armadilha para mim – eu saberei, e nosso próximo encontro não será para um café.

Ela treme, e eu respiro fundo, inalando seu perfume delicado pela última vez antes de liberá-la.

Dando um passo atrás, me misturo na multidão e envio uma mensagem para Anton para posicionar a equipe.

Tenho que me certificar que ela chegue em casa segura e bem, sem ser molestada por ninguém além de mim.

13

Sara

Não sei como cheguei em casa, mas de alguma forma estou no chuveiro, nua e tremendo sob o jato quente. Tenho apenas uma vaga lembrança de ter dado uma desculpa estranha a Andy e sair tropeçando do clube para pegar um táxi; o resto da viagem é um borrão de dormência provocada por choque e tontura alcoólica.

Peter Sokolov falou comigo. Ele me *segurou*.

O assassino do meu marido, o homem que me torturou e dilacerou minha vida, dançou comigo.

Meus joelhos se dobram sob mim, e mergulho no piso. Uma onda de tontura faz o box girar à minha volta, e todas as bebidas que tomei ameaçam voltar.

Peter Sokolov estava no clube comigo. Não era minha mente brincando; ele realmente estava lá.

Engulo convulsivamente quando minha náusea piora. A água cai em mim, a ducha quase dolorosa de quente, mas não paro de tremer.

O monstro dos meus pesadelos é real.

Ele está me seguindo.

Minha tontura aumenta, e eu deito, me enrolando numa bola fetal no piso. Meu cabelo sobre meu rosto, molhado e grosso, e minha garganta se fecha quando as lembranças daquela noite aumentam. Por alguns dias após o ataque, evitei lavar meu cabelo porque não podia sentir água descendo pela minha cabeça, mas com o tempo, a necessidade de ficar limpa suplantou a fobia.

Inspira, expira. Devagar e com ritmo.

Vagarosamente, a sensação sufocante diminui, deixando apenas miséria para trás. Sinto-me bêbada e com náuseas, e preciso de toda a minha força para ficar de pé e desligar o chuveiro.

Por que ele está aqui? O que o fez retornar? O que ele quer de mim?

As perguntas percorrem na minha cabeça enquanto me seco, mas não estou mais perto das respostas do que quando estava no clube. Minha mente parece um pântano, todos os meus pensamentos letárgicos e vagarosos.

Enrolando a toalha no meu cabelo, vou tropeçando para o quarto e caio na minha cama *king-size*. O teto vai para trás e para frente, como se estivesse num navio, e sei que terei uma ressaca daquelas amanhã. Desde a faculdade não bebo tanto, e meu corpo não sabe como lidar com isso.

Respirando devagar e profundamente, me enrolo de lado,

abraçando o travesseiro no meu peito. O álcool me puxa para baixo, mas dessa vez luto contra o sono. Preciso pensar, entender o que aconteceu e decidir o que fazer.

O assassino que me torturou com água quer se encontrar para um café amanhã.

Seria cômico se não fosse aterrador. Não entendo o que ele está procurando. Por que vir a mim no clube? Por que me pedir para encontrá-lo em público novamente? Ele é procurado por todos os órgãos da justiça lá fora; com certeza ele sabe disso. Por que se arriscar assim?

A não ser... a não ser que ele sinta que não é um risco.

Talvez ele seja arrogante o bastante para achar que pode fugir da justiça para sempre.

A raiva se acende em mim, retirando parte da névoa do meu cérebro. Fico sentada, lutando contra a onda de tontura, e pego o telefone com fio na minha mesa de cabeceira. É um dinossauro, desajeitado e desnecessário na era do celular, mas George insistia em ter uma linha em casa.

— Nunca se sabe — Disse respondendo minhas objeções. — Celulares nem sempre são confiáveis. Se falta luz durante uma tempestade de inverno, o que você vai fazer?

Meus olhos doem ao lembrar, e pego o fone com a mão fraca. Sou boa para lembrar números, então, ligo para o Agente Ryson de memória, pressionando um botão após outro.

Já disquei quase todos os números quando um pensamento repentino me congela no lugar.

Teria Peter grampeado meu telefone? Será que era isso que queria dizer quando disse que saberia se preparassem uma armadilha?

Minha mente pula para outra possibilidade.

Poderia ele estar me observando neste exato momento?

Minha respiração acelera, minha pele coçando com a adrenalina. Antes do clube, eu descartaria a ideia como manifestação da minha paranoia, mas não é paranoia se é real.

Não sou louca se realmente está acontecendo.

Peter tem recursos, disse Ryson. Teria ele acesso a artigos de espionagem de alta tecnologia?

Existem câmeras e escutas dentro da minha casa?

Meu coração martelando, recoloco o telefone no gancho e seguro o cobertor, levantando para cobrir meus seios nus. Raramente me importo de colocar o roupão no meu quarto; mesmo no inverno, durmo nua, coberta apenas pelo meu cobertor. Nunca liguei para meu corpo – George adorava quando eu andava pela casa nua – mas a ideia de que seu assassino possa estar me vendo nua me faz sentir violada e dolorosamente exposta.

Isso também me faz lembrar dos meus sonhos confusos.

Não. Não, não, não. Ofegando, eu enrolo um cobertor em mim e vou tropeçando para o armário e pego uma camiseta e roupa de baixo. Não posso pensar naqueles sonhos. Recuso-me. Estou bêbada; essa é a única razão por que minha mente segue em conexão com o monstro.

Exceto que ele não parece um monstro. Mesmo com a cicatriz cortando sua sobrancelha, ele é um homem muito bonito, o tipo que as mulheres salivam. Se eu o tivesse encontrado no clube sem saber quem era, eu teria dançado com ele.

Eu teria desejado seus braços fortes em volta de mim, seu corpo duro esfregando no meu.

Minhas mãos tremem quando coloco a calcinha e me sinto um pouco molhada quando meu sexo toca o tecido de algodão.

Não. Isso não está acontecendo. Não estou com tesão.

Vestindo a primeira camiseta que acho, volto cambaleante para a cama e colapso, me enrolando no cobertor. A sala está dando voltas, e meu estômago embrulha. Ofego ante a náusea e vejo que minhas pálpebras estão ficando pesadas enquanto meus pensamentos começam a ficar longe.

Apertando os dentes, forço meus olhos a se manterem abertos. Não posso desmaiar enquanto não decidir o que farei amanhã.

Olhando para o teto girando, verifico minhas opções mentalmente.

A coisa sã a se fazer seria falar a Ryson sobre isso e esperar que eles possam me proteger. Exceto se minhas suspeitas forem corretas e Peter Sokolov esteja realmente me observando, ele saberá que contatei o FBI e eu provavelmente não sobreviverei o bastante para os agentes me alcançarem.

Claro, se ele decidir me matar, eu provavelmente não sobreviverei nem com a proteção do FBI. As pessoas na sua lista certamente não sobreviveram e ele disse que viria atrás de mim.

Ele prometeu me achar não importa onde eu vá.

Ainda, provavelmente vale o risco, porque a alternativa é continuar com qualquer jogo cruel que Peter esteja jogando. Eu não sei o que ele quer de mim, mas o que quer que seja, não pode ser bom. Talvez ele odiasse George o bastante ao ponto de querer atormentar sua viúva, ou talvez, apesar do que ele falou, ele acha que sei de algo – como a irmã do pobre homem que matou.

Neste exato momento, ele deve estar arquitetando alguma nova e exótica forma de tortura para mim, algo espetacularmente horrível que de alguma forma tenha a ver com café.

Minhas pálpebras caem novamente, e esfrego minhas mãos

no meu rosto, tentando manter meus olhos abertos. Sei que não estou pensando com lógica, mas não posso dormir sem decidir.

Chamo o FBI ou não? E se não chamar, vou realmente ao Starbucks?

Tremedeiras violentas me atingem quando me vejo encontrando com o assassino do meu marido para um café. Não acho que possa fazer isso. A simples ideia disso faz minhas entranhas darem cambalhota. Mas o que eu faria em vez de ir? Me esconder na cama o dia todo e, então, ir para o jantar com os Levinsons como prometi? Fingir que o monstro que destruiu minha vida não está atrás de mim?

É pensando nos meus pais que decido. Se eu estivesse só, poderia arriscar a proteção dúbia do FBI, mas não posso colocar meus pais em perigo desse modo. Não posso forçá-los a sair de sua casa e todos que eles conhecem na possibilidade improvável de que Ryson e seus colegas sejam capaz de nos proteger melhor que protegeram os outros. E deixar meus pais para trás está fora de questão; mesmo se a idade deles não fosse um problema, não posso arriscar Peter interrogando-os como me interrogou sobre George.

Só há uma coisa a fazer.

Tenho que me encontrar com meu perseguidor amanhã e esperar que o que quer que ele faça comigo não afete o resto da minha família.

Quando finalmente fecho meus olhos e desmaio, sonho com ele novamente. Só que desta vez ele nem me tortura nem me fode.

Ele está sentado na minha cama me olhando, seu olhar caloroso e estranhamente possessivo no meu rosto.

14

Na hora que saí para o Starbucks ao meio-dia, a dor dilacerante no meu crânio tinha diminuído para uma palpitação dormente, e meu estômago não ameaçava se revoltar a cada segundo. Contudo, minhas palmas estão molhadas de ansiedade e minhas mãos tremem tanto que quase derrubo minhas chaves quando saio do carro.

Atravesso o estacionamento, me sentindo como se estivesse indo para a minha execução. O medo pulsando em mim com cada batida rápida do meu coração. Ele poderia me matar neste exato momento, simplesmente me matar com um *sniper*. Talvez seja por isso que ele me seduziu para vir aqui: para me matar num lugar público e deixar o corpo para aterrorizar todo mundo.

Mas nenhuma bala me atinge, e quando entro no café, o vejo na hora. Ele está sentado numa mesa vazia no canto, suas mãos grandes segurando um copo do Starbucks.

Meu olhar encontra o dele, e tudo dentro de mim se revira, como se recebesse um choque de um desfibrilador. Pela primeira vez, o vejo à luz do dia sem álcool ou drogas no meu sistema.

Pela primeira vez compreendo totalmente o quão perigoso ele é.

Ele está encostado na cadeira, suas pernas longas vestidas de jeans esticadas e cruzadas nos calcanhares sob a pequena mesa. É uma pose casual, mas não tem nada de casual sobre o poder sombrio que emana dele em ondas. Ele não é apenas perigoso; ele é letal. Vejo isso na frieza metálica do seu olhar e na postura preparada do seu enorme corpo, no conjunto arrogante da sua mandíbula e na curva cruel dos seus lábios.

Este é um homem que vive e respira violência, o ápice de um predador para quem as regras da sociedade não existem.

Um monstro que torturou e matou inúmeras pessoas.

A onda de ira e ódio que chega em mim ultrapassa meu medo, e dou um passo à frente, então outro até que estou andando para ele com pernas quase firmes. Se ele quisesse me matar, ele já poderia tê-lo feito de um milhão de modos diferentes, então, qualquer coisa que ele queira hoje deve ser algo diferente.

Algo até mais perverso.

— Olá, Sara — Diz ele, se levantando quando me aproximo. —, bom te ver novamente.

Sua voz profunda me envolve, seu sotaque russo acariciando meus ouvidos. Deveria soar feio, aquela voz dos meus pesadelos, mas como tudo o mais sobre ele, é enganadoramente atraente.

— O que você quer? — Estou sendo rude, mas não me importo. Já passamos muito das delicadezas e boas maneiras. Não há por que fingir que este seja um encontro normal.

A única razão de eu estar aqui é porque se eu não aparecesse iria colocar meus pais em perigo.

— Por favor, sente-se. — Ele indica a cadeira à sua frente e se senta. — Tomei a liberdade de pedir um copo de café para você. Preto, sem açúcar... descafeinado, pois, você não está trabalhando hoje.

Olho para o segundo café – preparado exatamente do jeito que eu pediria – então, olho para ele novamente. Meu coração martela na minha garganta, mas minha voz é estável quando digo: — Você *tem* me vigiado.

— Sim, claro. Mas você percebeu isso ontem à noite, não foi?

Eu recuo. Não consigo evitar. Se ele me viu tentar fazer aquela chamada, então, ele me viu entrar cambaleando no banheiro e sair nua.

Se ele tem me vigiado já por um tempo, ele me viu em todo tipo de momento privado.

— Sente-se, Sara. — Ele gesticula para a cadeira novamente, eu obedeço – apenas para me dar uma chance de me acalmar. Ira e medo são dois fios enrolados no meu peito, e me sinto como se estivesse a uma respiração de explodir.

Nunca fui uma pessoa violenta, mas se eu tivesse uma arma, atiraria nele. Explodiria seu cérebro por toda a parede do Starbucks.

— Você me odeia. — Diz ele calmamente, como se declara

um fato em vez de fazendo uma pergunta, e olho para ele, pega de surpresa.

Ele lê mentes, ou sou transparente assim?

— Tudo bem — Diz ele, e vejo uma pontinha de divertimento nos seus olhos —, pode admitir. Prometo não te machucar hoje.

Hoje? E amanhã e depois? Minhas mãos formam um punho sob a mesa, minhas unhas entrando na pele. — Claro que te odeio — Digo tão firme quanto posso. —, é uma surpresa?

— Claro que não. — Ele sorri, e meus pulmões se apertam, me impedindo de respirar. Não é um sorriso perfeito – seus dentes são brancos, mas um está um pouco torto embaixo, e seu lábio inferior tem uma pequena cicatriz que não estava visível até agora – mas mesmo assim é magnética.

É um sorriso projetado pela natureza para um único propósito: enganar uma mulher desavisada e fazê-la esquecer do monstro que jaz embaixo.

Minhas unhas afundam mais nas minhas palmas, uma pontada de dor me acertando quando ele diz: — Você tem todo o direito de me odiar pelo que fiz.

Eu o interrompo. — Você está tentando se *desculpar?* Você realmente acha que...

— Você entendeu errado. — O sorriso desaparece, seus olhos de prata piscam com fúria repentina. — Seu marido mereceu aquilo. Se ele não estivesse com morte cerebral, eu o teria feito sofrer muito mais.

Eu chego para trás instintivamente, empurrando a cadeira, mas antes de poder ficar de pé, sua mão segura meu pulso, prendendo na mesa.

— Não disse que você poderia ir, Sara. — Sua voz sombriamente fria. — Ainda não terminamos.

Seus dedos são como uma algema derretida no meu pulso, sua pegada quente e inquebrável. Fico sentada e instintivamente olho em volta. Os clientes mais próximos estão a uns bons quatro metros de distância, e ninguém está prestando atenção em nós. O pânico bate no meu peito, mas lembro de que a falta de atenção é uma coisa positiva. Não me esqueci de como ele ameaçou os outros no clube.

Livrando-me do medo, eu foco em respirar devagar. — O que você quer de mim?

— Estou tentando decidir isso — Diz ele, suas feições se acalmando. Liberando meu pulso, ele pega seu copo de café e toma um gole. — Você entende, Sara, eu não odeio *você*.

Eu pisco surpresa novamente. — Não?

— Não. — Ele coloca o copo na mesa e me olha com olhos frios. — Provavelmente parece que odeio, dado o jeito que te tratei, mas eu não tenho nada contra você. Apenas o oposto, de fato.

Meu pulso se agita antes de estabelecer um novo ritmo frenético. — O que você quer dizer?

Os cantos da sua boca se viram. — O que você acha que quero dizer, Sara? Você me intriga. Você me fascina, de fato. — Ele se inclina, me prendendo com seu olhar. — Você não se lembra do que me disse quando estava drogada, lembra?

Um calor sobe meu pescoço e toma todo o meu rosto. Não me lembro de tudo naquela noite, mas lembro-me do bastante. Pequenos detalhes da minha confissão drogada vêm à tona na minha mente esporadicamente quando estou acordada e aparecem nos meus sonhos à noite.

Dentro dos meus sonhos *mais deturpados*, os que tento não pensar.

— Vejo que se lembra. — Sua voz fica baixa e rouca, suas

pálpebras semifechadas quando suas mãos quentes ficam na minha palma que treme. — Tenho pensado o que teria acontecido se eu ficasse naquela noite... se a tivesse possuído conforme se ofereceu.

Seu toque queima em mim antes de eu puxar minha mão, fechando-a num punho sob a mesa. — Não houve oferta. — Meu coração martelando nos meu ouvidos, minha voz apertada com ódio. — Eu estava drogada. Não sabia o que estava falando.

— Eu sei. Drogas que diminuem a inibição tendem a ter esse efeito. — Ele se recosta, me libertando do efeito forte da sua aproximação, e meus pulmões inspiram profundamente pela primeira vez em dois minutos. — Você não sabia quem eu era ou o que eu estava fazendo. Você reagiria do mesmo jeito a qualquer outro homem igualmente atraente que a tivesse naquela situação.

— Isso é... isso é certo. — Meu rosto ainda pegando fogo, mas a explicação racional me acalma um pouco. — Você poderia ser qualquer um. Não era direcionado para você.

— Sim. Mas você consegue ver, Sara — Ele se aproxima de novo, seu olhar cheio com intensidade sombria... — Minha reação *foi* direcionada a você. *Eu* não estava drogado, e quando você veio a mim, eu a desejei. Eu *ainda* a desejo.

O horror congela meu sangue mesmo quando meu sexo se fecha em resposta. Ele não pode estar falando o que eu acho que está falando. — Você é... você é louco. —Sinto-me como se fosse jogada de um avião sem paraquedas. — Eu não... Isso é simplesmente doentio. — Quero pular e correr, mas me controlo, passando pelo pânico. Tenho que deixar isso claro para ele, colocar um ponto final nesta insanidade de uma vez por todas. — Não me importo o que você quer, ou qual foi sua reação. Não dormirei com você depois que assassinou meu marido e Deus sabe quantos outros. Depois que você me *torturou* e...

— Eu sei, Sara. — Sua mão encontra meu joelho sob a mesa e encosta nele. — Gostaria de poder voltar, eu teria achado um modo diferente.

Assustada, empurro minha cadeira para o lado, saindo do seu alcance. — Você não teria matado George?

— Eu não a teria torturado — Explica ele, colocando a mão de volta à mesa. — Eu poderia ter encontrado aquele *filho da puta* de outra maneira. Levaria mais tempo, mas teria valido a pena pelo fato de não te machucar.

Minha queda do avião termina, o ar assoviando nos meus ouvidos. De que planeta é esse homem? — Você acha que me torturar é um problema, mas *matar meu marido* seria aceitável?

— O marido que mentiu para você? O que você disse que na verdade não conhecia? — O ódio se acende nos meus olhos novamente. — Você pode falar para si mesma o que quiser, Sara, mas te fiz um favor. Fiz um favor ao mundo todo me livrando dele.

— Um favor? — Uma fúria em resposta se acende dentro de mim, eliminando toda a cautela. — Ele era um homem bom, você... você é *psicótico!* Não sei o que você acha que ele fez, mas....

— Ele massacrou minha esposa e filho.

O choque paralisa minhas cordas vocais. — O quê? — Ofego quando finalmente posso falar.

Um músculo pulsa na mandíbula de Peter. — Você sabe o que seu marido fazia para viver, Sara? O que ele *realmente* fazia?

Uma sensação de náusea passa por mim. — Ele era um... um correspondente estrangeiro.

— Esse era seu disfarce, sim. — O lábio superior do russo se curva enquanto ele se ajeita na cadeira. — Imaginei que você não soubesse. A esposa raramente sabe, mesmo quando pressentem as mentiras.

Meu mundo pende no eixo. — O que você quer dizer 'disfarce'? Ele *era* um jornalista. Ele escrevia histórias para...

— Sim, ele escrevia. E enquanto compilava as histórias, ele juntava informação para a CIA e executava missões encobertas para eles.

— O quê? Não. — Balanço a cabeça freneticamente. — Você está errado. Você cometeu um erro. Eu *sabia* que você pegou o homem errado. George não era um espião. Isso é impossível. Ele nem sabia como trocar um pneu. Ele...

— Ele foi recrutado na faculdade — Peter diz friamente. —, Universidade de Chicago, onde vocês dois estudaram. Eles geralmente fazem assim, focam os campi das faculdades para se chegarem aos melhores e mais inteligentes. Eles procuram certas coisas: poucos laços familiares, uma inclinação patriótica, inteligente e ambicioso mas sem foco... Quaisquer desses soam como seu marido?

Olho para ele, meu peito aperta mais forte, mais forte. A mãe de George morreu num acidente de carro durante seu último ano do Ensino Médio, e seu pai, um Fuzileiro, tinha sido assassinado no Afeganistão quando George era apenas um bebê. Seu tio idoso o colocou na faculdade, mas também morreu, vários anos atrás, deixando apenas primos distantes para irem ao funeral de George seis meses atrás.

Não. Não podia ser verdade. Eu saberia.

— Apenas se ele te falasse — Diz Peter, e vejo que falei alto meu último pensamento. — Eles os ensinam como esconder seu trabalho real de todos, até das suas famílias. Você não achou suspeito como Cobakis descobriu sua paixão por jornalismo da noite para o dia? Como em um dia ele foi de biólogo, e então, estava fazendo estágio em revistas no exterior?

— Não, eu... — Meu peito está tão apertado que quase não consigo respirar. — Aquilo é apenas a faculdade. Entende-se que você vai se descobrir, achar sua paixão.

— E ele achou: trabalhando para seu governo. — Não tem compaixão nos olhos prateados do russo. — Eles o treinaram, deram a ele o foco que ele não tinha. O ensinaram como mentir para você e todos os outros. Quando ele se formou, eles conseguiram um trabalho para ele num jornal, e ele tinha uma desculpa para ir para todos os locais importantes do mundo.

Fico de pé, incapaz de ouvir mais. — Você está errado. Você não sabe sobre o que está falando.

Ele também fica de pé, seu porte grande se impondo sobre mim. — Não sei? Pense um pouco, Sara. Lembre-se do homem com que se casou, a vida que vocês *realmente* tiveram juntos. Não a vida perfeita que mostravam para o mundo, mas aquela que tinha atrás das paredes. Quem ele era, esse marido seu? Quão bem você realmente o conhecia?

Minhas entranhas parecem chumbo quando dou um passo atrás, minha cabeça balançando numa negação que não para. — Você está errado — Repito com voz presa, e me viro, corro para fora do café, indo cegamente para meu carro.

Apenas quando paro no sinal vermelho perto da minha casa que percebo que Peter Sokolov não fez nada para me parar.

Ele só ficou lá e me viu partir.

15

eter

OLHO PELO BINÓCULO QUANDO SARA ENTRA NA CASA DOS SEUS
pais; então, abro meu laptop e aciono a câmera de dentro do
hall de entrada.

Os pais de Sara moram numa casa pequena e asseada que
poderia receber algumas melhorias, mas mesmo assim é quente
e aconchegante. Mesmo eu posso falar que é um lar, não apenas
um lugar para se viver. Por algumas razões bizarras, me lembra
a casa da família de Tamila em Daryevo, apesar desta casa
suburbana americana não ser nada parecida com um abrigo
numa vila na montanha.

Sara beija os dois pais no hall, e os segue para a sala de
jantar. Mudo para a câmera de lá, dando zoom no rosto dela

quando cumprimenta os convidados – um casal mais velho e um homem alto e magro nos seus trinta anos.

São os Levinsons e seu filho Joe, o advogado que os pais de Sara querem que ela namore.

Algo feio mexe dentro de mim quando Sara aperta a mão do advogado com um sorriso educado. Não quero vê-la com ele; essa simples ideia me faz querer enterrar minha lâmina nas suas costelas. Ontem, quando o barman estava sorrindo para ela, quis enterrar meu punho na cara dele e a vontade é ainda mais forte hoje.

Eu posso não tê-la reivindicado ainda, mas ela será minha.

Sara ajuda seus pais a trazer os salgadinhos e docinhos e senta-se perto do advogado. Ligo o áudio e ouço os dois conversando trivialidades. Para alguém que acabou de saber da vida dupla do marido, a doutorazinha tem bastante compostura, sua máscara sorridente firmemente no lugar. Ninguém olhando para ela saberia que, antes de ir para lá, ela se escondeu no seu armário por horas e saiu há menos de quarenta minutos com olhos vermelhos e inchados.

Ninguém suspeitaria que ela esteja horrorizada porque a desejo.

Precisei juntar todas as minhas forças para deixá-la ficar no armário e chorar só. Ela entrou lá para escapar das câmeras, e dei esse tempo a ela. Ela ficaria mais perturbada se eu entrasse e a abraçasse – se tentasse confortá-la do jeito que eu queria.

Preciso dar-lhe mais tempo para se acostumar com a ideia de nós – e confiar que não irei feri-la.

O jantar dura duas horas; então, Sara ajuda sua mãe a limpar a mesa e dá uma desculpa para sair. O advogado pede o número do telefone dela, ela dá, mas vejo que é apenas para ser educada. Suas bochechas estão perfeitamente pálidas – e não há nenhum sinal da cor que inunda suas feições na minha presença – e sua linguagem corporal denota indiferença. Joe Levinson não a excita, e isso é bom.

Significa que ele vai chegar em casa vivo.

Sigo Sara a certa distância e ela dirige para a clínica, espero no meu carro até ela sair, me entretendo assistindo-a nas câmeras que instalei dentro da clínica. Sei que o que estou fazendo é pura perseguição, mas não consigo parar.

Tenho que saber o que ela está fazendo e onde está.

Tenho que me certificar de que ela está segura.

Poderia confiar a guarda física dela para Anton e meus outros homens – eles já a monitoram quando não posso – mas quero estar aqui pessoalmente. Quero vê-la com meus próprios olhos. A cada dia que passa, minha necessidade se intensifica e agora que tive uma conversa em pessoa com ela, minha fascinação está rapidamente se transformando em obsessão.

Tenho que tê-la. Em breve.

Ela sai da clínica cerca de três horas depois, e a sigo se dirigindo para um hotel. Ela provavelmente acha que ficará mais segura lá do que na sua casa com todas as câmeras, mas está errada.

Espero até que ela se registre no hotel e vá para o seu quarto, então, saio do meu carro e entro.

16

S*ara*

O TURNO NA CLÍNICA FOI ESPECIALMENTE DIFÍCIL HOJE. TIVE UMA paciente de quatorze anos que pediu pílulas do dia seguinte porque seu irmão a estuprou e outra que acabou de sair da adolescência e chegou no terceiro aborto. Fiz o que pude, mas sei que não é o bastante.

Nada que faça por essas garotas é o bastante.

Estou tão drenada emocionalmente que preciso de toda a força para tomar banho e escovar os dentes com a pequena escova que a recepcionista me deu. Vir para cá passar a noite foi uma decisão por impulso, então, eu nem tenho roupa de baixo para trocar. Tenho que passar em casa amanhã antes de ir trabalhar, mas é melhor do que estar em casa sabendo que meu

114

observador mortal possa estar vigiando cada um dos meus movimentos.

Me observando e desejando. Talvez até se masturbando enquanto olha meu corpo nu.

É doentio, mas começa um calor entre minhas pernas quando penso.

Saindo do chuveiro, enrolo numa toalha nos meus seios e me olho no espelho. Colírio Visine fez um bom trabalho em remover o vermelho dos meus olhos, e meu rosto está vermelho do banho quente. Também tenho uma dor de cabeça causada pelo estresse que me tira a vontade de pensar, o que não me importo.

Já pensei muito mais cedo.

George como espião. George vivendo uma vida dupla. Parece impossível, mas explicaria bastante coisa. A proteção dos agentes do FBI veio do nada. As mudanças de humor que começaram pouco depois do nosso casamento seis anos atrás. Será que algo deu errado numa de suas missões secretas?

Poderia seu trabalho real ser o culpado de ele ter mudado tanto nos anos que acabaram com o acidente?

Minha dor de cabeça aumenta, e vejo que estou fazendo aquilo novamente. Estou pensando em George, obcecada com o passado que não posso mudar em vez de focar no futuro que ainda está sob meu controle. Eu deveria estar tentando planejar o que fazer com o assassino que está de tocaia, mas minha mente simplesmente se recusa a fazer isso.

Vou pensar nele mais tarde, quando tiver dormido um pouco e meu cérebro não estiver tão cansado.

Enrolando uma segunda toalha no meu cabelo pingando, abro a porta do banheiro, saio, e pulo com um grito de espanto.

Peter Sokolov está sentado na cama, seu olhar com pálpebras semicerradas fixo no meu rosto.

ara

— Não grite, Sara. — Ele se levanta rápido. — Não há necessidade de envolver os hóspedes nisso.

Ofego, pontadas de adrenalina na minha pele quando ele vem em minha direção, seu corpo grande movendo-se com maestria predatória.

— Você... me seguiu até aqui. — Meus joelhos se batem quando instintivamente me afasto, segurando desajeitada a toalha que cobre meu corpo.

— Sim. — Ele para meio metro na minha frente, seus olhos cinza brilhando. — Você não deveria ter vindo para cá. Seu sistema de alarme em casa me desafia um pouco. Aqui, posso entrar com facilidade.

— Por que você está aqui? — Meu coração parece que vai pular da minha garganta. — O que você quer?

Seus lábios se revirando num prazer sinistro. — Você é uma doutora que lida com os efeitos dessa atividade. Provavelmente pode imaginar o que eu quero.

Oh Deus. Minha pele está tão quente quanto gelada, e meu pulso aumenta ainda mais. — Saia. Eu... eu vou gritar, juro.

Ele pende a cabeça fazendo troça. — Vai? Por que ainda não gritou?

Dou outro passo atrás, meu olhar na porta do quarto numa fração de segundos. *Será que consigo antes que ele me agarre?*

— Não tente isso, Sara. Se você correr, eu *vou* te caçar.

Continuo indo para trás. — Te disse, não vou dormir com você.

— Não? Veremos.

Ele vem em minha direção, e eu me afasto mais, minha barriga dando voltas. Sei o que um ataque sexual faz com as mulheres; já vi o resultado, os desastres físico e emocional que ficam. Não sei se posso sobreviver a isso além de tudo que passei.

Não sei se posso sobreviver a isso vindo *dele.*

Minhas mãos trêmulas tocam a porta, mas antes que possa virar a maçaneta, suas palmas batem na porta em cada lado meu, me engaiolando entre seus braços poderosos.

— Você não pode fugir de mim, ptichka — Diz ele, olhando para mim —, nem agora nem nunca. Você também deve se acostumar com isso.

Ele não está me tocando, mas está tão perto que posso sentir o calor saindo do seu corpo grande e ver mais duas pequenas cicatrizes no seu rosto simétrico. As imperfeições acrescentam um detalhe mortal ao seu magnetismo, intensificando seu impacto nos meus sentidos. Minhas batidas do coração são um estrondo nos meus ouvidos, mesmo assim meu corpo se aperta de um modo que não tem nada a ver com medo. Eu deveria estar gritando estridentemente ou, pelo menos, tentando lutar contra ele, mas não consigo me mover. Não consigo fazer nada além de olhar o assassino letalmente belo que me mantém prisioneira.

— Venha, Sara. — Suas mãos descem para a minha cintura numa conhecida algema de ferro. — Não vou machucá-la.

Inalo tremendo. — Não vai? — Talvez ele seja delicado. *Por favor, faça com que ele seja pelo menos delicado.* Já experimentei violência em suas mãos, e isso me horroriza mais do que o espectro de estupro.

— Não. Agora vem.

Ele sai da porta, mas em vez de me levar para a cama, ele me leva para a cadeira à frente de um espelho.

— Sente-se. — Ele aperta meu ombro e eu sento, tentando controlar minha respiração hesitante. O que ele está fazendo? Por que ele não está simplesmente me atacando? Minhas feições no espelho são mortalmente pálidas, meus olhos arregalados quando ele fica atrás de mim e tira algo do bolso interno da sua jaqueta.

É uma pequena escova de cabelo enrolada num plástico – uma daquelas baratas que eles às vezes dão nos hotéis e nas empresas aéreas.

— Isso era tudo que tinham na loja de presentes lá debaixo — Diz ele, retirando o plástico antes de me olhar no espelho. — Achei que fosse melhor que nada.

Melhor do que nada para o quê? Algum jogo depravado estranho? Minha garganta se aperta, mas antes que o pânico possa tomar conta de mim, ele retira a toalha na minha cabeça e joga no chão. Suas mãos fortes queimadas de sol parecem grandes perto do meu crânio quando ele pega meu cabelo num rabo molhado e começa a desfazer os nós com a escova.

O choque rouba todo o ar dos meus pulmões. O assassino do meu marido – o homem que tem estado de tocaia me observando – *está escovando meus cabelos.*

Seu toque é gentil, mas firme, sem qualquer traço de hesitação. É como se ele tivesse feito isso dezenas de vezes antes. Ele passa a escova nas pontas primeiro, alisando-as e retirando os nós; então, ele sistematicamente sobe até que a pequena escova possa deslizar por todo o cabelo sem prender. E durante o processo, não tem dor – só o oposto, na verdade. As cerdas plásticas massageiam meu couro cabeludo em cada passada, e pontadas de prazer descem para a minha espinha sempre que seus dedos quentes roçam na pele sensível da minha nuca.

Medo ou não, é a experiência mais sensual que já senti na minha vida.

Um sentimento estranho de algo irreal me atinge, olhando-o escovar meu cabelo pelo espelho. Em todos os nossos encontros anteriores, estive tão focada no perigo que ele é para mim que não prestei atenção para as coisas menos importantes, como sua roupa. Então, agora, pela primeira vez, noto que ele está usando uma jaqueta de couro cinza desgastada por cima de uma camisa preta e jeans escuros combinando com as botas pretas. A roupa é casual, algo que qualquer homem usaria durante o início da primavera em Illinois, mas não tem como comparar meu perseguidor a um cara normal na rua.

Peter Sokolov não é nada menos do que uma força da natureza, implacável e alguém que jamais se consegue parar.

Ele escova meu cabelo por vários longos minutos enquanto

eu sento tão imóvel quanto possa, não ousando mexer um músculo para não dar-lhe motivo para parar. Cada passada da escova é como um carinho, cada toque das suas mãos ásperas acalmando e me amedrontando ao mesmo tempo. Mais importante, enquanto ele escova meu cabelo, ele não está fazendo outras coisas comigo – coisas que tenho medo.

Cedo demais, contudo, ele coloca a escova na penteadeira, e seus olhos se encontram com os meus no espelho. — Levante-se — Ordena ele, suas mãos em volta dos meus ombros nus me fazendo levantar.

Engolindo seco, me viro para encará-lo quando ele me solta, mas ele já se afastou e está retirando a jaqueta.

Meu coração desaba, olho enquanto ele pendura a jaqueta na cadeira e coloca a mão na parte inferior da sua camisa de manga longa. Num movimento lento, ele tira a camisa pela cabeça e minha respiração para na garganta quando ele pendura a camisa por cima da jaqueta.

Seus ombros são largos, seus braços contornados por camadas de músculos grossos e claramente definidos. Mais músculos cobrem seu dorso magro e em forma de V e seu abdômen é totalmente desprovido de sinal de gordura. Como suas mãos, seu peito e ombros são bronzeados como se ele tivesse passado bastante tempo no sol e seu braço esquerdo é quase todo coberto com tatuagens que se estendem de cima do ombro até o pulso. No meio de uma penugem de cabelo escuro no seu peito, vejo várias outras cicatrizes que já estão desaparecendo, e me vejo olhando a trilha sexy de cabelo que começa no seu umbigo e desaparece na cintura do seu jeans vestido um pouco abaixo do normal.

Ele vai então para o jeans, abrindo o zíper e me forço a olhar para o outro lado. Apesar da sua beleza masculina primitiva, uma camada de suor frio cobre meu corpo, e meu pulso está perigosamente rápido. Ele pode ser um animal lindo, mas é tudo que é: um animal, um monstro de coração frio. Não importa que sob circunstâncias diferentes, eu estaria totalmente atraída por ele. Não quero o que está prestes a acontecer. Isso me deixaria devastada.

Do canto dos meus olhos, o vejo tirar as botas e abaixar o jeans até as pernas, revelando uma cueca boxer azul esticada por um monte longo e grosso, e pernas poderosas cobertas com pelo escuro. Ele se curva para retirar o jeans completamente e meu terror atinge o ápice.

Esquecendo suas ameaças, corro para a porta.

Desta vez, eu nem mesmo chego perto do meu objetivo. Ele me segura a meio metro da porta, um braço forte enrolado no meu peito e me levantando do chão enquanto a outra mão tapa minha boca, abafando meu grito instintivo.

Seguro nos seus antebraços, meus pés chutando as canelas dele quando ele me leva para a cama, mas é inútil. Tudo que consigo é ter a toalha desenrolada nas minhas costas. Seu braço em volta do meu tórax impede que caia no chão, mas minhas costas, nádegas e a parte direita do meu corpo estão completamente expostas. Posso sentir seu peito nu roçando nas minhas costas, cheirar o odor de almíscar masculino da sua pele e a intimidade não desejada aumenta meu pânico, fazendo-me lutar ainda mais.

— Porra — Ele geme quando meu calcanhar se prende ao seu joelho e sinto uma pontada de triunfo.

Não dura muito. Um segundo depois, ele cai de costas na cama, me puxando com ele e antes que possa reagir, ele rola me prendendo sob ele. Eu termino de barriga para baixo no cobertor, minhas mãos arranhando sem efeito a superfície macia e minhas pernas amassadas pelo peso dos músculos das suas panturrilhas. Com sua mão na minha boca, eu não posso fazer nada a não ser barulhos abafados, e lágrimas de pânico queimam meus olhos quando sinto a dureza da tora na sua ereção contra a curva do meu traseiro. Apenas sua cueca nos separa agora, e redobro meus esforços apesar da futilidade do ato.

Leva dois minutos para que minhas energias acabem – e para ver que ele não está se movendo.

Ele está me segurando, mas não está fazendo nada para me possuir.

— Terminou? — Ele murmura quando paro, meus músculos tremendo pelo esforço e meus pulmões gritando por ar. — Ou quer lutar mais? Eu posso fazer isso a noite toda.

Eu acredito nele. Ele é tão maior do que eu que tudo que tem que fazer é ficar deitado em cima de mim e eu não posso nem machucá-lo nem sair. O esforço feito por ele é mínimo, enquanto estou usando toda minha força com zero sucesso.

— Vai se comportar se eu retirar minha mão? — Seus lábios passando bem perto da minha orelha, sua respiração esquentando minha pele.

Meus ombros sobem para proteger meu pescoço daqueles lábios inoportunos, e ele dá um sonoro suspiro. — Certo, acho que vou te amordaçar e pegar minhas algemas.

Faço um barulho abafado atrás das palmas dele e ele dá uma risadinha. — Não? Vai se comportar então?

Assinto levemente. Derrota tem um sabor ácido na minha garganta, mas não quero ser amordaçada e algemada.

— Boa menina. — Ele sai de cima de mim e tira a mão da minha boca, possibilitando pegar ar para meus pulmões famintos. — Agora que você retirou isso do seu sistema, que tal dormirmos? Sei que você tem um dia longo amanhã e eu também.

— O quê? — Estou tão espantada que rolo de costas esquecendo minha nudez.

Um sorriso lento e maldoso curva sua boca enquanto seu olhar viaja meu corpo antes de passar para meu rosto. — Dormir, ptichka. Ambos precisamos disso.

Eu me sento e pego um travesseiro, segurando pressionado ao meu peito enquanto me deslizo pela cabeceira – tão longe dele quanto a cama permite. O que ele está falando não faz sentido. Ele claramente me quer; sua ereção enorme está quase rasgando a cueca. — Você... você quer dormir comigo? *Só* dormir?

O sorriso sai das feições dele, e seus olhos brilham com calor sombrio. — Obviamente quero mais, mas esta noite, vou me contentar em dormir. Eu te disse, Sara, não vou te machucar novamente. Esperarei até que esteja pronta... até que você me deseje tanto quanto te desejo.

Desejá-lo? Quero gritar que ele é louco, que jamais farei sexo com ele voluntariamente, mas engulo a resposta. Estou muito vulnerável agora, e ele é imprevisível demais. Além do mais, quando ele dormir, terei a chance de fugir – talvez atingi-lo na cabeça e chamar os tiras.

— Certo. — Tento soar até mais indefesa do que na verdade estou. — Se você prometer não me machucar...

Seus lábios fazem um muxoxo — Prometo. — Saindo da cama, ele puxa o cobertor sob mim com um puxão forte e o abaixa antes de afofar os outros travesseiros. Batendo nos lençóis expostos, ele diz: — Vem aqui.

Escorrego alguns centímetros na direção dele, segurando meu travesseiro no meu peito.

— Mais perto.

Eu repito a manobra, meu coração martelando com ansiedade. Não confio nada nele. Ele poderia estar brincando comigo, mentindo sobre suas intenções por algum propósito bizarro.

— Entre no cobertor — Diz ele e eu obedeço, feliz por ter algo além de um travesseiro para me cobrir. Infelizmente, meu alívio é curto. Na hora que eu me deito, ele desliga a luz da cabeceira e entra sob o cobertor ao meu lado, seu corpo longo e musculoso se espreguiçando ao meu lado como se ele pertencesse ao lugar.

— Role para seu lado direito — Ele fala e faz o mesmo depois de desligar o abajur ao lado da cama – nossa última fonte de iluminação.

Meu tórax se aperta quando entendo o que ele pretende.

O assassino do meu marido quer dormir de conchinha comigo.

Ignorando o escuro desorientador e o sentimento sufocante na minha garganta, viro de lado e tento respirar normalmente quando um braço musculoso se estica sob meu travesseiro e o outro se enrola possessivamente no meu tórax, puxando-me na curva do seu corpo grande. Assim, respirar normalmente é impossível. Minha bunda nua encostada na dureza grande do seu pau, sua respiração quente de menta assoprando o cabelo fino na minha têmpora, e suas pernas se moldam às minhas por trás. Estou cercada, completamente tomada pelo seu tamanho e força. E calor. Deus, seu corpo gera demasiado calor. Onde quer que sua carne nua pressione a minha, sinto-me queimada, como se ele fosse mais quente do que um humano normal. Exceto que não é ele – sou eu. Estou tão gelada e tremendo, o suor frio tendo evaporado da minha pele.

Não sei por quanto tempo ficamos deitados daquele jeito, mas eventualmente, seu calor se confunde com o meu e se transforma num diferente tipo de calor, aquele traiçoeiro que invade meus sonhos e me faz queimar de vergonha. Agora que não estou tão aterrorizada, estou consciente do seu corpo poderoso como algo além de uma ameaça... do seu pau duro como algo além de uma ferramenta de violação. Seu odor quente masculino me envolve e meus seios ficam pesados e sensíveis sobre a parte grossa do seu braço, meus mamilos se enrijecem e meu sexo pulsando com um vazio pegajoso e pulsante. Há quanto tempo que não sou segurada deste modo? Dois anos? Três? Não me lembro da última vez que George e eu fizemos sexo, quanto mais deitarmos juntos como dois apaixonados e, apesar da situação errada, meu lado animal gosta de ser segurada deste modo, sentindo o calor de um corpo de homem e o pulsar da excitação dentro de mim.

É bom que eu não esteja planejando dormir, porque eu não conseguiria deste modo – não com meu coração disparado e minha mente mais rápida ainda com uma confusão de pensamentos. Medo e ódio, excitação e vergonha – tudo misturado, aumentando o ritmo do meu coração e fazendo meu estômago doer. O que Peter quer realmente? O que ele consegue deste aconchego bizarro? Essa ereção massiva deve ser desconfortável, até dolorosa, mas ele parece feliz deitado aqui não fazendo nada além de me segurar. Por quê? Qual o seu plano? Por que ele se prende a mim?

E poderia isso ser realmente verdade, o que ele disse sobre George? Poderia meu marido ter de alguma forma ferido sua família?

É a pior ideia no mundo, mas não consigo me conter. Minha boca parece operar independentemente do meu cérebro quando sussurro: — Um, Peter... você pode me falar sobre você?

Consigo sentir sua surpresa no apertar minúsculo dos seus músculos e na sua respiração. Nunca me dirigi a ele por seu nome antes, mas seria estranho chamá-lo de qualquer outra coisa quando estou deitada nua nos seus braços. Também, uma intimidade emocional poderia fazê-lo mais inclinado a responder minhas perguntas – e menos provável que ele me machuque por perguntá-las.

— O que você quer saber? — Ele murmura um segundo depois, se mexendo para que eu fique mais confortável.

Por que você acha que meu marido massacrou sua família? É essa pergunta que estou morta de vontade de fazer, mas não sou estúpida o bastante para ir direto. Lembro-me de sua ira na última vez que tocamos nesse assunto. Em vez, eu digo calmamente: —Eles me disseram que você nasceu na Rússia. É verdade?

— Sim. — Sua voz profunda tem um tom de divertimento. — Você não consegue ver pelo meu sotaque?

— É bem pouco, então não. Você poderia ser de qualquer lugar na Europa e Oriente Médio. De modo geral, seu inglês é excelente. — Estou falando rápido demais por causa do nervosismo, então, respiro e diminuo o ritmo. — Você aprendeu na escola?

— Não, no meu trabalho.

O trabalho onde ele seguia e interrogava supostas ameaças à Russia? Eu seguro uma tremedeira e tento não pensar sobre os métodos de interrogatório. *Fique calma,* digo para mim mesma. *Vá trabalhando no assunto.* Num tom normal, digo: — Quando já era adulto? É impressionante. Geralmente, você tem que aprender uma língua quando criança para ser capaz de falar tão bem quanto você fala.

Assim, está bom. Um pouco de bajulação, um pouco de admiração genuína. É o que se deve fazer quando está numa posição vulnerável: manter uma troca de ideia com seu agressor, fazê-lo ver que você é alguém que ele possa ter empatia. Claro, essa estratégia depende da capacidade do agressor de sentir empatia – algo que suspeito que o psicopata enrolado em mim não tem.

— Bem, aprendi algumas palavras em inglês quando era criança — Diz ele —, suponho que tenha ajudado.

— Oh. Onde você as aprendeu? Na escola, ou dos seus pais?

Ele dá uma risadinha, os músculos do seu peito se expandem nas minhas costas. —Nenhum dos dois. Apenas de filmes americanos. Eles são sua exportação principal, você sabe – isso e hambúrgueres.

— Certo. — Inspiro, tentando ignorar o braço pesado no meu tórax e a evidência da sua ereção empurrando por trás. Incomoda-me de um jeito que não quero pensar. — Então, o que te fez decidir entrar na sua... profissão?

Ele afunda o nariz nos meus cabelos e inspira profundamente, como que respirando em mim. — O que Ryson te falou exatamente?

Fico tensa ante ao uso casual do último nome do agente, mas tento relaxar. Claro que ele sabe quem é Ryson; provavelmente ele nos viu conversar no café. — Ele falou que você foi das Forças Especiais da Rússia. Está certo?

— Sim. — Sua voz soa rouca enquanto ele se move contra mim, seu pau, como uma barra de aço pressionada contra mim. — Controlei uma pequena unidade não registrada especializada em contraterrorismo e contra insurgências.

— Isso é... incomum. — Falo com ele – e assim o mantendo num estado de excitação – não parece uma boa ideia, mas não consigo ficar de boca fechada. — Como alguém entra nesse tipo de negócio? Você entrou nas forças armadas e foi recrutado lá?

— Não. — Ele continua a colocar o nariz nos meus cabelos. — Eles me acharam no que você chamaria de reformatório.

— Uma prisão para delinquentes juvenis?

— Era mais como um campo de trabalho forçado, mas sim.

— O que... — Eu engulo, tentando me concentrar nas palavras dele em vez de no efeito que seu desejo óbvio por mim está fazendo no meu corpo. — O que você fez para ir para lá?

Isso não tem nada a ver com George, mas não posso suprimir minha curiosidade. Suspeito que qualquer coisa que aprenda irá apenas me deixar mais espantada, mas quero saber o que faz meu inimigo agir desse modo.

Quero conhecer suas fraquezas para que possa usá-las contra ele.

— Matei o diretor do orfanato onde cresci. — Não há traço de arrependimento ou desculpa nas palavras de Peter, nenhuma emoção além da luxúria engrossando sua voz. Ele poderia também estar falando o que comeu no jantar. — Acho que você pode dizer que comecei minha carreira bem cedo.

— Entendo. — Minha pele treme, mas faço o máximo para soar calma. — Quantos anos você tinha?

— Onze, quase doze.

— O que ele fez contra você?

Ele suspira e se afasta um pouco. — Isso realmente importa, ptichka? Você já decidiu sobre mim, e nenhuma história negativa sobre meu passado deve mudar isso. Neste momento, você me odeia demais para sentir qualquer coisa além de felicidade por qualquer desfortúnio que eu possa ter passado.

Depois de tanto esforço para conseguir um relacionamento emocional. — Bem, o que você esperava? — Pergunto de forma amarga, perdendo toda a pretensão de ouvir com simpatia. — Que você me torturaria e mataria meu marido e seríamos melhores amigos?

— Não, ptichka. Apesar do que você possa pensar, não sou louco. Seus sentimentos negativos para comigo são racionais e esperados. Só espero mudá-los com o tempo.

Ele *é* louco se acha que irei sentir algo além de ódio por ele, mas não tento argumentar. — Que palavra é essa que você sempre me chama? Pitchi-alguma coisa?

— Ptichka. — Ele fala enfiando o nariz nos meus cabelos, ou os cheirando, ou o que quer que ele esteja fazendo. — Significa *passarinho* em russo.

Minhas mãos formam um punho no cobertor à minha frente. — Um pássaro?

— Aham. Um pequeno pássaro cantador, belo e gracioso como você. — Ele pausa, então, acrescenta calmamente: — Também engaiolado, como você.

Esse descarado. Aperto meus dentes e tento me afastar dele tanto quanto seu braço que segura minha cintura deixa. — Essa situação é temporária.

— Oh, não quero dizer engaiolada por mim. — Posso ouvir o sorriso na sua voz quando ele aperta sua pegada em mim, impedindo-me de me afastar. — Eu posso estar te segurando neste momento, mas você estava presa bem antes de eu entrar na sua vida.

Eu congelo surpresa. — O quê?

— Oh, sim. Não finja que não sabe do que estou falando, Sara. Sei que você sentia isso: todas as expectativas da sociedade, dos seus pais e seu marido e amigos... A pressão de ser bem sucedida porque você nasceu inteligente e bonita, o desejo de ser perfeita, a necessidade de ser tudo para todos o tempo todo... — Sua voz é mansa e sombria, me enrolando numa teia sedosa e sedutora. — Vi isso no clube ontem: seu desejo por liberdade, seu desejo de viver sem contenções colocadas em você. Por alguns momentos naquela pista de dança, você deixou as amarras cair, e eu vi o belo pássaro sair da gaiola de ouro e voar livremente. Eu vi *você*, Sara, e foi lindo.

Por dois segundos, tudo que posso fazer é ficar deitada quieta, meu peito pulsando e meus olhos queimando na escuridão. Quero rir e negar essas palavras, mas tenho medo que se tentar falar, vou desmoronar e gritar. Como pode esse homem, esse estranho violento, saber algo tão pessoal – algo que acabei de entender sobre mim?

Como podia ele saber que minha vida legal e confortável não me faz mais feliz... que talvez nunca tenha feito?

Tentando forçar a bolha na minha garganta, eu bufo de forma sarcástica e digo: —Então, você vai.... o quê? Me livrar da minha vida restritiva? Me libertar e deixar voar?

— Não, ptichka. — Sua voz cheia de sarcasmo gentil. — Nada tão nobre assim.

— O que então?

— Vou colocá-la numa gaiola minha e fazer você cantar.

eter

ELA ESTREMECE NOS MEUS BRAÇOS E SINTO O MEDO PASSANDO por ela. Parte de mim se arrepende da minha honestidade, mas não consigo me ver mentindo para ela. Meu desejo por ela não se compara nem de perto com a afeição carinhosa que sentia por Tamila ou a luxúria desenfreada que experimentei com outras mulheres.

Minha necessidade por Sara é mais sombria, somado ao que ocorreu entre nós e por saber que ela pertencia ao meu inimigo. Não quero machucá-la, mas não posso negar que o sofrimento dela me agrada de certo modo perverso. Atormentá-la diminui minha ira fervente, satisfaz minha necessidade de punir e me vingar, mesmo quando digo para mim mesmo que quero curá-la, me redimir pela dor que causei.

Quando se trata de Sara, sou um emaranhado de contradições, e a única coisa que tenho certeza é que uma simples foda não será o bastante.

Quero mais.

Quero fazê-la minha.

É tentador faltar com minha palavra e possuí-la agora, tê-la e acalmar minha fome que me consome vivo. Ela está completamente nua nos meus braços, sua pele nua esfregando na minha a cada respirada. Posso sentir o cheiro do seu shampoo de flores nos seus cabelos úmidos, sentir a maciez dos seus seios no meu braço, e meu pau pulsa dolorosamente contra a curva do seu traseiro, meu corpo pulsando com a necessidade de me afundar dentro dela. Ela lutaria no início, mas eu posso fazê-la gostar.

Ela não é imune a mim. Sei disso, sinto isso.

Antes que o impulso sombrio me controle, respiro fundo e deixo o ar sair vagarosamente. Tão bom como seria foder Sara, quero sua confiança tanto quanto seu corpo.

Quero que ela cante para mim no seu próprio tom.

— Durma, ptichka — Murmuro quando ela fica em silêncio, todas as suas perguntas presas por enquanto. —, você ficará segura esta noite.

E ignorando a fome consumindo meu corpo, fecho meus olhos e mergulho num sono leve, mas reparador.

Acordo três vezes durante a noite, duas quando Sara tenta se soltar do meu abraço – sem dúvida para escapar e fazer algo que me fira – e uma quando ela acorda de um pesadelo. Seguro-a apertado em cada vez, e ela eventualmente cai no sono novamente. Depois de um tempo, eu também durmo, apesar do desejo que me remói apenas aumentar noite a dentro. De manhã estou prestes a explodir e levo apenas vinte segundos me masturbando quando uso o banheiro.

Ela ainda está dormindo quando saio do banheiro e penso na possibilidade de entrar nas cobertas com ela. Entretanto, já são quase sete e quero me encontrar com Anton antes de ele iniciar o dia. Também não estou completamente confiante do meu autocontrole; a liberação rápida acalmou muito pouco a minha vontade por ela.

Se subir na cama com Sara novamente, corro o risco de quebrar minha promessa.

Rejeitando o resultado tentador, visto-me quietamente e saio do quarto.

Verei Sara novamente em breve. Enquanto isso, tem trabalho a ser feito.

19

 ara

TENHO UMA CESARIANA PROGRAMADA DE MANHÃ E UMA NÃO programada de tarde. Nesse meio tempo, atendo uma mulher que tem dores menstruais horríveis mas não tolera o remédio hormonal usado no controle de natalidade – algo pelo qual tenho empatia – e outra que tem tentado ficar grávida por dois anos sem muito sucesso. Indico um ultrassom para a primeira para checar os endometriomas e encaminho a segunda para um especialista em fertilidade. Quando termino, sou chamada na emergência para examinar uma grávida de seis meses que sofreu um acidente de carro grave. Por sorte, consigo falar para ela que o bebê está saudável e chutando – o melhor desfecho em uma colisão frontal dessa magnitude.

Surpreende-me poder focar no meu trabalho depois de

ontem à noite, mas pela primeira vez em meses, as memórias sombrias não invadem minha mente a toda hora e a paranoia do mês passado não voltou. Perversamente, agora que eu *sei* que estou sendo observada, a ideia não me invade com tanta ansiedade de quando tinha apenas a sensação que me deixava nervosa. Também me sinto descansada e alerta com um consumo mínimo de cafeína e suspeito que seja porque tive sólidas nove horas de sono apesar do corpo duro enroscado ao meu a noite toda.

Ou talvez *por esse* motivo. Não importava o quanto tentava ficar acordada ontem à noite, o calor animal vindo da pele de Peter e sua respiração constante me atraíram para dormir. Acordei duas vezes na noite e tentei me soltar dele, mas foi impossível. Ele me segurava com a força de uma criança prendendo seu ursinho preferido, e eventualmente, desisti e simplesmente dormi, meu subconsciente alegremente despercebido que a fonte dos meus pesadelos estava bem perto de mim.

De qualquer modo, qualquer que seja a razão, estou calma e focada por todo meu turno. Ajuda que consegui superar todos os pensamentos em relação a Peter e suas intenções, enviando-os para o canto da minha mente enquanto me concentro nos pacientes. Se me deixar levar pelas suas declarações, sairia correndo do hospital gritando, e quem sabe o que meu opressor faria então? Quando acordei viva e sem danos nesta manhã, decidi que a melhor linha de ação é viver um dia de cada vez e evitar provocá-lo o máximo possível.

Talvez ele fique bonzinho por mais um tempo e poderei pensar no que fazer.

Quando termino meu turno, vou para o vestiário e encontro Andy no corredor. Ela deve estar começando seu turno, porque seu uniforme está asseado e seu cabelo encaracolado está num coque perfeito, sem um fio fora do lugar.

No final de um turno longo, a maioria das enfermeiras e doutores – eu incluída – parece bem mais amarrotado.

— Ei — Diz ela, parando na minha frente. — Tudo bem?

Pisco. — Mm, sim. — Ela não pode saber sobre Peter, pode? — Por quê?

— Você disse que não estava se sentindo bem outro dia de noite — Diz Andy, com a testa franzida —, quando você saiu de fininho do clube.

— Oh, sim, desculpe-me por aquilo. — Dou um sorriso constrangida. — Bebi muito e me pegou legal. Acho que vomitei quando cheguei em casa, mas está tudo meio obscuro agora.

— Ah, entendo. — Um sorriso de alívio toma o lugar do franzido nas suas feições. — Achei que talvez você estivesse preocupada com algo. Você parecia como alguém que teve seu pônei favorito morto na sua frente.

Eu rio e balanço a cabeça, apesar de ela não estar muito longe da verdade. — Infelizmente a única vítima foi meu fígado.

Andy ri, então pergunta: — O que você vai fazer no próximo sábado? Tonya e Marsha estão planejando outra noite fora com as meninas, mas eu estava pensando em só pedir um jantar e ver um filme com Larry – os dois numa hora razoável, pois, tenho turno cedo no domingo. Quer se juntar a nós?

— Você e seu namorado? — Olho surpresa para ela. — Não seria uma a mais?

— Bem... — Um sorriso largo e malicioso aparece no seu rosto com pintas. — A verdade é que Larry tem um amigo muito bonito – e bem sucedido – que está doido para conhecer uma garota legal. Ele é um magnata imobiliário e tem uma lista de pedidos impossível, mas... — Ela levanta um dedo quando estou quase interrompendo. — você parece se encaixar em todos eles. Se você tiver a fim, Larry vai convidá-lo e poderíamos ter um encontro duplo.

Franzo o nariz. — Oh, não sei...

— Ele é um cara bonito. Olha. — Ela pega o telefone do bolso, roda a tela agumas vezes e me mostra a foto de um cara que parece um Tom Cruise louro. — Vê? Você poderia conseguir um bem pior.

Dou uma risadinha. — Com certeza, mas...

— Sem mais. — Ela levanta a mão quando tento argumentar. — Só apareça e vamos nos divertir. Sem pressão para fazer nada. Se você gostar do amigo de Larry, excelente. Se não, nós nos juntamos às garotas e Larry pode sair com os colegas – ele tem enchido o saco por uma saída dessa há séculos.

Eu hesito, então balanço a cabeça. — Obrigada, mas não posso. — Não sei se Peter é uma ameaça para Andy ou seu namorado, mas não quero arriscar. Com o assassino russo observando cada movimento meu, todos à minha volta poderiam se tornar seu alvo.

Até que a situação do meu perseguidor seja resolvida, é melhor me resguardar.

As feições de Andy caem. — Oh, ok. Bem, se mudar de ideia me manda mensagem. Marsha tem meu número.

— Vou mandar, obrigada — Digo, mas Andy já está se afastando, andando tão rápido quanto seu tênis branco permite.

A caminho para casa, ouço a música 'Stronger', de Kelly Clarkson, e luto contra a vontade de continuar dirigindo até que esteja em outro estado. Ou talvez até em outro país. Canadá e México parecem bons, como Antártida e Timbuktu. Em vez de ir para minha casa infestada de câmeras, eu poderia dirigir direto para o aeroporto e pegar um avião para algum lugar – qualquer lugar.

Eu iria para o Polo Norte se tivesse uma garantia que Peter não viria atrás de mim.

Infelizmente, não tenho essa garantia. Muito pelo contrário, na verdade. Se eu correr, ele virá atrás de mim. Tenho certeza disso. Ele é um caçador, um rastreador e não vai descansar até que me ache, do mesmo jeito que achou todos da sua lista. Eu poderia ir para outro hotel ou outro continente e não faria nenhuma diferença.

Ele não me deixará em paz enquanto não conseguir o que quer – o que quer que seja.

Minhas palmas estão escorregadias no volante e vejo que estou respirando rápido, minha calma desaparecendo quando os pensamentos da noite passada começam a chegar. Ainda não tenho certeza do que ele está procurando, mas parece que é algo além de apenas sexo.

Algo sombrio e bem mais estranho.

Vendo que estou prestes a ter outro ataque de pânico, troco de Kelly Clarkson para música clássica e começo a fazer o exercício de respiração. Talvez esteja cometendo um erro em não ir ao FBI. Pelo menos há uma chance de que eles possam me proteger, enquanto que sozinha não tenho chance nenhuma. O melhor que posso esperar é que ele se encha de mim e passe para outra vítima, deixando-me viva e com a maior parte da minha sanidade intacta.

Já estou quase pegando o telefone quando me lembro por que não liguei pra Ryson na mesma hora: meus pais. Não posso desaparecer e deixá-los e seria egoísmo deixá-los na tênue chance de que o FBI seria capaz de nos proteger. Explicar a necessidade de mudança, eu teria que falar tudo para meus pais e não sei se o coração do meu pai sobreviveria a esse tipo de stress. Ele teve três pontes de safena instaladas alguns anos atrás e os doutores o aconselharam a manter atividades estressantes ao mínimo. Saber que há um homicida nos vigiando, que me torturou e matou George, poderia literalmente matar meu pai e pode até ser perigoso para a minha mãe.

Não. Não farei isso a eles. Controlando minha respiração, volto com Kelly Clarkson. Meus pais têm uma vida feliz e normal e farei o que for preciso para que continue assim. Se isso significar ter que lidar com Peter sozinha, que seja.

Espero que eu seja forte o bastante para sobreviver a qualquer coisa que ele queira.

 ara

O QUE ELE ME APRESENTA É COMIDA. UM MONTE DE COMIDA COM aroma fabuloso.

Pasma, olho para as coisas na mesa da minha sala de jantar. Tem um frango assado inteiro, uma tigela de purê e uma salada verde – tudo belamente arrumado entre velas acesas e uma garrafa de vinho.

Achei que houvesse uma emboscada em minha casa hoje, mas não esperava isso.

— Com fome? — Uma voz forte e com leve sotaque me pergunta pelas costas e eu me viro, meu pulso pulando quando Peter Sokolov sai do corredor. A parte da frente do seu cabelo está molhada, como se acabasse de lavar o rosto e ele veste uma camisa azul e jeans escuros, ele não usa sapatos, apenas meias.

Ele está lindo – e mais perigoso do que nunca.

— O que... — Minha voz é muito alta, então, eu respiro fundo e tento novamente: — O que é isso?

— Jantar — Ele diz parecendo divertir-se. —, o que parece?

— Eu... — O ar na sala fica rarefeito quando ele para a dois metros de mim, o olhar de intimidade lembrando-me que dormi nua nos seus braços. — Não estou com fome.

— Não? — Ele levanta suas sobrancelhas escuras. — Tudo bem então. Vamos dormir. — Ele se move como se fosse me pegar e pulo para trás.

— Não, espera! Posso comer.

Um sorriso curva seus lábios. — Também achei. Sirva-se.

Ele gesticulou num semicírculo e eu fui sentar, tentando engolir meu coração de volta para meu peito quando ele apaga a luz principal, deixando apenas a iluminação das velas e me segue para a mesa.

Ele puxa uma cadeira e sento-me. Ele vai para a cadeira do outro lado e senta. Noto que a mesa está com dois pratos e talheres formais – o que George gostava que eu usasse apenas nos feriados e festas.

Silenciosamente, vejo o assassino de George cortar o frango com maestria e colocar uma das coxas – minha parte favorita – no meu prato, junto com várias colheres de purê e uma porção de salada.

— Onde você conseguiu toda essa comida? — Pergunto enquanto ele se serve.

— Eu preparei. — Ele olha para mim. — Você gosta de frango, certo?

Gosto, mas não falo. — Você cozinha?

— Engano. — Ele pega sua faca e garfo. — Vai, prove.

Eu empurro minha cadeira e me levanto. — Tenho que lavar

minhas mãos. — Acabei de chegar da garagem, e a doutora em mim não me deixará tocar na comida sem lavar os germes do hospital.

— Certo — Diz ele, largando os talheres e vejo que vai me esperar.

Meu perseguidor tem maneiras excelentes à mesa.

Entro no banheiro mais perto e lavo as mãos, esfregando entre os dedos e em volta do pulso como sempre faço. Quando volto para a mesa, ele já colocou vinho para nós dois e o cheiro forte de Pinot Grigio se mistura com o delicioso aroma da comida, aumentando a estranheza da situação.

Se não soubesse, acharia que estávamos num encontro.

— Como você sabia que eu viria para cá em vez do hotel? — Pergunto quando me sento.

Ele dá de ombros. — Foi um palpite. Você é inteligente, então, não cometeria o mesmo erro duas vezes.

— Aham. — Pego meu garfo e provo o purê. O sabor rico em manteiga alegra minha língua, aumentando meu apetite apesar da ansiedade em minha barriga. — É muita comida para se fazer para uma simples aposta.

— Sim, bem, sem riscos, sem recompensas, certo? Além do mais, já vi como você pensa e calcula, Sara. Você não faz coisas estúpidas, sem razão, e ir para outro hotel seria exatamente isso.

Minha mão se aperta no garfo. — É assim? Você acha que me conhece porque me observou por algumas semanas?

— Não. — Seus olhos brilham à luz da vela. — Não te conheço, ptichka, pelo menos nem perto do que gostaria.

Ignorando as palavras provocantes, foco no meu prato. Agora que comi, minha boca está salivando por mais. Apesar do que falei com Peter mais cedo, estou morta de fome e feliz mergulho no meu delicioso prato. O tempero do frango está perfeito, o purê está com a quantidade certa de manteiga e a salada verde está refrescante com o molho incomun de limão. Estou tão concentrada em comer que apenas depois da metade do prato um pensamento assustador me ocorre.

Largando o garfo, olho para o meu perseguidor. — Você não colocou droga nisto, certo?

— Se coloquei, já é tarde demais para você — Fala ele alegremente. —, mas não. Fique tranquila. Se fosse drogá-la seria com uma seringa. Não preciso estragar essa comida perfeita.

Tento não reagir, mas minhas mãos tremem quando pego o copo de vinho. — Excelente. Estou feliz por saber.

Ele sorri para mim e sinto uma sensação quente se derretendo entre minhas pernas. Para esconder o desconforto, tomo vários goles antes de focar no meu prato novamente.

Não estou atraída por ele. Recuso-me a estar.

Comemos em silêncio até que nossos pratos estão vazios; então, Peter larga o garfo e pega seu copo de vinho. — Me responda algo, Sara — Diz ele —, você está com vinte e oito agora e tem sido uma médica formada por dois anos e meio. Como conseguiu isso? Você era uma dessas crianças prodígios com QI alto?

Empurro meu prato. — Você não descobriu enquanto me vigiava?

— Não pesquisei fundo no seu passado. — Ele toma um gole do vinho e larga o copo. — Se você quiser que eu faça, posso fazer - ou você simplesmente me fala e podemos nos conhecer numa maneira mais tradicional.

Hesito, então, decido que não tem problema em falar.

Quanto mais ficarmos na mesa, mais adio a hora de ir para a cama e tudo o mais.

— Não sou um gênio — Digo, tomando um gole do vinho. —, quero dizer, não sou burra, mas meu QI está na faixa normal.

— Então, como se tornou uma doutora com vinte e seis quando se leva pelo menos oito anos depois da faculdade?

— Fui uma criança não programada — Digo. Como ele continua a olhar para mim, explico: — Nasci três anos antes de a minha mãe entrar na menopausa. Ela tinha quase cinquenta quando ficou grávida e meu pai tinha cinquenta e oito. Ambos eram professores de faculdade – se conheceram quando ele era seu conselheiro de Ph.D., apesar de não começarem a namorar imediatamente – e nenhum deles queria filho. Eles tinham sua carreira, um excelente círculo de amigos e tinham um ao outro. Eles estavam fazendo planos para se aposentar naquele ano, mas em vez disso, eu aconteci.

— Como?

Bato de ombros. — Dois drinques combinados com a convicção de que eram muito velhos para se preocupar com uma camisinha rasgada.

— Então, eles não te queriam? — Seus olhos cinzentos escurecem, o aço se transformando em bronze, e sua boca se aperta.

Se não soubesse, acharia que ele está com raiva por mim.

Espantando o pensamento ridículo, digo: — Não, eles queriam. Pelo menos assim que passaram do choque de descobrir a gravidez. Não era o que eles queriam ou esperavam, mas uma vez que eu tinha chegado, nascida com saúde apesar das probabilidades contra, eles me deram tudo. Tornei-me o centro do mundo deles, seu pequeno milagre pessoal. Eles tinham posse, tinham economias e abraçaram seu novo papel como pais com a mesma dedicação que deram às suas carreiras. Fui inundada com atenção, ensinada a ler e contar até cem antes de começar a andar. Quando entrei no jardim, podia ler como no nível do quinto ano e já sabia matemática básica.

A forma dura da sua boca diminuiu. — Entendo. Então, você teve várias voltas de vantagem na competição.

— Tive. Eu pulei dois anos no fundamental e pularia mais, mas meus pais não acharam que seria uma boa coisa para meu desenvolvimento social o fato de ser muito mais jovem que meus colegas de classe. Assim, eu me esforcei para fazer amigos na escola, mas foi irrelevante. — Parei para tomar outro gole do vinho. — Terminei o Ensino Médio em três anos porque o currículo era fácil para mim e quis começar a faculdade e, então, terminei a faculdade em três anos porque consegui vários créditos fazendo aulas de Recolocação Avançada no Ensino Médio.

— Por isso os quatro anos.

Assinto. — Sim, por isso os quatro anos.

Ele me estuda e eu me remexo na cadeira, desconfortável com o calor dos seus olhos. O meu copo de vinho está quase vazio agora, e começo a sentir os efeitos, o zunido fraco do álcool mandando para longe a pior das minhas ansiedades e me fazendo notar coisas irrelevantes, de como seu cabelo escuro parece grosso e sedoso ao toque e como sua boca é macia e dura ao mesmo tempo. Ele está me olhando com admiração nos olhos... e algo mais, algo que faz minha pele ficar quente e dura como se estivesse com febre.

Como se sentisse, Peter se curva para mais perto, suas pálpebras baixando. — Sara... — Sua voz baixa e profunda, perigosamente sedutora. Posso sentir minha respiração aumentando quando ele cobre minha mão com sua palma grande e murmura: — Ptichka, você é...

— Por que você acha que George feriu sua família? — Puxo minha mão, desesperada para diminuir meu desejo crescente. — O que aconteceu com eles?

Minha pergunta é como uma bomba explodindo na atmosfera carregada de sexo. Seu olhar forte, o calor desaparecendo num flash de ira fria.

— Minha família? — Sua mão segurando a mesa. — Você quer saber o que aconteceu com eles?

Assinto com cuidado, lutando contra o instinto de pular da cadeira e me afastar. Tenho um sentimento terrível de que acabei de provocar um predador ferido, um que poderia me rasgar no meio sem nem mesmo tentar.

— Tudo bem. — Sua cadeira raspa no piso enquanto ele se levanta. — Venha, vou te mostrar.

eter

ELA CONTINUA SENTADA, CONGELADA NO LUGAR. ELA FRANZE como se soubesse que estava na vira do meu rifle. Sei que a amedronto, mas não consigo me importar – não com a dor e o ódio me rasgando por dentro.

Mesmo após cinco anos e meio, pensar na morte de Pasha e Tamila tem o poder de me destruir.

— Venha — repito, contornando a mesa. Segurando no braço de Sara, forço a ficar em pé, ignorando sua postura rígida. —, você quer saber? Você quer ver o que seu marido e a gangue dele fizeram?

Seu braço fino fica tenso na minha pegada quando coloco a mão no meu bolso para pegar meu velho smartfone. Sempre o levo comigo, apesar de não estar conectado a nenhuma operadora e não poder ser usado para fazer chamadas. Passando as telas com meu polegar, navego para a última pasta de fotos.

— Aqui. — Empurro o telefone na sua mão livre. — Dê uma boa olhada.

As mãos de Sara tremem quando ela levanta o telefone à altura do rosto e sei o exato momento em que ela olha a primeira foto. Suas feições ficam pálidas e ela engole convulsivamente antes de passar a tela e ver o resto das fotos.

Eu não olho para o telefone – não preciso. As imagens estão fixadas nas minhas retinas, coladas no meu cérebro como uma tatuagem macabra.

Tirei as fotos depois do dia que fugi dos soldados que me retiraram da cena. Eles já haviam realocado os aldeões restantes, mas as investigações haviam apenas começado e ainda não tinham retirado os corpos. Quando voltei, os corpos ainda estavam lá, cobertos por moscas e insetos rastejantes. Eu fotografei tudo: os prédios queimados, as manchas escuras de sangue na grama, os corpos em decomposição e membros dilacerados, a mãozinha de Pasha segurando o carrinho... Havia coisas que eu não conseguia capturar, como o cheiro da carne apodrecendo que fica denso no ar e o vazio desolado de uma vila abandonada, mas o que gravei foi o bastante.

Sara abaixou o telefone e eu o peguei dos seus dedos pálidos, recolocando no bolso.

— Aquilo era Daryevo. — Solto o braço dela, cada palavra como lixa arranhando minha garganta. — Uma pequena vila em Dagestan onde minha mulher e filho moravam.

Sara dá um passo atrás. — O que... — Ela engole sonoramente. — O que aconteceu lá? Por que eles foram mortos?

Respiro para controlar a ira violenta dentro de mim. — Por causa da arrogância e ambição cega de algumas pessoas.

Sara me olha sem entender.

— Era uma operação pontual programada para capturar uma célula terrorista pequena mas muito efetiva com base nas Montanhas do Cáucaso — Digo com voz firme. — Um grupo de soldados da OTAN agiu com informação de uma coalizão das agências de inteligência ocidental. Tudo foi feito sob o radar para que eles não tivessem que dividir a glória com os grupos antiterroristas – como o que eu liderava na Rússia.

Sara cobre a boca com sua mão trêmula e vejo que está começando a entender.

— É isso, ptichka. — Vou em direção a ela, pego seu pulso fino e retiro sua mão do rosto. — Você pode imaginar quem estava envolvido em passar aquela informação falsa para os soldados.

Seus olhos estão cheios de terror. — A célula terrorista não estava lá?

— Não. — Minha pegada no seu pulso é punitivamente forte, mas não posso relaxar meus dedos. Com as memórias frescas na minha mente, não consigo parar de pensar nela como a mulher do meu inimigo morto. — Não havia nada lá além de uma vila pacífica de civis e se o seu marido e os outros da sua equipe operacional tivessem verificado com *meu* grupo, eles saberiam. — Minha voz fica mais áspera, minhas palavras mais fortes. — Se eles não tivessem sido tão arrogantes, tão gananciosos por glória, eles teriam procurado ajuda em vez de acharem que sabiam de tudo – e, então, saberiam que sua fonte foi colocada pelos próprios terroristas e minha mulher e filho ainda estariam vivos.

Posso sentir a flutuação rápida do pulso de Sara quando ela

olha para mim e vejo que não acredita em mim – não totalmente, pelo menos. Ela acha que sou louco, ou na melhor das hipóteses, mal-informado. Sua dúvida aumenta minha raiva e me forço a soltar seu pulso antes de esmagar seus ossos frágeis.

Ela se afasta imediatamente e sei que ela sente a violência pulsando sob minha pele. Quando soube inicialmente a verdade sobre o que tinha acontecido, não consegui punir os soldados da OTAN ou os operacionais envolvidos – eles esconderam tudo rapidamente – então, coloquei minha ira na célula terrorista que os deu a informação falsa, junto com qualquer um burro o bastante para ficar no meu caminho.

A morte do meu filho soltou o monstro dentro de mim e ele ainda anda livre.

Quando tem um metro de distância entre nós, Sara para de se afastar e me pergunta desconfiada: — É por isso que... — Ela morde o lábio. — É por isso que você se tornou um fugitivo? Por causa do que aconteceu lá atrás?

Minhas mãos se fecham num punho e me viro, voltando para a mesa. Não posso discutir isso nem por mais um segundo. Cada frase é como um jato de ácido no meu coração. Cheguei ao ponto em que fico várias horas sem pensar na morte da minha família, mas falando sobre o que aconteceu traz a devastação daquele dia – e a ira que me consumiu.

Se continuarmos nesse assunto, posso perder o controle e machucar Sara.

Um movimento por vez. Uma tarefa por vez. Apago minha mente como faço quando estou trabalhando e foco no que deve ser feito. Neste caso, é limpar a mesa, colocar as sobras na geladeira e arrumar os pratos na lavadora. Foco nessas atividades mundanas e gradualmente minha fúria fervente diminui, como a necessidade de violência.

Quando ligo a lavadora e me viro para Sara, a vejo me olhando desconfiada. Parece que ela está preparada para correr a qualquer momento e o fato de que ainda não fez significa que ela sabe dos resultados.

Se ela correr neste exato momento, não serei educado quando pegá-la..

— Vamos para cima — Digo e vou na direção dela. —, é hora de ir para a cama.

Suas mãos estão geladas na minha pegada quando a levo pela escada, seu rosto belo, pálido. Se não estivesse me sentindo tão irado por dentro, eu a confortaria, diria que não iria machucá-la nesta noite também, mas não quero fazer promessas que não possa cumprir.

O monstro está muito perto da superfície, muito fora de controle.

— Tire a roupa — Ordeno, largando sua mão quando entramos no seu quarto. Ela está usando uma calça jeans e um suéter frouxo branco e apesar de ela parecer fenomenal com roupas normais, quero que as tire.

Não quero nenhuma barreira entre nós.

Em vez de obedecer, Sara se afasta. — Por favor... — Ela para no meio do caminho entre mim e a cama. — Por favor, não faça isso. Sinto muito pelo que aconteceu com sua família e se George foi de qualquer forma responsável...

— Ele foi. — Meu tom corta a fala dela. — Me custou anos, mas consegui os nomes de cada soldado e os oficiais da inteligência envolvidos no massacre. Não existe erros, Sara; minha lista veio direto da sua própria CIA.

Ela parece pasmada. — Você conseguiu isso da CIA? Mas... como? Achei que você disse que eles estavam envolvidos, que George era um deles.

— Tem muitas divisões e facções dentro da organização. Uma mão nem sempre sabe ou se importa com o que a outra está fazendo. Conheço um traficante de armas que tem um contato lá e ele – ou melhor, sua esposa – me conseguiu a lista. Mas isso agora não é importante. — Cruzo os braços no peito. — Tire a roupa.

Seus olhos viram para a cama, então, para a porta atrás de mim.

— Não. Você não quer me pôr à prova esta noite, confie em mim.

Seu olhar se volta para o meu rosto e consigo sentir seu desespero. — Por favor, Peter. Por favor, não faça isso. O que aconteceu com sua família foi horrível, mas isso não os vai trazer de volta. Sinto muito por eles, mas eu não tive nada a ver com...

— Isso não tem nada a ver. — Descruzo os braços. — O que quero de você não tem nada a ver com o que aconteceu. — Exceto que mesmo quando falo, sei que é mentira. Minhas ações não são a de um homem cortejando uma mulher; são as de um predador ante a presa. Se ela não fosse quem é – se fosse apenas uma mulher comum – não estaria me forçando na sua vida desse jeito.

Meu desejo por ela seria gentil e restrito em vez de perigoso e obsessivo.

Sara me dá um olhar desacreditado e vejo que ela também entende desse jeito. Não estou enganando ninguém. O que está acontecendo entre nós tem tudo a ver com o passado sombrio que compartilhamos.

Que seja.

Vou na direção dela. — Tire a roupa, Sara. Não vou pedir outra vez.

Ela se afasta novamente, provavelmente vendo que está se aproximando da cama. Mesmo com o suéter grosso escondendo suas curvas, consigo ver seus seios subindo quando ela fecha e abre as mãos ao seu lado.

— Tudo bem. Se é assim que quer... — Vou em direção a ela, mas ela levanta as mãos, as palmas viradas para mim.

— Espera! — Suas mãos tremem quando toca o suéter. — Vou tirar.

Paro e fico olhando quando ela tira o suéter pela cabeça. Sob o suéter, ela está usando um top apertado que desnuda seus ombros finos e acentua as curvas dos seus seios. Não são os maiores que já vi, mas se encaixam no seu porte de bailarina e meu pau fica duro quando me lembro daqueles seios lindos repousando no meu braço ontem à noite.

Em breve, saberei como são nas minhas mãos – e o seu sabor.

— Continue — Digo quando Sara hesita novamente, seu olhar passando de mim para a porta. — Top, então, jeans.

Suas mãos tremem enquanto obedece, retirando o top pela cabeça antes de pegar no zíper do jeans. Sob o top, ela está vestindo um sutiã branco normal e me forço a ficar parado quando ela abaixa o jeans pelas pernas, revelando as calcinhas azul-claras. Apesar de ter sentido sua pele nua ontem à noite e tê-la visto várias vezes despida pelas câmeras, esta é a primeira vez que a vejo nua de tão perto e meu coração acelera quando sedento olho cada linha graciosa e curva do seu corpo.

Ela é de altura mediana, mas suas pernas são longas, com músculos fortes e torneados de dançarina. Sua barriga é reta e definida, sua cintura fina se alarga em quadris suavemente femininos, e sua pele é macia e pálida, sem nenhum bronzeado à vista.

Ela é linda, esta nova obsessão minha. Linda e assustada.

— Agora, o resto — Digo asperamente quando ela chuta o jeans e fica tremendo, vestida apenas com sutiã e calcinha. Sei que estou sendo cruel, mas o ferimento doloroso que ela expôs retira qualquer decência e compaixão que tenho, deixando apenas luxúria e uma necessidade irracional de punir.

Posso não querer machucá-la, mas neste momento, preciso vê-la sofrer.

Ela alcança o gancho do sutiã nas costas, abrindo com movimentos trêmulos e respiro fundo, a dor no meu peito aumentando ainda mais meu desejo. Vi seus seios ontem à noite, então, sei que são lindos, mas a visão dos seus mamilos rosados e sua pele macia e branca ainda me atinge como um soco. Meu coração bate num ritmo rápido e desajeitado e é tudo que posso fazer para ficar parado e não agarrá-la quando ela tira a calcinha. Sua buceta é lisa e sem pelos – ou ela retira com cera ou teve seus pelos pubianos tratados com laser algum tempo atrás – e minha boca fica aguada quando imagino enfiando minha língua naquelas dobras delicadas.

Mal posso esperar para prová-la e fazê-la gozar.

Quando fico imaginando aquilo, Sara fica ereta e levanta o queixo. — Feliz agora? — Apesar das suas bochechas estarem vermelhas, ela não está fazendo nenhum esforço de cobrir seu corpo, suas mãos fechadas em pequenos punhos nos lados.

Pervertidamente, seu pequeno show de bravura diminui meu desejo sombrio e minha boca se curva pela graça.

— Ainda não, mas estarei em breve — Digo, tirando minhas próprias roupas. Meus movimentos são rápidos e econômicos, projetados para terminar a tarefa tão rápido quanto possa, mas as feições dela ainda estão desafiadoras, seus seios levantando e abaixando enquanto olha para mim.

— Venha — Digo, indo para ela quando estou totalmente nu. — Sei que gosta de tomar banho antes de dormir.

Ela pisca, seus olhos no meu rosto e vejo que estava olhando para o meu pau – que está tão duro que se curva para meu umbigo.

— Você pode tocá-lo no chuveiro se desejar — Digo, meu sorriso se abrindo ante seu constrangimento óbvio. — Vem, ptichka. Você vai gostar disso.

Pegando no seu pulso, a conduzo para o banheiro.

22

ara

Eu tento manter minha compostura – ou, pelo menos, a
aparência dela – quando Peter me arrasta para o banheiro, seus
dedos longos em volta do meu pulso. Definitivamente não era
assim que eu imaginava esta noite quando subia as escadas.
Apesar do lado sombrio nos seus olhos, meu perseguidor
parece agora estar num humor leve, quase brincalhão – um
grande contraste do ódio horripilante que vi nas suas feições
mais cedo.

É como se meu striptease forçado acalmasse quaisquer
daqueles demônios horríveis que as fotos liberaram.

Fico com náuseas novamente quando relembro as imagens,
a morte e devastação mostradas com detalhes tão macabros. Só
as olhei por alguns segundos, mas sei que nunca conseguirei

esquecê-las novamente. Não consigo imaginar estar lá em pessoa para tirar aquelas fotos, muito menos saber que minha família está caída lá – que os corpos em decomposição eram pessoas que eu amava. O simples pensamento me enche com tal agonia que por um pequeno momento entendo o que move meu agressor.

Não desculpo, mas entendo, e a pena batalha com terror no meu peito.

Se Peter acredita que meu marido foi responsável por aquelas mortes, ele não tinha escolha se não vir atrás dele. Só isso é óbvio para mim. Mesmo antes de ser um vilão, a profissão russa deve tê-lo exposto às partes mais sombrias da humanidade, ensinando-o a abraçar a violência como solução – isso sem nem se levar em conta o que o levou a ser um assassino antes da idade de onze anos. Um homem como esse não daria a outra face; olho por olho seria mais seu estilo. Ele não se importaria quantos inocentes ele machucaria na sua busca por vingança e ele certamente não piscaria para torturar a mulher do seu inimigo para capturá-lo.

Se George teve qualquer *envolvimento* no que aconteceu, tenho sorte de estar viva.

Parado em frente ao box de vidro, meu captor solta meu pulso, entra e liga a água. Enquanto ele brinca com a torneira, tentando achar a temperatura certa, olho para a porta do banheiro. Ele está molhado e distraído, então, tenho quase certeza que posso chegar às escadas e ao meu carro antes que ele me pegue. Mas, e depois? Guio nua para um hotel qualquer e torço para que ele não me ache hoje à noite? Corro direto para o FBI e suplico para que eles me escondam?

Antes de começar esse debate interno novamente, Peter sai do chuveiro, pingos de água brilhando no seu peito poderoso.

— Entre — Diz ele, pegando no meu braço, e quase caio quando ele me puxa para dentro do box.

— Cuidado — Murmura, me segurando e eu olho para ele para ver que ele está me observando com uma mistura de fome e divertimento sombrio. —, aqui está escorregadio.

Ante sua insinuação, o rubor que ainda não tinha saído do meu rosto, volta. Odeio ver que ele conhece a reação do meu corpo a ele – que apenas alguns momentos antes ele havia me pego olhando sua ereção como uma adolescente olhando sua primeira foto pornográfica. Com certeza ele poderia ser uma estrela pornô com um pau como aquele, mas esse não é o ponto. Não me importa que ele seja um animal macho lindo; seu corpo poderoso é algo que eu devo temer, não desejar.

Ele é um assassino perigoso, possivelmente louco e devo vê-lo como tal.

E eu vejo – racionalmente, pelo menos. Contudo, quando ele vira o chuveiro para mim, deixando a água quente cair nas minhas costas, vejo que não estou nem um pouco horrorizada como estava ontem à noite – apesar de dever estar, após ver aquelas fotos. Se Peter acredita no que me disse, então, ele tem toda a razão de me odiar e qualquer que seja o tipo de atração que sente por mim, é provavelmente do tipo tóxica. Não sei por que ele não me estuprou ontem à noite, mas estou quase certa de que ele o fará hoje. O pensamento deveria me encher com temor – e enche – mas o pânico visceral que senti no hotel está ausente. É como se dormir nos seus braços me desensibilizasse ao puro erro do que ele está fazendo comigo, a violação de sua presença na minha casa e no meu chuveiro.

Pela segunda vez em muitos dias, estamos nus juntos e eu não acho nem um pouco desconfortável como deveria.

— Feche os olhos — Diz Peter, pegando o frasco de

shampoo e obedeço, deixando-o colocar o líquido no meu cabelo. Apesar do seu humor volátil mais cedo, seus dedos fortes são macios na minha cabeça enquanto ele massageia com o shampoo e vejo que ele está me mimando novamente, me desarmando mais ainda com suas carícias. Fico cheia de vontade de curvar minha cabeça para trás, forçando contra suas mãos como uma gata que pede carinho, mas fico parada, não querendo que ele saiba que gosto de qualquer coisa que ele faça comigo.

Qualquer que seja o jogo do meu perseguidor, recuso-me a jogar.

Minha determinação termina até que ele começa a massagear meu pescoço, com maestria trabalhando os nós na base do meu crânio. Eu nem imaginava quanta tensão carregava ali até que se dissolvesse, o calor da água combinado com seu toque que me faz sentir quente e relaxada de um jeito que não sentia há muito tempo.

Tento me lembrar se George já lavou minha cabeça assim algum dia e não consigo. Nem mesmo lembro-me dele tomando banho comigo além de duas vezes no início da nossa relação, quando ainda éramos aventureiros na cama. Quando já namorávamos por um ano, nossa vida sexual havia se tornado uma rotina e George raramente me tocava de modo a me excitar diretamente – e conforme chegava o fim, ele raramente me tocava, ponto final.

Pelos últimos dois dias, estou tendo mais intimidade física com o assassino do meu marido do que durante a maior parte do nosso casamento.

Quando meu cabelo está limpo, Peter coloca meu cabelo sob a ducha, lavando o shampoo e, então, coloca o condicionador. Ao fazer isso, ele se aproxima, seu peito raspando no meu por um segundo e meus mamilos se intumescem sob a ducha quente, meu sexo ficando macio e escorregadio quando sinto a cabeça lisa do seu pau duro contra minha barriga.

Ele se afasta logo depois, mas é tarde demais. O sentimento quente e relaxante transforma em excitação sexual tão rápido que não tenho tempo de me proteger. Apesar de ele ter me tocado tão rapidamente, fico sem fôlego e tremendo, pulsando por ele. É pura reação física, sei, ainda assim fico envergonhada. Eu não deveria desejá-lo ou essa intimidade forçada; nada disso deveria me provocar desejo em nenhum nível.

Mordendo a parte interna da minha bochecha para me distrair com dor, abro os olhos e o vejo colocando sabonete líquido nas palmas.

— Deixe-me fazer isso — Digo com firmeza, tentando pegar o sabonete dele, mas ele balança a cabeça, um sorriso sensual curvando-se nos seus lábios enquanto ele move o frasco para longe do meu alcance.

— Ainda não, ptichka. Você tem que esperar sua vez.

Ficando atrás de mim, ele começa a lavar minhas costas e apesar do calor da água, seu toque me incendeia, cada toque das suas mãos ásperas intensificando as chamas da excitação dentro de mim. Tento me concentrar em algo diferente, qualquer coisa, mas meu coração está muito rápido, meu corpo queimando com partes iguais de vergonha e desejo.

E medo. Apesar de ficar mudo por um momento, é uma presença persistente na minha cabeça. Não esqueci o que o homem me tocando fez ou o que é capaz de fazer. Talvez outra mulher no meu lugar lutaria em vez de deixá-lo fazer isso, mas não o quero me machucando de verdade. Ontem, ele me subjugou com facilidade patética e sei que o resultado seria o mesmo hoje. Exceto que ele não pararia até me ter aberta sob ele.

Ele pode ceder à escuridão que vi nos seus olhos hoje à noite, e o jogo, qualquer que seja, terminaria de um jeito horrível.

Então, fico parada e olho para frente, vendo a água rolar esfumaçando na parede de vidro enquanto as mãos ensaboadas dele deslizam nas minhas costas, meus ombros, meus braços... meus lados. É tortura de um jeito diferente, e suas mãos se movem para a parte da frente, colocando sabão na minha barriga trêmula antes de subir à minha caixa torácica, não posso resistir mais.

— Pare — Sussurro sem fôlego, minhas unhas afundando na minha coxa quando seus dedos esfregam sob seus seios. —, por favor, Peter, pare.

Para meu choque, ele ouve, abaixando as mãos no meu quadril. — Por quê? — Ele murmura, chegando-me para ele. Seu peito moldado nas minhas costas e sua ereção aperta atrás — Porque você odeia isso? — Ele abaixa a cabeça, sua barba mal feita raspando na minha têmpora quando ele passa a língua na parte externa do meu ouvido. —Ou porque você adora isso?

Nenhum. Ambos. Não posso pensar com clareza para decidir. Meus olhos se fecham, e minha pele fica pinicando quando sua língua entra no meu ouvido, fazendo minhas entranhas se liquidificarem. Quero empurrá-lo, mas não quero me mover para não fazer algo estúpido, como curvar minha cabeça para trás em direção ao calor tentador daquela boca malévola.

— Do que você está com medo, *ptichka*? — Continua ele numa voz sombria e mansa. — Dor? — Ele morde meu lóbulo gentilmente. — Ou prazer? — Sua mão direita desce devagar pela minha barriga, movendo-se para a abertura pulsante entre minhas pernas com lerdeza insidiosa. Ele está me dando todas as chances de pará-lo, mas não consigo – nem mesmo quando vejo seu destino. Tudo que posso fazer é dar respiradas rápidas e profundas quando seus dedos ásperos pelos calos passam por cima das minhas dobras, expondo a carne sensível interna.

— Sem resposta? — Sua respiração é quente na minha têmpora. — Acho que terei que descobrir sozinho.

A ponta do seu dedo circula meu clitóris, e minha respiração para no meu peito, minha mente ficando estranhamente vazia. É como se cada terminação nervosa no meu corpo ficasse viva ao mesmo tempo. Estou totalmente ciente do seu corpo grande e duro pressionando as minhas costas e sua barba por fazer raspando minha orelha, da sua mão grande na minha barriga e a água quente caindo em cima de nós. E aquele dedo, aquele dedo áspero e, mesmo assim, suave. Está quase me tocando, ainda assim todo meu corpo é como uma mola, cada músculo rígido com a antecipação.

Bem baixinho, registro um som estranho e vejo que está vindo de mim. É gemido misturado com um tipo de suspiro lamurioso. Me enche de vergonha, mas o constrangimento apenas aumenta meu tesão, todos os meus sentidos centrados na dor pulsante no conjunto de nervos que ele está provocando. Posso sentir o quão escorregadio está entre as minhas coxas e quando seu dedo pressiona mais forte na carne estranhamente sensível, a dor se transforma numa tensão insuportável, tensão que cresce e se intensifica a cada segundo. É tanto prazer quanto agonia, e é forte, e estou vibrando com ela, ondas de calor rolando minha pele. Tento segurá-la, parar a tensão de aumentar, mas é impossível segurar a maré.

Com uma ofegada, gozo, todo meu corpo se apertando em uma liberação tão intensa que minha visão fica branca atrás das minhas pálpebras fechadas apertadas. Ela continua, o prazer irradiando do meu âmago em ondas pulsantes que me deixam tonta e tremendo, quase incapaz de ficar em pé. Tento empurrar meu perseguidor para longe, para terminar meu prazer aterrorizante, mas ele aumenta a força da sua pegada em mim, e não tenho escolha a aceitar, sentindo cada impulso vergonhoso do meu corpo.

— Assim, ptichka — Ele respira quando eu finalmente me encosto nele, ofegando e drenada. — Isso foi lindo.

Sua mão deixa meu sexo e abro meus olhos, a letargia pós-orgasmo dissipando o horror do que aconteceu ainda se espalhando.

Gozei. Gozei nas mãos do homem que acabou com a vida do meu marido.

Ele começa a me virar para fitá-lo e eu finalmente vejo a força do acontecido. Com um gemido de dor, me viro da sua pegada e cambaleio para trás, quase batendo na divisória de vidro atrás de mim. — Não! — Minha voz é alta e fina, quase histérica. — Não me toque!

Para minha surpresa, Peter fica parado, apesar de poder ver que ele ainda está duro, ainda me desejando. Pendendo a cabeça para o lado, ele me observa por alguns momentos, então, estende o braço e desliga o chuveiro.

— Saia — Diz ele calmamente, abrindo a porta do box —, acho que já estamos bem limpos.

*eter*

Seco-me com uma toalha fofa branca; então, pego outra e enrolo em Sara quando ela sai do chuveiro. Ela parece que está quase tendo um troço, seus olhos cor de avelã brilhando com dor e apesar do desejo me consumindo, sinto algo perto de pena.

Ela deve estar se odiando agora. Quase o tanto que me odeia.

Esfrego a toalha no seu corpo, secando-a, daí, enrolo no cabelo molhado dela. Sei que a estou tratando como uma criança em vez da mulher adulta que é, mas tomar conta dela desse jeito me acalma, ajuda-me a manter o impulso sombrio sob controle.

Ajuda-me a lembrar que realmente não quero feri-la.

Abaixando-me, pego-a nos braços e ela dá uma ofegada. — O que você está fazendo? — Ela empurra meu peito. — Me larga!

— Num segundo. — Ignorando suas tentativas de se soltar, levo-a para fora do banheiro. Ela é leve, fácil de carregar. É como se seus ossos fossem ocos, como os de um pássaro de verdade. Ela é frágil, minha Sara, mas resiliente ao mesmo tempo.

Se eu for cuidadoso, ela se curvará a mim em vez de quebrar.

Chegando à cama, coloco-a no chão e ela pega um cobertor, colocando sobre ela para cobrir seu corpo nu. Seu olhar está cheio de desespero quando ela se chega para trás na cama, longe de mim.

— Por que você está fazendo isso comigo? Por que não acha outra mulher para torturar?

— Você sabe por quê, ptichka. — Subindo na cama, retiro o cobertor dela. — Não me interesso por ninguém mais.

Ela pula da cama, claramente esquecendo a futilidade de fugir de mim, e pulo atrás dela, pegando-a antes que chegue à porta. Meu sangue está pulsando grosso nas minhas veias, o monstro aparecendo quando ela luta nos meus braços e preciso de todo meu autocontrole para não encostá-la na parede e fodê-la.

Se não fosse pelo fato de que eu não quero que nossa primeira vez seja deste modo, eu já estaria dentro dela.

— Pare de lutar — Falo entredentes quando ela continua se debatendo nos meus braços, tentando se livrar. Posso sentir meu autocontrole diminuindo, meu pau reagindo aos movimentos dela como uma dança. — Estou te avisando, Sara...

Ela congela, vendo o perigo em que se encontra.

Inspiro vagarosamente, libero-a e me afasto para diminuir a tentação. — Vá para a cama — Falo com firmeza quando ela fica parada ofegando. — Vamos dormir, entendeu?

Seus olhos se arregalam. — Você não vai...?

— Não — Digo sério. Indo para frente, pego a mão dela para guiá-la para a cama. — Hoje à noite não.

Não importa o quão torturante seja, darei a Sara mais tempo para se acostumar comigo. É o mínimo que posso fazer para compensar nosso início violento.

Ela será minha em breve, mas não agora.

Não até que me certifique que não a destruirei.

— Você está acordado, Papa? Vem brincar comigo. — Uma mãozinha pega meu pulso. — Por favor, Papa, vem brincar.

— Deixe seu pai dormir — Repreende Tamila, levantando-se pelo cotovelo do outro lado da cama. — Ele chegou tarde ontem à noite.

Me viro e sento, bocejando. — Tudo bem, Tamilochka. Já acordei. — Abaixando-me, pego meu filho e me levanto, erguendo-o ao mesmo tempo. Pash se contorce em excitação, suas perninhas chutando o ar quando o seguro acima da minha cabeça.

— Você é por demais indulgente com ele — Diz Tamila, então, se levanta também, colocando um roupão sobre o pijama. — Vou fazer um café para nós.

Ela desaparece no banheiro, e sorrio para Pasha. — Quer brincar, pupsik? — Jogo-o no ar e o pego, fazendo-o tremer de excitação e gargalhadas. — Gosta disso? —Jogo-o novamente.

— Sim! — Ele está rindo tanto agora que quase não consegue respirar. — Mais! Mais alto!

Eu rio, então, o jogo no ar mais algumas vezes, ignorando a dor nas minhas costelas machucadas. Passei as últimas duas semanas caçando um grupo de insurgentes e finalmente os achamos ontem. No tiroteio resultante, recebi duas balas no meu colete. Nada sério, mas consegui alguns dias de folga. Ainda assim, não perderia essa brincadeira por nada no mundo.

Meu filho está crescendo muito rápido.

Eu acordo com uma dor amarga no meu peito. Não preciso abrir os olhos para saber onde estou ou para ver que estava sonhando. A dor de perder Pasha é muito forte, muito profundamente arraigada para confundir a memória de um sonho com qualquer outra coisa, apesar *desta* ser a primeira vez que senti um sonho prazeroso tão vividamente.

Geralmente, meus sonhos com minha família são calmos e borrados – pelo menos até se tornarem pesadelos gráficos.

Fico parado por alguns momentos, ouvindo a respiração regular de Sara e absorvendo o sentimento do seu corpo magro enrolado nos meus braços. Ela finalmente está dormindo, sua mente hiperativa descansando. Ela não conversou comigo esta noite, apenas ficou deitada rígida por quase uma hora e eu sabia que ela estava se remoendo pelo que aconteceu no chuveiro. Pensei em falar com ela, distraindo-a dos seus pensamentos, mas com as memórias frescas na minha mente e meu corpo enrijecido e pulsando, não quis arriscar a conversa aventurando-se por território doloroso.

Se ela começasse a defender seu marido, eu poderia perder o controle e possuí-la, machucando-a no processo.

Inspirando, sinto o aroma doce do cabelo dela e deixo o desejo familiar passar pelo meu peito. Não faz muito sentido, mas tenho certeza de que Sara é a razão do porquê, pela primeira vez em cinco anos e meio, eu sonhar com meu filho sem também sonhar com sua morte. Apesar de segurar seu corpo nu sem fodê-la ser uma forma de auto-tortura, a presença de Sara na minha cama tem o mesmo efeito nos meus sonhos como sua proximidade nos meus momentos acordado.

Quando estou com ela, a agonia das minhas perdas são menos profundas, quase suportáveis.

Fechando meus olhos, apago minha mente e deixo-me mergulhar de volta no sono.

Se tiver sorte, encontrarei Pasha nos meus sonhos novamente.

24

*S*ara

COMO ONTEM, PETER JÁ HAVIA PARTIDO NA HORA QUE ACORDEI. Estou feliz, porque eu não sei como o encararia esta manhã. Toda vez que penso no que aconteceu no chuveiro, morro um pouquinho por dentro.

Eu traí George, traí sua memória do pior modo possível. Conheci meu marido quando tinha quase dezoito anos. Ele foi meu primeiro namorado sério, meu primeiro tudo. E mesmo quando as coisas começaram a piorar, mantive-me leal a ele e a nosso casamento.

Até ontem à noite, George fora o único homem com quem fiz sexo, o único que me fez gozar.

A dor bate em mim, o pesar tão agudo e repentino que parece um golpe. Ofegando, me curvo na pia, minha escova de dentes no meu punho. Pelos últimos seis meses, tenho estado tão ocupada lidando com minhas ansiedades e ataques de pânico, com a culpa de saber que causei a morte de George, que não tive a chance de realmente sentir o pesar pela morte do meu marido. Não processei o vácuo que é sua ausência em minha vida, não lidei com o fato de que o homem com quem estive junto por uma década se foi.

George está morto e eu dormi com seu assassino.

Meu estômago se contorce com náusea quando me olho no espelho do banheiro, odiando a imagem que me olha de volta. A facilidade com que tive o orgasmo ontem à noite me enche de vergonha. Peter quase não me tocou, quase não fez nada. Ele até não me restringiu muito. Se eu tentasse, poderia ter sido capaz de empurrá-lo, mas eu não tentei.

Eu só fiquei lá e cedi ao prazer e, então, dormi nos braços do meu perseguidor pela segunda noite seguida.

A dor vira um nó de autodesgosto e eu me viro contra o reflexo, incapaz de resistir a censura nos olhos cor de avelã olhando-me de volta. Eu não posso fazer isso, não posso jogar esse jogo trocado que Peter está me forçando. Não importa se ele tem suas razões, ou acha que tem. Nenhum sofrimento desculpa o que ele fez com George, ou o que ele ainda está fazendo comigo.

Meu perseguidor pode estar ferido ou machucado, mas isso apenas o faz mais perigoso – para a minha sanidade e segurança.

Tenho que achar um jeito de sair disso.

Não importa o que precise, tenho que me livrar dele.

~

PASSEI A MAIOR PARTE DO MEU TURNO DO PLANTÃO NO PILOTO automático. Ainda bem que não tinha nenhuma cirurgia ou qualquer outra coisa crítica; de outro modo, teria que pedir a outro médico para vir ajudar. Por enquanto, minha mente não está nas necessidades dos meus pacientes, mas em que farei para lidar com meu perseguidor.

Não será fácil, e certamente será perigoso, mas não vejo qualquer outra escolha.

Não posso passar outra noite nos braços de um homem que odeio.

Estou quase acabando o dia quando passo por Joe Levinson no corredor. Passo por ele primeiro, mas ele chama meu nome e reconheço o homem magro e alto com cabelos louro areia.

— Joe, olá — Digo, sorrindo. Nos divertimos conversando no jantar na casa dos meus pais no sábado, e bastante toda vez que nos encontramos nos anos graças a amizade dos Levinsons com meus pais. Sob circunstâncias diferentes – quer dizer, se eu não fosse casada, depois, violentamente enviuvada – eu poderia considerar namorar Joe, tanto para agradar meus pais quanto porque eu realmente gosto dele. Ele não acelera meu pulso, mas é um cara legal e isso conta bastante para mim. — O que você está fazendo aqui?

— Isso — Diz ele pesaroso, levantando sua mão direita para mostrar um dedo com curativo grosso.

— Oh, não! O que aconteceu?

Ele faz uma careta. — Lutei com um processador de alimentos e o processador ganhou.

— Ai. — Tremo quando imagino a cena. — Quão ruim está?

— Tão ruim que eles não podem dar pontos. Terei que esperar o sangramento parar sozinho.

— Oh, sinto muito. Então, você entrou na emergência com isso?

— Sim, mas eu obviamente tive uma reação exagerada. Quero dizer, havia sangue em todo o lugar, e a ponta do dedo está bem para fora, mas eles dizem que vai sarar, eu não devo nem ficar com uma cicatriz feia.

— Oh, isso é bom. Espero que sare em breve.

Ele me dá um sorriso largo, seus olhos azuis brilhando. — Obrigado, eu também.

Sorrio de volta e estou quase continuando meu caminho no corredor quando ele fala: —Ei, Sara...

Me contorço por dentro na expressão hesitante nas suas feições. — Sim? — Espero que ele não vá...

— Iria te telefonar, mas como nos encontramos... O que você vai fazer nesta sexta? — Ele pergunta, confirmando minhas suspeitas. — Porque tem essa exibição de arte muito boa no centro e ...

— Desculpe-me. Não posso. — A recusa é automática e é só quando vejo as feições desoladas de Joe que me dou conta do quão rude estou sendo. Sentindo-me terrível, tento corrigir: — Não é que não queira, mas eu devo ficar de plantão na sexta e não sei se...

— Tudo bem. Sem problemas. — Ele sorri e vejo instantaneamente que é um sorriso falso. Eu uso um desse jeito quando quero esconder um embaraço emocional.

Merda. Ele deve gostar de mim mais do que pensei.

— Você quer fazer outra coisa em vez disso? — Ofereço antes de poder pensar em algo melhor. — Não sexta, mas talvez em duas semanas?

O sorriso de Joe fica genuíno, seus olhos se estreitando atrativamente nos cantos. — Certamente. O que você acha de jantarmos no final de semana depois deste? Conheço um pequeno restaurante italiano que faz a melhor lasanha.

— Parece bom — Digo, já me arrependendo do impulso. E se não conseguir resolver o problema com meu perseguidor até lá? É tarde demais para retroceder agora, então digo: — O que você acha de acertarmos os detalhes quando chegar mais perto? Meus horários mudam o tempo todo e...

— Não precisa continuar. Entendo perfeitamente. — Ele me dá um sorriso aberto. — Tenho seu número, te ligo na próxima semana e você me diz que horas é melhor para você, ok?

— Tá bom. Falo contigo então — Digo e me apresso para continuar antes que faça outra besteira novamente.

Tenho um último paciente para ver e, então, posso continuar com minha missão.

Se tudo correr bem, amanhã estarei livre.

25

 *eter*

— Você vai vê-la hoje à noite novamente? — Pergunta Anton em russo, olhando do laptop quando entro na sala de estar. Como sempre, o ex-piloto está vestido de preto dos pés à cabeça e armado até os dentes, apesar do nosso esconderijo urbano ser tão seguro quanto necessário. Como o resto da minha equipe, ele é um filho da puta de letal e apesar de implicarmos com ele sobre seu cabelo hipster e barba negra cheia, ele parece exatamente o que é: um ex-assassino Spetsnaz.

— Claro — Respondo também em russo.

Parando na mesa de café perto do sofá onde Anton está sentado, tiro minha jaqueta de couro e removo meu arsenal de armas preso no meu colete. Quando vou ver Sara, só levo uma arma e duas facas, tudo escondido estrategicamente nos bolsos

175

internos da minha jaqueta, assim ela não as vê quando estou me vestindo ou despindo. Não quero amedrontá-la ou lembrá-la o que sou; ela já está bastante íntima com minhas habilidades. Além do mais, eu seria um idiota de confiar nela no que tange a armas de verdade.

Mesmo um novato pode atirar e conseguir acertar.

— Yan vai ficar com o primeiro turno hoje à noite — Diz Anton, voltando a atenção para o computador no seu colo. —, tenho que preparar parte da logística para este trabalho no México.

Franzo quando retiro meu colete à prova de balas. — Achei que tivéssemos tudo pronto.

— Sim, eu também achei, mas parece que Velazquez teve uma briguinha com seu velho amigo Esguerra, e ele está melhorando a segurança que nem um louco. Acho que está esperando uma ataque de Esguerra. Não tem nada a ver conosco, obviamente, mas ainda assim complica os assuntos.

— Porra. — O envolvimento de Julian Esguerra, apesar de indireto, definitivamente complica as coisas e não apenas pelo fato de ele ter espantado nosso alvo. O traficante de armas colombiano tem muita coisa contra mim. Apesar de eu ter salvado a vida do bastardo, coloquei a vida da sua esposa em perigo no processo e isso é algo que ele nunca perdoará. Ele não está me caçando atualmente, mas se ele souber que estou no México, tão perto do seu domínio, ele provavelmente vai cumprir sua promessa de me matar.

Pensando nisso, estou perto da sua área aqui em Illinois, também. Os pais da sua esposa moram em Oak Lawn, não muito longe da casa de Sara, em Homer Glen. Duvido que ele visitará aqui em algum tempo breve, mas se vier e nossos caminhos se encontrarem de algum modo, posso não ter escolha além de cuidar disso.

Oh, bem. Vou preocupar-me com isso quando acontecer. Não tem como eu sair daqui sem ter terminado com Sara.

— Sim — Murmura Anton, olhando para o computador. — Porra, mesmo assim.

Deixo-o e vou para a cozinha pegar uma cerveja na geladeira. Hoje, cuidei de um serviço pessoalmente, deixando o irmão gêmeo de Yan, Ilya, para vigiar Sara, e ainda estou cheio de adrenalina, meus sentidos bem aguçados e minha mente bem clara. É estranho que matar faz com que alguém fique bem vivo, mas faz.

Como qualquer um no meu ramo de trabalho sabe, vida e morte são partes de uma lâmina separadas e manejar essa lâmina é uma das coisas mais excitantes que há.

Engulo metade da garrafa de cerveja, como um pouco de nozes de uma tigela no balcão e volto para a sala de estar. Daqui a pouco vou para a casa de Sara fazer um jantar para nós dois e esse lanche deve me segurar até lá. Mas antes disso, contudo, Anton e eu temos que nos preparar.

O trabalho no México é grande e não podemos nos dar ao luxo de arruiná-lo.

— Então, qual são as últimas? — Pergunto, sentando-me perto de Anton no sofá. Colocando minha cerveja na mesa de café, olho para o monitor. — Quanto do nosso plano teremos que deixar de lado?

— Quase tudo — Murmura Anton. — Os horários dos guardas estão uma bagunça, tem câmeras de segurança em todo lugar e Velazquez está colocando patrulhas em volta do composto.

— Certo. Vamos ver isso.

Pela próxima hora, fazemos um plano novo para atacar Velazquez, um que leva em consideração a segurança aumentada no composto. Em vez de entrar para assassiná-lo à noite, como planejado inicialmente, iremos na hora do almoço porque é nessa hora que uns poucos guardas novatos estarão de vigia. É estúpido, mas a maioria das pessoas, incluindo os líderes de cartéis mexicanos que deveriam saber mais, se sente mais segura durante o dia. É um dos problemas mais comuns que já encontrei durante meus dias de consultor de segurança e sempre adverti aos meus clientes a terem proteção igualmente forte no local não importa se o sol nasceu ou não.

— A transferência foi feita? — Pergunto quando terminamos e Anton assente.

— Sete milhões de euros conforme acordado, com a outra metade vindo após o término do trabalho. Deve nos manter com cerveja e nozes por enquanto.

Rio secamente. Anton e os dois outros membros do meu antigo grupo – os gêmeos Ivanov – se juntaram a mim há dois anos, depois que consegui minha lista e me aproximei deles por ajuda, prometendo fazê-los ricos como recompensa por eles terem apostado em mim. Eles concordaram, ambos pela amizade e porque eles haviam ficado desiludidos com o governo russo. Com a equipe formada, troquei de consultor de segurança para um serviço mais lucrativo – e flexível – usando minhas conexões para conseguir trabalhos que pagavam bem mais para nós. Eu precisava do dinheiro para financiar minha vingança e ficar um passo à frente das autoridades e os caras precisavam de um novo desafio. Apesar de eliminar as pessoas da minha lista ser prioridade, fizemos um número de serviços pagos pelo caminho e ganhamos nossa reputação no submundo. Agora, nos especializamos em eliminar alvos difíceis pelo mundo todo e recebemos somas altíssimas de dinheiro pelos serviços que todos os outros têm muito medo de fazer. Com muita frequência, nossos clientes são criminosos perigosos e ricos e insanos e nossos alvos tendem a ser assim também – como Carlos Velazquez, chefe do Cartel Juarez.

Até onde minha equipe sabe, não tem muita diferença entre ir atrás de terroristas e eliminar lordes do crime. Ou acabar com quem quer que entre no nosso caminho. Todos perdemos qualquer acesso a consciência ou moralidade há muito tempo.

— Saindo? — Pergunta Anton, fechando o laptop quando eu me levanto e coloco a jaqueta. — Vai ficar com ela a noite toda novamente?

— Provavelmente. — Toco minha jaqueta me certificando de que as armas estão bem escondidas. — É bem provável.

Anton suspira e se levanta, deixando o laptop no sofá. — Você sabe que isso é loucura, certo? Se você a quer tanto, porra, pegue-a e termine com isso. Estou cansado desses serviços de dez mil dólares; os estúpidos nem mesmo lutam. Se não tivermos outro serviço de verdade antes do México, vou enlouquecer.

— Você é sempre bem-vindo para conseguir algo por conta própria — Digo e me seguro para não rir quando Anton me mostra o dedo do meio em resposta. Mesmo se não fôssemos amigos, ele não deixaria o grupo. Minhas conexões são a razão de conseguirmos todos esses negócios lucrativos. No processo de conseguir a lista, entrei fundo no submundo do crime e conheci muitos jogadores chaves. Com as habilidades dos meus homens, eles não seriam nem a metade bem-sucedidos sem mim, e eles sabem disso.

— Divirta-se — Grita Anton quando me encaminho para a

saída e finjo não ouvir quando ele murmura algo sobre vigias obsessivos e pobres mulheres torturadas.

Ele não entende por que estou fazendo isso com Sara e não estou disposto a explicar.

Especialmente quando eu mesmo não entendo.

26

Sara

O CHEIRO DE COLOCAR ÁGUA NA BOCA DE FRUTOS DO MAR NA manteiga e alho assado me cumprimentam quando entro em casa, minha bolsa pendurada casualmente no meu ombro. Como eu esperava, mais uma vez a mesa do jantar está posta com velas e uma garrafa de vinho branco está congelando num balde de gelo. Apenas a comida está diferente hoje; parece que teremos frutos do mar com massa linguini como prato principal, lula e uma salada de mussarela e tomates como entrada.

O conjunto não poderia ser mais perfeito se eu tentasse.

Aja normal. Fique calma. Ele não pode saber o que você está planejando.

— Noite italiana, hein? — Digo quando Peter se vira do

balcão da cozinha, onde estava cortando algo que se parece com manjericão. Meu coração está batendo errático no meu peito, mas consigo manter um tom friamente sarcástico. — O que será para amanhã? Japonesa? Chinesa?

— Se você desejar — Ele diz, indo para a mesa para despejar o manjericão picado na mussarela. — Apesar de eu ser menos familiar com essas cozinhas, então, talvez tenhamos que pedir.

— Uh-huh. — Meu olhar segue as mãos dele quando ele retira os restos do manjericão dos seus dedos. Uma sensação quente e trêmula passa por mim quando me lembro como aqueles dedos me tocaram com um prazer devastador, fazendo-me desfazer em seus braços.

Não. Não vá por aí.

Desesperada por me distrair, foco na sua roupa. Hoje, ele está vestindo uma camisa preta com botões e as mangas enroladas e minha garganta resseca quando vejo seus braços musculosos, o esquerdo coberto de tatuagens até o pulso. Caras tatuados não costumam ser meu tipo, mas as tatuagens intricadas ficam bem nele, enfatizando o poder sob a pele coberta de pelo. Sempre fui chegada a antebraços masculinos fortes e Peter tem o melhor que já vi. George se exercitava, então, ele também tinha braços bons, mas nem de perto tão torneados como estes.

Ugh, para. Autodesgosto queima minha garganta quando vejo o que estou fazendo. De nenhuma forma devo comparar meu marido, um homem normal e pacífico, com um assassino cuja vida gira em torno de violência e vingança. Obviamente, Peter Sokolov está em melhor forma; ele tem que estar para matar todas aquelas pessoas e fugir das autoridades. Seu corpo é uma arma, somada a anos de batalhas, enquanto George era um jornalista, um escritor que passava a maior parte do seu tempo no computador.

Exceto... se acreditarmos em Peter, meu marido *não era* um jornalista. Ele era um espião operando no mesmo mundo sombrio que o monstro passeando na minha cozinha.

Traços de tensão passam pela minha testa, e retiro toda a decepção do meu marido, focando no resto da roupa do meu perseguidor: outro par de jeans escuros e meias pretas sem sapato. Por um segundo fico pensando se Peter tem algo contra sapatos, mas então lembro-me que em algumas culturas é considerado desrespeitoso e sujo usar calçados de rua dentro de casa.

A cultura russa é assim? E se for, está o homem que me torturou nesta mesma cozinha mostrando, de algum modo, que me respeita?

— Vai, lava as mãos ou o que quer que precise fazer — Diz ele, diminuindo as luzes antes de sentar-se à mesa e abrir o vinho. —, a comida está esfriando.

— Você não precisava esperar por mim — Digo e vou para o banheiro mais próximo lavar as mãos. Odeio quando ele age como se conhecesse todos os meus hábitos, mas não vou comprometer minha saúde para provocá-lo. — Verdade, estou falando sério — Falo quando volto. —, você não precisava nem estar aqui. Você sabe que me alimentar não é parte das suas tarefas de perseguidor, certo?

Ele dá um sorriso aberto quando sento-me do outro lado dele e penduro minha bolsa nas costas da cadeira. — É mesmo?

— Isso é o que todos os relatos de serviço de vigilância dizem. — Enfio o garfo num pedaço de tomate e mussarela e coloco no prato. Minhas mãos estão firmes, não mostrando nada da ansiedade me corroendo por dentro. Quero prender minha bolsa comigo, colocar no meu colo e ao meu alcance, mas se o fizer, ele suspeitará. Já estou me arriscando por pendurá-la na cadeira quando normalmente jogo descuidadamente no sofá da sala de estar. Espero que ele ache que isso é pelo fato de eu vir direto para a área da cozinha/sala de jantar em vez de ir para o sofá.

— Bem, se é isso que falam, quem sou eu para argumentar? — Peter coloca um copo de vinho para cada um de nós antes de pôr a salada de mussarela no seu prato. — Não sou um profissional.

— Você não vigiou outras mulheres antes?

Ele corta um pedaço de mussarela, leva à boca e mastiga vagarosamente. — Não, assim não — Diz ele quando termina.

— Oh? — Me vejo mordazmente curiosa. — Como você as vigiava?

Ele me olha sério. — Confie em mim, você não deseja saber.

Provavelmente ele está certo, mas se houver uma chance, eu não devo vê-lo depois desta noite, sinto um desejo bizarro de saber mais sobre ele. — Não, na verdade quero — Digo, me confortando com a tira da bolsa raspando nas minhas costas. —, quero saber. Me fala.

Ele hesita, então diz: — A maioria das minhas missões sempre foi homens, mas já segui mulheres como parte do meu trabalho também. Trabalhos diferentes, mulheres diferentes, razões diferentes. Na Rússia, geralmente eram mulheres e namoradas dos homens que ameaçavam meu país; seguíamos e interrogávamos elas para localizar nosso alvo real. Mais tarde, quando me tornei fugitivo, segui duas mulheres como parte do meu trabalho para vários líderes de cartéis, traficantes de drogas e tal; geralmente era porque elas representavam uma ameaça de algum modo ou traíram os homens para quem eu trabalhava.

A mordida que acabei de dar no tomate fica parada na minha garganta. — Você só... as seguia?

— Nem sempre. — Ele pega o linguini, enfia um garfo nele e traz uma porção considerável do macarrão ao prato sem derramar nada do molho amanteigado. — Às vezes eu tinha que fazer mais coisas.

As pontas dos meus dedos estão começando a ficar frias. Sei que devo calar a boca, mas em vez disso, me ouço perguntando: — O que você tinha que fazer?

— Depende da situação. Certa vez, minha presa era uma enfermeira que vendeu meu patrão – o negociador de armas que mencionei antes – para alguns dos seus clientes terroristas. Como resultado, sua então namorada foi sequestrada e ele quase foi morto tentando resgatá-la. A situação era horrível e quando achei a enfermeira, tive que lançar mão de uma solução horrível. — Ele pausa, seus olhos cinza brilhando. — Você quer que eu elabore?

— Não, tudo... — Pego meu copo de vinho e tomo um gole grande. — Tudo bem.

Ele assente e começa a comer. Não tenho mais apetite, mas me forço a seguir o exemplo dele, colocando um pouco de massa no meu prato. É delicioso, os frutos do mar e a massa perfeitamente cozidos e cobertos com molho delicioso, mas mal consigo provar. Estou desesperada para pegar minha bolsa e acabar com o pequeno frasco de vidro ali dentro, mas para isso, preciso que Peter esteja distraído, que não olhe para sua taça de vinho por pelo menos vinte segundos. Contei o tempo no hospital, praticando com um frasco de água: cinco segundos para abrir o frasco, mais cinco para passar pela mesa e colocar o conteúdo do frasco na taça de vinho e mais três para recolher a mão e ajustar minha postura. São cerca de treze segundos, não vinte, mas não posso deixá-lo suspeitar de nada, então, preciso de um pouco mais.

— Então, fale-me sobre seu dia, Sara — Diz ele depois que a maior parte da lula no seu prato se foi. Levantando os olhos, ele me fita com seu olhar de prata. — Alguma coisa interessante acontecendo?

Meu estômago se contrai, dando um nó em torno do linguini que forcei goela abaixo. Peter não poderia saber sobre meu encontro com Joe, poderia? Meu perseguidor não falou nada, mas se na sua mente esta coisa estranha entre nós é algum tipo de namoro, ele pode se opor de eu falar – e fazer planos – com outros homens.

— Mm, não. — Para meu alívio, minha voz soa relativamente normal. Estou melhorando no funcionamento sob estresse extremo. — Quero dizer, uma mulher chegou com sangramento intenso e o resultado foi um aborto de gêmeos e tivemos uma menina de quinze anos que veio com uma gravidez *planejada* – ela sempre quis ser mãe, disse ela – mas isso não seria interessante para você, tenho certeza.

— Não é verdade. — Ele larga o garfo e se recosta na cadeira. — Acho seu trabalho fascinante.

— Acha?

Ele assente. — Você é uma médica, mas não apenas uma que preserva a vida e cura doenças. Você *traz* a vida a este mundo, Sara, ajudando as mulheres quando elas estão mais vulneráveis – e mais belas.

Eu inalo, olhando para ele. Este homem – este *assassino* – possivelmente não entenderia, como poderia? — Você acha... que mulheres grávidas são bonitas?

— Não apenas mulheres grávidas. Todo o processo é bonito — Ele diz e vejo que ele entende. — Você não acha? — Ele pergunta quando continuo olhando para ele muda pelo choque. — Como a vida acontece, como pequenas quantidades de células crescem e mudam antes de sair para o mundo? Você não acha isso lindo, Sara? Até milagroso?

Pego meu copo de vinho e tomo um gole antes de responder. — Claro que sim. Só não esperava *você* achar desse modo.

— Por quê?

— Não é óbvio? — Coloco minha taça de vinho na mesa. — Você tira a vida. Você fere as pessoas.

— Sim, faço — Concorda ele, sem piscar —, mas isso só faz minha apreciação mais forte. Quando você entende a fragilidade de *ser,* a pura transitoriedade disso – quando você vê como é fácil eliminar algo da existência – você valoriza a vida mais, não menos.

— Então, por que fazer isso? Por que destruir algo que você valoriza? Como você concilia ser um assassino com...

— Com achar a vida humana bela? É fácil. — Ele se curva, seus olhos cinzentos sombrios à luz das velas. — Veja, a morte é parte da vida, Sara. Uma parte feia, certamente, mas não existe beleza sem feiura, simplesmente não existe felicidade sem sofrimento. Vivemos num mundo de contrastes, não de coisas absolutas. Nossas mentes são projetadas para comparar, para ver as mudanças. Tudo que somos, tudo que fazemos como seres humanos, baseia-se no simples fato de que X é diferente de Y – melhor, pior, mais quente, mais frio, mais escuro, mais claro, o que quer que seja – mas apenas na comparação. No vácuo, X não tem beleza, do mesmo modo que Y não tem feiura. É o contraste entre eles que possibilita valorizar um sobre o outro, fazer uma escolha e retirar a felicidade disso.

Minha garganta fica inexplicavelmente apertada. — Então, você o quê? Traz felicidade ao mundo com seu trabalho? Faz todos felizes?

— Não, claro que não. — Peter pega sua taça de vinho e gira o líquido dentro. — Não tenho desilusões do que sou e faço. Mas isso não significa que não entendo a beleza no *seu* trabalho, Sara. Pode-se viver na escuridão e ver a luz do sol; ela é até mais clara desse modo.

— Eu... — Minhas palmas estão escorregadias com o suor quando pego a taça de vinho e sorrateiramente coloco minha mão livre dentro da bolsa. Tão fascinante quanto possa ser, tenho que agir antes de ser tarde demais. Não tem garantia que ele colocará outra taça de vinho para ele. — Nunca pensei assim.

— Não tem razão de você ter pensado. — Ele coloca sua taça na mesa e sorri para mim. É seu sorriso sombrio, magnético, aquele que sempre envia um calor às minhas entranhas. — Você tem vivido uma vida diferente, ptichka. Uma vida mais calma.

— Certo. — Minha respiração está calma quando pego minha taça e levo aos lábios. — Acho que vivi – até que você chegou.

Sua expressão fica sombria. — É verdade. Pelo que parece.

Minha taça escorrega dos meus dedos, o conteúdo derramando na mesa à minha frente. — Epa. — Dou um pulo, por ter ficado constrangida. — Desculpe-me. Deixe-me...

— Não, não, sente-se — Ele se levanta, como eu esperava. Apesar de estar na minha casa, ele gosta de fazer como se fosse um bom anfitrião. — Eu cuido disso.

Ele só precisa de alguns passos para pegar o rolo de papel

toalha no balcão, mas é todo tempo que preciso para abrir o frasco. *Seis, sete, oito, nove...* faço a contagem mental quando coloco o conteúdo na sua taça. *Dez, onze, doze.* Ele se vira, as toalhas de papel na mão e sorrio cortesmente para ele enquanto me recosto na cadeira, o frasco vazio na minha bolsa. Minhas costas estão molhadas com suor gelado e minhas mãos tremendo com adrenalina, mas meu trabalho está terminado.

Agora, só preciso que ele beba o vinho.

— Aqui, deixe-me ajudar — Digo, pegando um guardanapo quando ele limpa o vinho derramado da mesa, mas ele acena que não precisa.

— Tudo bem, não se preocupe. — Ele leva meu prato cheio de vinho para o lixo e joga a massa restante – aquela poderia ter sido outra oportunidade, noto com o canto do meu cérebro – e retorna com um prato limpo.

— Obrigada — Digo, tentando soar grata em vez de feliz quando ele troca minha taça por uma nova e me coloca mais vinho antes de colocar mais na sua própria taça. — Desculpe-me por ser tão desajeitada.

— Sem problema. — Ele parece se divertir quando senta-se novamente. — Normalmente você tem muita graça. É uma das coisas que mais gosto em você: o quão precisos e controlados são seus movimentos. É por causa do seu treinamento médico? Mãos firmes para cirurgia e tudo mais?

Não aja com nervosismo. O que quer que faça, não aja com nervosismo.

— Sim, é parte do processo — Respondo, fazendo o máximo para manter um tom normal. — Também fiz balé quando era criança e minha instrutora era ligada na precisão e boa técnica. Nossas mãos tinham que ser posicionadas daquele jeito, nossos pés daquele jeito. Ela nos fazia praticar cada posição, cada passo até que fazíamos completamente certo, e se saíamos da boa formação, tínhamos que voltar e praticar o que fizemos de errado novamente, à vezes por uma aula inteira.

Ele pega o copo e gira o líquido novamente. — Interessante. Sempre achei que você parecia uma dançarina. Você tem a postura e o biotipo.

— Tenho? — *Beba. Por favor, beba.*

Ele coloca a taça na mesa e me olha fixamente. — Positivamente. Mas você não dança mais, dança?

— Não. — *Vamos, pegue a taça novamente.* — Desisti do balé quando comecei o Ensino Médio, apesar de ter feito um pouco de salsa na faculdade.

— Por que você desistiu do balé? — Sua mão fica perto da taça, como se fosse pegá-la novamente. — Imagino que você deve ter sido boa nisso.

— Não boa o bastante para fazer isso profissionalmente, pelo menos, não sem muito treinamento. E meus pais não queriam isso para mim. — Meu pulso acelera em antecipação quando seus dedos ficam em volta da haste da taça. — O potencial de ganho de uma dançarina é bem limitado e o tempo de carreira também. A maioria para de dançar entre seus vinte e trinta anos e têm que achar outra coisa para fazer na vida.

— Quão prático — Diz ele, levantando a taça. — Isso importava para você e seus pais?

— O que importava? — Tento não olhar para a taça de vinho quando está alguns centímetros dos seus lábios. *Vamos, só beba.*

— O potencial de ganho. — Ele gira o vinho novamente, parecendo sentir prazer da visão do líquido colorido claro circulando nas paredes da taça. — Você queria ser uma médica rica e bem sucedida?

Me forço a não olhar o movimento hipnótico do vinho. —

Certamente. Quem não quer? — A espera está me consumindo viva, então, me distraio pegando minha própria taça de vinho e tomando um gole. *Por favor, me imite subconscientemente e beba. Vamos lá, só tome alguns goles.*

— Não sei — Ele murmura. —, talvez uma garotinha seria melhor como bailarina ou cantora?

Pisco, distraída por ele não tomar. — Cantora? — Por que ele diria isso? Ninguém além da minha conselheira do sétimo ano sabia dessa minha ambição particular.

Mesmo aos dez, eu sabia que não deveria mencionar algo tão impraticável aos meus pais – especialmente depois que me falaram do que achavam de balé.

— Você tem uma bela voz de cantora — Diz Peter, ainda brincando com sua taça de vinho —, é apenas lógico que em certo momento você possa ter considerado se apresentar. Diferente de uma dançarina, a carreira de uma cantora bem-sucedida não tem que terminar cedo. Muitas cantoras mais velhas são bem respeitadas.

— Acho que é verdade. — Olho sua taça novamente, minha frustração crescendo. É como se ele estivesse me torturando, vendo quanto tempo posso ficar antes de desistir. Para acalmar minha impaciência, tomo um grande gole do meu próprio vinho e digo: — Como você sabe que tipo de voz de cantora tenho? Oh, espera, esquece. Seus aparatos de escuta, certo?

Ele assente, sem um pingo de remorso. — Sim, você geralmente canta quando está só.

Engulo mais um pouco de vinho. Em qualquer outro momento, seu desrespeito casual pela minha privacidade me deixaria furiosa, mas neste exato momento, toda a minha atenção está no estúpido vinho. *Por que ele não está bebendo?*

— Então, você realmente acha que tenho uma boa voz de

cantora? — Pergunto, vejo que deveria ter soado um pouco mais brava. Num tom mais incisivo, acrescento: — Visto eu ter me apresentado para você sem saber, deve me dar sua opinião honestamente.

Seus olhos se enrugam no canto enquanto abaixa a taça novamente. — Sua voz é linda, ptichka. Eu já te disse e não tenho razão de mentir.

Ah meu Deus, só beba a porra do vinho! Para me previnir de gritar, respiro e coloco um sorriso belo nos meu lábios. — Sim, bem, você *está* tentando me foder. Como qualquer mulher diria, bajulação ajuda.

Ele ri e pega sua taça novamente. — Verdade. Exceto que acho que poderia te elogiar desde agora até a eternidade e não mudaria nada.

— Nunca se sabe. — Mantenho meu tom leve e atrevido apesar do suor frio descendo nas minhas costas. Se ele não tomar, tenho que forçar sua mão.

Não podemos terminar este jantar até que ele tome pelo menos alguns goles.

Levantando minha taça, dou um sorriso mais aberto para ele e digo: — Por que não bebemos a isso? À vaidade das mulheres e sua bajulação?

— Por que não, certamente? — Ele levanta sua taça e toca na minha. — Para você, ptichka, e sua linda voz.

Nós levamos nossos copos aos lábios, mas antes que ele posso tomar um gole, seus dedos se soltam em volta da haste da taça.

— Opa — Ele murmura quando a taça tomba para frente, derramando o vinho na sua frente do mesmíssimo jeito da minha desajeitada anterior. Seus olhos brilham sombriamente. — Me descuidei.

Eu paro de respirar, meu sangue cristalizando nas veias. — Você... você...

— Sabia que você colocou um pouquinho de algo na minha bebida? Sim, claro. — A voz dele calma, mas posso ver o tom letal nela. — Você acha que ninguém tentou me envenenar antes?

Meu pulso está a toda velocidade, mesmo assim não consigo me mover quando ele fica de pé e contorna a mesa, se aproximando de mim com olhar de predador. Tudo que posso fazer é olhar para ele, vendo o ódio esfumaçar naqueles olhos metálicos.

Ele vai me matar agora. Ele vai me matar por ter feito isso. — Eu não ia... — O horror é tóxico nas minhas veias. — Não era...

— Não? — Parando perto de mim, ele pega minha bolsa e retira o frasco vazio. Eu deveria correr, ou pelo menos tentar, mas não sou corajosa o bastante para provocá-lo mais. Então, fico parada, quase não respirando quando ele leva o frasco ao nariz e cheira.

— Ah, sim — Murmura ele, abaixando a mão. — Um pouco de diazepam. Não conseguiria sentir o cheiro disso no vinho, mas está claro. — Ele coloca o frasco na mesa na minha frente. — Você pegou isso no hospital, presumo?

— Eu... sim. — Não adianta negar. A evidência está literalmente à minha frente.

— Hmm. — Ele encosta seu quadril na mesa e olha para mim. — E o que você faria quando me tivesse nocauteado, ptichka? Me mandar para o FBI?

Assinto, as palavras paradas na minha garganta quando olho para ele. Com seu corpo grande flutuando sobre mim, sinto-me como um passarinho comparado a ele: pequena e horrorizada à sombra de um gavião.

Sua boca sensual revirada parecendo um sorriso. — Entendo. E você acha que seria fácil assim? Só me nocautear e está acabado?

Eu pisco para ele, não entendendo.

— Você acha que não tenho um plano de contingência para isso? — Ele explica e eu tremo quando ele levanta a mão. Mas tudo que ele faz é pegar uma mecha do meu cabelo e passar a ponta no seu queixo, o gesto gentil apesar da crueldade ao mesmo tempo. — Para o caso de você tentar me matar ou desabilitar de algum modo?

— Você... você tem?

Suas pálpebras abaixadas, seu olhar passando para a minha boca. — Claro. — A mecha de cabelo raspando nos meus lábios, as pontas fazendo cócegas na carne sensível e minha barriga se contrai numa bola quando ele fala calmamente: — Agorinha mesmo, meus homens estão monitorando sua casa e tudo num raio de dez quarteirões, além do monitor que mostra meus sinais vitais. — Seus olhos encontram os meus. — Você quer adivinhar o que eles fariam se minha pressão sanguínea caísse inesperadamente?

Balanço a cabeça, muda. Se os homens de Peter são parecidos com ele - e eles devem ser, para serem aceitos - prefiro não saber os detalhes do que acabei de evitar.

Seu sorriso fica sombrio. — Sim, parece sábio da sua parte, ptichka. A ignorância é sempre feliz.

Junto os pedaços da minha coragem. — O que você fará comigo?

— O que você acha que farei? — Ele pende a cabeça, o sorriso sombrio novamente. — Puni-la, machucá-la?

Meu coração martelando na garganta. — Vai?

Ele me olha por um longo tempo, seu sorriso diminuindo, então, balança a cabeça. — Não, Sara. — Tem um tom estranho na sua voz. — Hoje não.

Saindo da mesa, ele começa a juntar os pratos e me jogo na cadeira, aliviada apesar de sem esperanças.

Se ele não estiver mentindo sobre seus homens – e não tenho razão de achar que esteja – sou bem mais prisioneira do que achava.

Não deveria doer, saber que ela quer se livrar de mim. Não deveria parecer lâminas de fogo rasgando meu peito. Qualquer pessoa na situação de Sara deveria lutar; é apenas lógico e esperado.

Não deveria doer, mas dói e não importa o que digo a mim mesmo quando levo Sara para cima, o monstro dentro de mim rosna e uiva, exigindo que eu faça exatamente como ela temia e a puna por sua transgressão.

Quando chegamos no quarto, não a faço tirar as roupas na minha frente novamente; estou muito perto do limite para garantir meu autocontrole. Já testei demasiadamente durante o jantar, brincando com sua inocência, na rotina *eu não apenas pus uma droga no seu vinho*. Sabia o que ela tinha feito imediatamente – drogar meu vinho fez com que ela agisse totalmente diferente do normal – mas eu queria ver o quão boa atriz ela era e, então, continuei a conversar com ela, para fingir que não tinha a mínima ideia e era ingênuo, um idiota para cair num dos truques mais velhos da praça.

— Você pode tomar uma ducha — Digo, gesticulando para o banheiro quando ela para perto da cama, seu olhar nervosamente de mim para a cama e de volta para mim. — Estarei aqui quando você voltar.

Alívio passa pelas feições dela e ela desaparece no banheiro. Aproveito para descer e me lavar rapidamente num dos outros banheiros.

Apesar de ter me lavado depois do meu trabalho hoje, quero estar extra limpo para ela.

Ela ainda está se banhando quando volto para o quarto; cuidadosamente dobro minhas roupas e as deixo na penteadeira antes de subir na cama. Me aliviei um pouco com a mão hoje mais cedo, mas meu desejo por Sara não diminuiu e sei que não serei capaz de jogar esse jogo por muito tempo.

Irei possuí-la e fazê-la minha.

Se não hoje, muito em breve.

O banho de Sara é longo, tão longo que sei que ela está usando-o para me evitar, mas não me importo. Uso o tempo para esvaziar minha mente e esfriar a ira residual queimando dentro de mim. Quando ela finalmente sai do banheiro, enrolada na toalha, tenho o monstro sob controle e posso sorrir para ela tranquilamente.

— Vem — Digo, tocando a cama perto de mim. Estou tentando desesperadamente não pensar o quão lisa e macia sua buceta estava ontem, mas é impossível. Quero sentir aquela umidade sedosa em volta do meu pau, quero ouvi-la gemer enquanto entro nela. Quero provar da sua boca de veludo e ver seus olhos de avelã ficarem sem foco enquanto a levo ao clímax vez após vez.

Desejo-a e não posso tê-la.

Ainda não, pelo menos.

Ela se aproxima incerta, tão cautelosa quanto uma gazela selvagem e tão graciosa. Quero agarrá-la e puxá-la para a cama, mas fico parado, deixando-a vir para mim ao seu próprio modo. Dessa forma, posso fingir que ela não me odeia, que me ver preso ou morto não a faria completamente feliz.

Assim, eu posso imaginar que algum dia, ela pode *escolher* estar comigo.

— Tire a toalha e venha aqui — Ordeno quando ela para a meio metro da cama, mas ela não se move, suas mãos segurando a toalha na frente do peito.

— Iremos dormir? Apenas dormir? — Ela pergunta com voz trêmula e eu assinto, apesar de estar totalmente duro apenas por vê-la. Se eu tivesse certeza de que manteria o controle por todo o processo, a possuiria hoje à noite ou, pelo menos, a daria outro orgasmo, mas o melhor que posso fazer é segurá-la e me forçar a dormir. Mesmo isso será uma tortura, mas vou aguentar. Não a forçarei quando ela está esperando que a machuque; não importa o quão difícil seja, não vou cumprir seus medos.

— Apenas dormir — Eu prometo e espero que ela não ouça a fome intensa na minha voz. — Vamos apenas dormir.

Ela hesita por outro segundo, então, sobe na cama, deixando a toalha molhada cair no chão quando entra no cobertor. Tudo o que vejo é uma pele nua passando rápido, mas é o bastante para me excitar até o âmago. Me preparando, eu a puxo contra mim e dou uma gemido quando seu traseiro macio se aconchega na minha virilha, sua pele molhada e mais quente pelo banho longo. Ela tem um traseiro lindo, minha pequena doutora, apertado e bem torneado e meu pau pula com a necessidade de estar dentro dela, sentir as nádegas macias pressionando minhas bolas enquanto bombeio dentro dela, possuindo-a mais e mais.

Fechando os olhos, inspiro o cheiro doce do seu shampoo e me concentro em controlar minha respiração. Depois de um tempo, sinto a tensão nos seus músculos se dissolvendo e sei que ela está começando a relaxar, a acreditar que não a tomarei apesar do pau duro que ela está sentindo pressionar contra ela.

Devagar e com calma, digo para mim mesmo enquanto inspiro e expiro. *Controle e foco. A dor não significa nada. O desconforto não significa nada.* É um mantra que me ensinei durante meu período em Camp Larko, e é verdade. Dor, fome, sede, desejo – tudo é química e impulso elétrico, um modo do cérebro se comunicar com o corpo. Desejar Sara não vai me matar, não mais do que os seis meses que passei na solitária quando tinha quatorze anos. A tortura do desejo não satisfeito não é nada comparado com o inferno de estar preso numa sala pouco maior do que uma gaiola, com ninguém para conversar e nada para fazer. Não é nada comparado com a agonia de uma faca artesanal rasgando seu rim, ou um punho gigante quase esmagando seu olho.

Se eu sobrevivi à prisão juvenil na Sibéria, sobreviverei não ter Sara.

Por mais um pouco, pelo menos.

 ara

— E você, Sara?

— Ahn? — Olho do prato para Marsha mas sem vê-la, que deve ter acabado de me perguntar algo.

Andy rola os olhos. — Ela está na terra dos sonhos novamente. Deixe-a em paz, Marsha.

— Desculpe, só estou distraída — Digo, retirando uma mecha de cabelo que saiu do meu rabo de cavalo. Tenho certeza de que meu cabelo está uma bagunça, mas sempre me esqueço de pegar um espelho para arrumá-lo. Em geral, tudo que penso nesta manhã é que quando chegar em casa *ele* estará me esperando lá.

Peter Sokolov, o homem do qual não posso fugir.

— Perguntei se você pode se juntar a mim e Tonya neste

sábado — Diz Marsha, parecendo que está se divertindo mais que chateada. — Andy acabou de falar que ela vem; ela vai ficar com seu namorado outra hora. E você, Sara?

— Oh, desculpa, não posso — Digo, empurrando meu prato. Me encontrei com as enfermeiras na lanchonete quando fui pegar um rápido café e elas me convenceram a pegar um lanche e sentar-me. —, prometi aos meus pais que os veria.

A última parte é mentira, mas acho que é melhor do que explicar às minhas amigas que não posso colocá-las no radar de um assassino russo – ou quem quer que ele colocará me vigiando.

— Que pena — Diz Marsha. — Tonya nos colocará dentro do clube novamente. Lembro que você pareceu gostar de lá. Tonya falou que aquele barman bonito tem perguntado por você.

Eu franzo. — Tem?

— Sim — Tonya confirma —, mas ele falou algo estranho. Ele achou que viu um cara com você, agindo todo territorialista, como se fosse seu namorado ou algo parecido. Falei que ele devia ter se enganado porque você definitivamente saiu sozinha aquela noite. Certo? Você não tem um namorado secreto escondido em algum lugar, tem?

Um gelo desce minha espinha quando meu rosto fica desconfortavelmente quente. — Não, definitivamente não.

— Verdade? — Diz Marsha — Então, por que você está ficando vermelha? E segurando o garfo com se quisesse esfaquear alguém?

Olho para a minha mão e vejo que ela está certa. Estou segurando o utensílio com tanta força que meus tendões estão brancos. Forçando meus dedos a relaxar, dou uma risada desajeitada e digo: — Desculpem-me. Estava bêbada naquela noite e estou um pouco constrangida por isso. Acho que devo ter dançado com um cara qualquer e é isso que o barman viu, Tonya.

Andy franze o rosto — Esse cara qualquer é a razão de você ter corrido daquele jeito? Você parecia quase... assustada.

— O quê? Não, eu estava apenas bêbada. — Dou outra risada constrangida. — Vocês sabem exatamente como é quando você está quase vomitando? Bem, isso era eu naquela noite.

— Ok — Diz Tonya. — Vou falar com Rick, que é o barman, que você está disponível. No caso de você se juntar a nós no clube novamente, então.

— Oh, eu... — Meu rosto esquenta novamente. — Não, tudo bem. Realmente não estou pronta para namorar e...

— Sem problemas. — Tonya bate na minha mão, seus dedos finos frios na minha pele. — Você pode manter a mística da 'princesa na torre'. Só os faz mais excitados, se quer saber.

— O quê? — Olho para ela espantada. — O que você quer dizer com isso?

— Ela quer dizer que você tem toda aquela aura de ser intocável — Diz Andy com a boca cheia de ovo —, é como se você colocasse para fora a vibração da princesa de gelo, só que não fria, entende? Como se a Jaqueline Onassis e a Princesa Diana trocassem de lugar e começassem a trabalhar entre nós, pessoas normais, se é que faz sentido.

— Não, realmente não. — Eu franzo para a garota ruiva. — Você está falando que ajo como metida?

— Não, não metida, só diferente — Diz Marsha. — Andy não explicou bem. Você só é... cheia de classe. Talvez sejam todas aquelas aulas de balé que você fez quando jovem; parece com alguém que foi ensinada a andar com um livro equilibrado na cabeça. Como se você soubesse qual garfo usar num jantar formal e soubesse conversar com o embaixador de qualquer coisa.

— O quê? — Começo a rir. — Isso é ridículo. Quero dizer, George e eu estivemos em alguns pequenos eventos em que se levantam fundos, mas aquilo era assunto dele, não meu. Se pudesse escolher, usaria calças de yoga e tênis; você sabe disso, Marsha. Pelo amor de Deus, eu ouço Britney Spears e danço hip-hop e R&B.

— Eu sei, querida, mas é só o jeito que você se parece, não o jeito que você é. — Diz Marsha, pegando um pequeno espelho para retocar o batom. Colocando uma camada com mão prática, ela larga o espelho e batom e diz: — É uma coisa boa, confie em mim. Olhe para mim, por exemplo. Eu poderia usar quaisquer roupas de classe, mas os caras me veem e decidem que sou fácil. Não importa o que vista ou faça; ele só veem meu cabelo, peitos, bunda e acham que facilito.

— Isso é porque você realmente facilita. — Diz Tonya com um sorriso largo.

Marsha bufa e balança seus cabelos louros. — Sim, mas não é esse o ponto. O que quero dizer é, *ela* — Ela aponta o polegar para mim... — não poderia parecer fácil se tentasse. Qualquer cara olhando para ela sabe – ele simplesmente *sabe* – ele tem que se esforçar para conseguir. Como jantar com os pais e colocar um anel no dedo.

— Isso não é verdade — Retruco —, dormi com George muito antes de nos casarmos.

Andy rola os olhos. — Sim, mas por quanto tempo vocês estavam namorando antes de dormir com ele?

— Alguns meses — Digo, franzindo. —, mas eu só tinha dezoito anos, e...

— Vê? Alguns meses — Diz Tonya, batendo com o cotovelo em Marsha. — E por quanto tempo *você* os faz esperar?

Marsha dá uma risadinha. — Pelo menos algumas horas.

— Bem, está vendo? — Diz Andy — E você fica se perguntando por que aqueles caras chatos nunca te ligam de novo. Minha mãe sempre disse: 'o jeito mais fácil de se perder um cara é dormir com ele'. Sara aprendeu direito: fique fria e distante, então, basta você sorrir para um cara que ele desaba.

— Oh, por favor. — Me apresso com os restos do meu café da manhã. — Estamos no século vinte e um. Acho que os homens sabem melhor do que...

— Não — Diz Marsha alegremente. — Eles não sabem. Se algo vem fácil, eles não valorizam tanto. Eu sei disso e estou satisfeita por ser uma garota fácil. Na maioria das vezes eu não *quero* os caras chatos me ligando e as poucas vezes que quero... — Ela suspira. — Bem, não era para acontecer, eu acho. De qualquer jeito, a vida é muito curta para desperdiçar em ser o que você não é. Quando você chega à minha idade, você vê isso.

— Uh-huh, com certeza. — Tonya põe o resto do pão na boca. — Diga-nos mais, Oh, Guru Sábia.

— Cala a boca — Murmura Marsha, jogando um guardanapo enrolado nela. Ele pega em Andy, que retalha imediatamente com um projétil de guardanapo dela própria e eu me abaixo, rindo quando o café termina numa luta de guardanapos.

Só quando estou saindo da lanchonete, ainda rindo do que aconteceu, que vejo que as enfermeiras não apenas melhoraram meu humor e me distraíram dos pensamentos de Peter.

Elas também me deram uma ideia.

～

MEU PLANTÃO NÃO TERMINA SENÃO ATÉ TARDE DA NOITE, MAS ainda vou para a clínica depois. Ela funciona por vinte e quatro horas e eles sempre precisam de mim. Por mim, quero postergar a hora de ir para casa por tanto tempo quanto possa. A ideia remoendo na minha mente faz meu estômago doer e a última coisa que quero é encarar meu observador.

Como sempre, eles estão felizes de me ver na clínica. Apesar da hora avançada, a sala de espera está cheia de mulheres de todas as idades, muitas acompanhadas de crianças chorando. Além de dar consultas de obstetrícia e ginecologia para mulheres de baixa renda, o pessoal da clínica cuida das crianças com doenças de menos importância – algo que os pacientes, e os departamentos de emergência perto, apreciam muito.

— Noite cheia? — Pergunto a Lydia, a recepcionista de meia-idade e ela assente parecendo preocupada. Ela é uma das únicas duas membros do pessoal com salário na clínica; todos os outros, incluindo os médicos e enfermeiras, são voluntários como eu. Isso causa uma programação sem previsão, mas possibilita a clínica prover cuidado assistencial para a comunidade enquanto funciona apenas com doações.

— Aqui — Diz Lydia, colocando a folha de entrada nas minhas mãos. — Comece com os cinco primeiros nomes na parte inferior.

Pego a folha e vou para a salinha que funciona como meu escritório e sala de exames. Colocando as coisas na mesa, lavo minhas mãos, jogo um pouco de água fria no rosto e saio para a sala de espera para chamar a primeira paciente.

Minhas três primeiras pacientes são fáceis - uma precisa de controle de natalidade, outra quer fazer testa de DST e uma terceira precisa de confirmação de gravidez - mas a quarta, uma bela jovem de dezessete anos chamada Monica Jackson, se queixa de períodos prolongados de sangramento. Quando a examino, acho lacerações vaginais e sinais de trauma sexual e quando a pergunto sobre isso, ela começa a chorar e admite que seu padrasto a ataca.

Eu a acalmo, coleto o kit de estupro, trato seus machucados e dou a ela o número do abrigo onde ela pode ficar se sentir-se insegura em casa. Eu também sugiro que ela contate a polícia, mas ela é inflexível sobre não denunciar.

— Minha mãe me mataria — Diz ela, seus olhos castanhos avermelhados sem esperança. —, ela diz que ele é um provedor bom e que temos sorte por tê-lo. Ele tem antecedentes e se eu falar qualquer coisa, ele será levado e acabaremos na rua novamente. Eu não me importo – eu preferiria vasculhar coisas num beco do que viver com esse bastardo – mas meu irmão só tem cinco anos e ele vai acabar num lar de adoção. Agora mesmo, eu tomo conta dele quando minha mãe não pode e não quero que ele seja levado para longe de mim.

Ela começa a chorar novamente e eu aperto sua mãozinha, meu coração doendo com o sofrimento dela. Apesar da papelada que Monica preencheu dizer que ela tem dezessete, com a sua estatura pequena, ela parece bem jovem até para o Ensino Médio. Eu com frequência vejo garotas como ela passar por aqui e isso me deixa arrasada toda vez, sabendo que não tem muito que eu possa fazer para ajudar. Se ela estivesse só, seria fácil retirá-la dessa situação, mas com o pequeno irmão envolvido, o melhor que posso fazer é ligar para o serviço social e isso parece levar exatamente para o que minha paciente teme: ter seu irmão levado para adoção sem ela.

— Sinto muito, Monica — Digo quando ela se acalma. — Ainda acho que ir à polícia é a melhor opção para você e seu irmão. Não tem ninguém que você possa procurar por ajuda? Um amigo da família? Um parente, talvez?

As feições da garota ficam vazias. — Não. — Saindo da mesa, ela coloca a roupa. — Obrigada por me ver, Dra. Cobakis. Até logo.

Ela sai da sala e eu olho para ela, querendo chorar. A garota está numa situação impossível e eu não posso ajudar. Eu nunca posso ajudar garotas como ela. Exceto...

— Espere! — Pego minha bolsa e corro atrás dela. — Monica, espera!

— Ela já saiu — Diz Lydia quando chego na área da recepção. — O que aconteceu? Ela esqueceu algo?

— Mais ou menos. — Não tento explicar mais. Correndo para a porta, saio e fico olhando na rua deserta e escura. A figura pequena de cabelos escuros de Monica já está no final do quarteirão, andando rápido, então, eu corro atrás dela, desesperada por fazer algo pelo menos desta vez.

— Monica, espera!

Ela deve ter me ouvido porque para e se vira.

— Dra. Cobakis? — Ela fala surpresa quando a alcanço.

Eu paro, ofegante pelo esforço e procuro dentro da minha bolsa. — Quanto você precisa para se virar por uns tempos? — Pergunto sem fôlego, pegando meu talão de cheques e uma caneta.

— O quê? — Ela olha assustada como se eu fosse um alienígena.

— Se você for para a polícia e eles levarem seu padrasto, quanto você e sua mãe precisarão para *não* terminarem na rua?

Ela pisca. — Nosso aluguel é duzentos por mês e o cheque de deficiente da minha mãe cobre metade disso. Se pudermos aguentar até este verão, eu conseguiria um trabalho de tempo integral e poderia ajudar, mas...

— Ok, espera. — Coloco o talão de cheques contra o lado do prédio e faço um cheque de cinco mil dólares. Planejei usar o dinheiro para mandar meus pais para num cruzeiro de aniversário neste verão, mas darei um presente menos caro.

Meus pais não se importarão, tenho certeza.

Rasgando o cheque do talão, dou para a garota e digo: — Pegue isso e vá à polícia. Ele merece ir para a cadeia.

Seu queixo redondo treme e por um momento acho que ela vai começar a chorar novamente. Mas ela apenas aceita o cheque com dedos trêmulos. — Eu... eu nem mesmo sei como agradecer a você. Isso é... — Sua voz jovem para... — Isso é...

— Tudo bem. — Guardo o talão e sorrio para a garota. — Vá trocar o cheque e colocar o bastardo na cadeia, ok? Me promete que fará isso?

— Prometo — Diz a garota colocando o cheque no bolso do jeans. — Eu prometo, Dra. Cobakis. Obrigada. Muito obrigada.

— Tudo bem. Vá agora. Está tarde e você não deveria estar na rua sozinha.

A garota hesita, então, joga os braços em mim num abraço rápido. — Obrigada — Ela sussurra novamente e se vai, sua pequena figura pipocando entre as luzes da rua antes de desaparecer de vista.

Fico lá até que ela desaparece e me viro para voltar para a clínica. Minha conta bancária acabou de receber um golpe sério, mas me sinto jubilante como se tivesse ganhado na loteria. Pela primeira vez desde que comecei a trabalhar na clínica, eu realmente ajudei alguém e o sentimento é maravilhoso.

O vento frio bate no meu rosto quando começo a voltar e

vejo que esqueci meu casaco na clínica. Não tem importância. Estou brilhando com uma felicidade interna em que a noite de março não é páreo.

Não posso dar um jeito na minha própria vida, mas talvez acabei de ajudar Monica a resolver a dela.

Estou a menos de um quarteirão da clínica quando uma pequena sombra à direita chama minha atenção. Meu coração pula e a adrenalina invade minhas veias quando dois homens parecendo sem teto saem do local estreito como um beco entre duas casas, a luz da rua refletindo as lâminas reluzentes das suas facas.

— Sua bolsa — Grita o mais alto, gesticulando para mim com a faca e mesmo à distância, sinto o fedor nauseante do seu corpo de álcool e vômito. —, me dá agora, puta. Agora.

Pego a bolsa antes mesmo que ele termine de falar, mas meus dedos congelados estão desajeitados e a bolsa cai do meu ombro.

— Sua puta! Me dá aqui, eu disse! — Bufa ele, aumentando sua agitação e vejo que ele está sob o efeito de algo. Meta? Coca? De qualquer jeito, ele está instável e seu companheiro – que começou a rir como uma hiena – deve estar também.

Tenho que os acalmar. Rápido.

— Espera, vou te dar, prometo. — Tremendo, me ajoelho e pego a bolsa para que possa dá-la a eles, mas antes de me levantar um movimento que não distingo passa na minha frente.

Ofegando, caio para trás, apoiando-me nas palmas da minhas mãos quando uma figura alta e escura corre para meus agressores, movendo-se com velocidade e agilidade que parece quase sobre-humana. Os três desaparecem no beco escuro e ouço gritos de pânico seguido de um gorgolejo estranho. Então, algo metálico cai na calçada. Duas vezes.

Oh Deus.Oh Deus, oh Deus.

Corro para trás, quase não notando o asfalto arranhando a pele das minhas palmas quando meu salvador sai do beco e vejo os dois homens caindo como fantoches com suas linhas cortadas. Um líquido escuro saindo dos seus corpos caídos e o cheiro de sangue cor de cobre enche o ar, misturando-se com algo até mais desagradável.

Ele os matou, concluo pasma. Ele acabou de *matá-los*.

O horror entra em mim como adrenalina fresca e fico de pé, um grito na minha garganta. Mas antes que eu possa soltar, a figura sombria passa por mim e as luzes da rua iluminam seu rosto.

Suas feições familiares e exoticamente belas.

— Eles te machucaram? — A voz de Peter Sokolov é firme no seu olhar metálico e mais uma vez me vejo paralisada, horrorizada e ainda incapaz de mover um centímetro quando ele vem para mim, suas sobrancelhas grossas num olhar de desculpa. É o semblante de um assassino, a visão de um monstro sob uma máscara humana, e ainda tem algo mais lá.

Algo quase como preocupação.

— Eu... — Não sei o que iria falar porque no próximo momento, me acho presa nos seus braços, segura tão fortemente no seu peito poderoso que mal posso respirar. O calor do seu corpo grande me cobrindo, me protegendo do vento frio e me fazendo ver o quão fria estou, o quão fria por dentro. Ainda não captei todo o terror que acabei de testemunhar, mas começo a me sentir entorpecida, meus pensamentos espalhados e lentos quando o frio penetra mais fundo em mim, me anestesiando do trauma.

Choque, faço o diagnóstico no piloto automático. Vou entrar em choque.

— Shhh, ptichka. Está tudo bem. Vai ficar tudo bem. — A voz de Peter é baixa e calma, sua pegada afrouxando até que ele está me pegando com uma ternura intrigante e noto os sons ofegantes estranhos vindos de mim. Estou me esforçando para respirar, minha garganta fechada como durante um ataque de pânico.

Não, assim como não – eu *estou* tendo um ataque de pânico.

Ele também deve ter reconhecido porque ele se afasta e olha para mim, seus olhos cinzas estreitos em preocupação. — Respire — Ordena ele, suas mãos segurando meus ombros. — Respire, Sara. Devagar e profundamente. Assim, ptichka. E novamente. Respire...

Sigo sua voz, deixando-o agir como meu terapeuta e gradualmente a sensação sufocante diminui, minha respiração se normalizando. Foco naquilo, em apenas respirar normalmente e não pensar, porque se eu pensar sobre o que acabou de acontecer – se eu olhar para o beco à direita e vir os corpos como fantoches – posso desmaiar.

— Assim, bom. — Ele me puxa contra ele novamente, suas mãos grandes tocando meu cabelo quando fico com meu rosto pressionado no seu peito. — Você está bem, ptichka. Tudo está bem.

Bem? Quero rir e gritar ao mesmo tempo. Em que mundo que dois corpos mortos num beco significam 'bem'? Estou tremendo agora, tanto pelo vento frio e o choque e sei que estou quase perdendo novamente. Não sou uma estranha a sangue ou ferimentos e já vi morte no hospital também, mas o jeito que aqueles dois homens caíram, como se eles não fossem nada, com se fossem apenas sacos de carne e osso...

Paro antes que meus pensamentos possam virar além do que poderei aguentar, mas minha garganta parece apertada novamente, minha tremedeira aumentando.

— Shhh — Peter me acalma de novo, me balançando calmamente para frente e para trás. Ele deve estar sentido eu tremer. — Eles não podem te machucar. Acabou. Acabou. Vem, vamos para casa.

Abro a boca para recusar, para insistir em chamar a polícia ou a ambulância ou alguém, mas antes que eu possa falar uma única palavra, ele se abaixa e me levanta nos seus braços. Ele faz isso sem se esforçar, como se eu não pesasse nada. Como se fosse normal carregar uma mulher lutando contra um ataque de pânico para fora da cena de duplo homicídio.

Como se ele fizesse isso todos os dias – o que, pelo que sei, ele deve fazer.

Finalmente acho minha voz. — Me coloca no chão. — É um sussurro fino e baixo, quase um som, mas é melhor do que nada. Minhas mãos também conseguem se mover, empurrando os ombros dele quando ele anda pela rua. — Por favor. Eu... eu posso andar.

— Tudo bem. — Ele me olha, seu olhar me fortalecendo. — Estamos quase lá.

— Quase onde? — Pergunto, mas então vejo o destino.

É um SUV preto estacionado no canto a um quarteirão da clínica. Um homem alto com uma barba grossa e preta está encostado ao lado dele e quando nos aproximamos, Peter diz algo para ele numa língua estrangeira, sua voz baixa e urgente.

O homem responde na mesma língua – bem provável russo, penso tonta – e, então, ele pega um smartfone fino, passando o dedo pela tela com gestos rápidos e furiosos. Colocando no ouvido, ele fala rápido em russo enquanto Peter abre a porta do carro e cuidadosamente me coloca no banco de trás.

Meu perseguidor não estava mentindo sobre ter uma equipe. Este homem deve ser um de seus ajudantes.

— Já vou contigo, ptichka — Peter murmura em inglês, retirando meu cabelo do rosto com aquela mesma ternura bizarra, e se afasta e fecha a porta, deixando-me só no interior quente do carro.

Fico parada por alguns segundos, olhando-o falar com o homem barbudo, e começo a sair.

Arrastando-me no banco de trás, pego a maçaneta na porta do outro lado de onde os dois homens estão em pé e abro a porta, quase caindo para fora do carro na pressa de fugir. Meus pensamentos e reações ainda lentas pelo choque, mas já me recuperei o bastante para entender um fato bem importante.

Os dois homens foram mortos na minha frente e se eu não fizer algo sobre isso, serei conivente com seus crimes.

O vento frio me morde e meus pulmões queimam quando corro para a clínica. Atrás de mim ouço um grito, seguido por passos rápidos e sei que eles estão vindo atrás de mim. Minha única esperança é entrar na clínica antes que eles possam me pegar. Como um homem procurado, Peter não deve se arriscar a se expor. Quando estiver segura, posso recuperar o fôlego e ver o que farei, como melhor informar a polícia do que aconteceu.

Estou a menos de dez metros do meu destino quando um braço duro enrosca no meu tórax e uma mão forte tapa minha boca, abafando meu grito. — Você gosta mesmo que eu te persiga, não gosta? — Uma voz familiar soa no meu ouvido e ouço um carro se aproximando.

Redobro meus esforços de me libertar, chutando as canelas

de Peter e puxando sua mão do meu rosto, mas os esforços são fúteis. Ouço uma porta de carro se abrir e Peter me coloca para dentro, com muito menos cuidado desta vez.

— *Yezhay* — Ele grita para o motorista barbudo e saímos correndo, deixando a clínica e a cena do crime para trás.

eter

— Yan e Ilya estão lá — Anton me informa em russo quando ele vira à direita na rua que dá para a casa de Sara. — Eles chegaram lá antes que alguém chegasse na cena.

— Bom. — Olho para Sara, que está sentada perto de mim no banco de trás, silenciosa e pálida como morta. — Diga a eles para se livrarem dos restos. Não queremos partes de corpo aparecendo em lugar nenhum. Também, eles precisam trazer o carro dela de volta para casa.

— Sim, eles sabem. — Me olha no espelho. — O que você fará com ela? Você a assustou de verdade.

— Vou pensar em algo.

Estou feliz que Sara não entenda o que estamos falando; de outro modo, ela ficaria bem mais horrorizada. Eu não deveria ter matado aqueles cabeça de merda na frente dela, mas eles a estavam ameaçando com facas e eu perdi o controle. Tudo que pude ver foi o corpo de Tamila caído lá, quebrado e cheio de sangue e o pensamento que poderia ser Sara – de que se eu não estivesse lá, um daqueles vagabundos drogados poderia tê-la matado – fez meu sangue virar um vulcão. Nem mesmo me lembro de ter tomado uma decisão consciente; agi puramente pelo instinto. Só levou segundos para desarmá-los e cortar seus pescoços e quando seus corpos tocaram o chão já era tarde demais.

Sara os viu morrer.

Ela me viu matá-los.

— Você pode ficar no lugar de Ilya pelo resto do turno da noite? — Pergunto a Anton quando paramos na frente da casa de Sara. Com os orvalhos grandes cobrindo a rua e os vizinhos mais próximos a uma boa distância, o lugar é bom e reservado – excelente numa situação como esta. É péssimo que ela esteja vendendo a casa; realmente passei a gostar dela.

— Sem problemas — Responde Anton. —, estarei por perto. Você vai ficar aqui até de manhã?

— Sim. — Olho para Sara, que está olhando para frente parecendo não saber da nossa chegada. — Estarei com ela.

Pegando na mão de Sara, falo em inglês: — Chegamos, ptichka. Vem, vamos para sua casa.

Seus dedos finos gelados na minha pegada; ela ainda está em choque. Mas, quando a ajudo a sair do carro, ele me olha e pergunta rouca: — E a clínica?

— O que tem ela?

— Eles vão ficar imaginando o que aconteceu comigo.

— Não, não vão. — Coloco a mão no meu bolso e pego o telefone dela, que peguei da sua bolsa durante a viagem. —

Mandei isso para eles. — Mostro para ela uma mensagem em que falo sobre ter uma emergência no hospital.

— Oh. — Ela me olha perplexa. — Você mandou isso?

Assinto, colocando o telefone de volta no meu bolso quando a levo para longe do carro. — Você estava um pouco fora de si durante a viagem. — Isso não é bem a condição dela; depois que a coloquei no carro, ela parou de lutar e ficou quase catatônica.

Ela pisca. — Mas... e os corpos?

— Isso também está sendo resolvido — Asseguro a ela. —, nada vai te ligar à cena. Você está segura.

Sara treme visivelmente, então, eu a levo rapidamente para dentro da casa, abrindo a porta com as chaves que peguei na sua bolsa mais cedo. Tenho meu próprio par de chaves – e as fiz um mês atrás, quando voltei para ela – mas prefiro que Sara não saiba disso. Se ela mudar as fechaduras novamente, vai ser trabalhoso passar pelo processo uma segunda vez.

— Aqui, sente-se — Digo, conduzindo-a ao sofá. — Vou te preparar um chá de camomila.

— Não, eu... — Ela se livra do meu toque. — Tenho que lavar minhas mãos.

— Tudo bem. — Lembro-me que ela tem essa mania. — Vai.

Ela desaparece no canto e para dentro do banheiro e vou à pia da cozinha para me limpar também. Tive cuidado em me manter fora do esguicho de sangue quando cortei os pescoços dos homens, mas ainda tem umas manchas pequenas no meu antebraço.

Com sorte, Sara não viu.

Lavo minhas mãos e antebraços, então, ligo a chaleira elétrica. Quando a água ferve, faço duas xícaras de chá e as levo para a mesa. Sara ainda não voltou, decido procurá-la.

Indo para o banheiro, bato na porta. — Está tudo bem?

Não recebo resposta, apenas o som de água correndo. Preocupado, tento a maçaneta e vejo que a porta está trancada.

— Sara?

Sem resposta.

— Sara, abra a porta.

Nada.

Dou uma respirada calmante e digo numa voz suave : — Ptichka, sei que você está chateada, mas se não abrir a porta agora, não terei escolha se não quebrá-la. — Ou abrir a fechadura, mas não falo isso. Quebrar a porta soa bem mais ameaçador.

A água para, mas a porta continua trancada.

— Sara. Vou te dar cinco segundos. Um. Dois. Três...

A fechadura faz barulho.

Aliviado, abro a porta – e vejo que estava certo em ficar preocupado. Sara está sentada no chão, suas costas contra a banheira e seus joelhos junto ao peito. Ela não está fazendo som, mas seu rosto está cheio de lágrimas e ela está tremendo.

Merda. Eu realmente não devia tê-los matado na frente dela.

— Sara... — Ajoelho-me perto dela e ela se chega para o lado, longe de mim. Ignorando sua reação, eu gentilmente pego seu braço e a coloco no meu abraço. — Não vou machucá-la, ptichka — Eu sussurro no cabelo dela quando vejo que sua tremedeira está aumentando. —, você está segura comigo.

Um soluço preso escapa de sua garganta, e então outro e outro e, de repente, ela está se agarrando a mim, seus braços finos cobrindo meu pescoço quando ela começa a chorar copiosamente. Esfrego suas costas em círculos leves quando ela treme com soluços incontroláveis e me segura mais forte, afundando o rosto no meu pescoço. Sinto o molhar das suas lágrimas e lembro-me quando na cozinha a acalmava depois da tortura com a água. A memória me dá náuseas; não posso me imaginar fazendo isso com ela agora, não me vejo machucando-a por qualquer razão.

Ela não é apenas uma pessoa para mim agora; ela é meu mundo e vou protegê-la de todos e de tudo.

Leva um bom tempo para os soluços dela diminuírem, tanto tempo que minha perna fica adormecida quando eu finalmente me levanto e gentilmente a coloco de pé.

— Vem — Eu murmuro, colocando um braço de suporte em volta das costas dela e a levando para fora do banheiro. — Vamos tomar um chá e vou colocá-la na cama. Você deve estar exausta.

Ela funga e sussurra rouca: — Sem chá.

— Tudo bem, sem chá. Neste caso, vou colocá-la para dormir. — Me curvo e a levanto nos meus braços.

Ela não reclama por eu carregá-la, apenas coloca sua cabeça no meu ombro e o braço em volta do meu pescoço. Sua respiração ainda está entrecortada pelo choro, mas ela está se acalmando. Isso me conforta, assim como o jeito que ela está se agarrando a mim. Não sei se isso é a consequência do trauma, ou se estou finalmente diminuindo sua resistência, mas o jeito que ela se segura em mim, sem um traço de medo ou desconfiança, enche meu peito com uma espécie de calor, um que diminui o vazio gelado em volta do meu coração.

Com Sara, estou revivendo novamente e eu quero mais desse sentimento.

ELE É GENTIL COMIGO NO CHUVEIRO, SEU TOQUE TERNO E platônico quando ele me lava da cabeça aos pés. Eu fico parada; é o máximo que posso fazer no momento – só em pé. Nada me preocupa agora, nem a minha nudez nem mesmo a dele. Agora que minha tempestade de emoções passou, sinto-me vazia, uma neblina de exaustão cobrindo todos os meus pensamentos e sentimentos. Estou além de desejo, além de ansiedade e medo; tudo que existe é culpa.

Culpa terrível e esmagadora de almas por saber que mais duas pessoas morreram por minha causa.

Eles morreram porque deixei um assassino entrar na minha vida e alimentei suas obsessões.

Está claro para mim agora, está perfeitamente óbvio que não

sei por que não vi isso antes. Sou tóxica – um perigo para todos à minha volta. Hoje, as vítimas eram dois drogados; amanhã, podem ser meus amigos ou família. Ninguém está seguro perto de mim pelo tempo que Peter me desejar e tudo que fiz apenas alimentou sua obsessão.

Desde o começo, joguei o jogo errado e os dois homens pagaram com suas vidas.

— Aqui, saia — Ordena Peter e eu saio do chuveiro, deixando-o enrolar uma toalha grossa em volta de mim. Ele me seca, mais uma vez me tratando como uma criança e eu o deixo, porque estou muito cansada para fazer qualquer outra coisa. Além do mais, isso tudo – chorar nos seus braços, me agarrar a ele, deixá-lo tomar conta de mim – funciona bem para a nova estratégia que irei implementar.

Como ele me quer, deixá-lo-ei ter-me.

Não é uma estratégia particularmente nem tenho qualquer ideia se funcionará. Pode até voltar contra mim. Mas nas atuais circunstâncias, tenho pouco a perder. Tentei mandá-lo para longe e ele ainda está aqui, ainda uma ameaça. Então, agora tenho que tentar algo diferente.

Tenho que fazê-lo perder o interesse em mim.

Foi a conversa no café que me deu essa ideia. E se as enfermeiras estão certas e eu deixar de lado meu tipo de 'princesa gelada', um que intriga meu algoz? E se, por recusá-lo, estou fazendo-o me desejar mais?

O jeito mais rápido de perder um cara é dormir com ele. É uma fala estúpida, mas a mãe de Andy não é a única a acreditar nisso. Já ouvi essa opinião dezenas de vezes, geralmente de pais de adolescentes que ficaram grávidas porque suas famílias insistiram em ensiná-las os valores da abstinência em vez de controle de natalidade. É um estereótipo ultrapassado e sexista sobre a dinâmica masculino/feminino, um que se baseia na premissa insultante de que as mulheres são como papel higiênico, algo para ser usado uma vez e jogado fora.

Eu sempre rio quando ouço esse tipo de coisa, mas, ao mesmo tempo, sei que existem homens que agem desse modo, que vão atrás das mulheres até as levarem para a cama e, depois, perdem rapidamente interesse nelas. Mas não porque eles acham que as mulheres dever ser puras – pelo menos não com frequência. Eles apenas têm muito prazer na perseguição. Eles apreciam a antecipação mais do que a consumação e uma vez que conseguem, eles passam para outra, buscando pastagens frescas.

Não sei se meu perseguidor entra nessa categoria, mas é possível – até provável. Ele é um homem estonteantemente bonito e, sem dúvida, está acostumado com mulheres se derretendo pelo perigo que o cerca. Nunca conheci ninguém como ele, mas já vi sinais dessa arrogância em atletas populares de faculdades, executivos de Wall Street e cirurgiões muito bem pagos. Homens como esses – os que ocupam o topo da cadeia alimentar – reconhecem qualquer sinal de relutância como um desafio; isso os intriga, os faz mais inclinados a perseguir a mulher, não menos.

Se for esse o caso – e estou desesperadamente esperando que seja – então, o modo mais fácil de me livrar de Peter Sokolov pode ser dar a ele exatamente o que ele quer: eu, desejosa, na sua cama. Por qualquer que seja a razão, o assassino russo parece ter traçado uma linha no estupro, preferindo apenas se forçar na minha vida, então, cabe a mim dar a luz verde.

Se eu quero que esse pesadelo acabe, terei que fazer sexo consentido com meu captor.

— Venha, deite-se — Peter insiste quando chegamos à cama. Retirando a toalha em volta de mim, ele gentilmente me guia para baixo do cobertor. —, você se sentirá melhor pela manhã, eu prometo. — Outra vez seu toque é platônico, quase clínico, mas eu sei que ele me quer. Vejo o quão duro ele está quando entra no cobertor perto de mim, sinto a tensão nele quando desliga a luz e me coloca no seu abraço, me tocando com seu corpo quente na posição encaixada familiar.

Ele me quer, mas ele não vai me possuir – não até eu consentir.

Fico deitada quieta por um momento, tentando convencer-me a fazer aquilo. Meu estômago parece um guaxinim brigando com um hamster e a exaustão é pesada no meu cérebro. Com meus olhos cansados e minha cabeça doendo por ter chorado tanto, a última coisa que quero é sexo, mas talvez esse seja o motivo que eu deveria fazer isso hoje à noite.

Talvez eu me sinta menos ruim sobre isso se eu não gostar.

Abraçando-me, me movo um pouco, movimento meu traseiro um centímetro mais perto da virilha de Peter. Ele fica enrijecido, sua respiração, mais elaborada e eu repito a manobra, me esfregando nele quando me movo para trás e para frente com o pretexto de ficar mais confortável. Com seu braço grosso pelos músculos em volta do meu tórax, tenho um espaço para me mexer bem pequeno, mas isso não importa. Ambos estamos nus e a menor esfregada da pele dele contra a minha é eletrizante, tão cheia de sensações que cada uma das minhas terminações nervosas fica atenta. Não consigo ver nada na escuridão do quarto, mas posso sentir a dureza do pelo da perna dele nas minhas coxas, sentir seu cheiro e minha própria respiração aumenta de ritmo, meu coração martelando furiosamente no meu peito quando seu pau fica ainda mais duro, pressionando contra meu traseiro como o cano de uma arma.

É assim, vem. Ignorando a ansiedade fechando minha garganta, balanço meu quadril mais um pouco. Não consigo me virar e abraçá-lo, mas talvez com um pouco de encorajamento, ele não conseguirá se controlar e virá até mim. Não resistirei; não farei nada para pará-lo. Deixarei que me foda, talvez até fingindo que estou gostando um pouco, para que não coloque um desafio nisso. Irei apenas ficar deitada e receber e, então, tudo terminará.

Eu estarei deitada receptiva mas chata e ele se cansará de mim.

Esse é o plano, pelo menos, mas quando continuo a me mover, descubro que parte do meu cansaço está desaparecendo, só para ser substituído por um sentimento quente que se origina bem dentro de mim. Com a escuridão velando tudo, é fácil fingir que nada disso é real, que estou tendo mais um daqueles sonhos invertidos.

— Sara, ptichka... — Seu sussurro rouco parece preso. — Se você quer dormir, deve parar de se mover.

Paro por um segundo, mas devagar e deliberadamente me viro para ele. — E se... — Lambo meus lábios secos. — E se eu não quiser dormir?

O corpo de Peter vira uma pedra atrás de mim, seu braço apertando meu tórax. Por um momento irracional e rápido, temo que ele possa recusar, que apesar de todas as indicações, ele realmente não me quer, mas logo me vejo deitada de costas, seu corpo pesado me pressionando quando o abajur da cabeceira acende.

Eu pisco, cega momentaneamente pela luz e com seu rosto focado em mim vejo que seus olhos cinzentos estão semifechados, sua mandíbula apertada quando ele se apoia num cotovelo. Ele parece furioso e por um segundo horrível imagino se interpretei aquilo tudo errado – cometi um grave erro.

— Você está brincando comigo, Sara? — Sua voz baixa e firme, seu sotaque mais forte do que o normal quando ele pega meus pulsos e os prende ao travesseiro acima da minha cabeça com uma mão grande. — Tentando ver até onde pode me provocar?

Olho para ele, uma tremida sombria subindo minha pele. Isso é bem parecido com meus sonhos, é misterioso. E, ao mesmo tempo, é diferente. Minha memória embaçada o havia pintado com pinceladas fortes e cruéis, mais monstro do que humano, mas aquilo estava errado. Não tem nada monstruoso naquela feição bela e letal olhando para mim. Os sonhos haviam subestimado o potencial da sua atração magnética, omitindo a maciez sensual dos seus lábios, a linha forte e nobre do seu nariz, o jeito que suas sobrancelhas grossas e escuras se juntam sobre aqueles olhos metálicos... Ele é belo, esse meu perseguidor terrível, eu fico deitada lá, presa sob seu corpo quente e duro, sinto a beliscada sombria aumentando, virando algo perigoso e proibido. Meus mamilos se intumescem e uma onda de calor passa por mim, meus músculos internos se apertando com uma necessidade pulsante aumentando.

Eu não desejo este homem. Eu *não posso* desejá-lo. Mas até quando eu falo, sei que é mentira, uma falsidade vinda de um pensamento. O que quer que seja que o puxou para mim, funciona em ambos os lados, a força nos conectando tão forte quanto irracional. Eu realmente o desejo. Mais do que isso, eu *preciso* dele. Meu corpo não se importa de que ele acabou de matar duas pessoas na minha frente, que o desprezo com todo o meu ser. Seu toque não me causa repulsa; ele me excita, meu desejo provocado pela intimidade que ele tem forçado em mim nos últimos dias, o prazer trocado que conheci no seu abraço.

Pela ternura não natural e perversa que não tem lugar na nossa relação violenta.

Ele ainda está esperando a minha resposta, seus olhos estreitos e eu sei que posso retornar, fingir que foi apenas um grande erro de entendimento. Mas se o fizer, ele continuará a me vigiar, corroendo minha resistência dia após dia até que eu ceda e, enquanto isso, todos à minha volta estarão em perigo.

— Não estou brincando — Sussurro no silêncio tenso —, as camisinhas estão na gaveta da mesinha de cabeceira.

Ele inspira, seus dedos apertando meus pulsos e vejo o exato momento que ele processa o que estou dizendo. Suas narinas se abrem e as pupilas dilatam, o olhar de ira nas suas feições se transformando numa fome sombria e selvagem. Colocando a mão livre na gaveta, ele pega um pacote, abre com seus dentes e rola a camisinha no seu pau grande e para cima.

Minhas batidas do coração aceleram, a ansiedade apertando meu tórax, mas é tarde demais.

Abaixando a cabeça, Peter nivela seu quadril com o meu.

3 1

ara

EU NÃO SEI POR QUÊ, MAS EU NUNCA ESPEREI QUE ELE ME
beijasse, colocar sua boca na minha e festejar em mim como se
estivesse faminto. Porque é assim que parece: como se ele
estivesse me consumindo, levando minha essência, todo o meu
ser. Seus lábios e língua assolam minha boca, devorando-me,
tirando o ar direto dos meus pulmões. Sua mão livre penetra
meus cabelos, me mantendo parada no beijo voraz e é tudo que
posso fazer para não derreter nos lençóis. Porque ele não
apenas toma; ele dá. Ele dá tanto prazer que estou inundada por
isso, dominada pelo seu gosto e cheiro e sentimento.

Ele me beija até que estou tomada e queimando, até que
quase não me lembro como é não beijá-lo, não inalar sua
respiração quente de menta. Até que todos os pensamentos do

que e de quem somos desaparecem e me aproximo mais dele, com necessidade impensada, desesperada por mais toques dele, desse prazer fervente. As pontas dos meus dedos tremem da sua pegada forte nos meus pulsos e seu corpo é pesado em cima de mim, mas quero mais.

Quero me perder no seu abraço impiedoso, dissolver-me nele e desaparecer.

Ele solta meus lábios para conduzir uma trajetória quente de beijos pelo meu rosto e pescoço e engulo ar, meu coração acelerando e minha pele pinicando pelo prazer eletrizante. A cada respirada que dou, meus mamilos roçam nos músculos do seu peito e umidade escorre pelo meio das minhas coxas, meu corpo se preparando para ele, para esse ato que eu não deveria desejar, não deveria ansiar com intensidade tão violenta.

Respirando com dificuldade, ele levanta a cabeça e vejo uma fome positiva no seu olhar prateado, uma necessidade sombria misturada com algo perturbadoramente possessivo. Sua mão solta meu cabelo e desce meu corpo, acoplando meus seios. — Sara... — Meu nome é uma inalação rouca nos seus lábios quando seu polegar passa sobre meus mamilos pulsantes. — Você é tão bela, ptichka... tudo que sempre sonhei e mais.

Suas palavras ferventes me queimando, me enchendo com um calor que vai até o meu âmago – e faz soar sinos de alarme na minha mente. Isso parece muito com a consumação do amor romântico, e conforme seus joelhos se colocam entre minhas coxas, a neblina sensual que me encobre se levanta por um momento. Num relance de clareza, eu processo o que está acontecendo e o horror apaga meu desejo.

O que estou fazendo? Como posso estar gostando disso em qualquer medida? Uma coisa é aceitar passivamente o toque do monstro por uma boa causa, mas realmente desejar isso –

deixá-lo agir como se fôssemos amantes – é doentio, totalmente insano. Mesmo com meus pulsos presos, não adianta fingir que não quero, que meu corpo não o deseja das formas mais perversas.

A cabeça larga do seu pau empurra minhas dobras e minha respiração fica rasa, meus músculos se apertando num pânico repentino. Eu não posso fazer isso – não deste jeito. Se parece demais com fazer amor. Ele ainda está olhando para mim, seus olhos cinza cheios de calor intenso e sei que tenho que falar para ele parar, para pôr um fim nisso...

Ele me penetra de uma vez e com força e me esqueço o que iria falar. Esqueço de tudo além da sensação crua e brutal do seu pau entrando no meu corpo. Sua dureza sem compromisso força a separação dos tecidos internos e apesar da minha excitação, sinto um queimar picante quando ele empurra mais fundo, ignorando a resistência dos músculos apertados. Já faz muito tempo, e ele é grande, é maior e mais longo do que o de George. Meu coração martela violentamente no meu peito conforme meu corpo cede relutantemente à penetração crua e com uma mistura de desapontamento e alívio amargo, vejo que meus medos foram em vão.

Isso não é nada igual a fazer amor.

Quando ele já está todo dentro, ele para, seus olhos brilhando com uma ansiedade sombria e um tipo diferente de tensão invade meu corpo, banindo o último desejo mal-vindo e aumentando minha decisão. A atração sensual da sua aparência ainda está lá, mas agora vejo o monstro atrás das belas feições, o assassino que me torturou e partiu minha vida. Não mais existe qualquer ambiguidade no que estou sentindo, nenhuma ambivalência de qualquer tipo. Meu perseguidor, o homem que odeio, está violando meu corpo e estou feliz. Estou feliz porque sua crueldade dói menos do que sua ternura, sua rudeza, menos assustadora do que sua misericórdia.

Inspirando fortemente, preparo-me para resistir a uma foda dura e áspera, mas ele não se move. Seu rosto está cheio de paixão, seu corpo tão tenso que ele está vibrando junto, mas ele não empurra e vejo que ele percebe meu desconforto e está me dando tempo para me acostumar.

Do seu próprio modo, ele está tentando ser gentil – que é a última coisa que quero.

Juntando coragem, passo minha língua pelos meus lábios e vejo a fome nos seus olhos aumentarem.

— Vai — Sussurro, flexionando meus músculos internos. Consigo senti-lo pulsando dentro de mim, duro, grosso e perigoso. — Só acaba logo com essa porra.

Ele me olha e sinto sua luta, sinto o monstro lutando contra o homem. Não sou a única com os sentimentos misturados aqui. Também tem uma parte de Peter que me odeia, que vê em mim uma lembrança da sua tragédia. Ele me quer, mas também quer me ferir, fazer-me pagar pelo que aconteceu com sua esposa e filho. Ele pode não concluir isso sozinho, mas eu sei disso. Sinto isso. Nossa conexão foi forjada na perda e na dor, nossa intimidade nasceu na tortura. Não tem nada de normal na sua atração por mim; é tão ambígua como minha resposta para ele.

Sua vingança é o que nos liga, e nenhuma dose de gentileza pode mudar isso.

Vejo o exato momento em que o monstro começa a ganhar a luta. As mandíbulas de Peter se apertam quando ele sai um pouco, então, retorna com força. — É isso que você quer de mim? — Sua voz é baixa e rouca, seus olhos cinzentos cheios de algo crescentemente sombrio. Ele flexiona seu quadril e ofega quando entra mais fundo em mim, sua mão apertada nos meus pulsos. — Fale, Sara. É isso que você quer?

Eu ainda posso falar não, deixar o homem segurar a besta, mas escolhi meu caminho e não retrocederei. Talvez esse último ato de vingança seja o que ambos precisamos, a punição necessária para a minha absolvição.

Talvez se ele soltar essa parte sombria em mim, ambos possamos ficar livres.

— Sim — Sussurro e me preparo. —, é exatamente isso que quero.

EU NÃO SEI O QUE ESTAVA ESPERANDO, MAS QUANDO OLHO NOS olhos avelã de Sara e vejo ódio, sinto minhas fantasias dissolvendo, as mentiras que me alimentei se evaporando na dureza da verdade. Seu corpo pode me responder, mas ainda sou seu inimigo – e ela, minha inimiga. Mesmo com sua boceta sedosa apertando meu pau pulsante, o desejo pulsando no meu corpo está manchado com violência, minha necessidade por ela mais sombria do que qualquer coisa que já conheci.

Eu não quero apenas fodê-la; quero ter acesso a ela, acabar com minha vingança na sua carne delicada.

— Sara... — Busco o resto de minha sanidade, algo que possa me segurar quando uma onda insana desce em mim, o açoite viciado do desejo minando meu controle. — Você não sabe o que você...

— Só acaba logo com essa porra — Ela sussurra novamente, me fitando desafiadoramente e o último fio da minha resistência se parte.

Com um gemido baixo e rouco, volto e entro nela, quase não notando o jeito que sua boceta se fecha com forte resistência, os tecidos internos macios se abrindo sob minha estocada. Ela está molhada, está apertada, quase tão pequena como uma virgem e até durante o desejo forte sei o que isso significa.

Já faz um tempo que ela não faz sexo – provavelmente não desde seu marido.

O homem cuja arrogância matou meu filho.

Meu desejo fica ainda mais sombrio, alimentado por uma onda de ódio vindo da agonia e abaixo minha cabeça, pegando a boca de Sara novamente. Mas desta vez, não consigo me segurar e o beijo é forte e selvagem, tão violento quanto as emoções que me rasgam. O gosto delicioso dela, seu perfume doce, a textura molhada e sedosa da sua boca – tudo me deixa louco e sinto o gosto do seu sangue quando meus dentes entram nos seu lábios inferiores, rasgando a carne macia. Eu deveria parar, ou me dar uma pausa, mas, no entanto, isso apenas aumenta meu apetite. Preciso disso dela; sua dor, seu sofrimento. É como se um estranho estivesse controlando meu corpo, trocando meu desejo por ela numa necessidade de punir, fazê-la pagar pelos pecados do seu marido. Possuir Sara desse jeito é tanto o céu como o inferno, o prazer violento de foder misturado com a consciência amarga de que falhei com minha promessa.

Estou ferindo a mulher que quis curar, aquela que me faz sentir tão vivo.

Eu não sei se é a conscientização ou as lágrimas que vejo no seu rosto quando levanto minha cabeça, mas a ira que chegou está começando a se dissipar, o olhar vermelho se desfazendo quando meu desejo chega a um novo ponto alto. Minhas bolas sobem, a tensão pré-orgasmo se amontoando na base da minha espinha, e mesmo assim me vejo dolorosamente ciente dos seus punhos finos na minha pegada – e a rigidez terrível do seu corpo quando eu violo sua carne sedosa.

Seus olhos se prendem nos meus e eu vejo dor nas suas profundezas castanhas, junto com uma satisfação perversa. Estou facilitando para ela, colocando combustível para seu ódio. Era isso que ela esperava de mim todo o tempo, o que ela temia e queria ao mesmo tempo.

Depois desta noite, eu não serei nada mais do que o homem que a machucou, que abusou dela da forma mais cruel.

Não. Porra, não. Aperto os dentes e forço-me a parar, lutando contra a aproximação do orgasmo. Soltando seus pulsos, eu saio dela e desço do seu corpo, ignorando a dureza agonizante do meu pau. Colocando-me entre suas coxas abertas, seguro os joelhos dela e abaixo a minha cabeça.

— O que você está... — Ela começa meio tonta, mas já estou lambendo sua boceta macia, passando minha língua entre suas dobras rosas e inchadas. Ela está molhada, mas não tão molhada como eu gostaria, então, eu começo a resolver isso, usando toda a habilidade que aprendi nos meus trinta e cinco anos.

— Espera, Peter, não... — Ela coloca a mão tentando me empurrar quando passo a língua no seu clitóris, e quando isso falha, ela tenta fechar as pernas. — Isso não é...

— Shhh. — Uso meu aperto nos seus joelhos para manter suas pernas abertas. — Só fique deitada e relaxe.

— Não, eu... — Ela ofega, fechando seus punhos nos meus cabelos quando eu puxo seu clitóris para dentro da minha boca. Começo a chupar com movimentos firmes e rítmicos e a tensão nos músculos das suas pernas diminui, sua respiração audível na garganta. Posso senti-la ficando mais molhada sob minha língua e aproveito sua distração para mover minha mão direita para sua boceta.

— Assim, ptichka, só relaxa... — Assopro ar frio no seu clitóris e sou recompensado com um gemido baixo antes das suas coxas se tensionarem. Ela está tentando resistir, rejeitar o prazer, mas já tenho meu cotovelo no lugar, impedindo-a de apertar minha cabeça entre suas pernas. Ela está respirando forte agora, suas mãos apertando meus cabelos quando acabo de chupar seu clitóris e coloco dois dedos na sua abertura apertada e molhada, curvando-os dentro dela até sentir a parede macia e esponjosa do seu ponto G. Sua boceta fecha com força, se apertando em volta dos meus dedos, e seu quadril se arqueia para fora da cama quando aumento minha chupada. Ela está perto, posso sentir. Meu coração bate forte no meu peito, minha respiração está acelerada quando o pulsar das minhas bolas fica insuportável, mas me seguro até ter certeza de que ela está no limiar. Então, só então, me entrego à minha própria necessidade.

Retirando meus dedos, me movo para cima, cobrindo-a com meu corpo e alinho meu pau contra sua entrada inchada.

— Goze comigo — Digo roucamente olhando para ela quando a penetro numa entrada forte e seu corpo me obedece, sua carne apertada e molhada apertando em volta de mim, molhando meu pau na hora que o orgasmo me atinge. Seus olhos belos ficam calmos e fora de foco, suas feições retorcidas com êxtase quando seus dedos se afundam nas minhas laterais e ouço o grito abafado quando minha semente jorra. Parece que cada músculo do meu corpo está vibrando ao mesmo tempo, meus pulmões urrando quando o prazer explode em ondas pulsantes e eu colapso em cima dela, sei que é isso.

Jamais vou desejar outra mulher novamente.

Não sei quanto tempo leva para os choques posteriores terminarem, mas quando consigo ter força para ficar nos meus cotovelos, Sara já se recuperou o bastante para entender o que aconteceu e o horror aparece nas suas feições. Como eu, ela está respirando forte, suas bochechas coradas com brilho pós-coito, mas não tem felicidade no seu olhar, apenas o brilho agudo de lágrimas.

Ela está se arrependendo disso, se debatendo novamente e não aceitarei isso.

— Não. — Abaixo minha cabeça para beijar suas bochechas quando as lágrimas saem, marcando suas têmporas. — Ptichka, não. Não se sinta mal. Você não fez nada de errado. Eu fiz tudo. Eu te machuquei, lembra-se? Não te dei escolha.

Sua respiração treme nos seus lábios quando dou vários beijos no seu rosto e a sinto tremendo sob mim, suas mãos se revirando nos lençóis quando suas lágrimas continuam saindo. Ainda estou dentro dela, meu pau mole enterrado no seu corpo, mesmo assim ela está tentando não me tocar, se enrolar em si mesma e rejeitar a conexão entre nós.

Eu quis sua dor e a tive – e isso está me rasgando por dentro.

Não sei o que fazer, como acalmá-la, então, apenas continuo a beijá-la, tocando nela tão gentilmente quanto possa. A sede de vingança se foi e tudo que sobrou foi arrependimento. Mais uma vez, sou a causa do sofrimento de Sara e, desta vez, é infinitamente pior. Desta vez, eu a conheço.

Eu a conheço e me importo.

Ela ainda está chorando quando saio dela e me levanto para retirar o preservativo no banheiro. Quando volto com a toalha molhada, a acho enrolada de lado, com o cobertor até o pescoço.

— Aqui, deixe-me limpá-la — Eu murmuro, retirando o cobertor do seu corpo nu e quando ela não resiste, passo a toalha nas suas dobras macias, diminuindo a ardência da sua carne inchada e dolorida e retirando a evidência do seu desejo. Ela não está mais chorando, mas seus olhos ainda estão molhados, e quando termino, ela volta para o cobertor, colocando-o por sobre sua cabeça.

Estou quase subindo na cama com ela quando ouço a vibração do meu telefone na cabeceira, onde deixo em caso de emergência.

Franzindo, pego e olho a tela.

Mudança de planos, diz a mensagem de Anton. *Velazquez está se mudando para o composto de Guadalajara em dois dias. É amanhã ou nunca.*

Eu seguro um palavrão, lutando contra a ânsia de jogar o telefone pelo quarto. Com toda a merda do tempo do mundo... Nós acabamos de planejar toda a logística do plano e iríamos atacar em seis dias. Mas nosso alvo está se mudando, voltamos à primeira casa em termos de planejamento. Pode levar várias semanas para preparar o escopo do esconderijo de Velazquez em Guadalajara e nosso cliente, um lorde da droga rival, já está ficando nervoso. Ele quer Velazquez para ontem e não ficará satisfeito com um atraso.

Anton está certo. Temos que agir agora.

Prepare o avião e suprimentos, respondo. *Iremos voar cedo de manhã.*

Entendido, Anton responde. *Imagino que você queira os americanos vigiando-a?*

Sim. Respondo. *Diga-lhes para ficarem perto da clínica.*

Na última vez que eu e meu time tivemos que sair do país a trabalho, contratei alguns americanos para vigiarem Sara na nossa ausência e me relatarem seus movimentos. Eles são bem profissionais e apesar de não confiar neles tanto quanto nos meus homens, até agora estou satisfeito com seus serviços.

Eles devem conseguir protegê-la enquanto estou fora.

Colocando meu alarme para despertar em quatro horas, entro sob o cobertor com Sara e a puxo num abraço, curvando meu corpo em volta dela por trás. Sara se enrijece, mas não se afasta e fecho meus olhos, respirando seu cheiro, um sentimento de paz cai sobre mim.

Nada está resolvido entre nós, mas por alguma razão, tenho certeza de que estará, confiante de que faremos isso dar certo, o que quer que 'isso' venha a ser. É o único caminho, porque não consigo me ver sem ela.

Sara é minha e eu morreria antes de libertá-la.

33

UM ZUMBIDO PERSISTENTE ME TIRA DE UM SONO PROFUNDO. POR um segundo fico tão desorientada que acho que estamos no meio da noite.

Rolando de lado, tateio cegamente pelo telefone vibrando.

— Alô — Falo com voz rouca, pegando-o da cabeceira da cama sem abrir meus olhos. Meus cílios parecem estar colados, minha cabeça tão pesada que quase não consigo levantá-la do travesseiro.

— Dra. Cobakis, temos uma paciente entrando em trabalho de parto prematuro, e o Dr. Tomlinson teve que se ausentar por assuntos familiares. Você é a próxima na lista para ser chamada. Pode estar aqui em breve?

Sento-me, uma ponta de adrenalina espantando o pior da

minha sonolência. — Mm... — Pisco para espantar o sono e vejo que o sol está entrando pelas frestas da cortina. O despertador na cama diz que são 6h45, menos de uma hora antes da minha hora de levantar para o trabalho. — Sim. Posso estar aí em cerca de uma hora.

— Obrigado. Nos veremos em breve.

Na hora que o coordenador de plantão desliga, pulo fora da cama e corro para o chuveiro – e paro congelada, sentindo a ardência bem profunda. Memórias de ontem à noite aparecem logo, queimando com calor e toxicidade, e todos os resquícios da tonteira desaparecem.

Eu fiz sexo com Peter Sokolov ontem à noite.

Ele me machucou e eu gozei nos seus braços.

Por um momento, esses dois fatos se parecem irreconciliáveis, como uma chuva de gelo em julho. Eu nunca senti dor – apenas o oposto. As duas vezes que George e eu exploramos algo diferente, como uns tapas leves que ele me dava, distraíram-me do orgasmo em vez de me dar mais tesão. Eu não entendo como eu posso ter gozado depois de um sexo tão áspero, como eu posso tem sentido prazer quando meu corpo se sentia dilacerado e agredido.

E aquele orgasmo não foi o único. Meu captor me acordou no meio da noite escorregando dentro de mim, seus dedos habilidosamente atiçando meu clitóris e apesar de estar ardida, gozei em minutos, meu corpo respondendo a ele mesmo com minha mente gritando em protesto. Depois, eu chorei para tornar a dormir enquanto ele me segurava, acariciando minhas costas como se ele se importasse.

Não me admira me sentir tão tonta, com todo o sexo e choro, só tive algumas horas de sono.

Engolindo a bola de vergonha na minha garganta, me forço

a continuar me movendo. Tenho que me vestir e ir para o hospital. Não importa como me sinto agora, minha vida não terminou ontem à noite. Não tenho a menor ideia se fiz a coisa certa por encorajar Peter a dormir comigo, mas o que foi feito, foi feito e tenho que continuar.

A boa notícia é que não tenho que vê-lo novamente até de noite.

Talvez até lá, a ideia de encará-lo não me faça querer morrer.

O DIA PASSA NUM EMARANHADO DE TRABALHO E NA HORA QUE chego em casa, estou tanto exausta quanto faminta. Estava tão ocupada que não almocei e apesar de estar temendo outra noite com meu perseguidor, tenho que admitir que estou desejosa pela sua comida.

Peter Sokolov pode ser um psicopata, mas ele é um excelente cozinheiro.

Para minha surpresa – e um pouco de desapontamento – nenhum cheiro delicioso me dá boas-vindas quando saio da garagem. A casa está escura e vazia e sei sem precisar ir de cômodo em cômodo que ele não está aqui. Posso sentir. Minha casa parece mais fria, menos vibrante, como se qualquer que seja a energia sombria que Peter Sokolov emita, dá a ela um tipo de vitalidade.

Mesmo assim, eu chamo: — Alô? Peter?

Nada.

— Você está aí?

Sem resposta.

Será que meu plano funcionou tão rápido? Seria possível

que uma prova satisfizesse qualquer desejo que ele tivesse por mim?

Intrigada, vou à geladeira e pego um jantar congelado para colocar no micro-ondas. É do tipo saudável e orgânico, macarrão tailandês com vegetais num tipo de molho bem doce. Péssimo que é a única coisa que tenho forças para fazer esta noite. Eu deveria ter trazido algo do refeitório do hospital, mas acho que subconscientemente eu estivesse contando em ser alimentada em casa.

Balançando a cabeça pelo ridículo de tudo isso, ligo o micro-ondas e vou lavar minhas mãos.

Meu perseguidor se foi e isso é bom.

Só preciso convencer meu estômago disso.

ELE AINDA NÃO ESTÁ LÁ QUANDO ACORDO E APESAR DE TER UMA sensação vaga de estar sendo observada quando dirijo para o trabalho, não consigo ver ninguém me seguindo. O mesmo quando chego ao hospital e passo o dia. Estou paranoica o bastante para sentir olhos em mim todo o tempo, mas a sensação não é nem um pouco tão intensa como costumava ser.

Se eu não soubesse que tenho um vigia real, eu creditaria isso à minha imaginação.

Meus pais ligam quando estou na hora do almoço e me convidam para jantar na sexta. Eu dou a eles uma desculpa qualquer – não os quero expostos a nenhum perigo também – e, então, eu ligo para a clínica.

— Ei, Lydia, como está? — Pergunto, tentando não soar nervosa. — Como está tudo?

— Olá, Dra. Cobakis. — A voz da recepcionista fica extra

acalorada. — Estou feliz em te ouvir. Tudo está bem. Não tão ocupado por agora, mas provavelmente vai ficar de tarde. Você poderá vir novamente essa semana?

— Sim, eu acho que posso. Mm, Lydia... — Eu hesito, não certa de perguntá-la o que quero saber. Não vi nada no noticiário sobre os assassinatos, mas isso não significa que os corpos não tenham sido achados. — Você não viu ou ouviu nada... diferente, ouviu?

— Diferente? — Lydia parece confusa. — Como o quê?

— Oh, nada em particular. — Para diminuir minhas suspeitas acrescento: — Eu só estava pensando numa paciente, Monica Jackson... Você não soube dela, certo? A garota jovem de cabelos pretos que vi ontem?

Para minha surpresa, Lydia diz: — Ah, essa. Ela passou aqui acerca de duas horas atrás e deixou uma mensagem para você. Algo escrito como 'obrigada' e 'ele está atrás das grades agora.' Ela não explicou, apenas disse que você entenderia. Isso faz sentido para você?

— Sim. — Apesar da minha tensão, um sorriso aberto cruza minhas feições. — Sim, faz muito sentido. Obrigada por me falar. Te vejo essa semana.

Eu desligo, ainda sorrindo e vou me lavar para a cesariana da tarde.

Não tenho ideia de como Peter fez as evidências do crime desaparecerem, mas ele fez e agora parece que algo de bom saiu da noite turbulenta.

Talvez não haja saída para mim, mas Monica está livre.

Minha casa está escura e vazia novamente quando chego

em casa esta noite e quando me preparo para dormir, sinto uma certa melancolia. Ter Peter em minha casa foi terrível, mas ele ainda era uma presença humana. Agora, estou só novamente, como estive nos últimos dois anos e o sentimento de solidão é mais agudo do que nunca, minha cama é mais fria e vazia do que me lembro.

Talvez eu devesse conseguir um cachorro. Um grande que mimaria deixando-o dormir comigo. Desse modo, teria alguém para me cumprimentar quando chegasse em casa e não sentiria falta de algo tão perverso como o assassino do meu marido me segurando de noite.

Sim, vou comprar um cão, eu decido, subindo na cama e colocando o cobertor sobre mim. Quando vender a casa, vou alugar um lugar mais perto do hospital e certificar-me que aceitem cachorros – talvez perto de um parque ou algo do tipo.

Um cachorro me dará o que preciso e poderei esquecer Peter Sokolov.

É isso, contando que ele tenha se esquecido de mim.

3 4

Sara

NA SEGUNDA-FEIRA, ESTOU QUASE CONVENCIDA DE QUE PETER partiu definitivamente. Durante o final de semana, limpei minha casa toda num esforço de descobrir suas câmeras escondidas, mas ou elas se foram ou estão escondidas de um jeito que um leigo como eu não tem esperança de achar. Alternativamente, elas podem não ter estado lá desde o princípio e meu perseguidor sabia das coisas que sabia de algum outro jeito. Eu passei a maior parte do final de semana na clínica e apesar de sentir olhos em mim quando andava para meu carro, isso poderia ser resquício da minha paranoia.

Talvez meu pesadelo tenha finalmente terminado.

Parece tolice, mas saber que eu mandei Peter embora com sexo dói um pouco. Eu esperava que uma vez que parasse de ser a intocável 'princesa fria', ele me deixaria em paz, mas não esperava que os resultados fossem tão imediatos. Talvez eu seja ruim na cama? Eu devo ser, se uma vez foi tudo que Peter precisou para ver que eu nunca seria a fantasia que ele tinha em mente.

Depois de me seguir por semanas, meu perseguidor me abandonou depois de apenas uma noite.

Isso é bom, claro. Não tem mais jantares, sem banhos onde ele me tratava como criança. Sem assassinos perigosos enrolados em mim durante a noite, fodendo com minha mente e seduzindo meu corpo. Passo os dias como fiz nos vários últimos meses, apenas me sinto mais forte, menos abalada internamente. Confrontar a origem dos meus pesadelos me fez melhor do que meses de terapia e não posso me esquivar de ser grata por isso.

Mesmo com a vergonha me corroendo sempre que penso nos orgasmos que ele me deu, sinto-me melhor, mais como minha velha eu.

— Diga-me então, Sara — Diz o Dr. Evans quando finalmente vou vê-lo após suas férias. Ele está bronzeado de sol, suas feições finas finalmente brilhando com saúde. —, como foi o evento de casa aberta para a venda?

— Meu corretor está olhando duas ofertas — Respondo, cruzando minhas pernas. Por alguma razão, sinto-me desconfortável hoje neste consultório, como se eu não pertencesse mais aqui. Afastando o sentimento, eu respondo: — Ambas são menores do que eu gostaria, então, estamos tentando colocar uma contra a outra.

— Ah, ótimo. Então, algum progresso nessa frente. — Ele balança a cabeça. — E talvez nas outras frentes também?

Eu assinto, não surpresa pela percepção do terapeuta. —

Sim, minha paranoia está melhor e também meus pesadelos. Até consegui ligar a torneira da pia no sábado.

— Verdade? — Suas sobrancelhas se levantam. — Isso é maravilhoso de se ouvir. Algo em particular provocou isso?

Oh, você sabe, apenas ter o homem que me torturou e matou meu esposo reaparecendo na minha vida.

— Eu não sei — Digo com um dar de ombros. — Talvez o tempo. Já se passaram quase sete meses.

— Sim — Diz Dr. Evans calmamente — Mas talvez você devesse saber que isso não é nada na linha de tempo de luto humano e TEPT.

— Certo. — Olho para as minhas mãos e vejo uma unha maltratada no polegar da mão direita. Já deve ser tempo de ir à manicure. — Acho que estou com sorte então.

— Certamente.

Quando olho para cima, Dr. Evans está me encarando com aquela mesma expressão pensativa. — Como está sua vida social? — Ele pergunta e sinto uma chama queimar no meu rosto.

— Entendo — Diz Dr. Evans quando eu não respondo prontamente. — Alguma coisa que você gostaria de conversar?

— Não, não... é nada. — Meu rosto queima ainda mais quando ele me olha com descrédito. Eu não posso falar-lhe sobre Peter, então, eu procuro algo plausível. — Eu quero dizer, eu realmente saí com colegas de trabalho algumas semanas atrás e nos divertimos muito...

— Ah. — Ele parece aceitar minha resposta de pronto. — E como você se sentiu se divertindo?

— Me fez sentir... genial. — Eu lembro-me dançando no clube, deixando a batida da música tocar em mim. — Me fez sentir viva.

— Excelente. — Dr. Evans faz algumas anotações. — E você saiu outra vez desde então?

— Não, não tive a oportunidade. — É uma mentira, eu poderia ter saído com Marsha e as garotas no último sábado, mas não posso explicar ao terapeuta que estou tentando proteger minhas amigas por diminuir o contato com elas. O privilégio doutor-paciente tem limites e falando que estou em contato com um criminoso procurado – e que testemunhei dois assassinatos na semana passada – poderia motivar Dr. Evans a ir à polícia e colocar nós dois em perigo.

Em geral, vir aqui hoje foi uma má ideia. Eu não posso falar sobre as coisas que realmente preciso discutir e ele não será capaz de ajudar-me a passar pelos sentimentos complicados sem ter um entendimento completo da história. Esse é o motivo de eu estar desconfortável, concluo: não posso falar mais coisas para o Dr. Evans.

Meu telefone vibra na minha bolsa e eu respondo prontamente à distração. Procurando o telefone, vejo que é uma mensagem do hospital.

— Por favor, me desculpe — Digo, levantando e recolocando o telefone de volta na bolsa. — Uma paciente acabou de entrar em trabalho de parto prematuro e precisa da minha assistência.

— Claro. — Desenrolando-se da sua postura descansada, Dr. Evans fica de pé e apertamos as mãos. — Continuaremos na próxima semana. Como sempre, foi um prazer.

— Obrigada. É recíproco — Digo e faço uma anotação mental para cancelar minha próxima consulta da semana. —, tenha um final de dia maravilhoso.

E quando saio do consultório do terapeuta, corro para o hospital, por ora grata pelas urgências sem previsão do meu trabalho.

EU NÃO SEI SE FOI A SESSÃO COM O DR. EVANS OU A MELHOR noite de sono nos últimos dias, mas aquela noite me vi me jogando e virando, ficando sem direção para apenas acordar, o coração martelando com uma ansiedade indefinida. O vazio da minha cama me incomodando, minha solidão, um buraco doloroso no meu peito. Quero acreditar que sinto falta de George, que são seus braços que estou ansiosa por ter, mas quando o sono desconfortável me chama, são os olhos cinza-aço que invadem meus sonhos, não os olhos castanhos.

Nesses sonhos, estou dançando, me apresentando em frente ao meu perseguidor, como uma bailarina profissional. Também estou vestida como uma, num vestido leve amarelo com asas duras de plumas nas costas. Enquanto eu rodopio e voo pelo palco, sinto-me mais leve do que o nevoeiro, mais graciosa do que um fio de fumaça. Mas por dentro, eu queimo com paixão. Meus movimentos vêm das profundezas da minha alma, meu corpo falando pela dança com a pura honestidade da beleza.

Sinto sua falta, diz esse plié. *Eu te quero,* confirma aquela pirueta. Falo com meu corpo o que não posso falar com palavras e ele me assiste, suas feições sombrias e enigmáticas. Pingos vermelhos decoram suas mãos e eu sei sem perguntar que é sangue, que ele tirou outra vida hoje. Isso deveria me dar nojo, mas tudo que importa é se ele me quer, se ele sente o calor que me devora por dentro.

Por favor, eu imploro com meus movimentos, colocando-me num arco bonito em frente a ele. *Por favor, dê-me isso. Preciso da verdade. Por favor, fale-me.*

Mas ele não fala nada. Ele apenas assiste e eu sei que não tem nada que eu possa fazer, nada para convencê-lo. Então, eu danço mais perto, puxada pela atração sombria, e quando estou ao seu alcance, ele levanta seus braços, e suas mãos sujas de sangue se fecham nos meus ombros.

— Peter... — Eu me balanço para ele, o desejo terrível virando minhas entranhas, mas seus olhos são frios, tão frios que queimam.

Ele não me quer mais. Eu sei disso. Eu vejo isso.

Mesmo assim, eu vou para ele, minha mão levantando-se para seu rosto duro. Eu o quero – preciso dele – muito. Mas antes que eu possa tocá-lo, ele murmura: — Adeus, ptichka, — E vai embora.

Eu caio para trás, caindo do palco. Meu vestido flutua no ar por uma fração de segundo e, então, minhas penas são esmagadas quando caio no chão. Até mesmo antes do choque do impacto me atingir, eu sei que já está acabado.

Meu corpo está quebrado e também minha alma.

— Peter — Meu último suspiro é um gemido, mas é tarde demais.

Ele se foi para sempre.

Eu acordo com meu rosto molhado de lágrimas e meu coração cheio de pesar. O quarto está escuro como breu e na escuridão não importa se eu não posso racionalmente sentir falta do homem que odeio. O sonho é tão real na minha mente que parece que eu realmente o perdi... como se eu tivesse morrido pela rejeição de suas mãos. Eu sei que meu pesar deve ser por perdas reais – George e a vida que supostamente tínhamos – mas com minha cama vazia e meu corpo suplicando por um abraço caloroso e forte, parece que eu sinto falta *dele*.

Peter.

O homem que tenho toda a razão de desprezar.

Apertando meus olhos fechados, coloco-me na forma de

uma pequena bola sob o cobertor e abraço um travesseiro. Eu não preciso do Dr. Evans me dizer que o que estou sentindo não pode possivelmente ser real, que na melhor das hipóteses, é uma versão bizarra da Síndrome de Estocolmo. *Ninguém* se apaixona por um carrasco; isso simplesmente não acontece. Eu nem conheço Peter Sokolov por tanto tempo. Ele está na minha vida há quanto? Uma semana? Duas? Os dias desde a saída no clube parecem anos, mas na realidade, quase nenhum tempo passou.

Claro, ele está nos meus sonhos por bem mais tempo.

Pela primeira vez, eu me permito realmente pensar no meu captor – pensar nele como um homem. Como teria ele sido como família? Deve ser difícil imaginar tal assassino implacável nas dependências de um lar, mas por alguma razão, não tenho problemas de vê-lo brincando com uma criança ou fazendo o jantar com sua esposa. Talvez seja a forma gentil de ele tomar conta de mim, mas sinto que existe algo dentro dele que transcende as coisas monstruosas que ele tem feito, algo vulnerável e profundamente humano.

Ele deve ter amado sua família, para dedicar-se tão inteiramente à vingança.

As fotos do seu telefone vêm à minha mente, fazendo meu peito se apertar de dor. Informação falsa, é o que Peter culpou pelas atrocidades. Seria possível que George tivesse sido aquele que passou a informação? Que meu belo e pacífico marido, que adorava churrasco e ler o jornal na cama, tivesse realmente sido o espião que cometeu tal erro terrível? Parece inacreditável, mesmo assim deve ter havido uma razão pela qual Peter saiu atrás de George, por que ele chegou ao ponto de matá-lo.

A não ser que Peter cometeu ele próprio tal erro crasso, George não foi o que ele parecia ser.

Apertando meu abraço no travesseiro, eu processo essa conclusão, deixando o pensamento se acomodar totalmente. Pela última semana e meia, tenho evitado pensar nas revelações do meu perseguidor, mas não posso mais evitar a verdade.

Entre a proteção do FBI que saiu do nada e a crescente distância entre mim e George depois do nosso casamento, é totalmente possível que meu marido tenha me enganado – que ele tenha mentido para mim e todos os outros por quase uma década.

Minha vida tinha sido até mais uma ilusão do que eu imaginava.

Quando eu caio no sono uma hora depois, é com o gosto amargo da traição na minha língua e uma determinação fresca na minha mente.

Amanhã de manhã, irei aceitar uma das ofertas pela minha casa. Eu preciso de um novo começo, e vou tê-lo. Talvez num lugar novo, esquecerei tanto George quanto a duplicidade *dele*.

Se Peter Sokolov foi-se para sempre, posso ser capaz de finalmente começar a viver.

3 5

Na quinta, eu assino os papéis vendendo minha casa para um casal de advogados que está se mudando para a área vindo de Chicago. Eles têm duas crianças na escola fundamental e um bebê a caminho e precisam dos cinco quartos. Apesar do que eles ofereceram ser três por cento menos do que o valor de mercado, aceitei fechar com os advogados porque eles estão pagando em dinheiro e posso fechar o contrato rapidamente.

Se não houver problemas com a inspeção, me mudarei em menos de três semanas.

Sentindo-me energizada, peço que outro médico me substitua na sexta e passo o dia procurando apartamento para alugar. Fecho com um pequeno de um quarto a distância que posso ir a pé ao hospital, num prédio que aceita animais. É um

253

pouco velho e o espaço do closet é quase nenhum, mas como estou pretendendo me desfazer de tudo que me lembre da minha velha vida, não me importo.

Recomeço, aí vou eu.

Minha excitação dura até a noite, quando chego em casa e sinto o vazio da casa novamente. Meu jantar é outra embalagem do freezer e apesar de todos os esforços, não consigo parar de pensar em Peter, imaginando onde ele está e o que está fazendo. Ocorreu-me que pode haver outra razão por que ele se foi e o pensamento está sempre presente desde então.

As autoridades podem tê-lo capturado e matado.

Eu não sei por que eu não pensei nessa possibilidade antes, mas agora ela não sai da minha mente. Isso seria obviamente uma coisa boa – eu estaria realmente segura se ele estivesse morto ou em custódia – mas toda vez que penso nisso, meu peito fica apertado e pesado e algo bizarro como lágrimas pinica os meus olhos.

Eu não quero Peter Sokolov na minha vida, mas não consigo aceitar o fato de ele estar morto também.

Isso é estúpido, tão estúpido. Sim, fizemos sexo naquela noite – e ele me deu orgasmo mais de uma vez – mas eu não sou uma adolescente virgem que acredita que dormir junto significa amor eterno. O único sentimento entre nós além de ódio é a luxúria animal, uma atração da forma mais básica. Eu só posso aceitar isso; como médica, sei o quão potente a biologia pode ser, vendo a evidência de pessoas inteligentes tomando decisões estúpidas nas garras da paixão. É perturbador que eu deseje o assassino do meu marido de algum modo, mas temer pelo seu bem-estar é algo diferente.

Algo bem mais insano.

Eu não sinto falta de Peter, digo a mim mesma quando me

jogo e viro na cama vazia. Qualquer solidão que esteja sentindo é resultado de muito estresse e pouco tempo com amigos e família. Quando passar mais um pouco de tempo e a ameaça do meu perseguidor se for completamente, vou sair com Marsha e as enfermeiras e talvez até considere namorar Joe.

Tudo bem, talvez o último não – eu o dispensei quando ele ligou há alguns dias – mas eu definitivamente irei sair e dançar novamente.

De um jeito ou de outro, minha vida começará em breve.

*P*eter

ELA ESTÁ DORMINDO QUANDO ENTRO NO QUARTO, SEU CORPO esbelto enrolado no cobertor da cabeça aos pés. Quietamente acendo as luzes e paro, minha respiração no peito. Nas últimas duas semanas, quando estive deitado me recuperando de um ferimento à faca que recebi no México, tenho me entretido por assisti-la nas câmeras da casa e devorando os relatórios dos americanos sobre suas atividades. Sei de tudo que ela fez, todos com quem falou, todos os lugares que foi. Isso deveria diminuir meu sentimento de separação, mas vê-la assim, com seus cabelos avelã brilhantes sobre o travesseiro, rouba o ar dos meus pulmões e envia uma punhalada de saudade em mim.

Minha Sara. Senti tanta saudade dela.

Aproximo-me da cama, fechando as mãos num punho para me conter de tocá-la, de segurá-la e nunca deixá-la ir.

Duas semanas. Por duas semanas impossíveis, eu não pude voltar para ela porque não notei a faca escondida na bota de um guarda. Tudo bem, eu estava lidando com outro guarda apontando um AR15 para mim, mas isso não é desculpa para desleixo.

Eu estava distraído no trabalho e isso quase custou minha vida. Um centímetro para a direita e eu ficaria de cama muito mais do que duas semanas. Talvez permanentemente.

— Que porra foi isso, cara? — Queixou-se Ilya enquanto ele e seu irmão faziam curativo em mim depois que a missão tinha terminado. — Ele quase cortou seu rim. Você tem que cuidar da porra da sua retaguarda.

— É para isso que tenho vocês dois — Consegui falar e então a perda de sangue me venceu, impedindo-me de explicar a razão da minha distração. Até que não foi ruim. A verdade é, não vi a faca vindo na minha direção porque, quando estava olhando o cano da AR15, eu não pensei na minha equipe ou missão, mas em Sara e nunca vê-la novamente.

Minha obsessão por ela quase se tornou minha derrocada.

Sentado na beira da cama, eu puxo cuidadosamente o cobertor dela. Ela está dormindo nua, como sempre, e o desejo se acende nas minhas veias ao ver suas curvas esbeltas e belas. Ela não acorda, apenas bufa como uma gatinha desconcertante pela perda do cobertor e sinto algo macio passar pelo meu peito. Meu coração se enche com uma luz quente até quando meu pau se endurece mais e meu pulso se acelera.

Tenho que possuí-la. Agora.

Levantando-me, eu me dispo rapidamente e coloco as

roupas na penteadeira, certificando-se de que minhas armas estejam bem escondidas. Os movimentos rápidos puxam a cicatriz recente na minha barriga, mas eu a desejo tanto que quase não registro a dor. Colocando uma camisinha, subo na cama com ela e a rolo de barriga para cima, me colocando entre suas pernas.

Meu toque a acorda. Suas pálpebras se abrem, seus olhos de avelã em pânico e tontos ao mesmo tempo, e sorrio quando pego seus pulsos e os prendo acima dos ombros. É um sorriso predador, eu sei, mas não consigo me conter.

Mesmo com o sentimento caloroso no meu peito, minha sede dela é sombria, tão violenta quanto consumidora.

— Olá, ptichka — Murmuro, vendo seu choque aumentar nos seus olhos quando seu olhar se clareia. —, desculpe-me por ter ficado tanto tempo longe. Não pude evitar.

— Você... você voltou. — Seus seios sobem e descem num ritmo irregular, seus mamilos como cerejas duras rosadas nos seus seios redondos deliciosos. — O que você está... por que você voltou?

— Porque eu nunca a deixaria. — Abaixo-me e inalo seu cheiro, delicado e quente, tão cativante quanto a própria Sara. Beliscando levemente sua orelha, sussurro no seu pescoço: — Você acha que eu simplesmente iria embora?

Ela treme embaixo de mim, sua respiração se acelerando e eu sei que se entrar nas suas pernas, a acharei quente e molhada, pronta para mim. Ela me quer – ou, pelo menos, seu corpo quer – e meu pau pulsa pelo reconhecimento desejoso de preenchê-la, sentir o abraço apertado e molhado da sua boceta. Primeiro, contudo, quero uma resposta à minha pergunta.

Levantando a cabeça, prendo meu olhar nela. — Você achou que eu iria embora, Sara?

Suas feições são uma máscara de confusão quando ela pisca para mim. — Bem, sim. Quero dizer, você se foi e eu pensei – desejei... — Ela para, franzindo. — Por que você se foi se não enjoou de mim?

— Me enjoar de você? — Ela não vê que eu literalmente penso nela todo o tempo, mesmo no calor de uma batalha? Que não consigo ficar uma hora sem checar seu paradeiro ou passar uma noite sem vê-la nos meus sonhos? Continuando a fitá-la, eu balanço minha cabeça levemente. — Não, ptichka. Não me enjoei de você – e isso nunca se dará.

Do canto dos meus olhos vejo sua figura esbelta se flexionar e percebo que ainda estou segurando seus pulsos sobre seus ombros, minha pegada tão forte como se eu estivesse com medo de ela escapar. Ela não escaparia, claro – mesmo com meu recente ferimento, ela não é páreo para meus reflexos e força – mas gosto de tê-la assim, segura sob mim, nua e indefesa. É parte dos meus sentimentos por ela, essa necessidade de dominar, de tê-la sempre às minhas vontades.

— Não — Sussurra ela, mas sua língua sai molhada para seus lábios rosados macios e a sede dentro de mim aumenta, minhas bolas se apertando quando o sangue corre para a minha virilha. Tem algo tão puro nela, algo tão terno e inocente nas linhas graciosas das suas feições parecendo um coração. É como se ela não tivesse sido tocada pela vida, incorruptível por todas as maldades que eu lido diariamente. Faz com que as coisas que eu quero fazer com ela fiquem mais sujas, mais erradas, mesmo assim, eu sei que farei todas.

Certo ou errado nunca foi meu ponto forte.

Abaixando minha cabeça, provo dos seus lábios, mantendo meu beijo leve apesar da dor do meu pau duro. Até mesmo com os desejos sombrios me consumindo, não a quero ferir hoje –

não depois da última vez. Eu ainda não consigo definir o que ela significa para mim, mas sei que ela é minha para eu cuidar, minha para mimar e proteger. Eu não quero que ela tenha medo da dor do meu toque – mesmo se às vezes eu queira infligir dor.

Eu não sei o que quero dela, mas sei que é mais do que isso.

Ela não responde de início, seus lábios fechados contra os movimentos da minha língua, mas continuo a beijá-la e eventualmente seus lábios cedem, deixando-me dentro da paredes quentes da sua boca. Ela tem um gosto delicioso, como um pouco de menta da pasta de dentes e um pouco dela e não consigo segurar um gemido quando a cabeça do meu pau esfrega contra as partes internas da sua coxa, quero estar dentro dela, sentir suas paredes quentes e molhadas apertando-me forte, mas eu resisto à tentação, focando em seduzi-la, em dar-lhe tanto prazer que ela esquecerá da dor que causei.

Eu não sei por quanto tempo forcei e acariciei seu lábios, mas depois de um tempo, sinto o toque tentador da sua língua. Ela está me correspondendo, beijando de volta, e quando seu corpo se amolece sob mim, minhas batidas do coração aumentam, a necessidade de tê-la martelando no meu peito. Respirando rápido, passo dos seus lábios para a pele macia do seu pescoço, então, sua clavícula e a maciez dos seus seios. Ela geme quando meus lábios se fecham sobre seus mamilos e eu sinto se arqueando sob mim, seu quadril saindo da cama para pressionar sua boceta contra mim.

Gemendo baixo na minha garganta, passo a atenção para o outro seio, chupando até que o som dos gemidos de Sara aumentem e ela está dançando sob mim, suas mãos se flexionando convulsivamente enquanto seguro seus punhos.

Quando levanto a cabeça, vejo que seu rosto está ruborizado, seus olhos fechados apertados e sua cabeça para trás num abandono sensual.

Chegou a hora. Porra, já passou da hora.

Largando o mamilo, subo, alinhando meu pau duro contra a entrada do seu corpo.

— Você quer isso? — Pergunto rouco quando suas pálpebras se abrem, revelando seus olhos de avelã cheios de desejo. — Diga-me que você quer isso, ptichka. Diga que você sentiu minha falta quando eu estava fora.

Os lábios de Sara se abrem, mas nenhuma palavra sai e eu sei que ela não está pronta para admitir, para aceitar a conexão que existe entre nós. Eu posso ter seu corpo, mas terei que lutar com mais afinco por sua mente e coração. E lutarei, porque é isso que preciso dela, concluo: para que ela seja completamente minha, me deseje e precise de mim tanto quanto eu preciso dela.

Abaixando a cabeça, beijo seus lábios novamente, então, solto um dos pulsos dela para guiar meu pau para dentro da sua abertura quente e molhada. Ela ainda está incrivelmente apertada, mas desta vez consigo ir devagar, entrar centímetro a centímetro até que esteja enfiado nela até o fim. Ela se segura no meu lado com sua mão livre, suas unhas delicadas entrando na minha pele quando ela ofega no meu ouvido e sinto suas paredes internas se flexionarem quando começo a me mover dentro dela, deslizando para dentro e para fora num ritmo vagaroso e deliberado. Meu próprio desejo está num ápice febril e é tudo que posso fazer para manter as estocadas ritmadas, esfregando contra seu clitóris cada vez que chego ao final dela.

— Sim, assim — Eu gemo, sentindo seus músculos se apertarem quando sua respiração se acelera. — Goze para mim, ptichka. Deixe-me sentir você gozar.

Ela grita quando aumento o compasso e eu seguro seu quadril, apertando a carne forte da sua bunda quando martelo dentro dela, fodendo-a tão forte que a cama faz barulho sob nós. Eu não consigo ter o bastante dela, da sua maciez sedosa e cheiro doce e entro mais fundo no seu corpo, querendo derreter com ela, afundar tão profundamente que eu estaria permanentemente colado na sua carne.

Seus gritos ficam mais altos, mais frenéticos e sinto sua boceta apertando, seu quadril saindo da cama quando ela chega ao ápice. Suas contrações são a última coisa; com um grito rouco, eu explodo, esfregando minha pélvis contra a dela quando meu pau pula e pulsa na liberação, enchendo o preservativo com minha semente.

Ofegando, rolo para fora dela e a seguro contra mim, segurando-a apertada enquanto nossas respirações diminuem. Com minha sede saciada, reconheço o pulsar dormente do machucado sarando no meu abdômen. Os doutores me alertaram a ir com calma por algumas semanas, mas me esqueci disso, demasiadamente consumido por Sara e o prazer incandescente de possuí-la.

Depois de alguns minutos, levanto-me para me livrar do preservativo e quando volto, Sara está sentada na cama, sua forma esbelta enrolada num cobertor como da última vez. Só que hoje não tem lágrimas; seus olhos estão secos, seu olhar preso desafiantemente no meu rosto quando atravesso o quarto.

Talvez ela esteja começando a aceitar a nossa realidade, entender que não tem nenhuma vergonha em me desejar.

— Por que você voltou? — Ela pergunta quando sento-me perto dela e ouço o desespero atrás do tom desafiador.

Eu estava errado. Ela ainda está longe de me aceitar.

Levantando minha mão, toco uma mecha brilhosa do seu cabelo atrás da orelha. Com o cobertor enrolado nela e sua ondas castanhas embaraçadas, minha linda doutora parece jovem e vulnerável, mais garota do que mulher. Indo atrás dela assim, faz-me querer protegê-la, abrigá-la da crueldade do meu mundo.

É péssimo que eu seja parte daquele mundo – e talvez do mais cruel deles todos.

— Eu nunca saí — Eu respondo, abaixando a mão. —, pelo menos não quis sair, não por esse tempo todo. Eu tinha um trabalho a fazer, mas só deveria levar um dia ou dois.

— Um trabalho? — Ela pisca para mim. — Que tipo de trabalho?

Penso em não falar para ela, ou, pelo menos, não ser específico sobre as realidades mais duras do meu trabalho, mas decido contra essa ideia. A opinião de Sara sobre mim não pode ficar pior, então, ela deve saber toda a verdade também.

— Minha equipe tem algumas missões — Digo cuidadosamente, observando sua reação. — Trabalhos que poucos outros podem fazer com o mesmo nível de habilidade e e discrição. Nossos clientes geralmente operam nas sombras e também os alvos que somos pago para eliminar.

O rubor após sexo nas suas bochechas desaparecem, deixando seu rosto espantosamente pálido. — Você é um assassino? Seu time... mata as pessoas por encomenda?

Eu assinto. — Não simplesmente qualquer um, mas sim. Nosso alvos tendem a ser bem perigosos eles próprios, geralmente com várias camadas de segurança que temos que penetrar. Foi assim que acabei com isso. — Eu aponto a cicatriz recente na minha barriga e vejo seus olhos se arregalarem quando ela discerne o que vê – provavelmente pela primeira vez. Duvido que ela tenha me dado uma boa olhada quando a estava fodendo.

— Como isso aconteceu? — Ela pergunta, me encarando após olhar para a minha barriga. Suas feições ainda mais pálidas agora, sua pele de porcelana ficando com uma coloração verde. — Isso é ferimento de faca?

— Sim. Isso foi um momento de desatenção da minha parte. — Ainda fico puto por não ter visto o guarda atrás de mim pegar a faca enquanto eu estava lidando com seu parceiro com a arma. — Eu deveria ter sido mais cuidadoso.

Ela engole e estuda minha cicatriz novamente. — Se é tão perigoso, por que você faz isso? — Ela pergunta depois de um momento, seus olhos escrutinando meu rosto.

— Porque esconder-se das autoridades não é barato — Digo. Até agora, Sara está aceitando minha revelação melhor do que eu esperava, apesar de achar que me ver matando aqueles dois drogados deve tê-la preparado para algo assim. — O trabalho paga extremamente bem e combina bem com minhas habilidades. Eu costumava dar consultoria para alguns dos meus clientes antes disso, mas ter meu próprio negócio é melhor. Tenho mais liberdade e flexibilidade – algo que se tornou importante para mim quando consegui minha lista.

Seus lábios se apertam. — A lista que constava meu marido?

— Sim.

Seu olhar passa para seu colo, mas não antes de eu ver um pouco de raiva nas profundezas do seu olhar de avelã. Ela fica incomodada pelo fato de eu não sentir remorso nesse assunto, mas não vou enganá-la nesse caso. Aquele *ublyudok* – aquele marido bastardo dela – mereceu uma morte pior do que recebeu e a única coisa que me arrependo é que ele era um vegetal quando eu fui atrás dele. Isso e o fato de que, por um pequeno instante, hesitei antes de puxar o gatilho.

Hesitei porque pensei em Sara em vez de na minha mulher e filho.

A lembrança me enche com a ira e dor familiar e eu me forço para respirar profunda e vagarosamente. Se eu não estivesse me sentindo tão relaxado após fodê-la, seria quase impossível conter a agonia inundando meu peito, mas desse jeito, sou capaz de me controlar – mesmo quando Sara levanta-se e se desculpa por ir ao banheiro, ainda enrolada no cobertor.

Ela está me dando o tratamento de silêncio, mas isso não me incomoda. Já passa da meia-noite e haverá bastante tempo para conversar amanhã.

Espreguiçando-me na cama, eu espero Sara voltar. Tudo bem se ela decidiu terminar nossa conversa. Apesar de eu quase não ter me esforçado hoje, sinto-me tão cansado quanto após uma missão. Meu corpo ainda está no modo de recuperação, um fato que me frustra. Odeio quando não estou em forma, pronto para uma batalha; fraqueza de qualquer forma faz-me sentir nervoso e despreparado.

Sara leva o tempo que precisa no banheiro, mas eventualmente, ela reaparece e deita-se perto de mim, não dividindo o cobertor comigo. Igualmente incomodado e me divertindo, retiro o cobertor dela e o arrumo sobre nós dois quando a tenho onde ela pertence: nos meus braços, com seu pequeno e apertado traseiro pressionando minha virilha.

— Boa noite — Eu murmuro, beijo a parte de trás do seu

pescoço e quando ela não responde, fecho os olhos, ignorando a mexida do meu pau duro.

Tanto quanto eu gostaria de fodê-la novamente, preciso de descanso assim como ela.

Posso ser paciente. Apesar de tudo, a terei novamente amanhã – e todos os dias depois disso.

ara

EU ACORDO COM O CHEIRO DE CAFÉ E BACON E SENTINDO A LUZ do sol no meu rosto. Confusa, abro os olhos e vejo que ainda falta meia hora para o alarme do meu relógio disparar. Quando tento processar essas informações, as memórias da noite passada invadem minha mente e eu gemo, puxando o cobertor por sobre minha cabeça.

Meu perseguidor russo está de volta – e preparando o café da manhã na minha casa.

Depois de um minuto, me convenço a levantar e iniciar minha rotina normal da manhã. Sim, o assassino do meu marido me fodeu ontem à noite – e fez-me gozar – mas o mundo não acabou e eu tenho que agir de acordo.

Eu tenho que ignorar o meu ódio a mim mesma que corrói minhas entranhas e ir trabalhar.

Dez minutos depois, desço as escadas vestida e banhada. É estranho, mas não sinto nada diferente em Peter agora que sei o que ele faz como trabalho. Eu tenho pensado nele como um assassino por tanto tempo que saber que ele e sua equipe fazem isso por dinheiro quase não me surpreende. Contudo, reforça minha convicção de que ele é perigoso – e que preciso ver onde piso se vou evitar colocar aqueles com quem me importo no seu caminho.

— Espero que você goste de ovos mexidos com bacon — Diz ele quando entro na cozinha. Como eu, ele está totalmente vestido, sem sapatos e a jaqueta de couro pendurada em uma das cadeiras. Novamente, suas roupas são escuras e vendo-o perto do fogão, tão poderosamente másculo e letalmente belo, aciona meu pulso e faz minha barriga se contrair com algo desconcertante.

Algo que parece suspeitamente com excitamento.

Retirando o pensamento, cruzo os braços no meu peito e coloco meu quadril no balcão. — Com certeza — Respondo em tom morno, ignorando meu coração disparando. —, quem não gosta?

Tão bom quanto me sentiria jogar a comida na cara dele, não quero provocá-lo até ter achado uma nova estratégia.

— Foi o que imaginei. — Ele coloca os ovos e bacon habilmente no prato, então, coloca café para nós dois.

Decidindo que eu devo ajudar também, pego as xícaras e levo para a mesa. Ele traz os pratos e sentamos para tomar café.

Os ovos estão excelentes, cheirosos e fofos e o bacon está perfeitamente crocante. Até o café está descomunalmente bom, como se ele usasse uma receita secreta com minha Keurig. Não que eu esperasse outra coisa; cada refeição que ele me prepara tem que ser primorosa.

Se a ocupação assassino/espião não der certo, meu perseguidor poderia considerar a carreira de cozinheiro.

O pensamento é tão ridículo que enfio a cara no café, motivando Peter a retirar o olho do seu prato e me olhar, suas sobrancelhas para cima numa pergunta silenciosa.

— Eu só estava pensando que você poderia fazer isso de modo profissional — Explico, colocando um garfo cheio de ovo na minha boca. Talvez essa seja outra traição à memória de George, mas não consigo evitar lembrar-me de que meu marido nunca fez sequer um café da manhã para mim. Duas vezes enquanto namorávamos, ele tentou um jantar romântico – comida chinesa encomendada com algumas velas – mas nas outras vezes ou eu cozinhava ou saíamos.

— Obrigado. — Um sorriso toca os lábios de Peter ao meu elogio. — Estou feliz que você gostou.

— Humhum. — Foco em consumir o que está no prato e tento não ruborizar quando lembro daqueles lábios esculpidos no meu pescoço, seios, mamilos... Eu quero acreditar que ele pegou-me fora de guarda ontem à noite, que minha resposta a ele foi o resultado de uma mente encoberta pelas nuvens do sono, mas a excitação nas minhas veias nesta manhã desmente minha tese.

Uma parte doentia em mim está feliz em vê-lo – e aliviada de que ele esteja vivo.

Idiota, eu me critico severamente. Peter Sokolov é um fugitivo procurado, um monstro que tirou duas vidas na minha frente depois de me torturar e matar George. Um espião cuja presença em minha vida traz inúmeras complicações e coloca em risco a de todos à minha volta.

Não é apenas errado o querer aqui; é, em todo sentido, patológico.

Mesmo assim, eu termino meus ovos e engulo o café, estou ciente de uma leveza no meu peito. A casa já não está grande e opressiva à minha volta, a cozinha clara e aconchegante em vez de fria e ameaçadora. *Ele* preenche o espaço agora, dominando-o com seu corpo grande e a força ameaçadora da sua personalidade, e apesar de ele ser a última pessoa que eu deveria querer como companheiro, não sinto a pressão esmagadora da solidão quando eu estou com ele.

Um cachorro, lembro-me. *Tudo o que você precisa é de um cachorro.* E na próxima respirada, eu vejo que poderia haver um problema com isso – e com meu novo plano de vida em geral.

— Você sabe que vou me mudar em duas semanas, certo? — Eu digo, colocando a xícara vazia na mesa. — Assinei os documentos para vender a casa.

A expressão de Peter não muda. — Sim, eu sei.

— Claro que você sabe. — Minhas mãos se fecham na mesa, minhas unhas enterradas nas minhas palmas. — Provavelmente você mandou que alguém me vigiasse enquanto estava longe. Aqueles olhos em mim – não era minha imaginação, era?

— Eu não podia te deixar sem proteção — Diz ele com um dar de ombros como desculpas.

— Certo. — Respiro e conscientemente relaxo minhas mãos. — Bem, vou me mudar para um apartamento em breve e tenho quase certeza que você não poderá vir e ir desse jeito – pelo menos, não sem os vizinhos te vendo todos os dias. Então, você deveria achar outra mulher para torturar e espionar. Tem um monte que vive em áreas semirrurais.

Os cantos da sua boca se viram. — Tenho certeza que há. Péssimo que não quero nenhuma delas.

Eu bato com os dedos na mesa. — Verdade? E o resto das pessoas na sua lista? Ou você matou todos eles?

— Falta um e tem se provado difícil de encontrar até agora — Diz ele e eu o olho pensativa antes de abanar a cabeça.

Eu não estou preparada para isso hoje.

— Tudo bem — Digo com a intenção de reagrupar os pensamentos. —, então, o que é preciso para que você *me* deixe em paz?

— Uma bala no cérebro ou no coração — Responde ele, sem piscar e meu estômago pula quando vejo que ele está falando com toda a seriedade.

Ele não tem intenção de me deixar. Nunca.

Toda a leveza e excitação desaparecem, deixando-me com o terror da minha realidade. Nenhuma quantidade de refeições deliciosas, orgasmos alucinantes ou abraços carinhosos compensam o fato de que eu sou uma prisioneira, de fato, desse homem letal, um assassino que não hesita com violência e tortura. Sua obsessão comigo é tão perigosa quanto o próprio homem, seus sentimentos tão distorcidos quanto o passado sombrio que compartilhamos.

Um monstro está fixado em mim e não há como escapar.

Minhas pernas estão fracas quando me levanto, empurrando minha cadeira para trás. — Tenho que ir trabalhar — Digo com firmeza e antes que ele possa fazer alguma objeção, pego minha bolsa e me apresso para a garagem.

Peter não faz nada para me impedir, mas quando estou entrando no carro, ele vem e fica na porta, suas feições belas e sombrias numa máscara ilegível.

— Te vejo quando voltar — Diz ele quando ligo o carro e sei que ele está falando sério.

Meu perseguidor está de volta e ele não irá embora.

38

Sara

Fiel à sua palavra, Peter está lá quando chego em casa do trabalho naquele dia e estou tão cansada e estressada que estou tentada a aceitar e comer o jantar que ele preparou – um arroz pilaf com aroma delicioso com cogumelos e ervilhas. Mas não posso. Não posso continuar a aceitar essa loucura, agindo com se isso fosse de alguma forma normal.

Se meu captor não vai me deixar em paz, minha aceitação não tem significado. Eu preciso fazer as coisas tão difíceis para ele quanto possa.

Ignorando a mesa posta, vou para cima quando ele coloca o vinho. Entro no banheiro para jogar água fria no rosto.

Eu tentei de tudo exceto resistência direta e estou desesperada o bastante para tentar isso.

Com o rosto que acabei de lavar, saio e sento-me na cama, esperando para ver o que acontecerá. Não tenho intenção de destrancar a porta e deixá-lo entrar, ou cooperar de qualquer modo.

Já estou cheia de brincar de casa com um monstro. Se ele me quer, terá que me forçar.

Meu estômago se contorce de fome e chuto-me por não ter comido antes de vir. Eu estava tão esgotada por pensar em Peter o dia todo que guiei para casa no piloto automático, minha mente ocupada com minha situação impossível. Agora que sei sobre sua equipe e suas missões de assassinato, estou até menos convencida de que o FBI seria capaz de me proteger se eu fosse até eles.

Eu acho que *ninguém* pode me proteger dele.

Uma batida na porta me tira dos meus pensamentos desesperados.

— Desça, ptichka — Diz Peter do outro lado. —, o jantar está ficando frio.

Todo o meu corpo fica tenso, mas eu não respondo.

Outra batida. Então, a maçaneta da porta gira. — Sara. — A voz de Peter mais forte. — Abra a porta.

Eu me levanto muito agitada para ficar sentada, mas não faço movimento em direção à porta.

— Sara. Abra a porta. Agora.

Mantenho-me em pé, minhas mãos soltas nos meus lados. Antes de vir para casa, eu considerei comprar uma arma, mas lembrei-me do que ele me disse sobre seus homens monitorando seus sinais vitais e abandonei a ideia. Eu não sei como o monitoramento funciona, mas é totalmente possível que ele esteja usando um tipo de aparelho que meça seu pulso e/ou pressão sanguínea. Talvez um implante. Ouvi sobre coisas desse tipo, apesar de nunca tê-los visto. De qualquer modo, se o que Peter me disse é verdade, eu não posso machucá-lo de qualquer forma significativa sem arriscar minha própria vida e, possivelmente, a vida daqueles perto de mim.

Homens que matam por dinheiro não hesitariam em se vingar do seu chefe das formas mais brutais.

— Você tem cinco segundos para abrir a porta.

Lutando contra o sentimento de que já passei por isso antes, afundo meus dentes nos meus lábios inferiores, mas fico parada, mesmo com meu coração martelando e um suor frio descendo pela minha espinha. Eu tanto não quero que ele me machuque como também não quero viver assim, com muito medo de me defender, humildemente aceitando as ordens de um homem louco. Na última vez que tranquei a porta para ele, eu estava em choque, tão sobrecarregada e horrorizada por ter visto-o matar aqueles dois homens, que agi no piloto automático. Agora, contudo, minhas ações são deliberadas.

Preciso saber o quão longe ele irá, o que ele está disposto a fazer para ter o que quer.

Ele não conta em voz alta desta vez, então, eu conto na minha cabeça. *Um, dois, três, quatro, cinco...* Eu espero pelo seu chute abrir a porta, mas em vez disso, ouço passos descendo para o hall.

A respiração que estou segurando sai num barulho de alívio. Será possível? Poderia ele ter desistido e decidido deixar-me só esta noite? Eu não esperaria isso, mas ele já me surpreendeu antes. Talvez sua relutância de forçar-me ainda continue; talvez ele tenha especificado um limite em quebrar a porta do banheiro e...

Os passos voltam, e a maçaneta vibra novamente antes de

algo metálico raspar nela. Meu coração dá uma parada, então, volta a martelada furiosa.

Ele está mexendo na fechadura da porta.

O ato frio e deliberado é de certo modo mais amedrontador do que se ele tivesse chutado a porta abaixo. Meu perseguidor não está agindo com ódio; ele está totalmente no controle e sabe exatamente o que está fazendo.

Os arranhões metálicos duram menos de um minuto. Sei porque vejo os números piscando no meu alarme na cabeceira da cama. Então, a porta se abre, e Peter entra, seu andar irradiando uma ira restringida e suas feições com linhas frias e fortes.

Lutando contra a vontade de correr, levanto o queixo e olho para ele quando ele para na minha frente, seu corpo grande sobre minha estatura bem menor.

— Vem jantar. — Sua voz é calma, até gentil, mas ouço a sobriedade latente escondida. Ele está se segurando por um triz e se eu tivesse alguma esperança, retrocederia pela minha autopreservação. Mas não tenho nenhuma estratégia e, até certo ponto, autopreservação tem que ficar para trás do respeito a si próprio.

Sem me importar, eu balanço a cabeça. — Não farei isso.

Suas narinas se abrem. — Fazer o quê? Comer?

Minha barriga escolhe aquele momento para roncar novamente e ruborizo ante ao infortúnio da hora. — Não comerei com *você* — Digo tão normal quanto posso. — Nem vou dormir com você – ou fazer qualquer coisa nesse sentido.

— Não? — Um divertimento sombrio aparece no seu olhar cinza e frio. — Você tem certeza disso, ptichka?

Minhas mãos fechadas ao meu lado. — Eu quero você fora da minha casa. Agora.

— Ou o quê? — Ele se aproxima, me cobrindo com seu corpo grande até que eu não tenha escolha, mas ir para trás em direção à cama. — Ou o quê, Sara?

Eu quero ameaçá-lo com a polícia ou o FBI, mas ambos sabemos que se eu pudesse ir até eles, já o teria feito. Não há nada que eu possa fazer para forçá-lo para fora da minha vida e esse é o xis da questão.

Ignorando o suor gelado descendo em minhas costas, levanto meu queixo mais alto. — Estou de saco cheio disso, Peter.

— Disso? — Ele se aproxima, pendendo a cabeça para o lado.

— Essa fantasia de relação doentia que você tem mantido — Eu explico. Ele está muito perto para me deixar confortável, invadindo meu espaço pessoal como se pertencesse a ele. Seu cheiro masculino em volta de mim, o calor vindo do seu corpo grande esquentando-me por dentro e dou um passo atrás novamente, tentando ignorar a sensação de derretimento entre minhas pernas e a dureza dolorida dos meus mamilos.

Eu não consigo ficar tão perto dele sem me lembrar como me sinto ficar mais perto ainda, ficar unida a ele dos modos mais íntimos.

— Uma fantasia de relação doentia? — Suas sobrancelhas se arqueam em tom de implicância. — Isso é um pouco duro, você não acha?

— Eu. Já. Decidi — Eu repito, frisando cada palavra. Meu coração martela ansiosamente contra minha caixa torácica, mas estou determinada a não retroceder ou deixá-lo distrair-me com uma discussão da nossa relação atordoada. — Se você quer cozinhar na minha cozinha, cozinhe, mas sem me forçar a comer, você não pode me obrigar a comer com você – ou fazer qualquer coisa com você por vontade própria.

— Oh, ptichka. — A voz de Peter é calma, seu olhar com simpatia. — Você não tem ideia do quão errada está.

Seus lábios se curvam naquele sorriso imperfeito e magnético e minha barriga pula quando ele se chega até mais perto. Desesperada por alguma distância, dou outro passo atrás, apenas para sentir a parte de trás dos meus joelhos pressionando contra a cama.

Estou presa, aprisionada por ele novamente.

Implacavelmente, ele chega mais perto e meu sexo se aperta quando suas mãos passam em volta dos meus ombros. — Venha para baixo comigo, Sara — Diz ele calmamente. —, você está com fome e se sentirá melhor depois de comer. E enquanto você está comendo, podemos conversar.

— Sobre o quê? — Eu pergunto, minha voz firme. O calor das suas palmas queima através das grossas camadas do suéter e tudo que eu posso fazer é manter minha respiração semirregular quando uma excitação perniciosa encobre meu âmago. — Não temos nada para conversar.

— Acho que temos — Diz ele e vejo o monstro atrás do olhar sombrio e prateado. — Você entende, Sara, se você não quer ficar comigo aqui, podemos ficar juntos em algum outro lugar. A fantasia pode ser real – mas unicamente nos meus termos.

39

*P*eter

ELA ESTÁ TREMENDO QUANDO A LEVO PARA BAIXO E EU SEI QUE É tanto de raiva quanto de medo. Suponho que sua reação deveria me incomodar, mas eu mesmo estou com muita raiva. Ontem e hoje no café da manhã, eu poderia jurar que ela estava feliz por me ver, aliviada por eu estar de volta. Mas essa noite, ela voltou a ficar fria e distante e eu não admitirei isso.

É hora de partir para a briga.

— Sente-se — Falo quando chegamos à mesa da cozinha e ela se joga na cadeira, uma expressão desafiadora nas suas belas feições. Ela está determinada a fazer as coisas de maneira difícil e estou bem determinado a não deixá-la.

Respirando para me acalmar, desligo as luzes fortes de cima

e acendo as velas. Então, coloco o risoto que fiz na frente dela antes de colocar minha própria comida. Estou tão faminto quanto ela, tão logo sento-me, começo a comer, pensando que a discussão da nossa relação pode esperar uns minutos.

Infelizmente, Sara não compartilha da minha opinião. — O que você quis dizer, 'a fantasia pode ser real?' — Pergunta ela, sua voz tensa quando brinca com seu garfo. — O que você está falando exatamente?

Faço com que ela espere até que eu termine de mastigar; então, eu colodo o meu garfo no prato e olho para ela calmamente. — Estou dizendo que você morar nesta casa, ir trabalhar e interagir com seus amigos é um privilégio que estou te dando — E vejo-a chegando para trás assustada. — Outros homens na minha posição não seriam nem um pouco tão complacentes – e eu não preciso ser nenhum dos dois também. Eu te quero e tenho o poder de ter você. É simples assim. Se você não gosta da nossa dinâmica da relação atual, vou mudá-la – mas não do jeito que você gostará.

Sua mão treme quando pega o copo de vinho que tinha colocado mais cedo. — O que você vai fazer? Me sequestrar? Levar-me para longe de tudo e de todos?

— Sim, ptichka. Isso é exatamente o que farei se você não puder fazer a situação atual funcionar. — Eu continuo a comer, dando a ela tempo para processar minhas palavras. Eu sei que estou sendo duro, mas eu preciso demolir essa pequena rebelião, fazê-la entender o quão precária sua posição é.

Não existe barreira que não transporei quando se trata dela. Ela será minha de um jeito ou de outro.

Sara olha para mim, a taça tremendo na sua mão; então, ela coloca na mesa sem tomar um único gole. — Por que você ainda não fez isso? Por que tudo isso? — Ela abana a mão num gesto largo, quase derrubando a taça e um dos candelabros.

— Cuidado aí — Digo, movendo ambos os objetos para fora do alcance dela. — Se eu não soubesse, estaria pensando que você está tentando me drogar novamente.

Seus dentes se apertam sonoramente. — Diga-me — Exige ela, sua mão se fechando num punho perto do seu prato que não foi tocado. —, por que você ainda não me sequestrou? Com certeza você não tem escrúpulos morais sobre isso.

Eu suspiro e coloco meu garfo no prato. Talvez eu devesse ter prometido conversar depois do jantar, não durante. — Porque eu gosto do que você faz — Digo, pegando minha taça de vinho e tomando o gole. — Com bebês, com mulheres. Acho que seu trabalho é admirável e não quero te levar para longe disso – ou dos seus pais.

— Mas você vai, se tiver.

— Sim. — Eu coloco a taça na mesa e pego meu garfo novamente. — Eu vou.

Ela me estuda por alguns segundos, pega seu próprio garfo e por uns minutos, comemos num silêncio desconcertante. Eu posso quase ouvi-la pensando, sua mente ágil lutando para achar uma solução.

É muito ruim para ela não existir.

Quando o prato de Sara está pela metade, ela o empurra e pergunta com voz pesada. — Você a perseguiu também?

Minhas sobrancelhas levantam e pego minha taça de vinho. — Quem?

— Sua esposa — Diz Sara e minha mão se aperta na taça de vinho, quase quebrando a taça frágil na metade. Instintivamente, aceito a dor e ira agonizante, mas tudo que sinto é um eco dormente de perda, acompanhada pela dor amargurante das memórias.

— Não — Digo e me surpreendo por dar um sorriso amigável. — Eu não. Se algo aconteceu, foi ela quem me perseguiu.

40

Sara

CHOCADA, OLHO PARA MEU PERSEGUIDOR, PEGA DESPREVENIDA por aquele sorriso calmo quase terno. Eu espero realmente que ele exploda com a pergunta e vejo seus dedos se apertarem na taça, eu tinha certeza de que iria.

Em vez disso, ele sorri.

Mordendo meu lábio inferior, considero deixar o tópico, mas mesmo com a ameaça de sequestro pairando, não consigo resistir a chance de aprender mais sobre ele.

— O que você quer dizer? — Eu pergunto, pegando minha taça de vinho. O risoto está maravilhoso, mas meu estômago está preso com nós, me impedindo de terminar minha porção. Vinho, contudo, eu poderia tomar.

Talvez se eu beber o bastante, esquecerei da sua promessa terrível.

— Nos encontramos quando eu estava passando por sua vila quase nove anos atrás. — Peter se recosta na cadeira, a taça de vinho na sua mão grande. A luz de vela dá um brilho calmo e caloroso nas suas feições e se não fosse pela adrenalina do estresse nas minhas veias, eu poderia ser levada à ilusão de uma jantar romântico, na fantasia que ele está tentando tanto criar.

— Meu time estava seguindo um grupo de insurgentes nas montanhas — Continua ele, seu olhar ficando distante enquanto ele libera as memórias. —, era inverno e estava frio. Inacreditavelmente frio. Eu sabia que tínhamos que parar em algum lugar quente para passar a noite, então, pedi ao habitantes da vila para nos alugar dois quartos. Apenas uma mulher foi corajosa o bastante para fazê-lo e essa era Tamila.

Tomo um gole do meu vinho fascinada, apesar da minha situação. — Ela morava sozinha?

Peter assente. — Ela só tinha vinte anos, mas tinha uma pequena casa. Sua tia morreu e deixou para ela. Não era comum na sua vila uma jovem mulher morar sozinha, mas Tamila nunca foi boa com as regras. Seus pais queriam que ela se casasse com um dos anciãos da vila, um homem que poderia dar-lhes um dote de cinco cabritos, mas Tamila o achava repulsivo e estava protelando o casamento tanto quanto podia. Não preciso falar que seus pais não gostaram e quando meus homens e eu chegamos à vila, ela estava desesperada para mudar sua situação.

Eu engulo o resto do vinho quando ele continua. — Eu não sabia de nada disso, claro. Eu apenas vi uma mulher jovem e bonita, que, por alguma razão, recebeu três soldados Spetsnaz quase congelando na sua casa. Ela deu seu quarto para meus homens e colocou-me num segundo quarto menor, dizendo que ela própria iria dormir no sofá.

— Mas ela não dormiu — Eu tento adivinhar quando ele se recosta e coloca mais vinho. Minha barriga se aperta, algo desconfortante como ciúme ruminando dentro de mim. —, ela foi até você.

— Sim, foi. — Ele sorri novamente e eu escondo meu desconforto bebendo mais vinho. Eu não sei por que imaginando-o com uma 'bela jovem mulher' me incomoda, mas me incomoda, e tudo que posso fazer é ouvir calmamente enquanto ele fala. — Eu não a rejeitei, naturalmente. Nenhum homem hétero rejeitaria. Ela era tímida e relativamente inexperiente, mas não virgem e quando saímos de manhã, eu prometi passar na vila na volta. O que fiz, dois meses mais tarde, apenas para descobrir que ela estava grávida do meu filho.

Eu pisco. — Você não usou proteção?

— Eu usei, da primeira vez. Na segunda, eu estava tão sonolento quando ela começou a roçar em mim e quando acordei totalmente, estava dentro dela e já passado muito para lembrar do preservativo.

Minha boca se abre. — Ela ficou grávida de propósito?

Ele dá de ombros. — Ela disse que não, mas eu suspeito o contrário. Ela vivia numa vila mulçumana conservadora e teve um amante antes de mim. Ela nunca me disse quem era, mas se ela tivesse se casado com o ancião – ou se o tivesse rejeitado e se casado com outro da sua vila – ela poderia até ser exposta e rejeitada pelo marido. Um forasteiro não mulçumano como eu era sua melhor opção para evitar esse destino e ela agarrou a oportunidade quando a viu. É admirável, realmente. Ela correu o risco e deu certo.

— Porque você casou-se com ela.

Ele assente. — Casei-me – depois que o teste de paternidade confirmou sua reivindicação.

— Isso foi... bastante nobre da sua parte. — Eu me sinto inexplicavelmente aliviada pelo fato de ele não ter ficado doido pela garota. — Não muitos homens estariam dispostos a se casar com uma mulher que não amassem por causa de uma criança.

Peter dá de ombros novamente. — Eu não queria meu filho exposto ao ridículo de crescer sem um pai e casar com sua mãe era a melhor maneira de assegurar isso. Além do mais, eu comecei a me importar com Tamila depois que meu filho nasceu.

— Entendo. — O ciúme me morde novamente. Para distrair-me, bebo minha segunda taça de vinho e pego a garrafa para colocar mais. — Então, ela te enganou, mas deu certo. — Minhas palmas estão suando e a garrafa quase escorrega da minha mão, o vinho despejando na taça com tal força que parte do líquido escorre pela beirada da taça.

— Com sede? — Os olhos cinza de Peter brilham de divertimento quando ele pega a garrafa de mim. — Talvez eu deva te trazer água ou chá?

Balanço a cabeça veementemente, noto que o movimento fez a sala girar um pouco. Ele pode estar certo; eu não comi muito e devo provavelmente diminuir o vinho. Exceto que minha ansiedade está se desmanchando com cada gole e estou gostando muito para parar.

— Estou bem — Digo, pegando minha taça novamente. Eu devo me arrepender disso amanhã no trabalho, mas preciso do conforto que o álcool traz. — Daí, você começou a se importar com Tamila. E ela continuou morando na vila?

— Sim. — Suas feições se enrijecem; devemos estar nos aproximando das memórias dolorosas. Confirmando minhas suspeitas, ele diz com firmeza: — Achei que ela e Pasha – assim que chamávamos nosso filho – ficariam mais seguros lá. Ela queria morar comigo no meu apartamento em Moscou, mas eu estava sempre viajando a trabalho e não queria deixá-la numa cidade que não era familiar para ela. Prometi que a levaria para Moscou para uma visita quando Pasha ficasse mais velho, mas até lá, eu achei que seria melhor se ela ficasse perto da família e meu filho crescesse respirando o ar fresco da montanha em vez da poluição da cidade.

A boca cheia de vinho que engulo queima na minha garganta apertada. — Sinto muito — Murmuro, colocando minha taça na mesa. E sinto *muito* por ele. Eu desprezo Peter pelo que ele está fazendo a mim, mas meu coração ainda dói por sua dor, pela perda que o levou ao caminho sombrio. Só consigo imaginar a dor e agonia que ele deve estar sentindo, sabendo que inadvertidamente fez as escolhas erradas, que seu desejo para proteger sua família levou à morte deles.

Isso é algo que aconteceu comigo, tendo matado meu próprio marido não uma, mas duas vezes.

Peter assente, reconhecendo minhas palavras, então, ele levanta-se para retirar as coisas da mesa. Continuo a beber meu vinho enquanto ele coloca os pratos na lavadora e o efeito do vinho aumenta nas minhas veias, as velas na minha frente chamando minha atenção com o dançar hipnótico das chamas.

— Vamos dormir — Diz, e olho para ele secando as mãos com a toalha da cozinha. Eu devo ter me distraído um pouco, olhando as velas. Isso, ou ele está limpando tudo insanamente rápido. Mas é bem provável que me distraí – o que significa que estou mais bêbada do que achava.

— Dormir? — Forço-me a manter o foco quando ele vem e segura meu pulso, colocando-me em pé. Apesar da leveza nos cantos da minha visão induzida pelo vinho, lembro-me da razão de eu ter ficado nervosa e quando ele me puxa pelas escadas, o aperto na minha barriga retorna, meu pulso acelera. — Eu não quero dormir com você.

Ele olha para mim, seus dedos apertando meu pulso. — Não estou interessado em dormir.

Minha ansiedade aumenta. — Eu também não quero fazer sexo com você.

— Não? — Ele para na base da escada e vira-se para mim. — Então, se eu colocar a mão no seu jeans agora, não acharia sua calcinha encharcada? Sua bucetinha inchada e necessitada, só esperando para ser preenchida pelo meu pau?

O calor sobe meu pescoço ardendo até meu cabelo. Eu *estou* molhada, tanto por antes, quanto pelo jeito que ele está me olhando agora. É como que se ele quisesse me devorar, com suas palavras sujas excitando-o tanto quanto a mim. A tontura do vinho não está ajudando também e eu vejo que cometi um erro tentando afogar meu pesares.

Resisti-lo com minha cabeça no lugar é bem difícil; assim, é quase impossível.

Mesmo assim, tenho que tentar. — Eu não...

— Ptichka... — Ele levanta a mão, curvando sua palma grande na minha mandíbula. Seu polegar em cima da minha bochecha quando ele olha para mim, seus olhos como aço derretido. — Teremos que discutir arranjos alternativos novamente?

Eu olho para ele, cristais de gelo se formando nas minhas veias. Pela primeira vez, eu compreendo a completa extensão do seu ultimato. Ele não apenas espera que eu pare de lutar contra ele no assunto das refeições; ele quer que eu coopere totalmente, aceitando-o na minha cama como se estivéssemos num relacionamento real.

Como se ele não tivesse assassinado meu marido e forçosamente invadido minha vida.

— Não — Eu sussurro, fechando meus olhos quando ele abaixa a cabeça e esfrega seus lábios nos meus... terno e gentilmente. Sua delicadeza me deixa em pedaços, juntamente com os horrores da sua ameaça que paira no ar. Se eu lutar contra ele nesse caso, ele irá me sequestrar, levar tudo que resta da minha liberdade.

Se eu resistir a ele, perderei tudo que importa e se não, perderei a mim mesma.

Eu tropeço quando Peter me leva escada acima, ele me levanta nos seus braços poderosos, carregando-me escada acima com facilidade. Sua força é tanto aterradora quanto sedutora. Sei como é tê-la usada contra mim, mesmo assim algo primitivo dentro de mim é puxado para ela, atraída pela promessa de segurança que provê.

Quando chegamos ao quarto, ele coloca-me em pé e tira minha roupa, retirando meu suéter e jeans de forma calma e sem pressa. Apenas o calor sombrio no seu olhar prateado denuncia sua fome, o desejo que nada o fará parar para se satisfazer.

Quando estou nua, ele também se despe e vejo o brilho metálico na sua jaqueta quando ele a pendura numa cadeira. Uma arma? Uma faca? A ideia de ele trazer armas para meu quarto deveria me horrorizar, mas estou muito sobrecarregada para reagir, minhas emoções já mudando de choque para raiva e medo gelado. E sob tudo isso tem um alívio estranho e ilógico.

Como todas as minhas escolhas se foram, eu posso desistir.

É o único caminho.

Uma lágrima bate na minha bochecha quando ele se aproxima de mim, totalmente nu e excitado, seu corpo grande um estudo de ângulos duros e músculos esculturais, de beleza violenta e masculinidade perigosa. Monstros não deveriam parecer assim, não deveriam ser tão hipnotizantes quanto letais.

É muito difícil para a sanidade de uma pessoa.

— Não chore, ptichka — Murmura ele, parando na minha frente. Seus dedos esfregando minhas bochechas, secando a umidade. — Não te machucarei. Não é realmente tão ruim como você acha.

Não tão ruim como eu acho? Eu quero rir, mas em vez disso apenas abano a cabeça, minha mente tonta tanto pelo vinho que tomei como pelo calor que a aproximação dele gera. Ele está certo: eu realmente o desejo. Sinto necessidade dele, meu corpo queima com uma necessidade tão forte que quase não consigo contê-la. E ao mesmo tempo, eu o odeio.

Odeio-o pelo que está fazendo – e pelo que está me fazendo sentir.

Seus dedos deslizam pelos meus cabelos. Cobrindo minha cabeça e fecho meus olhos quando ele me beija novamente, sua outra mão segurando meu quadril para me trazer para mais perto dele. Sua ereção pressionada na minha barriga, grande e dura, mas seu beijo é suave, seus lábios excitando a sensação em vez de forçá-la.

Sinto-me bem, tão inacreditavelmente bem que, por um momento, esqueço que não tenho escolha nisso. Minhas mãos agarram-no pelos lados, sentindo a flexão dura do músculo e meus lábios abrem-se quando o calor aumenta dentro de mim. Aproveitando a vantagem, ele lambe o interior da minha boca, sua língua trazendo o gosto estonteante do vinho e sedução doce. Não é nossa primeira vez, mas este beijo tem um que de exploração, de descoberta sensual e apreciação terna.

Ele me beija como se eu fosse muito preciosa, a coisa mais desejosa que ele já conheceu.

Minha cabeça roda pelo prazer que derrete ossos e é tentador me perder por completo, aceitar a ilusão do seu cuidado. O jeito que ele me segura fala de necessidade crua, mas também de algo mais profundo, algo que ressoa com os cantos mais vulneráveis do meu coração.

Algo que preenche o poço de solidão deixado pelas ruínas do meu casamento.

Eu não sei por quanto tempo Peter fica me beijando assim, mas quando ele levanta a cabeça, estamos ambos respirando irregularmente e o calor circulando meu corpo é uma conflagração pronta para explodir.

Tonta, abro meus olhos e olho para ele enquanto ele me deita na cama. Não tem frieza nas profundezas do cinza metálico, nenhum calor sombrio, nada além de fome e ternura e quando ele se coloca entre minhas coxas, cobrindo-me com seu corpo poderoso, sei que isso poderia ser fácil.

Eu poderia parar de lutar e entrar na fantasia, abraçar sua visão sombria do conto de fadas.

— Sara... — Sua palma forte alcança meu rosto, cobrindo-o com suavidade dolorosa e a dor que sai do meu peito é tão potente quanto perversa. Ele está olhando para mim como se eu fosse seu tudo, como se ele quisesse fazer todos os meus sonhos se tornarem realidade. É o que eu sempre quis, sempre precisei – mas não com o assassino do meu marido.

Juntando os pedaços caídos da minha sanidade, fecho meus olhos, bloqueando a sedução de prata daquele olhar hipnótico. *Sem escolha,* lembro-me quando seus lábios descem aos meus com outro beijo quente. *Sem escolha,* cantarolo silenciosamente quando ouço um pacote ser rasgado e sinto a aspereza das suas pernas peludas pressionarem contra as partes internas das minhas coxas, abrindo-as mais e deixando seu pau descansar no meu sexo. *Sem escolha,* grito na minha mente quando ele empurra dentro de mim, me esticando, preenchendo-me... fazendo-me queimar com necessidade abrasadora.

É errado, é doentio, mas leva menos de um minuto antes de eu gozar, seu ritmo forte levando-me para o final com uma intensidade que provoca um grito da minha garganta e traz lágrimas aos meus olhos. Meu corpo treme num êxtase sombrio, apertando em volta o seu comprimento e eu grito seu nome, afundando minhas unhas nas suas costas quando ele continua me fodendo, levando-me ao ápice duas vezes antes de ele próprio gozar.

Depois, deito em cima dele, nossos membros entrelaçados quando ele preguiçosamente acaricia as minhas costas. Com minha cabeça usando seu ombro de travesseiro, ouço o bater regular do seu coração e o lampejo da satisfação sexual dá lugar à vergonha e desolação familiares.

Eu o odeio e me odeio.

Me odeio porque algo perverso dentro de mim estava feliz pelo seu ultimato.

Era bom não ter escolha.

— Você não se mudará em duas semanas — Murmura ele, não parando de me acariciar suavemente. — O casal de advogados não é o dono desta casa mais – sou eu. Ou melhor, uma das minhas empresas de fachada é.

Eu deveria estar surpresa, mas não estou. Eu deveria esperar por isso de algum modo. Meus dedos se apertam, amassando o canto do meu travesseiro. — Você os ameaçou? Os assassinou?

Ele ri, seu peito poderoso sob mim. — Os paguei o dobro do que a casa custa. O mesmo para o que seria seu senhorio. Ele foi bem recompensado por você ter desistido do contrato de aluguel.

Eu fecho os olhos, tão aliviada que poderia chorar. Eu não sei o que faria se alguém sofresse por minha causa, como viveria comigo mesma.

Quando tenho certeza de que minha voz não vai tremer, afasto-me e olho para ele. — Então é assim? Apenas continuaremos desse jeito?

— Continuaremos... por enquanto. — Seus olhos brilhando sombriamente. — Mais para frente, veremos.

E me puxando de volta ao seu peito, coloca seu braço em volta de mim, segurando-me como se eu pertencesse àquele lugar.

PARTE III

 ara

CONFORME OS DIAS PASSAM, CAÍMOS NUM TIPO BIZARRO DE rotina doméstica. Toda noite, Peter faz um jantar delicioso para nós e a comida já está esperando na mesa quando chego. Comemos juntos e, então, ele me fode geralmente me possuindo duas ou três vezes antes de eu dormir. Se ele estiver lá de manhã quando acordo – e ele frequentemente está – ele também faz o café da manhã.

É como se eu tivesse conseguido um marido dono de casa, apenas um que tem um estilo sombrio de assassinar no seu tempo livre.

— O que você faz durante o dia todo? — Eu pergunto quando chego em casa depois de um dia pesado no hospital e descubro uma refeição gourmet de pedaços de carneiro e salada russa de beterraba. — Você não fica aqui simplesmente e cozinha, certo?

— Não, claro que não. — Ele me dá um olhar divertido. — O que fazemos precisa de muito planejamento logístico, então, eu trabalho com meus homens nisso e também cuido do lado dos negócios de algumas coisas.

— O lado dos negócios de algumas coisas?

— Interação com clientes, certificando-me dos pagamentos, investimento e distribuição dos fundos, compra de armas e suprimentos, esse tipo de coisa — Ele responde e eu ouço fascinada quando ele me dá uma esclarecida num mundo onde somas insanas de dinheiro trocam de mãos e assassinato é um método de expansão do negócio.

— Fazemos muitos trabalhos para os cartéis e outras organizações poderosas e indivíduos — Ele me fala quando terminamos o carneiro. — O trabalho no México, por exemplo, foi um caso de um líder de cartel nos contratando para eliminar seu rival para que, assim, ele pudesse expandir para seu território. Outros dos nossos clientes incluem oligarquias russas, ditadores de vários tipos, realezas do Oriente Médio e algumas das mais bem dirigidas organizações mafiosas. Às vezes, se não temos trabalho, pegamos uns serviços pequenos, lidando com criminosos locais e coisas assim, mas esses pagam quase nada então os consideramos pro-bono, um jeito para ficarmos em forma quando não temos nada para fazer.

— Certo, pro-bono. — Eu não tento esconder meu sarcasmo. — Como meu trabalho na clínica.

— Exatamente isso — Diz Peter, e dá um sorriso aberto. Ele sabe que está me chocando e está fazendo isso de propósito. É um jogo que ele faz às vezes, me aterrorizar e, depois, me seduzir para aceitar seu toque apesar da repulsa que sinto – ou deveria sentir.

É parte do sentido doentio da nossa relação que quase nada que ele diz ou faz tenha qualquer efeito duradouro no meu desejo por ele. Minha falta de habilidade de resistir a ele é uma úlcera sangrando no meu peito e eu não posso curá-la não importa o que faça. Cada vez que como a comida que ele faz, cada vez que durmo nos seus braços e sinto prazer no seu toque, a ferida reabre, deixando-me doente com vergonha e cheia de ódio de mim mesma.

Estou vivendo uma felicidade doméstica com o assassino do meu marido e não é nem um pouco tão terrível como deveria ser.

Parte do problema é que depois da nossa primeira vez, Peter não me machucou. Não fisicamente, pelo menos. Sinto a violência dentro dele, mas quando ele me toca, ele tem cuidado em controlar-se, parar a escuridão de escapar. Isso ajudou no sentido que eu não posso lutar contra ele imediatamente; com sua ameaça de me sequestrar na minha cabeça, eu não tenho escolha, além de cooperar com suas ordens – ou é isso que digo a mim mesma.

Esse é o único jeito que eu posso justificar o que está acontecendo, como estou começando a precisar do homem que odeio.

Se tudo que ele quisesse de mim fosse sexo, seria fácil, mas Peter parece determinado a tomar conta de mim também. Das refeições românticas que faz em casa até as carícias à noite, estou cheia de atenção, mimada e até vencida às vezes. Nós não saímos para namorar – eu acho que ele não quer mostrar seu rosto em público – mas do jeito que ele me trata, eu poderia ser uma namorada altamente mimada.

— Por que você gosta de fazer isso? — Pergunto quando ele escova meu cabelo depois de ter me dado banho. — É algum tipo de mania estranha sua?

Ele me olha de forma divertida no espelho. — Talvez. Com você, parece ser, com certeza.

— Não, fala sério, o que você consegue com isso? Você sabe que não sou uma criança, certo?

A boca de Peter se aperta e vejo que atingi um nervo inadvertidamente. Não falamos muito sobre família, mas eu sei que seu filho era apenas uma criança quando foi morto. Poderia isso ser aquilo de forma trocada, eu ser uma substituta por sua família morta? Que ele se fixou em mim porque ele precisava tomar conta de alguém... qualquer um?

Seria a necessidade de amor do meu assassino russo tão grande que ele se conformaria com sua perversão?

É um pensamento tentador, especialmente desde o fim da segunda semana, me vejo ficando viciada ao conforto e prazer que Peter provê. Depois de um turno longo, eu anseio fisicamente pelas massagens no pescoço e no pé que ele geralmente me dá e é uma luta não salivar cada vez que chego à garagem e sinto o cheiro dos aromas deliciosos da cozinha.

Eu não estou apenas ficando acostumada com a presença do meu captor na minha vida; estou começando a gostar dela.

Ou, pelo menos, partes dela. Ainda estou longe de ficar entusiasmada com os guardas-costas que me seguem a qualquer lugar que vou. Eu quase nunca os vejo, mas posso senti-los e isso tanto me deixa desconfortada quanto irritada.

— Eu não vou fugir, você sabe — Falo a Peter quando deitamos na cama numa noite. —, você pode dispensar seus cães de guarda.

— Eles estão lá para sua proteção — Ele diz e eu sei que é

algo que ele não tem intenção de mudar. Por qualquer que seja a razão, ele está convencido de que estou em algum tipo de perigo, algo que ele, de todas as pessoas, precisa me proteger.

— Do que você está com medo? — Pergunto, traçando as curvas do seu abdômem com meu dedo. — Você acha que um homem louco vai invadir minha casa? Talvez me torturar com água e matar meu marido?

Olho para cima para achá-lo sorrindo, como se eu tivesse falado algo engraçado.

— O quê? — Digo, espantada. — Você acha que isso é uma piada?

Sua expressão fica séria. — Não, ptichka. Realmente não acho isso. Se vale falar, desculpe-me por ter te machucado naquela vez. Eu deveria ter achado outro modo.

— Certo. Outro modo para matar George.

Sentindo-me enjoada, afasto-me dele e fujo para o banheiro – o único lugar que meu carcereiro me deixa ficar só. Às vezes, eu quase esqueço como tudo começou, minha mente convenientemente pulando os horrores do começo da nossa relação.

É como se algo dentro de mim quisesse me alinhar com a fantasia de Peter, fingir que tudo isso é real.

— Então, você nunca me disse o que aconteceu entre você e George — Diz Peter quando estamos num café da manhã tardio agradável cerca de três semanas após seu retorno. —, por que vocês não eram o casal perfeito que todos achavam ser? Você não sabia o que ele realmente fazia, então, o que deu errado?

O pedaço de ovo cozido que estou mastigando cola na minha garganta e tenho que engolir a maior parte do meu café para fazer descer. — O que faz você achar que algo estava errado? — Minha voz sai alta demais, mas Peter pegou-me desprevenida. Ele geralmente tende a evitar o tópico do meu marido morto – provavelmente para cultivar uma ilusão de relacionamento normal.

— Porque foi isso que você me falou — Ele responde calmamente — quando estava sob a droga que te dei.

Eu olho pasma para ele, incapaz de acreditar que ele voltou ao assunto. Desde nossa conversa sobre os guardas-costas na semana passada – e meu subsequente choro no banheiro – temos cuidado do tópico do que ele fez comigo como pisando em ovos, nenhum dos dois querendo cutucar a ferida aberta.

— Isso... — Suprimindo meu choque, eu me recomponho. — Isso não é da sua conta.

— Ele te bateu? — Peter se inclina para mim, seus olhos metálicos ficando sombrios. — Te feriu de algum modo?

— O quê? Não!

— Ele era um pedófilo? Um necrófilo?

Eu respiro para me acalmar. — Não, claro que não.

— Ele te traiu? Usava drogas? Abusava de animais?

— Ele começou a beber, ok? — Eu respondo, já que ele insistia tanto. — Ele começou a beber e nunca parou.

— Ah. — Peter recosta-se na cadeira. — Um alcoólatra então. Interessante.

— Mesmo? — Eu pergunto amargamente. Pegando meu prato, vou jogar o resto do meu café na lata de lixo e coloco o prato na lavadora. — Você gosta de ouvir que o homem que eu conhecia e amava desde meus dezoito anos – o homem com quem me casei – transformou-se após nosso casamento sem uma causa aparente? No período de meses, ele tornou-se alguém quase irreconhecível?

— Não, ptichka. — Ele se aproxima por trás e minha respiração se acelera quando ele me puxa contra ele, retirando meu cabelo do meu pescoço para beijá-lo. Sua respiração aquece minha pele quando ele murmura: — Eu realmente não gosto de ouvir isso.

— Eu simplesmente... nunca entendi. — Eu me viro nos seus braços, a velha ferida abrindo-se quando olho nos olhos de Peter. — Tudo estava indo tão bem. Eu terminei medicina, compramos esta casa e nos casamos... Ele estava viajando bastante a trabalho, então, ele não se preocupava com minhas horas de residência e, em troca, eu não me importava com todas as viagens. E, então... — Eu paro, vendo que estou me confidenciando com o assassino de George.

— E então o quê? — Ele pergunta, seus dedos em volta da minha palma. — O que aconteceu, Sara?

Eu mordo meu lábio, mas a tentação de falar-lhe tudo, de expor toda a verdade, é muito forte para negar. Estou cansada de fingir, de usar a máscara da perfeição que todos esperam ver.

Retirando minha mão da sua pegada, vou sentar-me à mesa. Peter junta-se a mim e, depois de um momento, começo a falar.

— Tudo mudou vários meses depois do nosso casamento — Digo baixinho. — Num período de algumas semanas, meu marido amoroso e caloroso tornou-se frio, um estranho distante, que sempre me evitava não importando o que eu fizesse. Ele começou a ter essas variações de humor estranhas, diminuindo as viagens a trabalho e... — Respiro. — começou a beber.

As sobrancelhas de Peter se levantam. — Ele nunca tinha bebido?

— Não daquele jeito. Ele tomava alguns drinks quando saíamos com amigos, ou um copo de vinho no jantar. Não era nada fora do normal – nada que eu não tivesse o hábito de fazer eu mesma. Aquilo era diferente. Estamos falando de beber de cair, três, quatro vezes por semana.

— Isso *é* muito. Você o confrontou alguma vez sobre isso?

Uma risada amarga sai da minha garganta. — Confrontá-lo? Tudo o que eu fazia era confrontá-lo sobre isso. As primeiras poucas vezes que aconteceu, ele explicou que era o estresse do trabalho, então, uma noitada fora com amigos, depois, precisando relaxar e então... — Mordo meu lábio. — ele começou a me culpar.

— Você? — Uma franzida aparece na testa de Peter. — Como poderia ele te culpar?

— Porque eu não o deixava em paz sobre isso. Eu continuava reclamando, querendo que ele fizesse tratamento, fosse para os AA, conversasse com alguém – qualquer um – que pudesse ajudar. Eu fazia as mesmas perguntas vez após vez, tentando entender por que aquilo estava acontecendo, o que fez com que ele mudasse assim. — Meu peito se aperta com a lembrança da dor. — As coisas estavam indo tão bem antes, entende. Meus pais, todos os nossos amigos – todos estavam felicíssimos com nosso casamento e tínhamos esse futuro glorioso à nossa frente. Não havia razão para aquilo, nada que eu pudesse ligar para explicar sua transformação repentina. Eu continuei perguntando e insistindo e ele continuava bebendo, mais e mais. E, então, eu... — Inspiro por uma garganta apertada. — Eu falei com ele que não podia viver assim, que ele tinha que escolher entre nosso casamento e sua bebida.

— E ele escolheu a bebida.

— Não. — Balanço a cabeça. — Não no início. Nós

terminamos no clássico ciclo de abuso de substância, onde ele implorava para que eu ficasse e eu acreditava nele, mas depois de uma semana ou duas, as coisas voltavam a ser como eram antes. E quando eu apontava suas mudanças de humor e pedia que ele fosse ver um psiquiatra, ele se voltava contra mim, queixando-se que *eu* era a razão de ele estar bebendo.

A franzida de Peter se aprofunda. — Suas mudanças de humor?

— Era como eu chamava. Talvez fosse depressão clínica ou outro tipo de doença mental, mas como ele se recusava a ver um psiquiatra, nunca tivemos um diagnóstico real. As mudanças de humor começavam imediatamente antes da bebedeira. Começávamos a fazer algo juntos e, de repente, ele parecia totalmente fora do assunto, como se estivesse mentalmente num mundo diferente. Ele ficava distraído e estranhamente ansioso – até nervoso. Parecia como se estivesse sob o efeito de algo, mas não acho que estivesse. Pelo menos, não parecia que era droga. Ele apenas ia em algum lugar na sua mente e não tinha como conversar com ele quando ele estava daquele jeito, nenhum jeito de acalmá-lo e simplesmente ficar no *presente*.

— Sara... — Uma expressão estranha sela as feições de Peter. — Quando você disse que tudo começou?

— Apenas alguns meses depois que nos casamos — Respondo franzindo. — Então, até agora cerca de cinco anos e meio atrás. Por quê? — Então, a ficha cai. — Você está sugerindo que...

— Que a transformação do seu marido pode ter algo a ver com sua participação no massacre de Daryevo? Por que não? — Peter inclina-se, seus olhos se estreitando. — Pense nisso. Cinco anos e meio atrás, Cobakis entregou a informação que resultou na carnificina de dezenas de pessoas inocentes, incluindo mulheres e crianças. Se foi por ambição, cobiça ou pura estupidez, ele cometeu um grande erro, um erro gigantesco. Você diz que ele era um homem bom? Alguém que tinha consciência? Bem, como se sentiria um homem desses por ter causado o massacre de inocentes? Como ele viveria com todo aquele sangue nas mãos?

Eu encolho-me, a verdade horrível das suas palavras batendo dentro de mim como uma bala. Eu não sei por que não juntei os pontos antes, mas agora que Peter disse isso, faz todo o sentido. Quando eu primeiramente soube sobre o erro de George, ocorreu-me que seu real trabalho pudesse estar atrás da transformação, mas eu estava tão ocupada lidando com a invasão de Peter na minha vida – e tentando não aceitar suas revelações – que segui a linha de raciocínio para a conclusão lógica.

Eu não considerei que os eventos trágicos que trouxeram meu perseguidor para a minha vida poderiam ser os mesmos que arruinaram meu casamento... que nossos destinos estavam interligados bem antes o dque eu achava.

Sentindo-me com se fosse vomitar, fico de pé, minhas pernas tremendo. — Você está certo. — Minha voz presa e forte. — Deve ter sido a culpa que o levou a beber. Todo aquele tempo, eu pensava se era algo que eu tinha falado ou feito, ou se nosso casamento o desapontou de alguma forma, e era isso o tempo todo.

Peter assente, suas feições com linhas sombrias. — A não ser que seu marido tenha causado múltiplos massacres ao longo da sua carreira, essa é a única coisa que faz sentido.

Eu inspiro e me viro, indo para a janela olhar o quintal dos fundos. Os carvalhos gigantescos são como guardas do lado de fora, seus galhos sem folhas apesar das notas da primavera no ar quente. Sinto-me como esses carvalhos neste momento, despida, nua em toda a minha feiura. E, ao mesmo tempo, sinto-me mais leve.

A bebedeira, pelo menos, não era minha culpa.

— O acidente aconteceu por minha causa, você sabe — Digo baixinho quando Peter vem ficar em pé perto de mim. Ele não está olhando para mim, seu perfil forte e intransigente, e apesar de saber que ele está lutando contra seus próprios demônios, sua presença me conforta em um nível fundamental.

Eu não estou sozinha com ele ao meu lado.

— Como? — Ele pergunta sem virar a cabeça. — O relatório diz que ele estava só no carro.

— Ele bebeu na noite anterior. Bebeu tanto que vomitou várias vezes durante a noite. — Eu tremo lembrando-me do cheiro de vômito, do enjoo e mentiras e esperanças destroçadas. Mantendo-me segura por um fio, continuo: — De manhã, eu desisti. Estava cheia das suas desculpas, com as acusações infindáveis permeadas de promessas de melhora. Eu concluí que George e eu não éramos especiais de nenhum jeito; éramos apenas um alcoólatra e uma esposa muito estúpida para ver aquilo. Não era um período ruim que estávamos passando. Nosso casamento simplesmente tinha acabado.

Eu paro, minha voz tremendo demais para continuar, quando uma mão grande e quente encobre na minha palma. A expressão de Peter não muda, seu olhar fixo na vista fora da janela, mas o gesto silencioso de apoio me acalma, dando-me coragem para continuar.

— Ele ainda estava desmaiado quando saí para o trabalho, então, eu o confrontei quando voltei — Falo com tanta firmeza quanto posso. — Falei para ele arrumar suas malas e sair, disse que estava entrando com o divórcio no dia seguinte. Iniciamos uma discussão forte e ambos dissemos coisas que machucaram e eu... — Engulo o bolo na minha garganta. — Eu o forcei para fora da casa.

Peter olha para mim com certa surpresa. — Como você o forçou a sair? Ele não era um dos caras maiores que já vi, mas devia ser pelo menos vinte quilos mais pesado do que você.

Eu pisco, distraído pela pergunta estranha. — Joguei as chaves do seu carro e sua bolsa na garagem e gritei para ele sair.

— Entendo. — Para meu choque, um sorriso fraco toca os cantos da boca de Peter. — E você acha que tem culpa por ele ter dirigido e se metido num acidente?

— Eu *tenho* culpa. A polícia disse que ele tinha o dobro da quantidade legal de álcool no sangue. Ele estava bebendo e o forcei a dirigir. O pus para fora e...

— Você jogou suas *chaves* para fora, não ele — Diz Peter, o sorriso desaparecendo quando seus dedos apertam-se em volta da minha mão. — Ele era um homem crescido, tanto maior como mais forte do que você. Se ele quisesse ficar em casa, ele poderia tê-lo feito. Além do mais, você sabia que ele estava bebendo quando falou para ele ir embora?

Eu franzo. — Não, claro que não. Tinha acabado de chegar do trabalho e ele não parecia bêbado, mas...

— Mas nada. — A voz de Peter é tão firme quanto seu olhar. — Você fez o que tinha que ser feito. Alcoólatras podem parecer funcionais com muita bebida no seu sistema. Eu deveria saber, já vi muito disso na Rússia. Não era sua responsabilidade verificar seu nível de álcool no sangue antes de mandá-lo embora. Se ele estivesse tão bêbado para dirigir, ele não deveria pegar o volante. Ele poderia ter chamado um táxi, ou pedido que você o levasse a um hotel. Infernos, ele poderia ter dormido na garagem e *então* dirigido.

— E... — É a minha vez de olhar para fora da janela. — Eu sei disso.

— Sabe? — Largando minha mão, Peter pega meu queixo, forçando-me a olhá-lo nos olhos. — De algum jeito eu duvido disso, ptichka. Você já disse a alguém o que realmente aconteceu?

Meu estômago revira, uma dor pesada caindo na minha barriga. — Não exatamente. Quero dizer, os tiras sabiam que ele estava bebendo, mas...

— Mas eles não sabiam que era um hábito, sabiam? — Insinua Peter, abaixando a mão. — Ninguém sabia além de você.

Eu olho para o outro lado, sentindo o calor da vergonha familiar. Eu sei que é o erro clássico de esposa, mas eu simplesmente não conseguia comentar sobre roupa suja, admitir que o casamento que todos elogiavam estava podre por dentro. No começo era orgulho, misturado com doses iguais de negação. Esperava-se que eu fosse a doutora inteligente e jovem com um futuro brilhante pela frente. Como poderia eu ter feito esse tipo de erro? Houve sinais de alerta que eu não vi? E se não houve, como pode isso ter acontecido com o marido maravilhoso que me casei, o menino de ouro que todos diziam que prometia muito? Certamente essa era uma situação temporária, um imprevisto numa vida perfeita. E quando eu cheguei a conclusão que a bebida tinha chegado para ficar, havia outra razão para ficar calada.

— Meu pai teve um ataque cardíaco cerca de um ano após nosso casamento — Digo, olhando os galhos nus balançando ao vento. — Foi um forte. Ele quase morreu. Depois das três pontes de safena, os doutores falaram que ele mantivesse o estresse no mínimo.

— Ah. E saber que o marido da sua amada filha tornou-se um alcoólatra inveterado seria estressante.

— Sim. — Eu poderia ter parado ali, deixar Peter saber que eu era simplesmente uma boa filha, mas uma compulsão estranha fez-me falar: — Mas isso não era tudo. Eu estava com medo do que as pessoas falariam e seus julgamentos. George era bom em esconder seu vício de todos – agora vejo que possivelmente as habilidades de representar deveriam ter sido uma pista sobre seu papel como espião – e eu também tornei-me profissional em fingir. Nosso tipo de trabalho ajudava. Eu poderia sempre estar 'de plantão' se precisássemos cancelar uma saída na última hora, e George poderia ter uma história urgente aparecendo se ele tivesse problemas em ficar sóbrio.

Peter não fala nada por um tempo e imagino se ele está me condenando por covardia, por não ter procurado ajuda antes que fosse tarde demais. Isso é outra coisa que pesa em mim: a possibilidade de que eu pudesse ter feito algo se tivesse sido mais aberta para nossos problemas. Talvez eu pudesse ter levado George para um clínica de reabilitação ou um cuidado psiquiatra e a tragédia do acidente teria sido evitada.

Claro, o homem em pé perto de mim o teria matado do mesmo jeito, então, é assim.

Incapaz de lidar com o pensamento, coloco-o de lado na hora que Peter pergunta: — E o trabalho dele? Como ele conseguia produzir daquele jeito? A não ser que... você disse que ele parou de pegar serviços no exterior?

— Praticamente. — Respirando para acalmar os movimentos do meu estômago, eu foco no balanço hipnótico dos galhos lá fora. — Ele viajou algumas vezes depois que nos casamos, mas na maioria das vezes ele investigava histórias locais – como a da máfia subornando a polícia de Chicago e os oficiais do governo.

— A que eles falaram que foi a razão da sua proteção.

Eu assinto, não surpresa por ele saber. Ele tinha provavelmente microfones parabólicos focados em mim durante minhas conversas com o Agente Ryson. Do que descobri do meu perseguidor nas últimas semanas, isso é totalmente possível.

Os milhões que ganha por cada serviço compra acesso a todo tipo de equipamento.

— Ele deve ter parado de trabalhar para a CIA — olho para ele e vejo que ele também está olhando os galhos da árvore. — Ou porque ele foi demitido ou porque não conseguia lidar com as consequências da merda que fez. É a única coisa que explica a ausência de trabalhos no exterior.

— Certo. — Minha cabeça lateja com uma tensão constante e minha barriga continua se agitando e contorcendo, como se minhas entranhas estivessem sendo enroladas com mais e mais força. Minhas costas também doem – uma coisa que me induz a fazer uma matemática mental rápida.

Certamente, meu período está para começar.

Fico perto da janela por mais um momento, vendo as árvores lá fora e, então, vou para o armário e pego dois Advils, engolindo-os com um copo d'água.

— Qual o problema? — Pergunta Peter, seguindo-me com uma franzida de preocupação. — Está se sentindo mal?

— Não é nada — Digo, não querendo entrar em todos os detalhes. Então, vejo que ele pode descobrir hoje mais tarde e acrescento: — Só é meu período do mês.

— Ah. — Diferente da maioria dos homens, ele não parece

nem um pouco desconfortável com essa informação. — Isso geralmente te causa dor?

— Infelizmente, sim. — Quando falo, sinto as cólicas piorando e agradeço aos deuses dos turnos que não estou de plantão hoje. Eu ia me oferecer como voluntária para a clínica essa tarde, mas reviso o plano em favor de um aconchego na cama com uma compressa.

— Por que você não está usando pílulas de controle de natalidade? — Peter pergunta, seguindo-me quando subo as escadas. — Não te vi tomar nada todo esse tempo e acho que geralmente ajuda com os períodos dolorosos.

— Especialista em saúde reprodutiva feminina?

Peter não liga para o meu sarcasmo. — Longe disso, mas eu consegui uma receita para Tamila porque ela tinha muitas dores. Imagino que você tenha uma razão de não fazer o mesmo?

Eu suspiro, entrando no banheiro. —Tenho. Sou uma das raras mulheres que não toleram hormônio de controle de natalidade. Fico com enxaqueca e náuseas, não importa quão pequena a dose. Mesmo o DIUs com hormônios me dão dor de cabeça, então, eu tenho que escolher entre o sofrimento por dois dias, ou sofrimento o tempo todo.

— Entendo. — Peter se encosta na entrada da porta quando começo a despir-me. Consigo ver o calor no seu olhar quando me vê me despindo até ficar de calcinha e espero que ele não tenha nenhuma ideia sobre juntar-se a mim na cama. Ele raramente perde a chance de me foder.

Ignorando seu olhar, pego minha compressa da gaveta da mesa de cabeceira e fico em posição fetal, segurando sob o cobertor enquanto espero o Advil fazer efeito.

Eu ouço o som de passos calmos, e depois, a cama afunda ao meu lado.

Não, não, não. Vai embora. Sem sexo agora. Aperto meus olhos fechados, esperando que meu captor entenda a dica, mas no próximo instante, o cobertor é retirado e uma mão áspera masculina acaricia minhas costas nuas.

— Você quer que eu te traga alguma coisa? — Sua voz profunda e com um leve sotaque é baixa e calmante. — Talvez torrada ou um pouco de chá?

Pasma, rolo nas minhas costas, segurando a compressa na minha barriga. — Mm, não obrigada. Vou ficar bem.

— Tem certeza? — Ele retira meus cabelos do meu rosto. — E uma massagem na barriga?

Eu pisco para ele. — Mm…

— Aqui. — Ele retira a compressa calmamente de mim e coloca sua palma quente na minha barriga. — Vamos tentar isso. — Ele move sua mão em movimentos circulares, aplicando uma leve pressão, e depois de uns minutos, a sensação apertada e dolorosa diminui, o calor da sua pele e o movimento da massagem afastando o pior da tensão dolorosa.

— Melhor? — Ele murmura quando fecho os olhos alegremente sem acreditar e assinto, meus pensamentos começando a ser levado pelo sono que cai sobre mim.

— Está muito bom, obrigada — Murmuro, e enquanto a massagem calmante continua, afundo-me numa névoa morna de sono.

4 2

Fico olhando Sara dormir por alguns minutos; então, levanto-me silenciosamente e saio do quarto. Eu poderia ficar sentado ao seu lado por horas, não fazendo nada além de olhá-la, mas tenho uma ligação telefônica com potenciais clientes ao meio-dia e tenho que discutir parte da logística com Anton antes disso.

Leva apenas alguns minutos para limpar a cozinha e então saio, vou pela porta de trás para cortar caminho pelo quintal do vizinho. O SUV blindado de Ilya está estacionado na rua a dois quarteirões e enquanto ando, presto atenção em tudo: o latido distante de um cão pequeno, um esquilo correndo pela estrada, a marca dos tênis do corredor que acabou de passar pela esquina... Minha hiper-vigilância é tão parte de mim agora

312

como são meus reflexos rápidos como relâmpago e ambos têm me mantido vivo mais tempo do que posso contar.

Ilya liga o carro quando me aproximo e tão logo entro, ele sai, passando pelo subúrbio quieto a precisamente quatro quilômetros e meio acima da velocidade limite.

Ele acredita que rótulos são necessários nas representações como civis típicos, até o detalhe das infrações menores.

— Algum problema? — Pergunto em Russo e ele balança sua cabeça raspada.

— Tudo quieto, como sempre.

Diferente do seu irmão gêmeo e de Anton, Ilya não parece desapontado quando diz isso. Eu acho que ele está gostando da nossa pequena estada no subúrbio, apesar de nunca admitir em voz alta. Dos quatro de nós na equipe central, Ilya se parece mais com o bandido quinta essência, com as tatuagens no seu crânio e as mandíbulas engrossadas pelos flertes com esteroides na juventude. Seu irmão gêmeo Yan, ao contrário, poderia se passar por professor de faculdade ou banqueiro, com suas roupas quase perfeitamente passadas e cabelos castanhos cortados em estilo conservador contemporâneo. Atento à personalidade, contudo, é Yan que gosta do nosso estilo de alta adrenalina, enquanto Ilya prefere focar em trabalho mais estratégico atrás das câmeras.

Eu suspeito que se Ilya não tivesse seguido seu irmão no exército, ele terminaria como programador de computador ou um contador.

— Alguma coisa dos americanos? — Pergunto quando paramos num sinal de trânsito. Visto meus caras estarem bem ocupados, tenho usado os locais como segurança extra. O trabalho deles é vigiar Sara quando ela não está comigo e alertar-nos de quaisquer atividades fora do comum na vizinhança.

— Não. Sua garota não sai muito da rotina, mas eu estou certo de que você sabe disso.

Eu assinto, olhando os gramados bem cortados enquanto andamos para nossa casa esconderijo. Algo está me incomodando, mas não consigo saber o quê. Talvez seja porque está muito calmo, sem trabalhos grandes no horizonte e pouco progresso em localizar o general de Carolina do Norte, que é o último nome na minha lista. O desgraçado paranoico desapareceu junto com a família, e fez um trabalho tão bom em cobrir suas pegadas que até os hackers que contratei estão tendo problemas em achá-lo.

Talvez eu deva ir à Carolina do Norte a certa altura, ver o que posso conseguir pessoalmente.

— Diga a eles que quero revisar alguns dos próximos relatórios pessoalmente — Digo a Ilya quando entramos na rua do nosso esconderijo —, e diga-lhes para ampliar o perímetro para vinte quarteirões, ao invés de dez. Se alguém até espirrar na vizinhança de Sara ou em volta do seu hospital, eu quero saber.

— Entendido — Diz Ilya e eu saio do carro.

Talvez eu esteja sendo paranoico, mas não quero que ninguém atrapalhe o que tenho com Sara.

Eu preciso dela demais para arriscar perdê-la.

ELA ESTÁ RELAXADA NO SOFÁ COM UMA COMPRESSA E UM TABLET quando chego em casa, seus membros delgados arrumados graciosamente e seu cabelo castanho brilhante num nó bagunçado na cabeça. Mesmo vestida com calça de moletom e uma camiseta maior do que ela, minha passarinha parece que poderia ser estrela num filme preto e branco, a delicadeza das suas formas acentuada pelas mechas de cabelo soltas no seu rosto em forma de coração.

Meus pulmões se apertam quando ela olha para mim, seus olhos calmos de avelã presos no meu rosto. Cada vez que a vejo, eu a desejo, minha necessidade por ela é uma fome esmagando meu peito. Nas últimas três semanas, a possuí tantas vezes que a necessidade deveria ter diminuído, mas apenas cresceu, aumentando a um nível irresistível.

Eu a desejo, eu quero isso – o prazer quieto de compartilhar sua vida, de saber que posso segurá-la no meio da noite e vê-la do outro lado da mesa da cozinha. Quero tomar conta dela quando está doente e deleitar-me no seu sorriso quando está bem. E às vezes, quando meu pesar aumenta, quero feri-la também – uma necessidade a suplantar com toda a minha força.

Ela é minha e vou protegê-la.

Até de mim mesmo.

— Como está se sentindo? — Pergunto, aproximando-me do sofá. Eu não tive chance de fodê-la essa manhã e estou meio duro apenas por estar perto dela. Contudo, meu desejo fica em segundo lugar para certificar-me de que sua saúde esteja bem.

Sara não morrerá de cólica menstrual, mas não quero vê-la com dor.

— Melhor, obrigada — Responde ela, colocando o tablet de lado. Parece que ela estava assistindo alguns vídeos de música – algo que já a vi fazer para relaxar.

— Você pode continuar a fazer isso — Digo, gesticulando

para o tablet. —, tenho que fazer o jantar, então, não pare por minha causa.

Ela faz um movimento de que vai pegar o tablet, apenas pendendo a cabeça para me olhar andando para a pia para lavar minhas mãos e pegar os ingredientes para um simples jantar esta noite: os peitos de frango que marinei ontem à noite e salada de vegetais frescos.

— Sabe, você nunca respondeu minha pergunta — Ela fala depois de um minuto. —, por que você está fazendo isso? O que você consegue com todo esse serviço doméstico? Será que um homem como você não tem algo melhor para fazer? Não sei... talvez fazer rapel num prédio ou explodir algo?

Eu suspiro. Ela voltou ao tópico. Minhas ambições, jovem doutora, não significam que gosto apenas de fazer isso – para ela e para mim mesmo. Não posso voltar o relógio e passar mais tempo com Pasha e Tamila, não posso avisar meu eu mais novo a abdicar o trabalho porque tudo poderia acabar num instante. Posso apenas focar no presente e meu presente é Sara.

— Minha esposa ensinou-me a fazer alguns pratos simples — Digo, colocando os peitos de frango na frigideira antes de cortar a salada. — Na sua cultura, costumam fazer toda comida, mas ela não era muito boa de tradição. Ela queria certificar-se de que eu poderia tomar conta do nosso filho se algo acontecesse com ela, então, para agradá-la, concordei em aprender algumas receitas – e vi que gostava do processo de preparar comida. — Uma dor familiar aperta meu peito ante as memórias, mas espanto a dor, focando na curiosidade simpatizante nos olhos de avelã calorosos me olhado do sofá.

Às vezes, estou convencido de que Sara não me odeia.

Não todo o tempo, pelo menos.

— Então, você começou a cozinhar por sua esposa? — Ela

pergunta quando fico em silêncio por uns momentos e assinto, cortando a salada dentro de uma tigela grande.

— Foi, mas não aprendi além do básico até que ela se tinha ido — Digo, e apesar de tudo, minha voz é rouca, áspera com uma agonia suprimida. — Dois meses depois do massacre, eu estava passando por uma escola de culinária em Moscou e por impulso, entrei e fiz uma aula de culinária. Eu não sei por que eu fiz isso, mas quando terminei e meu *borscht* estava quente no forno, senti-me um pouco melhor. Aquilo era algo diferente que eu poderia focar, algo tangível e real.

Algo que esfriava a ira fervendo dentro de mim, possibilitando-me a preparar uma estratégia e planejar minha vingança como uma receita, completa com passos e medidas que precisaria tomar.

Eu não digo a última parte, porque o olhar de Sara se acalma mais. Acho que meu pequeno hobby me torna humano aos seus olhos. Eu gosto disso, então, não falo para ela que estava em Moscou para matar meu antigo superior, Ivan Polonsky, por participar em encobrir o massacre, ou que uma hora depois que a aula acabou, cortei sua garganta num beco.

Seu sangue pareceu bastante com o borscht naquele dia.

— Eu acho que nunca se sabe o que se tem até que se perde — Imagina Sara, abraçando a compressa nela e eu sinto uma pontada de ciúme na melancolia do seu tom.

Eu espero que ela não esteja pensando no seu marido, porque até onde eu sei, ele não é uma grande perda.

Aquele *sookin syn* mereceu tudo que recebeu e ainda mais.

Quando a refeição está pronta, Sara se junta a mim na mesa e comemos enquanto falo para ela sobre as cidades em que tive aulas de culinária: Istambul, Johanesburgo, Berlin, Paris, Gênova... Depois de descrever as cozinhas, compartilho algumas histórias sobre chefs temperamentais e Sara ri, um sorriso genuíno iluminando suas feições enquanto me ouve. Para evitar estragar o clima, deixo as partes sombrias de fora – como o fato de a Interpol ter me encontrado em Paris e tive que abrir meu caminho a bala onde a escola de culinária estava localizada, ou que explodi o carro do meu alvo em Berlin entes de ir para a aula – e terminamos a refeição numa nota companheira, com Sara ajudando a limpar antes que a dispenso.

— Vá descansar — Falo para ela. — Tome em banho e vá para a cama. Subo em breve.

Sua expressão ficando cética. — Ok, só para você saber, minha menstruação começou.

— E daí? Você acha que tenho nojo de um pouco de sangue? — Dou um sorriso aberto quando vejo o olhar no seu rosto. — Estou brincando. Sei que você não está se sentindo bem. Vamos apenas ficar juntos, como nos velhos tempos.

— Ah, entendi — Um sorriso como resposta, genuíno e caloroso cruza suas feições. — Nesse caso, te vejo lá em breve.

Ela se apressa para fora da cozinha e fico lá, incapaz de respirar, sentindo-me como se tivesse acabado de receber uma facada na barriga.

Porra, aquele sorriso... Aquele sorriso era tudo.

Pela primeira vez, eu entendo por que me sinto assim perto dela.

Pela primeira vez, percebo o quanto a amo.

4 3

 _ara_

No DOMINGO DE MANHÃ, SINTO-ME MELHOR E DECIDO VER MEUS pais. Visitei-os apenas uma vez desde que Peter retornou, visto ter estado ocupada com meu perseguidor e preocupada de expô-los ao perigo. Contudo, estou cada vez mais convencida de que Peter não os machucaria arbitrariamente. Ele valoriza a família por demais para fazer isso comigo.

Enquanto eu cooperar com suas demandas, meus pais devem estar seguros.

Minha mãe está animada quando ligo para ela e planejamos sair para almoçar sushi. Quando falo a Peter sobre isso, ele assente sem prestar atenção e digita algo no seu telefone.

— O que você está escrevendo? — Pergunto desconfiada.

Só avisando meus homens que estarei em casa hoje,

apesar de tudo — Diz ele, guardando o telefone. —, por quê? Você gostaria que eu fosse junto? — Seus olhos cinzentos brilham quando olha para mim.

Eu rio. — Não, acho que se o FBI entrar no restaurante para capturar um dos seus mais procurados deve estragar um pouco o apetite.

Peter não ri de volta e vejo que ele está sério.

— Você... você sairia comigo em público?

— Por que não? — Ele levanta sua sobrancelha friamente. — Te encontrei no Starbucks, não encontrei?

— Bem, sim, mas isso foi antes. Quero dizer... esquece. — Respiro. — Presumo que você não está com medo de ser visto em público?

— Eu não passaria na frente do seu escritório local do FBI, mas posso ir para um almoço ocasional ou jantar se o local for escolhido antes e possa certificar-me de que não existem câmeras.

— Oh. — Mastigo a parte interna do meu lábio quando pego a bolsa. — Bem, talvez possamos sair para jantar perto do final da semana...

— Mas não hoje — Ele diz e eu assinto, sentindo-me atrapalhada mas não sabendo o que mais fazer. Não tem como eu apresentar o assassino de George para meus pais.

Já é ruim o bastante oferecer-me sair para jantar com ele.

— Ok, então. Te vejo quando retornar — Diz ele e saio antes que ele possa sugerir algo mais - como tatuagens que combinem ou casamento na praia.

Isso é uma completa loucura e a parte mais insana é que está começando a parecer normal.

Estou me acostumando a ter Peter na minha vida.

NNO ALMOÇO, FALO COM MEUS PAIS QUE DECIDI NÃO VENDER A casa. Eu já lhes disse há duas semanas que a oferta dos advogados havia falhado, então, eles não ficaram particularmente surpresos em ouvir minha decisão. Na verdade, eles gostaram, pois, a casa é somente a vinte minutos da casa deles e o apartamento estaria a pelo menos quarenta e cinco minutos.

— É uma bela casa — Diz papai, colocando um pouco de molho de soja para ele. — Acho que todo o caso do apartamento era uma reação exagerada. Você é jovem, mas os anos passam rápido e em algum ponto em breve, você pode querer pensar em começar uma família. Você sabe, sair e encontrar um homem...

— Oh, para com isso, Chuck — Mamãe o repreende. — Sara tem bastante tempo. —Virando-se para mim, ela diz numa voz mais gentil: — Leve o tempo que precisar, querida. Não deixe seu pai te forçar a nada. Nós *estamos* felizes que você esteja ficando com a casa, mas isso não significa que esperemos que você produza netos brevemente.

— Mãe, por favor. — É tudo que posso fazer para não rolar meus olhos como no Ensino Médio. Meus pais estão fazendo o papel de policial bom/policial mau comigo, provavelmente na esperança de plantar uma sugestão 'saia e encontre um homem legal' na minha mente. — Se eu estiver quase produzindo netos, prometo que você e papai serão os primeiros a saber.

Mamãe dá a papai um sorriso feliz. — Viu? Ela fará quando estiver pronta.

— Certo. — Me ocupo em separar meus chopsticks de madeira. — Quando estiver pronta. — O que, dado o que está acontecendo com a minha vida, deve ser nunca. Ou, pelo menos, não até que Peter se canse de mim – algo que parece mais e mais improvável de acontecer em breve. Se qualquer coisa, acho que ele está até mais obcecado por mim agora, seus olhos prateados me olhando com uma luz particular que me envia uma tremedeira até a espinha.

Antes de analisar o porquê disso, o garçom traz nosso barquinho de sushi e meus pais se alegram com o arranjo do peixe, me trazendo mais das suas maquinações não tão sutis. Eu gostaria de poder falar-lhes a verdade, mas não tem como eu poder explicar Peter sem os deixar totalmente aterrorizados.

Eu ainda não estou certa de como lidar com tudo eu mesma.

No final da semana, minha menstruação terminou e estou de volta à rotina com dois turnos de espera já cedo na semana e uma esticada de três horas na clínica na quarta-feira, além das minhas horas normais no consultório. Trabalho tanto que quase não paro em casa, mas Peter não se opõe, apesar de sentir que ele está menos do que satisfeito com a situação. Apesar da minha menstruação, fizemos sexo nos últimos dias – ele não estava mentindo sobre a falta de frescura – cada vez, ele tem sido descomunalmente faminto, seu toque irrestrito e áspero.

É como se ele estivesse com medo de me perder de alguma forma, como se ouvisse o relógio andando.

Na sexta, eu passo a maior parte do dia no consultório, atendendo os pacientes, mas na hora que estou quase indo para casa, recebo uma mensagem urgente de um cliente em trabalho de parto. Segurando um suspiro de cansaço, me apresso ao vestiário para me lavar e passo por Marsha, que está saindo do turno.

— Hei — Diz ela com uma careta simpática. —, acabou de chegar?

— Parece — Digo, colocando minhas roupas no armário. —, você vai sair hoje à noite?

— Não. Andy não pode e Tonya está ocupada com aquele barman lindo. Lembra-se dele?

Coloco meu cabelo num rabo de cavalo. — Aquele do clube que fui com vocês? —Quando Marsha confirma com a cabeça, pergunto: — Sim, por quê? Eles estão ficando?

— Você adivinhou. — Marsha sorri. — Enfim, vejo que você está com pressa, então, vou deixá-la ir. Me liga se você quiser fazer algo no final da semana. Andy vai dar um churrasco amanhã à noite e tenho certeza de que ela adoraria que você fosse.

— Obrigada. Vou ligar se puder ir — Eu digo e me apresso para fora do vestiário. Eu sei que não vou ligar e, desta vez, não é porque estou com medo pelos meus amigos.

Tão tentador quanto o churrasco possa parecer, o que quero mais neste final de semana é uma hora pacífica em casa.

Com Peter.

O homem que acho difícil odiar.

Várias horas mais tarde, volto ao vestiário, exausta. O útero da minha paciente rompeu-se e tive que fazer uma cesariana de emergência para salvar a ela e ao bebê. Felizmente, os dois se salvaram, mas tenho uma dor de cabeça dividida pela fome e cansaço.

Mal posso esperar para chegar em casa, esquentar o que quer que seja que Peter possa ter preparado para o jantar e, se tiver sorte, conseguir uma massagem enquanto caio no sono.

— Dra. Cobakis?

A voz feminina parece vagamente familiar e me viro, meu pulso acelerando. Com aquela certeza, vejo Karen, a agente/enfermeira do FBI que estava com o Agente Ryson quando acordei depois do ataque de Peter. Como da última vez, ela está vestida com uniforme de enfermeira, apesar de saber que ela não trabalha no hospital.

Ela deve estar tentando passar desapercebida.

— Karen? — Eu tento não mostrar meu nervosismo. — O que você está fazendo aqui?

Ela se aproxima e fica a meio metro de mim. — Eu gostaria de conversar contigo em algum lugar que não sejamos notadas e esta parece ser uma boa oportunidade.

Eu olho em volta do vestiário. Ela está certa: somos as únicas aqui agora. — Por quê? — Volto minha atenção para ela. — O que há de errado?

— Há cerca de dois meses, você procurou o Agente Ryson — Ela fala calmamente. —, você disse que se sentia vigiada. Naquela ocasião, descartamos suas preocupações, mas recebemos algumas novas informações.

Minha garganta se aperta. — O que... quais novas informações?

— Tem a ver com Peter Sokolov, o fugitivo que invadiu sua casa.

— Oh? — Minha voz está uma oitava mais alta.

— Ele foi visto na área, apenas a alguns quarteirões deste hospital. Uma câmera de tráfego escondida captou seu rosto a certo ângulo e nosso programa de reconhecimento facial denunciou a foto. — Ela pende a cabeça para o lado. — Você não saberia nada sobre isso, Dra. Cobakis, saberia?

— Eu... — Minhas batidas do coração soam nos meus ouvidos, meus pensamentos apressando-se num círculo de pânico. Aqui está, a oportunidade de conseguir ajuda sem que Peter saiba que falei com alguém. O FBI já sabe que ele está aqui e eles não descansarão até achá-lo. Eu posso aumentar as chances de sucesso deles, falar-lhes que é bem possível que ele esteja na minha casa e se eles conseguirem capturá-lo e seus homens, tudo estará realmente acabado.

Minha vida será minha novamente.

— Tudo bem, Dra. Cobakis. — Karen coloca uma mão gentil no meu ombro. — Eu sei que tudo isso é muito estressante, mas nos certificaremos de que esteja segura. Apenas pense nas últimas poucas semanas. Qualquer chance de que alguém esteja te seguindo? Houve alguma ocasião recentemente em que você achou que estivesse sendo vigiada?

Todas as vezes – porque eu estou sendo vigiada. Eu quero falar-lhe isso, mas as palavras não saem: em vez disso, minha respiração acelera até que eu estou hiper-ventilando.

Peter não ficará parado quando os agentes vierem atrás dele; ele lutará e pessoas morrerão. *Ele* poderá morrer. A náusea chega à minha garganta quando vejo o corpo poderoso cheio de buracos de bala, seus olhos metálicos intensos dormentes e desfocados pela morte. Esta deveria ser uma imagem que me traria alegria, mas sinto-me mal em vez disso, meu tórax se apertando dolorosamente quando tento ver como seria a minha vida sem ele nela.

O quão livre – e o quão só – eu estarei novamente.

— Eu... Não. — Dou um passo atrás, balançando a cabeça. Eu sei que não estou pensando claramente, mas não consigo falar. Minha boca simplesmente não forma as palavras. — Eu não notei nada.

Uma franzida aparece na testa de Karen — Nada? Você tem certeza? Até onde sabemos, você e seu marido são sua única ligação com esta área.

— Sim, tenho certeza. — Parece que um estranho está falando estas mentiras. Minha dor de cabeça aumenta até que se torna um tambor tocando no meu crânio e eu sinto que estou perto de vomitar. Meus pensamentos pulam de uma alternativa para outra, minha mente como um rato dentro de um labirinto. Eu nem mesmo sei por que estou mentindo. Está acabado. Um caminho ou o outro, está terminado – porque agora que sabem que Peter está na área, eles *virão* atrás dele, não importa o que diga. E se não conseguirem matá-lo ou capturá-lo, ele pode achar que eu o traí e cumprir sua ameaça de levar-me para longe, até punir as pessoas achegadas a mim para ensinar-me uma lição.

Eu *deveria* ajudar o FBI.

É a minha melhor chance de ficar livre.

— Tudo bem — Diz Karen quando fico em silêncio. —, se lembrar de qualquer coisa, tem aqui meu número. — Ela me dá um cartão e eu pego com dedos dormentes, enquanto ela diz: — Não queremos assustá-lo no caso de ele *estar* te espionando por qualquer que seja a razão, então, não a levaremos em custódia protetora agora. Em vez disso, colocaremos uma proteção discreta contigo e se eles virem algo – eu realmente quero dizer qualquer coisa – fora do normal, eles agirão rapidamente para garantirem sua segurança. Enquanto isso, por favor, continue com suas atividades normais e descanse certa de que o homem que matou seu marido pagará pelo que fez.

— Ok. Farei... farei isso. — Mantendo minha compostura

por um fio, pego minha bolsa do armário aberto e fecho a porta com força, então, apresso-me para fora do vestiário.

Já estou perto do meu carro quando percebo que ainda estou usando meu uniforme.

Graças à emboscada de Karen, esqueci de trocar de roupa.

Heavy metal grita no rádio quando saio do estacionamento, castigando-me pela minha estupidez. Mesmo com minha dor de cabeça, a música é de alguma forma calmante, as batidas violentas mais organizadas do que os emaranhados loucos dos meu pensamentos. Eu não acredito que não confidenciei a Karen e implorei a ajuda do FBI quando tive chance. Agora, não tenho a mínima ideia do que fazer, como agir, até onde ir. Vou para casa com o FBI me vigiando? Se for, eles vão ver que Peter está lá, ou os cuidados que ele toma – como não estacionar na minha rua – assegurar que continuem sem saber da sua presença? Talvez devesse ir para a casa dos meus pais ou para um hotel em vez disso, ou simplesmente dormir em algum lugar no hospital. Mas, e os homens de Peter que sempre me seguem? Eles veriam que algo está errado e Peter deve vir atrás mim e quem sabe o que aconteceria então? Em geral, o FBI verá meus guarda-costas ou eles veriam os agentes primeiro e alertariam Peter? Se eu for para casa, verei que ele já se foi, tendo fugido das autoridades mais uma vez?

Como eu consegui foder a porra toda?

Minhas mãos estão com os tendões brancos no volante quando minha mente gira da minha conversa com Karen, repassando-a vez após vez. Deus, eu tive tantas oportunidades de dizer a verdade, de explicar a total complexidade da situação e deixar os profissionais lidar com o assunto. Por que não fiz isso? Como pude ser tão estúpida? Depois que vi que tinha me esquecido de me trocar, voltei para o vestiário, dizendo-me que se Karen ainda estivesse lá, faria a coisa certa, mas ela já tinha saído.

Ela tinha saído e eu estava aliviada – porque bem lá no fundo, eu sabia que não faria aquilo.

Mesmo com a ameaça de Peter pairando na minha cabeça, não traria sobre mim a pressa de um confronto que resultaria em morte.

Com Metallica gritando no plano de fundo, dirijo no piloto automático, tão presa aos meus pensamentos que não vejo que no subconsciente já escolhi meu destino. Apenas quando viro na rua que percebo onde estou indo e, então, é tarde demais.

Estou em casa.

4 4

*S*ara

Estou tremendo quando entro na garagem, minha garganta apertada de ansiedade e meu coração martelando em sincronia com as latejadas da minha cabeça. Já é bem mais de meia-noite e todas as luzes estão apagadas, mas consigo sentir o cheiro de qualquer que seja a comida que Peter fez mais cedo. Meu estômago revira, meu corpo exigindo combustível apesar da adrenalina esmagando meus nervos. Tenho que comer algo rápido, mas primeiro, preciso ver onde Peter está e se sabe o que está acontecendo.

— Com fome?

A voz profunda familiar me espanta tanto que pulo, um grito de pânico saindo da minha garganta.

Uma luz se acende, iluminando a figura de Peter no sofá da

sala de estar. Apesar da temperatura confortável, ele está usando sua jaqueta de couro, seu corpo alto e poderoso numa posição casual que lembra a posição preguiçosa de um predador.

— Mm, sim. — *Oh Deus, ele sabe? Por que ele está sentado aqui no escuro?* — Uma das minhas pacientes entrou em trabalho de parto e perdi o jantar.

— Perdeu? — Peter fica de pé num movimento fluido. — Isso não é bom. Venha, vamos comer antes que você desmaie.

Eu o sigo à cozinha com as pernas fracas. O fato de ele estar aqui – e esquentando comida para mim – deve significar que seus homens não viram que o FBI me seguiu. Isso significa que o contrário também é verdadeiro? Poderiam os agentes do FBI indicados para a minha proteção não terem visto que Peter esteja me seguindo?

Minhas mãos e pés estão congelados pelo estresse e eu sei que devo parecer morta quando lavo minhas mãos e sento-me à mesa. Espero que Peter ache que minha palidez seja por causa do cansaço em vez do fato de que o FBI possa entrar na casa a qualquer momento.

Ele coloca uma tigela de sopa de vegetais e uma fatia de pão sovado crocante na minha frente, então, se senta do outro lado da mesa como sempre, suas feições sem expressão quando ele me olha pegar minha colher e colocar na sopa. Minhas mãos estão tremendo levemente – um fato que ele não pode deixar de notar, mas que espero que também case com meu cansaço. Se não for assim – se ele suspeitar de algo – então, as coisas poderiam dar errado, rapidamente. Ele poderia me amarrar e me levar para algum esconderijo internacional mais rápido do que meus vigias do FBI pudessem chamar reforços.

Porra, por que estou me arriscando assim? Por que eu

simplesmente não falei tudo para Karen?

Mas, mesmo quando me chuto, eu sei a resposta a essa pergunta. Está sentada à minha frente, seus olhos cinzentos fixos em mim com uma intensidade que tanto me causa calafrios como me aquece por dentro. Eu deveria querer ser livre do meu captor, deveria fazer tudo ao meu alcance para que ele desaparecesse da minha vida, mas não posso. Não sou louca o bastante para avisá-lo e arriscar ser sequestrada, mas não consigo me deixar acelerar a hora em que a justiça o alcança e ele terá que ou correr ou lutar.

Isso acontecerá de qualquer modo; tudo que terei que fazer é sobreviver a isso.

— Você trabalha muito — Murmura Peter, pendendo a cabeça para o lado enquanto me estuda e inspiro trêmula.

Graças a Deus. *Está* ligando minha ansiedade ao cansaço.

— Você deveria diminuir o ritmo, ptichka, desacelerar de vez em quando — Ele continua e eu assinto, olhando para a minha tigela para fugir da intensidade do seu olhar.

— Sim, eu acho. — Dou uma mordida no pão e engulo uma colher cheia de sopa, focando nos sabores para diminuir os clamores mentais na minha cabeça. Sou apenas parcialmente bem-sucedida, mas o bastante para que consiga tomar outra colher, então outra.

Já terminei com a fatia de pão e já estou quase na metade da tigela quando consigo coragem para olhar para ele novamente.

— Por que você estava me esperando aqui? —Pergunto, lembrando-me de quão escura estava a casa quando entrei. — Pensei que estaria na cama ou tomando banho ou algo assim.

— Porque eu quase não a vi nos últimos dias, ptichka, e senti sua falta. — Seus olhos brilham com uma peculiar ternura que tenho visto toda a semana.

Meu estômago pula, um nó na minha garganta. — Você... sentiu? — Ele nunca me disse isso antes; apesar de ambos sabermos que ele é obcecado por mim, ele nunca admitiu nenhum tipo de sentimento real.

— Uhum. Aqui, pegue mais. — Ele coloca outra fatia de pão para mim. — Você ainda está muito pálida.

Eu pego o pão e dou uma mordida, olhando para baixo outra vez para esconder minha expressão. O nó na minha garganta está aumentando, meus olhos ardendo com lágrimas irracionais. Por que ele escolheu hoje, dentre todos os dias, para dizer essas coisas para mim? Preciso que ele seja rude comigo, não legal. Preciso lembrar-me que ele é um monstro, um assassino, um homem que fez coisas que envergonhariam Ted Bundy.

Preciso que ele me retire da fantasia para que eu não sinta falta dele quando se for.

Consigo segurar as lágrimas quando engulo o resto da sopa enquanto Peter me olha em silêncio. É desconcertante o jeito que ele apenas olha para mim sem fazer nada, como se o mero olhar para mim o fascinasse. Já o peguei fazendo isso mais do que algumas vezes; uma vez, eu até acordei e o vi me olhando assim.

É desconcertante e lisonjeiro ao mesmo tempo, com o jeito que ele tem uma fome sem fim por mim.

Quando minha tigela está vazia, levanto-me para colocá-la na lavadora, mas Peter pega das minhas mãos.

— Eu cuido disso — Diz ele calmamente, dando um leve beijo na minha testa —, suba e se prepare para ir dormir. Estarei lá em um minuto.

Eu assinto, piscando para segurar a chegada das lágrimas e subo sem objeções. Ele faz isso com frequência também:

libertando-me das tarefas, não importa quão pequena seja, quando estou cansada. Ele deve saber que colocar a tigela na lavadora não me cansaria, mas mesmo assim ele me trata como uma inválida em vez de uma doutora exausta pelas longas horas.

Ele me trata como bebê e eu adoro isso, apesar de não dever. Eu deveria odiar tudo o que ele faz, porque nada disso é real.

Não pode ser.

Já terminei o banho quando Peter sobe e ele me cerca no banheiro, prendendo-me contra o balcão na hora que termino de escovar os dentes. Minha toalha está enrolada em mim, mas ele a retira, deixando cair no piso e a visão de nós dois no espelho embaçado – eu, pálida e completamente nua, enquanto ele está completamente vestido com roupas escuras – faz meu coração martelar com nervoso e excitação.

Ele está especialmente faminto esta noite – e mais do que um pouco perigoso.

Com firmeza, ele passa uma mão grande pelo meu pescoço e apesar de não apertar, sinto a sobriedade por trás desse véu fino do seu controle, a ameaça implícita no gesto controlado. Ao mesmo tempo, a sua outra mão acopla no meu seio, a superfície áspera do seu polegar esfregando no meu mamilo. Seus olhos presos nos meus no espelho e vejo uma fome estranha nas profundezas de prata, o desejo misturado com possessão e aquela coisa intensa que faz meus joelhos ficarem fracos enviando calafrios na minha espinha.

— Olhe para você — Ele respira no meu ouvido e eu retiro meus olhos do seu olhar hipnotizante para fixar no quadro que estamos representando: ele tão grande e letalmente belo e eu pequena e feminina, quase frágil no seu abraço sombrio. — Olhe o quão bela você é, quão doce, macia e pura. Essa sua pele macia, tão fina e delicada, tão facilmente ferida... — Ele acaricia minha garganta quando engulo, meu pulso se acelera mais ainda ante suas palavras.

— Você sabe o que imagino às vezes? — Continua ele calmamente e eu seguro a beirada do balcão quando dedos firmes beliscam meus mamilos, revirando-os com propósito cruel. — Imagino se eu deveria colocar uma corrente em volta deste pescoço lindo, te prender a mim e jogar a chave fora. Você choraria então, ptichka? Você ficaria com raiva? — Ele dá uma mordidinha no lóbulo da minha orelha, seus dentes brancos arranhando minha pele enquanto sua mão desce dos meus seios para acoplar meu sexo. — Ou você gostaria secretamente disso?

Eu inspiro, tremendo, com tanto calor que poderia ficar em chamas. O quadro que ele está pintando é tão terrível quanto excitante, tão erótico como a imagem no espelho. Com seus braços em volta de mim, consigo sentir o cheiro da sua jaqueta de couro, sentir o zíper metálico contra minhas costas e uma completa vulnerabilidade que passa por mim quando seus dedos abrem minhas dobras molhadas e tocam meu clitóris, a onda aguda de prazer exacerbando meus sentimentos de desamparo, de estar completamente fora do controle.

— Por favor. — Minha voz treme. — Por favor, Peter...

— Por favor o quê? — Seus dedos empurram para dentro e formam um gancho dentro de mim, pressionado contra meu ponto 'G' enquanto seus dentes arranham meu pescoço novamente. — Por favor o quê, ptichka? Por favor, toque-me? Por favor, foda-me? Por favor, vá embora?

Eu aperto meus olhos fechados. — Por favor, foda-me. — Já

passei do ponto de ficar constrangida, da negação. Sinto como cada célula do meu corpo pulsa de necessidade, queimando com a ânsia obscura que ele desperta em mim. Talvez sob diferentes circunstâncias, eu ficaria forte, tentasse segurar o que quer que passasse pela dignidade, mas estou por demais exausta – e por demais sabendo que isso será assim.

Esta noite pode ser nossa última noite juntos.

— Abra os olhos — Grunhe ele e eu obedeço tonta, lutando contra o prazer intoxicante.

O olhar de Peter é sombrio e intenso no espelho, suas feições cheias de necessidade violenta. E embaixo, eu sinto *algo* desconcertante, essa brandura que não consigo definir.

— Diga-me, Sara. Diga-me como você quer que te foda. Quer que seja duro — ... seus dedos entram violentamente dentro de mim... — Ou gentil? Forte — ... Ele esfrega a parte de trás no meu sexo... — Ou suave? — Diminuindo a pressão, ele abaixa a cabeça para lamber o lóbulo da minha orelha, sua respiração quente aquecendo minha pele enquanto ele raspa dentro da minha orelha — Você quer flores e belas palavras, *ptichka*? Ou você preferiria ter algo cru e real, mesmo se a sociedade achasse errado... mesmo se não for o que você sempre quis?

Minha respiração soa irregular pelos meus dentes quando seu polegar circula meu clitóris, o calor queimando sob minha pele e tornando difícil pensar. Meus músculos internos apertados em volta daqueles dedos ásperos e invasores e eu não entendo o que ele está pedindo, o que ele quer de mim. Eu preciso de mais desse prazer doloroso e, ao mesmo tempo, preciso de alívio da tensão que me circunda mais e mais.

— Por favor... — Meu coração demasiadamente rápido. — Oh Deus, por favor...

Sua pegada no meu pescoço se aperta quando seus dedos circulam dentro de mim, pressionando meu ponto 'G' novamente. — Diga-me, e te foderei. — Seus dentes arranhando meu pescoço, fazendo-me tremer pela sensação. — Te darei exatamente do jeito que você quiser, encher sua pequena buceta até que você implore por mais. Diga-me o que você precisa de mim e te darei, Sara. Te darei tudo e ainda mais.

— Forte — Eu ofego, minhas mãos saindo do balcão para segurarem as colunas das suas coxas vestidas de jeans. Meu sexo fecha em volta de seus dedos quando pressiono minha pélvis contra sua mão, desesperada por uma pressão mais firme no meu clitóris. Não sei o que estou falando, mas sei o que preciso. — Foda-me forte, Peter. Por favor ...

Suas mandíbulas se apertam e vejo a parte sombria fumegar nos seus olhos cinzentos. Abruptamente, ele me solta e passa a mão sobre o balcão jogando o que está em cima para o chão. Passando em volta de mim, ele me pega e coloca-me no granito frio, coxas bem abertas. Eu pisco para ele, pasma, mas ele já está abrindo seu jeans e puxando-me para frente até que meu cu fica na beirada do balcão.

— Peter... oh Deus. — Eu ofego quando ele entra em mim, tão duro e grosso que sinto que vai me arranhar por dentro. Ele não tem sido tão duro desde nossa primeira vez, mas estou tão molhada hoje que a entrada violenta não me amedronta, a ameaça da dor apenas aumentando o prazer. Em vez de apertar, fico normal e macia em volta do seu pau e enquanto ele entra forte, mantendo o ritmo, seus dedos entrando na carne macia do meu cu, passo minhas pernas em volta do seu quadril e meus braços em volta do seu pescoço, ligando-me a ele como se ele fosse minha âncora numa tempestade. E ele deve ser. Ele me fode com tal fúria que sinto como um graveto num furacão, sobrecarregado pela sua violência, jogado de um lado para o outro pelas ondas da luxúria. É demais, eu gozo, segurando em volta dele, mas ele não para. Ele continua até que gozo novamente e mais uma vez.

Apenas quando estou esparramada contra ele, ofegando e tonta do meu terceiro orgasmo, que ele se deixa ir. Com uma última entrada, ele goza, sua pélvis esfregando na minha quando um gemido profundo sai da sua garganta. Sinto seu pau pulsar dentro de mim enquanto seguro-me nele, tremendo, e meu sexo se fecha uma última vez, apertando a última tremida de prazer da minha carne super sensível.

Quando passa, estou tão tonta que quase não consigo ficar de pé quando ele me levanta do balcão e me coloca de pé. Quase não notando, sinto que estou estranhamente molhada entre as pernas – encharcada na verdade – mas apenas quando Peter se afasta e sinto a parte molhada escorrer nas minhas pernas que vejo de onde está vindo.

— Oh Deus. — Meus olhos no seu pau – ainda um pouco duro e brilhando com os líquidos de nós dois combinados. — Peter, nós...

— Esquecemos de usar preservativo? Sim.

Ele não parece particularmente preocupado. Em vez disso, quando fico olhando seu pau horrorizada, ele se lava casualmente, coloca seu pau de volta no jeans e fecha o zíper. Então, ele molha uma toalha e delicadamente limpa o sêmen das minhas pernas.

— Assim, resolvido. — Ele coloca a toalha na pia, seus olhos brilhando quando se vira para mim. — Não se preocupe. Você acabou de passar pela sua menstruação, então, nós não estamos na zona de perigo ainda. Eu estou limpo; sempre uso preservativo e faço teste regularmente. E entendo que o mesmo acontece com você?

— Sim. — Olho de volta para ele, tremendo tanto pela sua atitude como pelo que aconteceu. Teoricamente, deveríamos estar seguros, mas o mero fato de que isso aconteceu com *ele...* Minha cabeça volta a latejar dolorosamente e minha exaustão volta, dez vezes mais forte. Como fui tão negligente? Com George, eu sempre o lembrava de usar preservativo, e durante a chamada zona de perigo, nós frequentemente não tínhamos relação, não querendo correr o perigo da faixa dos quinze por cento de falha do preservativo até que estivéssemos prontos para o filho. Contudo, com o assassino do meu marido, não fui nem de perto tão cuidadosa, fazendo sexo todas as vezes no mês. E, agora, isso ...

É como se uma parte doentia de mim quisesse ficar ligada a ele, para perpetuar essa farsa de relacionamento.

— Vamos ficar bem então — Diz Peter, chegando-se perto de mim. — Apesar que... — Ele pausa, olhando para mim com uma expressão especulativa.

— Apesar de quê? — Pergunto quando ele fica em silêncio. Meu coração martelando num ritmo dormente e rápido. — Apesar de quê?

— Apesar de que eu não me importaria. — Suas palavras leves, casuais, mas não têm um traço de humor na sua voz. — Não com você.

— Você... o quê? — Minha dor de cabeça aumenta, meu crânio parecendo que vai explodir. Ele não pode estar certo do que está falando. — Por que você não...? Isso não faz sentido!

— Não faz? — Uma ponta de divertimento aparece nos seus olhos. — Por quê, ptichka?

— Porque... porque você é *você*. — Minha voz presa por não

acreditar. — Você me drogou e torturou antes de assassinar meu marido e forçar-me nesta vida. Eu não sei o que você está imaginando, mas não estamos namorando. Isso não é um tipo de história de amor...

— Não? — Sua expressão fica firme, todo o sinal de divertimento desaparecendo. — Então, o que você acha que sinto por você? Por que não consigo passar uma hora sem pensar em você, desejando-a... com uma porra de *ânsia* por você? Você acha que é paixão que me mantém aqui, dia após dia, com o mundo todo à caça da minha cabeça e meus homens subindo pelas paredes de tédio? — Ele chega até mais perto e minha respiração acelera quando suas palmas batem nos dois lados do balcão, engaiolando-me contra a pia. Seus olhos brilham ferozmente quando ele curva-se, sua voz ficando rouca. — Você acha que estou aqui em vez de caçar o último *ublyudok* na minha lista porque não consigo o bastante da sua bucetinha apertada?

Meu rosto queima quando olho para ele, a vulgaridade das palavras aumentando meu transtorno. Não sei o que falar, como digerir essas palavras. Ele parece com raiva, contudo, o que ele está falando faz parecer quase como...

— Sim, vejo que entende. — Sua boca curva-se num sorriso sombrio e escarnecedor. — Pode não parecer uma história de amor para *você*, ptichka, tão errado como é, mas é precisamente o que parece para mim. Eu comecei te odiando, mas em algum momento, você tornou-se a única coisa que importa para mim, a única pessoa que ainda me importo. E sim, isso significa que te amo, tão errado como pareça ser. Eu te amo, mesmo você sendo *dele*... mesmo você achando que sou um monstro. Eu te amo mais do que a própria vida, Sara, porque quando estou contigo, eu sinto mais do que agonia e raiva – quero mais do que morte e vingança. — Seu peito expande-se com uma inspirada profunda, sua expressão ficando sombria quando ele diz calmamente: — Quando estou contigo, ptichka, estou vivo.

Vejo que estou chorando até que suas feições parecem turvas diante dos meus olhos. Meu peito está muito apertado, minhas respirações, muito rasas. Sempre soube que Peter era obcecado por mim, mas nunca imaginei que na sua mente, essa obsessão igualava-se a amor, que ele quer de algum modo um futuro real comigo... um, onde estamos juntos como uma família.

Um futuro em que os agentes do FBI não estão para invadir porta adentro.

— Não chore, ptichka. — Seu polegar toca minha bochecha molhada e vejo que o sorriso sarcástico retorna aos seus lábios. — Isso não muda nada. Você ainda pode me odiar. Simplesmente porque eu te amo, não me torno menos monstro – e não vou desaparecer da sua vida.

Mas você vai. Quero gritar a verdade, mas não consigo. Não consigo alertá-lo, apesar de meu coração parecer estar se partindo. Eu não o amo – não posso – mas dói como se amasse, como se o perder fosse a pior coisa de todas. Um soluço apertado corta minha garganta, então outro, logo estou nos seus braços, presa fortemente contra seu peito quando ele me leva para fora do banheiro.

Quando ele chega à minha cama, ele senta-se, segurando-me no seu colo e eu choro, meu rosto afundado no seu pescoço quando ele acaricia nas minhas costas, devagar, suave. Ele está certo; sua confissão de amor não devia mudar nada, mas de alguma forma, piora as coisas. Me faz sentir que estou perdendo algo real... como se eu estivesse traindo ele e *nós.*

Como pode um monstro segurar-me com tanta ternura?

Como pode um psicopata amar?

Meu crânio parece que está sendo serrado de dentro para fora, minha dor de cabeça piorando pelo meu choro e empurro o peito de Peter, saindo do seu abraço – apenas para cair na cama, gemendo quando seguro minha têmpora.

Ele deita-se sobre mim, preocupação tornando suas feições sombrias. — Qual o problema, ptichka? — Pergunta ele, acariciando meu braço e consigo gemer algo como uma dor de cabeça antes de apertar meus olhos fechados. O que estou sentindo é mais do que uma enxaqueca, mas estou sentindo muita dor para explicar.

A cama afunda quando ele fica de pé e ouço passos quando ele sai do quarto. Dois minutos depois, ele volta com Advil e um copo d'água. Abro minhas pálpebras inchadas o tempo bastante para engolir o remédio e, então, fecho meus olhos novamente, esperando pela batida de tambor violenta no meu crânio diminuir para um estrondo suportável.

Eu espero que ele saia agora, ou que venha para a cama comigo, ou o que quer que ele estivesse planejando, mas em vez disso, ouço a porta do banheiro abrir e um minuto depois, uma toalha molhada e fria cobre meus olhos e testa, trazendo um pouco de alívio.

Mais uma vez, ele está tomando conta de mim, dando-me conforto quando mais preciso.

As lágrimas voltam, saindo sob a toalha quando ele coloca o cobertor em volta de mim e senta-se na beirada da cama, sua mão passando sob meu pescoço para massagear o músculo tenso da minha nuca. É tortura de uma forma diferente, esse cuidado terno dele. Isso diminui minha dor de cabeça, mas aumenta minha dor forte no peito. Eu engano a mim mesma quando chamo o que temos de fantasia doentia. Pode ser doentia, mas é real e quando ele se for, eu *vou* sentir falta dele, da mesma maneira que senti falta quando ele foi para o México. O que sinto por ele não é amor – o amor não pode ser tão sombrio assim, ilógico e insano – mas isso *é* alguma coisa.

Algo além de ódio, algo profundo e perturbadoramente viciante.

Um cão late longe e ouço uma porta de carro bater. Parece que são meus vizinhos da outra quadra, mas meu coração pula mesmo assim, minha barriga doendo quando imagino uma equipe da SWAT entrando pela minha porta e atirando em Peter ao lado da minha cama. Parece um filme na minha mente: as figuras de preto entrando rápido, balas cortando as roupas de cama, travesseiros, seu peito, seu crânio...

Bile sobe à minha garganta, minha cabeça explodindo de agonia.

Oh, Deus, não posso fazer isso.

Não posso me calar e deixar isso acontecer.

— Peter... — Minha voz trêmula enquanto formo uma bola com minha mão sob o cobertor. Eu sei que me arrependerei disso de mil formas diferentes, mas não posso parar as palavras de serem cuspidas. — Você foi visto. Eles estão vindo para te pegar.

Sua mão na minha nuca ainda fazendo uma massagem gentil.

— Eu sei, ptichka — Murmura ele, e sinto seus lábios esfregarem minha bochecha molhada quando algo frio e duro pica meu pescoço. — Sei que estão.

Uma letargia passa pelas minhas veias e com um alívio estranho, sei que acabou.

Ele sabia do FBI o tempo todo.

Ele sabia e nunca estarei livre novamente.

eter

— SE APRESSE — PRAGUEJA ANTON NA JANELA NO BANCO dianteiro do passageiro quando me aproximo do SUV, carregando o corpo de Sara enrolado no cobertor no meu peito. — Você não recebeu nenhuma das minhas mensagens? Eles estão a menos de dez quarteirões daqui.

Aperto minha pegada no meu pacote humano. — Eu não podia sair até que ouvisse o que precisava.

— E o que era? — Pergunta Yan, abrindo a porta de trás por dentro. Ele se afasta e entro, tendo o cuidado para não bater a cabeça de Sara quando a coloco no carro.

Já era péssimo o fato de ela ter uma dor de cabeça quando a droguei.

Ignorando a pergunta de Yan, eu coloco a figura

inconsciente de Sara entre nós e fecho a porta antes de fazer contato visual com Ilya no espelho retrovisor. — Para o aeroporto. E rápido.

— A caminho — Resmunga Ilya, pisando no acelerador e voamos para frente, zunindo na rua suburbana quieta.

— O que você precisava saber? — Insiste Yan, olhando para o rosto de Sara – a única parte dela não enrolada no cobertor. Com seus cílios grossos como abanadores sobre as bochechas pálidas, ela parece uma princesa adormecida da Disney e não culpo meu colega pelo pequeno interesse no seu rosto.

Não o culpo, mas ainda quero matá-lo.

— Algo a ver com ela? — Continua ele, sem notar, então, olha para mim e fica pálido.

— Sim. — Minha voz recortada e fria. — Algo a ver com ela.

Ele assente, sabiamente olhando para o outro lado e passo meu braço em volta do ombro de Sara, ajeitando-a confortavelmente contra mim. Longe, ouço sirenes, acompanhadas pelo barulho de hélices de helicóptero, mas apesar do perigo se aproximando, sinto-me calmo e alegre.

Não, mais do que alegre – feliz.

Sara avisou-me.

Ela me escolheu, quando tinha toda razão para não fazê-lo. Ela pode não me amar ainda, mas ela não me odeia e enquanto a seguro apertada, respirando a fragrância delicada do seu cabelo, estou certo de que um dia ela *irá* me amar – um dia terei tudo dela.

Ela avisou-me – ela escolheu ser minha – e agora ela ficará assim.

Eu a amo e vou ficar com ela.

Não importa o que seja necessário.

SOB SUA OBSESSÃO

O PERSEGUIDOR: VOLUME 2

PARTE I

1

eter

— Eles estão nos alcançando — Diz Ilya quando o som das sirenes e o ranger do helicóptero fica mais alto. A luz dos carros do outro lado da autoestrada reflete na sua cabeça raspada, criando uma ilusão de que as tatuagens do seu crânio estão dançando quando ele olha no espelho retrovisor com uma franzida de preocupação.

— Certo. — Ignorando a adrenalina pulsando nas minhas veias, aperto meu abraço em volta de Sara, impedindo sua cabeça de escorregar do meu ombro quando Ilya ultrapassa um carro que andava devagar. Eu esperava a perseguição, claro – alguém não rouba uma mulher protegida pelo FBI sem consequências – mas agora que está acontecendo, estou preocupado.

Meus três companheiros e eu podemos lidar com uma caçada em alta velocidade sem problemas, mas eu não posso colocar Sara em perigo.

Tomando uma decisão, digo a Ilya: — Diminua. Deixe-os nos alcançar.

Anton vira-se no assento de passageiro da frente, seu rosto com barba incrédulo quando ele segura sua M16. — Você está louco?

— Não podemos levá-los para o aeroporto — Yan, o irmão gêmeo de Ilya ressalta. Ele está sentado do outro lado de Sara, deve ter entendido meu plano, porque está vasculhando na bolsa grande que guardamos sob o banco de trás do nosso SUV.

— Você acha que os federais sabem que estamos com ela? — Anton olha a mulher inconsciente pressionada ao meu lado e sinto uma pitada irracional de ciúme quando seu olhar sombrio passa pelo rosto de Sara, fixando um momento a mais do que o necessário nos seus lábios grandes e rosados.

— Devem saber. Aqueles caras na cola dela eram estúpidos, mas não completamente inúteis — Diz Yan, se endireitando com um lançador de granadas na sua mão. Diferente do seu irmão gêmeo, ele é a favor de corte de cabelo conservador e roupas sociais bem passadas – seu disfarce de banqueiro, como Ilya chama. Em geral, Yan parece com alguém que não saberia como lidar com uma chave inglesa, muito menos com uma arma, mas ele é um dos indivíduos mais letais que conheço – como é o resto da minha equipe.

Nossos clientes nos pagam milhões por uma razão e não tem nada a ver com nossas escolhas de moda.

— Espero que você esteja certo — Diz Ilya, apertando o volante quando olha no retrovisor novamente. Dois SUV escuros do governo e três carros de polícia estão a quatro carros atrás de nós, luzes azuis e vermelhas piscando enquanto eles passam os carros mais lentos. — A polícia americana é previsível. Eles não arriscarão atirar se sabem que nós a temos.

— Nem abrirão fogo no meio da autoestrada — Diz Yan, apertando um botão para abrir a janela. —, muitos civis em volta.

— Espere um momento — Digo a ele quando se aproxima da janela, o lançador de granadas na mão. —, queremos o helicóptero tão baixo quanto possível acima de nós. Ilya, diminua mais um pouco e entre na faixa da direita. Vamos pegar a próxima saída.

Ilya faz como eu peço e passamos para a faixa mais lenta, nossa velocidade caindo abaixo do limite permitido. Um Toyota Camry cinza passa por nós pela esquerda e seguro Sara mais perto de mim, falando a Yan para ficar preparado. O barulho do helicóptero é ensurdecedor – ele está voando quase diretamente sobre nós agora – mas eu espero.

Alguns momentos depois, eu vejo.

A placa de saída, a quatrocentos metros.

— Agora — Grito e Yan entra em ação, colocando a cabeça e torso para fora da janela, o lançador de granadas nas suas mãos.

Bum! Parece que a mãe de todos os fogos de artifício foi lançada sobre nós. Freios soaram à nossa volta, mas já estamos na saída e Ilya sai da autoestrada na hora que o inferno acontece, carros batendo em ambas as pistas com um som de metal caindo quando o helicóptero sobre nós explode numa bola de fogo metálica.

— Caralhoooo — Respira Anton, olhando para a bagunça deixada para trás. Os pedaços do helicóptero em chama sendo o maior, um caminhão da Walmart gigante no processo de tombar e não menos que uma dúzia de carros já tendo colidido, com mais indo em direção ao da polícia a cada segundo. Os SUVs do governo estão entre as vítimas e os carros de polícia presos atrás deles. Não tem como nossos perseguidores conseguirem nos seguir agora e apesar e eu não estar feliz sobre os civis feridos, sei que é desse jeito que escaparemos.

Quando eles reagruparem e enviarem mais tiras atrás de nós, já estaremos longe.

Ninguém vai levar Sara para longe de mim agora.

Ela me escolheu e ficará comigo.

Chegamos na passagem subterrânea onde deixamos o outro carro sem perseguição, e uma vez que trocamos de veículo, todos respiramos um pouco aliviados. Não tenho dúvida de que os federais vão nos localizar, mas quando o fizerem, deveremos estar seguros no ar.

Estamos quase no aeroporto quando Sara dá uma pequena gemida, suas pálpebras se abrindo quando ela se mexe ao meu lado.

A droga que dei está perdendo o efeito.

— Shhh — Eu a acalmo beijando sua testa quando ela tenta se soltar do cobertor que a encobre do pescoço para baixo. — Você está bem, ptichka. Estou aqui e tudo está bem. Aqui, beba isso. — Com minha mão livre, abro a garrafa com água e pressiono nos seus lábios, deixando-a beber um pouco do líquido.

— O que... onde estou? — Diz ela rouca quando pego a garrafa e aperto meu braço em volta do seu ombro, impedindo-a de se desenrolar do cobertor e expor sua nudez. — O que aconteceu?

— Nada de mau — Asseguro a ela, colocando a garrafa de lado para retirar uma mecha de cabelo do seu rosto. — Só vamos fazer uma pequena viagem.

Do outro lado de Sara, Yan bufa e resmunga algo em russo sobre eufemismo grotesco.

O olhar de Sara se vira para Yan, então, pula para o carro e vejo o exato momento que ela entende o que está acontecendo.

— Por favor, diga-me que você não fez... — Sua voz aumenta um pouco. — Peter, diga-me que você simplesmente não...

— Shhh. — Virando-a totalmente para mim, pressiono dois dedos contra seus lábios macios. — Eu não podia ficar e não podia deixá-la para trás, ptichka. Você sabe disso. Tudo vai ficar bem. Nada de ruim acontecerá contigo. Vou mantê-la segura.

Ela olha para mim, seus olhos de avelã cheios de terror e choque e apesar da minha certeza de que fiz a coisa certa, meu peito se aperta desconfortavelmente.

Sara avisou-me sobre o FBI, sabendo que eu provavelmente a levaria comigo, mas ela talvez não esperasse que eu fizesse desse jeito. E talvez houvesse algum outro modo, algo que eu poderia fazer que não envolveria drogá-la e roubá-la no meio da noite.

Não. Retirando a dúvida não característica, eu foco no que importa: confortando Sara e fazendo-a aceitar a situação.

— Presta atenção, ptichka. — Moldo minha palma em volta da sua mandíbula delicada. — Sei que você está preocupada sobre seus pais, mas tão logo estejamos voando, você pode ligar para eles e...

— Voando? Então ainda estamos em...? Oh obrigado, Deus. — Ela fecha os olhos e sinto um tremor passar por ela quando os abre e olha para mim. — Peter... — Sua voz fica calma, em tom persuasivo. — Peter, por favor. Você não tem que fazer isso. Você pode simplesmente me deixar aqui. Será bem mais seguro para vocês... bem mais fácil fugir se não estiverem procurando por mim. Você poderia apenas desaparecer e eles nunca irão te pegar e, então...

— Eles nunca irão me pegar não importa o que eu faça. — Meu tom é seguro, mas não consigo evitar a raiva quando abaixo minha mão. Sara teve sua chance de livrar-se de mim e ela não aproveitou. Por avisar-me, ela selou seu destino e é tarde demais para voltar atrás. Sim, eu a droguei e a levei sem perguntar, mas ela tinha que saber que eu não a deixaria para trás. Eu disse o quanto a amava e apesar de ela não dizer o mesmo, sei que ela não é indiferente. Talvez não seja precisamente isso que ela queira, mas ela me escolheu e, agora, implorar-me para deixá-la para trás, tentar me manipular com seus olhos grandes e voz macia... Isso dói, a rejeição, apesar de que não deveria.

Eu *realmente* matei seu marido e forcei-me dentro da sua vida.

— Chegamos — Diz Anton em russo quando o carro diminui e viro a cabeça para ver nosso avião cerca de vinte metros à frente.

— Peter, por favor. — Sara começa a lutar dentro do cobertor, sua voz aumentando em volume quando o carro para por completo e meus homens saem. — Por favor, não faça isso. Isso é errado. Você sabe que isso é errado. Toda a minha vida está aqui. Eu tenho minha família e meus pacientes e meus amigos... — Ela está chorando agora, sua luta aumentando quando abaixo-me para segurar suas pernas enroladas no cobertor e a retiro do carro. — Por favor, você disse que não faria isso se eu cooperasse e eu cooperei. Fiz tudo que você pediu. Por favor, Peter, para! Deixe-me aqui! Por favor!

Ela está histérica agora, se virando e pulando dentro do cobertor quando saio do carro, segurando-a contra meu peito e Anton me olha desconfortável enquanto ajuda os gêmeos a retirar as armas debaixo do assento traseiro. Apesar do meu amigo ter sugerido em mais de uma ocasião que eu deveria apenas levar Sara se eu quisesse, a realidade é muito mais cruel do que ele imaginava.

Outras pessoas podem nos achar monstros, mas *podemos* sentir – e seria necessário um coração de aço para não sentir nada quando Sara continua a implorar e pedir, lutando enrolada dentro do cobertor enquanto a carrego para o avião.

— Sinto muito — Falo para ela quando a trago para a cabine de passageiro e coloco cuidadosamente num dos assentos grandes de couro na parte da frente. Sua angústia é como uma lâmina com ponta envenenada em mim, mas o pensamento de deixá-la para trás é muito mais agonizante. Não consigo me ver sem Sara e sou impiedoso agora – e egoísta o bastante – para assegurar que não precisarei.

Ela pode estar pensando duas vezes sobre sua decisão, mas ela vai dar a volta e aceitar a situação, assim como começou a aceitar nosso relacionamento. E, então, ela será feliz novamente – mais feliz ainda. Construiremos uma vida juntos e será uma que ela também vai gostar.

Eu tenho que acreditar nisso, porque esse é o único jeito de tê-la.

Este é o único jeito para eu poder conhecer o amor novamente.

2

 *ara*

LÁGRIMAS DE PÂNICO E FRUSTRAÇÃO AMARGA ROLAM PELA MINHA face quando as rodas do jato levantam-se da pista e as luzes do pequeno aeroporto desaparecem na escuridão. A distância, vejo as luzes da cidade de Chicago e seus subúrbios, mas não demora e elas desaparecem, deixando-me com o pensamento demolidor que minha velha vida se foi.

Perdi minha família, amigos, carreira e minha liberdade.

Minha barriga espreme-se em náusea assim como pedaços de vidro beliscam minha têmpora, minha dor de cabeça agravada por qualquer que seja a injeção que Peter me deu para deixar-me desacordada. Pior de tudo, é a sensação sufocante no meu peito, o sentimento agonizante que eu não consigo ar o bastante. Dou uma respirada profunda para combater, mas apenas piora. O cobertor é como uma camisa de força, mantendo meus braços presos ao meu lado e eu não posso conseguir oxigênio o bastante nos meus pulmões.

Meu carrasco cumpriu sua ameaça.

Ele sequestrou-me e talvez eu nunca veja minha casa novamente.

Ele não está perto de mim agora – tão logo levantamos voo, ele levantou-se e desapareceu na parte de trás da cabine de passageiros, onde dois homens estão sentados – e estou feliz por isso. Não consigo olhar para ele, saber que fui estúpida o bastante para avisá-lo quando ele já sabia de tudo.

Quando ele tinha a agulha pronta e estava brincando comigo.

Como ele soube? Havia câmeras e equipamento de escuta no vestiário do hospital onde Karen confrontou-me? Ou os homens de Peter contratados para seguir-me viram o rastro do pessoal do FBI e falaram com ele? Ou talvez ele tenha conexões com o FBI, igual o contato dele que tem na CIA? Será possível, ou estou imaginando demais? De qualquer forma, agora não importa; o ponto é, ele sabia.

Ele sabia, e mesmo assim fingiu que não sabia, brincando com minhas emoções enquanto esperava que eu desmoronasse.

Deus, como pude ser tão idiota? Como pude tê-lo avisado, sabendo que algo como isso poderia acontecer? Como pude ter ido para casa quando eu suspeitava – não, *sabia* – o que meu perseguidor iria provavelmente fazer se soubesse do perigo iminente? Eu deveria ter falado tudo para Karen quando tive a chance, deixá-la mandar os agentes para a minha casa enquanto o FBI me colocava em custódia protetora. Sim, Peter poderia escapar mesmo assim, mas não teria me levado com ele – não naquele momento, pelo menos. Eu teria mais tempo para planejar, ver o melhor modo para mim e meus pais ficarmos em segurança. Haveria, pelo menos, uma chance de que o FBI pudesse nos proteger.

Em vez disso, fui direto para a armadilha de Peter. Fui para casa e o deixei mentir para mim. Deixei-o enganar-me ao acreditar que havia algo humano – algo bom – dentro dele. "Te amo", disse ele e eu acreditei, caindo na ilusão que nós tínhamos algo genuíno, que sua ternura significava que ele realmente se importava comigo.

Deixei minha ligação irracional ao assassino do meu marido cegar-me para a realidade do que ele é e perdi tudo.

O aperto no meu peito cresce, meus pulmões se fecham até que respirar torna-se uma luta. Ódio e desespero misturados, fazendo-me querer gritar, mas tudo que consigo é um assovio de dor, o cobertor em volta do meu corpo apertando tanto como um laço no meu pescoço. Estou com muito calor, muito presa; minha cabeça está martelando e meu coração batendo muito rápido. Sinto que estou sufocando, morrendo e quero rasgar minha garganta, abri-la para que possa inspirar ar.

— Aqui, está tudo bem. — Peter está agachado à minha frente, apesar de não o ter visto se aproximar. Suas mãos fortes estão abrindo o cobertor, retirando meu cabelo do meu rosto molhado de suor. Estou tremendo e silvando, nas garras de um forte ataque de pânico e seu toque é estranhamente calmante, retirando o pior da sensação sufocante.

— Respire, ptichka — Insiste ele, meus pulmões obedecendo a ele do jeito que se recusam a obedecer-me. Meu peito se expande com uma respirada completa, então outra, e estou respirando quase normal, minha garganta abrindo-se para deixar entrar o precioso oxigênio. Ainda estou suando, ainda tremendo, mas meu pulso está diminuindo, o medo sufocante desaparecendo quando Peter livra meus braços do cobertor e me dá uma camiseta masculina.

— Desculpe-me. Não tive oportunidade de pegar nenhuma das suas roupas — Diz ele, ajudando-me com a camiseta gigantesca por sobre minha cabeça. — Por sorte, Anton guardou uma muda de roupas lá atrás. Aqui, você pode colocar essas calças também. — Ele guia meus pés trêmulos para dentro do jeans masculino, ajuda-me a colocar o par de meias pretas e retira o cobertor de uma vez, jogando-o na mesa perto de nós.

Como a camiseta, o jeans é enorme em mim, mas tem um cinto conectado a ele e Peter aperta-o em volta do meu quadril, fechando na frente como um nó antes de dobrar as bainhas para cima.

— Assim — Diz ele, olhando seu trabalho manual com satisfação —, isso deve dar para a viagem e, então, vamos te conseguir um guarda-roupa novinho em folha.

Fecho meus olhos, tirando-o de minhas vistas. Não consigo olhar para suas feições exoticamente belas, não consigo tolerar o calor desses olhos cinza-aço. É tudo mentira, uma ilusão. Ele não se importa comigo, realmente não. Obsessão não é amor e é isso que ele sente por mim: uma obsessão sombria e terrível que arruína e destrói.

Ela já destruiu minha vida de tantas formas.

Ouço-o suspirar antes das suas mãos grandes envolverem minhas palmas frias.

— Sara... — Sua voz profunda com um pequeno sotaque parece uma carícia na minha pele. — Faremos isso dar certo, ptichka, eu prometo. Não será tão ruim como você está imaginando. Agora, diga-me... você quer ligar para os seus pais, explicar tudo para eles?

Meus pais? Espantada, abro meus olhos e olho para ele. Dou-me conta de que ele mencionou isso antes, apenas não registrei. — Você vai me deixar ligar para meus pais?

Meu sequestrador assente, um pequeno sorriso curvando-se nos seus lábios esculpidos quando ele continua agachado na minha frente, suas mãos delicadamente tocando as minhas. — Claro. Sei que você não quer que eles fiquem preocupados, com o coração do seu pai e tudo mais.

Oh Deus. *O coração do meu pai.* Minha dor de cabeça aumenta ao lembrar. Com oitenta e sete anos, meu pai é bastante saudável para a sua idade, mas ele teve uma cirurgia para colocar três pontes de safena alguns anos atrás e deve evitar estresse. E eu não posso imaginar nada mais estressante do que... — Você acha que o FBI já falou com eles? — Ofego num horror repentino. — Será que falaram com meus pais que fui sequestrada?

— Duvido que tiveram tempo. — Peter aperta minhas mãos, então, as solta e fica de pé. Colocando a mão no bolso, ele pega um smartfone e dá para mim. — Ligue para eles, daí, você pode dar sua versão da história primeiro.

— Minha versão da história? E que versão é essa? — O telefone parece um tijolo na minha mão, seu peso aumentado por eu saber que se eu falar a coisa errada, posso literalmente matar meu pai. — O que posso dizer que fará isso parecer de alguma forma melhor?

Meu tom é doloroso, mas minha dúvida, genuína. Eu não posso imaginar o que falar para diminuir o pânico dos meus pais pelo meu sumiço, como posso explicar-lhes o que o FBI vai falar para eles – principalmente pelo fato de eu não saber o que os agentes revelarão.

O avião escolhe esse momento para atingir uma zona de turbulência e Peter senta-se perto de mim. — Diga a eles que você encontrou um homem... um homem por quem se apaixonou. — Ele cobre meu joelho com sua palma quente, seu olhar metálico aumentando em intensidade. — Diga a eles que pela primeira vez na sua vida, você decidiu fazer algo louco e irresponsável. Que você está bem, mas que pelas próximas poucas semanas, você estará viajando o mundo com seu amor.

— Próximas poucas semanas? — Uma esperança selvagem nasce em mim. — Você está dizendo que...

— Não. Você não retornará em algumas semanas. Mas eles não precisam saber disso ainda.

A esperança murcha e morre, o desespero esmagador voltando. — Nunca os verei novamente, verei?

— Verá. — Sua mão aperta meu joelho. — Em algum momento, quando for seguro.

— E quando será isso?

— Eu não sei, mas vamos dar um jeito.

— *Nós?* — Uma risada amarga escapa da minha garganta. — Você acha que isso é algum tipo de parceria? Que 'nós' nos sequestramos juntos?

O olhar de Peter endurece. — Isso *pode* ser uma parceria, Sara. Se você quiser que seja.

— Oh, verdade? — Empurro sua mão do meu joelho. — Então, vire a porra desse avião de volta, *parceiro*. Eu quero ir para casa.

— Isso é impossível e você sabe disso. — Suas mandíbulas escurecidas por um pouco de barba se flexionam.

— É? Por quê? Porque você adora me foder? Ou porque você se fode de tanto me amar? — Minha voz aumenta quando fico de pé, as mãos tensas ao meu lado. Eu consigo ver seus homens nos assentos atrás de nós, suas feições petrificadas quando olham para fora da janela, fingindo que não estão ouvindo, mas eu não me importo. Já ultrapassei da fase de ficar constrangida, ultrapassei a vergonha; tudo o que sinto é ódio.

Eu nunca desejei ferir um ser vivo tanto quanto desejo ferir Peter neste momento.

O olhar do meu carrasco é sombrio, sua expressão forte quando ele se levanta. — Sente-se, Sara — Diz ele firme, chegando-se a mim quando o avião balança e eu me seguro na parede da janela para me equilibrar —, não é seguro. — Ele pega meu braço para forçar-me de volta ao assento e minha outra mão age prontamente.

Com o telefone ainda seguro na mão, dou um soco nele – e não erro, porque neste momento, o avião desce novamente, desequilibrando-nos. Com um baque audível, o telefone bate no rosto de Peter, o impacto do golpe abalando meus ossos e jogando sua cabeça para o lado.

Eu não sei quem está mais chocado com o fato de eu ter conseguido dar o soco, eu ou os homens de Peter.

Consigo ver seus olhares incrédulos quando Peter vagarosa e bem deliberadamente, solta meu braço e limpa o sangue descendo de sua bochecha. A cobertura metálica do telefone deve ter cortado sua pele; isso ou a turbulência inesperada ajudou à minha pancada, aumentando a força.

Seus olhos se cruzam com os meus e meu coração pula na minha garganta ante a ira subindo das profundezas prateadas. Cautelosamente, eu recuo, o telefone escorregando dos meus dedos inseguros batendo no piso com um ruído metálico.

Eu não esqueci do que Peter é capaz, o que fez comigo quando nos encontramos da primeira vez.

Consigo dar apenas dois passos antes das minhas costas pressionarem contra a parede da cabine do piloto, terminando minha fuga. Não tenho lugar para correr neste avião, nenhum lugar para esconder-me e o medo aperta minha barriga quando ele chega mais perto, seu olhar furioso prendendo o meu quando ele coloca suas palmas na parede em ambos os meus lados, engaiolando-me entre seus braços musculosos.

— Eu... — Eu deveria pedir desculpas, que não tive intenção, mas não consigo fazer-me mentir, então, aperto meus lábios fechados antes de piorar as coisas por falar o quanto o odeio.

— Você o quê? — Sua voz baixa e forte. Curvando-se, ele tomba sua cabeça até que seus lábios raspam na minha orelha. — Você o que, Sara?

Eu tremo ante o calor úmido da sua respiração, meus joelhos ficando fracos e meu pulso acelerando mais. Só que desta vez não é totalmente de medo. Apesar de tudo, sua proximidade causa uma turbulência nos meus sentidos, meu corpo tremendo em antecipação do seu toque. Apenas algumas horas atrás, ele estava dentro de mim e ainda sinto as sensações depois de ele me possuir, a dor interna do ritmo forte das suas estocadas. Ao mesmo tempo, estou dolorosamente ciente dos meus mamilos intumescidos forçando a camiseta e a umidade quente juntando-se entre minhas pernas.

Mesmo vestida, sinto-me nua nos seus braços.

Ele levanta a cabeça, olhando para mim e sei que ele também sente o mesmo, o calor magnético, a conexão sombria que faz o ar vibrar em volta de nós, intensificando cada momento até que milissegundos parecem horas. Os homens de Peter estão a menos de quatro metros de nós, olhando-nos, mas parece que estamos sós, enrolados numa bolha de necessidade sensual e tensão volátil. Minha boca está seca, meu corpo pulsando desperto e é tudo o que posso fazer para não me jogar nele, ficar parada em vez de pressionar-me contra ele e ceder ao desejo que me queima por dentro.

— Ptichka...— A voz de Peter amacia, assumindo uma vantagem íntima quando o gelo do seu olhar se derrete. Suas mãos deixam a parede para cobrir minha bochecha, a parte áspera do seu polegar passando pelos meus lábios e fazendo minha respiração chegar à garganta. Ao mesmo tempo, a sua outra mão segura meu cotovelo, sua pegada suave mas inescapável. — Venha, vamos sentar — Pede ele, puxando-me da parede —, não é seguro ficar em pé e assim.

Tonta, eu o deixo levar-me de volta ao assento. Sei que deveria continuar lutando, ou, pelo menos, colocando alguma resistência, mas a ira que me tomava se foi, deixando dormência e desespero em seu rastro.

Mesmo depois do que ele fez, eu o anseio. Eu o quero tanto quanto o odeio.

Meus pés apenas de meias estão congelados por andar no piso frio e fico grata quando Peter pega o cobertor da mesa e coloca em volta da minha perna antes de sentar-se perto de mim. Ele coloca o cinto de segurança em mim, trava-o e eu fecho meus olhos, não querendo ver o calor que enche seu olhar neste momento. Tão amedrontador quanto o lado sombrio de Peter é o homem que está fazendo isso - o amante terno e que se importa - é esse que mais me aterroriza.

Eu posso resistir ao monstro, mas ao homem é uma história diferente.

Dedos quentes esfregam minha mão e um metal frio pressiona minha palma. Assustada, abro os olhos e vejo o telefone que Peter acabou de me dar.

Ele deve tê-lo pego de onde deixei cair.

— Se você quer ligar para os seus pais, deve fazê-lo agora — Diz ele calmamente. —, antes que fiquem sabendo algo por eles próprios.

Eu engulo, olhando o telefone na minha mão. Peter está certo; não há tempo a perder. Não sei o que falarei para meus pais, mas qualquer coisa é melhor do que o que os agentes do FBI irão provavelmente falar.

— Como faço a chamada? — Olho para Peter. — Tem um código especial ou algo que preciso usar?

— Não. Todas as minhas chamadas são automaticamente codificadas. Apenas disque os números como sempre.

Respiro fundo e aperto os números do celular da minha mãe. Ela irá provavelmente entrar em pânico por receber uma chamada no meio da noite, mas é nove anos mais jovem do que meu pai e não tem nenhum problema de coração conhecido. Segurando o telefone no meu ouvido, viro-me contra Peter e olho o céu noturno pela janela enquanto espero a chamada completar.

Ele toca doze vezes antes de cair na caixa postal.

Mamãe deve estar dormindo tão profundamente que não ouve, ou desligou o telefone para dormir.

Frustrada, tento novamente.

— Alô? — A voz de mamãe é sonolenta e preocupada. — Quem fala?

Eu inspiro aliviada. Não parece que o FBI falou com eles ainda; se tivessem, mamãe não estaria tão adormecida.

— Oi, Mãe. Sou eu, Sara.

— Sara? — Mamãe soa mais alerta instantaneamente. — O que aconteceu? De onde você está chamando? Aconteceu alguma coisa?

— Não, não. Tudo está perfeitamente bem. — Respiro, minha mente rapidamente tentando formar a história o mínimo preocupante. Em algum momento em breve, o FBI *irá* contatar meus pais e minha história será exposta como mentirosa. Contudo, o próprio fato de que eu liguei para eles e contei tal história deve confortar meus pais de que, na hora da chamada, pelo menos, eu estava viva e bem, diminuindo o impacto de qualquer coisa que os agentes falarão para eles.

Firmando minha voz, digo: — Desculpe por chamar tão tarde, mãe, mas estou partindo numa viagem de última hora e quero que vocês saibam, assim não ficam preocupados.

— Uma viagem? — Mamãe parece confusa. — Para onde? Por quê?

— Bem... — Eu hesito e, então, decido embarcar na sugestão de Peter. Deste modo, quando meus pais souberem do sequestro, eles podem achar que fui com Peter por livre e espontânea vontade. O que o FBI vai achar é outro assunto, mas vou me preocupar noutro dia. — Eu conheci alguém. Um homem.

— Um homem?

— Sim, tenho me encontrado com ele por algumas semanas. Eu não quis dizer nada porque eu não sabia muito sobre ele e não tinha certeza do quão sério era. — Sinto que mamãe iniciará um interrogatório, então, falo rápido: — De qualquer modo, ele teve que sair inesperadamente do país e convidou-me para ir junto. Eu sei que parece completamente louco, mas eu precisava dar um tempo – você sabe, de tudo – e esta parecia uma boa oportunidade. Iremos viajar o mundo por algumas semanas, então...

— O quê? — A voz de mamãe é alta. — Sara, isso é...

— Loucura? Eu sei. — Faço uma careta, grata de que ela não pode ver minha expressão de dor. Entre mentir para ela e a dor de cabeça contínua, sinto-me como totalmente na merda. — Desculpe, mãe. Eu não queria te deixar preocupada, mas era algo que eu tinha que fazer. Espero que você e papai entendam.

— Espere um minuto. Quem é o homem? Qual o seu nome? O que ele faz? Onde vocês se encontraram? — Ela lança cada pergunta como uma bala.

Viro-me para Peter, e ele assente rapidamente para mim, suas feições impassíveis. Não sei se ele pode ouvir minha conversa, mas interpreto o assentimento como significando que posso dar mais alguns detalhes.

— Seu nome é Peter — Digo, decidindo ficar o mais perto da verdade possível. — Ele é um tipo de empreiteiro, trabalha a maior parte do tempo no exterior. Nos encontramos quando ele estava na área de Chicago e temos nos encontrado desde então. Eu quis falar sobre ele no almoço do sushi, mas não parecia a hora ideal.

— Ok, mas... e seu trabalho? E a clínica?

Aperto a ponte do meu nariz. — Vou resolver tudo, não se preocupe. — Não vou, claro – esse tipo de coisa não vem junto com minha prática de hospital mesmo se Peter me deixar ligar para eles – mas não posso falar com mamãe isso sem torná-la prematuramente preocupada. Ela terá um baita ataque de pânico quando os agentes aparecerem na sua porta. Até lá, ela e papai podem simplesmente pensar que fiquei louca.

Uma filha se comportando mal tardiamente é infinitamente melhor do que uma filha sendo sequestrada pelo assassino do seu marido.

— Sara, querida... — Mamãe parece preocupada apesar de tudo. — Você tem certeza disso? Quero dizer, você mesma disse que não sabe muito sobre esse homem e, agora, você está saindo do país com ele? Não parece nada com você. Você nem mesmo me disse onde está indo. Você está voando ou guiando? E que número é esse que você está ligando? Está mostrando como bloqueado e a recepção está bem estranha com se você estivesse...

— Mãe. — Esfrego minha testa, minha dor de cabeça piorando. Eu não posso responder mais nenhuma pergunta, então, digo: — Olha, tenho que desligar. Nosso avião está quase decolando. Eu só quis te dar uma rápida atualização para que você não se preocupe, ok? Te ligo novamente assim que puder.

— Mas, Sara...

— Tchau, mãe. Falo com você em breve!

Desligo antes que ela possa falar mais alguma coisa e Peter pega o telefone da minha mão, sua boca curvada num sorriso de aprovação.

— Bom trabalho. Você tem um talento nato para isso.

— Para mentir para meus pais sobre ser sequestrada? Sim, um talento nato, com certeza. — Amargura vem junto com minhas palavras e eu não me importo de falar nesse tom. Estou cheia de ser legal e concordar com tudo.

Não estamos mais jogando esse jogo.

Peter não parece preocupado. — Você disse-lhes algo que irá diminuir a pior das suas preocupações. Eu não sei o quanto os federais irão falar, mas isso deve assegurar aos seus pais de que você está viva e bem, pelo menos hoje. Esperemos que seja o bastante até que você os contate novamente.

Essa também foi minha linha de pensamento e preocupa-me de que estejamos na mesma onda. É uma coisa mínima, termos os mesmos pensamentos neste momento, mas parece ir ribanceira abaixo, como um passo para aquela parceria que Peter mencionou. Para a ilusão de que existe um 'nós', que nossa relação é, de algum modo, genuína.

Eu não posso – eu não irei – cair nessa mentira novamente. Não sou parceira de Peter, sua namorada ou amante.

Sou sua prisioneira, a viúva do homem que ele assassinou para vingar sua família e não posso nunca esquecer desse fato.

Lutando para manter minha voz normal, pergunto: — Então, terei a chance de contatá-los novamente? — Quando Peter assente que sim, eu pressiono: — Quando?

Seus olhos cinzentos brilham. — Quando eles ouvirem o FBI e tiverem uma chance de digerir tudo. Em outras palavras, em breve.

— Como você saberá se eles já ouviram do...? Oh, esquece. Você está vigiando meus pais também, não está?

— Estou monitorando a casa deles, sim. — Ele não parece nem um pouco constrangido. — Então, saberemos o que os agentes vão falar com eles e quando. Daí, decidiremos o que você deve dizer e como contatá-los novamente.

Pressiono meus lábios. Tem aquele insidioso 'nós' novamente. Como se isso fosse um projeto em dupla, como decoração de interior ou escolher uma garrafa de vinho para a reunião familiar. Será que ele espera que eu seja grata por isso? Agradecer por ele ser tão legal e se preocupar com a logística de me sequestrar?

Será que ele acha que se ele me deixar aliviar minha preocupação com meus pais, esquecerei que ele roubou minha vida?

Apertando meus dentes, viro-me e olho pela janela, é quando percebo que ainda não sei a resposta para uma das perguntas da minha mãe.

Virando-me para encarar meu sequestrador, encontro seu olhar calmo e divertido. — Para onde estamos indo? — Pergunto, forçando-me a falar calmamente. — Aonde exatamente *nós* estamos indo para decidir tudo isso?

Peter dá um sorriso aberto, revelando os dentes brancos que

são um pouco tortos na parte de baixo. Julgando-se por isso, e aquela cicatriz no seu lábio inferior, seu sorriso deveria ser feio, mas as imperfeições apenas realçam o perigo do seu apelo sensual.

— *Nós* iremos decidir isso do Japão, ptichka — Diz ele e estica a mão pela mesa para segurar a minha com sua grande palma. — A Terra do Sol Nascente é nosso novo lar.

S*ara*

EU NÃO FALO COM PETER PELO RESTO DA VIAGEM. EM VEZ DISSO, eu desmaio, meu cérebro desligando-se como se para escapar da realidade. Estou grata por isso. A dor de cabeça é implacável, os batedores de tambor tocando dentro do meu crânio toda vez que tento abrir meus olhos, e apenas quando começamos a descer que acordo o bastante para me arrastar ao banheiro.

Quando volto, acho Peter no assento perto de mim, trabalhando no laptop. Acho que ele deve ter estado lá por toda a viagem, mas não tenho certeza. Lembro-me realmente de ter caído no sono quando ele estava segurando minha mão, seus dedos fortes massageando minha palma e lembro-me dele colocando o cobertor em volta de mim em algum momento quando a cabinc ficou bcm gclada.

— Como está se sentindo? — Pergunta ele, olhando do laptop quando passo por ele e sento no meu assento ultra confortável de couro. Agora que o choque inicial do sequestro passou, vejo que o jato é bem luxuoso, apesar de não ser muito grande. Na parte de trás do avião, tem mais duas fileiras de assentos além da nossa, cada assento grande e totalmente reclinável e no meio tem um sofá bege de couro com duas terminações de mesas ligadas a ele.

— Sara — Peter reforça quando eu não respondo e eu dou de ombros em resposta, não inclinada a acalmar sua consciência por admitir que me sinto melhor após um sono longo. Os efeitos da droga devem ter passado totalmente, porque a náusea e dor de cabeça que me atormentavam passaram.

Eu *estou* com fome e sede, então, pego a água e a tigela de amendoins na pequena mesa entre nossos assentos.

— Teremos uma refeição de verdade em breve — Diz Peter, empurrando a tigela para mim. — Não esperávamos sair do país tão rapidamente e isso é tudo que temos a bordo.

— Aham. — Sem olhar para ele, engulo metade da garrafa d'água, como uma mão cheia de amendoins e faço-os descer com o resto da água. Não estou surpresa de ouvir sobre a falta de comida no avião; a surpresa é que ele tenha um avião de prontidão, ponto. Sei que ele e sua equipe recebem somas altíssimas de dinheiro para assassinar lordes do crime e tal, mas o custo deste jato de tamanho médio deve entrar fácil nos oito dígitos.

Sem poder conter minha curiosidade, olho para o meu carcereiro. — Isso é seu? — Abano a mão para indicar nosso redor. — Você comprou isso?

— Não. — Ele fecha seu laptop e sorri. — Recebi como pagamento de um de nossos clientes.

— Entendo. — Olho para o outro lado, focando no céu escuro fora da janela em vez de no seu sorriso magnético. Agora que me sinto melhor, estou até mais amargamente ciente do que Peter fez – e como sem esperança é minha situação.

Se eu estava nas mãos do meu carrasco em casa, onde estava com medo do que poderia acontecer se eu fosse para as autoridades, estou o dobro agora. Peter Sokolov pode fazer qualquer coisa comigo, manter-me presa até que eu morra, se ele estiver disposto. Seus homens não irão ajudar-me e estou quase entrando num país onde não falo a língua e não conheço nada nem ninguém.

Eu adoro sushi, mas é até aí que vai minha familiaridade com o Japão.

— Sara? — A voz profunda de Peter corta meus pensamentos e viro-me instantaneamente para olhar para ele.

— Aperte o cinto. — Ele indica o cinto de segurança solto ao meu lado. — Aterrissaremos em breve.

Eu puxo o cinto sobre o meu colo antes de virar minha atenção para a janela. Eu não consigo ver muito na escuridão – devemos ter voado tempo o bastante para ser noite no Japão apesar da diferença de horário – mas mantenho meus olhos no céu lá fora, tanto na esperança de ver algo como pelo desejo de evitar conversar com Peter.

Eu não agirei como se realmente *fôssemos* amantes saindo para uma viagem, fingir que estou bem com isso de qualquer modo ou forma. A influência que ele tinha sobre mim – sua ameaça de me roubar se eu não participasse de sua fantasia alegre doméstica – foi-se e não tenho qualquer intenção de ser sua vítima complacente de novo. Eu estava começando a ceder, a cair sob seu encanto pervertido, mas está tudo acabado agora. Peter Sokolov torturou-me e assassinou meu marido e, agora, raptou-me. Não há nada entre nós exceto um passado fodido e um futuro mais fodido ainda.

Ele pode me possuir, mas não irá gostar.

Vou me certificar disso.

4

eter

Minha mandíbula ainda dói pelo soco de Sara quando aterrissamos num aeroporto particular perto de Matsumoto e nos transferimos para o helicóptero que nos aguardava. Eu terei um olho roxo amanhã – uma ideia que acho engraçada agora que o choque inicial de raiva passou. A dor que Sara provocou é pequena – já sofri pior em treinamento de rotina – mas a imprevisibilidade da minha pequena bela doutora atacando-me fisicamente foi o que me pegou.

Foi como ser arranhado até sangrar por um gatinho, um que você queria acariciar e proteger.

Ela ainda está com raiva de mim. É óbvio pela sua postura rígida, no jeito que não fala comigo ou nem mesmo olha para o meu lado quando o helicóptero levanta voo. Apesar de ainda

375

estar escuro, a vejo olhando as vistas abaixo e sei que está tentando memorizar onde estamos indo.

Ela tentará fugir na primeira oportunidade, posso assegurar.

Anton pilota o helicóptero e Ilya senta-se na traseira comigo e Sara, enquanto Yan está na frente. Não estamos esperando nenhum problema, mas estamos armados, então, vigio Sara cuidadosamente para assegurar-me de que ela não faça nenhuma tolice, como tentar pegar uma arma de mim ou Ilya.

Dado o humor que ela está, eu não arriscaria nada com ela.

Nosso esconderijo japonês é localizado na montanhosa e pouco populosa Nagano Prefecture, bem no pico de uma floresta montanhosa e com precipícios com vista para um pequeno lago. Num dia claro, a vista é de tirar o fôlego, mas a razão mais importante de eu ter comprado esta propriedade é que esse topo da montanha em particular apenas é acessível pelo ar. Costumava haver uma estrada de terra na encosta oeste – foi assim que um homem de negócios rico de Tóquio construiu sua casa de verão lá em cima nos anos noventa – mas um deslizamento de terra provocado por um terremoto fez a encosta tornar-se um penhasco, cortando todo o acesso pelo solo para a propriedade e destruindo seu valor.

Os filhos do homem de negócios ficaram gratos quando uma de minhas empresas de fachada comprou a casa no ano passado, livrando-os do fardo de pagar impostos de um lugar que eles nem queriam nem tinham meios de visitar regularmente.

— Então, por que Japão?

O tom de Sara é seco e desinteressado quando ela olha para fora da janela do helicóptero, mas eu sei que ela deve estar morrendo de curiosidade para terminar a longa hora de silêncio e realmente falar comigo.

É ou isso ou ela esta pescando informação para usar para a sua fuga.

— Porque este é o último lugar que alguém pensaria em nos procurar — Respondo, imaginando que não tem problema em falar-lhe a verdade. — Nada me liga ao país. Rússia, Europa, Oriente Médio, África, as Américas, Tailândia, Hong Kong, as Filipinas – em um local ou outro, fui captado pelos radares das autoridades em todos esses lugares, mas nunca aqui.

— Também, é um esconderijo aprazível — Diz Ilya em inglês, falando com Sara pela primeira vez. — Bem melhor do que ficar em alguma caverna em Dagestan ou suando nossas bolas na Índia.

Sara dá uma olhada indecifrável para ele, depois, volta sua atenção para a vista do lado de fora. Eu não a culpo. O céu está iluminando com as primeiras luzes da madrugada e é possível ver os picos das montanhas e as florestas embaixo. Quando chegarmos ao nosso retiro da montanha, ela terá o verdadeiro impacto da vista e verá que pode desistir de todas as esperanças de fugir. Porque essa é outra razão pela minha escolha do Japão: a localização remota desta casa específica.

A nova gaiola da minha passarinha será tanto bela quanto impossível de se fugir.

AterrIssamos quarenta minutos depois num pequeno heliponto perto da casa e vejo as feições de Sara quando ela vê nossa nova casa – uma construção de madeira e vidro espantosamente moderna que se mescla perfeitamente com a natureza intocável em volta dela.

— Você gosta? — Eu pergunto, olhando para ela quando a

ajudo a sair do helicóptero e ela olha para o outro lado, puxando sua mão da minha pegada tão logo seus pés com meias pisam o chão.

— Isso importa? Se eu falar não, você me levaria de volta? — Ela se vira e começa a andar para a beirada do heliponto, onde o lado da montanha forma um penhasco que desce para o lago abaixo.

— Não, mas se você odiar aqui, podemos considerar algumas das nossas outras casas esconderijos. — Seguindo-a, pego seu pulso antes que ela chegue ao fim do heliponto. Eu não acho que ela está nervosa o bastante para pular de um penhasco, mas não irei arriscar.

— Onde? Em Dagestan ou Índia? — Ela finalmente olha para mim, olhos semicerrados. Apesar de estar no final da primavera, é frio de inverno nesta altitude, o frio do vento da manhã chicoteando os seus cabelos castanhos no seu rosto e moldando a camiseta preta frouxa no seu corpo fino. Posso senti-la tremendo de frio, seu pulso fino e frágil na minha pegada, mas suas mandíbulas delicadas estão numa linha obstinada quando ela olha para mim.

Ela é tão vulnerável, minha Sara, mas também é forte. Uma sobrevivente, como eu, apesar que ela provavelmente não aprovaria minha comparação.

— Dagestan e Índia são duas possibilidades, sim — Digo, deixando-a ouvir a diversão na minha voz. Ela está tentando antagonizar-me, fazer-me arrepender por levá-la comigo, mas nenhum sarcasmo ou tratamento silencioso fará isso.

Eu preciso de Sara como preciso de ar e água e nunca me arrependerei de ficar com ela.

Sua boca macia se aperta e ela vira seu braço, tentando soltar minha pegada no seu pulso. — Me larga — ela sibila quando eu não a largo imediatamente. — Tire a porra da sua mão de mim.

Apesar da minha determinação de ficar sem ser afetado, uma pitada de raiva me atinge. Sara me escolheu, se não precisamente *isso,* e não estou disposto a aturá-la tratando-me como um leproso.

Em vez de liberar seu pulso, aperto mais e a puxo para mim, da beirada do heliponto. Quando ela está suficientemente longe de cair, abaixo-me e a pego, ignorando seus gritinhos de espanto e protesto.

— Não — Digo com firmeza, pressionando-a contra o meu peito. — Não a deixarei ir.

Ignorando suas tentativas de se soltar da minha segurança, carrego a mulher que amo para a nossa nova casa.

5

ara

PETER NÃO ME SOLTA ATÉ QUE ESTAMOS DENTRO DA CASA E, mesmo assim, quando ele me coloca em pé, continua com seus dedos de aço em volta do meu pulso, acorrentando-me ao seu lado enquanto olho minha bela prisão.

E ela *é* linda. Até com o ódio e frustração me corroendo por dentro, posso apreciar as linhas finas e modernas do plano do piso externo e as vista de cartão postal das montanhas e o lago visível pelas janelas que vão do piso até o teto. No meio do espaço, perto da cozinha ultramoderna, a escada em espiral com tábuas em madeira maciça indo para o segundo andar – e é para lá que Peter me leva, sua mão ainda possessivamente segurando meu pulso.

— Um empresário japonês construiu isso há vinte anos, mas

eu renovei quando a comprei no ano passado — Diz Peter enquanto subimos as escadas. — Eu não sabia que viríamos para cá logo, mas achei que seria melhor estar preparado.

Eu não respondo, porque se eu tentar falar, vou me desmanchar e chorar. Neste exato momento, o FBI deve estar falando com meus pais sobre meu desaparecimento, e eu, sem dúvida, tenho dezenas de chamadas perdidas e mensagens do meu trabalho, assim como da clínica onde sou voluntária. Uma das minhas pacientes deve entrar em trabalho de parto essa semana e tenho uma cesariana programada para amanhã. Ou é hoje? Já é manhã no Japão; significa que é noite em casa? Eu não sei qual a diferença de horário, mas não posso imaginar que é menos de dez horas. Se for assim, eu já devo ter perdido um dia inteiro e as pessoas estão procurando por mim. Talvez até checando com meus pais para descobrir onde estou e por que não estou respondendo a nenhuma das chamadas ou mensagens.

Meus pobres pais devem estar passando mal de preocupação.

— Posso ligar para eles? — Pergunto com firmeza quando Peter leva-me a um quarto espaçoso. Uma das paredes é feita totalmente de vidro, revelando a vista de tirar o fôlego das montanhas com a copa coberta de neve a distância e o lago descendo abaixo. Ou, pelo menos, a vista deveria ser de tirar o fôlego se eu pudesse me concentrar nela, em vez de no bolo sufocante na minha garganta.

Por favor, faça com que meu pai esteja bem.

— Ainda não — Diz Peter, sua expressão suaviza quando ele solta meu pulso. Se eu não soubesse, pensaria que ele também está preocupado com meus pais. — Precisamos revisar as câmeras para ver o que tem acontecido e, então, achar um jeito de contatar sua família sem alertar a ninguém da nossa localização.

Eu engulo e me viro antes que ele possa ver as lágrimas enchendo meus olhos. Isso é tudo minha culpa. Se eu não tivesse ido para casa, se tivesse confidenciado a Karen naquele vestiário, tudo poderia ser diferente. Sim, meus pais e eu teríamos que ir para um programa de proteção e bem provável ser realocados, mas isso ainda seria preferível a este pesadelo. Não sei o que estava pensando quando dirigi para casa do hospital ontem à noite. Será que imaginei que se aparecesse em casa normalmente, Peter não saberia que o FBI havia falado comigo? Que os federais poderiam concluir que o homem que estão caçando tinha estado morando comigo e continuaríamos como antes?

Que se eu avisasse ao meu carrasco sobre o perigo iminente, ele me agradeceria e seguiria quietamente seu caminho feliz?

— Não, Sara. — Ele fica na minha frente, forçando-me a olhar para ele. Suas mandíbulas apertadas, seus olhos brilhando sombriamente quando ele diz baixo, voz firme: — Não finja que não quer isso. Sei que você está com medo e está tendo outros pensamentos, mas você me escolheu; você *nos* escolheu. É por isso que me falou que eles estavam vindo para mim, por que você veio para casa em vez de deixá-los levá-la para longe. Eu esperei por você. Eu sabia que eles estavam perto e mesmo assim esperei, porque eu precisava ver se você realmente me odiava... se você queria que eu fosse embora da sua vida. Mas você não quis, quis? — Ele segura minha mandíbula com sua palma, seu polegar raspando na minha bochecha. — Quis, *ptichka?*

— Eu quis. — Minha voz treme e, para minha vergonha, lágrimas quentes descem pelo meu rosto. Eu não quero mostrar fraqueza, mas não posso evitar o caldeirão tóxico fervendo no meu peito. — Eu estava exausta e com dor de cabeça. Não estava pensando corretamente. Em qualquer outro dia...

— Oh, verdade? — Sua boca torce num divertimento cruel quando ele abaixa a mão. — Essa é a mentira que você está falando para si mesma? Que eu te trouxe contra sua vontade... que você não queria nada disso?

— E eu não queria! — Dou um passo atrás, olhando para ele incrédula. Ele não pode seriamente acreditar no que está falando. — Eu jamais concordaria com isso. Meus pais, meus pacientes, meus amigos, toda minha vida ... está tudo lá atrás. Você me *raptou,* Peter. Não tem ambiguidade aqui. Você enfiou uma agulha no meu pescoço e me levou para longe inconsciente. Como pode achar que eu vim voluntariamente? Você perdeu a parte onde eu gritei e pedi para que me deixasse para trás quando eu acordei? Você estava surdo quando eu chorei e implorei que não fizesse isso? — Estou mais que furiosa, mas as lágrimas não irão parar de cair e eu enxugo minhas bochechas com as costas da minha mão, tremendo de ódio dos pés à cabeça.

Os lábios de Peter se apertam numa linha dura e perigosa e eu vejo o estranho aterrador que entrou na minha casa e torturou-me. Apenas que, desta vez, estou com muita raiva para sentir qualquer medo. Se ele quer me punir por isso, que puna.

Apenas o odiarei mais.

Ele não se move na minha direção, mas sua voz é firme quando diz: — Então, por que você fez isso? Por que me avisou, Sara? Você sabia que eu não a deixaria para trás. E não dê essa merda de desculpa de que não estava pensando direito. Você sabia muito bem que tipo de risco estava sofrendo. Por que fazer isso se não queria estar comigo?

Eu inspiro tremendo e me viro, determinada a controlar minhas lágrimas que continuam descendo. O ódio que toma conta de mim se dissipando, deixando-me desgastada até os ossos e vazia com desespero. Eu quero manter meu argumento, negar o que ele está falando, mas não posso. Talvez meu pensamento não estivesse tão claro quanto deveria estar, mas eu realmente sabia o que estava fazendo.

Não fiquei surpresa quando a agulha picou meu pescoço.

Sinto Peter atrás de mim, apesar de não ouvi-lo se aproximar. — Me diz, ptichka. — Sua voz suave novamente, seu toque gentil quando ele põe as mãos nos meus ombros, puxando-me contra seu corpo. — Diga-me por quê — Sua barba mal-feita roçando na minha bochecha quando ele abaixa sua cabeça e beija minha têmpora e eu fico tensa, lutando contra o desejo de recostar-me para trás contra ele e deixá-lo acariciar-me até que eu esqueça que perdi tudo.

Até que eu não me importe mais de que ele levou minha vida para longe.

Levantando a cabeça, Peter vira-me para encará-lo, seus olhos cinza fitando-me intensamente e eu sei que ele insistirá no assunto. Ele não descansará até que eu admita minha fraqueza, aquele impulso irracional e insano que me fez sabotar minha chance de liberdade.

Eu lambo meus lábios sentindo o gosto do sal das lágrimas. — Eu... — Engulo em seco. — Eu não quis te ver morto. — Até agora, as imagens horríveis não me deixam, meu cérebro visualizando como tudo deveria ter sido em detalhes grotescos. Posso quase sentir o cheiro forte de sangue quando as balas da equipe da SWAT cortam o corpo musculoso de Peter, posso quase ver os agentes de coletes entrando pela porta do quarto e o retirando da cama.

Posso quase sentir a solidão crua e esmagadora que seria minha vida sem meu carrasco.

Não. Não, não, não. Balanço a cabeça, expulsando o pensamento, coloco-o para longe como o pensamento lunático que é. Eu *não* queria isto. Apenas porque eu senti falta de Peter quando ele estava numa missão assassina não significa que eu não superaria eventualmente. E eu não senti saudade exatamente dele. Era o conforto enganador que ele me proporcionava, a ilusão de amor e cuidado. O que senti por ele não foi real e nem é o que ele acha que sente por mim. Uma mentira doentia é tudo que tem havido entre nós, uma obsessão patológica da parte dele e uma igualmente necessidade perversa da minha.

Os olhos de Peter se estreitam, suas mãos apertando meus ombros quando ele processa o que eu disse. — Então, você me avisou por causa do seu coração bondoso? Você estava sendo uma Boa Samaritana?

Eu assinto, piscando rapidamente para segurar uma nova onda de lágrimas. Essa não foi a única razão pelo meu lapso de julgamento, mas é a única que estou disposta a admitir.

As feições do meu sequestrador se endurecem e ele abaixa a mão, dando um passo para trás. — Entendo.

Se eu não soubesse melhor, acreditaria que o feri.

No próximo instante, contudo, ele continua como se nada tivesse acontecido. — Este é o nosso quarto. — Sua voz é fria e vazia, totalmente sem emoção. — O banheiro é por aqui. — Ele aponta uma porta na parte de trás do cômodo. — Você pode lavar-se e relaxar enquanto descarregamos alguns suprimentos e preparamos o café. Você terá roupas que serão trazidas aqui amanhã, mas enquanto isso, deve haver um roupão no banheiro e algumas das minhas roupas no closet. — Ele gesticula para um conjunto de portas do outro lado do cômodo. — Se precisar de algo, estarei lá embaixo. O café estará pronto em meia hora.

Eu mordo meu lábio. — Ok, obrigada.

Ele sai do quarto e eu vou para a janela, meu peito doendo de pesar por tudo que perdi – e pelo que acabei de ver nos olhos de Peter.

Dor.

Eu *realmente* o feri e, por alguma razão, isso me dói.

 _eter_

— ELA NÃO ESTÁ FELIZ, HUM? — DIZ ANTON EM VOZ BAIXA EM russo quando eu retiro uma caixa de ovos de papelão gigante que ele havia acabado de colocar na geladeira, coloco-a no balcão perto do fogão e começo a procurar a frigideira.

— Não. — Quase não consegui me segurar de socar o armário quando não acho a frigideira lá. — Mas ela irá acostumar-se com isso.

— E se não se acostumar?

Eu finalmente localizo a frigideira e abro as gavetas próximas ao fogão. — Então, ela se tornará uma puta de uma infeliz. — Pegando a panela, eu fecho a gaveta, então, falo um palavrão contra mim ao ver uma pequena rachadura aparecer na madeira branca brilhante. Renovar a casa com uma viagem de helicóptero de cada vez foi uma merda, e eu não posso bancar descontar minha raiva nos balcões da cozinha. O rosto de Anton no treinamento de hoje mais tarde será um alvo bem melhor.

— Você sabe que isso teria que acontecer, certo? — Continua meu amigo, como que indiferente à minha raiva fervendo nas minhas entranhas. — Aquela merda no subúrbio não poderia continuar para sempre. É um milagre que eles não tenham nos atacado mais cedo. Se você quer essa garota por um longo período – e você quer, certo? ... esse é o único jeito.

Aperto minhas mandíbulas com tanta força que meus molares doem. — Chega, Anton. Essa porra não é da sua conta.

— Tudo bem. Só estou te lembrando dos fatos. Sei que é uma merda por ela estar nervosa e tudo o mais, mas... — Ele para, aparentemente se dando conta de que estou a meio segundo de socar seus dentes. Pegando seu canivete, ele abre um saco de laranjas e coloca numa grande tigela de madeira no balcão. Então, olhando a caixa de ovos com interesse, pergunta: — O que tem para o café?

— Para você? Nadinha. — Quebro cinco ovos numa tigela de batedeira, coloco um pouco de leite e acrescento tempero antes de bater. — Você e os gêmeos podem se virar sozinhos.

— Isso é grosseiro da sua parte, cara — Diz Yan, entrando na cozinha. Ele está carregando um caixa grande cheia de frutas e vegetais, assim como pão e carne congelada – suprimento de comida que nosso contato local carregou no helicóptero antes de enviá-lo para nós.

— Ilya e eu estamos morrendo de fome e você gosta de cozinhar — Continua Yan quando eu não respondo. — Quão difícil é fazer um pouco mais? Prometo, *eu* manterei minha boca fechada sobre sua bela médica.

Lutando contra a vontade de socá-lo, quebro mais uma dúzia de ovos dentro da tigela. Geralmente eu não alimento os caras, mas Yan tem razão: seria mesquinho privar minha equipe de um bom café da manhã depois de uma viagem tão longa.

Eu só preciso que eles não falem sobre Sara, porque se eu ouvir uma palavra a mais sobre o tópico corto a merda da cabeça deles fora.

Sabiamente, ambos Yan e Anton ficam quietos, descarregando o resto da comida enquanto cozinho a omelete, e quando Ilya chega, estou quase calmo – se não contar minhas esporádicas vontades de atravessar meu punho pela madeira branca do balcão.

Ilya senta em um dos bancos altos de aço inox e abre seu laptop, lembrando-me que temos assuntos para nos preocupar além de Sara.

— O que os hackers falaram? — Pergunto quando o vejo franzir diante do monitor. —Alguma pista daquele *ublyudok*?

— Não. — Seu rosto é sombrio quando ele olha para mim. — Sem transações de cartão de crédito, sem tentativa de contatar quaisquer amigos ou parentes, nada. O filho da mãe é bom.

Minha mão aperta o cabo da frigideira, minha raiva voltando. O último nome na lista – um Walton Henderson III, conhecido como Wally, de Asheville, Carolina do Norte – é o general que estava no comando da operação da OTAN que deu errado e resultou na morte da minha mulher e filho. Foi ele que deu a ordem para agir sem verificar a validade da suposta pista do grupo terrorista e foi ele que autorizou que os soldados usassem qualquer força necessária para conter 'os terroristas'.

Eu já matei todos os soldados e operacionais de inteligência envolvidos no massacre de Daryevo, mas Henderson – o que tem mais a responder por isso – ainda está livre, tendo desaparecido com sua esposa e filhos tão logo os rumores da minha lista de alvos chegou à comunidade de inteligência.

— Fale aos hackers para dar um mergulho fundo em todos os seus amigos e parentes, não importando o quão distante seja a conexão — Digo quando Yan vai sentar-se no banco alto perto do seu irmão. — Eles devem procurar por tudo fora do normal, como saques de altas quantias de dinheiro, compra de telefones extras, viagens fora da cidade, compra de imóveis ou aluguel de locais para férias, qualquer e todas as coisas que possam indicar que estão ligados ao bastardo. Alguém deve saber para onde Henderson foi e minha aposta é em um primo distante. Se em alguns meses ainda não houver nada, devemos precisar começar a fazer visitas em pessoa às conexões de Henderson, forçá-lo desse modo a vir à tona se for necessário.

— Você está certo — diz Ilya, seus dedos grossos sobre o teclado com agilidade e graça surpreendentes. —, será custoso para nós, mas acho que você está certo. As pessoas têm problemas em quebrar os vínculos completamente.

— Yan, temos aquelas gravações das câmeras? — Eu pergunto quando o outro gêmeo abre seu próprio laptop. — As da casa dos pais de Sara? Precisamos ver se os federais já falaram com eles.

— Estou baixando agora — Ele responde sem tirar o olho do monitor. — Esta conexão de satélite é uma merda de lenta. Diz que levará quarenta minutos para tirar os arquivos da nuvem.

— Certo, então, vamos comer primeiro — Digo desligando o fogão. — Anton, pode colocar a mesa para cinco de nós? Vou trazer Sara.

Meus homens ficam em silêncio quando vou para a escada,

mas quando estou na metade do caminho, vejo Yan tombar na direção de Ilya, sussurrando algo no seu ouvido.

Sara esta acabando de sair do banheiro quando entro no quarto, seu torso fino enrolado numa toalha branca grande e seu cabelo molhado amarrado num coque em cima da sua cabeça. Sua pele pálida está avermelhada, provavelmente do calor da água e seus olhos de avelã com cílios grossos estão vermelhos e inchados de chorar.

Ela deveria parecer patética mas, em vez disso, está maravilhosamente linda, como uma princesa da Disney no período da maré de azar. Talvez a de *A Bela e a Fera,* apesar de eu não estar certo se me qualifico como a Fera na fábula.

Bela não odiava seu sequestrador tanto quanto Sara parece me odiar.

— O café está pronto — Digo friamente, tentando não pensar sobre sua revelação mais cedo. Sabendo que Sara avisou-me para salvar minha vida não deveria me incomodar – apesar de tudo, essa é a confirmação de que ela não quer que eu morra – mesmo assim, suas palavras pareceram um ferro em brasa perfurando meu peito. Suponho que seja porque eu estava convencido que ela queria vir junto, que quando ela implorou para deixá-la ficar era apenas um temor passageiro.

Machucou porque me iludi em acreditar que um dia ela irá me amar também.

— Obrigada. Já desço. — Ela não me olha quando fala, apenas entra no closet e sai um minuto mais tarde segurando uma das minhas camisas de flanela de manga comprida e uma calça de ginástica.

— Você se importa? — Diz ela, colocando as roupas na cama e eu cruzo os braços no meu peito, vendo que ela quer que eu me vire enquanto se troca.

— Não, absolutamente. Pode continuar.

Ela olha para mim. — Eu quis dizer...

— Sei o que quis dizer. — Mantenho minhas feições normais, mesmo com a raiva me corroendo por dentro. Se ela acha que a deixarei me tratar como um estranho, está completamente errada. Ela pode não me amar, mas é minha e não fingirei que ela nunca sentiu um orgasmo no meu pau. Se há uma coisa que sempre tivemos, é essa conexão na carne, um desejo mútuo tão intenso que ultrapassa uma simples luxúria. Eu quero Sara como nunca quis outra mulher e sei que ela não é indiferente a mim.

Ela me quer e eu não a deixarei negar isso.

O rubor no rosto de Sara aumenta, seus tendões ficando brancos quando pega a calça. — Tudo bem. — Olhando para mim, ela se senta na cama e coloca a calça com movimentos desajeitados, mantendo a toalha amarrada em volta do peito até que tenha as calças na altura da cintura e as pernas da calça enroladas para cima. Então, ela fica em pé, larga a toalha. Eu consigo ver seus mamilos lindos rosados quando ela coloca a camisa com movimentos raivosos e meu pau fica duro em resposta, meu corpo reagindo à visão da sua nudez com uma rapidez previsível.

— Feliz agora? — Ela dá um puxão na cordinha da calça, apertando com força para impedir que caia até o calcanhar e apesar do meu mau humor, não consigo evitar de pensar o quão adorável fica nas minhas roupas.

Se o jeans e a camiseta de Anton são grandes nela, minha calça e camisa são enormes. Sou alguns centímetros mais alto e forte do que meu amigo e essas roupas devem ficar largas em mim. Minha jovem doutora parece uma criança provando roupas de adulto – uma impressão aumentada pelos pequenos pés descalços e o cabelo desarrumado.

Incapaz de me conter, dou um passo rápido para ela, seguro seu pulso e a puxo para mim, ignorando a rigidez zangada de seu corpo quando encosto seus lábios nos meus. Com minha mão livre, coloco minha mão no seu coque molhado, tombando sua cabeça para trás e, então, abaixo minha cabeça e a beijo.

Sua boca é doce e com leve gosto de menta, de quem acabou de escovar os dentes. Seus lábios se partem numa ofegada de espanto e inalo sua respiração, tomando posse de seu ar como se quisesse possuir tudo dela. Eu quero seu corpo e mente, sua fúria e alegria. E mais do que tudo, quero seu amor, a única coisa que ela nunca deve me dar.

Minha língua invade sua boca, acariciando sua profundeza molhada e sedosa, e seus dedos entram nas minhas laterais sob a jaqueta, suas unhas afiadas através da camada de algodão da minha camisa. A pequena pontada de dor faz minhas terminações nervosas pularem, enviando mais sangue para o meu pau e minhas bolas se apertam, a vontade de fodê-la tão intensa que quase a jogo na cama e retiro aquelas calças ridículas. Apenas por saber que meus homens estão me esperando lá embaixo me impede de fazer isso.

Eu a desejo demais para uma rapidinha de dois minutos.

Com um esforço sobre-humano, a solto e dou um passo para trás, respirando fortemente. Sara parece do mesmo jeito que eu me sinto, seus olhos pesados e suas feições vermelhas quando ela inspira fortemente.

— Desça antes que os ovos esfriem — Digo com voz pesada,

abrindo minha braguilha para ajustar a pressão nas minhas calças. — Desço em um minuto.

Ela se vira e foge antes que eu termine de falar e fecho meus olhos, respirando fundo e pensando nos invernos da Sibéria para fazer minha dureza diminuir.

7

 *ara*

QUANDO CHEGO LÁ EMBAIXO, OS COMPANHEIROS DE PETER JÁ estão sentados à mesa de madeira retangular, seus olhos desejosamente fixos na frigideira no meio da mesa. Um deles – o vestido todo de preto, com cabelos na altura dos ombros e uma barba grossa e escura – olha quando me aproximo.

— Onde está Peter? — Pergunta ele, franzindo. Seu sotaque russo é apenas um pouco melhor do que o de Peter. — A comida está esfriando.

— Ele está vindo — Digo, o calor nas minhas bochechas aumentam quando as sobrancelhas do homem de barba se erguem. Ele pode provavelmente dizer o que aconteceu lá em cima pelos meus lábios inchados, se não pelo meu estado interno trêmulo. Meus joelhos estavam literalmente tremendo quando desci as escadas e estou grata de que a camisa de Peter seja larga e grossa, escondendo as pontas duras dos meus mamilos.

Se meu sequestrador tivesse escolhido me foder, eu não seria capaz de dizer não e saber disso me enche de vergonha.

— Anton, você está sendo rude — Diz um homem alto, de cabelos castanhos, com um sorriso calmo. Diferente do seu colega com barba, que poderia ter saído direto de um filme de ação de assassinos, este cara não ficaria deslocado num escritório de advocacia. Seu cabelo castanho curto é bem cortado, seu rosto é bem barbeado e eu apostaria cem dólares que sua camisa de listra com botões e calça cinza são feitas por encomenda. Apenas seus olhos verdes frios denunciam sua clara relação com o grupo; eles são fortes e sem emoção, não se movendo quando o sorriso corta seus lábios.

— Você esqueceu de se apresentar — Continua o homem bem vestido, falando para Anton com o mesmo leve sotaque. Virando-se para mim, ele gesticula para seu amigo de barba e diz: — Sara, conheça Anton Rezov. Ele costumava voar qualquer coisa com um motor no seu antigo trabalho e ainda é útil ocasionalmente agora. E eu sou Yan Ivanov. Oh, e este é meu irmão, Ilya.

Volto minha atenção para o terceiro cara, o irmão de Yan, e vejo que ele foi o que falou comigo mais cedo, explicando por que este lugar é um bom esconderijo. Ele parece o mais amedrontador de todos, com um corpo musculoso gigantesco, a cabeça raspada e coberta de tatuagens e uma mandíbula maior do que o normal que me faz pensar num gorila. Mas quando ele sorri para mim, os cantos dos seus olhos verdes riem, suavizando a dureza das suas feições.

— Prazer em conhecê-la, Dra. Cobakis — Diz ele com um sotaque um pouco mais pesado e levanta-se para puxar a cadeira para mim.

— Obrigada. É um prazer conhecê-lo também — Digo, sentando-me na cadeira. Eu deveria odiar cada um destes homens – apesar de tudo, eles são acessórios ao meu sequestro e assassinato do meu marido – mas algo sobre o sorriso genuíno do russo e o jeito respeitoso com que ele se dirigiu a mim torna impossível voltar minha ira nele.

Irei reservá-la toda para o homem que está descendo a escada neste exato momento, seu rosto belo sombrio e carrancudo.

— Finalmente — Diz Anton feliz quando Peter chega à mesa e senta perto de mim. Pegando a frigideira no centro da mesa, Anton corta um pedaço da omelete e coloca no seu prato —, estou tão pronto para comer.

— Sirva-se. — A voz de Peter cheia de sarcasmo parece não ser notada por Anton. Os irmãos Ivanov têm melhores maneiras à mesa, esperando até que Peter coloque uma porção no meu prato e, então, em seu próprio antes de dividir o restante.

Comemos em silêncio, demolindo a omelete em questão de minutos, Peter levanta-se e descasca algumas laranjas. — Sobremesa? — Pergunta ele sucintamente e os caras ansiosamente aceitam a oferta. Eu não digo nada, mas Peter me traz uma tigela com laranjas descascadas mesmo assim.

— Obrigada — Digo em voz baixa. Mesmo nesta porra de situação, as regras de educação marteladas em mim desde criança são difíceis de quebrar. Colocando a mão na tigela, eu pego uma fatia de laranja e dou uma mordida, feliz pelo suco doce e refrescante. Eu devia ter um baixo nível de açúcar no sangue para início de conversa, porque agora que comi, estou sentindo-me um pouquinho melhor, o sentimento oco de desespero dissipando o bastante para deixar-me pensar.

Sim, à primeira vista, minha situação não é das melhores. Quando estávamos voando para cá, não vi nada parecido com uma civilização nas imediações próximas desta montanha, apenas penhascos e florestas densas, com neve cobrindo os topos das montanhas próximas. Mesmo se eu conseguir escapar dos quatro assassinos, caminhar para fora daqui não será fácil. Eu acampei exatamente uma vez na minha vida e estou longe de ser uma especialista em mata selvagem. Sem mencionar, se eu realmente alcançar alguma fazenda ou vila próxima, ainda terei de lidar com o desafio de comunicar minha situação a pessoas que não devem falar uma palavra de inglês.

Contudo, não é assim tão sem esperança como poderia ser. Parece que Peter pretende me deixar contatar meus pais em breve e tem uma chance de eu poder comunicar minha localização para eles – assim como para o FBI. Também, não estou amarrada ou de alguma forma presa. Pelo que posso dizer, tenho a liberdade para andar pela casa, o que aumenta minhas chances de fugir. Se eu for esperta e cuidadosa, posso até ser capaz de roubar um pouco de água e suprimentos, no caso da caminhada pela montanha levar uns dias a mais.

Nem tudo está perdido. De um jeito ou do outro, eu *irei* consertar meu erro e voltar para casa.

Enquanto isso, tenho que me certificar de não piorar as coisas por fazer algo estúpido... como me apaixonar pelo meu sequestrador.

~

Depois do café, vou para o quarto e caio rapidamente no sono, a mudança no fuso horário combinado com um coma alimentar fazem-me ficar tonta apesar do meu longo cochilo no avião. Eu acordo quando ouço o helicóptero ligar e pela janela gigante, vejo-o levantar voo do heliponto perto da casa.

Uma ida para pegar suprimentos? Uma missão de trabalho? Não tenho ideia, mas se Peter foi com o helicóptero, isso só pode ser uma coisa boa.

Infelizmente o vejo lá embaixo quando desço alguns minutos depois, tendo jogado água no meu rosto para ficar totalmente desperta. Ele está sentado num banco de bar atrás do balcão da cozinha, franzindo para algo na tela do computador. Quando me aproximo, vejo fones de ouvido nele.

Ele está ouvindo algo no computador.

Notando-me, ele retira os fones e aperta um botão no teclado – provavelmente para pausar o que quer que estivesse ouvindo.

— Essa é a gravação da câmera da casa dos meus pais? — Pergunto e minhas batidas do coração aumentam quando Peter assente.

— Sim. O FBI os visitou. — Sua expressão é cuidadosamente neutra.

— E? — Sento no banco do bar perto dele, meus ombros tensos. — O que eles falaram?

— É... interessante. — Os olhos de Peter brilham quando ele se vira para me encarar. — Parece que a história que demos aos seus pais é consistente com as suspeitas dos Federais.

Olho para ele, meu pulso acelerando ainda mais. — Eles acham que eu vim voluntariamente?

Ele fecha o laptop. — Essa parece ser a tese que eles estão

trabalhando, especialmente agora que seus pais falaram sobre sua ligação telefônica. Mas eu acho que Ryson suspeita do seu envolvimento comigo antes disso, provavelmente porque você não falou a Karen a meu respeito, no vestiário.

Seguro minhas mãos no meu colo. Isso é tanto bom quanto ruim. Eu não quero que o FBI pense que estou em conluio com um dos seus mais procurados, mas, ao mesmo tempo, estou aliviada. Isso é infinitamente melhor do que minha família acreditar que fui sequestrada. — Então, como meus pais reagiram? Eles estavam preocupados? Nervosos? Meu pai estava...

— Eles aceitaram bem. — A tensão na mandíbula de Peter suaviza um pouco. — Eles estão obviamente chocados e perturbados que você esteja envolvida com alguém repugnante, mas Ryson mediu bem as palavras sobre quem sou e por que eles estão atrás de mim. Acho que estão preocupados de a história vazar para a mídia.

Isso faz sentido. O FBI, ou a CIA, ou quem quer que seja que inventou a mentira da máfia estar atrás do meu marido – não iria querer expor o que realmente aconteceu em Daryevo. Se Peter está certo sobre o erro que conduziu ao massacre da sua família, as partes envolvidas lutariam com unhas e dentes para impedir a verdade de vir à tona.

O público tende a franzir a testa ante um massacre de civis inocentes.

— Então, meu pai está bem? — Eu pressiono, dissipando a memória das fotos horríveis no telefone de Peter. — Ele não pareceu doente ou qualquer coisa?

— Seus pais pareceram bem, perfeitamente saudáveis. — A expressão de Peter me acalma mais quando suas palmas cobrem as minhas mãos apertadas em punho. — Eles estarão bem, ptichka. Eles são fortes, como você. E você será capaz de contatá-los em breve. Anton e Yan acabaram de sair para comprar suprimentos e quando eles voltarem, teremos o que precisamos para melhorar a segurança da conexão. Você vai conversar com seus pais, confortá-los e eles estarão bem. — Ele aperta minha mão delicadamente. — Tudo vai ficar bem.

Eu puxo minha mão, meus olhos pinicando com uma súbita investida de emoção. Isso, bem aqui, é o que torna as coisas confusas. O homem que te sequestra não deve se preocupar com sua família, muito menos dar a mínima importância aos seus sentimentos. O que Peter fez comigo – *tudo* o que ele fez comigo – são ações de um monstro cruel e egoísta, mesmo assim, quando ele está comigo, olhando para mim assim, é fácil acreditar que ele me ama, que em seu próprio modo estranho e superpoderoso, ele quer me fazer feliz.

Retirando os pensamentos perigosos da minha mente, controlo minhas emoções erradas e foco no tópico em questão. — Mas o que exatamente disse o FBI? E como meus pais responderam ao que eles falaram? Eles devem ter feito um caminhão de perguntas...

— Eles fizeram, mas tudo que Ryson disse-lhes foi que estão procurando o homem que está com você e que não podem falar por quê. Na maior parte do tempo, ele e os outros agentes questionaram seus pais, buscando detalhes específicos da sua ligação telefônica, se você falou ou fez algo fora do comum nos últimos meses, por que você parou a venda da casa e assim por diante.

— Certo. — Porque agora eles suspeitam de mim. Eles acham que estou tendo um caso com o assassino do meu marido – o que, de certo modo, estou. Um caso indesejado, com certeza, mas isso não muda os fatos. Eu poderia ter ido até o FBI naquela ocasião, explicado a situação e pedido sua proteção, mas em vez disso, eu me convenci que seria mais seguro para meus pais se eu lidasse com meu perseguidor do meu modo. E quem sabe? Talvez eu estivesse certa. Dada a falta de capacidade das autoridades de proteger os outros da lista de Peter, ele poderia ter me achado *e* meus pais se tentássemos desaparecer. E, então, mais pessoas poderiam se machucar – se não minha família, e os agentes indicados para proteger-nos.

Os três guardas que vigiavam George realmente terminaram com balas nas suas cabeças.

— Eu posso assistir ao vídeo? — Pergunto, retirando as lembranças ruins, e Peter assente.

— Se quiser. Vou colocar na TV mais tarde. — Ele gesticula para uma tela plana pendurada na sala de estar. — Enquanto isso, tenho que fazer uns trabalhos que estão atrasados, então, sinta-se à vontade para andar pelo local e explorar.

Eu pisco, incapaz de acreditar que isso seria tão fácil. — Ok, farei isso — Digo, incapaz de esconder minha excitação.

Se sou permitida explorar por minha própria conta, posso fugir o mais breve possível.

Lembrando-me dos meus pés descalços, olho para baixo e mexo os dedos. —Você acha que posso pegar emprestado algum calçado? — Pergunto tão casualmente quanto possa.

— Yan está comprando tudo para você hoje, mas pode tentar usar meu tênis por enquanto. Se amarrar bem apertado, ele não deve sair.

— Tudo bem, vou tentar, obrigada. — Saio do banco e corro para as escadas, ansiosa para começar a explorar.

— Oh, e Sara? — Peter chama quanto estou quase na escada.

Quando viro-me para olhá-lo, ele diz: — Se você for para fora, leve Ilya contigo. Você não conhece a área e existem penhascos por todos os lugares. Você não vai querer cair.

E indiferente à diminuição da minha excitação, ele abre o laptop, sua atenção mais uma vez na tela.

8

Enrolada no suéter grosso de Peter, que vai até meus joelhos, e com meus pés escorregando dentro de seus tênis gigantes, passo cuidadosamente pelas árvores, com Ilya ao meu lado. Ele está conversando comigo, falando algo sobre a vegetação local, mas só ouço parcialmente, focando em memorizar o caminho para a trilha que visualizei a oeste. É grande o bastante para deixar um veículo passar e parece levar montanha abaixo.

— ...mas foi bloqueada pelo deslizamento — Murmura Ilya e passo a dar atenção, vendo que ele está falando algo importante.

— Um deslizamento?

Sua cabeça raspada assente rapidamente. — Sim, do

terremoto. Ele teve um grande impacto aqui, mudando a montanha completamente.

— Mudou como? — Pergunto, segurando-me para manter o suéter junto ao meu corpo. Venta menos aqui do que perto da casa, mas ainda estou com frio pela altitude. Estamos andando em círculos em volta da casa por quase uma hora e estou pronta para voltar para dentro, onde é quente.

Com o assassino russo nos meus calcanhares, não irei fugir de jeito nenhum e quando o fizer, terei que me certificar de estar vestida adequadamente.

— Além de bloquear a estada, você quer dizer? — Pergunta Ilya e eu assinto, franzindo. Eu espero que ele não fale sobre a trilha que acabei de ver. Até onde vejo, é a única coisa que notei que se parece com uma estrada. Se estiver bloqueada, terei que andar pela floresta – uma situação bem mais incerta.

Ilya para e aponta o penhasco do outro lado do lago abaixo. — Vê aquilo? Era uma descida gradual antes. E tem muitos desse jeito nesta montanha também. Muito perigoso. A floresta sobe até as beiradas de alguns desses penhascos, então, se você não olhar para onde está indo...

— Certo. Perigoso. Entendi. — Isso apenas reforça minha convicção de que eu preciso estar bem preparada antes de tentar escapar. A última coisa que quero é cair de um penhasco. Precisarei de alguns dias para conhecer a área, explorá-la mais para que possa saber onde estou indo. Talvez conhecer mais esta região e aprender para que direção é o assentamento mais próximo ou qualquer lugar que me deixe chamar a Embaixada dos Estados Unidos.

De qualquer jeito, terei que ser esperta sobre minha fuga, para que não perca a pouca liberdade que tenho.

QUANDO VOLTAMOS PARA CASA, ESTOU TREMENDO E AS PONTAS das minhas orelhas parecem pedras de gelo. Peter não está em lugar algum que possa vê-lo, então, subo e tomo um banho quente sozinha, imaginando que irá me aquecer.

A banheira alta e branca tem um formato diferente: quadrada e estreita, mas funda, com um degrau dentro. Não posso deitar nela na minha banheira oval em casa, mas posso sentar-me no degrau e ficar com a água cobrindo meu pescoço. Na verdade é mais confortável deste modo, decido, fechando os olhos quando a água quente penetra em mim, retirando o frio e a tensão nos meus músculos. Eu não iria tão longe como descrever minha atual situação como relaxante, mas estou sentindo-me definitivamente melhor.

Se eu não estivesse aqui contra a minha vontade, eu quase que consideraria isso como férias.

— Você gosta da banheira japonesa? — Uma voz familiar murmura atrás de mim e meus olhos se abrem quando uma mão forte desce pelos meus ombros, massageando minha pele molhada. Instantaneamente, minha pulsação aumenta, o sentimento relaxante dando lugar a uma mistura confusa de raiva, desejo e medo que sempre sinto na presença de Peter.

Virando-me, envolvo meus braços em volta do meu torso quando saio do seu alcance. Ele já me viu nua centenas de vezes, mas ainda estou em conflito sobre essa intimidade entre nós, ainda bem ciente do completo *erro* de tudo. Pelo fato de nossa relação estar confusa antes, agora está em dobro, pois, meu perseguidor – o homem que me torturou com afogamento no nosso primeiro encontro – é meu captor.

Estou completamente sob seu controle e ambos sabemos disso.

Ele fica parado ao lado da banheira, suas mãos grandes e bronzeadas do sol na beirada da porcelana. As mangas da sua camisa térmica estão enroladas para cima, expondo a tatuagem decorando seu braço esquerdo. A tinta vai do pulso até o ombro, os desenhos intricados flexionando-se com cada movimento dos seus músculos bem definidos. Seu cabelo negro e grosso está desgrenhado com se ele tivesse acabado de passar seus dedos nele e sua mandíbula forte coberta com uma pequena barba por fazer.

Ele parece perigoso de todos os modos e tão descompromissadamente macho que meus interiores se apertam. Sexy é uma palavra muito fraca para descrever Peter Sokolov; o que ele possui é puro magnetismo animal, um apelo cru e puramente masculino que conversa com algo estranhamente primitivo dentro de mim.

Com esforço, eu fecho minha porta mental ao pensamento e me afasto até onde a banheira permite. — Por favor, vá embora. Estou tomando banho.

— Posso ver. — Seu olhar passa pelo meu corpo antes de voltar para o meu rosto, seus olhos sombrios metálicos com fome. — E daí?

— Então, deixe-me em paz. — Faço o melhor para encará-lo sem tremer. — A não ser que privacidade não seja algo que seus prisioneiros tenham direito?

Seus olhos se estreitam, seus dedos se apertando ao lado a banheira. Sedosamente, ele diz: — Meus *prisioneiros* não têm direito a muitas coisas, banho inclusive. Minha *mulher*, contudo, pode fazer o que quiser – contanto que entenda um simples fato.

— E que fato é esse?

— Que ela é minha. — Ele dá um passo atrás e antes que eu possa responder, retira a camisa e deixa-a cair no piso, antes de tirar as meias. Então, abre o cinto e abaixa o zíper do jeans.

Eu inspiro com força, meus braços apertando-se nos meus peitos. — O que você está fazendo?

— O que parece que estou fazendo? — Ele abaixa o jeans e o retira, então, faz o mesmo com sua cueca boxer, revelando um pau duro e grosso que se curva até a barriga. A visão enche-me de adrenalina mesmo com o calor mal-vindo aumentando entre minhas pernas.

Eu não posso fazer isso com ele. Outra vez não.

— Não vou fazer sexo contigo. — A água sai pela beirada da banheira quando levanto-me, não me importando mais se ele está me vendo nua.

Tenho que sair, fugir.

Peter segura meu braço antes que eu possa passar minha perna por sobre a beirada da banheira, então, ele entra na banheira, seu corpo grande fechando-me num pequeno quadrado quando ele me puxa de volta à água. Mais água sai da banheira, deslocada pelo seu peso, eu ofego quando encontro-me confortavelmente colocada no colo de Peter, minhas costas pressionadas contra seu peito e sua ereção entre meus glúteos. Em pânico, eu começo a lutar e ele passa um braço em volta do meu tórax, segurando-me no local.

— Oh, ptichka... — Sua voz calmamente zombando no meu ouvido. — Quem falou alguma coisa sobre sexo?

Seus dentes raspando no lóbulo da minha orelha e sua mão livre acoplando meu seio, seu polegar passando possessivamente no meu mamilo pulsante e demasiadamente duro. Eu congelo, segurando na parte musculosa do seu braço quando meu coração martela nas minhas costelas. Não estou com medo dele tanto quanto horrorizada pela minha própria reação, do jeito que meu corpo se derrete e suaviza ao seu toque. E isso é muito mais do que toque. O pau dele é como um poste de aço entre o meu traseiro, suas bolas estão pressionando meu sexo e seu polegar está torturando meu mamilo enquanto sua língua invade meu ouvido, fazendo-me tremer com prazer impotente.

Podemos não estar fazendo sexo pela estrita definição da palavra, mas o efeito líquido é exatamente devastador.

— Peter, por favor... — Eu paro de lutar, desesperada para fugir antes que perca o foco do que importa. A água faz nossos corpos ficarem escorregadios, aumentando a sensação erótica da pele esfregando contra pele quando me agarro futilmente no seu braço. — Por favor, pare.

— Parar o quê? — Sua respiração aquece meu pescoço e sua mão livre sai do meu peito e viaja para baixo, para onde meus músculos estão apertados, minha carne pulsando e doendo por seu toque. — Isso... — ele lambe o côncavo de minha orelha, enviando arrepios em minha parte de baixo... — Ou isso? — Seus dedos ásperos com calos partem minhas dobras e pressionam meu clitóris quando seu dedo do meio entra em mim, enfiando até o primeiro tendão. Minhas unhas cravam no seu antebraço, meus músculos internos se apertam gananciosamente ante ao intruso e ele dá uma risadinha quando uma ofegada leve escapa meus lábios. Eu quero falar para que ele pare *tudo* isso, mas minha mente fica vazia quando seus dedos se movem mais para trás, depois do meu sexo. Oh Deus, com certeza ele não vai...

Seus dedos acham o anel apertado do músculo entre meus glúteos e pressionam a pequena abertura. — Ah, sim —

Murmura ele, sua voz sombria e pecaminosamente suave quando fico tensa ante a pressão perfurante. — Talvez seja isso que você queira que eu pare. Estou certo, ptichka? — A pressão no meu ânus diminui quando seu dedo esfrega na carne apertada, como que acalmando a tentativa de violação. — Você é virgem aqui, meu amor?

A ternura me deixa confusa quase tanto quanto a sensação estranha aumentando no meu corpo. Algo quase como simpatia em sua voz profunda e sonora me acalenta, mesmo assim, posso ouvir o desejo nela também, uma fome tingida com possessão sombria. Ele gosta disso, da possibilidade de ser meu primeiro nisso e por saber que isso aumenta minha tensão interna, o calor traidor que murmura continuamente no meu âmago. Eu não deveria achar isso intrigante, não deveria querer isso de forma alguma, mas não posso negar uma certa curiosidade perversa. A certa altura, quando George e eu ainda estávamos namorando, eu falei sobre a ideia de sexo anal, mas George parecia desinteressado e nunca discutimos isso novamente.

Eu *sou* virgem nesse assunto, mas se eu admitir isso para meu sequestrador, provavelmente não serei por muito tempo.

Unindo as migalhas da minha força de vontade, empurro sua mão atormentadora. — Me deixa.

Para minha surpresa, Peter obedece, retirando sua mão e levantando o outro braço. — Vai então. — Sua voz está tensa. — Saia.

Saio desajeitada da banheira, minhas pernas tremendo. Meus pés molhados escorregam no piso frio quando corro para fora da banheira, parando rapidamente para pegar a toalha no caminho e somente quando estou em pé no quarto, totalmente vestida e com a toalha enrolada no meu cabelo molhado, que meu coração diminui a batida frenética.

Ele me deixou ir. Eu deveria estar feliz pelo adiamento, mas sinto-me estranha e deslocada, frustrada em mais de um jeito. Novamente, meu carrasco está fingindo que tenho escolha, como se essa fosse uma relação normal onde posso falar não. E talvez eu possa – por enquanto, pelo menos. Até agora, ele nunca forçou-me fisicamente. Mas não me iludo. Ele pode fazer o que quiser comigo e, eventualmente, eu *acabarei* na sua cama, tanto por formas mais sutis de coerção ou pela minha própria falta de determinação.

Eu quase desejei que ele me forçasse – porque, então, eu poderia fingir.

Eu poderia imaginar que sou normal e sã, uma mulher que odeia o homem que arruinou sua vida, em vez de desejá-lo.

9

eter

SARA EVITA-ME ATÉ A HORA DO ALMOÇO, O QUE É BOM. MEU autocontrole está diminuindo, a escuridão subindo à superfície. Eu quero fodê-la e, ao mesmo tempo, eu quero subjugá-la e puni-la, fazê-la entender que ela é minha.

Eu quero levá-la ao limite e trazê-la de volta, não importa o que isso possa causar-lhe.

— Não faça isso, cara — Diz Ilya em voz baixa quando termino de juntar o sanduíche de Sara. Ele está fazendo seu próprio sanduíche ao meu lado. — O que quer que você esteja pensando, vai se arrepender.

Mostro meus dentes num sorriso sem graça. — Verdade? Você é uma porra de vidente agora?

— Não, mas não acho que você está pensando corretamente.

Ela não merece isso. — Ele coloca uma faca num pote de maionese. — O mínimo que pode fazer é dar um pouco de tempo a ela.

Eu me imagino pegando a faca e furando a traqueia de Ilya com ela, é muito cega para cortar sua garganta, mas faria um excelente serviço de sufocá-lo até a morte. Por sorte do meu companheiro, ele não fala mais nada e eu saio da cozinha com o prato de Sara.

Eu a acho no segundo andar, mexendo numa penteadeira num dos quartos de hóspedes vazios. Silenciosamente, eu paro na porta e a observo, fascinado pela visão do seu corpo gracioso e atrativamente jovial curvando-se e virando-se enquanto abre e fecha as gavetas uma a uma. Não tem nada naquela penteadeira, mas Sara não para até que checa cada gaveta.

Somente depois ela vira-se – e pula ofegando em espanto.

— Peter. — Ela aperta a mão no peito, como se seu coração estivesse em perigo de explodir. — Não te vi aí. — Sua voz está sem fôlego, mesmo quando faz uma tentativa visível de se recompor. — O que você...

— Te trouxe o almoço. — Entro no quarto, segurando o prato. — Imaginei que estivesse com fome. — Meu tom é calmo, diferente do fogo fervilhando meu sangue. O simples fato de vê-la assim, ainda vestida com minhas roupas super largas, me faz querer prendê-la na parede e fodê-la tão forte que ambos acabaríamos feridos e sangrando.

Cuidadosamente, ela pega o prato de mim e retrocede, como se sentisse a violência borbulhando em mim. Conforme faz isso, ela nervosamente morde seu lábio inferior e eu imagino eu próprio fazendo o mesmo, cortando a carne macia rosada com meus dentes quando usufruo daquela boca macia, provando-a, consumindo-a até satisfazer o desejo que me queima vivo.

— Você não vai comer? — Pergunta ela desconfiada, colocando o prato na penteadeira e eu balanço a cabeça, meus olhos seguindo cada um dos seus movimentos. Estou provavelmente amedrontando-a com a intensidade do meu olhar, não posso evitar. Sinto-me como um predador no limite, a fome dentro de mim tão selvagem e sinistra que quase não se parece com algo tão básico quanto um desejo sexual. É mais como uma necessidade compulsiva de possuí-la, dobrá-la à minha vontade e fazê-la tão completamente minha que ela nunca pensaria em procurar coisas para ajudá-la na sua fuga.

— Eu já comi — Respondo, e como minha voz está um pouco rouca, não reflete nem uma fração do que estou sentindo. Racionalmente, sei que Ilya está certo, que tenho que dar a Sara tempo para se ajustar e aceitar sua nova vida comigo, mas tudo dentro de mim exige que eu a agarre e admita que ela precisa de mim... que apesar de tudo, ela me ama também.

Deixo o pensamento de lado, mas não antes de me encher com desejo agonizante. Porque isso é a conclusão de tudo, o que mais quero dela. Além da frustração do desejo não satisfeito, além da dor da sua rejeição, é esse desejo agudo e irracional que me rasga por dentro e cutuca o monstro dentro de mim.

Eu quero que Sara me ame e não sei como fazer isso acontecer.

— Ok. Hm, obrigada. — Seu olhar passa de mim para o prato e, então, de volta para o meu rosto. — Levarei para baixo quando terminar, certo?

Essa é minha deixa para sair, mas foda-se. Ela está desconfortável comigo depois do que aconteceu na banheira e, de repente, estou feliz com isso. Uma parte sádica de mim quer que ela se contorça, para ver se irei finalmente cruzar a linha e exigi-la apesar das suas objeções fingidas.

— Tudo bem. — Meu tom é exageradamente amigável quando vou para a cama no meio do quarto e sento-me na beirada, cruzando minhas pernas nos calcanhares. — Posso esperar.

Sara pisca, parecendo controlar a situação. — Verdade? Você vai simplesmente ficar sentado aí? Você não tem nada melhor para fazer, como torturar alguns inocentes?

— Isso está na lista para mais tarde. — Dou um sorriso desafiante para ela. — Por agora, é apenas você.

Suas feições se enrijecem, mas ela pega o sanduíche. Dando uma mordida, ela mastiga e engole muito rápido, então, dá outra mordida grande com seus dentes brancos e certos.

— Não vá se engasgar — Aviso calmamente quando ela acelera seu passo na terceira mordida. — Não temos um médico de prontidão, você sabe. Bem, exceto você, mas isso não ajuda muito se você estiver ficando roxa.

Os olhos de Sara se estreitam, mas ela não diminui o ritmo. Ela termina o resto do sanduíche no mesmo ritmo feroz, depois, pega o prato vazio e empurra para mim. — Aqui. Terminei.

— Bom. Agora, traga aqui. — Bato na cama perto de mim.

Suas mandíbulas se apertam; então, um sorriso doce inesperado curva seus lábios. — Oh, você quer o prato aí?

Seus olhos anunciam sua intenção meio segundo antes de seu braço girar e eu me abaixo quando o prato vai direto para a parede atrás de mim, quebrando em mil pedaços. Pedaços de porcelana chovem na cama em minha volta, misturado com migalhas de pão.

Como se dando conta do que fez, Sara vai devagar para a

esquerda, na direção da porta, seus olhos com a mesma expressão desconfiada que estava quando me bateu. Eu a perdoei então, porque sabia que estava chocada e sobrecarregada, mas não vou aturar isso por mais tempo.

Se Sara quer fazer-me um vilão, estou feliz em cumprir.

— Você vai limpar isso. — Minha voz fria e dura quando fico de pé, retirando os pedaços do prato quebrado das minhas mangas. — Este quarto ficará perfeitamente limpo novamente, me entendeu?

Ela olha para mim, desafio lutando com autopreservação no seu olhar. O senso comum diz para ela retroceder e fazer como eu digo, mas ela não quer tornar as coisas tão fáceis. Assim, seu queixo levanta-se. — Ou o quê? Você vai me torturar com água? Me ameaçar com uma faca? Me sequestrar? Oh, espere, você já fez isso tudo.

Apesar da bravura das suas palavras, suas mãos estão visivelmente trêmulas quando as coloca num bolso do suéter. Se eu fosse um homem melhor, eu retrocederia neste ponto, deixaria-a ter esta pequena vitória. Mas ela não é a única com raiva hoje; a raiva dentro de mim parece uma besta viva, sinistra e potente, alimentada por sua rejeição e por saber que eu talvez nunca tenha o que realmente quero dela.

Se eu não posso ter seu amor, aceito seu ódio.

— Oh, ptichka...— Vou em direção a ela, apreciando o brilho de medo nos seus olhos quando ela instintivamente move-se para a porta. Antes que possa dar mais um passo, paro na frente dela, atrapalhando sua fuga. Levantando minha mão, retiro o cabelo do seu rosto e me aproximo, inalando seu cheiro doce quando abaixo minha cabeça e sussurro no seu ouvido: — Ainda não aprendeu a não brincar assim comigo?

Ouço-a engolir e quando levanto minha cabeça para olhá-la,

vejo que seu peito está levantando e abaixando num ritmo rápido. Ela está com medo, minha Sara, e por uma boa razão.

Até eu não sei o quão longe irei hoje.

Seus lábios se partem, como se para refutar o que falei e abaixo minha cabeça novamente, possuindo aquela boca macia retorcida com toda a fome violenta que ela causa em mim. Minhas mãos deslizam nos seus cabelos, segurando sua cabeça parada e eu engulo sua ofegada de protesto quando meus braços sobem, seus dedos finos rodeando meus punhos num esforço fútil de afastá-los.

Como sempre, ela é deliciosa, o interior da sua boca como uma seda quente. Seu corpo esbelto se arca para mim quando a encosto contra a penteadeira, roçando minha ereção contra sua barriga e seus seios se pressionando contra mim, seus mamilos intumescidos em picos duros. Posso ouvir sua respiração aumentar e sei que se deslizar minha mão nas suas calças, sentiria sua virilha molhada para mim, esperando-me.

Seu corpo, pelo menos, está ligado a mim.

Preciso de toda a minha força de vontade para levantar minha cabeça e dar um passo atrás, para libertá-la em vez de devorá-la ali mesmo. Mas faço isso – porque precisamos resolver isso uma vez por todas.

— Você quer saber o que mais posso fazer com você, ptichka? — Minhas palavras vêm baixas e duras, revestidas com o desejo e raiva incinerando minhas entranhas. — Você quer saber o que acontecerá se você me forçar muito?

Os olhos de Sara arregalam-se, seu peito subindo quando tenta pegar ar e eu me aproximo novamente, capturando seu rosto entre as palmas das minhas mãos quando olho para ela. — Você quer que eu te explique a realidade da sua situação? — Continuo.

Ela engole novamente e sinto o tremor nas suas mãos quando ela segura meus antebraços. — S-sim. — Sua voz é quase um sussurro, mas ainda tem um pouco de desafio no seu olhar. — Sim, quero.

Meus lábios se curvam e até posso sentir a parte sinistra nesse sorriso. — Oh, ptichka, onde devo começar?

*S*ara

C*APTURADA*. P*RESA.*

Mesmo quando continuo encarando Peter, resistindo à vontade de olhar para longe de suas profundezas prateadas hipnóticas, posso sentir minha força esvanecendo, minha determinação de lutar terminando. Eu nunca me senti mais sua prisioneira quanto sinto neste momento, nunca estive tão apercebida da minha vulnerabilidade. Ele não está me ferindo, suas palmas grandes segurando meu rosto com uma estranha gentileza, mas esses olhos metálicos falam uma história diferente.

Estou à disposição do meu carrasco e ela não tem nada a perder.

Comecemos com o básico — Murmura ele e eu fecho

meus olhos quando ele abaixa a cabeça, esfregando seus lábios na minha testa e levantando a cabeça para olhar para mim novamente. Sob circunstâncias normais, o beijo terno deixar-me-ia desarmada, mas meus nervos vibram como um garfo afiado quando ele abaixa suas mãos para meus ombros e diz suavemente: — Sua vida anterior se foi, Sara. Eu a deixei viver pelo tempo que pude, mas ela terminou. Você vai ter que aceitar isso. E a transição pode ser fácil para você... ou difícil. Depende de você.

Minha pulsação sobe violentamente. — O que você quer dizer?

— O telefonema para seus pais hoje à noite, por exemplo. — Suas mãos são suaves nos meus ombros, mesmo com seus olhos brilhando sombriamente. — Ele não tem que acontecer, você sabe. Nem qualquer outro contato com qualquer um da sua vida anterior. Você pode desaparecer, fazer uma ruptura total. Isso pode até ser melhor em alguns aspectos. Você se adaptaria mais rápido se não tivesse lembranças constantes do que perdeu e...

— Não — A palavra pula de mim quando meu estômago se revira em pânico, o sanduíche que acabei de comer ameaçando voltar quando seguro sua camisa implorando: — Por favor, Peter, não faça isso. Eu tenho que falar com meus pais. Tenho que fortalecê-los. Eles estão muito velhos para se preocupar assim. O coração do meu pai não aguenta isso... você sabe disso.

Ele pende sua cabeça para o lado. — Sei? Te deixei falar com eles no avião e talvez isso tenha sido um erro. Você insiste que eu te sequestrei, te trouxe contra sua vontade. Se esse for o caso – se você é minha prisioneira e nada mais – por que eu correria o risco de te deixar contatar alguém? Se você é apenas minha prisioneira, por que eu me meteria em perigo e passaria pelo transtorno de confortar sua família?

Eu olho para ele, minha respiração rasa quando minhas mãos caem para os meus lados. Eu entendo o que ele quer agora – o que ele sempre quis de mim – e sei que, mais uma vez, não tenho escolha a não ser obedecer.

— Você disse... — Minha voz para quando lágrimas ácidas queimam a parte de trás dos meus olhos. — Você disse que sou sua mulher, que você me ama. Então, não sou apenas sua prisioneira, certo?

A expressão de Peter não muda. — Eu não sei, Sara. Depende de você. — Ele solta meus ombros e dá um passo atrás. — Te deixarei pensar sobre isso enquanto faz a limpeza. O aspirador e material de limpeza estão na dispensa lá embaixo.

Virando-se, ele sai do quarto.

O quarto de hóspedes está um brinco quando termino, a cama perfeitamente arrumada e limpa do menor pedaço de porcelana e farelo de pão. Serviço de casa não é algo que eu goste, parcialmente porque leva uma eternidade por causa das minhas tendências perfeccionistas, mas o resultado final é geralmente bom.

Em outra vida, eu seria uma dona de casa decente.

Quando estou satisfeita com a limpeza do quarto, levo o aspirador para baixo e vou procurar Peter. É estranho, mas sinto-me um pouco mais calma depois do seu ultimato. Estamos de volta onde estávamos quando sua ameaça de sequestrar-me estava flutuando na minha cabeça, exceto que é mais simples agora.

Não importa o que Peter diga, eu *sou* sua prisioneira e tenho apenas uma escolha.

Continuar o jogo e dar a ele o que ele quer até que eu possa escapar.

Acho meu sequestrador do lado de fora lutando boxe com Ilya numa pequena clareira perto da casa. Apesar do tempo frio, ambos estão sem camisa, seus torsos grandes e musculosos brilhando com o suor enquanto circulam em volta da clareira, ocasionalmente dando soco um no outro com um golpe rápido como relâmpago. Seus movimentos lembram-me o de artes marciais, apesar de não poder dizer qual estilo específico. Qualquer que seja, é belamente selvagem e eu paro, pasma apesar de tudo, quando Peter se abaixa sob o punho do golpe de Ilya e lança um contra-ataque feroz, movendo-se tão rápido que quase não acompanho com meus olhos.

Eles devem apenas estar se aquecendo porque o que se segue é uma série de golpes sem parar. Tenho quase certeza de que Peter dá um chute forte no tórax de Ilya e vejo Peter usando seu antebraço para bloquear um soco de Ilya que poderia derrubar um urso. Além disso, a luta continua num passo tão furioso que não consigo discernir o movimento de cada indivíduo, muito menos imaginar quem está ganhando ou perdendo. Tudo o que vejo são dois animais machos poderosos, seus músculos se gesticulando enquanto a violência esquenta em volta deles.

Depois de cerca de um minuto, eles param e se separam, ofegando quando circulam um ao outro e eu vejo sangue descendo da mandíbula de Ilya. Não vejo nenhum sangue em Peter, então, acho que isso o faz o vencedor desse round insano. Não estou surpresa. Apesar de Ilya parecer um tanque, ele não tem a graça letal de Peter, isso é certamente algo que faz meu sequestrador tão mortal. Não tenho dúvida que o russo de cabeça raspada pode matar tanto quanto qualquer um – apenas um golpe bem colocado daquele punho gigantesco poderia provavelmente fazer isso – mas Peter parece mais perigoso, mais implacável.

Numa luta até a morte, meu dinheiro seria apostado em Peter qualquer dia da semana.

Fico me debatendo se falo algo para alertar os homens da minha presença, mas antes que possa fazer, Peter olha na minha direção e para no seu caminho. — Sara?

— Hm, sim. — Respiro para acalmar as batidas frenéticas do meu coração. —Desculpe por interromper, mas estava pensando se poderia colocar os vídeos dos meus pais na TV para mim. Quando terminar aqui, quero dizer – sem pressa.

Sou excessivamente educada para compensar minha explosão de mais cedo. A verdade é, estou desesperada para assistir aqueles vídeos e certificar-se de que meus pais estão bem, mas não vou ganhar nada por fazer exigências. Se há algo que aprendi naquele quarto de hóspede, é que Peter Sokolov ainda tem todo o poder nesta relação fudida nossa. Mesmo quando acho que não tenho mais nada faltando para perder, meu carrasco acha uma fraqueza, um jeito de me manipular sem me machucar diretamente – fisicamente, pelo menos.

Emocionalmente, ele tem me destruído dez vezes mais.

— Tudo bem — Diz Ilya e dá um sorriso aberto que expõe o sangue nos seus dentes. —, acho que já terminamos por hoje, de qualquer modo.

Peter não olha muito para ele; todo o seu foco em mim. — Você limpou o quarto? — Ele pergunta, colocando seu cabelo molhado de suor para trás. Seus músculos relaxam quando ele abaixa seu braço e me vejo olhando os pingos de suor escorrendo no seu abdômen liso e rígido.

Pare com isso, Sara. Não olhe seu sequestrador com desejo.

Com esforço, levo meu olhar para o rosto de Peter. — Tudo feito. — Mantenho minha voz calma apesar da provocação clara nas suas palavras. — Você pode checar se quiser.

Ele olha para mim por um segundo, e assente. — Tudo bem então. Vamos.

Ele vem para mim e eu coro quando Ilya dá um sorriso aberto do jeito possessivo que Peter segura meu braço. É irracional, mas o que Peter e eu compartilhamos parece privado, como algum tipo de segredo entre nós dois. Obviamente, os homens de Peter estão totalmente cientes da natureza confusa do meu relacionamento com o chefe deles – eles o ajudaram a me espionar e sequestrar, depois de tudo – mas parte de mim ainda se encolhe ao pensamento de que eles me veem assim. Talvez seja minha aversão de lavar roupa suja em público, mas eu quase gostaria que eles achassem que sou a namorada de Peter, aqui, pela minha própria vontade.

Ignorando seu companheiro de luta, Peter me leva pela casa, mantendo sua pegada no meu braço. Ele ainda está com raiva de mim, posso sentir e estou aliviada de que ele esteja mantendo sua promessa sobre os vídeos.

Com um pouco de sorte, quando o resto dos seus homens voltar da saída por suprimentos, ele terá se acalmado e me deixará falar com meus pais.

Quando chegamos à sala de estar, ele larga minha mão e vai direto para o seu laptop. Dois minutos mais tarde, os vídeos estão na grande tela da TV à minha frente.

— Divirta-se — Diz ele bruscamente e desaparece escada acima.

⁓

Quando ele volta, já vi metade da gravação. É exatamente como Peter me disse: a maior parte do tempo, os agentes do FBI perguntaram aos meus pais e evitaram responder suas perguntas. Posso dizer que meus pais estavam estressados e nervosos, mas nenhum dos dois parecia fisicamente doente, pelo menos na gravação com interferência do vídeo.

— Fale-me novamente como Sara explicou a venda da casa — Diz o Agente Ryson para mamãe quando Peter senta-se no sofá perto de mim, usando um jeans limpo e camisas de manga comprida. Ele deve ter tomado um banho depois dos seus exercícios brutais, porque posso sentir o cheiro fraco de sabonete quando ele passa pelo sofá e pega minha mão, entrelaçando seus dedos aos meus.

Preciso de toda minha força para não reagir a essa pequena intimidade e continuar focada no vídeo. Parcialmente é porque nem mesmo sei como reagir. Deveria eu estar feliz por ele parecer ter perdoado minha infração no quarto de hóspedes? Ou deveria ficar preocupada de que o gesto, simples como é, faz meu peito disparar com o mesmo calor perigoso que me colocou nessa situação difícil?

— Então, ela nunca te disse que a venda realmente aconteceu? — Ryson pressiona depois que mamãe conta outra vez nossa conversa do almoço quase que palavra por palavra. — Ela nunca explicou como ela pôde ficar na casa depois que uma empresa de fachada da África do Sul comprou a casa dos compradores originais pelo dobro do preço de mercado?

Meus pais se lançam em negações frenéticas misturadas com perguntas e explicações possíveis e assisto com um enjoo na barriga quando o rosto do meu pai fica roxo antes de mamãe forçá-lo a sentar-se e se acalmar.

— Ele vai ficar bem — Diz Peter, sua voz profunda me

fortalecendo e vejo que ele aperta minha mão tão forte que começa a ficar dormente. Eu devo estar ferindo-o também, mãe ele não está puxando sua mão. A expressão dura que ele estava durante a tarde desapareceu, seus olhos cinza me olhando com um pequeno calor quando acrescenta baixo: — Vi o resto do vídeo e prometo que ele está bem.

Eu assinto, pateticamente grata pelo conforto e volto minha atenção à gravação, onde os agentes voltaram ao tópico da ligação telefônica, perguntando à minha mãe sobre as palavras exatas que usei para falar da viagem. É claro que ele suspeitam que menti para o FBI todo o tempo, apesar de eu não ter ideia se eles me consideram como simplesmente ter recebido uma lavagem cerebral ou se fui cúmplice de Peter desde o início.

— Quão ruim é a situação? — Pergunto, virando-me para meu sequestrador quando o vídeo termina com meu pai consolando minha mãe chorando na cozinha depois que os agentes do FBI vão embora. Parece que uma agulha quente está espetada no meu coração, apesar de que, como disse Peter, meus pais estão bem, relativamente falando.

Ele não finge não entender minha pergunta. — Não é... boa. Agora que sabem onde procurar, eles descobriram mais evidências do nosso relacionamento, começando com nosso encontro no clube. E claro, tem o fato de você estar vivendo na casa que era minha e não dizer nada para o FBI quando eles te falaram que eu tinha sido visto. Entre isso e a ligação telefônica para os seus pais, eles têm um caso bem forte de colaboração. Tem também... — Ele para.

— Tem também o quê? Puxo minha mão e fecho um punho no meu colo. — Fala.

Peter suspira. — Eles procuraram no seu armário e acharam

os papéis do seu divórcio, assinados por você, mas não pelo seu marido, datado do dia anterior do acidente do seu marido.

— O quê? — Eu pisco para ele, uma pontada de medo descendo pela minha espinha. — O que isso tem a ver com qualquer coisa?

Peter coloca uma mão confortante no meu joelho. — Essa não é a teoria principal em que eles estão trabalhando — Ele diz calmamente —, mas eles *estão* considerando a possibilidade de que você possa ter tido algum envolvimento na morte do seu marido – que nossa relação pode ser anterior à data do nosso encontro inicial na sua cozinha.

— O quê? Isso é ridículo! — Fico em pé num pulo, minha garganta fechada pelo choque. — Eles não podem possivelmente acreditar nisso. Eles sabem que você me torturou e me drogou e me ameaçou com uma faca. Eles sabem disso; eles viram o que aconteceu depois. Ou eles acham que armei o caso das drogas no meu sistema e o corte de faca no meu pescoço? E os machucados que ficaram nas minhas costas por semanas? Como eles podem...

— Isso é apenas uma linha de investigação que estão considerando, ptichka. — Peter fica de pé e pega minha mão fria nas suas palmas grandes e quentes. Tem algo quase como remorso nas suas feições belas e duras. Pelo que ele fez comigo no nosso primeiro encontro, talvez? No próximo momento, contudo, suas feições se acalmam e ele diz: — Não fique estressada por isso. Quando eles investigarem mais além, eles verão a verdade. O trabalho deles é considerar todas as possibilidades, não importa quão improvável seja e o fato de que você estava quase se divorciando do seu marido morto é algo que eles têm que se apegar. Você nunca viu nenhum filme policial? A esposa é sempre a principal suspeita, especialmente se existe uma razão para se acreditar que havia um problema marital.

— Problema marital? — Uma risada histérica sai da minha garganta. — Você está brincando, certo? Isso não é uma porra de mistério de assassinato. — Eu puxo minha mão da pegada de Peter. — *Você* matou George. Você invadiu minha casa, me torturou com água e drogou para conseguir sua localização e, então, você explodiu seu cérebro – o que sobrou dele depois do acidente, de qualquer forma. Ou eles acham que eu causei o acidente e, então, te contratei para terminar o serviço? — Minha voz sobe uma oitava. — Quero dizer, aquele acidente *foi* minha culpa de certo modo, e você realmente é contratado para matar pessoas, talvez eles tenham encontrado algo, talvez nós estejamos em conluio secreto todo esse tempo e...

— Para, Sara. — Peter se aproxima de mim e pega meu pulso, puxando-me para ele. Apenas quando ele me fecha nos seus braços fortes e me aperta no seu peito que vejo o quão gelada e tremendo da cabeça aos pés estou. Ira e choque estão me esbofeteando como ondas num furacão e eu fecho os olhos contra as lágrimas dolorosas quando Peter murmura nos meus cabelos: — Tudo vai ficar bem, ptichka. Isso tudo vai passar. Os agentes não são estúpidos; eles verão a verdade muito em breve. Só dê um tempo.

— Que verdade? — Eu coloco minhas mãos entre nossos corpos e empurro seu peito, abrindo meus olhos para fitá-lo. Sinto-me como se desmoronasse por dentro, o ódio e choque transformando-se num desespero amargo. — A que eu dormi com o assassino do meu marido por semanas e me sequestrei por tê-lo avisado que o FBI estava vindo? Ou a que eu menti para os meus pais para que eles pensassem que estou apaixonado pelo tal assassino?

As feições de Peter ficam sombrias. — Sim, essa verdade, Sara. Onde você é minha vítima. É essa que você quer que seja, não é? — Soltando-me, ele dá um passo atrás e meu corpo geme pela perda do seu calor e o conforto que seu abraço mortal provê.

Com esforço, me recomponho. Não podemos voltar àquela briga, não quando eu ainda tenho que convencê-lo a me deixar ligar para os meus pais. — Não — Digo, abanando a minha cabeça. —, não foi isso que eu quis dizer. Na verdade... — Eu paro, e forço-me a falar: — Você estava certo. Mais cedo, quando você disse que eu estava mentindo para mim mesma, você estava certo. Eu *realmente* sabia o que estava acontecendo quando te avisei e não era porque eu não queria te ver morto.

Suas mandíbulas flexionam e as pontas dos seus dedos se mexem, como que para me alcançar. — O que quer dizer, Sara?

— Estou dizendo... — Respiro e abraço-me, sentindo como se fosse me despedaçar. Apesar de fazer isso para manipular, tudo o que estou falando é verdade e retirar isso de mim está me cortando ao meio. — Estou dizendo que os agentes não estão completamente errados em onde eles estão colocando a culpa.

Os olhos de Peter se estreitam. — Sobre o que você está falando? Você não teve nada a ver com a morte daquele bastardo.

— Não, mas eu tenho dormido com você - com seu assassino. — Minha voz é trêmula quando as lágrimas voltam a picar meus olhos. — E eu não falei com o FBI sobre você. Não pedi a proteção deles, mesmo quando tive a chance. Então, aqui estamos, nesta porra de situação e é tudo culpa minha. Eu acho que em certo nível eu devo ter querido isso, certo? Perder minha liberdade e estar com você não importa as consequências? Eu tive uma escolha e fiz a errada. Eu tomei *todas* as decisões erradas e é por isso que estou aqui em vez de na proteção de custódia do FBI, por que estou com *você* em vez de levar uma vida normal.

Enquanto falo, o olhar prateado forte de Peter fica mais sinistro e ele realmente me pega, um braço em volta das minhas costas enquanto sua outra mão desce pelos meus cabelos, virando-me contra ele. — Oh, ptichka — Ele murmura pesadamente e me aperto por dentro ante suas feições famintas. — Você não podia estar mais errada. Você acha que tinha escolha? Você acha que tinha alguma esperança de eu deixá-la ir?

Minha garganta incha com algo indefinível, as lágrimas dos meus olhos ameaçando transbordar quando minhas mãos sobem para segurá-lo. — Você não deixaria?

— Não. — seus olhos brilham sombriamente quando seus dedos apertam meus cabelos. — Eu teria ido atrás de você. Não tem lugar na Terra que eles poderiam te esconder de mim. Você é minha, Sara, e continuará sendo minha não importa o que seja necessário para mantê-la. — Ele inclina a cabeça e sinto o calor nos seus lábios quando ele sussurra: — Não importa quem eu tenha que matar para te resgatar.

Eu tremo na sua pegada, minhas pálpebras fechadas quando seus lábios tocam os meus. O que ele está falando é horrível, psicótico e, mesmo assim, meu corpo pulsa ante a sua proximidade, meu sexo se enchendo de umidade tão quente quando seu pau duro pressiona contra a minha barriga. É como se uma parte perversa minha quisesse isso dele, com se ela dançasse e pulasse nas profundezas da sua obsessão.

Com se, em algum nível, eu ficasse aliviada quando a agulha picou meu pescoço.

Peter aprofunda seu beijo, sua língua invadindo minha boca e eu deixo. Deixo-o porque o fogo queimando dentro de mim é muito forte para lutar contra. Eu digo a mim mesma que estou me entregando porque eu tenho, porque a ligação telefônica para meus pais está em risco, mas bem no fundo, eu sei a verdade.

Estou me entregando porque eu quero.

Porque em alguns aspectos, minha doença já está tão avançada quanto a dele.

11

Peter me carrega escadas acima e eu escondo meu rosto no seu ombro assim que Ilya entra na cozinha embaixo. Eu não quero saber o que os companheiros de Peter acham sobre essa loucura, não quero pensar nem um pouco sobre isso. Eu despi minha alma para meu sequestrador porque quero que ele me perdoe, mas agora que fiz isso, sinto-me ferida e dilacerada, uma bagunça de vergonha e necessidade, ódio e desejo. Eu me odeio pelo que sinto e, ao mesmo tempo, não posso parar de me ligar a ele, de querê-lo tanto quanto ele me quer.

Quando chegamos ao quarto, ele me coloca na cama e começa a se despir e eu olho para ele pelas minhas pálpebras semiacerradas. Sinto-me estranhamente fora deste contexto, como se ainda estivesse drogada, mas sei que é apenas a necessidade que ele evoca no meu corpo. Meu anseio por ele é tudo que consome, roubando toda a razão e senso comum. Eu quero que ele me abrace e me toque, que me leve e me possua. Quero a parte sombria dele e seu amor invertido e, acima de tudo, eu quero *ele*.

Eu quero tudo dele, não importa o quanto isso me aterrorize.

Ele está te coagindo a isso. É uma voz baixa de sanidade sussurrando na minha mente, lembrando-me que estou fazendo isso para que Peter não me impeça de contatar meus pais, que eu me abri para ele pela mesma razão. Meu carrasco é perceptivo; ele saberia se eu mentisse para ele ou fingisse sentimentos que não tenho. A verdade, com toda sua complexidade patológica, foi minha melhor aposta, não posso mais impedir que isso continue acontecendo, não posso cobrir sua feiura com um véu opaco de negação.

É verdade que não tenho escolha, mas estaria mentindo se dissesse que não gosto disso.

A camisa de Peter é retirada primeiro e olho com ansiedade quando os músculos do seu abdômen se flexionam quando ele coloca a mão no zíper do seu jeans. Ele tem um corpo de guerreiro, esbelto e firme, com músculos poderosos e claramente definidos e tatuagens cobrindo seu braço esquerdo do ombro ao pulso. Como a pequena cicatriz dividindo sua sobrancelha esquerda, a maioria das cicatrizes no seu torso está desaparecida, mas aquela no seu estômago é nova; é onde ele foi esfaqueado algumas semanas atrás no trabalho no México. Essas cicatrizes são uma lembrança do que ele faz, ou do que ele *é* e meu coração se aperta quando eu reflito novamente no fato de que estou dormindo com um assassino.

O assassino do meu marido.

Ele está te chantageando para isso.

Essa é a verdade e ela, de algum jeito, me faz sentir melhor quando ele sai do seu jeans e vem para mim nu, seu pau longo e grosso curvando-se até o umbigo. É foda, mas eu não quero ter escolha nisso, não quando o desejo me incinerando é uma traição contra tudo que valorizo. Como isso, eu não posso dizer que estou fazendo isso por uma razão... que eu não estou completamente perdida.

— Você é linda demais — Ele sussurra roucamente, curvando-se sobre mim e eu fecho meus olhos, incapaz de aguentar a intensidade nos seus olhos metálicos quando ele me despe. O toque das suas mãos, tão forte e, mesmo assim, tão suaves, faz meu corpo pulsar de necessidade, mesmo com meu coração sangrando por tudo que perdi, por tudo que essas mãos cruéis tiraram de mim. As lágrimas que segurei vazam, escorrendo pela minha têmpora e eu tremo quando ele as beija, seus lábios macios e quentes na minha pele molhada.

Ele beija meus lábios a seguir, a parte macia atrás da minha orelha e a coluna sensível do meu pescoço. Só quando sua boca viaja para os meus seios que vejo que já estou nua, minhas roupas retiradas quando eu batalhava os pensamentos confusos. Seus lábios se fecham nos meus mamilos, a sucção quente e molhada fazendo-me arquear para fora da cama e vejo que minhas mãos estão enterradas nos seus cabelos macios e grossos enquanto meus quadris balançam contra ele, buscando alívio da tensão que cresce por dentro.

Pare. Por favor, pare.

O grito desesperado reverbera na minha mente, mas eu não o vocalizo. Não posso. Não porque ele não ouviria, mas porque eu não aguentaria se ele o fizesse. Talvez se eu não tivesse cedido antes seria mais fácil. Se eu não soubesse como é tê-lo dentro de mim. Eu poderia ter a força de vontade para resistir. Mas eu realmente sei e meu corpo luta com a mente, minando meus esforços de controlar minha resposta, de me conter mesmo se eu der tudo para ele.

— Sim, desse jeito — Ele respira nos meus mamilos quando seus dedos partem minhas dobras me encontrando molhada e inchada, tão excitada que quase não aguento mais. — Deixe-me possuí-la, ptichka. Deixe-me te dar o que você precisa. — Seu polegar calejado circula meu clitóris quando seu dedo do meio empurra dentro de mim e eu gemo quando meus músculos internos se apertam em volta do dedo, meu corpo ansiando mais da invasão.

Peter obriga, empurrando um segundo dedo e o gemido se transforma num grito ofegante quando ele recomeça a chupar meu mamilo, o estímulo duplo fazendo minha espinha curvar-se e meu coração disparar no peito. Estou perto do orgasmo, e posso sentir isso, e quando a tensão finalmente chega ao máximo, eu gozo tão forte que paro de respirar por alguns segundos escurendo a visão. Todo meu corpo tremendo pelo alívio, a explosão de prazer indo até meus dedos dos pés quando o dedo de Peter se move para dentro e para fora, me esticando, preparando-me para o que está por vir.

Ainda estou no meio do tremor orgásmico quando ele sobe, seus joelhos abrindo minhas coxas, ele entrelaça meus dedos aos seus, prendendo minhas mãos perto dos meus ombros.

— Olhe para mim — Ele ordena roucamente e eu obedeço tonta, abrindo meus olhos para ver seu olhar em chamas. Seu grande peso pressiona-me para baixo, seu cheiro masculino enchendo minhas narinas quando seu pau esfrega no meio da minha coxa, duro e massivamente grosso. Com minhas mãos presas na cama, estou impotente, completamente entregue à vontade dele e existe algo perversamente excitante nisso, algo tão sombrio quanto a necessidade fervendo no meu âmago.

— Diga-me que você não quer isso. — Seu tom é forte, sua expressão quase violenta. — Minta para mim e pararei.

Meu peito sobe convulsivamente quando olho nos olhos dele, meus pulmões fazendo esforço extra. Eu não sei por que ele está falando isso, mas eu realmente sei o que quero e não tem nada a ver com ser capaz de ligar para os meus pais.

— Não pare. Por favor, não pare.

Eu não sei se digo as palavras em voz alta, ou se eu meramente as balbucio, mas as narinas de Peter se inflam, suas feições altamente belas se revirando com fome feroz. Seus dedos se apertam entre os meus, quase que esmagando com a força e meus olhos se apertam fechados quando ele abaixa a cabeça, exigindo meus lábios num beijo possessivo. Ao mesmo tempo, a cabeça grande do seu pau empurra para dentro do canal entre minhas pernas, deslizando entre minhas dobras até que ache a entrada molhada e pulsante do meu âmago.

Ele me penetra com uma estocada profunda, seu comprimento grosso esticando-me à beira da dor e minha ofegada é engolida pelos seus lábios quando sua língua entra em minha boca, enchendo-me, devorando-me, cercando-me com seu odor e gosto e sentido. Sua possessão é áspera, sua fome quase incontrolável e quando ele define um ritmo duro, a tensão dentro de mim sobe novamente, indo em direção a um novo ápice. É demasiado, por demais esmagador e passo minhas pernas em volta do seu quadril, precisando ter algum controle, mas não há nenhum sobrando.

Existe apenas Peter e a necessidade violenta nos consumindo.

Eu não sei quem goza primeiro, ou se chegamos lá juntos.

Tudo que sei é que quando o inchaço me invade, ele está gemendo meu nome, sua pélvis roçando contra a minha e seu pau gozando dentro de mim. O prazer parece continuar para sempre, passando pelas minhas terminações nervosas, e quando termina, ele rola saindo de mim, segurando-me nos seus braços enquanto eu desmorono e choro, tremendo pela intensidade disso tudo... e a culpa que me abala.

Mais uma vez, eu cedi ao homem que destruiu minha vida.

Apenas mais tarde, quando minhas lágrimas param e Peter está prazerosamente acariciando minhas costas, que algo me ocorre, fazendo meu sangue congelar nas minhas veias.

Pela segunda vez nós não usamos preservativo.

1 2

Peter

Sei o exato momento que Sara nota a falta da camisinha. Todo o seu corpo enrijece e ela levanta a cabeça do seu lugar de descanso no meu ombro, seus olhos arregalados com horror quando encontram os meus.

— Nós não...

— Eu sei.

É a segunda vez – a primeira foi na noite que a roubei – e apesar de omitir a proteção de propósito em ambas as vezes, não posso pedir desculpas. O pensamento de Sara ficando redonda com meu filho não me assusta ou repele; de fato, enche meu peito de felicidade, um tipo que apenas conheci uma vez antes.

Com Pasha, meu filho.

Uma dor familiar atinge meu peito, a dor da perda tão aguda como sempre. A imagem do corpo de Pasha, seu pequeno punho segurando seu carrinho, está encravada na minha mente com uma precisão brutal de uma lâmina de um assassino. Por anos, isso era a primeira coisa que eu pensava a cada manhã e a última de cada noite. Era o pesadelo que me acordava de noite e o fantasma que me atormentava durante o dia. Vingar Tamila, minha esposa, e ele, que foram assassinados no mesmo massacre, era minha razão de viver e apenas quando encontrei Sara que achei um novo propósito de vida.

Ela .

Meu pequeno pássaro cantor, que é meu tudo agora.

Ante minha admissão sobre o preservativo, Sara parece mais horrorizada. Segurando um lenço, ela se afasta na cama e esfrega freneticamente entre suas pernas antes de colocar o cobertor sobre os seios. Seus olhos de avelã são grandes nas suas feições pálidas quando ela diz com voz presa: — Você está *tentando* me engravidar?

— Não. — Levanto-me antes que fique tentado a fodê-la novamente. Mesmo com meu corpo pulsando com o relaxamento pós-orgasmo, a ideia de Sara grávida está me fazendo ficar duro novamente e tenho alguns emails urgentes para responder antes do jantar. — Só aconteceu. Não houve muito raciocínio envolvido. Mas te disse antes, eu não me importaria... não que seja possível nessa época do mês para você. Certo?

Sara assente, mas sua pegada mortal no cobertor não concorda. — Não é provável, mas tampouco impossível — Diz ela num tom um pouco mais calmo. — Muitas coisas podem bagunçar o ciclo de uma mulher, então, você não pode achar que é seguro basear-se apenas no calendário. Além do mais, meu ciclo está no lado mais curto e meu período terminou dois dias atrás. — Ela respira e diz bruscamente: — Preciso da pílula do dia seguinte. Você pode conseguir para mim?

Eu olho para ela, impressionado pela noção. — Talvez — Digo vagarosamente. — Que tipo de pílula é essa e onde posso conseguir?

Sei o que ela está falando, claro, mas fingi ignorância para dar-me um momento para pensar. Apesar de não ter conscientemente pretendido que isso acontecesse, agora que aconteceu, tudo dentro de mim se rebela ante a ideia de reduzir as possibilidades da gravidez de Sara.

É um novo nível de problema, mas, neste momento, vejo que eu *realmente* quero um filho com ela. Quero ligá-la a mim de todos os modos possíveis, fazê-la minha tão completamente que ela nunca será capaz de partir.

— Tem muitas marcas vendidas nos Estados Unidos — Diz Sara. — *Plan B, Next Choice, My Way, Ella...* eu não sei qual está disponível no Japão, mas tenho certeza que deve haver algo. Essas pílulas funcionam por parar a liberação do óvulo, prevenindo a fertilização ou parando a implantação no útero. Então, não é uma pílula do aborto; é apenas uma contracepção de emergência. Tenho certeza de que se você for a qualquer farmácia no Japão e explicar o que precisa, eles darão isso para você.

Ela está olhando para mim com uma esperança tão desesperada que eu não consigo falar não.

— Tudo bem — Digo, fazendo meu melhor para esconder minha relutância. —, deixe-me ver se consigo falar com Anton antes que ele comece a voltar. Talvez eles sejam capazes de pegar no caminho.

Todo o semblante de Sara se ilumina. — Sim, por favor. Quanto antes for tomado, mais efetivo é. No período de cinco a vinte e quatro horas é o melhor e se eu tomar esta noite, ainda estaremos na janela das setenta e duas horas da última vez.

— Entendi — Vou ligar para eles tão logo chegue lá embaixo.

Eu cumpro minha promessa e ligo para Anton, procrastinando apenas pelo tempo que leva para responder um email urgente dos nossos hackers. Eles localizaram um amigo da família Henderson que comprou passagem para a Croácia e está pedindo um pagamento para seguir a pista mais além. Eu transfiro outros quinhentos na conta acertada nas Ilhas Cayman, e contato Anton pelo nosso telefone via satélite seguro.

Para meu alívio, eles estão apenas a uns minutos perto do nosso esconderijo na montanha. — O que você precisa? — Pergunta Anton, suas palavras quase não discerníveis no barulho de fundo do helicóptero. — O fuso horário está acabando comigo, mas se for algo urgente, podemos retornar e ir pegar.

— Não, está ok — Digo, suprimindo uma pontada não desejada de culpa. — Na hora que você voltar lá, todas as farmácias estarão fechadas de qualquer modo. — Ou, pelo menos, é isso que direi a Sara e espero que não ocorra a ela que uma porta fechada não é obstáculo para a minha equipe.

Podemos obter qualquer coisa a qualquer hora, travas e legalidade que se danem.

— Tudo bem. — Anton deve realmente estar cansado, porque ele não reage diante da minha declaração estranha. — Te vemos em dez.

Ele desliga e vou para cima dar as más notícias a Sara.

Vou comprar essa pílula para ela, mas não hoje.

Amanhã será rápido o bastante.

eter

Sara recebe bem a notícia, provavelmente porque a informei na mesma hora que temos o que precisamos para fazer a ligação segura para os seus pais. Enquanto Ilya e Yan preparam as coisas, eu instruo Sara no que falar.

— Nem uma palavra da nossa localização ou de quanto somos — Falo para ela quando a levo escada abaixo. — Nada de quanto tempo levou para chegarmos aqui ou como chegamos aqui. E se você tentar dar uma pista sobre sushi ou montanhas ou helicópteros ou plantar qualquer outra pista, eu saberei, e esta será a última vez que você contatará sua família. Entendeu?

O rosto de Sara fica pálido, mas ela assente. — O que eu *posso* falar, então?

— Você pode falar com seus pais que está comigo — os

federais já sabem disso. Você pode falar que está feliz e apaixonada e eles não vão se preocupar contigo. Fale rápido; a ideia não é responder as perguntas deles mas confortá-los mostrando que você está viva e bem. Quanto menos você falar, melhor para todos os interessados.

— Ok. — Parando na base da escada, ela respira e coloca os ombros para trás. — Estou pronta.

A CHAMADA PASSA POR DUAS DÚZIAS DE CONEXÕES, SALTANDO EM satélites e torres de celulares pelo mundo antes de mostrar como bloqueado o número de Sara no celular da mãe. Eu tenho certeza que todos os ligados aos pais de Sara estão grampeados pelo FBI, mas isso não importa. Não tem como eles conseguirem localizar a chamada. O maior perigo é Sara dizer algo que não deveria, mas esperançosamente, ela é esperta o bastante para evitar isso.

Eu não blefo quando faço ameaças.

A mãe de Sara, Lorna Weisman, atende rapidamente o celular. — Alô — Sua voz tensa quando sai na caixa de som.

— Oi, mãe — Diz Sara. Ela está sentada no sofá perto de mim, o telefone na caixa de som no seu colo para que eu possa ouvir a conversa. —, sou eu, Sara.

— Sara! Oh, graças a Deus! Onde você está? Você está bem? O que está acontecendo? O FBI veio aqui e...

— Estou bem, mãe. — O tom de Sara é calmo e confortante, apesar do brilho excessivo nos seus olhos. — Por favor, não se preocupe. Estou com Peter, e tudo está bem. Eu sei que as coisas provavelmente estão confusas, mas estou bem e tudo com a gente está muito bem. Te falo mais quando chegar em casa, por enquanto, eu só quis ligar porque achei que vocês estivessem preocupados.

— Sara, querida, ouça-me. — Lorna soa como se estivesse quase chorando. — O FBI disse que ele é um criminoso, um dos mais procurados. Você tem que se afastar dele. Onde você está? Por favor, querida, me diga e enviaremos alguém para você. Ele não é um bom homem, Sara. Ele é perigoso; pode te ferir. Você tem que...

— Mamãe, não seja ridícula. — A voz de Sara fica mais forte. — Estou perfeitamente bem e Peter é maravilhoso comigo. Olha, eu não posso falar por muito tempo, mas o que quer que seja que eles falaram para você, não acredite neles. Ele *é* um bom homem e estamos muito felizes juntos. Ele me ama e... Bem, eu acho que posso estar apaixonada por ele também.

Ela olha para mim e assinto em aprovação, ignorando a dor irracional no meu peito. Ela está representando exatamente do jeito que falei para ela e não há motivos para eu querer que isso seja real, que ela está realmente apaixonada por mim.

— Mas, Sara...

— Mãe, tenho que correr. Vou ligar novamente em breve. Enquanto isso, por favor, não se preocupe comigo e diz para papai não se preocupar também. — Sua voz fica grossa, como se fosse chorar também. — Amo vocês dois e falo com vocês em breve, ok?

— Espere, Sara...

Mas ela desliga, seus ombros esbeltos tremendo com soluços quando ela fica em pé rapidamente e corre escada acima, deixando-me com o telefone.

ara

Eu NÃO SEI POR QUANTO TEMPO CHOREI ANTES DA PARTE DA CAMA perto de mim afundar e Peter me pegar nos braços, colocando-me no seu colo como se eu fosse uma criança desamparada. Sua mão grande acaricia minhas costas quando coloco meus braços em volta do seu pescoço, escondendo meu rosto molhado contra seu ombro, e faz bem, seu toque, seu calor. Sinto que isso é necessário, apesar de odiá-lo neste exato momento... apesar da dor na voz da minha mãe estar insuportavelmente clara na minha mente.

— Eles ficarão bem, ptichka — Diz ele calmamente quando meus soluços diminuem. — Estamos de olho neles e eles estão lidando com tudo muito bem. E agora que você ligou, eles sabem que você está bem também.

— Bem? Eles acham que fiquei louca, desaparecendo com um criminoso procurado desse jeito. — Minha voz treme, minha visão embaçada com lágrimas quando me empurro dos seus ombros, levantando a cabeça para fitá-lo. — E o FBI nos procurando...

— Eu sei. — Seus olhos cinza são calorosos quando ele gentilmente limpa a umidade caindo das minhas bochechas. — Não é perfeito, mas é o melhor que podemos fazer por agora.

— Certo. — Eu finalmente encontro forças para sair do seu colo e ficar de pé. Meus olhos doendo após tanto choro e tenho dor de cabeça, mas estou determinada a recuperar o controle. Não posso continuar procurando conforto no homem que tirou tudo de mim, não posso continuar chorando e me amparando no meu sequestrador.

Sou mais forte do que isso.

Tenho que ser.

— Você está com fome? — Pergunta Peter, levantando-se também. — Vou fazer o jantar para nós.

Eu limpo o restante das lágrimas com a parte de trás da minha mão e assinto. — Posso comer.

— Bom. — Seu sorriso é tão claro que quase me cega. — Te vejo lá em baixo em uma hora.

Eu esperava que os homens de Peter se juntassem a nós para o jantar, como fizeram no café da manhã, mas eles estavam visivelmente ausentes. Quando perguntei a Peter sobre isso, ele explicou que estavam treinando do lado de fora e comeriam mais tarde.

— Por que você não se juntou a eles? — Pergunto, pegando

um pedaço de salmão. Estamos comendo comida tipo Japonesa hoje – peixe e arroz branco, com legumes em conserva. — Vocês não treinam juntos?

Peter sorri. — Geralmente sim, mas eu queria passar um tempo com você esta noite.

— Porque eu fui uma excelente companhia hoje?

Seu sorriso se abre. — Tivemos nossos momentos.

Luto para não ficar vermelha, sabendo que ele está se referindo ao sexo de mais cedo. Tenho feito o máximo para não pensar nisso, apesar de o meu corpo ainda sentir-se dolorido pela sua possessão forte. É estúpido ficar constrangida quando já dormimos juntos nas últimas várias semanas, mas não consigo evitar. Essa coisa entre nós é por demais confusa, muito fodida. E, então, o caso da falta de camisinha...

Não, não posso pensar nisso. Peter me prometeu a pílula para amanhã e tenho que acreditar que ele manterá sua promessa. Mesmo se, por uma razão bizarra, ele não se importasse de eu ficar grávida, ele tem que ver que um filho sob essas circunstâncias seria um desastre por tudo que está envolvido. Ele é um homem procurado, um assassino em fuga. Que tipo de vida teria essa criança? Peter é muito esperto para não entender isso.

Ele também é obcecado por você.

Sufoco aquele sussurro assustador e passo a comer. Não tem motivo de me preocupar com isso hoje à noite; amanhã, se Peter trouxer a pílula, ainda dará tempo. De qualquer modo, estou tão cansada que quase não consigo levantar o garfo, muito menos ficar estressada sobre uma gravidez em potencial. Já deve ser manhã lá em casa e apesar de ter dormido de manhã, estou sentindo os efeitos do fuso horário, combinado com os resultados do estresse extremo. Tão logo termino de comer, vou desmaiar e espero que minha cabeça fique mais clara amanhã.

Precisa estar, para que eu possa planejar a fuga.

— Esqueci de te falar — Diz Peter quando termino meu salmão. — Yan te trouxe um monte de roupas. Estão ali. — Ele aponta na direção da entrada, onde, pela primeira vez, vejo várias bolsas de compras.

— Oh, obrigada. — Segurando um bocejo, empurro meu prato vazio e levanto-me. Não tenho intenção de estar aqui tempo o bastante para precisar de tantas roupas, mas preciso de calçados e roupas quentes para a fuga. — Vou vê-las agora mesmo.

Peter levanta-se e começa a retirar as coisas da mesa enquanto eu olho as coisas que Yan comprou. Todas as etiquetas mostram tamanhos maiores do que estou acostumada a usar, mas as roupas parecem que irão servir, então, eu devo ser um tamanho médio ou grande entre as pequenas mulheres japonesas. Os sapatos também são do tamanho certo. Eu visto um na hora, excitada por achar um par de tênis confortável e botas quentes, além de sandálias menos práticas e sapatos de salto alto.

— Seu colega acha que irei a um clube? — Pergunto a Peter enquanto olho o resto das bolsas e acho alguns vestidos igualmente desnecessários, além de calças de yoga atendendo a um bom senso, jeans, suéteres e camisetas. Também tem roupa íntima, a maioria bonita e de renda, e duas camisolas de seda – a ideia de um homem do que uma mulher deve usar na cama.

— Yan é bom com roupas, então, eu pedi a ele que comprasse o que achasse que fosse bom. — Diz Peter, com um sorriso aberto quando seguro o top que não ficaria mal numa praia no verão —, eu acho que ele exagerou um pouco em alguns itens.

— Aham. — Eu coloco tudo dentro das bolsas e pego algumas, ia colocá-las no closet lá em cima quando Peter vem e as pega das minhas mãos.

— Eu levo — Diz ele, pegando o resto e fico olhando, pasma, quando ele carrega todas as bolsas para cima.

Este é outro exemplo da sua extrema solicitude, concluo quando o sigo. Em casa, não apenas Peter me livrava de todas as tarefas quando estava cansada, mas também não me deixava carregar nada mais pesado do que um prato de comida quando ele estava por perto. Não sei se ele acha que sou incapaz de levantar uma bolsa de compras, ou se alguém o ensinou a carregar coisas para mulheres, mas isso definitivamente ajuda na ideia de que ele está me mimando.

Quando não está me drogando, sequestrando ou ameaçando, claro.

— Isso era parte da sua educação no orfanato? — Pergunto, seguindo-o para o closet do quarto, onde ele coloca as bolsas no chão e começa a pendurar minhas roupas perto das dele. — Quando você era um menino, alguém o instruiu em como ser um cavalheiro ou algo parecido?

Peter para e olha para mim, sobrancelha levantada. — Você está brincando, certo?

Eu franzo a testa e alcanço uma das bolsas, pegando o suéter para dobrá-lo. — Não, por quê?

Ele sorri de modo sombrio. — Ptichka, você tem ideia de como são os orfanatos na Rússia?

Mordo meu lábio quando coloco o suéter na prateleira perto de mim. — Não, na verdade não. Imagino que não muito bons?

Ele continua pendurando as roupas. — Digamos apenas que

cavalheirismo não era uma prioridade alta quando eu era uma criança.

— Entendo. — Eu deveria estar ajudando Peter, mas tudo que faço é olhar para ele, imaginando o quão pouco sei sobre o homem que tomou minha vida totalmente. Sei que cresceu como órfão – ele falou-me que acabou num campo de prisão juvenil depois de matar o diretor do orfanato – mas foi o máximo que consegui e, de repente, isso não é o bastante.

Eu quero saber mais sobre Peter Sokolov.

Quero entendê-lo.

— O que aconteceu com sua família? — Pergunto, recostando-me na ombreira da porta do closet. — Você chegou a conhecer seus pais?

— Não. — Ele não para de esvaziar as bolsas metodicamente. — Fui deixado na porta do orfanato recém-nascido. Eles acharam que eu tinha três ou quatro dias na época. O melhor palpite deles era de que minha mãe veio de uma das vilas próximas. Ela devia ter sido uma garota em idade escolar que foi na conversa de alguém e ficou grávida ou algo assim. Eu não tinha nenhum sinal de síndrome de álcool em feto e o teste de drogas em mim deu negativo, então, isso excluía prostitutas e esses tipos de pessoas.

— E ninguém nunca voltou para te reclamar? — Pergunto, tentando ignorar a dor apertando meu peito. Não sei por que, mas olhando esse homem perigoso como um recém-nascido abandonado me faz querer chorar.

Peter abaixa o cabide que está segurando e me dá um olhar surpreso. — Me reclamar? Não, claro que não. Ninguém reclama crianças nesses lugares – é por isso que são chamados de órfãos. Bem, hoje em dia, estrangeiros ricos gostam de aparecer e adotar um ou dois bebês se não podem ter suas pestinhas por conta própria, mas esse não era o caso quando eu cresci.

Eu engulo, a dor no meu peito aumentando. — Você já tentou saber sobre sua mãe? Achá-la, ou seu pai? Quero dizer, você tem recursos agora...

As mandíbulas de Peter flexionam e ele vira-se para me encarar. — Por que eu perderia meu tempo procurando alguém que me abandonou? — Seus olhos brilham com uma luz dura e sinistra. — Só existe uma coisa que gostaria de fazer se eu a achasse, e até *eu* não ultrapasso os limites do matricídio.

Ele vira-se, continuando a dobrar e pendurar minhas roupas e eu me forço a juntar-me a ele na tarefa apesar das minhas mãos tremendo e o nó no meu estômago. Sua revelação tanto me aterroriza quanto me enche de uma pena esmagadora. É óbvio para mim agora que o ódio em Peter vai mais fundo do que a tragédia que recaiu sobre sua mulher e filho, que ele foi moldado por forças que eu quase não compreendo.

Que seu foco na família – e sua obsessão comigo – podem ter raízes retrocedendo até sua infância sombria.

ara

E U DURMO NO ABRAÇO DE PETER TÃO LOGO NOS DEITAMOS E acordo um tempo depois sentindo que ele está escorregando dentro de mim por trás, seu abraço musculoso em volta do meu tórax para manter-me sem me mover. Ainda não estou molhada o bastante e a primeira investida queima, mas sua mão move-se para meu sexo, achando o clitóris e meu corpo relaxa, derretendo-se para ele quando o fogo me acende novamente.

Leva poucos minutos para eu gozar e ele goza logo depois, seu pau ejaculando dentro de mim quando ele chega ao ápice com um gemido abafado. Ele me segura, não se preocupando em sair e eu volto a dormir desse jeito, com ele ainda enterrado no meu corpo. Nos meus sonhos, ele beija minha têmpora e me fala o quanto me ama, mas quando acordo de manhã, estou sozinha na cama, com a luz forte entrando pelas janelas que vão do teto ao piso.

Quando tomo banho, acho traços de sêmen seco nas minhas coxas – evidência de que ele não usou proteção novamente. Lavo-me rapidamente, tentando não ceder ao pânico borbulhando dentro de mim e me visto para procurar Peter.

Ele tem que conseguir aquela pílula.

Ele tem que manter sua promessa.

Para a minha surpresa, ele não está em nenhum lugar em baixo. Nem nenhum dos homens.

Meu pulso pula, inicia um ritmo rápido. Poderia ser? Poderiam eles ter me deixado sozinha e ido cuidar de algum negócio? Antes de me permitir ficar muito excitada, pego minhas botas e saio para checar se eles podem estar treinando lá fora.

Nada.

Todos se foram assim como o helicóptero.

— Eles voltarão de tarde — Diz uma voz masculina atrás de mim e eu pulo com um gritinho de espanto.

Virando-me, vejo Ilya, que está saindo da casa atrás de mim. Ele deve ter estado num dos quartos de hóspedes lá em cima – o único lugar que não verifiquei.

Respirando para normalizar meu pulso, pergunto: — Peter também foi?

O russo grande assente, seu crânio tatuado brilhando na luz do sol quando ele se encosta na ombreira da porta. — Ele deixou café no fogão para você.

— Oh, ok. Obrigada.

Ele entra e eu o sigo, tremendo do vento frio. Eu

definitivamente terei que vestir uma roupa quente quando for escapar, com camadas e tudo. E devo de ter a chance antes do que esperava.

Com um pouco de sorte, Ilya não vai ficar me vigiando de perto hoje.

Acertando, ele não se junta a mim para o café da manhã. Em vez disso, ele desaparece no seu quarto de cima enquanto eu me entupo do mingau de aveia que Peter deixou para mim e limpo tudo. Enquanto Ilya ainda não volta alguns minutos depois, eu quietamente vou para cima, coloco dois suéteres e uma jaqueta grossa com capuz, pego um chapéu e continuando em silêncio, desço. Eu ainda não conheço a área, mas não posso perder esse tipo de oportunidade. Passando pela cozinha, pego uma garrafa d'água, um pacote de amendoins e uma maçã e coloco tudo numa sacola plástica que coloco dentro da minha jaqueta.

Minhas botas estão na porta da frente, então, eu as coloco e saio da casa, com cuidado para não fazer nenhum barulho quando fecho a porta atrás de mim.

Eu não respiro fundo até que a casa esteja fora de vista e acho a trilha que vi no lado oeste ontem. Eu continuo ao lado dela, pronta para entrar fundo na floresta à primeira visão de perseguição, mas ninguém parece estar vindo.

Talvez minha sorte continue e Ilya não notará que parti até que passe algum tempo.

O ar está frio e claro quando meio andei/meio corri na trilha. Eu não sou boa o bastante em exercícios cardio para continuar nesse passo por muito tempo, mas meu objetivo é chegar o mais longe lá embaixo da montanha o quanto possa antes que alguém descubra que não estou em casa. Eu não me iludo de que possa fugir de uma equipe de ex-soldados da Spetsnaz sem alguma vantagem, mas vale a pena tentar.

Talvez eu possa pelo menos chegar a um telefone antes que eles me peguem.

Eu me esforço pela manhã toda, parando apenas por cinco minutos para banheiro e bebida perto do meio-dia. Então, volto ao meu passo rápido, ignorando os músculos queimando das minhas pernas e meus pulmões. Quando o sol está num ângulo de início de tarde no céu, sou forçada a diminuir o passo para uma caminhada. É uma sorte estar andando montanha *abaixo,* ou eu não teria durado tanto tempo. Apesar de a trilha ser larga o bastante para um carro, parece que não tem sido usada nos anos recentes e está cheia de obstáculos que tenho que dar a volta, tudo desde troncos caídos a enormes buracos e valas, cheios de água. Deve ter sido por causa daquele deslizamento que Ilya mencionou. Eu terei que dar a volta, pela floresta, quando chegar àquele ponto, mas por enquanto, a trilha é mais fácil, mesmo com todos os obstáculos.

Só mais um pouquinho, digo a mim mesma enquanto escalo outra árvore caída e escorrego numa parte íngreme da trilha, quase batendo numa rocha quando luto para ficar em pé. Em breve, pararei para beber novamente e comer um lanche, não agora.

Tenho que chegar mais longe antes que eles comecem a me procurar.

Eu me forço a continuar andando por mais uma hora, feito isso, me jogo no chão, exausta. Pelos últimos vinte minutos, tive a sensação inquietante de estar sendo seguida, mas tenho total certeza de que apenas estou ficando paranoica.

Meus sequestradores não se incomodariam em me seguir, eles apenas me pegariam e me levariam de volta.

Mesmo assim, eu inspeciono ao redor cuidadosamente, pronta para pular e correr a qualquer momento. Como suspeitei, tudo está quieto, as árvores de cedro gigantes dançando calmamente na brisa fria. Relaxando, eu abro minha jaqueta e pego o saco plástico que coloquei ali. Abrindo a garrafa d'água, tomo o restante da água que tenho e como os amendoins e a maçã que trouxe comigo.

Não é muito, mas será o suficiente.

Sentindo-me levemente melhor, levanto-me e pela segunda vez hoje, pulo com um grito de espanto.

Um macaco cinza, com cara rosada, está me olhando das árvores.

Ou mais precisamente, está olhando para mim e o centro da maçã que deixei no chão, seu olhar passando de mim para o alimento em potencial.

Eu dou uma gargalhada, tanto pela expressão do macaco como pela minha própria reação. Minha pele pinicando com a onda de adrenalina e meu coração está martelando como se eu tivesse acabado de ser atacada por um urso, mas estou tão aliviada que poderia dar um beijo no pequeno rosto cor-de-rosa.

Um macaco da montanha esteve me espionando, não um mercenário russo.

— Você pode pegar isso — Digo ao macaco, apontando para os restos da maçã quando finalmente paro de rir. — É todo seu.

— Quanta generosidade sua, ptichka — Uma voz familiar sai de trás de mim e eu congelo, minha pulsação indo às alturas novamente.

Eu estava errada em não confiar nos meus instintos.

Com um sentimento desolado, viro-me e encaro o homem de quem fugi.

Peter Sokolov está encostado nas árvores, seus lábios sensuais curvando-se num sorriso sarcástico.

16

Ilya enviou-me uma mensagem tão logo Sara saiu de casa e eu lhe disse para segui-la. Não porque eu estava com medo de perdê-la – Yan havia colocado chip de rastreamento em todos os calçados que comprou para ela – mas porque eu não a queria andando só. Minha pequena doutora está acostumada a ambientes de cidade, não florestas montanhosas, e eu não queria arriscar que ela se machucasse. Eu já estava voltando, então, tão logo Anton me colocou no chão, eu segui o sinal de GPS das botas de Sara. Levou apenas uma hora para eu chegar a Ilya e, a partir daí, fiquei com o trabalho de seguir Sara – meu passatempo favorito nos meses recentes.

— Como você me achou? — Pergunta ela, recobrando-se do choque de me ver. Sua voz presa c um toquc dc falta dc ar, mas

459

ela mantém seu queixo alto, encarando-me sem tremer. — Por quanto tempo você estava me seguindo?

— Desde o final da manhã — Digo, me afastando da árvore. — Você tem mais resistência do que pensei. Eu esperaria que você fizesse um intervalo bem antes de agora.

Seus olhos de avelã se estreitam. — É por isso que você me deixou chegar tão longe? Para me mostrar o quão fraca sou e quão rápido você pode me pegar?

— Não, ptichka. — Vou em direção a ela. — Para te mostrar outra coisa.

Ela dá um passo atrás, então, fica parada, provavelmente vendo a inutilidade de correr. E é. Eu conseguiria pegá-la num segundo. Daí, eu a puniria, como demanda o monstro dentro de mim.

Eu me certificaria de que ela nunca fugisse de mim novamente.

Preciso de toda a minha força de vontade para resistir a vontade, segurar-me para não ceder ao desejo sombrio. Faz todo o sentido para Sara tentar escapar, tentar retornar para a vida que sempre conheceu. Ela não seria quem é se não tentasse e eu sei disso. Eu aceito isso – racionalmente, pelo menos.

Num nível mais visceral, eu quero subjugá-la e fazê-la me amar, prender suas asas para que ela nunca, jamais saia.

— Vem — Digo, esticando meu braço para pegar sua mão fria e trêmula quando paro em frente a ela. — É só um pouco à frente neste caminho.

E aprisionando a ira fervente em mim, desço a trilha com ela.

 *ara*

A EXPRESSÃO DE PETER É ILEGÍVEL QUANDO DESCEMOS JUNTOS A trilha, mesmo assim, sinto raiva dentro dele, a volatilidade letal que é como se fosse uma parte dele com os olhos cinza de aço. Apesar disso, sua pegada na minha mão é suave, sua mão grande cobrindo minha palma do ar frio e me prevenindo de escapar.

— Como você me achou tão rápido? — Pergunto, escondendo minha ansiedade. Neste ponto, estou quase certa de que Peter não me feriria fisicamente, mas isso ainda deixa alguns modos que ele pode fazer-me pagar.

— Ilya te seguiu — Diz ele, olhando para mim. A brisa gelada avermelhou as maçãs do seu rosto e a ponta do seu nariz, e com a jaqueta esporte que ele está usando, ele se parece com aqueles atletas *hardcore* que escalam o Monte Everest por diversão. — Você achou que ele não saberia que você saiu de casa?

Claro. Eu deveria saber que foi fácil demais.

— Por que ele não me parou então? Por que ele me seguiu?

— Porque eu falei para ele.

Eu paro, forçando-o parar. — Por quê? Você está tentando me ensinar uma lição? É isso?

— Não, Sara, embora isso seja um bônus. — Um brilho de diversão aparece nos seus olhos.

— O que, então? — Exijo. — Por que deixar-me ir tão longe?

— Para que possa te mostrar isso — Diz ele e aperta sua pegada na minha mão, ele me leva para um caminho estreito de árvores um pouco mais adiante trilha abaixo.

Eu tenho andado cuidadosamente todo esse tempo, mas ainda quase não vi o desaparecimento repentino do chão sob nossos pés. Se não tivesse sido puxada para parar, eu talvez tivesse tropeçado.

Ofegando, dou um passo atrás, segurando na mão de Peter com toda a minha força quando olho de boca aberta à descida livre embaixo de nós. Por algum acaso da natureza, as árvores vão até a beirada do penhasco, algumas raízes até se estendendo além dele. Isso dá a ilusão de que há chão firme onde não tem nada e lembro-me de Ilya falando deste fenômeno ontem, quando ele mencionou o deslizamento.

— Isso foi por causa do terremoto? — Pergunto quando recupero-me do choque.

— Sim. — Peter me puxa de volta, longe da beirada do penhasco. Quando estamos suficientemente longe, ele larga minha mão e diz: — Era isso que eu queria que você visse. Sei que Ilya te falou ontem que esta montanha é toda de penhascos, mas você não deve ter acreditado nele, então, eu quis que você visse com seus próprios olhos. Este era o único lado inclinado o bastante para andar ou dirigir antes do terremoto, e não é mais útil. O único jeito de sair desta montanha é de helicóptero, ptichka. — Ele sorri, seus olhos brilhando como prata polida.

Eu olho para ele, minha barriga cheia de gelo. Acho que me desliguei quando Ilya estava falando comigo, porque não me lembro mesmo de ele ter mencionado isso. Não me admiro dos sequestradores estarem tão despreocupados com minha fuga; eles sabiam que eu não tinha aonde ir.

— Toda esta montanha é rodeada de penhascos? Em todos os lados?

Eu devo parecer tão abatida quanto estou me sentindo, porque a expressão de Peter se suaviza. — Sim, meu amor. Você não entendeu isso ontem?

Eu balanço minha cabeça desapontada. — Eu não devia estar prestando atenção.

Ele não fala nada, só pega na minha mão e andamos juntos trilha acima, de volta para a casa. Meus passos são vagarosos, a exaustão da minha caminhada de manhã me atingindo como uma bola de destruição de prédios. E não é apenas cansaço físico. Emocionalmente estou desgastada, tão cansada que me sinto dormente por dentro.

Eu não sei por que coloquei tantas esperanças nesta fuga. Mesmo quando estava em casa, com minha família e o FBI a apenas uma ligação, sabia que não havia nenhum lugar que eu pudesse correr para escapar do alcance de Peter. Eu era sua prisioneira então, como sou agora, e não sei o que me fez achar que escapando deste topo da montanha iria melhorar as coisas.

Por que eu imaginei que seria livre se conseguisse chegar lá embaixo.

Peter teria vindo atrás de mim. Mesmo se, por algum milagre, eu escapasse e chegasse à suposta segurança da proteção do FBI, eu nunca estaria verdadeiramente segura. Eu teria que olhar sobre meus ombros a cada hora, cada dia e, eventualmente, ele estaria lá, em pé com aquele sorriso cruel nas suas belas feições.

Não existe escapatória para mim e, no meu pânico, esqueci-me disso.

Desespero é uma força esmagadora no meu peito, apertando minha respiração e colorindo o mundo em minha volta de cinza. Eu sei que preciso reagrupar, formular um novo plano, mas a falta de esperança da minha situação envolve muitas coisas, é por demais absoluta. Minhas pernas parecem chumbo ao dar cada passo e o frio dentro de mim está se espalhando, a friagem me enrolando como corrente em volta do meu coração.

Simplesmente não há uma saída.

— Não tem que ser assim, Sara — Diz Peter baixo e olho para ele me observando, seu olhar estranhamente solidário. É como se ele entendesse, como se tivesse empatia de algum nível. Exceto, se tivesse ele não faria isso.

Ele não destruiria minha vida para satisfazer sua obsessão.

— Não tem? — Pergunto secamente, parando em frente a uma árvore caída. Precisamos subir nela e falta-me energia para fazer isso. — Então, como? Como você vê isso funcionando?

Seus lábios se viram quando ele solta minha mão e vira-se para me encarar. — Você pode apenas concordar, ptichka. Aceitar o que há entre nós.

— E o que é isso?

— Isso. — Ele levanta sua mão e toca minha bochecha e me vejo curvando ao seu toque, procurando o calor magnético dos seus dedos.

Sentindo a necessidade perversa pulsando no meu interior.

Eu deveria me afastar, sair do seu alcance, mas estou muito cansada para me mover. Muito cansada para protestar quando ele abaixa a cabeça e pressiona seus lábios nos meus, seu beijo macio e suave, tão terno que me faz querer chorar.

Ele me beija como se eu fosse algo precioso, algo raro e belo. Como se ele me desejasse mais do que a própria vida. Meus olhos se fecham e minhas mãos sobem, segurando seus ombros quando ele afunda o beijo, inalando meu ar e alimentando minha necessidade.

E se você concordar?

Não parece tão errado agora. Não quando estou cansada e perdida, tão completamente desprovida de esperança. Ele é a causa do meu desespero, mesmo assim, tudo é mais quente e claro com seu toque, mais suportável com sua afeição.

E se você aceitar?

A pergunta circula minha mente, insultando-me, implicando com minhas possibilidades. Como seria se eu parasse de lutar? Se eu deixasse minha velha vida abraçar minha nova? Porque neste momento, não parece tão louco que ele possa me amar, que pudéssemos compartilhar algo significativo e real.

Isso se eu me permitir esquecer das coisas que ele fez, eu poderia talvez amá-lo também.

— Sara — Ele respira, levantando sua cabeça e em seu olhar quente, eu vejo o futuro que poderíamos ter. Um em que não somos inimigos, onde o passado não pinta nosso presente em sombras negras.

Eu vejo isso e eu quero isso – e isso me horroriza mais.

— Deixe-me ir. — Em algum lugar, eu acho forças para me

soltar, rejeitar a sedução sombria da sua afeição. — Por favor, Peter, para.

Seu olhar se esfria e endurece, prata derretida transformando-se em aço frio. Sem outra palavra, ele pega a minha mão e volta a guiar-me montanha acima, de volta para a minha prisão.

De volta à nossa casa.

~

Subimos a trilha por outra hora e meia antes de eu começar a tropeçar em cada raiz e pedra, minhas pernas tão pesadas pela exaustão que eu literalmente não posso levantar meu pé. Subir é dez vezes mais difícil do que descer e depois de me levar ao limite mais cedo, não consigo continuar mais.

Engolindo ar congelado, eu me jogo numa pedra. — Eu preciso... de um descanso — Eu chio, dobrando-me ao meio. Tem um dor forte no meu lado e meus pulmões queimam como se eu tivesse corrido quinze quilômetros. — Só alguns minutos.

— Aqui, beba. — Peter senta-se ao meu lado, parecendo tão descansado e refrescado como se estivéssemos caminhando felizes o tempo todo. Abrindo sua jaqueta, ele me dá uma nova garrafa d'água e diz: — Sei que você está cansada, mas não podemos diminuir o passo. Uma tempestade é esperada para esta noite e precisamos estar em casa antes dela.

Eu engulo a maior parte da água antes de devolver-lhe a garrafa. — Uma tempestade?

— Chuva e granizo, misturada com neve em altas altitudes. — Ele termina a garrafa e coloca de volta na jaqueta. — Nós não queremos ser pegos dentro dela.

— Ok. — Eu ainda não estou respirando normal, mas me força a ficar de pé. — Vamos.

Peter fica de pé, me estudando com uma leve franzida. Então, ele se vira e diz: — Suba nas minhas costas.

Uma risada incrédula sai da minha garganta. — O quê?

— Eu disse, 'suba nas minhas costas'. Vou te carregar.

Eu balanço a cabeça. — Não seja ridículo. Você não pode me carregar nessa distância. Ainda temos umas sólidas três horas de caminhada – talvez quatro ou cinco, visto estarmos indo morro acima.

— Pare de argumentar e suba nas minhas costas. — Ele dá um olhar duro para mim por sobre seu ombro. — Você está muito cansada para andar e esse é o modo mais fácil de te carregar.

Eu hesito, então, decido fazer como ele diz. Se ele quer ficar exausto por carregar-me nas costas, quem sou eu para argumentar? — Ok. — Com minhas últimas forças, subo na pedra e de lá nas suas largas costas, segurando nos seus ombros quando circulo sua cintura com minhas pernas.

— Segure firme — Diz ele e enrosca seus braços sob meus joelhos, começa a andar, cobrindo o chão com passos longos e firmes.

18

P *eter*

Dou passadas fortes, determinado a chegar rápido em casa. Agora o céu está escurecendo no horizonte, o ar esfriando e engrossando. A tempestade está vindo mais rápido do que foi predito; temos talvez duas horas antes de ela chegar e não posso bipar os caras para nos pegar. Depois de ter me deixado, Anton levou o helicóptero para pegar alguns suprimentos em Tóquio, e não voltaria a tempo.

Eu deveria ter escolhido outro dia para esta demonstração.

Oh, bem. Não adianta me preocupar agora. Quando chegamos a uma parte lisa da trilha, aumento a passada e Sara muda sua pegada em mim, rodeando seus braços no meu pescoço quando eu tombo para frente.

— Está bom assim? — Murmura ela no meu ouvido e eu assinto.

— Bom. Só não me enforque — Digo.

— Você tem certeza que não quer me colocar no chão? Porque já descansei e posso andar...

— Você vai nos atrasar.

Minha voz é dura, mas não estou inclinado a desperdiçar fôlego falando. Não porque meu passarinho seja pesada – com quase cinquenta quilos, ela pesa menos que os pesos que carrego quando treino – mas porque não posso correr o risco de ir mais devagar. O vento está aumentando, nos atacando com frio gelado e apesar de estarmos ambos com roupas quentes, quero que Sara esteja em casa antes que o tempo piore.

Os primeiros pingos da chuva gelada chegam quando estamos a menos de meia hora de casa. — Ponha-me no chão — Exige Sara e, desta vez, ouço. Estou carregando-a por mais de três horas e agora ela *está* suficientemente descansada. Iremos mais rápido se ela estiver nos seus próprios pés.

Segurando sua mão, começo a correr, puxando-a atrás de mim quando o céu se abre e o vento começa a jogar água gelada nos nossos rostos.

— Oh, obrigada, Deus — Sara ofega quando a casa aparece na vista. O granizo está misturado com neve e o vento parece cortar até nossos ossos. Meu jeans está ensopado, minhas pernas dormentes com o frio e não sinto mais meu rosto. Só posso imaginar o quão miserável Sara deve estar. Diferente de mim, ela nunca foi treinada para separar dor e desconforto, nunca soube o que é focar apenas na sobrevivência. Se eu pudesse protegê-la da tempestade com meu corpo, faria, mas a coisa mais importante agora é entrar, onde está quente e seco.

Mais uma hora disso e correríamos o risco de hipotermia.

Quando estamos a menos de trinta metros da casa, Sara tropeça, caindo sobre um galho e eu a pego, carregando-a no meu peito enquanto cubro a distância restante. Chegando dentro de casa, bato na porta com minhas botas e tão logo Yan abre a porta, eu carrego meu fardo parcialmente congelada direto para o banheiro escada acima.

Colocando-a no chão, ligo o chuveiro, certificando-me que a água esteja quente mas não tão quente e, então, tiro nossa roupa, removendo as roupas molhadas e geladas antes de colocá-la sob o jato. Os lábios de Sara estão azuis, e ela está tremendo tanto que quase não consegue ficar em pé. Eu não estou muito melhor, então, passo meu braço nela num abraço de corpo todo e por uns minutos apenas ficamos em pé sob a água, tremendo enquanto seu calor molha nossas peles congeladas.

— Nós p-poderíamos ter morrido. — Os dentes de Sara ainda batem quando ela se afasta e me olha. Seus olhos de avelã estão quase negros no seu rosto branco, seus cílios negros pontudos com a água. — P-Peter, poderíamos ter morrido lá fora.

— Sim. — Aperto meus braços em volta dela novamente, pressionando-a contra mim até que possa sentir cada respirada rasa que ela dá. — Sim, ptichka, poderíamos.

Outra hora ou duas naquela tempestade e ela não teria resistido. Eu não me deixei pensar nisso antes, não me deixei perder o foco da tarefa de chegar em casa, mas agora que estamos aqui – agora que ela está segura – a realização de que ela poderia ter morrido pressiona meu estômago e envolve meu coração com gelo. Apenas conheci medo deste jeito uma vez antes, quando vi aqueles cabeça de meta a ameaçando com facas. Naquela vez, eu podia eliminar a ameaça – e fiz – mas eu não poderia protegê-la desta tempestade.

Se esta tivesse vindo duas horas mais cedo, eu poderia tê-la perdido.

O pensamento é aterrador, insuportável. Quando eu perdi Pasha e Tamila, parecia que meu mundo tinha acabado, como se eu nunca mais conhecesse nada além de ódio e agonia novamente. A fúria que me guiava era absoluta – porque esse era o único modo que eu poderia passar cada dia, e o único jeito que eu podia comer e beber e funcionar.

O único jeito de eu viver o bastante para achar aqueles responsáveis e fazê-los pagar.

Apenas quando encontrei Sara que comecei a viver novamente, querer algo mais do que vingança brutal. Ela tornou-se meu novo foco, minha nova razão para existir.

Não posso perdê-la.

Não vou perdê-la.

— Você nunca mais fará isso de novo. — Minha voz é baixa e dura quando seguro os ombros dela e a empurro para que me olhe, o medo dentro de mim inundado pela determinação feroz. — Não vai fugir de mim, Sara. Nunca. Não tem ninguém lá fora que possa te ajudar, nenhum lugar que possa se esconder de mim. E se tentar essa loucura fútil novamente, você se arrependerá – te dou minha palavra. Acha que sabe do que sou capaz, mas nem chegou a arranhar a superfície. Você não tem ideia de até onde eu vou, ptichka, nem imagina do que sou capaz de fazer para tê-la. Você é minha e vai ficar sendo minha – agora e pelo tempo que ambos estivermos vivos.

Posso sentir seus músculos tensionarem enquanto falo e sei que a estou amedrontando. Não é o que quero, mas tenho que preveni-la dessas tentativas de fuga.

Tenho que mantê-la em segurança.

— Peter, por favor... — Seus olhos de avelã singelos se enchem de lágrimas, suas palmas pressionando meu peito. — Não faça isso. Isso não é amor. Até você deve ver isso. Sinto muito por tudo que você perdeu, pelo que George fez com sua família. E eu sei... — Ela engole, continuando a me fitar. — Sei que há algo entre nós, algo que não deveria estar lá... algo que não faz nenhum sentido. Você sente isso e eu sinto também. Mas isso não torna as coisas certas. Você não pode forçar alguém a te amar, não pode intimidá-la para que se importe com você. Pelo tempo que você está me mantendo aqui, sou sua prisioneira, não importa o que você me faça dizer... não importa a coerção que você me faça. Se eu fugir ou não, não sou sua – e nunca serei. Não deste modo.

Cada palavra que ela fala é como uma faca furando meu fígado. — Como então? —Minhas palavras saem duras e desesperadas, violentas na sua intensidade. — Me diz, Sara. Como posso ter você? De que outro modo podemos estar juntos se sou um homem procurado?

Seu olhar espelha meu sofrimento. — Não podemos — Ela ofega, suas unhas delicadas arranhando minha pele quando suas mãos se fecham num punho contra meu peito. — Isso não é para acontecer, Peter. *Nós não somos* para acontecer. Não com o passado que compartilhamos – não com o que e quem somos.

— Não. — Minha rejeição é visceral, intuitiva. — Não, você está errada.

Vendo que estou apertando seus ombros com força demasiada, eu a largo e dou um passo atrás, viro-me para desligar o chuveiro, usando a pequena tarefa para recobrar algum controle. Agora que não estou mais congelando, meu corpo está começando a responder à sua nudez, minha fome por ela é aguda e sombria, agravada pela porção volátil de ira e desejo frustrado. Se não me acalmar, a possuirei e a machucarei.

Vou fodê-la até que ela ceda e admita que pertence a mim.

Ela está chorando quando me viro e olho para ela, as lágrimas misturadas com a água nas suas bochechas. — Peter, por favor... — Ela estica o braço para segurar minha mão, seus dedos finos agarrados à minha palma implorando. — Por favor, apenas deixe-me ir. Isso não é o que você quer, realmente não. Eu não posso ser sua família. Eu não posso ser a substituta deles. Você não consegue ver isso? Isso simplesmente não devia estar acontecendo. O que você quer não é...

— *Você* é o que eu quero. — Puxando minha mão da sua pegada, eu a fecho nos cabelos dela e passo meu braço pela sua cintura, moldando-a contra mim. Ela inspira numa respirada forte, seus mamilos intumescidos esfregando contra o meu peito e meu pau pulsa, duro e pronto contra a sua barriga quando eu digo pesadamente: — Você, Sara, é tudo o que quero. Não dou a mínima para o passado, ou pelo que deve ou não deve ser. Fazemos nossa própria sorte – escolhemos nosso próprio destino – e eu escolhi você. Não me importo se o mundo todo acha que isso é errado, se eu tiver que lutar contra um exército para ficar com você. Eu te achei, eu te peguei e estou te mantendo – e nunca vou te libertar.

19

*S*ara

EU ESPERO QUE PETER ME FODA, ALI MESMO NO CHUVEIRO, MAS ele me solta e sai do boxe, pegando uma toalha do suporte e enrolando em mim enquanto o sigo. Ele me seca com movimentos rápidos, depois, pega uma toalha para ele próprio. Seus movimentos são ríspidos, irregulares, seus olhos brilhando com uma certa sobriedade quando ele termina de se enxugar e joga nossas toalhas no suporte.

Ele está com raiva ou machucado ou uma combinação de ambos, nenhum dos dois me parece bom.

Segurando no meu cotovelo, ele me leva para o quarto e quando chegamos na cama, eu caio nela, minhas pernas se recusando a suportar-me por mais um segundo. Uma onda de tontura me varre, meu estômago uivando com o vazio e vejo que não comi nada desde os amendoins na trilha.

Peter deve ter visto isso também, porque ele para e me olha com uma franzida sombria. — Você quer jantar?

Eu assinto e me forço a sentar, enxugando as lágrimas do meu rosto com as costas da minha mão. — Por favor.

— Tudo bem. — Ele vai para o closet, pega um roupão e joga em mim colocando um ele próprio. — Vamos comer.

Enquanto consumimos a stir-fry que Peter preparou rapidamente, luto contra a sensação de desconforto de que estou apenas esperando a guilhotina cair. Meu sequestrador não disse uma palavra desde que perguntou se eu queria jantar e não tenho ideia do que está se passando na cabeça dele. Apesar de que, o que quer que seja, ele está me olhando de forma intensa e com toda a atenção e isso me amedronta.

O jantar retardou o que quer que ele fosse fazer comigo, mas ele ainda planeja fazer.

É possivelmente a pior hora de todas, mas não posso protelar mais. O tempo está passando na minha cabeça, cada hora que passa aumenta minha ansiedade. — Peter... — Coloco o garfo na mesa, tentando não parecer tão nervosa quanto estou. — Você trouxe a pílula?

Suas mandíbulas se apertam e, por um segundo, convenço-me de que dirá não. Mas ele apenas se levanta e vai ao balcão, onde um saco de papel branco está perto do laptop.

Pegando, ele traz para mim e eu ansiosamente pego dele. Dentro está uma caixa branca brilhante com escrita japonesa nele. Apenas o nome do fabricante está em inglês, mas tenho certeza de que é a pílula que preciso.

Rasgando a caixa, pego a pílula e engulo com meio copo d'água. Com um pouco de sorte ainda estamos na zona de segurança e a pílula fará seu trabalho. Não que importe, dado o que Peter disse.

Com ou sem filho, ele nunca me deixará voltar para casa.

O desespero ameaça me sobrecarregar novamente e só consigo falar com ele num tom meio normal: — Obrigada. Gostei muito.

Não importa o quão ruim as coisas estejam entre nós, tenho que ter em mente que ele não tinha que ter me dado a pílula – que ele poderia ter forçado sua vontade em mim nesse assunto, também.

Peter assente secamente e começa a retirar os pratos da mesa. Ainda estou morta de cansada, mas me ponho a levantar e ajudá-lo quando Ilya e Yan descem as escadas, discutindo algo em russo. Yan está rindo e Ilya parece furioso, fazendo-me imaginar se os dois irmãos estão brigando.

Peter grita algo para eles e Yan olha para mim antes de responder rapidamente em russo.

Ilya parece que vai explodir, mas ele apenas pega uma maçã da tigela na mesa e volta com passos fortes para a escada.

— O que vocês estavam falando? — Pergunto, franzindo quando o russo de cabelos castanhos senta-se atrás do balcão e abre o laptop que está lá. Estive olhando aquele computador enquanto comia, imaginando como pôr as mãos nele e fico desapontada por ver uma tela protegida por senha antes que Yan vire a tela contra mim.

— Só estou falando com meu irmão que ele precisa encontrar uma garota legal — Explica Yan em inglês, seu sorriso aberto crescendo quando Peter fecha a porta da lavadora de pratos com força desnecessária. — Você sabe, como Peter fez com você.

— Oh, entendo. — Dada a reação de Peter, eu suspeito que a linguagem que Yan usou com seu irmão foi um pouco mais temperada, mas não estou disposta a ir além.

Eu não gostaria de saber o que esse bando de assassinos pensa realmente de mim.

Yan se ocupa com o computador e eu passo o pano na mesa e tiro as coisas do balcão, sentindo-me na necessidade de fazer algo apesar de achar que vou colapsar. Não sei o que me espera lá em cima hoje à noite, mas me sinto particularmente no limite, meus instintos gritando de que estou em perigo. Talvez seja a expressão dura e fechada nas feições de Peter ou os seus movimentos quase fora do controle, mas isso lembrou-me de nosso encontro no Starbucks, várias semanas atrás, lá quando meu sequestrador não era nada mais do que um estranho letal que torturou e matou George.

Lá, quando eu não sabia o quão perigoso ele poderia ser.

Lá fora a tempestade está forte, o vento jogando gelo e chuva nas nossas janelas. Eu tremo, lembrando-me como me senti por estar lá fora, e aperto o roupão forte no meu corpo.

— Com frio? — Pergunta Yan e viro-me para vê-lo olhando para mim com um meio sorriso. Diferente de mim e Peter, ele está totalmente vestido, suas calças e camisa de botão com estilo demasiadamente formal para ficar em casa. Acho, contudo, que ele não se importa – tanto sobre se suas roupas são apropriadas ou quase tudo em geral. Mesmo quando ele está sorrindo ou gargalhando, tem uma qualidade fria e distante sobre Yan Ivanov, como se ele não sentisse as emoções que está transparecendo.

Eu não ficaria surpresa se o irmão de maneiras tranquilas de Ilya fosse um psicopata, no sentido clínico da palavra.

— Estou bem — Digo e olho para Peter, que acabou de jogar o resto no lixo e agora está me olhando com olhos semicerrados, seus braços poderosos cruzados no peito.

— Você já terminou? — Ele pergunta com voz firme e meu coração desaba quando vejo que não posso adiar mais o que quer que esteja para acontecer.

Cometi um erro e está na hora de pagar o preço.

2 0

QUANDO CHEGAMOS NO NOSSO QUARTO, PETER LEVA-ME PARA A
cama. Parando em frente a ela, ele retira o roupão, deixando-o
cair no piso e abre o meu e o retira pelos meus ombros,
deixando-me nua. Ele parece totalmente no controle, a ira
volátil presa por enquanto e, apesar do nervosismo, minhas
pernas se apertam com a chegada de calor quando ele esfrega
suas juntas sobre a pele sensível em cima dos meus seios antes
de colocar a mão em cima de cada seio e gentilmente esfregar
seus polegares nos meus mamilos.

— Você parece com medo — Observa ele, seu olhar de prata
duro e opaco —, está com medo de que eu te machuque? —
Seus dedos se fecham nos meus mamilos, beliscando-os com

força espantosa e eu ofego, minhas mãos voando para segurar seus pulsos.

— Diga-me, Sara. — Ele belisca meus mamilos com mais força, a pressão quase dolorosa. — Você acha que vou te machucar?

— Eu... — Engulo, meu coração martelando quando puxo seu pulso sem efeito. — Eu não sei.

— Eu *poderia* te machucar. — Sua boca esculpida se vira quando ele larga meus mamilos, deixando-os ereto pulsando quando suas mãos deslizam meu corpo para segurar meu quadril. — E às vezes quero. Você sabe disso, não sabe, ptichka? Você sente isso. — Seu pau pressiona minha barriga, duro e insistente e minha respiração chega na garganta, minhas entranhas se apertando com o pulsar quente apesar do frio se espalhando nas minhas veias.

— Sim. — Não consigo mentir, apesar de que isso seria mais inteligente, poderia apaziguar o monstro olhando para mim pelos olhos sombrios e metálicos de Peter. — Sim, eu sei.

— Oh, ptichka...— Sua voz cheia de simpatia simulada quando ele dá um empurrão forte. — Claro que sabe.

Assustada, eu caio para trás na cama, mas em vez de subir em mim, Peter curva-se e fica em pé um momento depois, com a tira de amarrar do meu roupão nas suas mãos. Ansiedade me perfura quando compreendo suas intenções e reajo instintivamente, rolando para longe quando ele sobe na cama perto de mim.

Ele me pega antes que possa rolar para fora da cama, me vejo com o rosto para baixo no colchão, a parte inferior do meu corpo presa pelo seu peso e meus braços forçados para trás quando ele amarra a tira nos meus pulsos. Seus movimentos rápidos e seguros, implacáveis na eficiência e segundos se passam antes que minhas mãos estejam totalmente presas, o tecido felpudo em volta dos meus pulsos segurando de forma macia mas que não solta.

Eu me mexo contra as amarras, ofegando no colchão, mas o laço não cede, não tem como eu me libertar. — O que você está fazendo? — Meu pânico aumenta quando o sinto saindo de mim. — Peter, por favor... o que você está fazendo?

— Shhh. — Segurando meu cotovelo, ele me puxa de joelhos e me vira para olhar para ele. Suas feições firmes com desejo, seus olhos brilhando de forma sombria quando diz: — Estou dando a você uma prova do que significa ser minha prisioneira. Porque é isso que você quer, não é? Correr para que eu te pegue? Para que eu faça isso, desse modo pode estar livre de culpa?

Eu abro minha boca para negar, mas antes que possa dizer uma palavra, Peter fica em pé na cama. Fechando suas mãos nos meus cabelos, ele puxa minha cabeça para trás, levando meu rosto para a sua virilha e eu ofego, me mexendo contra as amarras dos meus pulsos quando seu pau grosso bate na minha bochecha. Seu cheiro macho almiscarado enche minhas narinas, seu saco esfregando na minha mandíbula e minha respiração se apressa quando vejo no que ele está se preparando para fazer.

— Peter, por favor... — Eu começo, então, fecho minha boca apertada quando a cabeça do seu pau pressiona minha boca. Com sua mão nos meus cabelos e meus braços amarrados nas costas, eu não posso virar a cabeça, não posso me mover mais que poucos centímetros. Nas semanas desde que Peter invadiu minha vida, ele já me possuiu mais vezes que possa contar, me dando prazer com sua boca, mãos e pau, mas ele nunca me fez dar prazer para *ele* antes. E pela primeira vez, vejo que foi uma bondade... uma pequena escolha que ele deixou para mim.

Uma escolha que ele está descartando agora.

— Abra a boca. — Sua voz vibra com desejo sombrio quando ele bate o pau contra minha bochecha novamente. — Abra a porra da sua boca, Sara.

Continuo com meus lábios fortemente selados mesmo quando meu coração pula numa zona anaeróbica. É estúpido lutar contra um boquete quando já se foi fodida dezenas de vezes, mas não consigo evitar pensar que por fazer isso, eu cederia mais... perdendo o último resquício de mim que ainda pertence a George. Não o alcoólatra ou o espião que mentiu para mim, mas o homem por quem me apaixonei lá na faculdade, o que foi meu primeiro tudo.

As feições de Peter se apertam, seus olhos se estreitando quando brilham. — Você quer fazer isso do jeito mais difícil? Tudo bem. — Com sua mão livre, ele fecha minhas narinas, cortando meu ar, e quando eu abro a boca para dar uma respirada, ele empurra seu pau nela, até o final, na minha garganta.

Eu sufoco, meus olhos enchendo de água quando tenho um reflexo de vômito, mas ele é rigoroso quando começa a empurrar, fodendo minha boca num ritmo forte e implacável. Eu não tenho nenhuma chance de morder; com seus dedos fechando meu nariz, todo o meu foco está em conseguir ar o bastante e tentar não vomitar. Em pânico, eu instintivamente dou um puxão nas minhas amarras, meus olhos comprimidos fechados quando a saliva desce pelo meu queixo, mas seu membro duro age como pistão para dentro e para fora e não tem nada que eu possa fazer, nenhum lugar que possa escapar.

Eu não sei por quanto tempo que ele impiedosamente usa

minha boca, mas consigo me sentir ficando tonta, a falta de ar combinando com minha exaustão e uma letargia igual a um sonho toma conta de mim. Eu nunca me senti tão impotente, tão completamente sob o domínio do meu carrasco e quando Peter continua fodendo a minha boca, faço a única coisa que posso.

Eu paro de lutar e entrego-me a ele.

As enfiadas punitivas não param e ele não solta meu nariz, mas meu pânico diminui quando meu corpo fica mole e flexível na sua pegada. Sou uma boneca de retalhos, um brinquedo para ser levada e jogada e há paz nisso, um tipo de aceitação trocada. Minha garganta relaxa, o deixando entrar e o sentimento de vômito para quando aceito o ritmo. Cada vez que ele retrocede, eu tomo fôlego e o ar me sustenta quando ele empurra fundo, enchendo minha garganta, controlando-me tão completamente que toda a minha vida está nas suas mãos.

— Sim, assim mesmo. Isso é tão bom... Exatamente assim, meu amor... — Seu gemido cheio de desejo passa vibrando em mim e abro minhas pálpebras bem pouquinho, olhando para ele com olhos lacrimosos. Êxtase selvagem está cotorcendo suas feições, os tendões aparecendo para fora do seu pescoço musculoso e quando seu olhar encontra o meu, sinto algo dentro de mim trocando, mudando de algum jeito fundamental.

Sou sua, meu corpo fala para ele, aceitando tudo o que ele tem que dar. É uma rendição completa de mim mesma e, mesmo assim, parece certo, parece confortante e pacífico. Neste momento, eu quero pertencer a ele, ficar aninhada na sua força gigantesca.

Aceitar e deixá-lo me ter.

Todos os medos desaparecem, todos os pensamentos sobre o futuro desaparecendo. Sinto como se estivesse acima e além de mim mesma. Se ainda há desconforto, eu não sinto, mesmo assim, meus sentidos estão aumentados, meu sexo molhado e pulsando com excitação. É falta de oxigênio, meu conhecimento médico me diz, mas a razão não importa.

Nada importa além de Peter e seu prazer.

Continuo fitando-o quando o clímax toma conta dele, mantendo a conexão quando sua semente jorra na minha garganta. Olhos fluindo, engulo todo o líquido salgado e apenas quando seus dedos soltam meu cabelo que o sentimento estranho desaparece e a realidade volta.

Tremendo, eu colapso para o lado, sentindo-me como despedaçada quando ele solta minhas mãos das amarras. Meus olhos estão molhados, mas não estou chorando mais. Não posso. O mergulho no desespero foi muito rápido, muito aterrador e profundo. E sob todas as coisas, tem a excitação doentia, uma fome que queima bem dentro de mim.

— Tudo bem, meu amor — Murmura ele, tomando-me no seu abraço e minha tremedeira aumenta quando sua mão entra entre minhas coxas, dois dedos ásperos entrando em mim quando seu polegar pressiona meu clitóris. — Você vai ficar bem. Isso é normal. Deixe-me tomar conta de você, ptichka, e você vai ficar bem.

Mas não ficarei. Eu sei disso, e ele sabe disso também.

Leva alguns segundos para eu gozar, para convulsionar nos seus braços com prazer arrasador. E quando ele me segura, acariciando o meu cabelo, eu sei que acabou.

A gaiola que ele me prometeu é aqui.

PARTE II

2 1

*S**ara***

As duas primeiras semanas são as mais difíceis. Eu choro quase que todos os dias, minha raiva e desespero tão intensos que quero gritar e atirar coisas. Mas não faço. Em vez disso, ando ao redor de Peter como pisando em ovos, determinada a evitar mais punição – para certificar-me que meu sequestrador me deixe manter contato com meus pais.

Eu ainda não entendo o que aconteceu naquela noite, como aquele sexo oral me quebrou tão inteiramente. Sexo com Peter sempre teve um elemento sombrio, mas achava que eu poderia lidar com isso, que estava acostumada à montanha-russa do medo, da vergonha e da necessidade. Mas aquela noite foi algo diferente, algo mais perverso... algo que me despedaçou e abriu e me virou de dentro para fora.

487

Naquela noite, eu dancei com o monstro interno de Peter e, no processo, descobri um em mim.

Desde então ele não me tocou daquele jeito, apesar de que, cada vez que fazemos sexo, sinto o desejo nele, a necessidade de dominar e atormentar. Está lá não importa o que ele faça, não importa o quão gentil ele é comigo. É parte dele, essa que é sombria, essa necessidade de punir e se vingar. Ele pode lutar contra isso, mas está lá – porque apesar do que Peter diz, o passado realmente influencia nosso presente.

Ele nunca esquecerá o papel do meu marido no massacre da sua família e eu nunca suplantarei o que ele fez com George.

A boa notícia é que voltamos a usar preservativos. Eu não sei se Peter viu a sabedoria de evitar mais complicação neste estágio na nossa relação fodida, ou se ele está realmente respeitando minhas opiniões, mas apesar da quantidade de sexo que estamos fazendo diariamente, não houve nenhum deslize negativo. Contudo, eu ansiosamente conto os dias até minha menstruação e quando ela chega, duas semanas e meia depois em meu cativeiro, soluço com alívio, pela primeira vez grata pelas cólicas e desconforto. Peter não parece nem um pouco satisfeito, mas quando recomeçamos a fazer sexo depois que o pior dos meus sintomas termina, ele continua usando proteção.

Outra coisa positiva é que minha tentativa falha de fuga não me fez perder nenhum dos privilégios de contato com o mundo lá fora. Todas as tardes, Peter me deixa assistir as gravações na casa dos meus pais e a cada dois dias ele me deixa ligar para eles. As ligações são sempre rápidas, tanto como precaução extra contra o FBI localizá-las como por eu não ter muito o que falar. Até onde meus pais sabem, estou viajando pelo mundo com meu amor, feliz e não sabendo dos perigos que ele representa para mim e das minhas responsabilidades em casa. O máximo que posso falar durante as ligações é assegurar a meus pais que estou bem e perguntar como eles estão, desligando rapidamente para evitar perguntas e súplicas intermináveis.

— Você sabe que pode melhorar um pouco nosso romance — Diz Peter depois de ouvir as chamadas por cerca de uma semana. —, colocar um pouco de cor nele para fazê-lo mais autêntico.

— Verdade? Eu deveria dizer com que frequência você me fode, ou descrever quão grande é seu pau?

Peter sorri abertamente ante o sarcasmo – o pouco do desafio que ele não liga de vez em quando. — Ou você pode dizer que faço café da manhã para você todos os dias. Não sou um conhecedor de pais, mas isso parece algo que eles apreciariam mais.

Retruco com outra observação sarcástica e faço como ele sugeriu nas próximas ligações, falando aos meus pais sobre as pequenas coisas que Peter faz para mim. Não pode ser nada que indique nossa localização, então, eu me atenho a coisas mais pessoais, como o fato de ele ser um excelente cozinheiro e suas massagens nas costas serem maravilhosas. Nenhum dos dois é mentira; agora que nos fixamos no novo local, Peter voltou a fazer comidas fabulosas para mim e estou mais do que sendo mimada com as massagens diárias. Acho que é porque ele não consegue manter suas mãos longe de mim, e como não podemos fazer sexo vinte e quatro horas por sete dias da semana, ele aceita ficar me tocando de outros modos, usando cada oportunidade para me acariciar e me massagear dos pés à cabeça. Especialmente os dedos dos pés. Estou começando a suspeitar que meu sequestrador deve ter um pequeno fetiche por pé, dado ao fato de ele me fazer a melhor massagem de pé da minha vida.

Não falo sobre as massagens nos pés com meus pais – apesar das minhas perguntas sarcásticas, não me sinto confortável em discutir qualquer coisa remotamente sexual com eles – e também fico quieta sobre os modos mais íntimos em que ele cuida de mim, como pentear meu cabelo e me lavar no chuveiro. É como se eu fosse sua boneca humana, algo entre uma criança e um brinquedo sexual. Ele também fazia isso em casa, mas eu trabalhava tanto que era uma coisa mais esporádica. Agora, contudo, é um acontecimento diário e apesar de eu provavelmente achar esse tipo de atenção desconcertante, gosto demais para me opor.

Fui autossuficiente e independente por tanto tempo que me sinto bem em ter Peter me tratando como um bebê.

Claro que nenhum tipo de mimo pode compensar por eu ter perdido minha vida e o trabalho que me definia. Eu fui de trabalhar até oitenta horas por semana ao total descanso e não tenho ideia de como preencher esse tempo extra. Peter preenche parte dele – agora que sempre estou ao seu alcance, ele me fode duas ou três vezes ao dia – e com o ar fresco da montanha, eu durmo mais, pelo menos de nove a dez horas por noite. Eu também compartilho refeições prazerosas com Peter e seus homens, vou a caminhadas com ele ou quem quer que ele indique para cuidar de mim.

Não é uma rotina ruim e também temos livros e filmes, mais três semanas disso e estou pronta para subir pelas paredes.

— *Você* não se sente enclausurado? — Pergunto a Peter durante uma das nossas caminhadas matinais. O ar é frio, mas felizmente, não está nem chovendo nem com vento, como foi o caso nos últimos poucos dias – outra razão das minhas dificuldades. — Quero dizer, sei que você trabalha no seu laptop, mas ainda...

Peter dá com ombros largos. — Estou aproveitando essa folga. É rara, então, meus homens e eu aproveitamos enquanto podemos. Temos um trabalho grande se aproximando, não descansaremos por um bom tempo.

— Que tipo de trabalho? — Pergunto, levada por uma curiosidade mórbida. — Outro assassinato?

Ele para e me dá um olhar normal. — Você realmente quer saber?

Eu hesito, mas assinto. — Sim. Quero. — Não é que eu não saiba o que Peter é ou faz. Eu experimentei suas habilidades letais na primeira noite que nos encontramos. Se algum lorde das drogas pagar a sua equipe uma quantia obscena para apagar outro criminoso perigoso, eu devo também saber tudo sobre isso.

Pelo menos pode me entreter, como um thriller horror/James Bond.

— Tem um banqueiro na Nigéria que pisou nuns calos — Diz Peter, esticando o braço para pegar a minha mão quando voltamos a andar. — Um desses calos nos contratou para cuidarmos do problema.

— Um banqueiro? Não parece alguém que requeira seu particular conjunto de habilidades. — Ou como o lorde do crime impiedoso que imaginei. Não que eu me iluda que o trabalho de Peter seja algo nobre. Mesmo assim, uma parte ingênua em mim deve ter esperado que a maioria dos seus alvos seja, pelo menos, algo que mereça o que recebe.

— Este banqueiro em particular tem um pequeno exército e praticamente é dono da cidade onde mora, assim como a maioria das autoridades legais local — Explica Peter quando vamos em direção a uma trilha estreita que nunca tinha notado antes. — Pelo que tudo indica, ele é um dos homens mais ricos na Nigéria e não se tornou assim praticando empréstimos para carro.

— Oh. — Ajusto minha imagem mental do homem. — Então, ele não é um cara do bem?

Um sorriso aberto sem graça cruza as feições de Peter. — Pode-se dizer isso. Na última contagem, ele matou mais de uma dúzia dos seus inimigos e torturou ou mutilou pelo menos cinquenta mais, sem contar suas famílias. O homem que nos contratou é um primo de uma das vítimas; sua filha foi estuprada por uma gangue para ensinar uma lição à sua família.

O terror fecha minha garganta e eu, de repente, estou de uma forma selvagem feliz que Peter vai atrás do monstro.

Feliz e irracionalmente preocupada, porque isso é muito mais perigoso do que eu achava.

— Como você vai...? — Paro, não sabendo como formular a pergunta.

— Pegá-lo?

Eu assinto, olhando o rosto divertido dele. — Sim.

— O jeito de sempre. Descobriremos tudo que pudermos sobre sua segurança, aprendendo sua rotina e quando chegar a hora certa, atacamos.

Espanto o medo irracional no meu peito. Peter e seus homens são altamente treinados, e de qualquer modo, é estupidez me preocupar com a segurança do assassino que me sequestrou. Em vez disso, foco no que é mais relevante na minha situação. — Então, você vai embora por um tempo?

— Não, a não ser que algo saia errado. Anton e Yan voarão para lá semana que vem para reconhecimento, mas Ilya e eu só nos envolveremos nos estágios finais da operação. Acho que isso se dará daqui uma semana ou duas e não devo ficar fora por mais do que poucos dias.

Mordo a parte interna da minha bochecha. — E eu? Você vai me deixar aqui quando estiver na Nigéria?

— Yan ficará com você — Diz Peter, saindo da trilha para uma clareira quando tento esconder o desapontamento. Apesar do que ele me disse no dia da tempestade, ainda não desisti completamente da ideia de fugir. Sim, ele me mostrou aquele penhasco e durante nossas caminhadas, eu vi outras trilhas, mas isso não significa que toda montanha é intransponível. Deve ter um caminho para baixo que Peter não quer que eu saiba e com tempo e liberdade, poderia achá-lo. O que eu faria depois – como poderia ficar fora das garras de Peter mesmo se conseguisse chegar em casa – é um assunto diferente, mas eu preciso focar num problema por vez.

— Você não precisa da equipe toda? — Pergunto, fazendo o máximo para soar pouco interessada. — Achei que vocês agissem como uma unidade.

— Agimos, mas vamos nos ajustar. — Peter me lança um olhar sarcástico quando entramos na clareira. — Não se preocupe, ptichka. Não vamos deixá-la vagando por aqui sozinha.

Não respondo, porque não tem motivo – e porque chegamos ao nosso destino: um penhasco com uma vista magnífica do lago abaixo.

— Uau. — Expiro, vendo o cenário fabuloso quando paramos a alguns poucos metros da beirada do penhasco. — Bonito demais.

Depois da chuva dos últimos dias, o ar está claro como cristal e o céu está perfeitamente azul claro, sem uma nuvem à vista. Sem vento, o lago abaixo de nós fica tão parado que parece como um espelho gigante, refletindo as majestosas montanhas em volta dele.

Se eu não estivesse aqui contra minha vontade, acharia que este é o lugar mais bonito da Terra.

— Sim, maravilhoso — Concorda Peter, sua voz incomumente rouca quando sua mão aperta a minha e eu me viro para ver seu olhar metálico queimando com fome. Meu coração dá um pulo quando como resposta o calor passa pelo meu corpo, expulsando o frio da altitude.

É sempre assim agora. Um olhar, um toque e tudo desaba. Mesmo quando estamos apenas de mãos dadas, meu coração bate um pouco mais rápido e quando ele olha para mim, meus ossos amolecem como líquido, meu corpo aumentando o tesão.

Ruborizando, eu retiro minha mão da sua pegada e dou um passo atrás para evitar me desequilibrar na direção dele. Fizemos sexo menos de duas horas atrás, e ainda estou ardida. É estressante o quanto o desejo e o pouco controle que tenho sobre minha reação. A química entre nós sempre foi explosiva, mas desde o sexo oral, tem algo de diferente sobre o meu desejo, algo que parece arraigado na parte errada de tudo isso.

Não. Afasto o pensamento com força, recusando-me a ceder. Peter estava errado. Eu não queria ser sua prisioneira. Isso não é um jogo sexual que estamos jogando; é minha vida, meu futuro. Tudo que pelo o que trabalhei se foi, roubado pelo homem olhando para mim com seus olhos prateados em chamas. Qualquer que seja o desejo estranho que ele desperta em mim, nunca estarei de bem com esse relacionamento forçado.

Não pode ser assim.

Mesmo assim ele me pega e me puxa para ele, eu não resisto. Não luto quando ele abaixa sua cabeça e esmaga seus lábios contra os meus. O fogo varrendo pelas minhas veias incinerando a razão, toda a moralidade e senso comum. Meus dedos enlaçam seus cabelos, meu corpo moldando contra o dele e quando ele me põe contra uma árvore, eu cedo e abraço o lado sombrio, deixando meu próprio monstro interno libertar-se.

2 2

P*eter*

Com os preparativos para o serviço na Nigéria se acelerando, encontro-me procurando Sara de forma mais desesperada, minha necessidade por ela fora de controle. Quando não estou treinando com meus homens ou trabalhando na logística para a missão, estou ou com ela ou pensando nela. É como um vício, esse desejo que nunca vai embora e a pior parte é que não importa o que faça, não consigo fazer Sara aceitar.

Não consigo fazê-la aceitar sua vida comigo.

Não que ela lute comigo fisicamente. Ao contrário, ela responde sempre que a toco e nos seus olhos, vejo a mesma fome, a necessidade que me queima vivo. Ela pode negar, mas gosta quando sou duro na cama, até mais do que quando sou gentil. Quando fico no controle, isso a liberta, diminuindo o tormento da sua culpa e fechando seu cérebro super ativo. Nossos desejos complementam um ao outro, nossa conexão soando com calor sinistro, mesmo assim, quando seu corpo abraça o meu, eu sinto o frio da sua distância mental, as tentativas de manter-se longe de mim.

Em certo nível, eu entendo isso. Eu a tomei da sua vida, da sua família e do trabalho que amava. Isso me aborrece, a última parte, porque eu sei o quanto a identidade de Sara estava ligada a ser uma médica de sucesso. A música deve ter sido sua paixão e medicina a escolha pragmática aprovada pelos pais, mas ela ainda gostava do seu trabalho. Eu via isso toda vez que ela chegava em casa, cansada, mas mesmo assim feliz pelo desafio de trazer vida a este mundo e curar as enfermidades dos pacientes. Agora, ela parece perdida, quebrada de um modo que não se pode definir, e eu odeio isso.

Minha ptichka adora ajudar as pessoas e eu tirei isso dela.

Para fazê-la feliz, eu decido trazer alguns instrumentos musicais e um equipamento de gravação na próxima viagem, assim Sara pode gravar ela mesma cantando as suas músicas pop favoritas. Eu também recruto Ilya para me ajudar a alterar parte da área da sala de estar de baixo num estúdio de dança, no caso de Sara querer retomar salsa ou balé novamente.

— O que você está fazendo? — Pergunta Sara quando ela me vê levantando a parede e explico minha ideia para ela. Ela não parece super empolgada, mas como com tudo ultimamente, ela raramente se empolga.

É como se parte do seu brilho interno se fosse e eu não sei como trazer de volta.

— Isso está foda, cara — Murmura Ilya quando Sara sobe depois de outra ligação para os pais, seu ombro enrijecido e seus olhos de avelã cheios de lágrimas. — Sério, essa garota não merece isso.

Lanço um olhar sombrio a ele e ele se cala, mas sei que está certo.

Estou destruindo a mulher que amo e não consigo evitar.

Não importa o que aconteça, não posso deixá-la ir.

Quando Anton e Yan voltam da sua missão de reconhecimento, o estúdio de dança precisa apenas de espelhos e decido comprá-los quando voltarmos da Nigéria, junto com os instrumentos musicais e o equipamento de gravação. Eu também fiz o download de milhares de vídeos de músicas populares no iPad desabilitado da internet e dei para Sara – coisa que ela me agradeceu, mas, novamente sem entusiasmo.

Está chegando ao ponto de que eu quase gostaria que ela lutasse contra mim, como nos primeiros dias depois que a possuí.

Não pela primeira vez que penso na pílula do dia seguinte que dei para ela e dos preservativos que continuamos a usar. Talvez tenha sido um erro ouvir o restante da minha consciência e ceder aos pedidos da Sara neste assunto. Quando sua menstruação veio duas semanas atrás, senti como se tivesse perdido algo e não importa o quanto me esforço de tirar de minha mente a ideia de Sara com um filho, não consigo parar de pensar nisso.

Eu não consigo parar de querer isso.

Meu passarinho, grávida. Eu posso visualizar isso tão claramente quando olho para ela – a barriga inchada e cheia, seios preparados, a luz da vida se desenvolvendo dentro dela...

Seus mamilos lindos ficariam extrassensíveis, seu corpo esbelto belo e macio e quando o filho nascesse ela o amaria.

Ela tomaria conta do nosso filho, do jeito que minha mãe biológica nunca cuidou de mim.

É tentador e o desejo me consome mais a cada dia. Aqui, Sara está completamente sob meu controle. Se eu não usasse o preservativo, não haveria nada que ela pudesse fazer, nenhuma pílula do dia seguinte que ela pudesse conseguir sozinha. Ela teria meu filho e o amaria e, então, algum dia, ela me amaria também.

Seríamos uma família e eu a teria verdadeiramente.

Ela seria minha e nunca iria querer ir embora.

Na noite antes de Ilya e eu sairmos para Nigéria, faço um jantar especial para Sara e a equipe, agradando cada um com seu prato preferido junto com duas receitas japonesas que estava doido para tentar.

— Por que não comemos assim todos os dias? — Queixa-se Anton, pegando outra rodada de *vinegret* – uma salada russa à base de beterraba. — Sério, cara, você tem que ver isso. Tudo que tivemos ontem foi arroz e peixe.

Mostro o dedo para ele e os irmãos Ivanov riem mergulhando nos seus pratos preferidos – kebobs de carneiro à moda georgiana, junto com uma pasta apimentada de acompanhamento. Até Sara sorri quando coloca um pouco de tudo no seu prato, incluindo minha tentativa de fazer tempura de vegetais.

Enquanto comemos, os homens e eu discutimos parte da logística do trabalho e Sara ouve em silêncio, como é seu costume durante as refeições. A distância que mantém de mim se estende aos meus homens; ela raramente fala com eles, pelo menos quando estou por perto. O único que ela parece gostar é Ilya e até com ele ela é reservada, suas maneiras educadas, mas longe de calorosas. Acho que ela se sente desconfortável no meio dos meus colegas de equipe; ou isso, ou ela os odeia por serem meus cúmplices.

Não me preocupo com sua atitude para com eles. De fato, eu prefiro assim. Nas últimas seis semanas peguei todos os três olhando Sara com graus diferentes de interesse e fiquei perto de abrir suas gargantas. Sei que eles não têm nenhuma intenção por olhar – qualquer macho com sangue nas veias apreciaria a beleza esbelta e graciosa de Sara – mas ainda assim fico tentado a matá-los.

Ela é minha e não compartilho. Nunca.

De qualquer modo fico feliz de que seja Yan a ficar para trás. Dos quatro de nós, ele é o que tem mais a cabeça no lugar e apesar de confiar nos meus três colegas, tenho mais confiança no autocontrole de Yan. Ele não tocaria em Sara, não importa a tentação e é precisamente isso que preciso.

Preciso saber que ela está seguramente vigiada, para que eu possa focar no trabalho.

— E o pessoal da cidade? — Pergunta Yan quando Ilya explica nossa rota de fuga depois do ataque. Todos estamos falando inglês em respeito a Sara e para minha surpresa vejo que seu rosto fica branco quando explico as bombas que estamos planejando explodir como distração.

Se não soubesse melhor, acharia que ela está preocupada conosco.

Falamos mais sobre a logística das bombas e ficamos no

meio da discussão dos planos de contingência quando Sara se levanta abruptamente, sua cadeira raspando no piso.

— Por favor, me deem licença — Diz ela com voz trêmula e antes de eu poder pará-la, ela corre para a escada e desaparece lá em cima.

2 3

S*ara*

SINTO ENJOO, LITERALMENTE DOENTE COM ANSIEDADE. MINHA barriga dói e parece que um caminhão passou em cima do meu peito. Desde que Peter me contou sobre o banqueiro da Nigéria, tenho tentado não pensar no perigo, mas esta noite, ouvindo os homens falarem sobre a segurança doentia da fortaleza do banqueiro e o que farão em caso de eles ficarem machucados ou morrerem, não pude mais ignorar.

Amanhã Peter e sua equipe investirão contra o monstro e seu covil fortemente protegido e não existe garantia de que voltarão vivos.

Trancando-me no banheiro, corro para a pia e jogo água fria no meu rosto, tentando respirar através da minha garganta sufocada. Parece um ataque de pânico, só que o medo que estou sentindo não tem nada a ver com minha própria situação – uma situação que poderia, de fato, ser resolvida pela morte de Peter.

Uma bala no cérebro ou coração – isso foi o que uma vez ele me disse que o faria deixar-me. E sei que é verdade. Pelo tempo que meu carrasco viver, nunca ficarei livre dele. Mesmo se eu de alguma forma conseguisse escapar, ele viria atrás de mim. Daí, eu deveria esperar que ele fosse morto – à bala ou explodido por aquelas bombas. Então, seus colegas deveriam me devolver para casa e minha velha vida poderia continuar.

Eu poderia ter tudo de volta se ele fosse morto.

É isso que eu deveria querer, mas, em vez disso, medo e ansiedade me consomem. A visão de Peter ferido é de algum modo insuportável, até mesmo pior do que na noite em que ele me roubou. Pelas últimas seis semanas, fiz de tudo que pude para controlar minhas emoções, responder a ele apenas de forma física, mas com certeza falhei.

Quaisquer que sejam os sentimentos bagunçados que desenvolvi sobre o assassino do meu marido ainda estão lá; se aconteceu algo, eles cresceram durante meu cativeiro.

Sentindo-me incrivelmente mal, pego uma toalha e esfrego no meu rosto molhado. Minha barriga é um nó gigante e consigo sentir o sangue pulsando nas minhas têmporas quando inspiro com dificuldade com meu tórax. O rosto refletido no espelho do banheiro é branco como giz, com riscos vermelhos onde esfreguei a toalha com muita força.

Amanhã Peter poderia ser morto.

— Sara? — Uma batida na porta me assusta e deixo a toalha cair, virando para olhar a porta.

— Ptichka, você está bem? — A voz aguda de Peter traz um tom de preocupação.

Meus pulmões ainda não funcionam propriamente, mas consigo inspirar e ofegar — Estou bem. Só um minuto.

Pegando a toalha do piso com mãos trêmulas, jogo na cesta de roupas no canto e passo minha mão pelos cabelos, tentando me acalmar. Meus ataques de pânico diminuíram nas últimas semanas e eu não quero que Peter saiba que recomeçaram apenas por ouvir o perigo que ele irá passar.

Respirando várias vezes, vou para a porta e a destravo. Peter entra imediatamente, uma franzida de preocupação na testa quando seu olhar me cobre procurando por ferimentos.

— O que aconteceu? Você está bem?

— Sim, desculpe-me. Apenas uma dor de estômago — Digo com voz quase normal —, mas estou bem.

A franzida de Peter aumenta. — É aquele período do mês?

— Não, só... — Eu paro para fazer uns cálculos mentais. Para minha surpresa, ele está certo. Minha última menstruação foi há quase quatro semanas – o que realmente explica parte do que estou sentindo.

— Na verdade, sim — Digo, aliviada por ter a desculpa. —, eu não notei, mas sim, deve ser.

Parte da tensão deixa as feições de Peter. — Minha pobre ptichka. Vem aqui. —Esticando o braço, ele me puxa para seu abraço e eu passo meus braços na sua cintura, respirando seu cheiro quente enquanto ele acaricia meus cabelos. O pior do meu pânico alivia, o sentimento do seu corpo sólido e musculoso diminuindo minha ansiedade, mas o medo de amanhã se recusa a ir embora.

E se ele for morto?

— Você quer deitar? — Murmura Peter depois de um momento, se afastando e olhando para mim e eu balanço a cabeça. Meu peito ainda está muito apertado e meu estômago dói de verdade, mas ficar só com minha preocupação só pioraria a situação.

Saindo da sua pegada, consigo dar um leve sorriso. — Estou bem. Desculpe se arruinei seu jantar. Tudo estava delicioso.

Ainda vejo traços de preocupação no seu olhar, mas ele assente, aceitando minhas palavras prontamente. — Você quer um pouco de sobremesa? — Ele pergunta. — É torta de maçã. Eu posso trazer aqui para você, se não estiver se sentindo bem para...

— Não, vou descer. Tenho que tomar um Advil de qualquer modo.

E respirando fundo, saio do banheiro, determinada a fazer o que for necessário para me distrair dos pensamentos de amanhã.

2 4

eter

Quando chegamos à cozinha, a atitude de Sara muda tão rapidamente que é como se mexesse num interruptor, ligando uma personalidade diferente. Um tipo de energia frenética parece tomar conta dela e depois que toma dois Advils, ela começa a se apressar pela cozinha, jogando os restos fora e pegando pratos limpos para a sobremesa com a velocidade de alguém correndo para pegar o trem.

— Eu faço isso, ptichka. Apenas relaxe — falo para ela, levando-a para sua cadeira quando ela tenta pegar a torta sem luvas. — Você não está se sentindo bem, apenas se acalme.

— Estou bem — Protesta ela, mas a ignoro, cuidadosamente tirando a torta do forno e carregando-a para a mesa enquanto os homens assistem tudo perplexos.

Sara se senta parada por alguns momentos deixando-me cortar a torta em cinco pedaços e, então, ela fica em pé novamente. — Aqui, deixe-me servi-la — Diz ela, pegando o prato de Ilya. Daí, aparentemente vendo que não tem os talheres certos, ela corre para a gaveta de talheres da cozinha e volta com uma espátula.

Desta vez, eu a deixo fazer isso, apesar de não ter ideia do que deu nela. Seus olhos estão brilhando muito, fervendo com algum tipo de excitação e seu rosto ainda está muito pálido. Talvez esteja ficando doente? Mas, então, ela deveria estar cansada, não correndo pela casa freneticamente.

— Aqui — Diz ela, empurrando a torta para Ilya —, você quer mais alguma coisa? Como creme batido?

— Hm, não, obrigado. — Meu companheiro pisca para Sara. — Estou satisfeito.

Ela dá um sorriso diferentemente iluminado e depois pega o prato de Anton. Colocando uma fatia da torta nele, ela dá o prato para ele e faz a mesma coisa para Yan e eu, antes de pegar um pedaço para si mesma.

Sentando-se, ela espeta o garfo na sua fatia e olha para os outros, inspecionando nossos rostos confusos.

— Então — Diz ela com uma voz tão alegre que mal consegui reconhecer —, vocês também têm torta de maçã na Rússia, ou isso é mais uma coisa americana? Você sabe, tipo 'tão americano como uma torta de maçã' e coisas do tipo?

Yan se recupera primeiro. — Nós temos torta de maçã — Diz ele com um sorriso aberto e se divertindo —, não se parece muito com essa, mas fazemos tortas e pequenas tortas – *pirozhki* – recheadas com maçãs e cerejas, também com carne, batata, cogumelo, repolho, cebolinha e ovos.

— Repolho, cebolinha e ovos? — Sara torce o nariz. — Verdade?

— Bem, não junto — Esclarece Yan. — É ovos e cebolinha, ou repolho. Oh, e cogumelo pode também vir com cebolinha e queijo.

Sara inclina a cabeça, mostrando interesse. — Oh sim? Que outras pratos os russos gostam?

— Oh, tem muitos — Diz Anton, entrando na conversa. Sem querer, Sara tocou na maior fraqueza dos meus amigos – doces e coisas assadas – e Ilya e eu trocamos olhares acirrados quando ele se lança numa longa lista dos seus bolos e pastéis favoritos, descrevendo cada um com detalhes de dar água na boca.

— Uau — Diz Sara quando ele para tomando fôlego. — Peter, você sabe como fazer todos eles?

— Alguns — Digo, largando o garfo. — Se você quiser, posso tentar o Napoleão quando voltarmos – essa é a versão russa do *mille-feuille*, creme multicamadas que Anton estava falando.

— Sim, por favor — Retruca Anton, apesar de eu não ter falado para ele. —Como os americanos chamam isso? Por favor, com uma cereja em cima?

Ilya e Anton riem, mas o rosto de Sara endurece por uma fração de segundo. No próximo momento, ela se junta à risada e penso se foi imaginação minha. Não que importe – seu comportamento está estranho o bastante assim.

Enquanto comemos a sobremesa e bebemos chá – uma tradição russa que os caras contam tudo para Sara – eu fico olhando-a, tentando imaginar a razão para sua animação repentina. É como se uma pessoa diferente se apossasse do corpo de Sara. Ela está brincando e fazendo piadas com meus homens, como se não se importasse com o mundo. Mesmo assim, sob a mesa, ela está se mexendo na cadeira e mantendo o braço em volta da barriga – um claro sinal das dores que está sentindo.

Isso me incomoda, esse enigma, e quando toda torta termina, eu digo aos caras para cuidarem da limpeza. Sara se levanta rápido e os ajuda, mas eu pego no seu pulso antes que ela comece a se apressar novamente.

— Vem — digo —, é hora de ir para a cama.

Ela não se recusa, apesar de ser antes das nove e quando chegamos ao quarto, ela começa a se despir sem que eu indique, seus olhos brilhando com uma luz febril.

Minha resposta física é instantânea. E tão logo ela tira a camisa e abre o sutiã, meu pau fica duro como pedra e picadas de calor correm minha pele. E quando ela deixa o sutiã cair no piso antes de se rebolar para fora do jeans, meu coração começa a martelar no meu tórax. Mas, o que mais me excita, é que ela fica olhando para mim o tempo todo, o brilho febril nas profundezas de avelã se transformando num brilho sedutor de desejos.

Sua tanga fica por último e, então, ela vem para mim, seu quadril estreito dançando com graça inconsciente.

Impossivelmente, eu fico até mais duro e preciso de toda força para não pegá-la quando ela para na minha frente, suas mãos finas pegando o botão de cima da minha camisa.

— Achei que você não estivesse se sentindo bem. — Minha voz rouca, cheia de desejo passando por mim em ondas selvagens. — Ptichka, você não tem que...

— Shhh. — Levantando o braço, ela pressiona um dedo delicado nos meus lábios. — Eu não quero falar.

As batidas do meu coração fortes nos meus ouvidos quando ela abaixa a mão e começa a desabotoar minha camisa. É a primeira vez que Sara toma a iniciativa no sexo comigo e eu gosto disso, e quando seus dedos esfregam minha pele, o calor dentro de mim fica vulcânico, o desejo de fodê-la tão forte que minhas mãos se fecham em punho. Ela está agindo com total concentração, seu lábio inferior preso entre os dentes quando seus cabelos caem em ondas grossas e brilhantes no seu rosto e eu literalmente tremo com vontade de pegá-la, possuí-la mais e mais.

Mesmo assim eu não me movo. Não posso. Seu toque de desejo é um presente que eu não esperava esta noite, nem mesmo ousava ter uma esperança dessa. Eu não sei o que está se passando na sua cabeça ou por que ela está fazendo isso, mas não tenho interesse de protestar.

Terminando com os botões, Sara retira a camisa pelos meus ombros e olhando para mim pelos cílios negros, coloca a mão no zíper do meu jeans.

Seu toque é mais hesitante agora, quase desconfiado, mas não importa. O sangue correndo minhas veias parece lava. Seu corpo nu está tão perto que posso sentir seu cheiro, senti-la... tudo menos sentir sua doçura na minha língua. Seus mamilos estão apertados e duros, os globos pálidos dos seus seios dançando suavemente enquanto ela luta com a fivela do meu cinto e um gemido escapa da minha garganta quando ela libera meu pau pulsante e se ajoelha na minha frente.

— Sara... — Quase não consigo falar quando ela segura minhas bolas nas suas mãos macias e envolve a outra no meu pau. Curvando-se, ela lambe delicadamente do início à ponta, enviando um calor como um foguete subindo e descendo minha espinha. Minhas bolas sobem e se espremem em cima e eu sei que estou a segundos de gozar. Inspirando, eu tento pensar em algo, algo para retardar o aumento explosivo da tensão, mas ela coloca seus lábios em volta de mim, levando-me para dentro da sua boca molhada e macia e eu perco todo o sinal de controle.

Gemendo, eu seguro sua cabeça, enfiando meus dedos nos seus cabelos quando enfio tudo para dentro, fazendo-a engasgar e ter sensação de vômito quando atinjo sua garganta. Não é o que eu queria, não é o que eu pretendia fazer esta noite, mas o desejo em mim é muito violento, muito potente para resistir. Ajoelhada, com suas ondas castanhas descendo pelas suas costas delgadas e seus olhos lacrimejantes quando a fodo, Sara é a coisa mais sexy que já vi. E sabendo que ela está lá por escolha própria...

— Caralho! — A explosão sai de mim quando suas mãos se apertam nas minhas bolas e o orgasmo sai fervente, o prazer ficando fora de controle. Meus músculos se apertam, minha espinha curvando-se quando o êxtase pulsa pelas minhas veias e com um grito rouco, eu gozo minha semente jateando direto na sua garganta.

Ela engole cada gota, chupando meu pau até que amolece, e durante todo o tempo seu olhar de avelã se prende ao meu. É como se ela estivesse bebendo no meu prazer, se alimentando na minha necessidade por ela. Isso me lembra de quando a puni, só que hoje eu não vejo a mesma submissão apagada no seu olhar. Ela está fazendo isso porque quer, não porque eu a estou forçando, e quando o último prazer cortante termina, eu a levanto e a levo para a nossa cama, determinado a fazer isso de modo certo.

— Deite-se — Falo para ela, guiando-a para a cama e ela obedece, se esticando virada para cima. Seu olhar em sombra, suas pálpebras semicerradas quando ela me olha subindo nela e sei que ainda está tomada pelo o que quer que tenha acontecido a ela esta noite.

O mistério disso me consome, mas agora não é hora de tentar descobrir. Ainda estou respirando forte com os choques do prazer posterior ao gozo, mas eu quero mais. Quero prová-la enquanto ela goza, sentir seus braços finos em volta de mim. Mais do que necessidade sexual, isso é compulsão.

Com Sara, eu nunca consigo o bastante.

Então, eu me dou ao prazer. Com minha fome mais urgente satisfeita, uso o tempo brincando com seu corpo, beijando e acariciando cada centímetro da sua carne quente e com cheiro doce. Ela é deliciosa, minha Sara, sua pele pálida lisa e brilhante, suas delicadas curvas macias, contudo, firmes ao toque. Seus gemidos, suas pequenas ofegadas, seus pulos quando a lambo – eu daria o mundo para ficar assim para sempre, para continuar a ouvir seus gritos quando ela se abre na minha língua.

Dois orgasmos, três, quatro... Eu perco a conta depois de um tempo, consumido por ela, viciado no seu prazer. Eu a faço chegar ao clímax com meus dedos, minha boca e, depois, a possuo suavemente, sabendo do seu desconforto antes de sua menstruação. Ela não recusa, segurando-se a mim enquanto eu vou para frente e para trás e depois que gozo, eu volto para ela mais uma vez, provando nossos corpos juntamente molhados quando chupo seu clitóris. Seus dedos agarrados nos meus cabelos, sua respiração ofegante e gemidos implorando – é como uma overdose de drogas, me excedendo no seu cheiro, gosto e sentimentos. E quando ela está deitada lá, consumida, brilhando e exausta, a pego nos meus braços, sentindo sua batida do coração contra a minha enquanto caímos no sono.

25

ara

EU ACORDO COM UMA MISTURA PARTICULAR DE BEM-ESTAR E sentimento de que algo está errado e leva um sólido minuto para me lembrar por quê.

Peter.

Ele foi para Nigéria esta manhã depois de fazer amor comigo a noite toda.

Parece surreal agora, como se eu estivesse acordando de um sonho. Eu não acredito que me atirei nele daquele jeito e, então, o que se seguiu... Gemendo, eu rolo no meu lado e coloco as pernas para fora da cama. Minha barriga está doendo muito e quando chego ao banheiro, não estou surpresa ao saber que minha menstruação está começando. O que realmente me choca é que novamente nos esquecemos da camisinha ontem à noite e nenhum alarme soou na minha mente.

É como um desejo subconsciente de ficar grávida.

Não. Eu expulso o pensamento horrível. Eu definitivamente *não* quero um filho desse modo. Eu apenas não estava pensando com clareza ontem à noite. Depois de ouvir os homens falando dos perigos que irão encontrar, eu estava tão enjoada pela preocupação e tão desesperada para me distrair, eu simplesmente ataquei Peter, seduzindo-o apesar do quão ruim estava me sentindo. Eu tenho quase certeza de que ele me deixaria em paz ontem – ele sempre tem consideração quando estou doente – mas eu precisava de uma distração e foi exatamente isso que consegui. No meu segundo orgasmo, eu esqueci tudo sobre Nigéria *e* de não estar me sentindo bem e já no quarto, quase não me lembrava do meu nome.

Estou desesperada por um banho, então, ignoro o desconforto no meu estômago e entro no boxe para me lavar dos pés à cabeça. Me seco, escovo os dentes e volto para o quarto para me vestir. Para a minha surpresa, encontro um copo d'água e Advil na penteadeira – Peter deve tê-los deixado para mim de manhã.

Sentindo-me pateticamente grata, engulo o remédio e deito-me, esperando que o pior do desconforto passe. É estúpido, mas eu já sinto falta do meu sequestrador... sinto falta da sua atenção e cuidado. Sei que é apenas porque estou me sentindo deprimida, mas eu o quero aqui para esfregar minha barriga, para segurar-me e fazer-me sentir com se eu fosse o centro do seu mundo.

Eu o quero aqui e não a meio mundo de distância, onde balas voam e bombas explodem.

Não. Não, não, não. Eu aperto meus olhos fechados, mas é

tarde demais. A ansiedade que senti volta com um estrondo tóxico, o pânico apertando meu peito e garganta. É estúpido, totalmente irracional, mas eu não quero ver meu carrasco morto. Não posso nem imaginar isso. Seu impacto na minha vida é tão absoluto, tão todo abrangente, que eu não posso imaginá-la sem ele.

Eu não quero imaginar isso.

Meu peito se aperta ainda mais e eu foco na minha respiração, tentando relaxar meus músculos tensos e diminuir as batidas selvagens do meu pulso. Digo a mim mesma que Peter ficará bem, que ele pode lidar com qualquer coisa no seu caminho. O perigo é sua zona de conforto, assasinato é sua profissão escolhida. Não há razão para eu pensar que algo vai dar errado, nenhuma razão para imaginar que ele não voltará.

Exceto que ele se machucou naquele trabalho no México.

Não. Respirando fundo, eu forço a lembrança insidiosa. É estúpido me preocupar apenas por causa de uma deslizada. Por anos, Peter tem feito muitos trabalhos perigosos sem se ferir.

De fato, ele matou meu marido e seus três guardas sem um arranhão.

Meu estômago se revira, piorando minhas dores e minha garganta se enche com bile ante a lembrança. Como pude esquecer, até mesmo por um instante, que tipo de homem é Peter e o que ele já fez? Aqui mesmo na montanha, minha velha vida pode parecer menos real, mas isso não significa que não aconteceu.

Não significa que o marido que amei não existiu.

Fechando meus olhos, eu foco em George e nas memórias felizes que tivemos juntos. Foram tantas: nosso primeiros encontros, a viagem a Disney World, os churrascos na casa dos meus pais... Meus pais o adoravam, pensavam o mundo dele e por anos, eu também. Nós rimos e choramos juntos, saímos e ficamos em casa. Ele estava lá na minha formatura e eu estava lá na dele. Então, as coisas ficaram difíceis: minha escola de medicina e minha residência, suas viagens infindáveis ao exterior. E, mesmo assim, estávamos juntos, nosso amor assegurado pelo fato de que nossas vidas estavam apenas começando, que éramos jovens e podíamos aguentar tudo.

Claro que isso foi antes da bebida e das crises de humor... antes que seus segredos destruíssem nosso casamento e trouxesse Peter à nossa porta.

Abrindo meus olhos, eu olho para o teto, sentindo a agora familiar dor da traição. Eu gostaria de poder esquecer essa parte, fingir que tudo que Peter me disse é mentira, mas eu não posso negar os fatos.

O garoto que encontrei na faculdade não foi o homem com quem me casei e por anos eu não tinha ideia do porquê.

Espião, não jornalista. Isso ainda parece tão impossível de acreditar. Será que George me falaria algum dia? Se a tragédia em Daryevo e todas as coisas que se seguiram não tivessem acontecido, será que eu algum dia saberia seu real trabalho? Ou teria ele me mantido na escuridão por toda nossa vida, mentindo para mim com um sorriso?

Vendo que meu pensamento está mudando para um sentimento amargo, eu tento focar nos momentos felizes, mas é inútil. O que George e eu tivemos pode ter sido bom no início, mas não foi no final e eu não consigo esquecer isso. Eu não consigo apagar a dor e a culpa, a vergonha e o desespero que lutei enquanto nosso casamento se desmoronava, esmagado pelo peso do seu vício. Eu perdi meu marido muito antes do acidente que quebrou seu crânio, antes de Peter aparecer com seus planos mortais de vingança.

Eu o perdi quando Peter perdeu sua família; eu apenas não sabia disso naquela época.

Meu estômago ainda dói, mas o remédio está começando a fazer efeito, então, eu me levanto e começo a me vestir. Eu não consigo pensar em George por mais tempo, porque mesmo as memórias felizes estão agora manchadas por eu saber que era tudo mentira, que eu nunca conheci realmente o homem com quem me casei.

O homem do qual seu assassino eu estou me preocupando agora.

Desesperada para vencer uma nova onda de ansiedade, pego o iPad que Peter me deu e ligo um vídeo de música, cantando junto com Ariana Grande enquanto ponho minhas roupas e penteio o cabelo. A música melhora um pouco meu humor e quando desço, consigo cumprimentar Yan, que está sentado atrás do balcão com um laptop, soando normalmente: — Bom dia.

— Bom dia — Responde ele, olhando do monitor quando começo a preparar meu café. Como sempre, o irmão de Ilya está vestido como se fosse trabalhar numa firma de investimentos, seus cabelos castanhos estão bem cortados e seu rosto bem barbeado. Ele está sorrindo para mim, mas seu olhar verde continua frio quando diz: — Peter deixou mingau para você no fogão.

— Oh, obrigada. — Meu peito se aperta com um calor desconcertante quando vou para o fogão e coloco o mingau numa tigela. Eu já deveria ter me acostumado com isso agora, mas ainda fico pasma de como Peter nunca parece se cansar de cuidar de mim. Esta manhã, dentre todos os dias, ele deve ter tido tantas coisas importantes na sua mente, e, mesmo assim, ele pensou em mim, deixando-me o Advil e, agora, o café da manhã.

— Alguma novidade? — Pergunto a Yan quando me sento à mesa. — Você soube alguma coisa deles?

O russo balança a cabeça. — Ainda falta mais de oito horas antes de eles aterrissarem. — Seu tom é leve, mas vejo uma nota de tensão por baixo.

Do seu próprio jeito psicopata, ele está preocupado.

Minha ansiedade volta, meu apetite desaparecendo, mas eu me forço a comer quando Yan volta sua atenção ao computador. Peter deve ficar fora por um par de dias ou mais e eu não posso me matar de fome apenas porque estou doente de preocupação. Nem faz sentido para mim me preocupar com um homem que eu deveria odiar, mas estou desistindo dessa batalha.

Tolice ou não, eu não quero ver Peter ferido ou morto.

Terminando minha refeição, eu subo e me distraio lendo e vendo vídeos de música que Peter baixou no iPad para mim. Entre isso a algumas tarefas leve da casa, me ocupo até o almoço, que a essa hora eu desço novamente.

Yan não está em nenhum lugar, ele deve estar ou no seu quarto ou treinando em algum lugar lá fora. Por um segundo, estou tentada a repetir minha tentativa de fugir – o tempo está bem mais quente agora e até onde eu sei, nenhuma tempestade está a caminho – mas eu decido contra essa ideia. Ainda não estou familiarizada o bastante com a topografia desta montanha e tropeçar cegamente pelos penhascos não parece um boa ideia, especialmente quando estou mal por causa da minha menstruação.

Pelo menos é o que falo a mim mesma para explicar por que retiro todos os pensamentos de fuga da minha mente e tomo outro Advil antes de preparar um sanduíche.

QUANDO DESÇO NOVAMENTE PARA O JANTAR YAN ESTÁ LÁ, terminando uma tigela de sobras do mingau de aveia e montando o que parece um equipamento de gravação – um par de fones de ouvido grande com um microfone ligado que pluga no computador.

— Alguma coisa? — Pergunto, indo à geladeira depois de tomar outro Advil, e Yan balança a cabeça.

— A qualquer momento, no entanto — Diz ele antes de engolir o restante do chá. —, te falo quando eles aterrissarem.

— Obrigada — Digo e começo a preparar uma stir-fry vegetariana. Eu posso sentir a tensão aumentando entre minhas clavículas, a ansiedade que batalho todos os dias voltando enquanto pico e corto os vegetais antes de temperá-los com bastante molho de soja.

— Quer um pouco? — Pergunto a Yan quando ele olha o que estou fazendo e ele recusa educadamente, colocando os fones de ouvido para o que parece ser um teste de recepção de áudio. Ele ainda parece normalmente tenso, sua expressão séria focada enquanto seus dedos voam pelo teclado do laptop.

Quando a stir-fry está pronta, sento-me para comer e secretamente observo Yan, meu desconforto aumentando com cada mordida. Pelos meus cálculos, já se passaram oito horas desde o café da manhã e a tensão irradiando do normalmente calmo russo não ajuda.

— Você geralmente fica em contato com eles durante a missão? — Pergunto quando não consigo aguentar mais o silêncio. — Ou espera que eles te contatem?

Yan olha para mim do computador e remove os fones de

ouvido. — Eu geralmente estou com eles — Diz, virando-se no banco para olhar para mim e vejo por que ele está tão nervoso.

Ele costumava estar lá, no calor das coisas, não assistindo de longe.

— Sinto muito que você tenha que servir de babá para mim — Digo, empurrando meu prato pela metade. Eu devo tentar conhecer meus carcereiros restantes em vez de ficar obcecada pelo que possa acontecer com Peter —, tenho certeza que você deve estar ansioso pelo seu irmão.

Yan dá de ombros, uma expressão de divertimento frio encobrindo suas feições tensas. — Ilya sabe se virar sozinho.

— Sim, tenho certeza. — Pegando meu próprio copo de chá, pergunto: — Ele é seu irmão mais novo ou mais velho?

Seu divertimento parece aumentar. — Mais velho em três minutos.

— Oh. — Pisco. — Ele é seu gêmeo?

Ele assente. — Idêntico, se você pode acreditar nisso.

— Uau. Vocês dois não se parecem nada um com o outro. — Tomando um gole do chá, eu estudo suas feições limpas e vagamente aristocráticas. Agora que olho de mais perto, vejo similaridades com a estrutura óssea de Ilya, algumas diferenças também. O nariz de Yan é mais reto e a curva da sua mandíbula mais proporcional – não tão bem acabada quanto a de Peter, mas ainda forte e belamente definida. A maior diferença, contudo, é o cabelo.

Yan tem cabelo completo, sem traço de tatuagens.

— Meu irmão não teve sorte em algumas lutas — Explica ele, notando meu escrutínio. — Ele teve o nariz quebrado e seu rosto bastante socado. Também, ele usou esteroides quando éramos jovens e estúpidos – queria pegar corpo.

— Entendo. — Os esteroides devem ser culpados por

algumas diferenças, incluindo o tamanho. Não que o homem sentado à minha frente seja de alguma forma pequeno. Ele é quase do tamanho de Peter e com tantos músculos quanto ele. Seu irmão gêmeo, contudo, é massivo, tão grande quanto qualquer praticante de musculação que já vi.

— Ele é seu único irmão? — Pergunto e Yan assente.

— Sim, somos apenas nós dois.

Eu coloco minha xícara na mesa. — Você tem alguma outra família?

— Não. — Sua expressão não muda; não tem nada que indique dor ou arrependimento. Ele poderia estar respondendo igualmente se tem um par extra de meias.

Eu quero cavar mais fundo nisso, mas tem outro assunto que me interessa mais. — Quando você conheceu Peter? — Pergunto, tombando para frente nos meus cotovelos. — Vocês trabalharam juntos antes, certo?

— Trabalhamos. — Yan fecha o laptop, virando o banco para me olhar de frente. — Ilya e eu éramos parte da sua equipe por três anos antes de Daryevo.

A menção da vila lembra-me das imagens horríveis no telefone de Peter e a comida se revolta em meu estômago. — Você os conhecia? — Pergunto, tentando manter minha voz normal. — Sua mulher e filho, quero dizer?

— Não. — Os olhos verdes do russo estão claros como gemas e igualmente frios. — Anton é o único que os conheceu. O resto de nós não sabia que Peter tinha uma família até que ela foi assassinada.

— Oh. — Eu não sei o que falar. Claramente Peter não confiava no homem sentado à minha frente - pelo menos para expor seu mais precioso segredo. Mesmo assim, aqui estão, trabalhando juntos novamente.

— Se eu fosse ele, eu também teria mantido isso em segredo — Diz Yan, um sorriso duro no seu rosto e vejo que ele notou meu desconforto. — Não construímos famílias e fazemos filhos no nosso mundo.

— Verdade? — Então, isso não era um caso de confiança tanto quanto um desvio do estilo de vida aceitável por parte de Peter. — Imagino que nenhum de vocês já foi casado?

— Só Peter — Confirma Yan —, e você sabe do resultado.

Engulo o bolo na minha garganta e pego o chá novamente. — Sim. Eu sei.

Yan me olha beber o resto do chá antes de falar calmamente. — Isso não vai durar também, você sabe.

Abaixo a xícara. — O que você quer dizer?

— Isso. — Ele gesticula, indicando nosso ambiente em volta. — O que quer que isso seja, não vai durar.

Olho para ele, confusa. — Você quer dizer... ele vai me deixar ir?

— Não. — O olhar do russo é frio novamente, totalmente ilegível. — Isso ele não vai fazer. Ele é um homem obsessivo e você é sua obsessão. Ele nunca a deixará ir, Sara. A não ser que um ou ambos estejam mortos.

Eu inspiro forte, mas antes que possa responder, algo soa e Yan se vira, olhando o laptop.

— Eles aterrissaram — Diz ele, colocando o fone de ouvido. — Agora a brincadeira pode começar.

eter

A PRIMEIRA PARTE DA OPERAÇÃO FOI TRANQUILA. TÃO TRANQUILA, de fato, que eu fiquei nervoso. Nunca é um bom sinal quando tudo acontece como planejado. Sempre tem um problema para se resolver, um tipo de entrave que tem que ser superado. Obstáculos imprevistos são esperados, porque nada é cem por cento previsível e pensando que é – acreditando que o plano, não importa o quão flexível, contempla todas as variáveis – é o meio mais rápido de ser morto.

Então, quando chegamos ao complexo do banqueiro e quietamente eliminamos o exato número de guardas que havíamos planejado, eu começo a me sentir desconfortável. E quando tomamos controle de todas as câmeras, dando acesso remoto para Yan e vamos para a suíte do banqueiro sem encontrarmos um único empregado saindo da rotina dele ou dela, minha contagem de nível de perigo entra em alerta total – e não sou o único.

— Você sente no ar, certo? — Murmura Anton quando paramos na frente do quarto.

— Sente o quê? — Sussurra Ilya, cheirando o ar com uma franzida.

— A merda vai bater no ventilador — Digo com voz baixa. — Está muito fácil. Muito como planejamos.

O entendimento ilumina o olhar de Ilya. — Caralho.

Nenhum de nós é supersticioso, mas temos um respeito saudável pela sorte e todos sabemos que muita boa sorte pode ser tão mortal quanto uma pitada de má sorte. Um caminho com pequenos obstáculos mantém as mentes e reflexos afiados, enquanto quando se veleja tranquilamente você é levado a um senso enganoso de segurança. Não que fiquemos relaxados no trabalho – os níveis de adrenalina asseguram que fiquemos alerta – mas tem uma diferença entre ficar alerta numa batalha e a super-alta conscientização que vem de lutarmos pelas nossas vidas.

O trabalho foi uma navegação tranquila até agora e quando chegarmos à parte difícil – que chegaremos, porque sorte é uma porra inconstante – vai ser bem mais difícil.

Contudo, não tem nada que possamos fazer nesse caso, quase abortando a missão, indico a Anton para se preparar e Ilya fica em frente à porta.

Um chute forte do seu pé massivo e a porta voa das dobradiças, quebrando no piso. Dentro, tem um grito de pânico e nós três nos apressamos para dentro do quarto, vemos nosso alvo no chão, suas dobras gordas se agitando enquanto sua parceira nua se esconde atrás da cama.

Os pequenos olhos como os de porco do banqueiro estão brancos de terror, sua forma redonda tremendo enquanto ele cobre seu pau flácido com um travesseiro. — Parem! Por favor, posso te pagar. Eu juro, eu posso pagar. Cobrirei o que quer que eles estejam te pagando. O que você quer? Cem mil euros? Meio milhão de dólares? Eu tenho. Eu tenho dinheiro, eu juro! — Vendo que não estamos parando, ele muda de inglês para uma mistura com sotaque de francês e alemão, então, um dialeto hauçá, freneticamente repetindo a oferta até que Anton o esfaqueia na garganta para calá-lo.

— O primo de Omuya manda lembranças — Digo em inglês, vendo o homem debater-se enquanto se engasta na poça de sangue saindo do seu pescoço. Leva pouco tempo para ele morrer – uma morte fácil, se for considerado tudo.

A parceira do filho da puta soluça convulsivamente atrás da cama. Ignorando o barulho, tiro uma foto do corpo como prova para nosso cliente e digo para Ilya em russo: — Amarre-a e vamos. — Geralmente eliminaríamos a mulher também, mas quero uma testemunha desta vez.

Quero que as autoridades nos procurem na África, bem longe de Sara e do Japão.

Colocando a tira do seu M16 no ombro, Ilya contorna a cama e pega a mulher chorando. Imaginando que ele pode lidar com isso, vou para a porta, meus instintos de que vai dar merda ainda no alerta máximo.

De repente, ouço um tiro.

Eu me viro, meus ouvidos zunindo do estampido, mas é tarde demais.

Ilya está no chão, uma poça vermelha escura saindo da sua cabeça.

27

S*ara*

FICO ANDANDO NO SEGUNDO PISO, INDO DE QUARTO EM QUARTO enquanto luto contra a minha ansiedade. Na hora que a equipe pousa, Yan me pede para deixá-lo só para que ele possa focar em monitorar o complexo do banqueiro remotamente para o caso de problemas inesperados. E ele não estava apenas tentando se livrar de mim. Quando saio da cozinha, vejo várias câmeras de segurança na tela do seu computador e o que parece com uma vista de um drone aéreo.

Para me distrair, eu tentei ler novamente, daí, assisti alguns vídeos de música, cantando junto com alguns dos meus artistas favoritos. Eu até fui para o estúdio de dança não terminado e tentei uns passos de balé que aprendi quando era criança, junto com um pouco de alongamento na barra para diminuir a rigidez nas minhas costas induzida pela menstruação. Nada disso prendeu minha atenção por mais do que quinze minutos, agora estou distraidamente indo de janela em janela, como se olhando a escuridão do lado de fora pudesse fazer o helicóptero aparecer.

Depois de quase duas horas, minhas dores pioram e sou puro nervos; desço para a cozinha para tomar um Advil. Yan ainda está atrás do balcão com seu computador, os fones cobrindo seus ouvidos, mas não tem nada tranquilo na sua expressão agora. Ele está bem pálido e linhas de tensão cobrem sua boca com os lábios apertados enquanto ele fala rapidamente em russo no microfone.

Meu coração para, então, eu entro num pânico galopante.

Algo deu errado.

Um temor gelado passa pelo meu corpo, minha barriga se revira com uma premonição desesperada e eu quase não consigo me controlar para não exigir saber o que aconteceu. Isso não ajudaria, e não quero distrair Yan do que ele está fazendo. Em vez disso, corro pela cozinha e paro atrás dele, freneticamente olhando a tela sobre seus ombros.

Ele não presta atenção em mim, toda sua atenção no computador quando ele grita o que parecem ser instruções. No início não consigo saber o que está acontecendo, mas então, numa câmera, eu vejo.

Dois corpos estirados perto de uma cama.

Um homem obeso de pele negra, seu peso nu nadando numa poça vermelha e o no outro lado da cama está uma mulher nua. Olhando mais de perto, vejo sangue respingado nela também.

Ambos estão mortos.

Náusea sobe minha garganta e coloco a mão na minha boca, tentando ficar em silêncio. Yan ainda fala em tom urgente e na outra câmera dois homens de traje igual a SWAT aparecem no hall. Eles estão andando rápido e carregando um homem grande pelos seus braços e pernas.

São Peter e Anton carregando Ilya, eu os reconheço com uma mistura de terror e alívio. A cabeça de Ilya está coberta com o que parece uma fronha de travesseiro, mas posso ver o sangue manchado.

O gêmeo de Yan está severamente ferido, talvez até morto.

Quase não ousando respirar, eu mordo minha palma enquanto vejo-os contornarem um canto. Em outra câmera, uma dúzia de homens armados corre por outro hall e vejo o medo furioso nos seus rostos quando eles tropeçam em mais corpos. Os outros guardas, talvez? De qualquer modo eles reagrupam rapidamente, continuando a descer o hall enquanto Yan fala até mais rapidamente no microfone.

Peter e Anton desaparecem da vista da câmera, reaparecem um momento depois na outra câmera e vejo que se aproximam de uma sala com uma porta dando para uma garagem grande. Eles estão correndo agora, o corpo de Ilya balançando como numa rede entre eles e com um sentimento arrasador vejo o motivo da urgência deles.

O hall com os guardas armados leva à mesma sala.

É uma corrida com os riscos mais mortais – e os guardas parecem estar ganhando.

Eu devo ter feito um som, porque Yan olha pelo ombro, suas mandíbulas apertadas quando seus olhos travam nos meus. Mas ele não diz nada, apenas volta a olhar para o computador e continua assistindo, incapaz de tirar os olhos do horror se desdobrando meio mundo longe.

Nas imagens da câmera do drone, duas explosões cortam a pequena estrutura perto da casa principal e os param antes de se dividirem em dois grupos. Um grupo continua para a sala enquanto uns poucos guardas voltam rápido – em direção às bombas que a equipe deve ter deixado como distração.

Mesmo assim, o atraso não é o bastante. Os guardas chegam à sala dois segundos antes de Peter e sua equipe.

Os russos parecem estar prontos. Ainda correndo, eles levantam Ilya mais alto e Peter se curva no meio, deixando a barriga de Ilya pousar nos seus ombros enquanto Anton larga o homem inconsciente e pega seu rifle de assalto. Fazendo uma careta de esforço, Peter se endireita, segurando o peso massivo de Ilya sobre o seus ombros e eu assisto, atordoada, quando ele continua a correr, segurando o corpo de Ilya com uma mão enquanto pega uma granada do seu bolso com a outra.

Com todos os sons passando pelo fone de Yan, eu não consigo ouvir os barulhos do fogo cruzado automático, mas vejo as balas cortando as paredes quando os russos entram na sala com os guardas. Dois guardas são abatidos pelos tiros de Anton, mas o restante se protege atrás de uma coluna e eu seguro um grito quando Peter tropeça, Ilya quase caindo dos seus ombros. No próximo instante, contudo, ele se recupera, segurando seu fardo humano e vejo a determinação selvagem nas suas feições quando ele pega uma granada e retira o pino com seus dentes.

Bum! Um flash claro e imagens de duas câmeras escurecem. Não estou tocando Yan, mas sinto-o pular, como se tivesse sido atingido. Uma onda de russo frenético sai da sua boca quando ele bate no teclado, trazendo mais imagens de câmeras, apenas quando vejo o movimento na visão aérea do drone que respiro e noto que estou chorando, as lágrimas deixando um rastro quente na minha pele gelada.

Yan deve ter visto o mesmo movimento que eu, porque ele dá um zoom na câmera do drone quando um SUV grande passa por uma porta de garagem se abrindo devagar, tirando um pedaço do painel da porta enquanto voa para o portão duplo.

Um soluço passa pelos meus dentes e mordo minha palma novamente.

Pelo menos um deles está vivo e bem o bastante para dirigir.

Tremendo, assisto o SUV rasgar o portão de ferro no meio de uma chuva de balas, então, zunir por uma rua estreita com dois SUVs em perseguição. O drone segue a uma distância o bastante para mostrar um SUV em perseguição sair da estrada, como se eles tivessem atirado nos pneus, mas depois de alguns segundos, os carros desaparecem pela distância, deixando o drone para trás.

Yan resmunga o que parece um palavrão russo e novamente mexe furiosamente no seu teclado. Um novo vídeo aparece, esse com gráfico e vejo que deve estar se conectando a algum tipo de rádio digital. Certamente, pois, um minuto mais tarde ele volta a falar russo e exalo uma respiração trêmula.

Alguém naquele SUV deve estar vivo.

É Peter? Eles estão feridos? A que distância estão do avião? Ilya ainda está vivo? Peter está ferido?

As perguntas ameaçam explodir, mas enfio minhas unhas nas minhas palmas e continuo em silêncio, não ousando distrair Yan quando ele pega um mapa e dita instruções em russo rápido. Sua postura é sempre tensa, sua atenção focada como laser na tela e sei que eles ainda estão em perigo.

Se todos estiverem vivos, só isso.

Respirando, tento me acalmar, para parar as lágrimas de escorrerem no meu rosto congelado, mas o medo é muito forte. Estou enjoada, envenenada pelo excesso de adrenalina. Eu nunca conheci esse tipo de preocupação debilitante pelo outro. Meu coração martelando violentamente no meu tórax, cada batida marcando mais um segundo de espera dolorosa.

Peter tem que estar bem. Ele tem que estar.

Um minuto, dois, três, dez... Olho no relógio pequeno no canto da tela quando Yan fica em silêncio, juntando-se a mim na espera.

Doze minutos.

Quinze.

Dezoito.

Eu não me movo. Quase nem respiro.

Vinte.

Vinte e dois.

A postura de Yan muda, ficando num novo jeito de alerta. Segurando o microfone, ele fala algumas frases sucintas em russo, então, retira o fone e se vira para me encarar.

Sinais de estresse ainda marcam suas feições, mas a tensão que vi mais cedo se foi. — Terminou — Diz ele. — Eles estão no ar, a caminho do Egito. Uma bala arranhou o crânio de Ilya, mas eles pararam o sangramento e ele já acordou por um instante. Com um pouco de sorte, ele ficará bem.

Seguro o balcão, me preparando. — E Peter?

— Arranhado e com um pouco de sangue, mas não ferido. O mesmo para Anton.

Eu expiro, tonta com o alívio e passo as costas da minha mão trêmula na umidade das minhas bochechas.

Peter está vivo.

Arranhado e com sangue, mas vivo.

Eu quero me jogar no chão, a queda abrupta da adrenalina me atingindo como uma bala, mas me seguro contra o balcão, forçando meu cérebro sobrecarregado a funcionar. — Então, por que... — Limpo minha garganta, retirando a rouquidão da minha voz — Por que eles estão indo para o Egito?

— Ilya ainda precisa de atenção médica e tem uma clínica — Explica Yan, então, me dá um olhar embargado.

— O quê? — Pergunto, as batidas do meu coração acelerando.

— Você é médica — Diz ele, inclinando a cabeça —, não?

— Eu... sim. — Ele não sabe disso? — Sou obstetra e ginecologista licenciada.

— Você sabe como dar pontos num ferimento?

Começo a ver onde isso está levando. — Sim, claro. Eu também fiz estágio na emergência durante minha residência, mas...

— Espere. — Ele se vira para o laptop e coloca o fone de ouvido.

— Espere, Yan. Ele precisa de um hospital — Eu protesto, mas ele já está falando no microfone em russo.

Frustrada, eu espero ele acabar e quando ele se vira para me encarar novamente, eu digo firmemente: — Essa é uma péssima ideia. Seu irmão poderia ter uma concussão ou sangramento interno. Ele precisa de uma tomografia, antibióticos, equipamento médico apropriado... Ele...

— Ele sobreviveu a coisas piores, acredite em mim — Interrompe Yan, suas feições decididas. — O que ele precisa é repouso e tempo para se recuperar e não podemos dar isso a ele na clínica - não com as autoridades prontas para varrer o continente Africano em nosso encalço. Temos antibióticos e suprimentos médicos básicos aqui – estocamos isso em todos os nossos esconderijos – e agora temos uma médica também.

Eu franzo. — Não, ouça. Mesmo assim isso não...

— Você deveria dormir um pouco, Sara — Recomenda Yan, pegando o fone de ouvido. — Você parece cansada e precisamos de você em forma e descansada quando eles aterrissarem.

2 8

SARA ESTÁ EM PÉ NO HELIPONTO QUANDO POUSAMOS, SUA FIGURA magra pequena e frágil perto da sólida estrutura de Yan. Meu peito se aperta quando a vejo, meu desejo por ela dolorosamente forte e é tudo que posso fazer para não agarrá-la tão logo o trem de pouso do nosso helicóptero toca o chão. Em vez disso, a primeira coisa que faço ao pular para fora do helicóptero é ajudar Ilya a sair. O ferimento onde a bala raspou não sangra mais, mas ele ainda está fraco pela perda de sangue e com sintomas de mais do que uma pequena concussão.

Se a amante tivesse usado algo além de um revólver com punho de pérola .22 e tivesse uma mira melhor, o estaríamos trazendo para casa num saco.

Meus ombros sobrecarregados e ferimentos nas costelas

534

doem quando Ilya se debruça em mim – meu colete à prova de balas parou dois projéteis durante a fuga – mas eu não me queixo. Tenho sorte. Porra, todos nós três somos sortudos. A merda definitivamente pegou no ventilador e foi espetacularmente fedida. Entre a amante do banqueiro ter achado o revólver embaixo do colchão e um vigia ter ouvido o tiro, nosso caminho para fora do composto foi tão difícil quanto a entrada foi tranquila.

Numa escala de um a dez, este trabalho acabou com um sete – não tão ruim quanto alguns, mas definitivamente pior do que outros.

— Aqui, peguei ele — Diz Yan, aproximando-se para segurar Ilya, e dou um passo para o lado, deixando-o ajudar o irmão. Anton está saindo do helicóptero atrás de mim, mas não presto atenção nele. Ele levou alguns estilhaços de granada no seu braço e ombro, mas sei que ficará bem. Em vez disso, foco na pessoa que não consigo viver sem.

Sara.

Meu belo passarinho cantor.

O vento está jogando seus cabelos castanhos no seu rosto, o sol acentuando tons de vermelho entre as ondas marrons ricas. Seu olhar é solene quando olha para mim, suas feições sem nenhuma expressão. Mesmo assim, sinto seu desejo, sinto bem dentro dos meus ossos.

Ela pode não admitir, mas ela precisa de mim.

Ela também sente nossa conexão.

Cinco longos passos e eu a pego, levantando-a nos meus braços quando eu esmago minha boca na dela. Atrás de nós, Anton solta um assovio de lobo, mas eu o ignoro. Não dou a mínima para o que os caras pensam, não me importo que vejam minha fraqueza. Nada importa, só o jeito que seus braços finos se dobram em volta de mim e o gosto doce quente dos seus lábios. O cheiro de menta da sua respiração, o deslizar pegajoso da sua língua, seu odor quente de Sara – eu absorvo tudo isso, enchendo o vazio dentro de mim, jogando longe a escuridão do meu mundo.

Eu não a mereço, mas a tenho.

Ela é minha para amar e cuidar, minha para manter.

Não sei por quanto tempo a beijei, mas quando levanto a cabeça, os outros já estão entrando na casa. Relutantemente, abaixo Sara, mas não consigo parar de segurá-la.

— Você sentiu minha falta, ptichka? — Pergunto calmamente, minhas mãos na sua cintura maleável. — Você ficou preocupada quando parti?

O sol mostra os raios esverdeados no seu olhar calmo de avelã, aumentando o alvoroço dentro deles. — Eu... — Ela lambe seus lábios inchados pelo beijo. — eu não queria te ver morto.

— Isso você já disse. Mas você sentiu minha falta?

Ela me dá um olhar torturado, então, empurra meu peito, saindo da minha pegada. — Tenho que ir — Diz ela com firmeza. — A cabeça de Ilya não vai se costurar sozinha.

Virando-se, ela corre para dentro da casa e eu a sigo, desapontado e encorajado.

Ela ainda não está pronta para admitir, mas cedo ou tarde, vou dobrá-la.

Farei-a me amar, não importa o que precise.

Sara segue os gêmeos Ivanov para o quarto de Ilya e vou para o meu quarto para tomar um banho antes que desfaleça.

Eu tomei um banho no avião, mas ainda sinto a necessidade de me esfregar tirando toda a violência e morte.

Eu não quero que a feiura do meu mundo macule Sara de nenhum jeito.

Eu levo mais de vinte minutos para me lavar e trocar de roupa – com os efeitos dormentes da adrenalina diminuindo, meus músculos e costelas doloridos presentes em cada movimento – e quando chego ao quarto de Ilya, Sara já fez metade dos pontos. Paro na porta e a vejo trabalhar, apreciando a pequena franzida de concentração no seu rosto. Eu tinha câmeras instaladas no seu consultório no hospital, sou intimamente familiarizado com essa expressão. Ela geralmente tinha essa expressão quando tomava notas dos seus pacientes ou lendo algum novo estudo que saía do seu campo.

— Me passe a gaze — Ela diz a Yan quando termina e eu dou um sorriso aberto ao seu tom autoritário. Meu pequeno pássaro está no seu ninho e pela primeira vez em semanas eu vejo sinal da sua chama. Yan estava certo em sugerir isso; não apenas ter Sara cuidando dos ferimentos de Ilya ser infinitamente mais seguro para nós, como é bom para o humor dela também.

Seus movimentos são rápidos e eficientes quando faz o curativo na cabeça de Ilya e meu parceiro fecha seus olhos, parecendo muito feliz quando o analgésico que demos mais cedo para ele faz efeito.

— Algum outro ferimento? — Pergunta Sara, olhando por sobre seus ombros para mim e Yan.

— Acho que não, mas vou verificar — Diz Yan. — Sei que Anton recebeu alguns estilhaços, então, você deve querer dar uma olhada nele. Acho que ele está no quarto.

Ela assente e se levanta. — E você, Peter?

Eu quero suas mãos em mim, então, dou de ombros e

prontamente faço uma cara pelo movimento. — Só alguns arranhões e hematomas — Digo, fazendo meu melhor para parecer estoico, mas com dor.

Yan, que já me viu andando normalmente com ossos quebrados sem dar um pio, me dá um olhar do tipo 'que porra de jogo é esse?' mas é esperto o bastante para não dizer nada quando Sara franze e vem na minha direção.

— Mostre-me — Ordena ela, colocando a mão na minha camisa, mas eu pego seus pulsos finos antes que ela possa começar um exame naquela hora e ali mesmo.

— E se formos para o nosso quarto onde posso me sentar? — Sugiro, ignorando os olhos abertos de Yan se revirarem. — Ficaremos mais confortáveis lá.

Sara franze a testa, aparentemente imaginando minha intenção. — Eu ainda tenho que examinar Anton. Aqui, sente-se. — Rodando meu punho para se soltar da minha pegada, ela pega minha mão e me leva para uma cadeira no canto enquanto Yan – o bastardo empata-foda – ri baixinho.

— Deixe-me ver — Diz Sara, habilmente puxando minha camisa por sobre minha cabeça e pulo de verdade pela dor no meu ombro.

Mas valeu a pena, porque no próximo instante, as mãos gostosas e macias de Sara pressionam meu torso, cuidadosamente sentindo cada costela para ver se não estão quebradas. Seu toque deveria doer, mas seus dedos delicados deslizam pelos meus hematomas, tudo que sinto é calor junto com um pulsar apertando minha virilha.

— Dói? — Ela murmura quando suas mãos sobem para meu ombro e eu balanço a cabeça, fascinado pelas estrias verdes nos seus calmos olhos de avelã.

— É só... — Limpo a garganta. — Só músculo dolorido, eu acho.

— Hmmm. — Cuidadosamente, ela levanta meu braço e move em círculos. — Nenhuma dor assim?

— Não. — Eu inspiro seu odor doce. — Só um pouco dolorido.

— Tudo bem. — Ela abaixa meu braço suavemente, para meu desapontamento, dá um passo atrás. — Parece que você está bem... só alguns hematomas.

— Eu também arranhei minhas costas — Digo, virando-me para mostrar. —, deve precisar de curativo.

Sara curva-se, suas mãos passando pelos meus ombros antes de ir para o meio das costas, onde sinto uma pequena pontada.

— Isso? — Pergunta ela, tocando levemente a área ferida e eu assinto, apesar da dor ser quase imperceptível.

— Parece que já está sarando, não precisa de curativo — Diz ela quando me viro para encará-la — Acredito que alguém já limpou?

— Anton limpou no avião — Admito chateado. Pela primeira vez, gostaria que minha equipe não fosse tão versada em primeiros socorros. — Você tem certeza que não precisa colocar um curativo nele?

— Não. Vai sarar mais rápido assim. Algo mais?

Eu levanto as mãos para mostrar os arranhões nas minhas palmas e Yan dá uma gargalhada.

— O que você quer que ela faça com isso? Beije e, assim, vai melhorar? — Diz ele em russo, ignorando meu olhar furioso. — Sério, cara, você quer começar o jogo médico-paciente, faz isso depois. Deixe-a terminar de tratar os ferimentos reais.

Sara franze para nós dois antes de perguntar a Yan: — O que você disse?

— Eu disse para ele que Anton precisa da sua atenção — Responde Yan, ainda com sorriso aberto —, e que ele não deveria te segurar com suas brincadeiras sexuais estranhas.

As feições de Sara ficam rosadas e ela se vira, pegando o kit de primeiros socorros para colocar a gaze e os outros suprimentos nele. — Vou dar uma olhada em Anton agora — Diz ela com firmeza e se apressa para fora do quarto sem olhar para nenhum de nós.

Eu me levanto e coloco a camisa. — Vou enfiar a porra da sua cara para dentro do seu crânio amanhã no treinamento — Digo a Yan bem sério. — Tão logo consiga dormir, você vai engolir seus próprios dentes.

O filho da mãe só ri quando saio do quarto, seguindo Sara e até Ilya parece ter um sorriso no rosto quando eu bato a porta atrás de mim.

É melhor que Anton não aprecie os curativos de Sara como eu.

Vou matar o filho da mãe se o fizer.

2 9

 Sara

Anton tem alguns arranhões profundos e uma perfuração rasa onde um estilhaço de granada pegou seus braços, mas tirando isso ele está bem. Eu troco seus curativos enquanto Peter está furioso do outro lado do quarto e dou algumas instruções de como cuidar dos ferimentos. Não que o colega de Peter precise deles; pelo que vi, esses homens são profissionais no tratamento de ferimentos básicos.

— Obrigado, Dra. Cobakis — Ele diz quando termino e sorrio para ele.

Até assassinos barbudos com aparência amedrontadora parecem respeitar a profissão de médico – pelo menos quando estão machucados.

Peter diz algo duro em russo e atravessa a sala ficando em pé

541

ao meu lado. — Terminou? — Pergunta ele irritado, olhando para mim com raiva e retruco sua franzida com a minha própria.

— Sim, por enquanto. — Não tenho ideia de qual é o problema dele, mas está agindo como um urso com um espinho na pata desde que entrou no quarto.

Se não fosse ridículo, eu acharia que ele está com ciúmes da minha atenção ao seu amigo ferido.

— Então vamos. — Segurando minha mão, ele me leva para fora e minha pulsação pula quando vejo que ele está me levando para o quarto.

— Peter... — estou ficando sem fôlego quando tento acompanhar seus passos longos. — O que você está fazendo? Você precisa descansar.

Ele me olha de lado, mas não para. Suas mandíbulas apertadas, sua pegada tão forte que quase dói. Puxando-me, ele entra no nosso quarto e fecha a porta intencionalmente.

— Peter... — Afasto-me quando ele solta a minha mão. — Você está ferido. Eu não sei o que você está pensando, mas precisa...

Minhas palavras acabam numa ofegada, porque Peter vem para mim, diminuindo a distância entre nós em poucos passos decisivos antes de me puxar contra o seu peito. Três segundos depois me vejo na cama, com noventa quilos de macho furioso e de pau duro em cima de mim.

— O que você ...

Sua boca inclina sobre a minha, firme e faminta e suas mãos rasgam as minhas roupas, literalmente partindo a camisa ao meio. Eu fico tensa, espantada pela violência, mas ele não para, abaixando meu jeans até as pernas com movimentos ríspidos enquanto me devora com beijos brutais.

Quando ele abaixa minha calcinha, eu penso nos lençóis e na droga do absorvente que estou usando, mas seus dedos se entrelaçaram com os meus, prendendo-os acima da minha cabeça e esqueço aquilo tudo, varrida na tempestade selvagem do seu desejo.

É esmagador, até amedrontador, mesmo assim, o desejo está lá, pairando sob o medo. Meus músculos instintivamente parecem rígidos mesmo com o calor escorregadio lubrificando meu sexo, a tensão aumentando meu tesão. Eu queimo por ele, desejando o perigo e a aspereza e ele entra em mim, eu grito pelo choque, pelo prazer sombrio e dor pungente.

Ele pausa, levantando a cabeça para olhar nos meus olhos e lembro de nossa primeira vez, o jeito que ele me possuiu, perdendo o controle. Ele também me feriu naquela ocasião, mas diferente daquela vez, não tem ódio no meu coração hoje, nenhuma amargura ou vergonha reprimida. A dor é boa, retirando os resquícios da minha preocupação, lembrando-me que ele está vivo.

Lembrando a nós dois que estamos vivos.

— Sara... — Meu nome é uma exalação rouca nos seus lábios, seu olhar prateado derretido aprisionando-me mesmo quando vibra dentro de mim, seu pau grosso esticando meus tecidos internos, enchendo-me até a borda até que eu sofra. — Ptichka, preciso tanto de você...

— E eu preciso de você. — As palavras parecem vir do centro do meu ser, arrancadas de mim pelo fogo impossível queimando as minhas veias. Não posso mais lutar contra isso, não posso fingir que odeio este homem belo e letal. Não é amor entre nós, nem qualquer coisa que se assemelhe a amizade, mas nossa conexão é inegável, a química profunda até os ossos nos ligando num espiral de necessidade sombria e atração violenta.

Eu quero isso dele: a aspereza e a delicadeza, o medo e o calor que tudo consome.

Ele é tudo que eu nunca soube que precisava e seus olhos ficam sinistros ante minha confissão, vejo o que significa.

Eu *sou* dele, tão terrível quanto esse pensamento pareça.

Fechando meus olhos, circulo minhas pernas em volta dos seus quadris, recebendo-o mais profundamente e ele começa a estocar, seu traseiro musculoso se flexionando contra minhas panturrilhas, eu cedo ao inevitável.

Eu cedo a ele.

PARTE III

3 O

 *ara*

QUANDO O SEGUNDO MÊS DA MINHA PRISÃO TRANSITA PARA O terceiro, vejo meus ressentimentos diminuindo vagarosamente, o anseio desesperado pela minha antiga vida se transformando num tipo de dor agridoce. Continuo procurando oportunidades de escapar, mas tem sempre alguém em casa, me vigiando, e quando os dias passam, paro de me preocupar sobre a impossibilidade de fugir e começo a usufruir algumas partes da minha rotina de tempo livre. O tempo quente ajuda – estamos no mês mais quente do verão agora, tem muito mais coisa para fazer do lado de fora – e também pelo fato de, além de algumas saídas para comprar suprimentos, Peter tem passado praticamente todo o seu tempo comigo.

— Já faz tempo que você não tem trabalho — Comento

547

quando descemos um riacho onde temos nadado nos dias quentes —, é por causa do que aconteceu com Ilya da última vez, ou você simplesmente não consegue clientes com tanta frequência?

— Somos contatados o tempo todo, mas somos seletivos nos trabalhos que pegamos — Diz Peter, levantando um galho baixo para que eu possa passar. — A relação risco/recompensa tem que ser boa, especialmente agora.

Ele não diz por que, mas não precisa. Pelo que ele me falou, e pelo que notei pelas conversas rápidas com meus pais, as autoridades estão intensificando sua caçada humana, colocando todos os seus recursos ao problema que é Peter. Parcialmente é por causa do meu sumiço; mesmo com minhas ligações duas vezes por semana, meus pais estão convencidos de que estou em perigo e passam os dias importunando o FBI por informações atualizadas. Mas o mais importante é que o último alvo da lista de Peter, um ex-general dos Estados Unidos, está se provando ser tão evasivo quanto Peter e sua equipe.

— Wally Henderson tem muitas ligações — Explicou-me Peter duas semanas atrás. — Ele viu o que estava acontecendo bem antes de qualquer um da lista e preparou um sumiço digno de Houdini. Até agora, todas as pistas que nossos hackers seguiram deram exatamente a lugar nenhum. Até onde podemos dizer, ele não está em contato com ninguém da sua vida anterior - nem amigos, nem colegas de trabalho nem parentes distantes - e ele não cometeu nenhum deslize. Nenhuma aparição em mídia social pelos seus filhos adolescentes, nenhum uso de cartão de crédito, nada. Muito do seu passado é tido como secreto, mas existem rumores de que ele era um agente da CIA até certo ponto, possivelmente um agente de campo trabalhando bem disfarçado. E enquanto não conseguimos descobrir especificamente como ele faz isso, parece que ele tem pressionado as autoridades para aumentar as buscas por mim de onde quer que esteja escondido.

— Você acha que ele sabe que é o último nome da sua lista? — Perguntei.

— Tenho certeza que sabe — Respondeu Peter. — Como disse, ele tem muitas conexões e não apenas em Washington D.C. Ele conhece todo mundo da comunidade de inteligência internacional e está usando isso para me tornar uma alta prioridade como qualquer líder da ISIS.

Eu tenho tentado não pensar nas implicações disso, mas é impossível. Não consigo retirar da minha mente minha preocupação com Peter. Pelo certo, eu deveria torcer pelo general e esperar que as autoridades achassem meu sequestrador, libertando-me no processo, mas raciocínio lógico parece estar para além de mim nesses dias.

— Por que você não para com todos esses serviços? — Pergunto agora que nos aproximamos do riacho. — Você já deve ter dinheiro o bastante.

Peter me olha de forma dúbia. — Não tem isso de dinheiro o bastante quando você é um fugitivo — Ele fala e retira a camisa, expondo seu torso com músculos poderosos. — Aviões particulares e helicópteros não são baratos.

Eu viro o rosto para não ruborizar quando ele tira o calção - ele não usa cueca - e se encaminha para o riacho depois de chutar as botas. Eu o vejo nu o tempo todo, mas isso não diminui o impacto do seu corpo perfeitamente musculoso nos meus sentidos. A natureza abençoou meu sequestrador com um porte masculino perfeitamente proporcional - ombros largos, cintura fina, membros longos com ossos fortes - e um treinamento militar intenso deu a ele um físico que os atletas olímpicos invejariam. Mas não é a sua aparência que enche minhas veias com líquido quente; é saber que se eu ficar olhando muito para ele de certo modo, o fogo sombrio que sempre se acende entre nós torna-se uma chama fora de controle e eu acabo nos seus braços, gritando seu nome enquanto ele me possui contra as pedras escorregadias.

— Você sabe que não precisa de todos aqueles aviões e helicópteros se não se aventurasse tanto — Observo quando ele está coberto pela água. Minha voz mais baixa e rouca do que gostaria, mas pelo menos meu rosto não está tão reluzentemente vermelho —, você ficaria mais seguro e não teria que... você sabe.

— Matar pessoas? — Sugere ele friamente.

— Isso. — Me apresso em ficar de roupa de banho quando Peter vira-se para boiar de costas, prazerosamente movendo seus braços para compensar a corrente. Não gosto de pensar sobre a realidade tenebrosa da profissão de Peter, em nenhum tipo de profundidade, mas enquanto eu não estiver envolvida nela, é mais um conceito abstrato do que algo que esteja constantemente bem claro nos meus pensamentos.

Hoje, contudo, não consigo retirar isso dos meus pensamentos e quando ando para a parte mais profunda do rio perto de Peter, vejo-me perguntando: — Você gosta disso? É por isso que faz o que faz?

Eu espero que ele negue, que argumente necessidade ou resultado imposto pela escolha da sua carreira, mas ele se vira e fica em pé para me encarar, um sorriso sinistro curvando seus lábios quando ele responde: — Claro que gosto, ptichka. Você achava o contrário?

Olho para ele, minha pele pinicando com calafrios quando a corrente passa por mim, a água me cobrindo até os seios. A corrente que era fresca um momento atrás agora parece como água congelada, tão fria quanto aquela tempestade que nos pegou. — Você gosta de matar?

Ele assente, seus olhos prateados à luz do sol. — A morte, como a vida, tem seus próprios encantos — Diz ele calmamente, chegando-se mais perto para puxar-me contra seu corpo grande e quente. — É um encanto sinistro, mas está lá e cada soldado sabe disso. Como médica, você já deve ter visto isso algumas vezes: do jeito que a dor se transforma numa felicidade do nada, agonia na paz da não existência. A morte cessa todas as lutas, cura todos os ferimentos. E lidar com a morte.. não tem nada igual. Você sente: a sua vulnerabilidade em você mesmo e tudo à sua volta, mas também o poder. O controle. É viciante, uma vez que experimente isso... uma vez que você tenha a vida de alguém nas suas mãos e acabe com ela de propósito.

Suas palavras me cobrem como uma onda sinistra, horrorizando-me e fascinando-me ao mesmo tempo. Eu vi parte das coisas que ele está falando, até senti o poder que ele está descrevendo. Apenas no meu caso, era quando eu tinha que salvar uma vida, não tirá-la. Eu não posso imaginar a falta de empatia que se precisa para usar esse poder para destruir em vez de curar, tirar alguém da própria existência.

Eu estava certa de achar que ele é um monstro. Ele *é*, mesmo assim, deduzir isso não me causa a repulsa que deveria. Sua admissão, por tão horrenda que seja, não diminui o calor crescendo dentro de mim quando ele molda a parte inferior do seu corpo contra o meu, uma mão segurando meu quadril e a outra, subindo para meu rosto. Ele já está excitado, sua ereção rígida contra minha barriga, e quando ele se abaixa, seus lábios famintos pressionando contra os meus, fecho os olhos e passo meus braços pelo seu pescoço musculoso, deixando seu toque queimar o frio de saber o que ele é.

Estou na cama com o demônio e, neste momento, não existe outro lugar que eu gostaria de estar.

Naquela noite, jantamos todos os cinco e como tem sido o caso desde o trabalho na Nigéria, os homens de Peter conversam comigo durante a refeição, me falando um número de histórias interessantes sobre a Rússia e algumas das antigas Repúblicas Soviéticas. Eu ainda não estou completamente confortável perto dos mercenários – estou totalmente ciente de que eles matariam a mim ou a qualquer outro sem hesitar se Peter ordenasse – mas eles têm sido excessivamente amigáveis desde que tratei os ferimentos de Ilya e Anton. É durante refeições como esta que aprendo os costumes do país dos meus sequestradores – eles realmente consideram educado retirar os sapatos quando se entra na casa de alguém – e até aprendi algumas palavras em russo.

— *Vkusno. V-koos-nah.* — Ilya repete a palavra para mim devagar, suavizando o 'v' soando como 'f'. — Isso significa delicioso ou saboroso. Então, se você quer dizer ao Peter que você gosta de algo, você pode apontar para aquele prato e dizer: 'Vkusno'.

— Vikusno — Eu tento, apontando para o frango assado que Peter preparou. — Fi-koos-nah.

— Não tem 'i' — Diz Yan, divertindo-se. — E não force muito a primeira consoante. Apenas pronuncie rapidamente, sem quebrá-la em três sílabas. *Vkusno.* Tente.

— Vkusno — Repito dando meu melhor e todos os caras, incluindo Peter, riem.

— Muito bom, ptichka — Diz ele, cortando mais galinha para mim. — Eles ainda vão fazer você falar russo.

Abro um sorriso para ele, absurdamente lisonjeada e quando ele me pede para cantar para eles depois do jantar, o que ele geralmente faz sem sucesso, concordo de pronto e pego uma das minhas músicas favoritas de Beyoncé, a que tenho praticado no estúdio de gravação que ele montou para mim. Os homens de Peter ouvem, de boca aberta e quando termino, eles batem palmas e vibram tanto que os pratos pulam na mesa.

Esta é a melhor noite que tive em meses e quando Peter me leva para cima, eu o abraço voluntária, até desejosamente. Fazemos amor e, depois, eu não penso em George e no fato de que estou dormindo com um assassino. Eu nem mesmo penso nos meus pais.

Por essa noite, eu pertenço a Peter e ninguém mais.

NA MANHÃ SEGUINTE, VOLTO A LUTAR CONTRA MEUS sentimentos pelo meu sequestrador, mas conforme os dias passam, vejo que estou perdendo a batalha. Ele está me desgastando, fazendo-me esquecer por que eu sequer tento resistir. Ele não falou que me ama desde que viemos para cá – provavelmente porque eu joguei as palavras na cara dele assim que chegamos – mas não posso negar que do seu próprio jeito confuso, Peter se importa comigo.

Está na forma que ele olha para mim, que ele me toca e me abraça. Mesmo quando nosso sexo é forte, com o lado mais sinistro que ainda me espanta às vezes, ele sempre me tranquiliza depois, me acariciando e me abraçando até que eu me sinta segura e mimada, cuidada e adorada. Seu poder sobre mim é absoluto e tem algo estranhamente confortante nisso, algo que bate numa parte minha que nunca soube que estava lá.

Eu não estava insatisfeita com minha vida sexual com George. Ao longo dos anos, aprendemos a conhecer o corpo um do outro e sabíamos exatamente o que fazer para excitar um ao outro. Antes de ele começar a beber, fazíamos sexo regularmente, pelo menos uma ou duas vezes por semana, e apesar de não sermos particularmente aventureiros depois do primeiro ano, fazíamos alguns jogos sexuais em certas ocasiões, até usando alguns brinquedos. Contudo, isso era como deveria ser. Eu nunca imaginei o tipo de química sexual que tenho agora com Peter, eu nunca pensei que uma conexão física tão forte pudesse existir.

Ele me fode tanto que fico machucada na maioria dos dias, seu apetite nunca diminui. E eu atendo, apesar de ele com frequência me deixar exausta com suas exigências sexuais. Nunca conheci alguém com tanta energia. Pelas últimas poucas semanas, Peter e seus homens têm treinado forte a cada dia, fazendo horas de exercícios com peso, correndo pela floresta com mochilas cheias de pedra e praticando combates corpo a corpo que parecem tão mortais como suas armas, mesmo assim, ele ainda acha forças para fazer caminhadas comigo, nadar quando a temperatura permite, cozinhar para todos e, claro, fazer sexo comigo de duas a três vezes por dia.

— Você nunca se cansa? — Murmuro quando estou deitada estirada no seu peito numa noite, meu coração ainda batendo forte com o orgasmo que acabei de ter. Normalmente eu desmaio logo depois do nosso sexo à noite, mas eu dormi esta tarde, então, por agora, eu posso ficar acordada por mais um pouco.

— Cansado? — Ele se mexe sob mim, colocando minha

cabeça mais confortável no seu ombro. Seus dedos preguiçosos nos meus cabelos, suas batidas do coração fortes e estáveis no meu ouvido. — De quê?

— Apenas cansaço físico — Explico. — Às vezes você parece que não se cansa, como um ciborgue de algum tipo. Você nunca tem vontade de simplesmente ficar relaxado não fazendo nada? Ou relaxar e ficar sem treinar um dia com seus homens?

— Estou relaxando agora — ele aponta com diversão —, e tenho que treinar; de outro modo, corremos o risco de ser mortos.

Forço meu nariz contra seu pescoço, respirando seu odor quente e limpo. Com soneca ou não, estou ficando sonolenta, a carícia suave dos seus dedos no meu cabelo me induz a um estado de relaxamento quase hipnótico. Segurando o bocejo, eu murmuro no seu pescoço: — Não é isso que quero dizer. Você nunca simplesmente fica *cansado?* Como um ser humano normal? Você sabe, membros pesados, músculos doloridos, que não querem se mover?

Seu peito poderoso se levanta com uma risada. — Claro que fico. Eu só tenho uma maior tolerância à dor do que a maioria. Eu não teria sobrevivido até a idade adulta sem isso.

Ele diz isso de forma leve, seu tom ainda divertido, mas a revelação do meu Peter ativa um alerta geral em mim. Ele raramente fala da sua juventude - quase nunca de fato - então, quando tenho chance de saber algo novo, pego rapidamente, mesmo que isso me horrorize na maioria das vezes.

— Como foi? — Pergunto, meu sono se indo. Levantando minha cabeça do seu ombro, olho para ele na luz fraca do abajur na cabeceira. — Quero dizer, aquela prisão juvenil que você foi enviado.

As feições de Peter se fecham, todos os traços de

divertimento desaparecendo quando ele me tira do seu peito, virando-se para deitar de lado olhando para mim. — Como o inferno — Responde bruscamente quando eu puxo um travesseiro sob minha cabeça. —, um inferno frio e imundo, habitado por demônios em forma de humanos. Bem parecido com o que você imaginaria de um campo de trabalho forçado na Sibéria.

Eu tremo, lembrando-me de um livro que li uma vez sobre campos de prisioneiros durante os tempos da União Soviética e pego um cobertor para me proteger do frio se espalhando na minha pele. — Era como um *gulag*?

— Não como — Um sorriso sinistro passa pelas suas feições. — *Era* um gulag até certo ponto, usado para punir e quietamente matar dissidentes e outros indesejados. Quando a União Soviética se desmoronou, o local não foi usado por um tempo, mas, então, alguém teve a feliz ideia de usar os locais com o propósito de campos de correção de delinquentes juvenis. E, desse modo, nasceu o Camp Larko.

Luto contra a vontade de olhar o brilho sinistro nos seus olhos. — Por quanto tempo você ficou lá?

— Até completar dezessete. Então, quase seis anos.

Seis anos começando quanto ele era apenas uma criança – quase todos os seus anos de adolescente. Minhas mãos se fecham em punho sob o cobertor, minhas unhas entrando na minha palma. — Por que eles te mandaram para lá? Não havia outra alternativa?

Sua boca se aperta com amargura. — Não na Rússia. Não para um órfão criminoso como eu.

— Mas você não tinha nem doze anos. — Não consigo imaginar que alguém fosse tão cruel para mandar uma criança para o inferno gelado que li naquele livro. — E escola? E...

— Oh, eles nos ensinavam. — Seus dentes mostram outro sorriso sem alegria. — Tínhamos exatamente duas horas de instrução a cada dia. As outras quatorze, contudo, eram reservadas para o trabalho – afinal, estávamos lá para isso.

Quatorze horas? Para alguém que era apenas uma criança? Engolindo o bolo formando na minha garganta, forço-me a perguntar: — Que tipo de trabalho?

— Trabalho em mina, na maioria das vezes. Também consertar estradas e assentamento de dutos. Um pouco de construção também, mas isso era apenas no nosso campo, para reparar a era Soviética que estava desabando ao nosso redor.

Olho para ele, não sabendo o que falar. Eu sabia que ele não tinha tido uma vida fácil, claro, mas, de alguma forma, eu nunca imaginei isso, nunca pensei que a maior parte dos seus anos de formação – um tempo quando outros meninos da sua idade jogavam vídeo games e desafiavam seus pais saindo depois da hora – eram gastos fazendo trabalho forçado sob condições infernais.

Tentando ignorar a dor afundando meu tórax, eu alcanço-o sob o cobertor e passo meus dedos nas suas tatuagens cobrindo seu braço e ombro esquerdo. — Foi onde você fez isso?

Peter olha, como se só agora lembrava-se da tinta que está lá. — A maioria, sim — Diz ele, colocando o outro braço sob a cabeça. — Duas fiz mais tarde, quando me juntei à unidade.

— O que elas todas significam? — Pergunto calmamente, passando meus dedos nos desenhos intrincados. A do seu ombro parece uma asa de pássaro e algumas outras parecem crânios demoníacos, mas as restantes são apenas linhas e formas abstratas.

O olhar de Peter fica opaco. — Nada. Era apenas algo para distrair, só isso.

— É muita tinta para ser apenas capricho.

Ele fica em silêncio por uns segundos. Até que diz baixo: — Eu tinha um amigo no campo. Andrey. Ele fazia esse tipo de coisa – um artista de fato, sabe. Depois que estávamos lá por alguns anos, ele ficou sem espaço na sua própria pele, então, eu o deixei praticar em mim. Toda vez que algo acontecia conosco, bom ou ruim, ele queria comemorar com uma tatuagem e porque ele era tão bom, eu lhe dei liberdade nos desenhos.

— Oh. — Intrigada, eu fico sobre meu cotovelo. — O que aconteceu com esse amigo?

— Ele morreu. — Diz Peter casualmente, como se não importasse, mas ouço o eco sombrio de pesar escondido, a ira que não diminuiu com a passagem do tempo. O que quer que tenha acontecido com seu amigo, foi ruim o bastante para deixar uma cicatriz... tão ruim que, lembrar agora ainda tem o poder de feri-lo.

— Sinto muito — Murmuro, mas Peter não responde. Ao invés disso, ele desliga a luz, me puxa contra ele na nossa posição normal para dormir.

Eu fecho os olhos e foco na minha respiração, tentando me acalmar o bastante para dormir, mas é impossível. Mesmo o calor do corpo grande de Peter, não consegue retirar o frio latente das suas revelações. Minha mente zune como uma colmeia, as dúvidas se recusando a me deixar em paz. Ainda tem muita coisa que não sei sobre o homem que me abraça todas as noites, tantas coisas que não entendo sobre seu passado. Tudo sobre sua vida na Rússia é estranho para mim, tão estranho e misterioso como se ele tivesse vindo de outro planeta.

Finalmente, não aguento mais. Saindo do abraço de Peter, acendo o abajur e fico de lado para encará-lo. Como suspeitava, ele ainda não está dormindo também, seu olhar prateado coberto de memórias quando seus olhos encontram os meus.

— Você disse que foi recrutado daquele lugar direto para a sua unidade — Digo, ficando no cotovelo novamente. — Por quê? Eles normalmente fazem isso na Rússia?

Ele me olha em silêncio, então, se vira para cima, unindo as mãos sob a cabeça enquanto olha para o teto. — Não — Diz, depois de um momento. — Eles geralmente recrutam do exército. Mas, nesse caso, eles precisavam de alguém com um perfil psicológico específico.

Eu me sento, segurando o cobertor contra o meu peito. — Que tipo de perfil?

Ele vira os olhos para me fitar. — Sem vínculos familiares inconvenientes, sem escrúpulos e apenas com uma consciência mínima. Mas também jovem o bastante para ser treinado e moldado para o que eles precisavam.

— Que era o quê? — Pergunto, apesar de suspeitar que já sabia.

Peter senta-se, sua expressão neutra quando se recosta na cabeceira da cama. — Uma arma — Responde —, alguém que não recusaria nada. Veja só, os insurgentes estavam ficando impiedosos, mais fanáticos a cada ano. A bomba no metrô em Moscou foi a gota d'água. O governo Russo viu que não conseguiria pará-los com os métodos de combater terroristas civilizados e aprovados pela ONU; eles tinham que encará-los no mesmo nível, lutar contra eles usando cada ferramenta disponível. Então, eles formaram essa unidade Spetsnaz não oficial e quando não conseguiram achar soldados treinados o bastante no exército, eles decidiram ser criativos e procurar em outros lugares.

— No Camp Larko — Digo e Peter assente, seus olhos como aço polido.

— Aqueles de nós que duramos por um grande período de tempo tendíamos a ser fortes, capazes de lidar com longas horas de esforço físico sob condições extremas. Fome, sede, frio – podíamos resistir a isso tudo. E você pode imaginar, muitos de nós tínhamos o perfil que eles estavam procurando.

Um calafrio passa pela minha pele, fazendo-me puxar o cobertor para mais perto de mim. — Então, por que eles te escolheram em vez de os outros? — Pergunto, lutando para manter meu tom normal.

Seus lábios torcem num sorriso sinistro. — Porque um pouco antes de eles chegarem, eu matei um guarda — Diz ele calmamente. — Eu o segui para fora na neve e fi-lo admitir seus crimes antes de esfolá-lo como um coelho na frente de todo o campo. Meus métodos eram... Bem, digamos apenas que era exatamente o que eles estavam procurando. Então, em vez de ser punido pela morte do guarda, ganhei uma nova carreira, uma que casava bem com minhas inclinações e habilidades.

Minhas palmas ficam escorregadias onde estou segurando o cobertor. — Quais *eram* os crimes do guarda? — Pergunto, apesar de não ter certeza de querer saber.

O lado sombrio no olhar de Peter aumenta e, por um momento, temo ter ido longe demais, trazer tantas más memórias. Mas ele se recosta na cabeceira da cama e diz com naturalidade: — Ele gostava de cozinhar meninos vivo.

Eu paro de respirar e bile sobe à minha garganta. — O quê? — Ofego quando consigo respirar.

— Nos chuveiros, tínhamos água gelada ou escaldante, nada no meio termo — Diz Peter, suas feições se enrijecendo quando seu olhar fica distante. — Os canos escangalhavam constantemente, então, usávamos baldes para misturar as águas antes de nos banhar. Alguns guardas, contudo, puniam a gente por obrigar-nos a ficar em pé sob a água do jeito que saía, gelada para as infrações menores, escaldantes quando nos comportávamos muito mal. Um guarda em particular gostava da água quente como punição. Acho que ele se excitava com isso. Os outros faziam isso por apenas poucos segundos, talvez meio minuto no máximo, causando queimadura superficial nos garotos. Mas esse guarda, ele forçava. Um minuto, dois, três, cinco... Quando Andrey entrou na sua lista, ele já tinha matado dois de quinze anos cozinhando suas carnes até os ossos.

Sinto vômito na minha garganta. — Andrey... seu amigo Andrey? — Sussurro pelos meus lábios dormentes.

— Sim. — O rosto torneado de Peter fica com um olhar demoníaco de fúria. —Andrey, que nunca deveria estar naquela merda de lugar para começo de conversa. Meu amigo que se recusava a deixar aquele bastardo fodê-lo e, em vez disso, morreu em agonia.

— Oh, Deus, Peter...— Pressiono meu punho tremendo na minha boca, então, toco sua mão, sentindo seus dedos se moverem com uma ira quase não contida enquanto ele luta para se conter. — Eu sinto, sinto muito.

Ele segura minha mão como se fosse uma linha da vida e fecha os olhos, respirando profundamente. Quando ele abre-os novamente, sua expressão é calma, mas eu sei a profundidade da dor e fúria que se passa sob essa máscara controlada.

Eu estava errada ao pensar que a morte da sua família o fez um monstro. Ele era um bem antes de Daryevo, os horrores que encontrou na sua longa luta pela sobrevivência retirando qualquer possibilidade de bondade que ele pudesse algum dia ter. Suas vítimas iniciais não eram anjos, mas quando ele iniciou o caminho sombrio da vingança, ele se tornou como eles, caçando culpados e inocentes igualmente.

Cuidadosamente, retirando meus dedos da sua pegada, volto ao meio da cama. — E aquele diretor? — Pergunto, olhando nos olhos dele. Eu já estou com vontade de vomitar, mas tenho que saber a profundidade do dano. — O que ele fez para que você o matasse?

Peter dá um sorriso sinistro. — Você ainda não teve o bastante por esta noite? Não? Tudo bem, se você quer saber, ele gostava de meninos. Quanto mais novo, melhor. Eu tive sorte, porque com onze, eu já era grande, quase como um adolescente. Muito velho para ele quando começou no orfanato. Mas os pequeninos... eu ficava deitado lá de noite e os ouvia gritar nos seus quartos quando ele vinha para eles. Cada noite, eu morria um pouco por dentro, porque não havia nada que pudesse fazer, ninguém que eu pudesse falar que ouviria. Os professores, a polícia – eles ou não se importavam ou não ousavam fazer barulho. Esse filho da mãe tinha conexões, entende? Ele era de uma família importante. Então, ninguém fazia nada, e chegou um novo menino, de dois anos. Quando o ouvi ir para a criança, eu não aguentei mais. Peguei uma das facas da cozinha, pulei nas costas dele e quando ele estava ocupado atacando a criança, eu cortei sua garganta.

Claro. Meu cavaleiro negro se vingando novamente. Fecho meus olhos contra as ferroadas das lágrimas quentes, meu coração partido por Peter e o menininho. Eu suspeitava que era algo desse tipo, apenas estava com medo que fosse o próprio Peter a vítima. Não que isso signifique que ele não foi. Abrindo os olhos, olho nos olhos dele. — E você? — Pergunto tremendo. — Você foi alguma vez...?

— Não. — Sua boca se aperta. — Pelo menos até onde saiba.

Eu sempre fui bom em me defender, mesmo quando era pequeno. Eu não me lembro muito antes dos três anos, no entanto, suponho que seja possível – eu *era* uma criança bonita, segundo fotos antigas. De qualquer modo, quando estava no jardim de infância, eu sabia como usar punhos, dentes, pedras... qualquer tipo de arma que pudesse pôr as mãos. O filho da mãe que tentou alguma coisa quando eu tinha cinco anos, teve o dedo arrancado por uma mordida minha, depois disso, eu geralmente era deixado em paz.

Eu olho para ele, aliviada lutando com uma pena agonizante. E ódio. Sinto tanto ódio ante a crueldade do mundo que o moldou nesse sinistro homem atormentado que ele é hoje, nesse assassino implacável e sem moral que, apesar de tudo, deseja amor e família. Será que ele conseguiu descanso dos seus demônios quando teve Tamila e seu menininho? Seria por isso que ele aceitou sua gravidez com tanta facilidade, tornando-se marido e pai quando ele poderia simplesmente ter ido embora? Será que eles lhe devolveram pedaços da sua alma, apenas para que tudo fosse dilacerado com suas mortes brutais?

Se esse for o caso, não se admira que suas perdas fizeram a cabeça dele girar – e que a vingança fosse a resposta padrão.

Quando fico em silêncio por muito tempo, as feições de Peter se enrijecem mais; um sorriso zombeteiro curva seus lábios. — Demais para você, ptichka? Suponho que devesse ter inventado uma história mais leve, uma cheia de arco-íris, bichinhos e piñatas.

— Não, eu só... — Eu paro, minha garganta fechada pelas emoções. Recompondo-me, tento novamente. — Eu só gostaria que alguém estivesse lá por você, do jeito que você esteve para o menininho.

Ele pisca devagar e se afasta da cabeceira. — Acabei de te

falar, eu estava bem. Eu sempre consegui tomar conta de mim mesmo.

— Eu sei que conseguia — Sussurro quando ele estica o braço e me puxa para que eu deite ao seu lado quando se espreguiça e desliga a luz. —, mas você não deveria, Peter. Nenhuma criança deveria ter que se cuidar sozinha.

Ele não responde, mas eu sei que me ouviu, porque o braço em volta de meu tórax se aperta, puxando-me para mais perto enquanto estamos deitados juntos na escuridão, sentindo o calor um do outro e usufruindo conforto das batidas constantes dos nossos corações.

 ara

DEPOIS DAQUELA NOITE, FICOU ATÉ MAIS DIFÍCIL RESISTIR AOS esforços de Peter de se insinuar à minha mente e ao meu coração. Não sei se ele acha que suas revelações me aterrorizaram e está tentando compensar de alguma forma, ou se ele simplesmente sente minha determinação diminuindo, mas ele se torna impossivelmente mais atencioso comigo, me mimando e se preocupando comigo além do acreditável.

Todos, exceto eu, têm afazeres. Peter faz a maior parte das refeições e os outros caras cuidam da roupa e mantêm a casa um brinco. Eu ajudo com a roupa de qualquer forma, desse modo, não me sinto uma total inútil, mas Peter não exige isso de mim, e além daquele dia que joguei o prato nele, não tive que tocar no aspirador ou fazer qualquer coisa que não tivesse vontade.

Além disso tudo, qualquer coisa que eu queira é minha – dentro dos portões da minha prisão, claro. Se menciono uma preferência por fronha de seda, Peter compra para mim em poucos dias. Se tenho desejo de passear, ele para o que quer que esteja fazendo para me acompanhar, não mais deixando para os seus homens. Mais importante, contudo, ele faz tudo que pode para se assegurar que eu não fique entediada.

Seu estúdio de dança não colou até agora – uso apenas para um exercício de yoga e um pouco de alongamento – mas adorei o equipamento de gravação que ele comprou para mim. É tão top de linha quanto qualquer profissional poderia ter. Posso gravar e editar qualquer coisa que queira, começo com as músicas pop que adoro, logo depois experimento variações de músicas e até tento compor algumas sozinha, colocando letra em mixagens que crio de tons diferentes. Saber usar o software e o equipamento exige uma boa dose de aprendizado, aceito o desafio de bom grado. Não é apenas divertido, mas consome boa parte do meu tempo livre e quando estou tentando achar as palavras para expressar a música se formando na minha mente, não penso em tudo que perdi e no fato de ser uma prisioneira de um assassino.

Eu apenas foco na música.

Também comecei a me apresentar para os outros. É um ritual depois do jantar, onde Peter me pede para cantar de forma a entreter a todos e eu relutantemente (mas secretamente ansiosa) concordo em cantar uma música, sempre falando antes que talvez não me lembre da letra, estou despreparada e assim por diante. Naturalmente, é sempre uma música que ensaiei antes, geralmente uma variação de qualquer sucesso popular que cantei no estúdio de gravação naquele dia. Sou muito tímida para compartilhar minhas próprias músicas, mas os homens são tão entusiastas das minhas apresentações de música pop que já vejo o dia em que vou apresentar minhas próprias composições.

— Você tem uma voz realmente boa — Diz Yan depois de algumas semanas, seus olhos verdes bonitos avaliando-me com surpresa. — Peter tinha razão nisso.

Dou um sorriso aberto – elogio do nosso residente psicopata é um evento extremamente raro – e decido cantar duas músicas na próxima vez.

Se os caras gostam e eu também, por que não?

Entre a música e minhas atividades normais com Peter, tenho o bastante para ocupar meus dias, mas ainda sinto falta do meu antigo trabalho. Sempre que um dos homens se machuca – o que acontece com uma frequência alarmante durante seus treinamentos de lutas diários – eu consigo usar minhas habilidades médicas, mas não é o bastante. Preciso do estímulo intelectual da minha profissão, tudo que aprendi durante os dias tratando de uma variedade de pacientes e me atualizando com os estudos recentes. Agora, sinto-me fora desse meio, isolada dos novos avanços na minha área e quando falo com Peter durante nossas caminhadas, ele promete fazer algo nesse sentido.

Em consequência, ele começa a fazer com que seus hackers me enviem a cada duas semanas compilações de todas as pesquisas de ponta que estão acontecendo pelo mundo. Parte do material é obviamente público – estudos revisados publicados em periódicos acadêmicos que eu costumava assinar, etc. – mas boa parte parece vir de arquivos confidenciais de empresas.

— Peter, isso é loucura — Digo após ler uma terapia de gene que traz esperança de reverter câncer de mama avançado —, de onde seu pessoal tirou isso? Ele é gigantesco.

— É? — Ele sorri quando me olha sobre o laptop.

Assinto vigorosamente. — Se essa terapia é tão efetiva quanto essas notas de pesquisa indicam, milhões de vidas de mulheres serão salvas. Como seus hackers acharam isso? Eu deveria, pelo menos, ter ouvido rumores sobre isso antes. Isso é um marco no tratamento de câncer. Você consegue entender isso, certo?

Seu sorriso aumenta. — O quer que eu diga? Nossos caras são bons.

Balanço minha cabeça e enfio minha cara de volta na análise de estudo detalhado. Eu deveria sentir-me culpada porque estou essencialmente roubando propriedade intelectual de um *startup*, mas estou muito fascinada para parar de ler. Além disso, não tem como eu usar esse conhecimento para ganho financeiro ou compartilhar com alguém. Meu acesso com o mundo lá fora é estritamente limitado às ligações telefônicas aos meus pais.

É uma coisa que Peter não cederá, não importa o quanto peça e implore.

— Vamos lá, que mal teria em eu pesquisar as notícias de vez em quando? — Argumento depois que Peter me pega tentando fazer login no seu laptop – uma tentativa infrutífera, dado todas as senhas e tipos de segurança que tem. — Você pode bloquear alguns sites, me impedindo de usar todos os emails e mídias sociais que quiser. Tem uma tonelada de aplicativos para isso e...

— Não, ptichka. — Suas feições são firmes quando toma o laptop de mim. — Não podemos arriscar você fazer uma pesquisa que exporia nosso endereço de IP ao FBI, nem você imaginando um jeito inteligente de contatá-los. Todos os sites têm um lugar para deixar um comentário hoje em dia e você é muito esperta para não saber disso.

Frustrada, desisto de acessar a internet e tento pensar em outras trilhas de fuga, mas nada me vem à mente. Uma coisa que eu poderia tentar – algum tipo de mensagem codificada para meus pais durante nossa breve conversa telefônica – é demasiado arriscado. Peter está sempre comigo, ouvindo cada palavra que falo e se eu tentar dar uma dica da nossa localização, ele vai me impedir de fazer mais contatos com minha família. Ele falou isso e sei que falou sério.

Não importa o quanto ele faça minhas vontades, eu nunca me esqueço de que sua obsessão tem um lado sombrio, que ele está determinado a fazer o que for necessário para me manter dele.

CONFORME OS DIAS QUENTES DO VERÃO PASSAM PARA O OUTONO, com a floresta passando para tons de vermelho e amarelo, eu fico incrivelmente convencido de que fiz a coisa certa em trazer Sara. Apesar do nosso início turbulento, ela está começando a se adaptar, e sinto como certo que, um dia, ela se ajustará completamente, aceitando e abraçando sua nova vida comigo.

Eu a amo tanto que é um dor constante no meu peito, e apesar de saber que ela não sente o mesmo, às vezes vejo ternura no seu olhar, um calor que se espalha pelo meu coração e me dá esperança. Enquanto sua raiva pelo sequestro diminui, nossas brigas ficam menos frequentes e apesar de nenhum de nós poder esquecer de como nosso relacionamento começou, o passado começa a ficar mais distante, sua influência no nosso presente menos aguda e dolorosa.

Eu ainda penso em Pasha e Tamila e acordo suando frio quando sonho com suas mortes macabras. Mas os pesadelos não vêm com a mesma frequência, e quando vêm, Sara está sempre lá. Posso procurá-la e abraçá-la, ouvir sua respiração segura até que as memórias do horror vão embora.

Posso também fodê-la. É uma coisa que nunca falha em me acalmar, o único melhor modo de aliviar a escuridão que me atormenta por dentro.

— Por que você gosta de me machucar às vezes? — Murmura ela uma noite depois de tê-la acordado e possuído com força, fodendo-a tão forte que nós dois terminamos doloridos. — Você tem algum tipo de inclinação sádica?

Penso, daí, balanço a cabeça, apesar de ela provavelmente não poder ver o gesto com a luz apagada. — Não no sentido sexual – pelo menos não até eu te encontrar. — Eu *tenho* prazer em matar e torturar inimigos, mas era na maioria das vezes cerebral, um jeito de sentir a força violenta do poder e satisfazer meu senso de justiça. Pelo menos foi o que aconteceu com o guarda que ferveu Andrey no chuveiro e, de uma maneira menos forte, com os terroristas que pegava no trabalho. Eu não sentia pena deles; seus sofrimentos me davam uma alegria viciante. Mas meu pau nunca ficou duro por provocar dor, e durante o sexo, sempre fui cuidadoso e gentil com as mulheres, usando meu conhecimento do corpo humano para o prazer, não para provocar dor.

Foi apenas quando Sara chegou que esses impulsos conflitantes – punição e prazer, violência e ternura – de alguma forma emergiram. Eu a tenho como um tesouro, a amo tanto que dói, mesmo assim, às vezes quando a toco, não consigo me controlar, não posso lutar contra o desejo de puni-la por ser o que é.

Por pertencer ao meu inimigo antes de roubar meu coração.

— Então, com ela... você nunca?

A curiosidade quase não escondida no sussurro de Sara faz-me rir, mesmo com a dor familiar apertando meu coração. — Você quer dizer Tamila?

— Sim. — Sua mão passa sobre meu peito, como se sentindo a dor por dentro. — Você nunca foi áspero com ela desse jeito?

— Não. — Cubro a mão fina com minha palma, pressionando mais forte contra minha pele. — Eu não era assim com ela.

O que eu sentia por Tamila não era nem de perto essa conexão intensa, quase violenta que tenho por Sara. Com minha esposa era uma mistura divertida de atração sexual e gostar, até um tipo de amizade. Eu a admirava por ser corajosa, mesmo com o tipo de criação que teve, e por ser uma boa mãe para Pasha. Não era problema o fato de ela ser bonita também e apesar de não termos muito em comum, eu me acostumei a me importar com ela... talvez até a tenha amado, eu acho. Agora, vejo que estava enganando a mim mesmo.

Minha afeição por Tamila era apenas isso, um mero eco das emoções cruas que Sara me provoca.

Sua mão se mexe sob minha palma e a ouço engolindo. — Entendo. — Tem um tom estranho na voz de Sara, algo quase como dor. — Você deve tê-la amado muito — Ela continua no mesmo tom e eu sorrio novamente quando vejo qual é o problema.

— Você está com ciúme? — Pergunto calmamente, me

esticando para ligar o abajur. Sara pisca ante a luz repentina e pelo jeito da sua boca linda, vejo que estava certo.

Ela não entendeu minha admissão, achando que meu tratamento gentil com Tamila significava que eu me importava mais com minha esposa do que com ela.

Sara não me responde, apenas retira a mão e eu rio, sentindo-me particularmente leve apesar das memórias sombrias dançando nos cantos da minha mente. Minha ptichka *está* com ciúme – de uma mulher morta, nada menos do que isso – e eu não poderia ficar mais satisfeito.

Ao som do meu divertimento, a expressão de Sara fica mais sombria, suas sobrancelhas delicadas se juntando numa carranca completa. Com uma bufada quase inaudível, ela apaga a luz e se vira, num dar de ombro frio bastante literal.

Meu divertimento desaparece, trocado por um emaranhado de emoções que ela sempre acende em mim. Desejo e ternura, raiva e possessão – é tudo parte da loucura que é meu amor por Sara, dessa obsessão que nunca me livrarei.

— Vem cá, meu amor. — Ignorando sua postura dura, eu a puxo para mim, curvando meu corpo em volta do dela por trás. Enterrando meu rosto no seu cabelo, eu respiro seu odor – minha fragrância preferida – e aperto meu abraço, segurando-a no lugar quando ela luta para sair.

— Eu realmente quero te machucar às vezes — Murmuro quando ela fica parada, sua respiração inconstante do esforço. — Quero fazer coisas que nunca sonhei em fazer com minha esposa. Tem noites em que eu quero te devorar, ptichka, te consumir até que não sobre nada... até que esse vício desapareça e eu possa respirar sem te desejar, sem sentir que preciso de você mais do que a própria vida.

Sua respiração para. — O que você está falando?

— Estou falando que te amo, ptichka... e que te odeio. Porque isso dói, você entende, sabendo que você ainda *o* ama, ainda pensa *nele* quando está comigo. — Minha voz fica rouca, minha pegada aperta quando ela tenta sair novamente. — O assassino do seu marido – é assim que você me vê, isso é *tudo* que você vê às vezes. Se eu pudesse retirá-lo da sua mente, faria isso num segundo. Apagaria toda a lembrança da sua existência, transformando-o no nada que ele é. Num mundo diferente, você seria minha, mas neste, eu tive que lutar por você... matar por você.

Todo seu corpo enrijece. — Por *mim?* Sobre o que você está falando? Foi tudo por sua vingança, a lista que você...

— Sim, foi... até que encontrei você. Então, isso se tornou outra coisa. — É uma verdade que eu não tinha admitido para mim mesmo até este momento, não soubera exceto dentro das profundezas mais selvagens da minha alma.

Quando eu estava ao lado da cama de George Cobakis, eu hesitei quando pensei em Sara, mas não era porque eu queria poupá-lo por ela. Foi porque o assassinato era tão desnecessário, seu estado vegetativo igual a um morto-vivo.

Eu terminei puxando o gatilho não apesar da minha atração por Sara, mas por causa disso.

Porque eu a queria livre dele para sempre.

Porque, mesmo assim, eu sabia que tinha que fazê-la minha.

— Não. — A voz de Sara recebe um tremor audível. — Você está falando isso da boca para fora. Você não poderia matar George por causa de algum interesse doentio em mim – isso é além da insanidade.

— Talvez. — Estou disposto a ceder nisso. — Mas em

algumas culturas, o que eu fiz te torna minha – meu prêmio, meu despojo de guerra.

— Guerra? Ele estava em coma! Você matou um homem indefeso. Ele não era páreo para você.

Eu rio de forma sombria. — Você acha que sou algum tipo de herói nobre? Você acha que me importo com uma luta honesta?

Ela congela, sua pele ficando pegajosa nos locais onde nossos corpos se tocam quando eu continuo. — Não, Sara — Digo a ela. — Não me importo nem um pouco com justiça, porque ninguém mais se importa. O mundo é inerentemente injusto. Se você quer algo, você luta por isso... você pega isso. E eu quis você, ptichka. Eu te quis desde o primeiro momento que te segurei, quando você chorou tão docemente nos meus braços. E você me quis também – você ainda me quer – porque não importa o que você diz, isso é real... muito mais do que seu delírio de um casamento. Você não estava vivendo um conto de fadas e Cobakis não era seu Príncipe Encantado. Ele era um mentiroso, um fraco que começou a beber porque não conseguiu lidar com a culpa do massacre que causou. Mesmo se ele não tivesse estado na minha lista, eu o teria matado se tivesse te encontrado – porque eu teria te desejado. Se nossos caminhos tivessem de algum modo se cruzado, eu a teria feito minha.

Ela está tremendo agora e eu sei que fui muito honesto, revelei muito da besta dentro de mim. Mesmo assim, tem uma coisa que não farei, mentir para ela.

Comigo, Sara sempre saberá o que está levando, não importa quão feio possa ser.

Puxando o cobertor sobre nós, eu acaricio seu braço, quadril e coxa até que sua tremedeira passe e quando a ouço respirando devagar profundamente, fecho meus olhos, segurando-a apertado.

Isso pode ser errado aos olhos dos outros, mas tenho Sara e estou feliz – e farei o que for necessário para fazê-la feliz também.

Sara

Conforme o outono avança e o tempo continua frio, minha vida com Peter começa a parecer uma lua de mel estendida, no entanto, uma que compartilhamos nosso retiro na montanha com outras pessoas. Não há sinal de que sua atenção irá diminuir e apesar de eu sempre me lembrar de que não estou aqui pela minha própria vontade, não posso ignorar o fato de que Peter está fazendo seu melhor para assegurar meu prazer e conforto. Além da sua profissão e o fato de somenos importância de me manter prisioneira, Peter Sokolov é tudo que alguém gostaria em um marido: com total habilidade dos serviços caseiros e tão cuidadoso comigo que me sinto como uma princesa a maioria dos dias.

Toda manhã começa com ele me trazendo café na cama.

Como o interrogador hábil que é, Peter aprendeu tudo que eu gosto e não gosto quando o assunto é comida e ele me mima com minhas comidas favoritas todos os dias. Crepes estilo russo com passas e queijo doce, omelete fofa, quiches, prato com frutas exóticas – tenho tudo, mais suco de laranja recém espremida e café. Para o almoço e jantar, sou igualmente mimada, tanto assim que os caras me pedem para solicitar os seus próprios favoritos.

— Você gostou do *shashlik* daquela vez, certo? Aqueles kebobs de carneiro que Peter fez antes da Nigéria? — Ilya faz uma tentativa amedrontadora com olhar de cachorrinho faminto quando me cerca na cozinha.

Quando assinto, ele dá um sorriso aberto e diz: — Então, por favor, fale para ele fazer isso logo, tá bom? Só dê uma dica que você gosta de carneiro e molho apimentado. Por favor?

Eu rio e prometo que vou fazer, como já prometi ao Anton a torta de maçã. Apesar do papel deles no meu sequestro, estou começando a gostar dos homens de Peter e estou bem certa de que eles estão começando a gostar de mim. Eu acho que isso é bom, mas Peter parece ter opinião diferente. Já notei-o com olhar muito sério quando eles ficam particularmente amigáveis, como se ele estivesse com medo de que eles possam me roubar.

Sua possessividade tem sido um dos nossos principais problemas nesses dias, e uma noite, saiu do controle.

— Mantenha seus olhos acima do pescoço dela — Ele berra para Anton depois que terminei de cantar uma variação de um dos últimos sucessos da Lady Gaga. Eu me vesti para a apresentação, usando um dos vestidos de festa curto que Yan comprou para mim e quando Anton e Peter ficaram em pé, encarando um ao outro, dei-me conta de que pode ter sido um erro.

— Peter, ele não estava fazendo nada — Digo, desesperada para contornar a situação conflitante. — Eu só estava cantando e ele ouvindo, só isso.

— Ele estava babando em você, é isso que ele estava fazendo. — Peter empurra a cadeira entre eles. — E essa não foi a primeira vez.

— Vai se fuder, cara. — A barba escura de Anton treme de raiva quando os dois homens letais se preparam para brigar, punhos fechados e dentes cerrados. — Ninguém está fazendo nada que não deveria fazer; você só está muito obcecado para pensar direito.

Peter rosna algo em russo e Yan diz algo também, seu tom de divertimento quando Ilya balança a cabeça. Momentos depois, Anton se apressa para fora com Peter o seguindo.

Frustrada, chego perto dos gêmeos. — Onde eles foram? — Odeio quando os homens trocam para russo para esconder algo de mim. — O que vocês falaram?

— Peter quer quebrar todos os ossos do rosto de Anton e eu sugeri que eles façam isso lá fora, para que não tenhamos que fazer reparos caros na casa — Diz Yan, com um sorriso tão aberto quanto o do irmão. —, e parece que eles ouviram.

— O quê? Eles vão lutar?

Horrorizada, corro para fora e rapidamente sou recebida por sons de punhos batendo em carne. Peter e Anton estão rolando no chão, braços e cotovelos girando enquanto eles lutam. Filetes de sangue voando no ar quando Peter acerta um soco forte e eu ofego quando vejo a fúria selvagem no seu semblante.

Eles não estão treinando; isso é luta verdadeira.

— Separe eles, por favor — Imploro a Yan e Ilya, que saem e ficam em pé perto de mim. — Eles vão se matar.

— Que nada. — Yan acena com desdém — Só vão quebrar alguns ossos. Não temos um trabalho grande até mês que vem, então, não tem problema.

— Sem problema nada! — Falo com os dentes cerrados, viro-me para Ilya. — Se você quiser *shash*-qualquer coisa novamente, vai separá-los agora mesmo. Se não, vou desenvolver alergia a *carneiro*. — Bato no seu peito massivo com meu dedo. — Está me ouvindo?

Yan cai na gargalhada, mas Ilya parece verdadeiramente preocupado. — Tudo bem, tudo bem — Ele murmura e vai em direção aos brigões.

Eu inspiro em alívio quando ele bravamente entra no meio da luta, mas nem Peter nem Anton cedem às usas tentativas de separá-los. Não demora muito e os três homens estão rolando no chão, trocando golpe brutais e quando me viro para Yan, ele levanta a mão para mim.

— Eu não vou chegar nem perto — Diz ele e sei que ele fala sério.

Estou sozinha.

Desesperada, considero molhá-los com água gelada da mangueira, mas decido por uma solução mais prática.

— Socorro — Grito bem alto e me curvo como se sentisse dor. — Aaahhhhh! Peter, me ajuda!

Isso funciona até melhor do que eu esperava. Os homens se separam instantaneamente e Peter fica de pé, a fúria se transformando em preocupação quando ele corre na minha direção. — O que aconteceu? — Pergunta ele com firmeza enquanto segura na minha mão, seus olhos me olhando dos pés à cabeça. — Você se machucou?

— Sim, por você, agindo como um bárbaro — Eu falo bruscamente, tentando empurrá-lo enquanto ele começa a me tocar de cima a baixo. — Agora deixe-me em paz para que eu possa ver o quanto vocês machucaram um ao outro.

Suas sobrancelhas se juntando quando ele pausa. — Você não está ferida? Você só queria parar a briga?

— Claro. E se você se machucasse? — Eu ignoro Yan, que está rindo tanto que não consegue ficar ereto e vou na direção de Anton e Ilya, que parecem bem pior do que Peter. Ilya cortou o lábio e o rosto de Anton já está inchando, seu nariz sangrando um pouco fora do lugar.

— Ei. — Peter segura meu pulso antes que eu possa dar mais que dois passos. —Você vai tratar *eles* primeiro? — Ele parece tão raivoso que estou tentada a negar – a última coisa que quero é provocar outra luta – mas algum demônio faz-me assentir.

— *Eles* não se atacaram. — Puxo meu pulso numa tentativa fútil de me livrar. — E para mim, você não parece machucado.

Se Peter acha que vai recompensar atitudes dos homens das cavernas com cuidados calorosos, ele está muito enganado.

Sua franzida se aprofunda e ele tem o descaramento de se parecer ferido quando solta meu punho. — Eu *estou* machucado. Vê? — Ele levanta sua camisa para me mostrar um local vermelho no seu tórax. — E isso. — Ele mostra a parte de trás da sua mão direita, onde as juntas estão realmente começando a inchar.

Apesar da minha raiva, meu instinto de curar fala mais alto. — Deixe-me ver. — Cuidadosamente, tateio seu torso - será um hematoma ruim, mas suas costelas parecem bem — e, então, viro minha atenção para as juntas.

— Dói? — Pergunto, pressionando o meio da junta. Peter bate a cabeça, seus olhos prateados brilhando; examino o resto da sua mão. Para meu alívio, não sinto nenhum osso quebrado.

— Você vai ficar bem — Digo, mas noto um pequeno sangramento no seu ouvido esquerdo. — Terei que limpá-lo dentro de casa, onde tenho suprimento médico, mas primeiro, preciso ver o nariz de Anton e certificar-me de que Ilya não tem outra concussão.

Os homens já entraram, eu os sigo, ignorando a expressão sombria de Peter. Não entendo o que está se passando com ele, mas Anton é amigo de Peter e, até onde sei, ele nunca agiu inapropriadamente comigo. Nem os outros, apesar de eles serem homens viris e saudáveis que já estão há meses sem uma mulher.

Minha bravata dura até eu chegar na cozinha e ver a extensão de dano no rosto de Anton. Peter não estava brincando sobre quebrar todos os ossos; ele não conseguiu, mas fez uma excelente tentativa. Com a violência tão repentina, eu não tive chance de processar a grande brutalidade da luta, mas quando me esforço para colocar o nariz de Anton de volta no lugar, minhas mãos tremem, a adrenalina pós nervosismo me pega forte como se eu tivesse lutado.

Tornei-me complacente nas últimas poucas semanas, deixei toda a preguiça doméstica fazer-me esquecer o que Peter e seus homens são. Isso não era uma briga de bêbados no bar, onde um deve acertar um soco sortudo ou dois. Peter é um assassino treinado e ele foi atrás do seu amigo com a intenção de causar dano sério. Se eu não tivesse separado a briga, alguém poderia ter se machucado mesmo – até morrido.

— Sinto muito — Sussurro quando Anton se move ante a dor dos meus procedimentos. — Desculpe-me por isso.

— Tudo bem. — Sua voz fica nasalada quando enfio algodão nas suas narinas para parar o sangramento. — Tinha que acontecer; o bastardo é louco por você. — Não tem rancor no seu tom; se qualquer coisa, ele parece divertir-se com a tentativa do amigo de mutilá-lo por causa de um ciúme fora de contexto.

— Isso mesmo — Berra Peter, vindo ficar perto de mim —, não olhe para ela. Nunca mais. Entendeu?

Para meu choque, a boca inchada de Anton se curva num sorriso sangrento. — Entendi, seu louco filho da puta.

Eu paro o que estou fazendo, sem acreditar olho de um homem para o outro. Estou tendo alucinações ou eles acabaram de fazer as pazes?

Certamente, Peter bate no ombro do amigo e se vira para Ylya que está sentado num banco perto de nós, segurando um saco de gelo contra os lábios. — O mesmo com você e — Ele dá um olhar sombrio para Yan, que acabou de se juntar a nós — você.

Ambos assentem e Ilya diz: — Entendi. Ela é toda sua.

Ignorando a declaração atávica, termino de fazer o curativo no nariz quebrado de Anton, dou bolsas de gelo pare ele colocar em todo o seu rosto e toco sua camisa para examinar seu tórax.

— Estou bem aí — Diz ele com voz nasal, parando-me antes que eu possa levantar sua camisa mais de dois centímetros. Com um olhar suspeito para Peter, ele acrescenta: — Pode cuidar de Ilya agora, se quiser.

Eu franzo, mas me viro para Ilya como sugerido. — Deixe-me ver isso — Digo, retirando a bolsa de gelo do seu lábio. — Você levou pancada em algum outro lugar na cabeça?

— Não, só isso — Diz Ilya, movendo-se quando sinto sua mandíbula inchada.

— Tudo bem — Digo quando termino de examiná-lo. — Você não tem uma concussão, mas ainda tem que tomar cuidado. Pancadas na cabeça não são boas para seu cérebro – pergunte só aos jogadores da liga de futebol americano.

— Sim, Dra. Cobakis. — Ilya sorri o tanto que seu lábio cortado permite. — Vou tomar cuidado.

Sorrio de volta para ele, ignorando a bufada do seu irmão e me viro para Peter, que parece que ainda está de mau humor.

— Deixe-me ver isso — Digo, puxando-o para baixo no banco para que possa ver sua cabeça. — Parece que você arranhou a pele aí.

Peter fica parado sentado, deixando-me limpá-lo e fazer curativo antes de examiná-lo por ferimentos mais leves. Quando termino, minhas mãos estão firmes novamente, o trabalho familiar diminuindo o choque proveniente da explosão de violência.

Infelizmente, minha calma recente não dura muito. Um segundo depois que guardei todos os suprimentos médicos, Peter desce do banco e se curva para me pegar. Ignorando meu grito de susto e assovios insinuosos dos outros caras, ele me levanta nos seus braços e encosta na minha boca com um beijo faminto e feroz.

Então, segurando-me pressionada contra seu peito como um prêmio de guerra que ele acha que sou, ele vai em direção à escada.

Sara se debate nos meus braços enquanto a carrego escada acima, suas feições pálidas ruborizando – presumivelmente com raiva e constrangimento. — Ponha-me no chão — Sussurra ela furiosamente tão logo chegamos no segundo andar. — Peter, me põe no chão agora mesmo.

Eu não a coloco no chão até entrarmos no quarto. Ainda estou sedento por sangue, a adrenalina da luta fazendo meu coração bombear num ritmo forte e furioso. Raiva e ciúme primitivo revolvem minhas entranhas, e sob tudo isso uma fome profunda e exigente, uma necessidade de tomá-la e reclamá-la, de fazê-la minha tão completamente que ela nunca mais sorrirá para outro homem novamente.

Sei que o que sinto é irracional, quase patológico, mas vê-la esta noite nesse vestido – esse vestido vermelho, apertado e muito curto – me fez perder quaisquer resquícios de racionalidade que tenho. Nas últimas poucas semanas, aturei olhares ocasionais na direção dela, com eles competindo pela atenção dela durante as refeições e suas solicitações de comidas não tão secretas. Mas o que vi no olhar de Anton hoje à noite foi uma imagem do meu próprio desejo por Sara, e não pude ignorar.

— Você não vai usar esse vestido em público novamente — Digo duramente, colocando a mão pelo corpo esbelto dela para achar o zíper nas costas. — De agora em diante, ele é apenas para nosso quarto.

Sara olha para mim, o monte cremoso dos seus seios – exposto pela porra do vestido – subindo rápido com suas respiradas rápidas. — Você está maluco. — Suas palmas empurrando meu tórax. — Você comprou esse vestido para mim.

— Yan comprou. — Desço o zíper com força desnecessária, a raiva ainda pulsando nas minhas veias. — E se tem qualquer outro igual a esse, guarde-o para apenas meus olhos. Na próxima vez que pegar outro homem salivando por você, vou desmembrá-lo. Vagarosamente.

Não estou blefando e Sara deve ver isso, porque parte da cor sai das suas feições. — Você é louco — Ela sussurra, seus olhos de avelã arregalados quando olha para mim e sei que ela está certa. Eu *sou* louco, completamente louco por ela. Tenho feito meu melhor para manter a intensidade da minha necessidade sob controle, mas não consigo fazer mais isso. Não posso fingir que qualquer minuto separados parece uma hora, que cada vez que a toco, não quero devorá-la ali mesmo. Meu desejo é sombrio e violento, mesmo assim, tenho me forçado para ser civilizado, para me limitar a agir como um apaixonado quando o que quero é despi-la até o osso para que possa possuí-la por completo.

Tenho lutado uma batalha perdida e estou preparado para desistir de lutar.

Alguns dos meus pensamentos devem transparecer, pois, Sara começa a lutar quando abaixo o vestido aberto, expondo seus seios sem sutiã e prendendo seus braços. O contraste do vermelho vivo com sua pele pálida provoca raios verdes nos seus olhos de avelã e faz meu pau pulsar com uma necessidade selvagem. Eu a quero. Caralho, quanto a quero. É como uma doença, este desejo que me atormenta dia e noite.

Ficando de joelhos, eu passo meus braços em volta dela, mantendo seus braços presos no vestido quando coloco um mamilo rosa e ereto na minha boca. Sara grita, sua luta aumentando quando chupo o mamilo, forçando contra o céu da minha boca com minha língua, mas não paro. Não posso. Ela tem o gosto de sexo e perfeição doce, como todas as minhas fantasias trazidas à vida. Não sei como pude viver a maior parte da minha vida sem ela, porque agora que a tenho, preciso de mais a cada vez.

Preciso de tudo dela e hoje à noite, irei ter.

— Peter, por favor... — Ela está ofegando agora, sua barriga lisa tremendo quando torno minha atenção ao outro seio. — eu só... oh Deus, por favor ...

Eu atormento seus mamilos até que a chama dentro de mim chega ao ponto febril, então, abaixo o vestido até o chão, deixando uma piscina em volta dos seus calcanhares quando fico em pé e a conduzo para a cama. Ela tropeça quando a parte de trás dos seus joelhos atingem a cama, mas eu a seguro e a viro para ficar sobre sua barriga antes de subir em cima dela, totalmente vestido.

— O que você vai... — Ela ofega quando retiro meu cinto e seguro seu pulso, virando-o para trás dela e passando o cinto nele. Repito o processo com o outro pulso, ignorando suas tentativas de me empurrar de cima dela quando amarro suas mãos juntas, segurando-as com o cinto atrás das costas dela.

— O que você vai fazer? Por favor, Peter... o que você vai fazer? — Suas palavras abafadas pelo cobertor quando pego um travesseiro e coloco sob seu quadril. Não é o bastante, então, pego outro, levantando seu traseiro arredondado mais alto. Ela está tremendo, obviamente com medo, e para prevenir que ela escape, mantenho a maior parte do meu peso nas suas pernas quando estico a mão até a mesa de cabeceira para pegar um lubrificante que guardo dentro.

Abrindo meu jeans, liberto meu pau pulsante e abaixo sobre ela, segurando meu peso num braço quando passo o lubrificante no seu cu se contorcendo, deixando cair na rachadura e entrar nas suas dobras. Sara ofega, lutando mais forte e eu coloco o lubrificante de lado antes de penetrar sua boceta com meu dedo. Ela está quente e belamente úmida por dentro, o lubrificante se misturando com seu próprio líquido quando coloco um segundo dedo, esticando-a para mim.

Enquanto a fodo com meus dedos, rolo meu polegar no seu clitóris e, logo depois, sou recompensado com pequenos gemidos impotentes, suas tentativas de fugir se transformando em movimentos leves para aumentar seu prazer. Seus quadris começam a se elevar para mim, seu clitóris se esfregando no meu polegar com cada pulsar e sei que ela está perto. Ainda não querendo que ela goze, eu paro e pego meu pau, guiando à abertura rosada e trêmula da sua boceta.

Um calor molhado me cobre, as paredes molhadas me apertando forte quando penetro sua carne inchada. Meu coração bombeia forte, minhas bolas se apertando quando seus músculos internos se flexionam ao meu redor, me consumindo, acariciando meu pau. O sentimento é sublime e todos os meus sentidos se afiam, mesmo quando minha percepção do mundo lá fora desaparece. Ela é tudo que foco: os sons que faz, o jeito que seu corpo se estica para me receber... posso sentir o cheiro da sua excitação nos meus dedos e os levo à sua boca, ordenando com voz rouca: — Chupa tudo.

Ela obedece, sua linguinha ágil circulando meus dedos quando coloco na sua boca e a fodo quando pressiono mais fundo na sua boceta, retirando uma ofegada presa da sua garganta quando a cabeça do meu pau esfrega no colo do seu útero. Ela é pequena e delicada sob mim, seu corpo magro tremendo quando suas mãos amarradas batem na minha barriga e saber que ela está completamente à mercê de mim aumenta meu desejo, minha necessidade de dominar e possuí-la.

— Diga-me a quem você pertence — Rosno, retirando os dedos da sua boca para espalhar a umidade no seu queixo e pescoço. Passando minha mão pelo seu pescoço fino, eu enfio mais fundo, fazendo-a gritar. — Diga-me, Sara. A quem você pertence?

Ela está respirando tão rápido que posso sentir suas exalações rápidas onde seguro seu pescoço. — V-você. — As palavras são quase inaudíveis quando saem dos seus lábios e não é o bastante. Não chega nem perto de o bastante.

Largando sua garganta, passo para entre suas pernas, sentindo a carne pegajosa se esticar em volta do meu pau, o deslizar escorregadio do lubrificante se misturando com seu creme. Sara está ofegante, seu traseiro subindo enquanto seus gemidos ficam mais altos e meus dedos viajam mais para trás, deslizando entre suas nádegas pálidas e firmes.

— Peter... espera. Oh Deus, Peter... — Meu nome sai como uma ofegada presa quando acho a outra abertura apertada e pressiono a ponta do meu dedo para dentro, ignorando a resistência dos músculos fechados. Preciso de todo o meu autocontrole para ir devagar, para não tomá-la com a violência que meu corpo exige. Não quero rasgá-la, não quero machucá-la apesar da parte sombria que mastiga minha alma. O lubrificante facilita a passagem do meu dedo quando a penetro mais fundo, mas ela ainda está muito apertada, eu quase gozo quando imagino quão apertada ela ficará em volta do meu pau, como seu cu irá me segurar e me apertar.

Ela se move ante o desconforto da minha penetração, mas eu não paro até que meu dedo esteja todo dentro e posso sentir meu pau pela fina parede interna separando seus orifícios. A sensação é atordoante, surreal na sua intensidade. Ela aumenta a fome dentro de mim, tornando-se até mais sombria e selvagem.

Minha bela e engaiolada ptichka.

É hora de eu reclamá-la por completo.

Depois desta noite, ela não terá dúvidas de que é minha.

S*ara*

SOBRECARREGADA, EU APERTO OS MÚSCULOS DA MINHA PÉLVIS, sentindo o perímetro impossível do seu pau e a pontada que queima daquele dedo invasor. Mesmo com uma quantidade generosa de lubrificante, ele não entra com facilidade. Sinto-me dolorosamente preenchida, violada e dominada e minha respiração vem em ofegadas difíceis quando tento ajustar a sensação estranha de ser penetrada em dois lugares.

Para o meu alívio, meu carrasco retira o dedo, apenas para retorná-lo junto de outro. Os dedos grossos trabalham no meu cu vagarosamente, esticando o anel apertado do músculo com bastante cuidado, mas mesmo assim dói, meu corpo resistindo à intromissão.

— Se abra, ptichka. — Sua voz é um sussurro do demônio,

dedutiva e controlada, mesmo quando seu pau pulsa profundamente dentro de mim. — Relaxe e deixe-me entrar. Você vai gostar.

Ofegando vagarosamente, tento fazer como ele pede, lutando contra o desejo instintivo de apertar mais forte. Minhas mãos atadas se flexionam nas minhas costas, meus dedos se contorcendo quando eles pressionam dentro das minhas palmas. Apesar da dor forte da invasão, parte de mim está curiosa, quase ansiosa de um jeito confuso. Algo sobre o próprio desconforto disso – o jeito que as partes internas se apertam e queimam, a sensação de estar sendo forçada e violada – ressoa com essa estranha tendência submissa dentro de mim, com o desejo da punição que meu monstro despertou em mim.

Se dói, não é uma traição.

Se não tenho escolha, não estou me dando para o inimigo.

— Sim, desse jeito, meu amor... Agora, relaxe e respire. — Os dois dedos estão dentro de mim agora, grossos e duros, as bordas das unhas roçando na pele macia. É muito, por demais, as sensações além de qualquer coisa que já conheci. Meu coração é como um pássaro se debatendo no meu peito, minha respiração é tão rápida que parece que estou em pânico. Apenas sua voz me prende ao presente neste momento, essa voz sinistra e carinhosa com seu sotaque sutil.

— Assim, meu amor.... Relaxe... — Sua mão livre acaricia meu quadril, os calos das suas palmas raspando minha pele. — Minha bela ptichka, tão delicada, tão doce... Vai se sentir melhor num instante, eu prometo, meu amor. Cantarolando mais carinhos, ele começa a mover seu pau em estocadas vagarosas e rasas e meu coração bate mais rápido enquanto o movimento para frente e para trás esfrega no meu clitóris contra o monte dos travesseiros.

O prazer aumenta devagar, loucamente, a tensão aumentando a passos de tartaruga. A pressão do travesseiro no meu clitóris é demasiadamente leve, suas entradas rasas muito suaves. Estou bem apercebida da pontada de preenchimento no meu cu e gemo de frustração no colchão, levantando meu quadril mais alto, precisando que ele vá forte, rápido. Eu estava quase lá antes e estou quase agora, mas preciso de mais.

Preciso que ele me tome até o final e fique em cima de mim, para me dar tanto prazer quanto dor.

— Peter, por favor — Imploro, mas o bastardo perverso para e sai de mim completamente. Apenas seus dedos ficam no meu cu e, no próximo momento, ele os tira também, deixando-me pulsando e vazia, bem perto e frustrada além do que se possa acreditar.

— Peter — Eu gemo, mas sinto-o alcançando o lado atrás de mim e mais lubrificante é colocado entre meus glúteos.

— Shhh — Ele me acalma quando me fecho instintivamente ao sentir seu pau massivo pressionando contra a abertura. — Vai ficar tudo bem, meu amor, só me deixe entrar... — Ele enfia mais forte e a pressão no meu esfíncter fica mais forte, a dor piorando. Ele é bem maior, bem mais grosso do que seus dedos e não consigo relaxar o bastante para deixá-lo entrar.

— Peter. — Aumentando o pânico, começo a lutar, segurando o cinto que prende meus pulsos atrás das minhas costas. — Peter, eu não acho que seja...

Os músculos circulares dão passagem com um estalo doloroso, permitindo a cabeça grande dentro de mim e uma onda de tontura me cobre quando ele entra mais fundo, o lubrificante facilitando o caminho. Parece que fui aberta, invadida no modo mais cruel e quando ele chega ao final, seu pau grosso me abrindo de uma forma que não posso aguentar.

Eu quero gritar para ele parar, para que termine isso. O preenchimento é além de qualquer coisa que eu já tenha imaginado e minha barriga se contorce e revira com náusea, suor frio desce minhas costas trêmulas.

Por que eu estava tão curiosa sobre isso?

Como pude querer isso de qualquer forma?

E porque eu quis, fiquei em silêncio, inspirando a respiração trêmula enquanto espero a dor passar. Peter está me confortando novamente, acariciando minhas costas e quadril – me elogiando por algo, até – e logo depois a dor passa, o pior do desconforto desaparecendo. Mas o preenchimento extremo continua e quando sua mão desliza entre minhas pernas para encontrar meu clitóris, começo a tremer com um tipo diferente de tensão. É demais, o orgasmo duplo e entrelaçado e a invasão implacável, senti-lo onde nenhum homem esteve antes.

— Desse jeito, ptichka — Murmura ele quando grito ante sua beliscadinha no meu clitóris. — Agora você pode ter. Agora, deixa vir.

Ele começa a se mover dentro de mim, cuidadosa e suavemente, mesmo assim cada estocada parece uma invasão, meu corpo se abrindo toda vez que ele retrocede e retorna. Isso dói e queima, mas a passada rítmica provoca algo, intensificando a tensão pulsante no meu sexo. Começo a me sentir hipnotizada, as estocadas rítmicas e o arrastar dentro de mim, a pressão dos seus dedos no meu clitóris e quando mergulho na magia das sensações, a tensão cresce, o prazer aumentando nas profundezas do meu âmago.

— Goze para mim, Sara — Ele geme, entrando fundo e, para meu choque, eu gozo, cada músculo do meu corpo em espasmo na liberação. O êxtase é violento, explosivo, a explosão da tensão tão forte que grito. Com meus músculos internos se apertando e se soltando, o pau dentro do meu cu parece até mais invasivo, mas a dor apenas aumenta as sensações, faz o prazer ficar sinistro e queimar. Ele geme e sinto-o ejacular dentro de mim, banhando minhas entranhas cruas com sua semente.

Após terminado, sobram apenas respirações rápidas – dele e minha – e, então, ele sai devagar, retirando seu cinto dos meus pulsos antes de entrar no banheiro. Eu movo minhas mãos trêmulas para os lados, mas continuo em cima dos travesseiros, tremendo muito para me levantar. Depois de alguns minutos, Peter volta com uma toalha molhada. Deixo-o retirar o excesso de lubrificante em volta da minha abertura dolorida, daí, pego a toalha dele, segurando-a em mim enquanto me levanto com pernas inseguras e vou para o banheiro.

Preciso me lavar. Desesperadamente.

Peter por consideração me dá uns minutos de privacidade, depois, se junta a mim no chuveiro.

— Você está bem? — Pergunta ele calmo, bloqueando a água com suas costas e assinto, minhas feições queimando quando olho nos seus olhos. O que acabou de acontecer entre nós foi tão íntimo e cru que parece que fui descascada e aberta. Eu não entendo o que há nesse homem que extrai esse lado de mim, por que coisas que deveriam me horrorizar – como as manchas de sangue na toalha que acabei de usar – em vez disso me excitam.

— Ótimo — Murmura ele, e na parte sinistra dos seus olhos de aço vejo uma reflexão da minha confusão, dos desejos conflitantes que não fazem sentido. Como posso eu querer estar livre deste homem e, ainda assim, ficar ansiosa por estar perto? Como pode ele me amar e querer me ferir e punir ao mesmo tempo?

— Por quê? — pergunto instável, quando ele segura meu rosto com suas mãos, seus polegares suavemente acariciando minhas bochechas molhadas. Levo a mão até seus pulsos grossos, com meus dedos sentindo a força dos seus tendões e ossos. — Peter... por que somos assim?

Ele não finge não entender. — Porque o amor nem sempre é bonito e simples, ptichka — Diz ele suavemente —, nem com quem você esperaria. Não conseguimos escolher os desejos dos nossos corações; podemos apenas pegá-los e pervertê-los, moldá-los no que podemos sobreviver.

— Eu não... — Minha voz para quando minha garganta se aperta. — Eu não te amo, Peter. Não posso.

Para minha surpresa, seus lábios curvam-se levemente, ele beija minha testa e me puxa para ele num abraço.

— Você pode — Murmura ele, uma mão suavemente acariciando meu pescoço e a outra, minha espinha. — Você pode e irá. Algum dia em breve, você vai parar de lutar e verá. Porque é tarde demais para você, ptichka – você está tão enredada quanto eu.

PARTE IV

 *ara*

Nas próximas três semanas, faço meu melhor para provar que Peter está errado, distanciando-me dele, mas é um esforço fútil. Toda vez que levanto uma barreira entre nós, ele a destrói e a conexão entre nós aumenta, ajudada pela atração física tão forte que rasga os últimos fragmentos da minha resistência.

Agora que ele me possuiu de todos os modos, meu sequestrador sabe os limites do meu corpo e nosso sexo está mais intenso do que nunca – e o uso de camisinha cada vez mais esporádico. Eu não entendo como isso acontece, como meu cérebro simplesmente se desliga ao seu toque, fazendo-me esquecer algo tão importante. Eu não quero um filho com Peter – eu tremo ao simples pensamento – mas quando ele me abraça, gravidez é a última coisa que vem à minha mente.

Até agora, tenho tido sorte, com minha menstruação vindo na semana passada como de costume, mas sei melhor do que qualquer um que se precisa de apenas uma escorregadela, um momento de descuido. E eu não tenho certeza se Peter está sendo exatamente descuidado. Ele ainda usa preservativo quando eu consigo lembrá-lo, mas não tem mais pílulas do dia seguinte – não depois daquela única vez.

— Já li toda a literatura médica sobre o assunto e eu não quero te expor a esses hormônios — Diz ele quando eu imploro para comprar mais pílulas para mim novamente. — Você é muito sensível – você própria disse isso – e não vou arriscar sua saúde por causa dessa chance mínima de você ficar grávida.

E não importa o quanto tento argumentar com ele, indicando que sou uma Obstetra e Ginecologista e eu mesma posso reconhecer os riscos, ele não aceita.

Estou começando a suspeitar que Peter *quer* que eu engravide, e isso, mais do que qualquer outra coisa, é o que me convence a escapar.

Dessa vez sou bem mais paciente, cuidadosamente planejando cada passo. Tenho quase certeza de que Peter falou a verdade quando disse que a montanha é rodeada por penhascos, mas nas nossas caminhadas pela floresta vi penhascos onde a inclinação é bem menor e as raízes dão um bom local para se segurar. A montanha é definitivamente inacessível por carro e subir seria quase impossível, alguém a pé que soubesse o que está fazendo pode possivelmente descer.

Pelo menos, espero que esse seja o caso.

Começo decidindo as provisões e vendo onde estão. Não

posso escondê-las antes sem ser pega, mas posso prestar bastante atenção onde tudo está guardado. Corda, faca de boa qualidade, mochila, comida não perecível, garrafas d'água – mantenho um check list mental do essencial para que quando chegue a hora, eu possa juntar tudo em alguns poucos minutos. Ajuda o fato de Peter e seus homens serem organizados ao ponto de TOC; tudo na casa tem seu lugar, então, tudo que tenho que fazer é lembrar-me onde está.

Também penso em roubar uma arma. Os homens são cuidadosos perto de mim, guardando suas armas fora de vista, mas tenho certeza que posso colocar as mãos em algo se tentar com cuidado. Mas, eu não tentei, porque quando fico sabendo onde eles guardam, já tinha conhecido cada um dos meus sequestradores e não consigo me imaginar ferindo-os. O instinto de cura está muito entranhado em mim. Eu poderia provavelmente puxar o gatilho em algumas circunstâncias – se minha vida estivesse em perigo, por exemplo – mas esses homens não representam uma ameaça mortal. Ao contrário, eles são cuidadosos comigo, cada um ao seu próprio modo. E pegar a arma e blefar para que eles me deixassem ir seria estúpido; ele veriam instantaneamente que é um blefe patético e pegariam a arma.

Além do mais, estou contra ex-soldados de elite, não homens normais.

Mesmo assim, acrescento a arma à minha lista de desejos mentais, apenas no caso da oportunidade de conseguir uma apareça antes que eu fuja. Eu posso não ser capaz de enganar Peter e seus homens com um blefe para que eles aceitem minhas exigências, o mesmo pode não ser para com um fazendeiro japonês. Eu tentaria o contato civilizado primeiro, claro, mas se eu tiver problemas em conseguir um telefone, não tenho objeções em usar uma arma – descarregada, claro.

Conforme trabalho me preparando, também começo a observar o tempo, casualmente perguntando aos caras a previsão para cada dia. Ainda não tivemos neve, mas já estamos em outubro e o inverno vem cedo a esta altitude.

A última coisa que quero é ser pega numa tempestade de gelo.

— Eu não gosto do frio — Reclamo com Peter quando voltamos de uma caminhada um dia. —, e principalmente quando o dia começa com uma temperatura e de noite está vinte graus mais frio.

— Pobrezinha — Cantarola ele, tirando minha jaqueta para esfregar meus braços. — Vem, vamos tomar um banho e fazer você ficar feliz e quente.

Eu o deixo me aquecer com uma ducha quente e dois orgasmos e no próximo dia, volto a reclamar do tempo – desse modo, ninguém vai achar estranho se continuar a perguntar a previsão do dia.

Enquanto faço essas coisas, os caras estão atarefados nos próprios planejamentos. Após um longo intervalo para retirar as autoridades do seu rastro, a equipe concorda em fazer outro trabalho – com pagamento altíssimo, um assassinato altamente perigoso de um político na Turquia.

Tenho tentado não pensar nisso, porque cada vez que penso, fico tão ansiosa que não consigo comer ou dormir. Depois do que aconteceu na Nigéria, apenas ouvir a palavra 'trabalho', aumenta minha pressão sanguínea.

— Por que você tem que fazer isso? — Pergunto a Peter frustrada quando o meio de outubro – data final para que se termine o serviço – se aproxima. — Você mesmo disse, que é especialmente perigoso lá fora para você esses dias. Você recebeu milhões – *milhões* – daquele banqueiro Nigeriano. Você não pode ter gasto esse dinheiro tão rápido.

— Claro que não, mas temos que pensar mais à frente — Diz Peter. — Além dos nossos brinquedos muito caros, nossos hackers custam uma fortuna e precisamos deles para continuar fugindo das autoridades – e procurar por Henderson.

Balançando a cabeça, respiro e entro no estúdio de gravação, tanto para me distrair com música como para evitar outra discussão. Porque se Peter está inflexível sobre a necessidade desses trabalhos, ele está totalmente resistente no caso de Henderson – o homem que ainda consta na sua lista. A única vez que cuidadosamente levantei a possibilidade de esquecer o general e continuar a vida, Peter me deu um olhar tão firme que não estou mais inclinada a tentar novamente.

— Ele pessoalmente deu a ordem para a operação de Daryevo — Pragueja meu sequestrador, suas belas feições tão mudadas pela raiva que ficou irreconhecível —, ele fez isso — ele empurrou o telefone com as fotos do massacre em mim — e não irei descansar até que ele e qualquer um que o está ajudando estejam apodrecendo com os vermes, igual aos corpos da minha esposa e filho.

Então, eu assinto, recuando, porque apesar de querer fingir o contrário, eu realmente entendo a necessidade de Peter por vingança. Não consigo imaginar perder pessoas que amo de maneira tão horrível e eu sei que deve ter sido até mais difícil para ele. De tudo que ele me disse, aqueles poucos anos com Pasha e Tamila foram a única vez que ele experimentou qualquer coisa que se assemelhasse com família e amor.

Na semana passada, pela primeira vez, Peter falou um pouco do seu filho. Foi depois que ele acordou de um pesadelo sobre a morte da sua família, seu corpo grande tremendo e coberto com suor frio. Ele veio para mim e me fodeu, e na quietude depois, ele admitiu o quanto sentia falta do seu menininho – quão forte ele ainda sente sua ausência.

— Pasha era... vida — Disse-me ele inseguro. — Eu nem sei como explicar. Eu nunca encontrei uma criança que fosse tão feliz pelo mero fato de existir. Pássaros, insetos, árvores, o céu, as pedras – tudo era novo para ele, tudo era brincadeira. E ele tinha muita energia. Tamila quase não conseguia acompanhá-lo. Ele a deixava louca. E carros... — Seu peito poderoso se levantou com uma respiração profunda. — Ele adorava carros. Ele queria ser piloto de corridas quando crescesse.

— Oh, Peter... — Coloco minha mão na dele. — Ele parece maravilhoso.

— Ele era — Sussurra Peter, virando sua palma para cima para apertar meus dedos e a intensidade da dor naquelas palavras me atingiram rapidamente.

Por toda sua obsessão comigo, meu sequestrador ainda chora a perda da sua família – as pessoas que ele amava realmente.

38

Sara

CONFORME O MEADO DE OUTUBRO SE APROXIMA, A PREPARAÇÃO dos homens para o trabalho na Turquia se acelera e eu decido que essa será minha oportunidade.

Se fizerem a mesma coisa da última vez, deixando um homem para me vigiar, eu posso ser capaz de sair sem ser vista – especialmente se meu carcereiro estiver ocupado como Yan estava durante o serviço na Nigéria.

— Então — Pergunto casualmente a Peter durante um dos nossos passeios —, quais são os planos na próxima semana? Yan vai ficar para trás novamente?

Para minha surpresa, Peter balança a cabeça. — Ele não pode. Nenhum de nós pode dessa vez. A segurança em volta do político tem muitos níveis; precisaremos dos quatro para chegar a ele.

Minhas batidas pulam num território repentino de esperança. Tentando não soar tão ansiosa, digo: — Faz sentido. Eu ficarei bem aqui. Tem bastante comida e...

— Não, ptichka. — Peter pega minha mão, colocando-a na dobra do seu braço. — Não deixarei você aqui sozinha, não se preocupe.

Eu engulo meu desapontamento e tento dar um olhar honesto a ele quando recomeçamos a andar. — Por quê? Não tem como eu possa descer, então...

— Exatamente. — Peter me lança um olhar sarcástico. — Você não pode descer, mas isso não significa que não estará tentada a tentar. Além do mais, eu não quero deixá-la vagando aqui se algo acontecer conosco.

— Mas, então, o que vocês farão comigo? — Pergunto, genuinamente confusa. — Vocês me levarão junto nesse trabalho?

— Não, claro que não, apesar de Yan ter proposto isso. O bastardo almofadinha quer um médico à disposição em caso de ferimentos — Diz Peter com uma careta. — Não, estou esperando uma resposta de alguém e quando tiver, te falo qual é o plano.

— O quê? — Franzo para ele. — Resposta de quem? Sobre o quê?

— Não se preocupe com isso agora — Diz Peter e levanta um galho para que eu passe sob ele. — Se não der certo, tem um plano B, mas o plano A é bem melhor, confie em mim.

～

Ouço qual é o plano dois dias antes dos homens voarem.

— Você vai me deixar em Chipre com um negociante ilegal de armas? — Olho para Peter de boca aberta, tão chocada que esqueço que estou no meio de tirar meu jeans. — E isso é melhor do que me deixar aqui porque...?

Peter se senta na cama. — Porque ele e sua mulher me devem um favor — Explica ele, tirando a camisa —, então se algo acontecer comigo, eles prometeram te devolver para casa. Você ficará segura com eles até eu poder te pegar e se, por alguma razão eu não... Bem, você terá o que tanto quer, meu amor. Sua velha vida será sua novamente.

Confusa, termino de me despir e sento na cama perto dele, vestida apenas com minha roupa de baixo. — Mas outro criminoso? Como você sabe que pode confiar nele? E se ele te trair? Você falou que tem um preço pela sua cabeça...

Peter dá de ombros, seus olhos passando pelo meu corpo quase nu. — Como disse, Lucas Kent me deve um favor e ele não precisa do dinheiro da recompensa. Ele costumava ser o segundo no comando de Julian Esguerra, um negociante de armas poderoso, e agora ele é sócio do seu chefe em alguns negócios. O dinheiro da recompensa não altera nada para ele e nem qualquer favor que pudesse conseguir das autoridades por me denunciar.

— Oh. — Algo perturba no canto da minha cabeça, um detalhe que não consigo lembrar bem. Então, me lembro. — Espera, é esse Kent o negociante de armas que você mencionou antes? O que te conseguiu a lista?

— Não, na verdade, isso foi seu chefe, Esguerra — Diz Peter, colocando a mão nas minhas costas. — Ou tecnicamente, a mulher de Esguerra, visto Esguerra ter jurado me matar na ocasião.

Seguro seu punho antes que ele tenha a chance de abrir meu sutiã. — Te matar? Por qual motivo?

Peter suspira. — É uma longa história, mas basta dizer que Kent não compartilha o ódio de Esguerra por mim. Eu o ajudei a sair de alguns lugares difíceis, quando trabalhamos juntos – Esguerra era meu patrão naquela ocasião também – e depois, quando Kent precisou resgatar sua esposa. De qualquer modo, tudo que você precisa saber é que Kent me deve uma.

— Mas esse Esguerra – o sócio de Kent – quer te matar? — Quando Peter assente, pergunto frustrada: — Por quê?

— Porque eu salvei a vida de Esguerra, mas tive que ir contra suas ordens para fazê-lo. Especificamente, eu tive que arriscar a vida da sua esposa, a mulher que ele me confiou para proteger. Foi a pedido dela – ela barganhou com minha lista, de fato – mas mesmo assim, ele não ficou contente. — Saindo da minha pegada com facilidade risível, Peter volta ao meu sutiã.

Desisto e deixo-o abri-lo. — Mas ele e sua esposa estão bem?

Peter dá de ombros novamente, seu olhar quente descendo para meus seios expostos. — Bem é um termo relativo, mas sim, ambos sobreviveram e ela manteve sua parte da barganha por me dar a lista. — Sua voz rouca quando volta sua atenção para meu rosto e diz: — Você não precisa se preocupar com os Esguerras, ptichka. Eles estão na Colômbia, bem longe do composto de Kent no Chipre. Você ficará com Kent e sua esposa pelos dias que precisaremos para fazer o trabalho e, depois, vamos te pegar quando voltarmos. Chipre é perto da Turquia, no caso de você não saber. — Enquanto fala, ele coloca as palmas nos meus seios, suavemente apertando e massageando-os.

— É por isso... — Engulo quando ele toca meus mamilos com seu polegar, enviando-me um calor até meu âmago. — É por isso que você não quer me deixar aqui? Porque é conveniente?

— Parcialmente — Responde Peter, me olhando nos olhos. — Mas, principalmente, porque Lucas Kent te manterá segura para mim... segura e protegida, e quando retornarmos, te encontrarei lá.

E segurando meu rosto entre suas palmas, ele me beija profundamente e me joga na cama.

SARA ESTÁ QUIETA, QUASE RETRAÍDA NOS DOIS DIAS RESTANTES para a viagem e eu sei que é porque ela está preocupada. Yan me disse o quão ansiosa ela estava durante nosso trabalho na Nigéria e embora isso tenha me agradado naquele momento, agora me arrependo por estar causando tanto estresse nela.

Mesmo se ela quiser admitir isso ou não, meu pequenino pássaro cantador se importa comigo.

Ela se importa muito.

Faço meu melhor para distraí-la da viagem que se aproxima por deixá-la conversar com seus pais todos os dias, levando-a em caminhadas e fazendo amor com ela cada minuto livre que tenho. Infelizmente, eu não tenho muitos. Tem muita coisa a ser feita, muitos cenários para se planejar. O político – Deniz

Arslan – está acostumado com pessoas mirando armas para ele e sua segurança é a melhor, tão boa quanto qualquer coisa que já preparei para meus clientes nas consultorias nos meus tempos passados. Tem apenas duas pequenas fraquezas que conseguimos descobrir até agora, e mesmo essas poderiam potencialmente ser armadilhas.

Esse não vai ser um trabalho fácil, e é por isso que uma oligarquia ucraniana está pagando vinte e cinco milhões de euros para fazer isso.

Nesta noite antes da viagem, faço para todos nós outro jantar legal, mas desta vez, proíbo os homens de conversar qualquer coisa relacionada com o perigo vindouro. Mantemos a conversa leve, relembrando histórias divertidas do nosso passado e Anton finalmente consegue retirar Sara da sua concha por falar-lhe como nos conhecemos.

— Então, aqui estou, um punk do exército de vinte e um anos recrutado pelo time de elite, todo pronto para conhecer meu novo comandante — Diz ele com sorriso aberto. — Imaginei que ele fosse um cão velho cheio de experiência, com muitas histórias sobre a vida no Afeganistão e sob o comunismo. E, em vez disso, esse cara é da minha idade — ele aponta o garfo na minha direção —, entra e começa a gritar ordens. Eu achei que deveria haver um mal-entendido e falei para ele cair fora, só para acabar com a faca na minha garganta.

Sara ofega em choque. — Peter te ameaçou?

— Se quase abrir sua artéria carótida é uma ameaça, então sim. — Anton ri e balança a cabeça lembrando-se. — Mas foi bom. Ajudou-nos a ter ideia de que tipo de homem estávamos lidando.

Sara vira-se para mim, seus olhos de avelã arregalados. —

Então, você se tornou um supervisor de equipe quando tinha apenas vinte e um?

Eu assinto, terminando meu salmão escalfado. — Naquele tempo eu tinha quatro anos de experiência seguindo e interrogando pessoas e era muito bom no meu trabalho.

— Posso imaginar — Diz Sara desconfiada. Olhando para os gêmeos, ela pergunta: — Vocês todos começaram trabalhando ao mesmo tempo?

Yan balança a cabeça. — Ilya e eu nos juntamos mais tarde, depois que a equipe estava junto por dois anos. Esses dois — Ele indica Anton e eu com a cabeça —, eram profissionais então, mas conseguimos acompanhar.

— Oh, por favor. — Reclama Anton. — E naquele vez que você ficou preso naquele poço perto de Grozny? E a gente tendo que retirar seu rabo do local com um balde de água virado para cima?

Yan bate de ombros, sorrindo friamente. — Consegui muita informação daqueles rebeldes Chechenos por estar dentro daquele poços e mergulhar nele era melhor do que terminar despedaçado pelas bombas.

Sara fica pálida quando da menção de bomba e eu dou um olhar sombrio para Yan. Concordamos em manter as coisas leve esta noite, evitando qualquer coisa que possa lembrar Sara da viagem que se aproxima – e bombas definitivamente entram nessa categoria.

Vendo o erro, Yan dá uma cotovelada no seu irmão e diz: — Agora este realmente teve problemas. Lembra a puta que roubou suas botas?

Ilya fica vermelho quando Yan começa a contar a história em meio as gargalhadas de Anton e toco no joelho de Sara sob a mesa, apertando sua perna vestida de jeans para tranquilizá-la.

Ela sorri para mim e sinto aquele brilho suave e quente no meu peito, um que me faz sentir tão vivo quando estou com ela. Estamos cercados pela minha equipe, mas poderíamos estar sozinhos também, porque ela tem toda a minha atenção, é tudo que ouço e vejo.

Minha Sara.

Eu a amo tanto que dói.

Terminamos o jantar com uma sobremesa suntuosa e, então, levo Sara para cima, onde faço amor com ela até ficarmos exaustos e doloridos.

4 0

Sara

Parece estranho andar no helicóptero com Peter e saber que estou saindo da montanha pela primeira vez em quatro meses e meio. Por alguma razão, eu não fiz essa matemática antes, não somei todos os dias e semanas que tem passado, mas agora que o fiz, vejo que já faz um ano que Peter entrou na minha vida... um ano desde que ele invadiu minha casa e me torturou para pegar George.

Não vejo minha família há quatro meses e meio e se não escapar, posso nunca vê-los novamente.

A não ser que Peter seja morto, um sussurro insidioso me lembra e meu coração pula. Preocupação com meu sequestrador é um peso constante nos meus pulmões,

616

insuportável e sufocante e não importa o quanto arrazoe comigo mesma, não consigo fazer o medo passar.

Eu não quero liberdade.

Não a esse preço, pelo menos.

Não desisti da ideia de escapar, mas dado esses novos desenlaces, meu novo plano é fugir em Chipre. Eu não sei que tipo de segurança esse Lucas Kent tem implantado, mas tem uma chance de que ele seja mais descuidado do que Peter e seus homens, menos decidido a me manter longe da internet e dos telefones. Ele pode estar menos convicto em agir como um carcereiro, apesar de não estar contando com isso.

Os homens no mundo de Peter não parecem se importar com a liberdade da mulher.

Conforme o helicóptero levanta voo, eu assisto pela janela nosso abrigo montanhoso ficar menor, mas em vez de esperança, tudo o que sinto é medo. Eu deveria aceitar essa mudança, deveria aceitar as oportunidades que oferece, mas enquanto eu pretendo fazer exatamente isso, não consigo deixar de desejar que não estivéssemos partindo.

Não consigo deixar de temer o que pode acontecer depois.

Eu não durmo no avião desta vez – não consigo – e quando aterrissamos na pista particular em Chipre, meus olhos queimam pela secura e cansaço. Peter também não dormiu, passando a maior parte das treze horas repassando as logísticas de última hora com os gêmeos, mas ele parece tão disposto quanto na hora em que entramos no avião – assim como seus homens.

Se eu não soubesse melhor, acharia que todos os russos são super-homens.

Está confortavelmente quente quando saímos do avião, a brisa tropical lembrando sal e mar. Uma limusine negra está esperando por nós ao lado da pista e nos leva a uma corrida cenográfica por uma área pouco habitada. Por duas vezes, eu até vejo o que parece um jumento selvagem. A própria corrida, contudo, me deixa nervosa. Não só porque se dirige no lado esquerdo da estrada, como na Inglaterra, mas também porque as estradas são estreitas e sinuosas, ocasionalmente se estreitando ao longo de penhascos que parecem perigosos.

Finalmente chegamos a um portão automático e no final de uma rua longa, eu vejo uma casa estilo Mediterrâneo num penhasco com vista para a praia – a casa de Kent, segundo Peter. É grande e bem acabada, mas nem um pouco tão ostensiva perto do que eu esperava de um comerciante de armas rico.

— Não deixe o tamanho da casa te enganar — Diz Peter quando falo isso a ele. — Kent não gosta de ter empregados morando com ele, mas é proprietário de toda a ilha até onde sua vista alcança, incluindo a praia lá embaixo e ele tem medidas de segurança extraordinárias. Neste exato momento, tem várias dúzias de guardas patrulhando a área e mais de cinquenta drones militares nos observando. Se Kent achasse que éramos de alguma forma uma ameaça, não chegaríamos a um quilômetro deste lugar sem sermos explodidos em pedaços.

— Oh. — Eu olho para cima, meu estômago se apertando. Apesar de ser apenas final de tarde neste fuso horário, o céu está coberto com nuvens e o fato de que algo tão mortal invisível esteja nos sobrevoando faz parecer até mais ameaçador de alguma forma.

— Não se preocupe — Diz Yan, aparentemente adivinhando meus pensamentos. Ele está andando atrás de mim e Peter, carregando uma bolsa pendurada casualmente no seu ombro —, se Kent nos quisesse morto, não estaríamos nem andando.

— Cala a boca, seu idiota — Seu irmão murmura, lançando um olhar preocupado para Peter, mas seu chefe não está ouvindo. Em vez disso, ele está olhando um homem alto de ombros largos que acabou de abrir a porta da frente e está vindo em nossa direção.

Eu olho para ele também, fascinado pelas suas feições rígidas como granito e a frieza dos seus olhos pálidos. Seu cabelo claro é curto, quase estilo militar, e sua pele está bronzeada. Como Peter, ele parece estar nos seus trinta anos e como meu sequestrador, ele também deve ser um ex-militar. Consigo ver isso pelo jeito que anda e pelo olhar alerta.

Este é um homem acostumado com o perigo.

Não, percebo agora que ele chegou mais perto, um homem que *ganha a vida* no perigo.

Não tenho essa impressão por causa de algo em específico – ele está usando jeans e uma camiseta, sem armas ou tatuagens à vista – mas tenho certeza da minha conclusão. Tem algo sobre os homens que estão acostumados com violência, um tipo de crueldade, que as pessoas civilizadas não têm. Peter e seus companheiros têm isso em abundância assim como esse homem.

— Lucas — Diz Peter em cumprimento, parando à frente dele. — Bom te ver.

O homem loiro assente, seu sorriso forte no seu rosto. — Sokolov. — Seu olhar pálido se vira em minha direção. — E você deve ser Sara.

Assinto desconfiada. — Olá. — Por alguma razão, eu não

esperava um sotaque americano, mas isso é exatamente o que ouço na voz de Lucas Kent quando ele cumprimenta os companheiros de Peter.

— Parabéns pelo seu recente casamento — Diz Peter quando nosso anfitrião nos leva escada acima para a entrada. — Desculpe-me não ter tido oportunidade de te mandar um presente.

Kent parece divertir-se com aquilo. — Provavelmente foi melhor assim. Esguerra quase não conseguiu se conter.

— Ah. — Peter dá um sorriso aberto. — Então, ele ainda tem problema com sua esposa?

— Você sabe como ele é — Diz Kent em tom lacônico e Peter ri.

— Melhor do que a maioria, tenho certeza. A propósito, onde está sua nova esposa?

— Na cozinha, cozinhando cheia de energia — Diz o negociante de armas, seu tom um pouco caloroso pela primeira vez. — Vai vê-la em um minuto.

Ouço quieta enquanto eles continuam falando, mencionando pessoas e lugares que não conheço. Fico curiosa quando Kent falou que seu chefe/sócio não estava quase se contendo. Parece que esse Esguerra não gosta da mulher de Kent e se esse for o caso, fico imaginando o motivo.

Quando entramos na casa, um aroma agradável de carne cozida e vários temperos faz meu estômago rugir. Comemos sanduíches no avião, mas isso foi há horas e estou faminta novamente. Duvido que a comida da Sra. Kent chegue perto das misturas deliciosas de Peter, mas se o jantar de hoje tiver metade do gosto em relação ao aroma, vai acertar o alvo.

Peter e seus homens vão voar imediatamente depois do jantar - eles têm que olhar a área hoje à noite - então, Lucas leva Anton e os gêmeos para o banheiro perto da entrada antes de levar Peter e eu para o quarto onde ficarei. Quando passamos por um sala de estar espaçosa, noto que o interior da mansão de Kent é moderna mas surpreendentemente aconchegante, com sofás super estofados e acabamentos de madeira macia encobrindo os cantos agudos da mobília estilo Escandinávia. Janelas do piso ao teto deixam entrar uma quantidade de luz tremenda e mostram uma vista maravilhosa do Mar Mediterrâneo abaixo, enquanto as paredes são cobertas com fotos de um casal sorrindo – nosso anfitrião e uma jovem loira que deve ser sua esposa. Um menino adolescente frequentemente aparece nessas fotos, sua semelhança com a Sra. Kent fazendo-me pensar que é seu irmão.

A bela mulher na foto não parece velha o bastante para ter um filho adolescente.

— Chegamos — Diz Kent quando entramos no quarto com banheiro e outra janela grande com vista para o mar. — Toalhas estão no banheiro e lençóis já estão na cama. Se você precisar de qualquer coisa de noite, fale com Yulia.

— Yulia? — Pergunto.

— Minha esposa — Esclarece Kent, enquanto Peter vai até a janela. — Ela sabe onde tudo está, eu não.

— Entendi — Digo, fazendo meu melhor para esconder meu divertimento. No Japão, fiquei tão acostumada com Peter e os caras fazendo todo o trabalho doméstico que me esqueci de que a maioria dos homens não é assim. Meu pai ainda pergunta à minha mãe onde pode achar a colher de sorvete e George não sabia fazer nada exceto churrasco e sanduíches de queijo.

Ante a lembrança inesperada, meu peito se aperta, meu humor ficando ruim quando vejo que novamente comparei meu marido morto com seu assassino. Isso é algo que tenho me visto fazer mais vezes ultimamente e sempre fico envergonhada e com raiva de mim mesma. As comparações dificilmente são positivas para George e isso não é justo. O que George e eu tivemos foi uma relação normal, com gostos, respeito e um tipo de atração normal. Meu marido não era de maneira nenhuma obcecado por mim e eu não sentia por ele nem uma fração das emoções contraditórias que Peter provoca em mim.

E era uma coisa boa, digo a mim mesma quando vou para o banheiro me refrescar. O que tenho com Peter é muito intenso, muito sobrepujante. O que ele está disposto a fazer para me ter é aterrador, como é minha falta de capacidade de resisti-lo apesar das coisas horríveis. A própria ideia de a gente estar junto é errada em todos os sentidos. E se eu precisar mais prova disso, aquelas fotos na parede hoje me fornecem. Mesmo nosso anfitrião, o negociante ilegal de armas, parece ter um casamento feliz – algo que nunca terei com Peter.

Eu duvido que Lucas Kent já foi alguma vez tão cruel em manter sua bela mulher presa, muito menos matar seu marido.

Quando saio do banheiro, Kent se foi e Peter está sentado na cama, esperando por mim. — O jantar está quase pronto — Diz ele, ficando em pé quando me aproximo. — Lucas disse para irmos tão logo você se troque.

— Ok. — Pego a bolsa que Peter preparou para mim e tiro as roupas de viagem enquanto Peter desaparece no banheiro. Quando ele volta, estou vestida num dos vestidos bonitos de verão e até consegui passar um brilho nos lábios – um que Yan comprou recentemente e lembrei de jogar na bolsa.

— Estou pronta — Digo quando Peter se aproxima, seu olhar metálico com interesse estranho. — Devemos ir para que eles não... oh!

Antes de fazer algo além de ofegar, me acho na cama, minha

saia levantada, expondo minha calcinha. Uma puxada forte do punho de Peter e o tecido fraco se rasga, deixando-me nua até a cintura. Meu coração pula, minhas partes internas se apertando com uma mistura de medo e antecipação e, então, Peter está em mim, se debruçando sobre mim quando seu pau pressiona minhas dobras.

Sua entrada é áspera, quase violenta. Uma mão grande segura minha garganta, forçando-me a arquear para trás quando ele entra em mim, enquanto a outra, entra por baixo, achando meu clitóris. Não estou molhada o bastante no início e a selvageria da entrada queima, seu pau grosso como um tronco bate dentro de mim. Logo depois, contudo, seus dedos acham o ritmo correto e uma tensão familiar começa a aumentar no meu âmago. Sua pegada na minha garganta restringindo minha respiração e minhas terminações nervosas soando no misto de prazer e dor agonizantes, a falta de oxigênio aumentando todas as sensações. É demasiado, muito intenso e eu engulo com força, ofegando, segurando os cobertores com força quando ele continua a martelar dentro de mim, fodendo-me tão forte que parece que vou rasgar.

Então, eu consigo, a tensão aumentando numa onda abrasadora. Prazer claro e quente explode por todos os músculos do meu corpo, fazendo meu coração parecer que vai explodir no meu peito. Tremendo, ofegando por ar, eu colapso no colchão tão logo Peter solta minha garganta e ouço-o gemer quando pulsa fundo dentro de mim se liberando.

Por um minuto, eu não consigo pensar, apenas ofego no cobertor quando ele sai de mim e vai para trás, mas, então, o significado da umidade descendo minhas coxas me alerta.

Peter não usou camisinha novamente.

Esfregando meus olhos fechados, eu me xingo em silêncio,

depois Peter e, então, a mim novamente. Todas as outras vezes que demos uma deslizada foi num período de mínima fertilidade, sendo esse o motivo de termos evitado maiores consequências. Neste exato momento, entretanto, estou na metade do meu ciclo – e muito provavelmente ovulando.

— Pode, por favor, me passar um lenço? — Peço com dureza, abrindo meus olhos, mas não me movendo para não amarrotar o vestido novo. Trouxe pouca roupa nesta viagem e não posso me dar ao luxo de sujar uma na primeira noite.

Peter vai à cabeceira da cama e volta com um lenço de papel. — Aqui — Murmura ele, passando na umidade entre minhas pernas e eu tomo o lenço dele, terminando o trabalho eu mesma antes de ir ao banheiro novamente. Meu sexo está inchado e dolorido e minhas pernas não estão bem firmes, mas só consigo focar no fato de que eu possa ter ficado grávida.

Grávida de um filho de Peter.

Lavo-me tão bem quanto posso, apesar de saber que é inútil. Só precisa de um esperma, não dos milhões que ainda estão dentro de mim. Lutando contra a vontade de chorar, ajeito meu cabelo, certifico-me de que meu vestido pareça apresentável e saio do banheiro.

— Sara... — Peter se levanta da cama onde estava sentado novamente. Suas mandíbulas apertadas, suas sobrancelhas juntas numa franzida quando ele chega-se a mim, seus dedos suavemente circulando meus braços. — Ptichka, você está bem?

— O que você quer dizer? — Franzo para ele.

— Te machuquei? — Explica ele, suas feições sombrias em preocupação. — Eu não quis ser rude. Você só parecia tão bonita e sexy que eu... — Ele faz uma careta. — Bem, a verdade é, eu perdi o controle.

Meu desespero dá lugar a uma raiva repentina e um calor

furioso sobe minhas bochechas. Bonita e sexy? É essa sua desculpa para isso?

— Perdeu o controle? — Saio da pegada dele com força. — Verdade? E as outras vezes que você fez isso? Você 'perdeu o controle' também?

Seu olhar de prata se enche de remorso. — Eu te machuquei. Desculpe, amor. Eu fui rude e não queria ser – não esta noite, pelo menos.

— Você não me machucou! — Minhas mãos se fecham nos lados. — Quero dizer, machucou, mas não me preocupo com isso – eu gozei, no caso de você não ter notado. Estou falando do não uso do preservativo.

Suas feições se acalmam, sua expressão ficando cuidadosamente opaca. — Entendo.

— Você entende o quê? — Olho furiosa para ele, me aproximando até que quase piso nos seus pés. Ele é uma cabeça mais alto do que eu e bem, bem maior, mas estou muito furiosa para me importar. — Só admita — Sibilo. — Você está tentando me engravidar. Isso não foi nenhum acidente e nem todas as outras vezes que nós 'esquecemos'.

Por um momento, estou certa de que Peter vai negar, mas ele pega minha mão na sua e a pressiona contra seu peito, seus olhos brilhando como um vidro escuro.

— Sim — Diz ele calmamente. — Você está certa, Sara. *Estou* tentando te engravidar.

ara

Eu não registro nada da casa de Kent enquanto Peter me leva à área da sala de jantar, nem presto atenção aos homens de Peter quando eles se juntam a nós na sala de estar e nos seguem para a mesa. Ainda estou processando a admissão de Peter, minha ira mudando rapidamente para um pânico sufocante.

Isso não é uma surpresa total, claro. Eu esperava isso, sabia disso em certo nível. Meu sequestrador já admitiu que ele não se importaria em ter um filho comigo e um homem como Peter – alguém meticuloso o bastante para planejar um assassinato impossível apesar de dezenas de variáveis imprevistas – não deixaria de usar uma camisinha por esquecimento. Não repetidamente, pelo menos.

Eu estava certa em querer fugir. Se não escapar em breve, eu talvez possa nunca mais achar um modo – e tenho. Se não por mim mesma, por meu futuro filho.

Eu não posso ter um filho com um criminoso fugitivo, um homem que a vida é mergulhada em violência e perigo.

— Aqui estão vocês. Estava começando a achar que tinham decidido tirar uma soneca antes do jantar. — A bela loira das fotos – Yulia – nos cumprimenta com um sorriso deslumbrante quando entramos na área da sala de jantar. Pessoalmente ela é até mais bonita, com pernas impossivelmente longas, olhos azuis brilhantes e feições de modelo perfeitas. Como o marido, ela está vestida casualmente, num short jeans e camiseta clara, mas a roupa simples apenas realça sua beleza natural. Ela parece alguns anos mais jovem que eu, algo entre vinte e vinte e cinco anos. Seu corpo alto e esbelto tem curvas nos lugares corretos e sua pele clara brilha com uma tonalidade dourada que contrasta belamente com os tons fortes branco-amarelo no seu cabelo grosso e longo.

Se a encontrasse na rua, teria certeza de que seria uma modelo ou atriz.

Vendo que estou olhando-a boquiaberta como se ela fosse uma celebridade, coloco os pensamentos de Peter e gravidez de lado e dou-lhe um sorriso caloroso. —Olá. Sou Sara. Você deve ser Yulia?

Não tenho nenhuma ideia se a mulher de Kent sabe da minha situação ou não, mas se não, talvez possa explicar-lhe meu problema e recrutá-la para a minha causa. Primeiro, contudo, preciso conhecê-la um pouco, entendê-la.

— Sou eu sim. — Com um sorriso grande, Yulia vem e me dá um beijo na bochecha estilo europeu. — Tão feliz em conhecê-la. — Virando-se para Peter e seus homens, ela sorri. — Olá. Prazer em conhecer todos vocês.

Conforme os homens se apresentam, vejo que a esposa de Kent também fala um inglês americano perfeito, sem sotaque detectável. No entanto, o nome dela faz-me achar que ela é de algum lugar da Europa oriental – meu palpite é confirmado quando Yan fala algo em russo para ela e ela responde na mesma língua, com um sorriso bem aberto.

— Yan perguntou se a comida será tão boa quanto a dos seus restaurantes — Peter traduz para mim. — Yulia tem três restaurantes até agora e aparentemente Yan esteve em um deles em Berlin.

— Oh. — Retiro meu pensamento anterior; talvez a comida *seja* tão boa quanto cheira. — Isso é maravilhoso. Parabéns.

— Obrigada — Diz Yulia, seu sorriso aumentando ainda mais. — É bastante trabalho, mas eu adoro.

— O que você adora? — Pergunta Kent, entrando. Indo direto para Yulia, ele a puxa para ele, colocando um braço de posse em volta do seu quadril. Suas feições fortes são sem expressão, mas seus olhos claros brilham perigosamente quando ele olha para Peter e seus homens, sua postura é um sinal claro para deixarem suas mãos – e olhos – longe da sua esposa.

— Dirigir meus restaurantes — Explica ela, sorrindo para seu marido grande e com aparência de perigoso sem um traço de medo. Com a mão, ela acaricia a parte de trás do seu cabelo curto. — O Yan aparentemente foi na minha filial de Berlin e gostou.

— E por que não deveria? — A expressão de Kent suaviza quando ele olha para Yulia. — Suas receitas são maravilhosas, querida.

Sua cor se acentua e por um momento, eles parecem não notar nossa presença. O olhar que se passa entre eles é tão caloroso, tão íntimo que meu próprio rosto esquenta quando uma dor amarga fura meu coração.

O casamento de Kent é mesmo feliz – e eu não posso evitar invejá-lo.

— Comida? — Diz Anton melancólico e todos rimos quando uma Yulia ruborizada se solta de seu marido e se apressa para a cozinha. Nosso anfitrião vai atrás dela e eles voltam um minuto mais tarde com pratos de aromas deliciosos que colocam na mesa. Eu e Peter entramos na cozinha para ajudar a trazer o resto e em alguns minutos estamos sentados para uma refeição gourmet que supera os melhores pratos que Peter já fez para mim.

— Todos do seu lado do mundo cozinham assim? — Pergunto, surpresa. Não apenas tem dois tipos diferentes de frango assado e carneiro marinado, como também peixe defumado, cinco tipos diferentes de saladas, massa folheada e crepes recheados com uma variedades de coberturas de dar água na boca e tantos potes com cremes e pequenos pratos que posso apenas torcer que tenha lugar no estômago para provar tudo. E tudo arrumado tão belamente que cada prato parece uma obra de arte.

— Não, você só teve sorte comigo – e todos nós tivemos sorte com Yulia — Diz Peter, sorrindo. Sua expressão relaxada, seu olhar de aço caloroso quando olha para mim. Se ele não tivesse me falado há cinco minutos que pretende forçar um filho em mim, teria sido fácil fingir que somos um casal normal jantando com um grupo de amigos.

Todos mergulham na comida, elogiando Yulia a cada mordida e apenas quando estamos na metade do caminho para ficarmos satisfeitos que a discussão envereda pelo lado dos negócios. Como transparece, Peter tem um bom conhecimento sobre o negócio ilegal de armas, incluindo todos os principais participantes e ouço fascinada enquanto ele e nosso anfitrião discutem transações a qual quantias estratosféricas de dinheiro mudam de mãos – algumas na marca de bilhões.

Eu não tinha ideia de que o negócio com armas era tão lucrativo ou que meu próprio governo estivesse envolvido às vezes.

— Você já notou a dificuldade de se fabricar explosivo indetectável? — Pergunta Peter, pegando uma massa folhada recheada com uma mistura de shiitake-camembert – um dos pratos mais populares entre os homens. — A procura era bem grande, se me lembro.

— Ainda é, e não — Retruca Kent quando Yulia coloca uma concha de salada de caranguejo no seu prato. — O material básico é tão instável que você tem que ter químicos altamente treinados supervisionando cada passo do processo de fabricação. E se aumentarmos a produção, Tio Sam não quer isso. Como pode imaginar, os americanos ficam felizes em comprar todo o lote que produzimos, sempre que produzimos.

— Claro. — Peter pega outro folheado antes que os gêmeos Ivanov possam dizimar tudo. — Frank ainda está lá ajudando vocês?

— Ele se aposentou há alguns meses — Diz Kent e começa a brincar com a mão de Yulia, entrelaçando seus dedos grandes e bronzeados com os dela. — Temos um novo contato na CIA – Jeff Traum. Ele é difícil. Odeia Esguerra e só trabalha com a gente sob ameaça.

— Como assim? — Pergunta Yan, parecendo bem interessado. — Vocês fazem alguma coisa contra ele?

Kent bate de ombros. — Na verdade não. Mandamos uma isca para os israelenses com alguma informação duas vezes, então, acho que isso teve a ver. E aquilo com o Novak não ajudou.

As sobrancelhas de Peter se levantam. — O comerciante de armas da Sérvia?

— Sim, esse. — Kent larga a mão de Yulia, sua boca se apertando. — Ele tem interferido no nosso negócio e tivemos que retaliar. Infelizmente, a CIA estava no meio de uma preparação de armadilha e explodimos alguns agentes. Não de propósito, imagina. Mas Traum ainda está passado, porque aquela operação era a menina dos olhos dele.

— Sabe, eu ouvi algo sobre isso — Diz Peter pensativo. Virando-se para Anton, ele diz: — Me ajude a lembrar... aquela porra de show que nossos hackers estavam falando em agosto – foi em Belgrado?

— Isso — Diz Anton, assentindo. — Dois depósitos cheios de C-4, quinze carros blindados e uma fábrica perto da vila. Aquilo foi coisa sua, Kent?

O sorriso do nosso anfitrião é mais afiado do que uma lâmina. — Certamente. Tínhamos que mostrar nossa seriedade para Novak. Cobrir nossos preços é uma coisa, mas entrar no nosso complexo na Indonésia e matar todo nosso pessoal? *Isso ultrapassou o limite.*

Ouvindo com fascinação aterradora, eu olho rapidamente para Yulia para ver como ela está reagindo a isso. Alguém consegue se acostumar a jantar com conversas sobre morte de empregados e explodir fábricas?

Efetivamente, a mulher de Kent está comendo calmamente, não parecendo alterada. Ela ou não tem tem problema com o negócio violento do marido, ou ela é uma excelente atriz. Por alguma razão suspeito que é um pouco de ambos, o que me faz pensar sobre o passado de Yulia.

Será que ela sempre esteve na indústria de restaurante e se não, o que ela fazia antes? Como ela e seu marido se encontraram?

Em geral, como alguém encontra um homem deste mundo se seu marido não tem o azar de estar na lista de vingança de um assassino?

Levada pela curiosidade, eu me levanto e ajudo quando Yulia começa a retirar os pratos. Ele tenta gesticular que não precisa da minha ajuda, mas eu insisto em ajudá-la a carregar tudo para a cozinha, deixando os homens para discutir o que quer que tenha caído em Belgrado. É importante que eu me aproxime da esposa de Kent, e não apenas porque eu quero aprender mais sobre ela.

Se eu quiser ter uma chance de fugir antes que Peter retorne, precisarei da ajuda dela.

— De onde você é originalmente? — Pergunto quando ela tira várias sobremesas de uma geladeira com tamanho para restaurante. — Você fala um inglês perfeito, mas seu nome...

— É Ucrânia — Explica ela, sorrindo. — Mas poderia facilmente ser russo. O nome é comum nos dois países. Se for difícil para você pronunciar, pode me chamar de Julia – que seria o equivalente em inglês.

Eu sorrio de volta e começo a molhar os pratos sujos. — Acho que posso pronunciar o normal. *Yu-lee-yah*, certo?

Ela parece satisfeita. — Você fez certo. Alguns americanos têm problemas, é por isso que os deixei usar Julia. Mas sua pronúncia é muito boa – melhor do que a maioria.

— Obrigada. Deve ser... eu tenho tido bastante exposição ao idioma russo ultimamente — Digo, colocando os pratos molhados na lavadora. Espero que ela pergunte sobre isso, mas Yulia meramente sorri e leva o primeiro conjunto de sobremesas para a sala de jantar antes de voltar à cozinha para pegar mais.

Não tenho chance de falar com ela novamente porque ela continua indo e vindo, levando chá e café para todos para acompanhar a sobremesa. Frustrada, volto à mesa, onde os homens estão agora discutindo a situação da Síria e a constante agitação na Ucrânia. Eu tento seguir suas conversas, mas devem também estar falando russo. A cada uma ou outra palavra é um nome ou lugar que não conheço, junto com iniciais como UUR. A única coisa que aprendo é que o negócio de Kent cresce em conflitos de todos os tipos, de rivalidade em pequena escala entre cartéis de drogas a guerras totais entre nações.

Cada homem nesta mesa contribui, de um modo ou de outro, para a morte e o sofrimento em volta do globo.

Por agora, eu deveria estar acostumada com isso – tenho morado com um grupo de assassinos por meses – mas ainda é alarmante ver quão normal isso é para eles e como estão totalmente despreocupados com tais banalidades como o bem e o mal. De onde eu vim, as pessoas ficam com vergonha se não reciclam ou doam suas roupas usadas, muito menos dizer ou fazer qualquer coisa que fira outro. Os homens maus no meu mundo traem as mulheres, dirigem bêbados ou se recusam a dar seu lugar para uma mulher grávida. Eles não matam por dinheiro ou vendem armas que podem destruir cidades.

Esse é um nível bem diferente de mal.

Mas mesmo quando me falo essas coisas, não posso deixar de notar a passagem traiçoeira do tempo, de como cada minuto nos faz chegar mais perto para o fim desta refeição e da partida de Peter. Dado por tudo, deveria ser um alívio que ele parta, mas eu não posso conter a ansiedade aumentando junto com meu medo e raiva.

Não importa o que, eu não consigo parar de me preocupar com o monstro que deveria odiar.

Logo, as sobremesas são consumidas – a maioria por Anton – e o chá é terminado. Levantando-se, Peter e os homens agradecem Yulia, elogiando a refeição em termos reluzentes e, então, Anton e os gêmeos se dirigem para a saída acompanhados pelo nosso anfitrião. Yulia desaparece na cozinha e eu me acho só com Peter pela primeira vez desde a revelação.

Vindo para mim, ele suavemente acaricia minhas bochechas com as juntas dos dedos. —Tenho que ir — Diz ele calmamente e eu assinto, tentando ignorar o bolo doloroso se expandindo na minha garganta.

— Ok — Consigo falar meio calma. — Boa sorte.

Seja cuidadoso. Volte para mim. Eu preciso de você. A confissão dolorosa está na ponta da minha língua, mas seguro as palavras, prendendo a vontade de entrar no seu abraço e beijá-lo. Ele não é meu amor indo para a guerra; ele é meu sequestrador, meu carcereiro. Quando ele voltar, eu já devo ter ido, e se não tiver, teremos a maior batalha nas nossas mãos. O que Peter quer – me engravidar contra minha autorização – é pior do que sequestro, mais terrível do que tortura.

Isso me negaria da minha mais básica escolha de todas e traria uma criança inocente para essa bagunça da nossa relação.

Peter olha nos meu olhos e posso dizer que ele está esperando. O que, eu não sei, mas quando eu continuo a ficar lá em silêncio, suas feições se fecham e ele abaixa a mão.

— Te vejo em breve — Diz ele de forma sombria, se virando, e eu fico olhando, meu coração em pedaços quando ele sai da sala.

eter

É QUASE MEIA-NOITE QUANDO ATERRISSAMOS NA PISTA particular perto de Istanbul, menos de oito quilômetros da mansão suburbana do nosso alvo. Nosso serviço para esta noite é verificar a área pessoalmente, já que vimos por imagens de satélite e drone até aqui.

Se tudo sair bem, atacaremos em poucos dias.

Estamos todos cansados e sob o efeito do fuso horário – é quase de manhã no Japão – então, nosso reconhecimento é breve. Anton e Yan guiam pelo condomínio fechado onde fica a mansão, verificando os pontos principais e possíveis rotas de fuga, enquanto Ilya e eu entramos no condomínio a pé, usando a mudança de turno da guarda para medir a cerca de três metros perto do portão principal.

Esse nível de segurança é projetado contra criminosos normais, não ex-assassinos da Spetsnaz.

A parte difícil será a segurança na mansão de Arslan. Apesar do lugar mascarar ser apenas outra residência neste rico condomínio, ele é protegido com tudo, desde sensor de movimentos até um pequeno exército de guarda-costas. Scanner de retina, sensor de peso, alarme silencioso, geradores de reserva – tem redundância em cima de redundâncias no que tange a segurança instalada e por boa razão.

Quando você trai a oligarquia implacável que te colocou no poder, você tem que se preparar para o pior.

Quando estamos dentro do condomínio fechado, vamos em direção à mansão de Arslan, certificando-nos de ficar fora das câmeras estrategicamente colocadas nas interseções e na frente da maioria das casas luxuosas. Os vizinhos do nosso alvo – outros políticos desonestos e comerciantes turcos ricos – também têm inimigos, apesar de nenhum tão poderoso quanto a oligarquia ucraniana que é nosso cliente.

Não vamos para a propriedade de Arslan – seria impossível evitar as câmeras lá – mas não precisamos. Leva apenas alguns minutos para desabilitarmos os alarmes na casa de três andares no final da rua de Arslan – a residência de um magnata do ramo imobiliário, atualmente em férias na Tailândia. Quando os alarmes estão desligados, vamos para o telhado e montamos a câmera de longo alcance, assim podemos observar tudo que se passa no local do nosso alvo. Então, repetimos o processo com a mansão no final da rua do outro lado e duas casas um quarteirão acima, desta forma, temos uma visão de 360 graus da mansão de Arslan.

O modo mais simples e seguro de matar um político seria pegá-lo com um rifle sniper de longo alcance. Infelizmente, as janelas da mansão são à prova de balas e sempre que nosso alvo está do lado de fora, ele está cercado de guarda-costas. A próxima melhor coisa seria colocar uma bomba no seu carro, ele troca de carro regularmente e sem um padrão detectável – além do fato dos carros serem muito bem guardados, mesmo quando apenas estacionados na rua. Cada encomenda para a sua casa é cabalmente checada também, como cada pessoa entrando e saindo da mansão.

A primeira vista, a segurança de Arslan é impenetrável, mas nós somos melhores. O lar é sempre onde todos se sentem mais seguros – e isso é uma fraqueza por si só.

Deixando nossas câmeras no local, Ilya e eu saímos do condomínio para a esquina onde Yan e Anton nos pegam. Pelo final da noite, vamos para uma casa particular que alugamos sob falsas identidades e organizamos turnos para assistir as filmagens das câmeras que instalamos.

Yan é o primeiro, seguido de Anton, então, tenho sólidas seis horas antes de me levantar para minhas três horas de monitoramento da câmera. Ilya, o bastardo sortudo, pegou o palito maior desta vez, com um total de nove horas de sono.

É durante a metade do meu turno que notamos movimento dentro da casa. Mesmo com as persianas das janelas fechadas, vemos luzes virem do quarto principal no segundo andar, seguido por mais luzes no andar de baixo.

As pessoas na casa de Arslan estão acordando.

Ele mantém seus empregados domésticos ao mínimo, com apenas uma arrumadeira, duas empregadas e um mordomo/guarda-costas morando na casa. Os quartos deles são no andar de baixo, o que funciona bem para nosso plano. Os outros guardas – todos os vinte e quatro – ficam na casa dos vigias atrás. Para não serem notados pelos vizinhos, eles saem em pequenos grupos em intervalos esporádicos para patrulhar a rua e o quintal belamente ajardinado da mansão.

Assistindo as câmeras, eu anoto o tempo e marco a configuração das luzes de cima. As pessoas são criaturas de hábito, mesmo as que foram instruídas pelos seus guarda-costas a serem tão imprevisíveis quanto possível.

— Fique de olho na hora da saída — Digo a Ilya quando ele vem para me substituir —, sabemos que ele sai de casa numa hora diferente todos os dias, mas quero ver quanto tempo se passa entre as luzes serem acesas e sua saída.

Ilya assente e senta-se na frente do computador enquanto entro no quarto para tirar uma soneca. Minhas têmporas latejam com uma dor de cabeça pela tensão e preciso descansar para ter minhas funções no lugar quando planejarmos esse ataque.

Na hora que fecho meus olhos, porém, minha mente se volta para Sara e nossa partida tensa. Tenho tentado não pensar nisso, focar apenas no trabalho, mas não posso evitar de lembrar do olhar de dor nas suas feições quando admiti minhas intenções... quando confirmei que o esquecimento dos preservativos não foi acidental.

Eu próprio não concluí isso até aquele momento, não sabia que havia cedido aos meus desejos mais profundos até que ouvi a palavra saindo da minha boca. Na hora que falei aquilo, contudo, sabia que era verdade. Pode não ser uma decisão consciente o fato de engravidá-la, mas tampouco era um erro descuidado. Em algum nível primitivo e instintivo, eu *escolhi* preenchê-la com minha semente, fazê-la minha do meio mais visceral possível.

A única vez que fui descuidado com contracepção foi em

Daryevo todos aqueles anos atrás, quando Tamila seduziu-me antes de eu acordar.

Abrindo meus olhos, olho para o teto no quarto não familiar. Apesar da reação de Sara, sinto-me mais leve, como se um peso fosse retirado do meu peito. É libertador abraçar a pior parte de mim, soltar o final das minhas controvérsias morais. Não sei porque resisti por tanto tempo, porque tentei lutar tanto pelo seu amor quando ela está determinada a se apegar ao ódio.

Agora é óbvio para mim que não importa o que eu faça, Sara não se libertará do passado, e se esse é o caso, ela também deve ter outra razão para me odiar.

Decidido, fecho meus olhos e forço meus músculos tensos a relaxarem.

Quando eu voltar, não haverá mais camisinhas. De uma forma ou de outra, Sara terá meu filho.

Se ela não pode me amar, ela amará uma parte de mim.

43

Sara

Leva vários minutos para eu me recompor depois que Peter sai e quando vou para a cozinha falar com Yulia novamente, Kent volta e educadamente, mas com firmeza, me insta a ir para o meu quarto.

— Você deve dormir um pouco — Diz ele e pelo olhar implacável nas suas feições, posso dizer que ele usará força física para fazer-me obedecer se for preciso.

Ele não tem intenção de me ajudar, disso estou certa.

— Obrigada pela sua hospitalidade — Digo normalmente quando chego ao meu quarto e ele assente, seu olhar pálido inescrutável.

— Boa noite, Sara — Diz ele e quando fecha a porta, ouço o clique baixo da fechadura.

Espero trinta segundos, então, tento a maçaneta para confirmar minhas suspeitas.

Com certeza, estou trancada.

Respirando para me acalmar, vou para a janela grande. Parece que a parte de baixo deve abrir deslizando para cima, mas não importa o quanto tente empurrar para cima, o vidro grosso não se move. Ou está selada ou simplesmente é pesada demais para eu levantar. Algum tipo de vidro à prova de bala, talvez? Faria sentido dada a profissão de Kent.

De qualquer modo, abrir a janela está fora de cogitação.

Depois, exploro a pequena janela no banheiro. Tem o mesmo vidro grosso da janela do quarto e tem dois problemas adicionais: é muito pequena para eu passar e não tem nenhum mecanismo para abrir, até onde posso notar.

Frustrada, deixo as janelas quietas e vou para o closet e penteadeira, procurando por telefones e tabletes esquecidos. As possibilidades de achar tais coisas aqui são pequenas, mas em casa as pessoas deixariam seus eletrônicos em todos os lugares e é possível que Kent e sua esposa façam o mesmo. Apesar de tudo, esta é a casa deles, não um lugar onde mantêm prisioneiros regularmente.

Pelo menos espero que este seja o caso.

Sem surpresas, não acho nada. O closet e a penteadeira têm o que se esperaria achar num quarto de hóspedes: roupa de cama extra e toalhas, além de artigos de higiene pessoal não abertos.

Sentindo-me mais drenada e sem ânimo, decido tomar um banho e descansar, como sugeriu Kent.

Com alguma sorte, vou conversar com Yulia amanhã.

A esta altura, ela é minha melhor, se não única, esperança.

Para meu desapontamento, eu não vejo Yulia no dia seguinte, nem me deixam sair do meu quarto. O próprio Kent traz minhas refeições – uma mistura de sobras do jantar e misturas de comida nova sem dúvida preparadas pela sua esposa – e ele leva todos os pratos uma hora depois. Eu não sei se ele está me mantendo longe de Yulia de propósito, ou se é apenas uma coincidência infeliz, mas quando chega a noite, começo a ficar muito nervosa, frustração pela minha situação atual junto com a preocupação por Peter. Tudo que tenho são alguns livros que Kent trouxe-me na hora do almoço e não é nem um pouco o bastante para me impedir de remoer os perigos que a equipe de Peter pode estar enfrentando neste exato momento.

— Você teve notícias deles? Estão bem? — Pergunto a Kent quando ele me traz o jantar. O negociante de armas de feições fortes me intimida, mas estou determinada a não demonstrar.

Apesar de tudo, tenho morado com quatro criminosos igualmente perigosos por meses.

Ante minha pergunta, Kent parece que está se divertindo friamente. — Você quer saber se eles estão bem?

Eu assinto, apesar do meu rosto ficar quente e vermelho. Entendo como isso se parece. Dado ao tratamento de Kent para comigo até agora, ele obviamente sabe que não estou aqui por minha livre e espontânea vontade. Ainda assim, eu prefiro que ele acredite que estou sofrendo da Síndrome de Estocolmo do que continuar no escuro e preocupada sobre Peter a noite toda.

— Eles estão bem — Diz Kent, colocando a bandeja na penteadeira. Seu rosto sem expressão novamente, apesar de ver sinais de divertimento bem dentro dos seus olhos. — Peter me mandou uma mensagem há duas horas, perguntando por você. Por enquanto, eles ainda estão coletando informação para agirem, então, duvido que algo acontecerá hoje à noite. Você pode descansar tranquilamente.

Eu inspiro aliviada. — Obrigada.

Ele assente e se vira para sair, mas eu decido forçar minha sorte. — Espere, Lucas... onde está Yulia? Não a vi o dia todo e queria agradecer-lhe pelas refeições maravilhosas.

Ele me dá um olhar inescrutável. — Vou transmitir seus agradecimentos para ela.

Essa é minha dica para ser uma prisioneira boazinha e ficar quieta, mas não estou disposta a desistir facilmente. — Prefeririria fazer isso pessoalmente, se você não se importa — Digo, colocando um sorriso um pouco constrangido nos meus lábios. — Ela está realmente ocupada? Na verdade, tem algo que eu queria perguntar a ela... sobre alguns itens femininos, você sabe...

— Ah. — Kent parece estar se divertindo novamente. — Yulia me disse para te falar que absorventes e outras coisas que as garotas precisam estão no armário sob a pia.

— Oh, não é sobre isso — Digo rapidamente, apesar de ser exatamente isso que estava insinuando. — É outra coisa.

Suas sobrancelhas se levantam. —Oh? O que é?

Droga. Eu estava contando que ele fosse como a maioria dos homens e ficasse constrangido quando confrontado com a realidade das funções biológicas das mulheres. Pensando rápido, digo: — É apenas um creme para algo. Mas, tudo bem; tenho certeza que passará sozinho.

Sua expressão não muda. — Apenas diga-me qual creme e verei se podemos comprar.

— *Monistat* — Digo, olhando direto para ele quando falo um

nome tratamento popular para infecção por fungos. — o nome genérico é *miconazole*. É para...

— Fungos. Eu conheço. — Ele não parece nem um pouco constrangido. — Vamos providenciar para você.

Aperto os dentes. — Ok, obrigada.

Ele *está* determinado a me manter longe de Yulia, e isso me faz querer falar com ela ainda mais.

O DIA SEGUINTE PASSA DO MESMO JEITO, COMIGO PRESA NO MEU quarto o dia todo. A única diferença é que, na hora do jantar, Kent voluntariamente me atualiza sobre Peter.

— Eles estão planejando isso para depois de amanhã, pela manhã — Diz ele, colocando minha comida na penteadeira. — Te digo se alguma coisa mudar.

Eu olho o negociante de armas taciturnamente. — Ok, obrigada.

Isso é como um machado – um machado bem vagaroso – que está sobre minha cabeça. Temo tanto o fracasso dessa operação na Turquia como seu sucesso. Se algo der errado, eu perderei Peter e reconquistarei minha velha vida, e se ele voltar intacto, serei ligada a ele para sempre, unida por um filho que ele quer forçar em mim.

O único jeito é escapar antes que Peter volte e eu não vejo como isso pode ser possível quando sou até mais prisioneira aqui do que era no Japão.

Kent sai e eu janto no piloto automático, quase não sentindo o gosto da comida com cheiro maravilhoso. Na bandeja, junto dos pratos cobertos, tem um tubo do creme que pedi – algo que não tenho nenhuma necessidade além do jeito que consegui explicar minha necessidade de falar com Yulia. Agora que se passaram dois dias, estou até mais convencida que a bela loira pode estar se simpatizando com minha situação – se eu pudesse pelo menos explicar tudo a ela.

Terminando minha refeição, estudo o creme, notando desapontada que está dentro de um frasco um pouco diferente do jeito que estou acostumada a ver nos Estados Unidos. Não é surpresa, claro. Isso é Europa. A pílula do dia seguinte japonesa também não se pareceu nada igual a que eu estava acostumada.

A pílula do dia seguinte...

Inspirando com força, fico em pé rapidamente, incapaz de conter minha excitação repentina. Eu não sei por que isso não me ocorreu antes, mas se Kent estava disposto a me trazer o creme, tem uma chance de que ele me trouxesse algo mais – como a pílula que preciso tanto.

Meu primeiro instinto é correr para a porta e bater até que meu carcereiro venha, então, posso implementar meu plano rapidamente. Contudo, isso não seria sábio. Agir muito excitada poderia fazer Kent suspeitar, talvez até fazê-lo perguntar a Peter sobre o assunto.

Respirando com calma, eu me forço a sentar e esperar Kent voltar para pegar a bandeja. Para que isso tenha a melhor chance de sucesso, tenho que ser esperta.

Tenho que fingir que é outra desculpa para falar com Yulia.

A espera parece interminável, apesar de o relógio me falar que passou apenas uma hora. Finalmente, Kent abre a porta e implemento meu plano.

— Então — Digo casualmente quando ele entra —, Yulia ainda está ocupada? Eu gostaria *realmente* de falar com ela.

O negociante de armas me dá um olhar frio. — Por quê? É outro item de mulher?

Tento parecer constrangida. — Sim, realmente. Desculpe se eu esqueci de mencionar ontem, mas é algo que preciso realmente.

— E seria?

— *Plan B.* — Faço minhas feições das mais inocentes. — Você sabe o que é? Tem outras marcas também, como *Next Choice, My Way...*

— Entendi. Você terá isso em breve.

E pegando a bandeja rapidamente, ele sai pela porta.

*S*ara

Naquela noite, eu me debato e me viro, torturada pela preocupação com a operação vindoura de Peter e a constatação de que, apesar da minha pequena vitória nesta noite, a pílula irá na melhor das hipóteses atrasar o inevitável. Toda vez que mergulho num sono leve, eu acordo com meu coração disparado, como um ataque de pânico. Isso me lembra dos dois primeiros meses depois do ataque de Peter na minha cozinha, quando pesadelos com tortura com água e homens implacáveis com olhos cinzentos eram minha realidade nas noites.

Finalmente, eu cedo ao sono e acordo para usar o banheiro. Não faz nenhum sentido, mas o que mais quero neste exato momento é Peter. Quero seu calor na escuridão e seus braços fortes em volta de mim, segurando-mc apcrtado. Qucro sua voz profunda me chamando de "ptichka" e dizendo o quanto ele me ama.

Sinto falta do meu perseguidor, pulso por ele com todas as células do meu ser – mesmo quando temo seu retorno.

Indo para o balcão do banheiro, ligo a luz, olhando para meu rosto pálido no espelho. Meus olhos estão injetados e rodeados por círculos escuros e meu cabelo está uma bagunça total. Aposto que se Peter me visse agora, não estaria tão desejoso assim para me ter.

Claro, isso levando em conta que minha aparência é a razão de ele ser tão ligado em mim – uma presunção forte e provavelmente incorreta. Sei que sou atraente, mas não sou nem de perto tão bonita quanto alguém como Yulia. Não, o que quer que atraia Peter a mim – e vice versa – vai mais fundo do que atração superficial. Ele sabe disso e eu sei também. É algo entre nós que nos faz ficar juntos como dois pedaços de porcelana... algo sinistro e perversamente necessário que clama pelas falhas de cada um.

Estou quase ligando a torneira para lavar meu rosto quando um som chega aos meus ouvidos.

Eu congelo, ouvindo atentamente e ouço novamente.

Um gemido gutural de uma mulher, seguido por um grunhido abafado de homem.

Meu rosto esquenta quando reconheço o que estou ouvindo.

Este banheiro deve ser bem embaixo do quarto de Lucas e Yulia, com os dutos de ventilação conectando os dois andares.

Sei que deveria voltar para a cama e dar-lhes privacidade, mas minhas pernas se recusam a mover. Se não por qualquer outra coisa, isso é bem mais divertido do que os suspenses que Kent deixou para eu ler. Ruborizando e sentindo-me como uma pervertida, ouço quando o som acima aumenta em volume culminando num clímax óbvio.

Quando o silêncio reina novamente, ligo a torneira com mãos fracas e jogo água fria no meu rosto superaquecido. Essa foi uma má ideia, porque eu não apenas violei a privacidade do meu anfitrião/carcereiro, mas estou com tanto tesão que terei definitivamente problemas para voltar a dormir. Meus mamilos estão duros e meu sexo está escorregadio com necessidade pulsante.

Também sinto falta de Peter mais do que nunca.

Gemendo em silêncio, volto à cama. Como premeditado, não consigo dormir, então, coloco a mão sob o cobertor e fico brincando comigo mesma até gozar, pensando em Peter o tempo todo.

APESAR DA NOITE SEM DESCANSO, EU ACORDO CEDO NA MANHÃ seguinte e quando estou me aprontando para escovar os dentes, ouço passos no andar de cima, seguido por vozes tensas.

Parece que os Kents estão discutindo.

Com curiosidade irresistível, coloco a escova na pia e ouço.

No início, as vozes vem tão abafadas como se estivessem do outro lado do quarto, mas eles chegam perto do duto – e minhas batidas do coração se aceleram quando concluo o assunto da discussão deles.

Eu.

— Como pode você estar tão certo? — Diz Yulia com voz acalorada. — Ela é a viúva do inimigo dele. Ele matou o marido dela e a sequestrou. Como isso não é maltrato? No mínimo, ele tirou todas as escolhas dela e arruinou sua carreira. A mulher é uma médica – uma *médica,* Lucas. Ela não é como você e eu. Ela nunca foi parte deste mundo...

— E agora ela é — Interrompe Kent, sua voz dura. — Não que isso seja nosso problema. Eu devia a ele um favor e ela é esse favor.

— *Ela* é um ser humano, não um favor. No mínimo, deixe-me falar com ela, descobrir se ele a está tratando mal...

— Por quê? Assim você pode fazer o quê? Deixá-la partir e acabar na lista de alvos dele? Você sabe os tipos de alvo que seu pessoal vai atrás hoje em dia. Não precisamos lidar com esse tipo de merda além da situação com Novak.

— Não, claro que não. — Yulia parece frustrada. — Mas ela é uma civil inocente, Lucas, e é uma hóspede na nossa casa. Preciso me certificar de que você está certo e que ela *realmente* o quer – porque não conseguirei viver comigo mesma se não for assim. Você entende isso, certo?

Seu marido fica em silêncio por uns momentos e eu mordo meu polegar, meu coração martelando quando ouço sua resposta. Eu estava certa em cravar minhas esperanças em Yulia; ela *é* sensível ao meu sofrimento.

— Eu entendo — Ele diz finalmente. — Mesmo assim, não há nada que eu possa fazer. Não colocarei sua vida em perigo por essa mulher.

— Mas...

— Mas nada. Sokolov me pediu para mantê-la em segurança para ele e isso é exatamente o que farei.

— Lucas...— A voz de Yulia amacia, tornando-se mais persuasiva. — Só deixe-me falar com ela. Isso é tudo o que peço. Não farei nada sem te consultar. Não sou estúpida e também não quero fazer de Peter um inimigo. Só quero me certificar que ela está bem... tranquilizá-la se estiver com medo. Isso não faria mal algum, faria? Só uma conversinha?

Não tem resposta de Kent, mas ouço som de sussurros, seguido de algo metálico – a fivela de um cinto, talvez? ... batendo no chão.

— Yulia...— A voz de Kent é pesada. — Docinho, você não tem que... ai, porra. Puta que pariu... — Suas palavras terminam num gemido e eu ruborizo quando entendo o que estou ouvindo novamente.

Sentindo-me duplamente como uma pervertida, fico quieta – para ver se eles me mencionam novamente, digo a mim mesma – mas quando tudo o que ouço pelos próximos dez minutos é barulho de sexo, forço-me a terminar de escovar meus dentes e voltar para o meu quarto.

Talvez, só talvez, a tática de persuasão de Yulia dê certo e eu possa encontrar um jeito para sair desse apuro.

Pelo menos agora eu tenho uma esperança real.

PASSAMOS O DIA ANTES DO ATAQUE REPASSANDO AS DIFERENTES versões do plano, calculando probabilidades de sucesso e achando soluções para potenciais problemas. Nosso plano é arriscado, mas tem uma boa chance de funcionar – contanto que consigamos o tempo certo.

À noite, estamos tão prontos quanto conseguiríamos estar e isso é bom, pois, o nosso cliente, o oligarca ucraniano, está ficando impaciente. Em dois dias, Arslan pretende votar uma lei que irá dizimar os negócios do nosso cliente na Turquia e temos que agir antes que isso aconteça.

Quando fecho meu laptop para ter umas horas de sono, Anton me chama, seu tom estranhamente excitado.

— Olhe isso — Diz ele e a adrenalina enche minhas veias quando vejo um novo email dos nossos hackers.

Rapidamente, leio na tela de Anton e um sorriso selvagem passa nas minhas feições.

Meu adversário finalmente cometeu um erro.

A esposa de Walter Henderson III, Bonnie, estava no vinhedo em Marlborough, Nova Zelândia – algo que soubemos graças a foto postada no Instagram pelo dono do vinhedo que não tinha a mínima ideia do que estava fazendo. O programa de reconhecimento de rostos dos nossos hackers pegou dentro de horas de ter aparecido online.

— Preparem-se — Digo a Anton e os gêmeos quando termino de ler o email. — Após terminarmos aqui amanhã, vamos para a Nova Zelândia.

— E Sara? — Pergunta Ilya. — Vamos deixá-la com Kent?

Eu hesito, então, balanço a cabeça. — Não — Não consigo ficar separado dela por mais nem um dia. — Ela virá conosco.

E antes de ir para a cama, eu contacto Lucas para checar sobre ela.

4 6

*S*ara

EU PASSO O DIA ANDANDO PELO QUARTO, MINHA ANSIEDADE aumentando com cada hora que se passa. Na hora do jantar, estou pronta para arrancar os cabelos.

Em menos de doze horas, a missão perigosa de Peter começará e Yulia ainda não veio falar comigo – nem o seu marido trouxe-me a prometida pílula.

— Eu devo trazer mais tarde hoje — Ele disse quando trouxe o almoço —, mas pode ser amanhã também.

Amanhã deve ser tarde demais, mas eu mantenho minha boca fechada, não querendo que meu carcereiro saiba que eu realmente preciso da pílula. Se não conseguir nada além, eu posso guardar para uso futuro e orar para que minha janela de fertilidade não esteja tão fértil este mês.

Uma batida baixa na porta interrompe meus passos.

— Sara? — Pergunta uma voz de mulher. — Posso entrar?

Meu pulso pula de alegria. — Sim! Por favor, entre.

A porta se abre e Yulia entra de costas no quarto, segurando uma bandeja parecendo pesada com pratos cobertos.

— Espere, deixe-me ajudar. — Apresso-me em direção a ela, quase não conseguindo conter-me de excitação enquanto a ajudo a colocar a bandeja na penteadeira.

Ela sorri para mim. — Obrigada. Como está sua estada até agora?

— Está bem — respondo, sorrindo de volta para ela — e, obviamente, a comida é maravilhosa. Muito obrigada por isso.

Os olhos azuis de Yulia brilham com prazer. — De nada. E como está tudo o mais? Você tem tudo que precisa? Lucas disse que você pediu dois remédios...

Eu assinto, então, decido ir logo ao assunto. Com Peter potencialmente voltando amanhã, não tenho tempo a perder e já sei que Yulia está do meu lado. — Preciso da pílula do dia seguinte — Digo sem rodeios. —, e hoje é o último dia que posso tomar.

Sua bela boca fica redonda com surpresa. — Oh. Uau. Lucas não falou nada sobre isso. Ele mandou um dos seus guardas para a cidade para comprar algumas coisas, mas eu sei que aconteceu algo e o cara se distraiu. Deixe-me checar para ver se ele comprou certo, tá?

— Espera. — Eu seguro a mão fina de Yulia quando ela se vira para sair. — Por favor. Eu preciso da sua ajuda.

Sua expressão fica cuidadosamente vazia. — O que você quer dizer?

Eu abaixo minha mão. — Tenho que partir. Agora. Esta noite. Antes que Peter volte. Por favor, é muito importante. Não sou sua namorada; sou sua prisioneira. Ele me sequestrou, e agora ele...

— Espera, Sara. Por favor. — Ela levanta a mão, as palmas para fora. Apesar do seu jeito continuar calmo, posso dizer que ela está aflita. Ela não deve ter esperado que eu implorasse por ajuda assim tão abertamente. — Ele está te abusando? Ele está te machucando? — Pergunta ela cuidadosamente.

— Ele me cortou com uma faca e me torturou com água — Digo, e imediatamente sinto uma pontada de culpa ante o horror nas feições de Yulia. Eu deveria provavelmente mencionar que a tortura aconteceu antes da nossa relação, como é, começar, mas se pretendo conseguir sua ajuda, não posso pintar minha prisão num quadro romântico.

Apesar de Yulia parecer boa e simpática, não posso esquecer que ela é a esposa de um comerciante de armas e pode ter pontos de vista de moralidade diferentes da maioria das pessoas.

— Ele também quer forçar uma criança em mim — Continuo, forçando mais enquanto ela ainda está em choque. — É por isso que preciso da pílula do dia seguinte hoje. Em mais algumas horas, estarei fora da janela de trinta e seis horas. Não que a pílula ajudaria se eu ainda estiver aqui quando Peter voltar. Ele fará o que quiser comigo e ninguém irá pará-lo. Por favor, Yulia — pego seu braço novamente — Você não tem nem que me deixar ir. Apenas deixe-me fazer uma ligação ou enviar um email. Ninguém nem saberia que foi você que me ajudou. Por favor.

Ela fica mais pálida com cada palavra que falo e quase me sinto mal. Entendo a posição impossível que a estou colocando. Apesar de ela estar disposta a olhar para o outro lado quando se trata dos negócios mortais do seu marido, Yulia não é igual a ele

– ou, pelo menos, possui empatia o bastante para se pôr no meu lugar. Ao mesmo tempo, ela sabe o quão perigoso é Peter e o que arriscaria por traí-lo.

— Você está... — Ela limpa a garganta. — Você está com ele voluntariamente? Naquela primeira noite, no jantar, eu pude sentir a tensão entre vocês, mas o jeito que ele olhava para você... E, depois, seu jeito quando vocês estavam se despedindo ... Eu entrava e saía da cozinha, mas eu pensei ter visto... Eu tive a impressão errada? Ele está te ferindo? Te forçando todas as vezes?

Meu rosto esquenta pelo constrangimento da pergunta particular e abaixo minha mão novamente. — Isso não é... quero dizer, ele me sequestrou. O que você acha?

Para minha surpresa, ela parece desconfortável. — Eu acho que às vezes é complicado — Diz ela depois de um tempo —, nem todos os relacionamentos seguem o mesmo caminho e tem vezes que... — Ela para, como se pensando melhor.

Franzindo, olho para ela. Tem uma história lá, mas qualquer que seja, não posso me dar ao luxo de focar nela. Tenho que persuadi-la a ajudar-me antes que seja tarde demais.

— Yulia, por favor — Digo. — Esta é minha única chance. *Você* é minha única chance. Se ele voltar e eu estiver aqui, nunca verei meus pais novamente, nunca terei controle da minha própria vida... Por favor. Eu sei que você entende minha situação. Peter Sokolov matou meu marido e me torturou. Ele me espionou e sequestrou e ele tem me mantido presa por quase cinco meses. Tenho que sair antes que ele volte e tudo que você precisa fazer é deixar-me ter acesso a um telefone. Por apenas um segundo. Eu poderia contatar o FBI e, então...

— E, então, teremos todas as agências de aplicação da lei tendo nossa casa como alvo — Diz Kent, abrindo a porta sem bater. Suas mandíbulas estão cerradas de fúria, seus olhos pálidos estreitos quando atravessa o quarto e pega a mão de Yulia com força de clarear as juntas e olho com desespero crescente quando ele a leva para fora do quarto.

— Desculpe-me — Balbucia ela antes de ele bater a porta, trancando-me novamente e sei que está acabado.

Minha única chance de fugir está perdida.

Eu choro por duas horas antes de finalmente cair no sono – e rapidamente mergulho numa série de pesadelos. Eu não sei por que isso está acontecendo comigo novamente, mas quando acordo, tremendo e suada com outro sonho vívido de eu me afogando na pia da cozinha, sei que não poderei dormir esta noite.

Retirando o cobertor, viro minhas pernas da cama para me levantar quando a fechadura da porta clica e a porta se abre quietamente.

Espantada, eu pego o cobertor para me cobrir, ninguém entra no meu quarto.

Enrolando o cobertor em mim, eu corro para a porta e, no final do corredor, vejo uma figura magra desaparecendo na esquina, seus cabelos loiros brilhando como um farol na escuridão iluminada pela lua.

Yulia.

Ela veio por mim.

Eu não tenho ideia de como ela conseguiu se livrar do marido, mas não vou perder meu tempo perguntando sobre minha sorte. Rapidamente, coloco um vestido e um par de sandálias rasteiras, entro no corredor e vou para a cozinha, tendo cuidado para não fazer nenhum barulho.

Preciso achar um telefone ou computador... qualquer coisa que me contate com o mundo lá fora.

— Aqui. — De repente um par de chaves é jogado na minha mão e suprimo um grito quando Yulia aparece na minha frente, aparentemente passando pela parede à minha direita. Com a luz da lua passando pelas janelas grandes, seu rosto pálido parece algo fora deste mundo. — A Mercedes está bem lá fora — Sussurra ela urgentemente antes que eu possa me recuperar do primeiro choque. — Desabilitei os alarmes do perímetro, abri os portões automáticos, e virei os drones para a praia. Você tem dez minutos, entendeu? Tem um posto de gasolina sete quilômetros a sudoeste. Dirija direto para lá e achará um telefone.

Eu assinto, meu coração disparado quando pego as chaves que ela me deu. — Obrigada. Muito obrigada.

— Vá. — Olhando para mim preocupada, Yulia me empurra para a porta da frente e eu não perco um segundo mais.

Com as chaves na mão, corro para fora da casa e pulo para dentro do carro.

P*eter*

— Cinco minutos — Sussurro no meu fone. — Preparem-se.

Já se passaram exatamente vinte minutos desde que as luzes apareceram no segundo andar da mansão de Arslan. Isso significa que nosso alvo vai sair da porta da frente e entrar no seu carro à prova de balas entre cinco e dez minutos a contar de agora. Como esperávamos, ele é uma criatura de hábito, sua rotina matinal quase a mesma todos os dias da semana pela manhã. A hora que ele sai de casa varia, como a rota que toma para o trabalho e onde seus guardas deixam o carro, mas isso – o tempo que gasta em casa, sentindo-se seguro e protegido quando ele toma seu café da manhã – é inteiramente previsível.

Num período de poucos minutos, haverá uma pequena

janela quando ele está do lado de fora com seus guarda-costas e é quando iremos atacar.

— O RPG está carregado e Ilya tem o carro pronto — Informa Yan no meu fone. Ele está no telhado da casa do outro lado da rua onde eu e Anton estamos.

— Ótimo. — Eu olho para Anton, que está deitado sobre sua barriga ao meu lado, olhando na mira do seu rifle sniper. — Você está pronto?

Ele assente sem tirar o olho do alvo. — Vou acertar na cabeça no caso de eles estarem usando coletes.

— Bom. — Voltando a atenção para a minha própria M110, eu ajusto a mira. Tiros na cabeça são complicados, especialmente quando seu alvo começa a reagir, mas são o melhor modo de assegurar que um profissional esteja morto.

Colete de corpo é escondido sob a roupa com muita frequência hoje em dia.

Os segundos passam, cada um se esticando mais do que o próximo. É fácil ficar impaciente numa hora dessas, então, eu foco em controlar a respiração e certificar-me que nada atrapalhe minha linha de visão.

É muito importante para dar errado.

Sem que eu queira, pensamentos de Sara roubam minha mente. Eu imagino o que ela está fazendo, se ela ainda está dormindo ou se já se levantou. Tão excitante como isso é para mim – e isso *é* excitante, não posso mentir – eu gostaria muito mais de estar em casa no Japão, segurando seu corpo quente e nu quando ela acorda. Em apenas poucos meses, meu pequeno pássaro cantador se tornou mais importante para mim do que qualquer outra coisa no mundo, minha paixão por ela suplantando qualquer outra coisa que já me interessou.

O som de uma porta se abrindo me puxa dos meus pensamentos.

— Ele está vindo — Sussurra Yan no fone e eu me forço a focar.

Haverá tempo para Sara mais tarde.

Quer dizer, se sobrevivermos hoje.

4 8

 ara

Dez minutos. Os pneus do carro cantam quando eu corro a longa estrada e passo pelos portões abertos, segurando o volante com tanta força que meus dedos afundam no couro.

Só tenho dez minutos.

Quer dizer, contanto que a estimativa de Yulia esteja correta. Eu não sei como ela fugiu do marido com olhar letal e desabilitou as medidas de segurança, mas é totalmente possível que ele já esteja nos meus calcanhares.

Não tem luzes ao longo desta estrada de uma faixa, nenhuma sinalização – nada que me diga para onde estou indo. A lua e os faróis do meu carro são as únicas fontes de iluminação. Não tenho ideia para que lado é o sudoeste, então, quando eu chego numa estrada de duas faixas, eu viro aleatoriamente para a esquerda, seguindo meu instinto.

Se acabei de virar para o lado errado, estou ferrada.

Parece que meu coração irá sair do meu peito martelando, minha respiração alta nos meus ouvidos. O suor se forma nas minhas axilas e pinga dos meus lados e meus joelhos tremem quando piso fundo no acelerador. Dirigindo no lado esquerdo da rua, com o volante no lado esquerdo do carro, é para além de confuso para uma americana como eu, mas não ouso diminuir.

Oito minutos.

Sete minutos.

Eu consigo.

Vou chegar lá.

Os faróis de um carro vindo me cegam, fazendo os níveis de adrenalina subirem. É Kent? Seus guardas?

O carro passa sem parar e eu expiro com alívio, levantando meu pé do acelerador quando a estrada se curva acentuadamente à minha frente. A última coisa que preciso é perder o controle do carro e bater no muro de contenção, como fez George naquela noite terrível. Mas, mesmo com a velocidade reduzida, estou indo a cento e dez quilômetros por hora. Se o posto de gasolina é a sete quilômetros de distância, eu devo chegar lá com tempo de sobra.

Outro minuto se passa antes da estrada se curvar novamente, e eu vejo.

Mais faróis, desta vez atrás de mim.

Segurando no volante com força, eu afundo o pé no acelerador novamente.

O carro atrás de mim também acelera.

Meu estômago sobe para a minha garganta. Do canto do olhos, vejo um limite de velocidade. É cinquenta quilômetros por hora – acima de sessenta, não *setenta* quilômetros menos do que minha velocidade atual. E se o carro está se aproximando de mim, ele está indo mais rápido.

É oficial.

Estou sendo perseguida.

A estrada curva novamente e seguro um grito quando outro carro vindo assovia por mim, os faróis me cegando por um segundo crucial. O lado do meu carro arrasta no muro de contenção, fagulhas voando quando metal arrasta contra metal. Ofegando, tiro o meu pé do acelerador e viro contra o muro, levando o carro mais perto do meio da estrada.

Os faróis de perseguição novamente em mim e quando a estrada se curva novamente, vejo dois carros atrás de mim, cada um grande e escuro. Dois SUVs. Meu pulso é um trovão nos meus ouvidos, minhas mãos tão suadas que elas deslizam no volante. Lutando contra o pânico, piso no acelerador novamente, mas os carros atrás de mim aceleram mais rápido e quando a estrada se curva para a direita, um se coloca ao meu lado enquanto o outro fica na minha frente.

O desespero me pega com um punho de gelo.

Está terminado.

Eles me pegaram.

Tremendo, tiro meu pé do acelerador.

Minha única chance de fugir e consegui perder.

O SUV na minha frente reduz a velocidade também e o do meu lado passa para trás de mim. Eles sabem que não tenho escolha a não ser atender.

Está oficialmente terminado.

Eu perdi.

O SUV na minha frente diminui mais ainda, forçando-me a frear. Meu velocímetro mostra quarenta quilômetros por hora, então trinta e cinco... trinta. Estou praticamente engatinhando e vejo que eles estão me fazendo parar.

Eles irão me tirar deste carro e me levar de volta à casa de Kent, onde ficarei presa até Peter voltar para mim.

O futuro aparece na minha frente, tão sombrio e perigoso quanto esta estrada sinuosa. Sem esperança de escapar, sem escolhas, serei propriedade de Peter e também será nosso filho. Nunca mais verei meus amigos, nunca ajudarei mulheres a ter bebês. Conforme meus pais forem ficando mais velhos, não estarei lá por eles e eles nunca conhecerão seus netos.

Tudo que terei é Peter e a coisa mais amedrontadora de tudo é que isso não parece ruim.

Consigo ver isso tão claramente: o jeito que ele cuidará de mim, a ternura nos seus olhos quando ele segurará nosso filho. Ele me amará com uma intensidade que queimará minha alma e eventualmente meu próprio amor confuso crescerá das suas cinzas. E depois de um tempo, tudo parecerá normal, desde minha falta de liberdade até a violência da sua profissão.

Seremos uma família, do jeito que ele quer e enquanto vejo o velocímetro ficar abaixo de quinze, sei que não posso deixar isso acontecer.

Não posso ceder à parte mais doentia de mim, a que quer esse futuro invertido.

Outra curva na estrada, mais faróis vindo em nossa direção. Minhas batidas do coração frenéticas se estabilizam, uma calma estranha passando por mim quando estico a mão e aperto o cinto. Terei menos de um segundo para agir, então, terei que fazer valer.

Tirando meu pé do freio, seguro o volante tão forte quanto posso e quando o carro vindo passa, os faróis me cegando e os meus perseguidores também, viro o volante todo para a direita, entrando na pista oposta enquanto piso fundo no acelerador.

O carro voa para frente, passando zunindo pelo SUV me bloqueando pela frente. Eu posso praticamente ouvir meus perseguidores praguejarem quando os deixo na poeira novamente, minha Mercedes estreita ganhando velocidade com o rugido do motor V8. O velocímetro sobe para 100... 110... 120... 130...

Fagulhas voam, metal contra metal quando arrasto no muro novamente, mas desta vez não diminuo. Mantenho meu pé firme, corrigindo apenas o bastante para manter o controle.

É um vídeo game, falo para mim mesma. Apenas um vídeo game de corrida onde estou guiando no lado errado da estrada.

Tendo me recuperado do choque da minha manobra recente, meus perseguidores estão na minha traseira novamente, mas não tenho intenção de facilitar para eles. Cada vez que eles chegam perto, eu viro para o meio da estrada, impedindo-os de me ultrapassarem. E me mantenho numa velocidade altíssima, mantendo meu pé no acelerador mesmo com as curvas mais fortes. Fingir que é um vídeo game ajuda – eu sempre fui boa com eles quando criança.

Mais um minuto na estrada.

Dois.

Três.

Eu consigo.

Posso chegar.

A distância, vejo luzes e meu pulso pula outra vez.

É o posto de gasolina. Tem que ser.

Meu plano é simples: freio forte para parar em qualquer loja que houver, pulo fora, e corro, gritando a plenos pulmões por um telefone. Com alguma sorte, o pessoal de Kent vai ficar muito preocupado com as autoridades para me segurarem em público, mas mesmo se não estiverem, alguém – um funcionário do posto, outros motoristas – verão o que está acontecendo e chamarão a polícia.

Não é um plano e tanto, mas é o que tenho.

O posto de gasolina fica mais perto a cada segundo. Para meu alívio, apesar de ser cedo e a área estar deserta, eu vejo uma loja bem iluminada com algumas pessoas dentro e alguns carros no estacionamento.

Minha esperança é de que Kent não vai querer causar tumulto tão perto da sua casa e, com certeza, os SUVs atrás de mim reduzem sua velocidade, permitindo que eu me afaste quando nos aproximamos do posto de gasolina.

O triunfo enche minhas veias quando tiro o pé do acelerador, preparando para executar minha manobra para-e-corre.

Estou lá.

Mesmo que eles me peguem antes de chegar ao telefone, minha captura não passará sem ser notada.

Estou a menos de sessenta metros do posto de gasolina quando acontece.

Um cachorro entra na estrada na minha frente.

Reajo instintivamente, virando quando piso no freio e meu carro gira e bate no muro de contenção, tenho um último pensamento ilógico.

Espero que Peter e seus homens voltem do trabalho deles sem arranhões.

49

eter

— Agora — Grito no fone e Yan atira com o RPG enquanto os guarda-costas de Arslan levam seu chefe para seu carro.

Bum!

Por um momento não tem nada além de um flash que cega a todos do míssil explodindo e o barulho nos meus ouvidos, mas então eu vejo.

Os guarda-costas sobreviventes se espalhando como baratas, com mais saindo da casa de guarda para enfrentar a ameaça.

— Vai — Digo a Anton, e ele começa a pegá-los um por um, seu rifle sniper semiautomático com eficiência mortal. Eu me junto a ele e não demora muito, uma dúzia de corpos estão espalhados pelo chão, suas cabeças abertas pelas nossas balas.

— Duas horas — Grita Yan no fone e eu vejo um movimento no chão. Um guarda está abaixado, usando o carro em chamas como proteção. Seu braço em volta das costas de um homem, o protegendo.

A fúria me atinge quando reconheço o homem.

Deniz Arslan.

Nosso alvo ainda está vivo.

Ele está cheio de sangue e coberto de poeira, mas está andando – o que significa que seus guarda-costas são até melhores do que pensei.

— É Arslan — Grito no fone, mudando minha posição para ter ângulo na mira em volta da obstrução do carro em chamas.

Tenho que pegar esse filho da puta.

Ele tem que morrer hoje.

A distância, sirenes soam e mais guarda-costas correm para o quintal de Arslan. Temos minutos, talvez segundos, para completar nosso trabalho.

Calando o barulho e a martelada do meu coração nas minhas têmporas, eu me concentro e aperto o gatilho.

O protetor de Arslan cai, seu cérebro explodindo por cima do político quando dou um segundo tiro.

— Porra!

Pelo treinamento e pura sorte, meu alvo cai e rola – no exato momento.

Xingando, eu atiro novamente e ouço um rugido de tiros da arma de Anton perto de mim.

Com uma satisfação macabra, vejo duas das nossas balas cortarem o crânio de Arslan, explodindo seu cérebro pelo caminho.

Está feito.

O político corrupto está morto.

— Recebido — Grita Yan e eu fico de pé, ouvindo um helicóptero a distância.

Como esperado, teremos perseguição.

Leva meros segundos para Anton e eu sairmos do telhado do vizinho e nos juntarmos a Yan na rua. São apenas alguns quarteirões para a cerca do condomínio e corremos tão rápido quanto podemos enquanto o barulho das sirenes fica mais alto. O helicóptero está se aproximando rapidamente também.

— Ilya? Me diz que você está aí — Ordeno, sem fôlego quando corro pela rua.

— Pronto e esperando — Anuncia ele. — É melhor vocês correrem. Isso aqui vai ficar uma loucura.

Apertando meus dentes, aumento a velocidade e Yan e Anton fazem o mesmo enquanto um veículo corre pela rua um quarteirão atrás de nós.

Os guarda-costas restantes de Arslan estão se aproximando.

A cerca de três metros de altura à nossa frente, com os guardas do condomínio saindo para a rua, armados até os dentes.

— Agora — Grito para Yan, e ele pega uma granada, retirando o pino com os seus dentes sem diminuir a velocidade.

Os guardas se espalham quando Yan joga a granada e Anton e eu pegamos nossas armas, atirando indiscriminadamente.

Não precisamos matar a todos, apenas retirá-los do nosso caminho.

Estamos na cerca agora, então, eu pulo, me agarrando no galho de uma árvore para subir. É por isso que temos que treinar forte, porque temos que ter mais força do que a maioria dos atletas. Meus músculos gritam quando balanço numa mão, abaixando a outra para puxar Anton e quando Anton escala o topo da cerca, ele me puxa antes de pegar Yan enquanto fico atirando como cobertura.

Outra granada de Yan explode num flash ensurdecedor, espantando os guardas quando pulamos da cerca e estamos fora novamente correndo a toda velocidade.

Precisamos chegar ao nosso ponto de encontro.

Esse é o único jeito de conseguirmos fugir.

O barulho do helicóptero aumenta acima da gente, as sirenes da polícia gritando ainda mais alto.

— Agora, Ilya — Grito no fone, e seu carro canta pneus num curva, diminuindo o bastante apenas para nós pularmos para dentro.

Vamos para longe do condomínio de Arslan voltando às ruas pelo túnel e quando os sons de perseguição diminuem, trocamos de carro e vamos direto para o nosso aeroporto.

Conseguimos.

Nosso alvo está morto e ninguém se machucou.

Extremamente feliz, ligo para Lucas tão logo nosso avião sai do chão.

— Acabou — Digo quando ele atende o telefone — Estamos voltando, então, você pode falar para Sara se aprontar. Estamos indo pegá-la antes de fazermos um pequeno desvio para Nova Zelândia.

Por um momento, tem apenas o silêncio. Então, Lucas fala.

— Peter...— Sua voz tensa. — Sobre Sara... Lamento, mas houve um acidente.

50

P*eter*

MEU CORAÇÃO SE TRANSFORMA NUM BLOCO DE GELO, MEUS pulmões calcificando ante as palavras de Lucas. Sara, num acidente – isso é impossível, impensável.

É o meu pior pesadelo se realizando.

Lucas está falando, dizendo-me algo sobre um carro e um cachorro, mas não estou processando. Tem um rugido dormente nos meus ouvidos e tudo que posso pensar é na outra vez que alguém me deu a notícia pelo telefone naquele tom.

O cheiro de morte, os longos cílios de Tamila queimados e colados com sangue, a mãozinha de Pasha em volta do carrinho... Minha visão escurece, toda consciência apagando enquanto a angústia me rasga, dizimando tudo por dentro.

673

Procurando numa pilha de corpos, ouvindo o zunido de moscas, sabendo que eu não estava lá para salvá-los...

Não consigo respirar, não sinto nada, mas o horror que torce minhas entranhas.

Um acidente de carro. Sara. Seu corpo esmagado em pilhas de metal amontoadas.

A agonia é muito forte para aguentar. Eu não posso visualizá-la morta, não posso imaginar sua centelha vital extinguida.

Algo vermelho e quente desce pelo meu braço. Vagamente, concluo que meus dedos estão segurando o telefone com tanta força que arranquei uma unha. Mas não registro a dor. Nada se registra exceto a agonia vazia se espalhando pelo meu peito.

Não posso perder Sara.

Não sobreviverei a isso.

— ... ela pode ter uma concussão, mas os médicos não acham que...

— Uma concussão? — Eu me apego a uma palavra que não faz sentido. Meus pensamentos estão soltos e vagarosos, paralisados pelo choque e pesar crescente. — Do que você está falando?

— Os médicos não acham que é muito sério — Diz Lucas, sua voz com um tom desesperado. — Você não estava ouvindo? É um corte profundo na sua testa, mas se certificarão de que não fique nenhuma cicatriz. E, obviamente, cobrirei todas as despesas – é o mínimo que posso fazer sob as circunstâncias atuais.

— Uma cicatriz? — Eu não entendo por um momento, o desespero me tomando com muita força, em absoluto, mas minhas sinapses começam a trabalhar. Inspirando profundamente, eu ofego: — Ela está... viva?

— O quê? — Lucas parece confuso. — Sim, claro. Eu te falei, ela teve o ombro deslocado e uma possível concussão. Você está com uma recepção ruim ou algo parecido? Sim, Sara está viva. Seu carro bateu no muro de contenção e ela abriu a testa e machucou o ombro. A levamos para a clínica na Suíça – a que Esguerra gosta de usar, lembra? Peter, você está ouvindo?

Estou, mas não posso falar-lhe. Os músculos da minha garganta trancaram pelo espasmo assim como todo o meu corpo. O alívio é tão intenso que me rasga como estilhaços de uma mina, tão doloroso pelo seu caminho quanto as angústia que me sufocou antes. Eu não me lembro de chorar quando perdi meu filho, mas agora sinto a umidade agonizante no meu rosto, as lágrimas deixando trilhas do que sobrou do meu coração.

Eu não perdi Sara.

Ela está viva.

Ferida na minha ausência, mas viva.

— Peter? Está me ouvindo? — A voz de Lucas fica mais alta. — Porra, cara, está me ouvindo?

— Estou a caminho — Digo com pesar e desligo, ordeno Anton para mudar o curso para a Suíça.

 ara

EU FLUTUO PARA DENTRO E PARA FORA DE UM ESTADO DE escuridão, meus sentidos alternando entre consciência grogue a total vazio. Quando estou lúcida o bastante para pensar, fico agonizando em dor, mas posso também me ligar a outros estímulos... como vozes.

— Como você pôde fazer isso? Você sabe o que ele fará quando voltar? Esperava-se que nós a mantivéssemos *em segurança.* — É uma voz masculina, dura e repreensiva. Sei a quem pertence a voz do homem, mas a dor latejante na minha têmpora fica intolerável quando tento pensar no nome.

— Eram *seus* guardas que a estavam seguindo. Você poderia tê-la deixado ir — Retruca uma voz feminina. A mulher parece preocupada. Sei que seu nome é alguma coisa estrangeira e

exótica, mas estou muito atordoada para me lembrar qual é. —
Ele estava abusando dela, Lucas ...

Sim, Lucas, é isso, lembro-me com alívio. Lucas Kent, o
negociante de armas que vive em Chipre.

— Abusando dela? Ele adora a porra do chão que ela pisa.
Você não viu o jeito que ele olha para ela? — Parece que Kent
está perto de matar alguém. — E eu te disse, ele ligava para
saber dela todos os dias, querendo saber se ela estava comendo,
dormindo... se ela estava *feliz*, porra. Isso se parece com um
homem que está torturando uma mulher? E ela tem perguntado
por *ele.* Uma mulher que odeia seu sequestrador ficaria
preocupada com a segurança dele?

— Não, mas...

— Mas nada! Mesmo se ele a torturasse com afogamento
todas as noites, não é nenhuma porra de problema meu. Eu
estava fazendo um favor para ele e agora teremos sorte se não
terminarmos na sua lista.

— Lucas, por favor. — A mulher com nome exótico – esposa
de Kent, a bela loira, agora me lembro – parece até mais
preocupada. — Foi um acidente esquisito, nada mais. Ele
entenderá. Deixe-me falar com ele, explicar o que aconteceu...

— Não. — A voz de Kent é resolutamente sinistra. — Não
quero que ele saiba que você estava de alguma forma envolvida.
Você volta para a porra da casa antes que ele chegue aqui. E vou
pegar emprestado algumas dúzias de guardas de Esguerra até
que possamos contratar mais.

— Mas, e você? — Pergunta a mulher de Kent, seu tom de
preocupação aumentando a dor da náusea na minha cabeça.
Movendo-me, tento mudar para uma posição mais confortável
– e tenho que segurar um grito quando uma dor intensa
explode no meu ombro esquerdo.

— Ficarei aqui até que ele aterrisse — Diz Kent quando dou uma respirada rasa para tentar diminuir minha dor. Quero abrir meus olhos, mas algo está atrapalhando e eu não ouso mover meu braço novamente para descobrir qual o problema.

— E se ele te matar? — Argumenta a mulher de Kent. — Se você estiver certo e ele não te ouvir...

— Vou manter doze guardas comigo, e além do mais, ele terá *ela* para se preocupar. — Percebo sua atenção se voltando para mim e, então, Kent diz: — Acho que acabei de vê-la se mover. O analgésico deve estar passando. Chame as enfermeiras, rápido.

Ouço passos rápidos e um minuto depois, estou flutuando num vazio difuso novamente.

Na próxima vez que acordo, há uma mão feminina macia acariciando meu cabelo. É gostoso, especialmente pelo fato da minha cabeça parecer um balão de concreto.

— Desculpe, Sara — Murmura a mulher e desta vez seu nome vem a mim. Yulia, é assim que se chama a mulher de Kent. — Tenho que ir agora, mas quero que você saiba o quão sentida estou. Achei que você tivesse mais tempo para fugir, mas Lucas suspeitou que eu pudesse te ajudar e colocou alarmes adicionais no perímetro. Eu lamento muito. Eu nunca pretendi que isso acontecesse. Espero que você acredite em mim.

Abro minha boca para agradecer, mas em vez disso tusso dolorosamente. Minha garganta está completamente seca e o balão pesado que é minha cabeça lateja de tanta dor. E também parece haver algo atravessando meu rosto que me impede de abrir os olhos. Um curativo grosso na minha testa, talvez?

— Aqui. Você deve estar com sede. — Um canudo toca meus lábios e seguro com a boca, gananciosamente sugando o líquido morno.

— O que aconteceu? Onde estou? — Eu coaxo quando termino de beber um copo d'água. Minha voz fraca e rouca, mas pelo menos posso falar novamente.

— Você está numa clínica particular na Suíça — Explica Yulia calmamente. — Você se envolveu num acidente de carro. Lembra-se?

Eu assinto e imediatamente me arrependo de tê-lo feito. — Sim — Ofego quando as ondas da dor agonizante passam. — Apareceu um cão e...

— Sim, isso mesmo. — Ela parece aliviada. Seria por isso que estou com um ferimento na cabeça? Imagino o quão ruim está e fico tensa, meus pulmões presos quando lembro-me de algo muito mais importante.

Rapidamente, pergunto: — Onde está Peter? Ele está...

— Eu lamento — Diz Yulia e meu coração desmorona ante ao genuíno arrependimento na sua voz. — Desculpe-me — Ela continua no mesmo tom —, ele está voltando. Eu não pude fazer nada.

Meus pulmões se expandem numa respiração trêmula. — Você quer dizer que ele... está bem? — Minha voz é pesada, minhas extremidades pinicando do pico violento de adrenalina. — Ele não se machucou?

Há um momento de silêncio. Então, Yulia diz vagarosamente — Não, ele não se machucou. Sara... você me perguntou isso porque você está com medo de que ele *não* se machucou – ou que ele se machucou? — Ante minha confusa não resposta, ela esclarece: — Você sente algo por esse homem?

Eu umedeço meus lábios feridos, ciente de uma pontada de culpa. Eu não tive intenção de mentir para Yulia ou de me aproveitar da sua bondade, mas foi isso exatamente o que fiz quando enfatizei o aspecto negativo do meu relacionamento complexo com Peter.

Eu não só falhei em fugir, como também a coloquei num mundo de problemas. A pior parte, contudo, é que eu estou secretamente aliviada de ter falhado, contente por não ter sido capaz de fugir de Peter e do futuro que eu tanto quero quanto temo.

— É... complicado — Digo finalmente, ecoando suas palavras daquele dia.

Ela inspira com força e levanta-se. — Entendo.

— Yulia, espera — Falo quando ouço passos, mas é tarde demais.

Ele se foi e não muito depois, as drogas me dominam novamente.

52

UM OMBRO DESLOCADO E UM CORTE PROFUNDO NA TESTA.

Logicamente, sei que nenhum desses ferimentos põe a vida em risco, mas quando olho para Sara na cama, seu rosto pálido coberto com curativo, medo e ódio remoem meu peito, desafiando todas as tentativas de lógica.

O voo de quatro horas para a Suíça esteve entre os mais longos da minha vida. Quando mudamos o curso, liguei para Lucas novamente, exigindo mais detalhes e explicações e apesar de ele ter repetidamente me assegurado que a condição de Sara era estável e que ela estava sendo tratada pelos melhores médicos da Europa, eu não acreditei totalmente até que a vi.

O destino nunca foi bondoso comigo antes.

Sentando-me na beirada da cama, eu cuidadosamente

seguro sua mão com as minhas duas, sentindo o calor frágil da sua pele e a delicadeza dos seus ossos finos. Minhas próprias mãos estão tremendo, minhas emoções muito fortes para serem controladas.

Um cachorro.

Ela quase morreu por causa da porra de um cão.

Meu coração se parte ao meio, a dor tão intensa quanto senti ao achar que ela estava morta. Se o muro de contenção não tivesse sido tão forte, se o carro não tivesse airbags, se o pedaço de vidro que cortou sua testa tivesse em vez disso sido nos olhos... eu tremo, imaginando os jeitos cruéis que ela poderia ter morrido e os ferimentos debilitantes que poderia ter sofrido.

E é tudo por minha causa.

Eu não consigo me esconder da realidade cruel, não consigo retirar a culpa sufocante.

Eu não estava lá e Sara fugiu.

Ela roubou um carro e correu para a liberdade, tão desesperada para fugir de mim que não se preocupou se viveria ou morreria.

A fúria fervendo no meu peito é apenas parcialmente por Lucas. Ele pagará pela sua negligência, mas não posso fingir que ele tem a maior parte da culpa.

Essa pertence unicamente a mim.

Foi minha necessidade egoísta de tê-la, engaiolá-la e possuí-la que levou Sara a correr o risco. Eu quase matei a mulher que amo e não sei como me redimir disso.

Não sei se, mesmo agora, posso deixá-la ir.

Seus lábios inchados partem-se numa exalação suave e fico de joelhos no piso, colocando a parte de trás da sua mão contra minhas bochechas ásperas pela barba mal-feita quando fecho os olhos. Sua pele é suave, seus dedos tão pequenos comparados com os meus. Meu peito se aperta em agonia. Sinto-me sufocando, me afogando em desejo e desespero. Por que ela não pode simplesmente me amar? Por que ela não pode aceitar que nós nos pertencemos? Havia ocasiões quando achava que poderia, quando tinha certeza que ela estava quase lá.

E talvez ela estivesse. Talvez ainda esteja. O monstro dentro de mim rosna, exigindo que a segure, que a mantenha não importa o que seja necessário... não importa o que isso cause a ela no final. Com o tempo, ela se dará conta, entenderá que fomos feitos um para o outro.

E se ela me der uma chance, a farei feliz... ela e a criança que desejo tanto.

Um gemido fraco me tira dos meus pensamentos e abro os olhos para ver os lábios de Sara se movendo.

— P-Peter? — Sussurra ela e uma supernova explode no meu peito. Apenas essa única palavra e meu mundo é mil graus mais quente, um milhão de watts maior. Todo o pesar e dor são extintos, a escuridão se foi em vez de chupar minha alma.

— Sim, ptichka — Respondo roucamente, apertando sua mão nos meus lábios. — Estou aqui.

Seus dedos finos se mexem quando os beijo um por um. — Você está... Tudo correu bem? — Ela parece grogue dos analgésicos. — Alguém se machucou?

Uma dor de agonia esfaqueia meu peito. — Não, meu amor. Ninguém além de você.

— Isso é bom. — Seus lábios se curvam num pequeno sorriso. — Estou feliz.

Eu inspiro com dificuldade, a culpa e angustia sobrepujantes em mim novamente. De certo modo, isso seria mais fácil se Sara me odiasse, se o que ela sentisse por mim fosse ódio e medo. Então, eu poderia ir embora, tentar terminar minha obsessão para que, desse modo, eu pudesse deixá-la viver sua vida enquanto eu voltaria para o vazio frio da minha. Mas Sara não me odeia simplesmente; é mais complexo do que isso.

Ela precisa de mim. Ela admitiu isso para mim.

— Por que você fugiu? — Pergunto com voz trêmula, olhando para seus hematomas na sua mandíbula. — É por causa do que eu falei sobre os preservativos? Você teme uma criança comigo tanto assim?

Eu tenho que entender o que a motivou a fazer isso.

Tenho que saber se existe alguma esperança para nós.

Seus dedos se apertam na minha pegada. — Eu... sim. Quero dizer, não. Eu não sei. Isso não é o que eu quero, mas talvez... — Ela desconcentra, ainda com uma dose forte de analgésicos.

— Talvez? — Pergunto, meu coração batendo dolorosamente no meu peito.

— Mas talvez numa vida diferente, eu poderia. — Sua voz sumindo, mudando para um sussurro repicado. — Num mundo diferente, um onde eu seria sua, isso seria diferente. Você não seria um assassino fugitivo... você não teria me sequestrado depois de matar George. Você seria meu marido e eu seria sua esposa amada e poderíamos ter um cão atrás uma cerca de madeira... levaríamos nossas crianças ao parque e celebraríamos o aniversário dos meus pais... Haveria amigos e churrascos e música... e você me amaria, realmente me amaria... amaria tanto que não roubaria minha vida.

Eu aperto meus olhos fechados, suas palavras revirando dentro de mim como uma lâmina de um assassino. Isso não deveria machucar, sua admissão drogada; eu deveria estar feliz que ela queira tudo isso comigo. Mas tudo que posso pensar é que eu nunca a terei verdadeiramente, nunca darei a ela a vida que ela quer. Mesmo que eu consiga que tenhamos uma família, mesmo se Sara me quiser mais durante os anos, o passado sempre estará entre nós como um fosso, o estilo de vida de um fugitivo para sempre uma fonte de conflito e estresse. Não há churrascos e cercas de madeira no nosso futuro, nenhum cachorro e crianças brincando no quintal.

Ela amará nosso filho, mas não a farei feliz.

Eu poderia dar-lhe tudo que tenho e isso não seria o bastante.

Um monitor bipa baixo quando a respiração de Sara muda e eu abro meus olhos para ver que ela está dormindo novamente, os analgésicos ajudando-a a descansar e se curar.

Uma respiração rasa sai de mim, um peso impossível apertando meus pulmões doloridos.

Eu deveria levantar-me, atualizar meus homens e enviá-los atrás de Henderson, mas não consigo me mover.

Eu não consigo fazer nada além de ajoelhar-me ao lado da cama de Sara, segurando sua mão enquanto uma escuridão oca me pressiona.

53

S*ara*

QUANDO EU ACORDO NOVAMENTE, DESTA VEZ SEM O CURATIVO nos meus olhos, Peter está lá, sentado numa cadeira perto da minha cama com um computador no seu colo. Ele parece exausto, mais desgastado do que jamais o vi antes. Sombras escuras circulam seus olhos vermelhos e suas bochechas com a barba não feita estão fundas, como se ele tivesse perdido peso. Ele está trabalhando no laptop, mas quando eu me movo, seu olhar vira para mim como um ímã magnético.

— Você acordou. — Sua voz rouca quando ele coloca o laptop de lado e se levanta. — Como está se sentindo, ptichka? Precisa de alguma coisa? Tome, beba um pouco de água. — Ele pega um copo com um canudo da mesa perto da minha cama e se curva, ajudando-me a ficar numa posição mais em pé quando coloca o canudo nos meus lábios.

Ainda estou um pouco tonta por causa das drogas e grata bebo quase toda a água. —Por quanto tempo estou aqui? — Eu coaxo quando ele coloca o copo de lado.

Depois de beber, parece que minha garganta foi esfregada com lixa, minha boca tão seca que minha língua fica colando nas bochechas.

— Três dias — Responde Peter sentando-se na beirada da minha cama — Os médicos acharam que apressaria sua recuperação.

Passo a língua nos meus lábios ressecados, sentindo o inchaço dolorido num lado. Agora que já estou mais acordada, vejo que ainda tem um curativo na minha testa – posso senti-lo pressionando minhas sobrancelhas – e meus ombros estão rígidos e doloridos. — Quão ruim é minha situação? — Pergunto, tremendo de dor quando tento me mover.

As mandíbulas de Peter se flexionam. — Um estilhaço de vidro causou um corte profundo na sua testa e você deslocou seu ombro esquerdo. Por sorte você estava com o cinto e o airbag absorveu o maior impacto da batida. Mas você tem hematomas em vários lugares, incluindo a maior parte do seu rosto. — Sua voz pesada enquanto fala, suas próprias feições se contorcendo de dor.

Piscando ante as pontadas repentinas das lágrimas, eu levanto minha mão direita cuidadosamente, sentindo o curativo na minha testa. Eu deveria provavelmente ficar preocupada no quão feia a cicatriz ficará, mas todo meu foco é no olhar de angústia prateado de Peter.

Eu o feri, esse homem letal e indomável.

Eu o feri quando ele já está tão ferido, quando o sofrimento foi tudo o que conheceu.

— Não vai ficar cicatriz — Ele diz com voz rouca, seguindo o movimento da minha mão. — Eles têm os melhores cirurgiões plásticos aqui e vão consertar isso. Eu prometo, meu amor, vou fazer certo.

Eu olho para ele, meus olhos queimando com emoções arrasadoras. Talvez pelo efeito dos analgésicos, mas não aguento a dor no seu olhar, não consigo resistir saber que eu o feri. Porque não importa o que queira dizer a mim mesma, estou ferozmente feliz de vê-lo, tão aliviada de que ele não foi morto que gostaria de me ajoelhar e chorar.

Se tivesse que escolher entre ele e minha liberdade neste momento, eu daria tudo para tê-lo na minha vida.

Uma batida na porta é seguida de duas enfermeiras entrando no quarto e eu respiro com dificuldade quando Peter se levanta.

— Espera! — Ignorando uma onda de dor forte, me sento, pegando seu pulso tatuado. — Fica comigo... Por favor, Peter, fica.

Ele senta-se imediatamente, cobrindo minha mão com sua palma. — Claro. —Sua voz é profunda e suave, tão calorosa quanto a chama sinistra no seu olhar. — Qualquer coisa que você quiser, meu amor.

Ele fica comigo enquanto as enfermeiras trocam o curativo na minha cabeça e quando elas tentam fazer com que ele saia, dizendo que preciso de descanso, eu imploro que ele fique e me segure. Sei que não faz sentido, mas já passei de todas as tentativas de bom senso e razão. Não posso desistir de tentar fugir – se por nada mais, devo isso ao meu futuro filho, e aos meus pais – mas agora, preciso de Peter comigo.

Quero me rastejar para os seus braços e nunca sair.

Ele fica comigo pelo resto do dia e toda a noite seguinte, acariciando-me suavemente enquanto durmo e quando eu acordo na manhã seguinte, coloco as enfermeiras para fora e ele me ajuda a tomar banho antes de colocar-me no colo para assistir TV.

Ligo-me a ele desse jeito nos próximos dois dias, incapaz de largá-lo e deixá-lo ir, apesar de ele achar isso estranho. Tem tanta coisa que falta falar entre nós, tantas coisas ainda não resolvidas, mas tudo que me importo neste momento é tê-lo.

Ele é meu para amar e odiar, nada mais importa.

Para minha irritação, eu saro devagar, o corte na minha testa requerendo outra cirurgia para diminuir a cicatriz e meu ombro dói a cada movimento. Depois de outra semana na clínica, contudo, recuso-me a ficar no meu quarto o dia todo e Peter quase mata o médico que me deixa levantar e andar pelo corredor sem supervisão.

Ou, pelo menos, não supervisionado por ele.

Não sou a única comportando-me irracionalmente depois do acidente. Pelo que as enfermeiras me disseram, Peter não me deixou fora de sua vista por mais do que uns minutos depois de chegar à clínica. Ele até tenta me acompanhar ao banheiro no pretexto de que os analgésicos me deixem tonta. Quando me recuso categoricamente, ele insiste em, pelo menos, deixar uma das enfermeiras ir junto, assim, ele pode ser informado imediatamente se algo sair errado. Ele tem que saber que esse nível de preocupação não é completamente normal, mas como eu, ele parece não conseguir evitar.

— Tenho que saber se você está segura. Tenho que te ver,

tocá-la todo o tempo — Explica ele solenemente quando o asseguro que estou me sentindo melhor e que está tudo bem deixar-me por uma hora para uma reunião de negócio com os homens.

— Você está enlouquecendo — Disse Anton a ele na minha frente quando Peter adiou uma ligação com um cliente em potencial para que, assim, pudesse estar lá na hora da troca do meu curativo. — Sara tem oito enfermeiras cuidando dela e pelo menos quatro médicos. Você realmente acha que ela precisa de você lá?

Eu realmente acho, mas fiquei em silêncio, não querendo aumentar nossa loucura mútua. Estou bem certa de que Peter não tem negligenciado suas responsabilidades com a equipe – sempre que acordo, o vejo no laptop ou discutindo negócios com seus homens – mas as enfermeiras me falaram que todas as reuniões com os russos foram feitas no quarto perto do meu enquanto durmo, com Peter vindo me ver a cada dez minutos.

— Seu marido é tão devotado a você — Uma enfermeira alemã jovem diz quando Peter a deixa tomar conta de mim enquanto ele toma banho. — Gostaria que meu noivo fosse tão louco assim por mim.

Fico tentada a corrigi-la, falar que Peter é meu sequestrador, não meu marido, mas não consigo estourar sua bolha. E não mudaria nada, de qualquer forma. Os médicos e o quadro de enfermeiras nesta clínica devem receber extremamente bem pela sua discrição, porque ninguém com quem falei estava disposto a chamar as autoridades em meu favor. Não que tenha tentado muito convencê-los. Não apenas pelo fato de eu ser patologicamente incapaz de ficar longe do meu sequestrador, mas também pelo fato de ter colocado Yulia numa péssima situação.

Espero desesperadamente que Peter não a coloque ou Lucas na sua lista.

Eu considerei conversar isso com ele, explicá-lo que eles não foram de nenhuma maneira culpados pelo acidente, mas sempre que os homens de Peter falam sobre Chipre ou os Kents, ele fica com um olhar tão firme e perigoso que não ouso forçar o assunto. Por enquanto, Peter parece focado apenas na minha saúde e eu quero que continue assim pela maior parte do tempo possível.

Não posso ter meu cavaleiro negro entrando em confusão – não quando foi tudo erro meu.

Em geral, não falamos sobre minha tentativa de fuga ou os eventos que o precederam. Nenhum dos dois aguenta falar sobre isso. Não sei se Peter ainda pretende forçar uma criança em mim, ou se até ele tem essa resposta. De qualquer forma, ele não me tocou – não de modo sexual pelo menos.

Eu estava feliz no início – eu não estava definitivamente em condição de fazer sexo naqueles primeiros dias – mas agora estou me sentindo melhor, e estou começando a imaginar. Meu sequestrador ainda me deseja: posso sentir sua ereção quando deito no seu abraço. Mas ele não faz nada sobre isso, nem mesmo me beija nos lábios. Mesmo quando explicitamente conversei isso com os doutores, ele se abstém, e eu sei que ele se culpa pelo acidente. Podemos não ter conversado sobre o que aconteceu, mas está lá entre nós, meus ferimentos são uma lembrança constante do que ocorreu naquela noite. Vejo o sofrimento nos seus olhos quando ele olha para meus hematomas desaparecendo, a mesma angústia de culpa que me consumiu depois do acidente de George.

O que aconteceu pode ter nos tornado mais próximos, mas está rasgando Peter por dentro.

54

*P*eter

QUANDO JÁ ESTAMOS NA CLÍNICA POR DEZ DIAS, SARA INSISTE EM andar sozinha pela clínica e eu deixo, apesar de Yan ter tomado controle das câmeras do corredor para que eu possa assisti-la no meu próprio laptop enquanto ela caminha.

Estou tão consumido por Sara que está amontoando todo o resto, até minha necessidade de vingança. Consegui enviar minha equipe para a Nova Zelândia algumas horas depois de chegar à clínica, mas como esperado, quando eles chegaram lá, Henderson tinha notado o erro da sua esposa e desapareceu novamente. Normalmente, isso me teria deixado irado, mas não consegui juntar tanta energia para isso. E ainda não consigo. Mesmo Lucas, que prudentemente voou para casa tão logo eu cheguei na clínica, não está no meu radar atualmente pela sua negligência com Sara. Ainda pretendo fazê-lo pagar, mas por enquanto, tudo que interessa é que ela está viva e se recuperando bem.

Eu a vigio o tempo todo, dia e noite. Chegou ao ponto onde eu quase não como ou durmo. Não sei o que fazer, como desligar esse medo obsessivo pela sua segurança. Toda vez que fecho meus olhos, sonho com Lucas me dizendo que ela se feriu, apenas quando chego ao hospital, descubro que ele mentiu e que ela está morrendo.

É meu novo pesadelo e não consigo fazê-lo parar, não mais do que consigo liberá-la para ir para casa.

É isso que eu deveria fazer, eu sei disso. Ficar com Sara vai destruí-la. Vejo agora, tão claramente quanto os pontos na sua testa. Apesar de haver vezes que ela estava feliz no Japão, por dentro, ela estava ferida e sangrando. A separação da sua família e a perda da sua carreira são feridas que nunca sararão. Mas, aqui na clínica, ela está tentando ajudar os médicos com os outros pacientes – quando ela não os está pedindo para ligar para o FBI, claro.

Meu pequeno pássaro não desistiu de voar e receio que nunca desistirá.

As ligações telefônicas para os pais não ajudam. Eu a deixei falar com eles todos os dias desta semana, mas isso parece só piorar as coisas. Agora, Sara já se foi por cinco meses e apesar da sua reafirmação do contrário, sua família está convencida de que ela está sendo mantida contra a sua vontade.

— Por que você simplesmente não vem para casa? — Pergunta sua mãe frustrada quando eu ouço as conversas. — Se você está apenas viajando com esse homem, você não deveria ter problemas em vir nos visitar. Você sabe que eles já te substituíram no hospital, não sabe? Seu pai e eu imploramos e pedimos para eles esperarem, mas eles estavam sobrecarregados. E sua amiga Marsha – ela liga toda semana perguntando por você. Por que você não ligou para ninguém no hospital? Todos estão preocupados com você, querida, e nós também. E o coração do seu pai... — Ela para, mas não antes de Sara ficar pálida sob seus hematomas.

— E o coração de Papai? — Sua voz num tom de pânico. — Por favor, Mamãe, o que tem de errado com o coração de Papai?

— Bem, ele não está ficando mais jovem e nem eu estou — Diz Lorna Weisman e eu ouço Sara expirar aliviada quando vê que sua mãe não fala nada específico. Meus hackers têm ficado de olho nos arquivos médicos dos Weismans e eu teria falado a Sara se houvesse algo de novo. Ainda, posso dizer que isso a amedrontou. É um dos maiores medos de Sara: de que algo possa acontecer com seus pais enquanto ela não está lá... que ela não pudesse ser capaz de ajudar as pessoas que mais ama porque é minha prisioneira do outro lado do mundo.

— Por favor, mãe, nem mesmo fale sobre tais coisas — Diz ela, forçando uma certa felicidade no seu tom. — Estou bem e tentarei vir para casa para uma visita em breve.

— Quando? — Exige a mãe. — Dê-nos uma data.

Sara olha na minha direção. — Não posso. Ainda não.

— Por que não? É porque ele não vai te deixar?

— Não, Mãe. Eu já expliquei. Todos os problemas com o FBI são um grande mal-entendido, mas até que seja resolvido, Peter não pode ir...

— Besteira. — É a voz do seu pai cortando; ele deve estar ouvindo no viva-voz o tempo todo. — Ele não pode mas você certamente pode – e você deveria. Se ele não está te mantendo prisioneira, então, venha pra casa. Fuja desse criminoso. Você sabe que eles acham que ele matou pessoas? Eles não falam nada para nós, claro, mas entreouvimos eles falando e...

— Pai, tenho que desligar. Desculpe. Falamos mais à frente durante a semana, ok? Amo vocês!

Sara desliga antes que seu pai possa falar uma palavra e apesar das suas feições estarem cuidadosamente normais, posso dizer que ela está quase chorando. Sem falar nada, vou para a sua cama e com cuidado para não esbarrar no seu ombro, puxo-a para o meu colo.

Então, a seguro enquanto ela chora, meu próprio desespero crescendo quando vejo que algo terá que mudar.

Não posso deixá-la ir, mas tampouco posso mantê-la.

O QUE PIORA MEU DILEMA É QUE DESDE O ACIDENTE, ALGO mudou entre nós. Eu sinto e isso esmaga meus impulsos nobres sempre que eles aparecem. O que eu sempre quis – que Sara compartilhasse meus sentimentos – parece que finalmente está ao meu alcance. O jeito que ela se prende a mim, o jeito que ela olha para mim esses dias – tudo isso fornece combustível para a minha necessidade compulsiva de mantê-la, de segurá-la forte e nunca deixá-la livre.

Quero mantê-la numa gaiola dourada para sempre, assim, posso ter certeza que ela esteja sempre segura.

Quero protegê-la de tudo, incluindo minha própria necessidade conturbada.

— Você sabe que os médicos disseram que está bem — Murmurou ela naquela noite, esticando a mão sob o cobertor para segurar meu pau pulsando. — Deixe-me...

— Não. — Fazendo uma careta de agonia, eu guio

cuidadosamente sua mão para longe, apesar de cada célula do meu corpo chorar ante a perda do seu toque. — Esta noite não, ptichka. Você ainda não está bem.

Os médicos devem ter pensado numa atividade sexual de baixo impacto, mas eu me conheço, e a intensidade do meu desejo por Sara me aterroriza. Minha necessidade por ela é muito violenta, muito incontrolável. Não posso arriscar tocá-la até que esteja totalmente sarada, então, eu me forço a esperar até que ela esteja melhor.

Até que eu passe da minha indecisão excruciante e decida o que fazer.

No final da segunda semana, os pontos de Sara caem e os médicos nos falam com todas as palavras que não tem nenhuma razão para ficarmos na clínica. Um até ousa realçar que num hospital normal, Sara seria dispensada depois da primeira noite. Eu não dou a mínima para a opinião deles, claro, mas no caso de Sara o assunto é diferente.

Ela está enjoada de ficar na clínica e pronta para ir a qualquer lugar, até de volta à nossa casa no Japão.

— Por favor, Peter, já basta. Estou perfeitamente bem — Insiste ela e eu finalmente cedo, dizendo a Anton para preparar o avião para amanhã de manhã.

— Já era porra da hora — Murmura ele sombriamente. — Tínhamos certeza que você decidiu se aposentar e formar residência neste lugar.

Luto contra a vontade de gritar com ele porque ele está absolutamente certo. Desde o acidente de Sara, parei tudo, ignorando as ofertas de trabalho que chegavam. Nossa fama no submundo está se espalhando e devemos capitalizar com isso.

Mais alguns poucos trabalhos como esse na Turquia, meus companheiros e eu poderemos nos aposentar.

Teremos o bastante para fugir das autoridades pelo resto da vida.

Já é tarde naquela noite quando me levanto e checo meu email. Como sempre, minha caixa de entrada está inundada de mensagens de clientes tanto atuais quanto possíveis. Algumas das ofertas são risíveis – quinhentos mil dólares para eliminar um mafioso local, um milhão de euros para se livrar de um tio rico de alguém – mas muitas valem a pena considerar.

Estou quase terminando de ler as mensagens quando um novo email chega. Eu abro – e olho em choque pela quantia oferecida.

Cem milhões de euros.

Quatro vezes mais do que o nosso pagamento mais lucrativo até agora.

É de Danilo Novak, o negociante de armas Sérvio que está fazendo incursões nos negócios de Kent e Esguerra. E se a quantia não fosse o bastante para me intrigar, o nome do alvo definitivamente é.

Novak quer que eu elimine Julian Esguerra, meu ex-empregador – o homem que prometeu me matar por salvar sua vida quando eu colocava a vida da sua mulher em perigo.

Surpreso, leio o email novamente, minha mente correndo com as implicações. Lendo nas entrelinhas, Novak parece ter alguns ativos já estabelecidos que reduziriam a dificuldade do risco de impossível para impossivelmente perigoso. Sem levar isso em consideração, se pegássemos esse serviço, Esguerra seria nosso alvo mais desafiador até agora.

Também é o único serviço que precisaríamos para resolver nossos problemas financeiros pelo resto da vida.

Enquanto estou sentado lá, olhando para a tela do meu laptop, outra ideia me ocorre – uma simplesmente tão perigosa e infinitamente mais tentadora.

Se eu fizer as coisas bem certo, esse trabalho poderia ser realmente a resposta para tudo.

Eu poderia ficar com Sara... e dar a ela a vida que ela quer.

FIM

AGRADECIMENTOS

Obrigada pela leitura! Se você puder deixar uma resenha, seria de grande ajuda.

A história de Peter & Sara continua em *Para Sempre Juntos*.

Se você deseja ser notificado na época do lançamento, inscreva-se em minha nova lista de e-mails de lançamento em www.annazaires.com/book-series/portugues/.

Procurando por mais personagens assim? Então, não perca:

- *A trilogia Perverta-me* – a história sombria de como Julian Esguerra, o chefe de Lucas, sequestra a esposa, Nora
- *A trilogia Capture-me* – A história de Lucas & Yulia

Pronto para outras de minhas histórias eletrizantes? Confira também:

- *O Titã de Wall Street* – um romance onde os opostos se atraem, com um irresistível bilionário alfa
- *A trilogia de Mia e Korum* – a história de ficção científica futurista de Korum, um alienígena poderoso, e Mia, a estudante tímida que ele está determinado a ter
- *A Prisioneira dos Krinars* – o romance envolvente entre Emily, uma mulher em perigo mortal, e Zaron, o alienígena disfarçado que salva a vida dela

Você também poderá gostar de uma obra em colaboração com meu marido, Dimas Zales:

- O Código de Feitiçaria – as aventuras de fantasia épica do feiticeiro Blaise e sua criação, e bela e poderosa Gala

E agora, por favor, vire a página e conheça um trecho de *O Titã de Wall Street, Perverta-me* e *Capture-me*.

Um bilionário que quer uma esposa perfeita ...

Aos 35 anos, Marcus Carelli tem tudo: riqueza, poder e o tipo de aparência que deixa as mulheres sem fôlego. Bilionário, ele dirige um dos maiores fundos de investimentos de Wall Street e pode derrubar grandes corporações com uma única palavra. A única coisa que ele não tem? Uma esposa que seria uma conquista tão grande quanto os bilhões em sua conta bancária.

Uma aficcionada por gatos que precisa de um encontro...

Emma Walsh, 26 anos, vendedora numa livraria, sabe que é uma Senhora dos Gatos. Ela não concorda necessariamente com essa afirmação, mas é difícil argumentar com os fatos. Roupas fora de moda cobertas com pelos de gato? Check. Último corte professional no cabelo? Há mais de um ano. Ah, e três gatos em um pequeno estúdio no Brooklyn? Sim, ela tem.

E, sim, ela não tem um encontro desde... Bem, ela não se lembra. Mas essa parte pode ser mudada. Não é para isso que servem os sites de namoro?

Um caso de erro de identidade...

Uma casamenteira da alta roda, um aplicativo de namoro, uma confusão que muda tudo... Os opostos até se atraem, mas isso pode durar?

Estou quase pulando de emoção quando me aproximo do Sweet Rush Café, onde eu deveria encontrar Mark para o jantar. Essa é a coisa mais louca que já fiz em longo tempo. Entre o meu turno da noite na livraria e o horário de aula dele, não tivemos a chance de fazer mais do que trocar algumas mensagens, então, tudo o que tenho são aquelas fotos desfocadas. Ainda assim, tenho um bom pressentimento sobre isso.

Eu sinto que Mark e eu podemos nos conectar.

Cheguei alguns minutos mais cedo, então, paro na porta e tiro um momento para tirar pelo de gato do meu casaco de lã. O casaco é bege, o que é melhor do que o preto, mas o pelo branco é visível em tudo o que não é branco puro. Eu acho que Mark não se importa muito – ele sabe o quanto os persas perdem pelo –, mas eu ainda quero parecer apresentável para o nosso primeiro encontro. Demorei cerca de uma hora, mas fiz meus cachos ficarem semi-comportados, e estou até usando um pouco de maquiagem – algo que acontece com a frequência de um tsunami em um lago.

Respirando fundo, entro no Café e olho em volta para ver se Mark já está lá.

O lugar é pequeno e aconchegante, com assentos em forma de bancos dispostos em semicírculo em volta do balcão. O cheiro de grãos de café torrados e moídos é de dar água na boca, fazendo meu estômago roncar de fome. Eu estava planejando ficar só no café, mas decidi pegar um croissant também; meu orçamento deve dar para isso.

Apenas alguns dos lugares estão ocupados, provavelmente porque é uma terça-feira. Eu os examino, procurando por alguém que possa ser Mark, e noto um homem sentado sozinho na mesa mais distante. Ele está de costas para mim, então, tudo o que consigo ver é a parte de trás de sua cabeça, mas seu cabelo é curto e castanho escuro.

Pode ser ele.

Reunindo minha coragem, aproximo-me do local. — Com licença — digo. — Você é Mark?

O homem se vira para mim e meu pulso dispara na estratosfera.

A pessoa na minha frente não é nada como as fotos no aplicativo. Seu cabelo é castanho e seus olhos são azuis, mas essa é a única semelhança. Não há nada arredondado e tímido nas expressões rígidas do homem. Do queixo de aço ao nariz aquilino, seu rosto é ousadamente masculino, marcado por uma autoconfiança que beira a arrogância. Uma barba por fazer escurece suas bochechas magras, fazendo suas maçãs do rosto salientes se destacarem ainda mais, e suas sobrancelhas são grossas e escuras sobre os olhos penetrantes e pálidos. Mesmo sentado atrás da mesa, ele parece alto e poderosamente bem-definido. Seus ombros são muito largos em seu terno bem cortado e suas mãos são duas vezes maiores que as minhas.

Não é possível que seja o Mark do aplicativo, a menos que ele tenha gasto algum tempo em ginástica desde que as fotos foram tiradas. Seria possível? Uma pessoa poderia mudar tanto? Ele não indicou sua altura no perfil, mas eu presumi que a omissão significava que ele era tão prejudicado verticalmente quanto eu.

O homem que eu estou olhando não é prejudicado de qualquer forma, e ele certamente não está usando óculos.

— Eu sou... Eu sou Emma — gaguejo enquanto o homem continua olhando para mim, seu rosto duro e inescrutável. Tenho quase certeza de que tenho o cara errado, mas ainda me forço a perguntar: — Você é Mark, por acaso?

— Eu prefiro ser chamado de Marcus — ele me choca, respondendo. Sua voz é um estrondo masculino profundo que puxa algo primitivamente feminino dentro de mim. Meu coração bate ainda mais rápido e minhas palmas começam a suar quando ele se levanta e diz abruptamente: — Você não é o que eu esperava.

— Eu? — *Que diabos?* Uma onda de raiva afasta todas as outras emoções enquanto eu fico boquiaberta com o gigante rude na minha frente. O idiota é tão alto que tenho que esticar o pescoço para olhar para ele. — E quanto a você? Não se parece nada com suas fotos!

— Eu acho que nós dois fomos enganados — diz ele, com a mandíbula apertada. Antes que eu possa responder, ele gesticula em direção ao banco — Você pode muito bem sentar e fazer uma refeição comigo, Emmeline. Eu não vim até aqui para nada.

— É *Emma* — eu corrijo, fumegando. — E não, obrigada. Eu vou apenas seguir meu caminho.

Suas narinas se abrem e ele caminha para a direita para

bloquear meu caminho. — Sente-se, *Emma*. — Ele faz o meu nome soar como um insulto. — Vou ter uma conversa com Victoria, mas, por enquanto, não vejo por que não podemos compartilhar uma refeição como dois adultos civilizados.

As pontas das minhas orelhas queimam com fúria, mas eu deslizo no banco em vez de fazer uma cena. Minha avó incutiu polidez em mim desde cedo, e mesmo sendo adulta vivendo sozinha, acho difícil ir contra os ensinamentos dela.

Ela não aprovaria eu dando joelhadas nas bolas dele e mandando-o se foder.

— Obrigado — diz ele, deslizando para o assento em frente a mim. Seus olhos brilham azulados quando pega o cardápio. — Isso não foi tão difícil, foi?

— Eu não sei, *Marcus* — digo, colocando ênfase especial no nome formal. — Eu só estive perto de você por dois minutos, e já estou me sentindo homicida. — Revido o insulto com um sorriso feminino, aprovado pela vovó, e ponho minha bolsa no canto do meu banco, pego o menu sem me preocupar em tirar o casaco.

Quanto mais cedo comermos, mais cedo posso sair daqui.

Uma risada profunda me faz olhar para cima. Para meu choque, o idiota está sorrindo, seus dentes brilhando brancos em seu rosto levemente bronzeado. Sem sardas, noto com inveja; sua pele é perfeitamente uniforme, sem nem um grama extra na bochecha. Ele não é classicamente bonito – suas características são ousadas demais para serem descritas dessa maneira – mas ele é chocantemente bonito, de uma maneira potente e puramente masculina.

Para meu espanto, uma onda de calor lambe meu núcleo, fazendo meus músculos internos se apertarem.

De jeito nenhum. Esse idiota *não* está me excitando. Eu mal posso ficar próxima a ele.

Rangendo os dentes, olho para o meu cardápio, observando com alívio que os preços neste lugar são realmente razoáveis. Eu sempre insisto em pagar minha parte da comida em encontros, e agora que eu conheci Mark – desculpe-me, *Marcus* – eu não deixaria que ele me arrastasse para um lugar chique onde um copo d'água da torneira custa mais do que uma dose de *Patrón*. Como eu poderia estar tão errada sobre o cara? Claramente, ele mentiu sobre trabalhar em uma livraria e ser um estudante. Para que fim, eu não sei, mas tudo sobre o homem à minha frente grita riqueza e poder. Seu terno risca-de-giz abraça sua estrutura de ombros largos como se fosse feito sob medida para ele, sua camisa azul é engomada, e eu tenho certeza de que sua gravata sutilmente quadriculada é uma marca de grife que faz a *Chanel* parecer uma marca do *Walmart*.

Quando todos esses detalhes se registram, uma nova suspeita me ocorre. Alguém poderia estar fazendo uma piada comigo? Kendall, talvez? Ou Janie? Ambas conhecem o meu gosto para rapazes. Talvez uma delas tenha decidido me atrair para um encontro dessa maneira – embora o motivo pelo qual elas montariam isso com *ele*, e ele concordaria com isso, seja um enorme mistério.

Franzindo a testa, olho para o menu e estudo o homem à minha frente. Ele parou de sorrir e está folheando o cardápio, com a testa franzida em uma carranca que o faz parecer mais velho do que os vinte e sete anos listados em seu perfil.

Essa parte também deve ter sido uma mentira.

Minha raiva se intensifica. — Então, *Marcus*, por que você escreveu para mim? — Soltando o cardápio na mesa, olho para ele. — Você tem gatos?

Ele olha para cima, sua carranca se aprofundando. — Gatos? Não, claro que não.

O escárnio em seu tom me faz querer esquecer tudo sobre a desaprovação de vovó e lhe dar um tapa direto no rosto magro e duro. — Isso é algum tipo de brincadeira para você? Quem colocou você nisso?

— Desculpe-me? — Suas sobrancelhas grossas sobem em um arco arrogante.

— Ah, para de bancar o inocente. Você mentiu em sua mensagem para mim, e tem a ousadia de dizer que eu não sou o que você esperava? — Eu posso praticamente sentir a fumaça saindo dos meus ouvidos. — *Você* mandou uma mensagem para *mim*, e eu fui totalmente sincera no meu perfil. Quantos anos você tem? Trinta e dois? Trinta e três?

— Tenho trinta e cinco — diz ele lentamente, sua carranca voltando. — Emma, o que você está falando…

— Chega. — Agarrando minha bolsa pela alça, deslizo para fora do banco e fico de pé. Com ensinamentos da vovó ou não, não vou fazer uma refeição com um idiota que tenha me enganado. Não tenho ideia do que faria um cara como esse querer brincar comigo, mas eu não vou ser o alvo de alguma piada.

— Aproveite a sua refeição — rosno, dando a volta, e sigo para a saída antes que ele possa bloquear o meu caminho novamente.

Estou com tanta pressa para sair que quase derrubo uma morena alta e esbelta que se aproxima do Café e o cara baixo e rechonchudo que a segue.

Por favor, visite nossa página www.annazaires.com/book-series/portugues/ para saber mais e se inscrever em minha lista de e-mail.

Nota do Autor: *Perverta-me* é uma trilogia erótica dark sobre Nora e Julian Esguerra. Todos os três livros estão disponíveis agora.

Sequestrada. Levada para uma ilha particular.

Nunca achei que isso poderia acontecer comigo. Nunca imaginei que um encontro casual na noite do meu aniversário de dezoito anos mudaria minha vida tão completamente.

Agora pertenço a ele. A Julian. A um homem que é tão implacável quanto bonito. Um homem cujo toque me deixa em chamas. Um homem cuja ternura é mais arrasadora do que sua crueldade.

Meu sequestrador é um enigma. Não sei quem ele é nem por que me sequestrou. Há uma escuridão dentro dele, uma escuridão que me assusta, mas que também me atrai.

Meu nome é Nora Leston e esta é minha história.

~

Chegou o anoitecer e, a cada minuto que passava, eu ficava cada vez mais ansiosa com a ideia de ver meu sequestrador novamente.

O romance que eu estivera lendo não mantinha mais meu interesse. Eu o larguei e andei em círculos pelo quarto.

Eu estava vestida com as roupas que Beth me dera mais cedo. Não era o que eu teria escolhido para usar, mas eram melhores do que um roupão. Uma calcinha branca de renda *sexy* e um sutiã combinando, um vestido azul bonito abotoado na frente. Tudo me serviu perfeitamente, de forma muito suspeita. Ele estivera observando-me por algum tempo? Descobrindo tudo sobre mim, incluindo o tamanho das roupas?

A ideia me deixou enjoada.

Tentei não pensar no que aconteceria, mas foi impossível. Eu não sabia por que tinha tanta certeza de que ele apareceria naquela noite. Era possível que ele tivesse um harém inteiro de mulheres na ilha e visitasse cada uma delas apenas uma vez por semana, como os sultões.

Ainda assim, eu sabia que ele chegaria em breve. A noite anterior simplesmente abrira o apetite dele. Eu sabia que demoraria muito para que ele se cansasse de mim.

Finalmente, a porta se abriu.

Ele entrou como se fosse dono do lugar. O que, claro, era verdade.

Fiquei novamente impressionada pela beleza masculina dele. Com um rosto daqueles, ele poderia ter sido modelo ou ator de cinema. Se houvesse alguma justiça no mundo, ele seria baixo ou teria alguma outra imperfeição para compensar aquele rosto.

Mas não tinha. O corpo era alto e musculoso, com proporções perfeitas. Lembrei-me da sensação de tê-lo dentro de mim e senti uma onda indesejada de excitação.

Ele vestia novamente calça *jeans* e uma camiseta, desta vez, cinza. Ele parecia gostar de roupas simples, o que era inteligente. A aparência dele não precisava de realce.

Ele sorriu para mim. Aquele sorriso de anjo caído, sombrio e sedutor ao mesmo tempo. — Olá, Nora.

Eu não sabia o que dizer e falei a primeira coisa que me surgiu na mente. — Por quanto tempo vai me manter aqui?

Ele inclinou a cabeça ligeiramente para o lado. — Aqui no quarto? Ou na ilha?

— Os dois.

— Beth mostrará o lugar a você amanhã. Se quiser, poderá nadar — disse ele, aproximando-se. — Você não ficará trancada, a não ser que faça alguma tolice.

— Como o quê? — perguntei. Meu coração bateu com mais força dentro do peito quando ele parou perto de mim e ergueu a mão para acariciar meus cabelos.

— Tentar machucar Beth. Ou machucar você mesma. — A voz dele era suave e o olhar hipnótico ao olhar para mim. A forma como tocava nos meus cabelos foi estranhamente relaxante.

Pisquei, tentando me livrar do feitiço dele. — E a ilha? Por quanto tempo pretende me manter aqui?

A mão dele acariciou as curvas em volta do meu rosto. Eu me vi recostando-me na mão dele, como uma gata sendo acariciada, e imediatamente endireitei o corpo.

Os lábios dele se curvaram em um sorriso. O idiota sabia o efeito que tinha em mim. — Muito tempo, espero — disse ele.

Por algum motivo, não fiquei surpresa. Ele não teria se dado ao trabalho de me levar até a ilha se quisesse apenas dar algumas trepadas comigo. Fiquei aterrorizada, mas não surpresa.

Reuni coragem e fiz a próxima pergunta mais lógica. — Por que você me sequestrou?

O sorriso desapareceu do rosto dele. Ele não respondeu, apenas me encarou com um olhar azul inescrutável.

Comecei a tremer. — Você vai me matar?

— Não, Nora, não vou matar você.

A negação dele me reconfortou, apesar de, obviamente, ser possível que estivesse mentindo.

— Você vai me vender? — Mal consegui pronunciar as palavras. — Para ser uma prostituta ou algo assim?

— Não — disse ele em tom suave. — Nunca. Você é minha e só minha.

Eu me senti um pouco mais calma, mas havia mais uma coisa que precisava saber. — Você vai me machucar?

Por um momento, ele não respondeu. Algo sombrio passou em seus olhos. — Provavelmente — respondeu ele baixinho.

Em seguida, ele se abaixou e beijou-me, com os lábios quentes e macios tocando nos meus gentilmente.

Por um segundo, fiquei imóvel, sem reagir. Eu acreditei nele. Sabia que estava falando a verdade quando dissera que me machucaria. Havia algo nele que me assustava. Algo que me assustara desde o início.

Ele não era nada parecido com os rapazes com quem eu saíra. Ele era capaz de qualquer coisa.

Eu estava completamente à sua mercê.

Pensei em tentar lutar contra ele novamente. Seria a coisa normal a fazer na minha situação. Um ato de coragem.

Mesmo assim, não fiz nada.

Eu conseguia sentir a escuridão dentro dele. Havia algo de errado com ele. A beleza externa escondia algo monstruoso.

Eu não queria libertar aquela escuridão. Não sabia o que aconteceria se fizesse isso.

Portanto, fiquei imóvel entre os braços dele e deixei que me beijasse. E, quando ele me pegou no colo e levou-me para a cama, não tentei resistir.

Em vez disso, fechei os olhos e entreguei-me às sensações.

Todos os três livros da trilogia *Perverta-me* estão disponíveis. Por favor, visite nossa página www.annazaires.com/book-series/portugues/ para saber mais e se inscrever em minha lista de e-mail.

TRECHO DE CAPTURE-ME

Nota do Autor: *Capture-me* é o primeiro livro de Lucas & Yulia, da série de romance dark.

Ele é meu inimigo... e minha missão.

Uma noite – é só o que deveria ser. Uma noite de paixão crua e primitiva.

Quando o avião dele cai, deveria ser o fim. Mas é apenas o começo.

Eu traí Lucas Kent e agora ele me fará pagar.

Ele entrou no meu apartamento assim que abri a porta. Sem hesitação, sem um cumprimento... ele simplesmente entrou.

Atônita, dei um passo atrás. O corredor estreito subitamente pareceu muito pequeno. Eu me esquecera de como Kent era grande, de como tinha os ombros largos. Eu era uma mulher alta, o suficiente para fingir que era modelo se fosse preciso, mas ele era uma cabeça mais alto. Com o casaco pesado que usava, ele ocupou o corredor quase inteiro.

Ainda sem dizer nada, ele fechou a porta atrás de si e avançou na minha direção. Instintivamente, recuei, sentindo-me como uma presa encurralada.

— Olá, Yulia — murmurou ele, parando de andar quando estávamos fora do corredor. O olhar pálido dele se fixou no meu rosto. — Eu não esperava ver você assim.

Engoli em seco, com o coração batendo depressa. — Acabei de tomar banho. — Eu queria parecer calma e confiante, mas ele me pegara totalmente de surpresa. — Não estava esperando visitas.

— Não, percebi isso. — Um sorriso leve surgiu nos lábios dele, suavizando a linha dura da boca. — Mas deixou que eu entrasse. Por quê?

— Porque eu não queria continuar conversando pela porta fechada. — Respirei fundo para me acalmar. — Quer um pouco de chá? — Era algo idiota a dizer, considerando o motivo pelo qual ele estava lá, mas eu precisava de alguns momentos para me recompor.

Ele ergueu as sobrancelhas. — Chá? Não, obrigado.

— Então, quer me dar o seu casaco? — Eu não consegui me livrar do papel de anfitriã, usando a educação para encobrir a ansiedade. — Aqui está quente.

Um toque de diversão brilhou no olhar gelado dele. —

Claro. — Ele tirou o casaco e entregou-o a mim, o que o deixou vestindo um suéter preto, calça *jeans* escura e botas de inverno pretas. A calça abraçava as pernas dele, revelando coxas musculosas e panturrilhas fortes. No cinto, vi uma arma presa no coldre.

Irracionalmente, minha respiração acelerou ao ver aquilo. Precisei de muito esforço para impedir que minhas mãos tremessem quando peguei o casaco e fui até o armário minúsculo para pendurá-lo. Não era surpresa ele estar armado, e seria um choque se não estivesse, mas a arma era um lembrete de quem era Lucas Kent.

O que ele era.

Não é nada demais, disse eu a mim mesma, tentando acalmar os nervos. Eu estava acostumada com homens perigosos. Fora criada entre eles. Aquele homem não era tão diferente. Eu dormiria com Kent, obteria as informações que pudesse e ele sairia da minha vida.

Sim, era isso. Quanto mais cedo conseguisse fazer aquilo, mais cedo tudo acabaria.

Fechando a porta do armário, abri um sorriso muito ensaiado e virei-me para encará-lo, finalmente pronta para retomar o papel de sedutora confiante.

Mas ele já estava perto de mim, tendo atravessado a sala sem fazer um som sequer.

Meu coração deu um salto novamente e minha compostura desapareceu. Ele estava perto o suficiente para que eu visse os raios cinzentos nos olhos azuis, perto o suficiente para me tocar.

E, um segundo depois, ele me tocou.

Erguendo a mão, ele correu as costas da mão sobre o meu maxilar.

Eu o encarei, confusa pela resposta instantânea do meu corpo. Minha pele ficou quente e meus mamilos enrijeceram. Minha respiração ficou mais rápida. Não fazia sentido que aquele estranho duro e implacável me deixasse excitada. O chefe dele era mais bonito, mais atraente, mas era a Kent que meu corpo reagia. E, até o momento, ele só tocara no meu rosto. Não deveria ser nada, mas, de alguma forma, era algo íntimo.

Íntimo e perturbador.

Engoli em seco novamente. — Sr. Kent... Lucas... tem certeza de que não quer beber nada? Talvez um pouco de café ou... — Minhas palavras desapareceram em uma exclamação quando ele puxou o cinto do meu roupão, de forma tão casual como se estivesse abrindo um pacote.

— Não. — Ele observou quando o roupão caiu, revelando meu corpo nu. — Nada de café.

Por favor, visite nossa página www.annazaires.com/book-series/portugues/ para saber mais e se inscrever em minha lista de e-mail.

Anna Zaires é autora bestseller do *New York Times, USA Today,* e #1 como autora internacional de romance sci-fi e contemporâneo dark. Ela se apaixonou por livros aos cinco anos, quando sua avó a ensinou a ler. Desde então, sempre vive parcialmente no mundo da fantasia onde os únicos limites são aqueles da imaginação. Atualmente, morando na Flórida, Anna é feliz casada com Dima Zales (autor de ficção científica e Fantasia) e colabora de perto com ele em todos os seus trabalhos.

Para saber mais, por favor, visite www.annazaires.com/book-series/portugues/.